U0467679

将军总被欺负哭
上
龚心文 著
广东旅游出版社
中国·广州

图书在版编目（CIP）数据

将军总被欺负哭. 上 / 龚心文著. — 广州 : 广东旅游出版社, 2024.2

ISBN 978-7-5570-3182-4

Ⅰ. ①将… Ⅱ. ①龚… Ⅲ. ①长篇小说 – 中国 – 当代 Ⅳ. ①I247.5

中国国家版本馆CIP数据核字(2024)第003748号

出 版 人： 刘志松
出 品 人： 刘运东
责任编辑： 林保翠
特约编辑： 赵丽杰　杨晓丹
营销编辑： 刘玉瑶　宋艳薇
封面设计： 光学单位
责任校对： 李瑞苑
责任技编： 冼志良
特约监制： 王兰颖　代琳琳

将军总被欺负哭.上
JiangJun Zong Bei QiFu Ku Shang

广东旅游出版社出版发行
（广东省广州市荔湾区沙面北街71号首、二层 邮编：510130）
联系电话：020-87347732
天津鑫旭阳印刷有限公司
（地址：天津宝坻经济开发区宝中道北侧5号2-3号厂房）
联系电话：022-22458633
880毫米 × 1230毫米　32开　18.75印张　539千字
2024年2月第1版第1次印刷
定价：69.80元（全二册）

本书如有错页、倒装等质量问题，请直接与印刷厂联系换书。

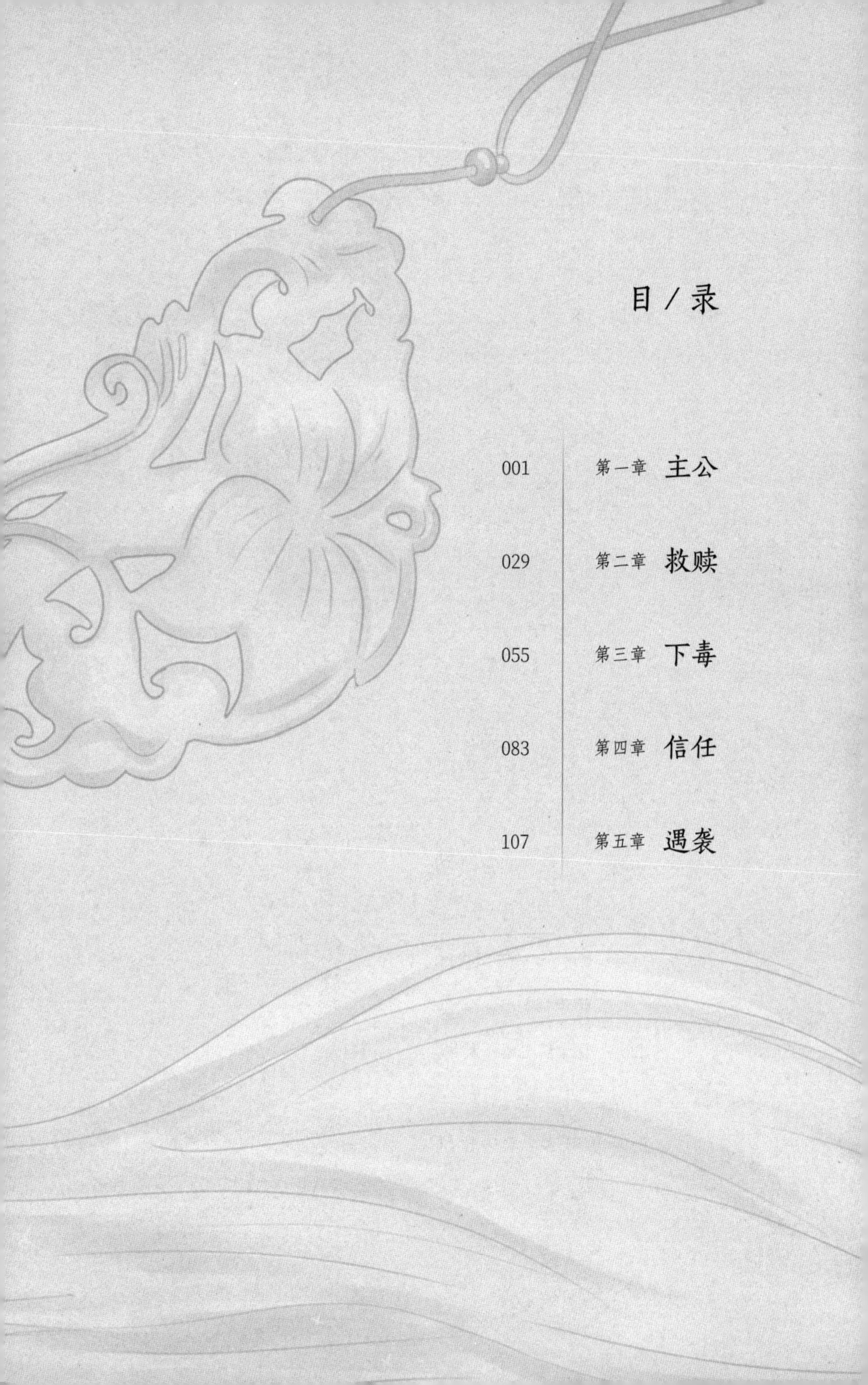

目 / 录

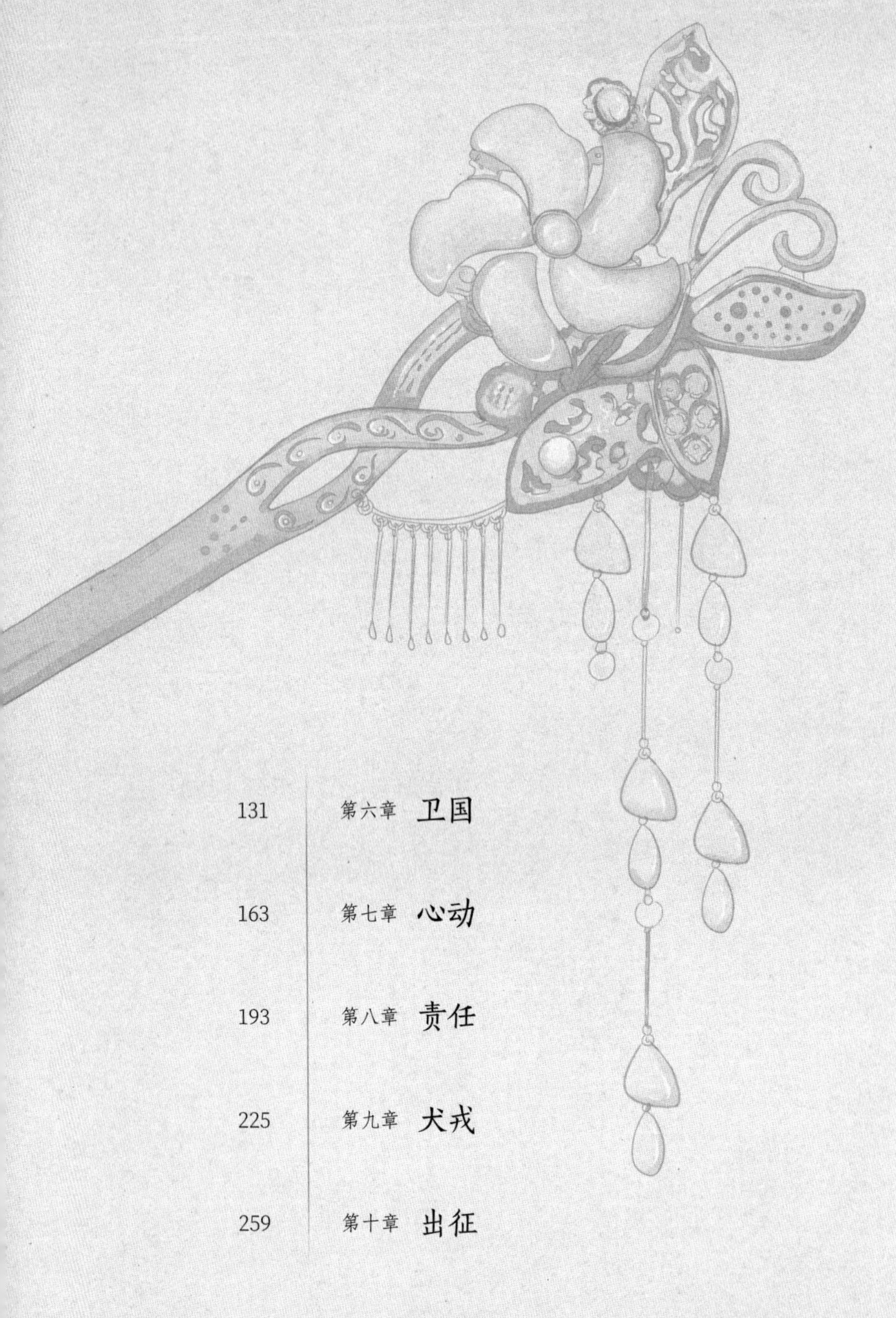

第一章

主公

程千叶在一个完全陌生的环境之中醒来，可眼下她却无暇顾及这件事，只因她的脖子上正勒着一条白绫。

此时，她被三尺白绫吊挂在横梁上，俗称上吊。

她脑袋充血，舌头不受控制地从口中挤出，心脏因为缺氧而疯狂地跳动着……在意识清醒的一瞬间，痛苦便如同潮水一般从四面八方涌来。

程千叶大惊失色，她拼命地蹬着脚。惊惧之中，她发现脚下的数名女子如同死了爹一般围着她痛哭流涕，但没有一个人上前救她一把。万幸的是，这条白绫在她挣扎的过程中居然断开了。

程千叶摔在地上，捂着脖子剧烈地咳嗽起来，拼命地吸着新鲜空气。

"吾儿……"一位身着龙凤绣纹绢锦长袍的中年妇人一下子扑到她的身上，搂着她哭喊。

程千叶的喉咙火辣辣的，她疼得说不出话来，只心中大骂："吾什么儿，如果是我娘，你能眼睁睁地看着我吊死？"

就在此刻，她的脑海里闪过无数画面，她的一生迅速地回放了一遍，因缺氧而短暂失去的记忆又重新回归。

程千叶理了一下复归的记忆，这是一个战乱不休、诸侯割据的时代，她的父亲晋威侯是雄踞一方的诸侯，而她是一位养尊处优的公主。

不久前，父亲去世，现在的晋国主君是自己的双胞胎哥哥——晋越侯公子羽，她也从公主变成了长公主。本来她的情况不算太糟，可惜的是，一个时辰前，年轻的晋越侯被人毒死了，尸体此刻正躺在程千叶面前。

晋威侯妻妾众多，但把公子养育到成年的却只有两位，除了程千叶兄妹的母亲杨姬，另有一位宠妃俪姬。俪姬育有一子，名公子章。公子章在承袭爵位的争斗中败下阵来后，母子二人便移居去了公子章的封地——中牟。

某日，继承爵位的公子羽率军路过公子章所在封地。同父异母的兄弟公子章设宴相迎，曲意奉承，宴席上更是主动向兄长进献一对美人。公子羽左拥右抱，一时大意就着美人的玉手饮了一杯琼浆，当即毒发身亡。虽得随侍部将拼死抢回尸身，但公子章率人围住了行辕（旧时统帅出征时办公的营帐），并将随同晋越侯赴宴的姬妾剥了衣物，绑在枪尖上，扬言要将晋越侯的一众女眷如法炮制。

众人失了主君，人心溃散，士兵们消极抵抗，眼看着就要被公子章攻破防线……杨姬无奈之下，只好领着一众女眷在儿子的尸身边自缢，以免落入和自己积怨已深的俪姬手中，遭受百般羞辱而死。

记忆复归后，程千叶不得不承认，眼前这位夫人还真是她娘，身边围着的也都是她的丫鬟。

程千叶还没来得及稳定一下情绪，就见眼前一个身怀六甲的女子站上椅子，扯着白绫就要往雪白的脖子上套。而周围众人不加阻拦，只顾哭哭啼啼。

姑且不管其他，眼下这要命的局面不得不先行处理。

“别这样啊。”程千叶不可能眼睁睁看着一个孕妇当着自己的面上吊，她立马扑上去拉着女子的裙子，死死抱着女子的大腿不放。而此时，她也终于记起了此人是谁，开口喊道：“大……大嫂，你别死。”

她的嫂子名唤许姬，是一位性情温和的美人。被程千叶拉住裙摆的她哭得梨花带雨，悲声泣道：“小姑，若是落入公子章的手中，你也知道是什么下场，你就让我追随夫君去了吧。”

程千叶如何见得这般场面，只能死拽着不放手。两人撕扯间，房门被“哗”的一声推开，冷风卷着烟尘滚地而入，一名年轻男子大步跨进房内。此人面目俊朗，看起来斯文儒雅，但却身着甲胄，手持一柄带血的长剑，疾行至众人面前。

程千叶记起此人乃是兄长公子羽从小一起长大的好友，也是他最信赖的属臣，姓肖，单名一个瑾字。

肖瑾行了一礼，面色沉重："主公身殒，军心涣散，行辕只怕是守不住了。请许姬跟我走，臣誓死为主公保住这一点骨血。"

许姬忙道："那母亲和小姑呢？"

肖瑾脸色暗下来，不肯说话。

程千叶的母亲杨姬抬起头来，一把将许姬推上前去，激动地说："好！好！瑾公，羽儿只有这一点血脉。看在你们从小一起长大的情分上，请务必帮他保住。"

"臣，赴汤蹈火，在所不辞。"肖瑾单膝跪地，说罢，着甲带刀的男人站起身来，看了一眼坐在地上的程千叶，拔出了腰间的一柄短刀，"哐当"一声丢在她面前。地上的短刀尚在微微晃动，冷白刀刃上沾着猩红的血。周围突然静了下来，所有人都悲戚地看着她，等她做出选择。

程千叶被这个声音震了一下。敞开的房门外，漆黑的夜里隐隐透着猩红的火光，呜咽的冷风卷着隐约可闻的厮杀声刮进屋来。

被冷风吹得一激灵的程千叶，脑子瞬间清醒过来。此时没有多余时间容她伤春悲秋、多思多想。现在摆在她面前的似乎就只剩下两条路：一是用这把刀自戕；二是等着外面野蛮的士兵冲进来，把她拖出去折磨至死。

但这两条路她都不想选。

就在肖瑾拉着许姬转身出门的时候，程千叶深吸一口气，站起身来，用被白绫勒得沙哑的声音勉强喊道："请等一下，或许我们还有一个办法。"

虽说公子章用卑劣的手段谋害了自己兄长的性命，但主君身死已成事实。所有人都知道，一旦晋越侯身殒，公子章便是王位顺理成章的继承人。因此，军中上下都失去了抵抗的心思。

公子章带着亲信人马杀到行辕的最后一道防线前时还在扬扬得意，他宣称："缴械投降者，概不追究。负隅顽抗者，待我继承王位之后，必屠三族。"

看着就要被攻破的大门，想着压在自己头上多年的兄长终于变成一条“死狗”，父亲的一切荣光都将归于自己时，公子章心中志满意得。多年积压在心的不甘和怨愤似乎都变成了野兽在血液里左冲右突，让他兴奋得难受。等他的人冲进去，从前兄长身边那些趾高气扬的男人、如花似玉的女人，还有从不拿正眼看他的公主和惹人讨厌的杨姬都不得不爬着出来，哭着喊着求他饶恕性命。

公子章心底正勾画着、臆想着，忽然，前方传来一阵接一阵的骚乱之声。他抬头看去，只见不远处燃烧烽火的高台上，一个头束玉冠、声身着宽袍之人缓步从暗夜中走了出来。明暗不定的火光映照着此人苍白的面孔，他脖子上绕着几圈绷带，同往日一般面如冠玉、容姿秀美，丝毫没有身中剧毒的迹象。

公子章大吃一惊：“不……不可能，我亲眼见到你已经死了！”

然而，他那位明明应该死去的兄长，此刻却立于高台之上，冷冷地看着他，宛如从地狱回来的幽魂。

这一刻，战场上交战的将士们都诧异得回不过神来，一道道惊疑不定的目光汇聚向高台，落在从黄泉归来的主君身上。而年轻的君主立于夜色烽烟之中，一言不发。

他最为亲近的属臣肖瑾站在他身侧，抽出佩剑，大喝一声：“主公无恙，先前假装中毒不过是为了迷惑逆贼的权宜之计。众将士听令，随我捉拿逆贼！”

见主君安然无恙地出现，三军顿时士气大振、杀声震天，铺天盖地地冲反贼而去。

墨桥生出生在一个奴隶家庭。

他的母亲是奴隶，奴隶的小孩自然也只能是奴隶。据说他母亲怀他的时候路过一座桥，突然腹中有下坠之感，有过多次生产经验的母亲便在桥墩旁找了个避风的地方生下了他。因此，他便有了这个名字——

墨桥生。

名字看似随意，但在奴隶中已经算是难得的好名字了。像他的兄弟姐妹就分别叫：墨阿狗、墨铁蛋、墨二三、墨五六……而墨二三这个名字分给了长得十分漂亮可爱的妹妹。

墨桥生没有父亲，他从小跟着母亲长大。母亲是一个消瘦而干枯的女人，艰苦的生活环境使她显得分外苍老。然而，就是这样一个女人，每天都会用佝偻的身躯辛苦劳作，在深夜带回一点少得可怜的劣质食物给他们，也会在每个孩子的额头上落下一个温柔的吻。

这是墨桥生灰暗童年中仅有的一抹女性的温柔。随着母亲越来越老，家里的孩子越来越多，食物短缺的情况日益严重。幼小的墨桥生每日饥肠辘辘地跟着大哥墨阿狗，四处搜集可以吃的东西。

他们在山林间摘野菜，在河流中摸鱼，在泥泞的集市中钻来钻去，捡一些别人偶尔遗落的食物。待他饿得头晕眼花实在迈不动步子时，大哥墨阿狗便会从怀中掏出一小块昨日省下来的“黑疙瘩”饼块，抠下一小块塞进墨桥生口中，再抠下更大块的塞进小妹墨二三的口中。兄妹俩含着口中的饼块，用口水将饼块慢慢泡软，却忍着不吞下去。他们用这种方式让自己觉得在吃东西，这样似乎就不那么饿得慌了。

墨桥生一家居住在棚户区，棚户区住着一个叫熊积的奴隶，他强壮、粗暴，一身的蛮力，没人敢随意招惹他。

可他猥琐的目光最近时常落在墨桥生和妹妹墨二三身上，当他那死鱼一样的眼球转来转去的时候，墨桥生总觉得有一种恶心的寒意在顺着脊椎往上爬。每当这时，墨阿狗总会不动声色地用自己瘦小的身躯挡在他和妹妹身前。但不管怎么躲避，命运都没能放过这些可怜的孩子，恐怖的事情还是来临了。

一天，熊积逮住了墨二三，少女尖锐的叫喊声没有引起营地中任何一个人的反应。熊积抓着墨二三纤细的胳膊就往帐篷里拖。墨桥生扑上前想要拽住妹妹，却被熊积一脚踹得连翻了好几个跟头。

墨阿狗扶起他，默默看了一眼帐篷，轻叹一口气，对墨桥生道：“你还太小了，在这里等着，一会儿看到妹妹出来，就立刻带她回家。”

墨桥生迷茫地看着哥哥掀开帐篷的帘子，钻了进去。过了片刻，帐篷里传来咒骂声和剧烈的摔打声，满脸鼻涕眼泪的妹妹墨二三在一片混乱中慌张地从帐篷里跑了出来，墨桥生一把拽住她就往家里跑。

他们确实太小了，小到抵挡不住成年男子的一个拳头。但他们跑得飞快，墨桥生紧紧地拽着茫然无措的妹妹飞奔着去找母亲。母亲听到他的述说，只默默地坐在那里，一动不动地盯着地面。她那张被生活摧残得苍老的面容，无奈又悲凉。

不知过了多久，哥哥一动不动地被人卷在一张破旧的草席里抬回来，又很快被抬了出去。那个会往他们口中塞饼子的兄长就这样消失了。从此以后，没有人再提起他，也没有人议论他，仿佛这个世界上从来没有存在过一个名叫墨阿狗的人。

生如草芥，死如泡影，连名字都轻贱得无人问津……

墨桥生第一次开始憎恨，他憎恨自己的弱小无力，憎恨自己卑微低贱的出身，憎恨那些肆意用暴力欺凌弱小的男人。他经常躲在角落死死地盯着那个名叫熊积的男人，那个杀人凶手依旧每天若无其事地在营地里招摇，抖着满身的肌肉，时而扬扬得意地哼着调子，肆无忌惮地将令人作呕的目光落在年轻女孩身上。

熊积有时也会看见蹲在阴影里的墨桥生，看见男孩那像狼一样凶狠的目光。但他只是轻蔑地嗤笑一声，因为像这样小的崽子，他一只手就能捏死，根本不值得放在心上。

可在几日后的一场狩猎中，熊积的马不知因何受了惊，他也从山坡上摔了下去。众人找到他的时候，发现他的头和脸不知被谁用石头砸伤了，浑身也早已凉透。死亡对奴隶来说是一件稀松平常的事情，对年少弱小的墨阿狗来说是这样，对强壮有力的熊积也是如此。因此大家并未对熊积的死表现出惊诧，他的马匹、兵器和衣物被瓜分后，便不再有人提起此事。而奴隶的主人，也只是在名册上画下一笔，表示自己的财产少了微小的一部分。

这晚，一身伤痕的墨桥生很晚才回到家，他一脸阴沉地带回来一块染了血的石头。母亲看着他沾着血迹、破破烂烂的衣服，没有说话，只是摸了摸他的脸，让他把衣服脱下来，在灯下为他缝补。

墨桥生跪坐在母亲身边，看着母亲柔和的面容，第一次杀人的恐慌慢慢平复下来。他心中甚至还萌生了一种将这份安宁永远延续下去的欲望。

随着墨桥生不断长大，他不得不离开家去主人家里工作。他的主人姓吴名学礼，面白须长，是一位教书的夫子。夫子开办学馆，收了几个学生，教他们识字、读书、作文。

吴学礼平日一副斯文做派，对奴隶甚少打骂。他家的奴隶有遮体的衣服，也很少挨饿。

这对墨桥生来说算是一种优渥的生活，他也很珍惜这种生活。小小的他用最严谨认真的态度去完成主人吩咐下来的事，丝毫不敢有半点偷懒松懈。当主人给学生上课时，他便在一旁竖起耳朵，将主人所说的每句话都记在心里。待忙完一天的活计后，他便拿起树枝，在沙地上写写画画，不断练习白天听到、见到的内容。

渐渐地，吴学礼发现了墨桥生的与众不同。他勤快好学，知识吸收得也快。最重要的是，交给他的大小事务，他全都完成得井井有条，从不出错。

于是，吴学礼把他调拨到身边使唤，让他打理自己的书房，偶尔兴致来了，还教他识字。毕竟，有一个会识字的书童是家境殷实的象征，带出去会友也很有面子。那段时间，墨桥生对主人充满了崇拜和感激，孺慕之情溢于言表。

后来，他被允许夜宿书房，甚至有机会可以在夜里偷偷翻阅典籍。他被典籍中的兵法知识吸引。他拼命地学习，虽然以他的年纪也很难看得明白，但这些书籍让他了解到，头顶狭窄的天空之外还存在着一片广袤无垠的世界。面对晦涩难懂的知识，他不敢向主人询问，只能反复揣摩，记在心中。一旦主人给学生授课时提到一星半点，他便按捺不住兴奋，像海绵一样如饥似渴地吸收着。

可年幼的墨桥生并不明白，他的过度表现除了吸引主人的注意，还吸引了无数和他一样生活在卑微中的人的嫉妒。

一日，墨桥生被一相熟的下人诓出书房，等他回来的时候，主人最为珍爱的一方砚台已经摔在地板上，迸裂了一道口子。吴学礼勃然大怒，不论他匍匐在地上怎样解释，吴学礼都拒不相信。对吴学礼来说，一个略有些聪明的奴隶，又怎能比得上心爱的砚台？

主人褪下往日温和的模样，面目狰狞，对他又打又骂。而周围的仆人只是冷冷地看着跪在地上的他，没有一人出来为他辩白。

在被责打得险些丢了性命后，吴学礼把他卖进了污浊的奴隶市场。从此以后，墨桥生再难过上平稳的日子，他进过镖局、挑过潲水、做过赌场的打手……他也终于明白，奴隶对于主人而言，不过是物品一般随手可以买卖的东西。他唯一能做的，是让自己成为更有价值的物品而已。

奴隶市场养着一队专业的打手，他们负责处理市场内任何需要暴力解决的事件。领头的董三刀发现，最近，一个新来的小奴隶身上有一股子狠劲，对他人狠，对自己也狠。董三刀喜欢这股子狠劲，便收下了他。

但董三刀不是有着慈悲心肠的大善人，在这种艰难的生存环境下，谁会对一个奴隶身份的孩子大发善心？他像锤炼一件兵器一样打磨着墨桥生。这个瘦骨嶙峋的少年像一匹野狼一样咬紧牙关，在那些令人望而生畏的恐怖训练中慢慢长大，终于被锻造成一把锋芒毕露的刀。

某日，威北侯华宇直来奴隶市场消遣作耍时无意中发现了墨桥生，于是他掏出两锭银子，将这把“利刃”收入军中。

从那以后，墨桥生的身份变成了军中一名低等的奴隶士兵。卖命的地方也从镖局、赌场改换到了军营。

程千叶有一个双胞胎哥哥，兄妹打小感情就很好，日日厮打胡闹着长大。她小时候最喜欢模仿兄长的言行举止，打扮成他的样子，假冒兄长的身份溜出门去。

因此，她女扮男装伪装成被毒死的孪生兄长，顶替他成为晋越侯，倒不算太难。

但程千叶忽略了一点，这是个充满战火和杀戮的时代。

正值天下大乱、群雄并起之时，西北游牧民族犬戎攻破京都，杀死了名义上的天子。各路诸侯打着“匡扶皇室，驱除鞑虏”的口号，实则是想借战乱之机壮大各自的势力。

凉州刺史李文广发出讨伐犬戎的檄文，各路诸侯争相呼应，引领文官武将率军会聚而来。

程千叶的兄长公子羽刚接替父亲晋威侯的位置，正是意气风发之时，见此等好时机便也带领着部将和兵马兴冲冲地赶来会盟。本想借此机会崭露头角，谁知还没走出自家大门，就死在了自己亲弟弟的手上。

程千叶作为他的双胞胎妹妹临危受命，女扮男装收拢军心，拿下了起兵反叛的公子章，惊险地保住了自己和一众女眷的性命。

原本程千叶和杨姬都想先返回自己的老窝再说，然而兄长生前的好友肖瑾私下进言："主公新任，根基未稳。公主同主公虽容貌相近，但匆忙之间，举止言行难免有所差异。若此刻回京……一则，亲熟之人众多，恐被瞧出端倪，事有不密；二则，主公年少继位，若此刻于途中折返，失信于众诸侯，恐遭天下人耻笑，引得群雄觊觎。不若暂不回京，继续前往会盟。"

程千叶听了肖瑾的话，心想确实如此。如果贸然回去，十有八九会被揭穿，到时还不知道会发生什么。无奈之下，她只得让人先把杨姬和怀孕的大嫂送回去，自己则硬着头皮坐上主公的御驾，领着浩浩荡荡的人马，参与讨伐犬戎的战争。

从前，程千叶听说过不少战争的场面。可真到了战场，迎着带着血腥味的风沙，和众多诸侯一起站在高高搭起的将台上目睹眼前真实的战争时，程千叶才明白，站在这里远没有自己想象的那般轻松，而真实的战场也是任何话本和说书先生都讲述不出来的。

无数将士和奴隶的生命像蝼蚁一般堆在前方战线上，程千叶眼睁睁地看着不远处一个年轻士兵在冲锋过程中绊倒了，后方同伴还未来得及拉住缰绳，马蹄便从他的肚子上踏了过去。鲜活的生命在痛苦地举手嘶喊，然而在战争面前，个体的痛苦实在卑微渺小……一匹又一匹己方的战马毫不留情地从他身上奔驰而过，而那只高举着的手臂，很快便在尘埃间湮没不见。

程千叶转过头，扶着城墙吐了。

一个幕僚轻拍她的后背，温声安慰："主公无碍吧？"

此人姓张名馥，面如满月，眸若点漆。虽年纪不大，却是她父亲晋威侯座下第一幕僚，也是她父亲留给哥哥的班底之一。

此刻，张馥正一脸关切地望着程千叶，但程千叶知道，他心中对自己充满了鄙夷。

若是只看张馥那近在眼前、春风和煦的脸，程千叶丝毫看不出他内心已经对自己有了这么强烈的不满。程千叶自打女扮男装成为主公后，便对周围的人和事愈发敏感。有些人情绪收敛得不好，会很轻易被她感知内心的真实想法。而像张馥这种，算是隐藏得极好，可还是不及程千叶的小心谨慎，几日相处下来，她便知道对方是个什么样的人。

表面温顺，内心多疑多变。

幸好她身边还有几个忠心耿耿的臣子，比如肖瑾，他是唯一知道她身份的男子，他给人一种温暖的感觉，就像温厚的土地一般。而每当他看着程千叶时，还会掺杂些忠诚，应是他把对公子羽的忠诚转移了一点到程千叶身上。

随侍在自己身边的武将贺兰贞，周身气场明快爽利，像一块剔透的钻绿色宝石。而另一位被程千叶新提拔上来的年轻小将俞敦素，则带着一种清新的气场。

此刻，两位武将凝视着战场，周身气场强大，显然是战意澎湃。

程千叶临危受命，什么也不懂，只好先把那些周身气场强大的人收拢到自己身边，成为自己人，总好过之后成为敌人。

将台之上，程千叶放眼望去，除了自己身边的几人，程千叶只感受到李文广身后的上将凤肃延和北宫侯身侧的大将军公孙摯周身气场强大。这两位大将也对他们自己的主公绝对忠诚。

其余大部分人，不管外表看起来多么气宇轩昂、仪表堂堂，但内里却浑浊不堪。比如，坐在她身边的威北侯华宇直，国字脸，倒八眉，看起来很有威仪。但他一靠近，程千叶便急忙微微眯起眼睛，此人浑浊的气场让她恶心得想吐。

“晋越侯年纪轻轻，第一次上战场有些不适应吧？”华宇直笑着说。

“好说，好说。”程千叶应付道。

“听说公子羽是晋内数一数二的风流雅士，身边随侍的无不是容姿秀美的美人。老夫的帐内倒也收着几个颜色姣好的舞姬，等拿下这汴州城，吾请诸公帐中一聚，作耍取乐，放松放松。”

“……”程千叶更想吐了。

攻城战已经到了白热化的阶段，盟军将士不停地往城墙上爬，又落雨似的被敌方击落。城墙下的残躯不断堆积起来，暗红的血液渗透了一整片土壤。

悲壮的战鼓声激起众人心中的热血，连程千叶都忍不住捏紧拳头，希望快一点攻破城墙，结束这一切。

这时，她看见远处一个身着黑甲的己方将士，身手敏捷地躲过众多的滚石、箭矢，迅速攀上了城楼。

程千叶在心里为他鼓劲，希望他不要失手掉下来。就这样，她眼睁睁地看着那个将士跨上城楼，敌人的长矛刺进了他的肩膀也毫不畏惧。他迎敌而上，举手间将敌人斩落，而后一把拔下肩上的长矛，扎进了另一个敌人的身躯。

看着将士们冲锋陷阵，程千叶一颗心提到了嗓子眼，热血沸腾起来。

那个将士打开了缺口，他身后的士兵们紧跟着登上城楼，胶着许久的战况终于倾向了盟军这方，将台上也响起一片欢呼之声。

“好！干得好！”威北侯华宇直哈哈大笑，问他身边的幕僚，“这好像是吾部之人，汝可知是哪个？”

幕僚回道：“小人瞧着，似乎是一个名叫墨桥生的奴隶。他是主公亲自买回来的，因作战勇猛，不久前提了百夫长。主公英明，慧眼识才啊！”

“哈哈……好！待拿下汴州，吾亲自赏他！”

持续了数日的攻城之战，终于以盟军的胜利告终。

对于普通的将士们来说，他们可能会期待着升迁和赏赐。但对于最底层的奴隶们来说，活着就是最好的赏赐，或许主人一高兴，能给他们今天的晚餐里加上两三点荤腥和几块紧实的面饼，那就算是意外之喜了。

墨桥生捂着伤口走在回营区的路上，去往奴隶营的泥泞道路两侧一片混乱。

从死亡线上挣扎回来的男人比平时更加粗暴疯狂，奴隶营里的阴暗角落时不时会响起尖叫和哭泣。从战场上死里逃生的奴隶们用这种方式来排解杀戮后的空虚，以此来宣泄濒临死亡时残留的恐惧。

墨桥生如今已经不再是那个软弱可欺的孩子，他在地狱训练中磨炼出的武技，让整片营区再也没有人敢随便招惹他。随着年龄的增长，墨桥生的五官越发立体冷峻。他身量修长，猿臂蜂腰，一身紧实的腱子肉看着格外结实，皮肤也在沙场的磨砺中变得粗糙且遍布伤痕。除了腰细了一点，如今的他几乎没有当年稚嫩少年的模样。

虽然已摆脱被人肆意欺凌的命运，但墨桥生对这种行为依旧十分恶心反感。他加快脚步，只想快点回到休息的地方睡一觉，尽快恢复体力。

“生，这是你的份额。”一个负责分发食物的女奴低头跪在他的面前，她低着头，脸颊通红，带着一份少女独有的娇羞和温柔。

她是被指派过来给墨桥生这样奴隶中的百夫长派送食物的。女奴嘴唇厚实，颧骨突出，眼睛细小。她并不漂亮，但胜在年轻，年轻的姑娘在这里十分难得。

墨桥生看着女奴，接过她手中捧着的褐黄色的面饼。这是百夫长以上的奴隶才能享用的，虽比普通奴隶们食用的硬疙瘩看起来好很多，但也只是在粗粮中掺杂了一点荞麦和野菜而已。

女奴的心怦怦直跳，不敢抬头。

墨桥生不是百夫长中最好看的一个，百夫长中的阿凤才是众多女奴心中渴望的对象。但她知道，桥生才是最温和的人。阿凤虽然好看，但太残暴了，那无时无刻不冰冷着的面孔、随时随地都会爆发的脾气，单单只是靠近，都会让人害怕得发抖。

而桥生好像还没有喜欢的女子，她希望他能喜欢自己，这样她的生活也会容易一点，女奴这样想着。

这时，她手中多了小半块褐色的面饼，是墨桥生给她的。然而，她真正期待的事并没有发生。年轻的百夫长只是沉默地拿着剩下的食物离开，并没有回应她的情意，甚至没有回头看她一眼。只留下拿着小半块面饼的她失落地站在原地。

墨桥生回到属于自己的“领地”，这里有一排用木片和竹竿简单隔开的小空间。虽然四面透风，隔间里也仅有一张堆着稻草的“木板床”和一块破烂的被褥，但总算是一个相对私密的个人空间。

这是他在战场上几番流血拼命才得到的“殊荣”，这份“殊荣”可以让他不用像畜生一样和众多奴隶挤在一个泥圈中睡觉。

墨桥生趴在自己的那张“床”上，掰下一小块面饼，像小时候那样含在口中，让唾液慢慢将它泡软。

他身上的伤口还在流血，体力也在不断流失。他不是没有看懂女孩的暗示，然而他太疼太累了。他不想有伴侣和小孩，也不想让自己的后代过着他小时候的那种日子。

能活一天算一天，无牵无挂才好，他闭上眼睛这样想着。

可刚小憩一会儿，就有人把他拍醒了。

“桥生，桥生……”

墨桥生艰难地睁开眼睛，看到住在隔壁的阿云正在喊他。

“桥生，主人召见我们，说要在庆功宴上给我们赏赐呢。”阿云高兴地对他说。

阿云是所有百夫长里最年轻的一个，他性格活泼跳脱，给人一种稚嫩未消的感觉。他年轻、单纯、没有心眼，更难得的是，即使在这种艰难的环境中长大，他依旧是个爱笑的人。

但这样的他一旦踏上战场，就会瞬间化为一只凶兽。只要冲锋号一响，他便不要命地向前冲。阿云的右手背上蜿蜒着一道狰狞的伤疤，他便是靠着这道疤当上了最年轻的百夫长。

墨桥生爬了起来，默默地跟着他走出营区。他一点都不想去参加这个宴会，但他没有拒绝的权利。

走在最前面的是阿凤，他和墨桥生一样沉着脸，默默地走着。

阿凤的面孔在男人中算是漂亮的，他眼睛狭长，鼻梁高挺，面容深邃。然而对于奴隶来说，不论男女，漂亮并不意味着好事。既漂亮，又能活着，还当上了百夫长，只能说明他在背后要比别人付出更多。

“不知道主人会赏赐些什么？你们说有没有可能是肉呢？我已经很久没有吃过肉了。”阿云一面幻想着，一面舔着嘴唇。

“我也想吃肉，做梦都想。”长得五大三粗，像熊一样强壮的阿甲吞咽着口水。

“别做梦了，主人面前都紧着点你们的皮。别一个不小心，肉没吃着，反倒丢了性命。”须发花白的老常冷冷地打断他们。

一行五人是此次立功最大的奴隶，他们或兴奋，或忐忑，或沉重地跟随主人身边的侍从来到威北侯所在的营地。

侍从将他们带到水房，一人发了一把刷子和一个大勺，用尖细的声音指着边上一叠制式相同的衣物说道：“把自己都洗干净了，换上新衣服，宴席上有许多贵人，不要给主人丢了面子。”

墨桥生蹲在地上，舀起一勺冷水从头上浇下。猩红浑浊的污水顺着身体流下，冷水刺激着他昏昏欲睡的神经，身上的伤口变得更疼了。他内心沉重，隐隐觉得手臂无力，身体也发起热来。但这不是什么好事，而且非常危险，一旦在主人面前失了礼数，惹怒了那些高高在上的贵人，不论曾经在战场上立下多大的功劳，等待他的都将是一个悲惨的结局。

对奴隶来说，功劳再大也不能和将军相提并论。运气好的话，他们能得到一块熟肉、一件铠甲或是一件武器，作为主人大发慈悲的赏赐。但若是运气不好，那便只能给自己惹来杀身之祸。奴隶的命，从来都卑贱如草芥。

墨桥生一点也不想去见自己的主人威北侯，也不愿想起自己这位主君私底下喜怒无常、残忍变态的行径，在他看来，威北侯无疑是个暴君。

他有时候会感到懊悔，也许自己不该那么拼命，可爬上城墙后若不拼命，就意味着死亡，意味着跟在自己身后的兄弟们的死亡。

身边的阿凤和他一样脸色凝重，咬着牙默不吭声地往身上冲水。二人在不经意间交换了个眼神，均在对方眼中看见了不安和恐惧。

待确定身体不再有异味后，他们才穿上统一制式的服装。

阿云摸着身上的衣服，啧啧赞叹：“这衣服真是柔软又舒适，我长这么大头一回穿得这么漂亮。”

“漂亮能是什么好事？”路过他身侧的阿凤冷哼了一句，“蠢货！”

威北侯的庆功宴上，程千叶饶有兴致地观赏着歌舞表演，品尝着宴席上的各种美味佳肴。

在她身边伺候的是两位容貌俊秀的侍从——吕瑶和萧绣。二人是兄长公子羽从前的贴身侍从，和公子羽关系亲厚。程千叶赴宴不可能不带一个随身侍从，所以只得带着两人。

两人小意殷勤地围着程千叶，看向程千叶的目光都充满着仰慕和崇敬。

只是在程千叶眼中，萧绣看向自己时，眼里充满了“欲求”的意味，而吕瑶表现得却是无可奈何。程千叶明白，萧绣对公子羽有所求，是真心实意地想侍奉在公子羽身边。而吕瑶心底对自己侍奉的主君十分不耐烦，很想离开这里。

不论是真心还是假意，她都不需要。程千叶这样想着。

宴席中，舞姬翩翩起舞，年轻漂亮的侍女和侍从在贵人之间穿梭着端菜倒酒。

威北侯华宇直和汉中太守韩全林、云南王袁易之三人各自左拥右抱，臭味相投地打成一片，聊得火热。他们把程千叶划归为和自己有着相同癖好的同类人，时不时地同她讲些荤段子，程千叶为此很是郁闷。

就在这时，门外进来五位将士，他们屈身跪拜，双手交叠在前，以额触地，行的是奴隶的跪礼。

华宇直对众人笑而言之：“这便是此次吾麾下立下战功的奴隶，最边上那个就是第一个登上城墙的勇士，叫墨……哦，对，墨桥生。”

墨桥生抬起头来，磕了一个头。

程千叶坐在席间，看着跪在众人面前的男子，心中感到十分惊奇。此人是最为低贱的奴隶，但周身却散发着如同海洋一般纯净的气场，宛如一块纯粹剔透的蓝宝石。

盟军的发起人凉州刺史李文广站起身来，端起桌上的酒杯道：“虽身为奴隶，却为我盟军立下一大战功，吾当亲自敬你一杯。”

看着眼前满满一大杯酒，墨桥生的面色白了几分。他奋战了一日一夜，几乎滴水未进，只来得及勉强咬了两口饼。他腹中饥饿，又失血过多，此时实在不适合饮酒。他怕自己喝醉后出丑，丢主人颜面，引来祸事，但他也很清楚自己并无拒绝的资格，只得恭恭敬敬地上前接下李文广的酒，跪着一饮而下。

宴席上，众人皆赞李文广礼贤下士，纷纷效仿，主动给几位立功的奴隶赐酒。于是，墨桥生只能一杯接一杯地将酒饮下。

程千叶看着不断饮酒的墨桥生，察觉此人的神情逐渐变得沉重起来，显得压抑而痛苦。

他接过酒杯的左臂轻微地颤抖，还带着些许的不自然。左肩的黑色衣物下渗出一片被水洇湿的痕迹。程千叶想起在不久前的战场上，她亲眼看见城墙之上的敌军将长矛扎进他的肩膀。

她顿时反应过来，那不是水，应该是血。

墨桥生饮下来自云南王袁易之的赐酒后，开始头晕眼花，腹中也翻滚了起来。他在心中暗暗憋着劲，告诫自己一定要忍住，千万不能吐。

这时，酒席上一位年轻的侯爵突然向他招手。

墨桥生知道自己不能再喝了，可他不敢懈怠，只能双脚发软地来到桌案前，再一次伏地行礼，接过年轻侯爵递过来的金杯。可将酒杯送至唇畔时，他突然愣住了，酒杯里装的不是酒，而是一杯热气腾腾的参鸡汤，散发出一股诱人的奇香。他诧异地抬起头，看见少年模样的晋越侯悄悄冲他眨了下眼。

贵人这是什么意思？墨桥生低下头，不露声色地慢慢喝下。他感觉自己隐隐作痛的胃好似被这股热流轻轻抚慰了一番，那带着浓郁肉香的参鸡汤让他几乎忍不住想要赞叹一声。而且鸡汤中似乎还加了几味药材，药力瞬间钻进他的四肢百骸，让他已经几乎支撑不住的身体重新振作了起来。

墨桥生喝完汤，匍匐在地上，额头紧紧地贴住手背，不由自主地松了一口气。

这时，他听见额前的地面上有轻微的声音响起。墨桥生抬起头，看见自己眼前的地毯上摆了一个黑漆的托盘。晋越侯并没有看向他，只是笑盈盈地看着眼前的歌舞表演，随意地与邻桌的汉中太守韩全林应酬。但他光洁漂亮的手却端起桌上的青釉瓷碗，不经意地摆在了他眼前的托盘上。

精致的瓷碗中盛着一大块外焦里嫩的烤肉和数块随意摆放的糕点。墨桥生不敢乱想，也不敢乱动。但他的身体比大脑更诚实，肚子发出“咕噜噜”的声响，像在诉说自己的欲望。

“威北侯的舞姬甚是美艳哪。”

“甚是，甚是。”案几边的晋越侯侧着身子与邻桌的人说话，但左手却从广袖中伸出来，在墨桥生面前的托盘上微微点了点。

贵人赐，不能辞。

墨桥生惊疑不定地捧起碗，他四下看去，酒宴上觥筹交错，热闹得很，诸侯们忙着敬酒、观舞、赏赐下属，并没有什么人注意到他所在的角落和他得到的东西。于是他勉强安下心来，端着食物慢慢退回角落，开始小心翼翼地品尝。

他从未吃过如此美味的东西，表皮焦香的烤肉被从中间切开，鲜嫩的汁液渗了出来，好吃得让他险些连舌头都吞下去了。盘中的糕点不知道是什么食材做成的，酥软细糯，精致雅观，墨桥生一口一个，他甚至觉得自己能一口气吃下百个。但他克制着自己，不过小心地尝了两块，便把碟子往后推移到了刚刚回到角落的阿凤跟前。

阿凤瞥了他一眼，用衣摆将碟子盖住，悄悄吃了一点后，又把碟子往后推。

“真香，太好吃了。”年轻的阿云很亢奋，他舔了舔嘴唇，“刚刚主人还赐了酒，这是我第一次喝酒。”

年轻的男孩第一次喝到酒，觉得酒真是个好东西。几口热酒灌下去，身体暖和了，脑子也糊成一片，仿佛战场上冰冷彻骨的死亡、杀戮、哀号都被短暂地驱散，而那些痛苦、不甘、恐惧也能被暂时遗忘。

酒过三巡，宴席上越发热闹起来。

有人道："我观威北侯座下的奴隶，在战场上十分骁勇，狼嗥虎啸地撕碎了敌军，比山野的猛兽还凶狠一二，不知如何训得？"

华宇直喝了许多酒，兴致正高，眯起鱼泡一样浮肿的眼睛笑道："倒也容易。诸位多住在中原繁华之地，或许不曾见过真正的凶兽。吾等久居荒野边陲，日日和毒虫猛兽为伴，调教奴隶倒是便利许多。"

他一拍双手，大厅的声乐骤停，衣着华丽的舞姬们如潮水般退去，训练有素的奴隶们拥了进来。他们熟练地在大厅里忙碌，很快便在华美的地毯上拼起一个巨大的囚笼。

这囚笼是新的舞台，囚笼的角落推进来一个盖着厚毡布的大木箱，毛毡下隐隐散发出难闻的腥臭味，里面还时不时传出低沉的吼叫声。箱子被推进来时，大厅里所有奴隶的后背都在一瞬间绷紧，他们比在场所有人都知道接下来会发生什么……

厚实的毛毡被扯下，露出一只脏兮兮的棕熊。浑身绕着蝇虫的野兽被人从窄小的空间里放出，而后缓步走进巨大的囚笼。它抖了抖湿漉漉的毛发，开始不耐烦地沿着笼子打转。

酒宴上的宾客发出此起彼伏的惊呼声，惊奇又兴奋，议论着有如小山一样庞大的野兽。

"诸位问吾训奴之术，无他，不过以兽训之。存者，授百夫；败者，弃也。如此，无一奴敢不尽全力。"华宇直笑着对酒宴上的诸多宾客说道，"正好此刻饮宴无聊，让他们耍乐一番，以娱诸公。"

端坐在案几之后的诸侯们顿时兴奋起来——

"丝竹声常听，斗兽倒是少见。今日大胜，正当以此尽兴。"

"威北侯果有高招，弟等可以好好见识一番。"

"不错不错，舞乐固美，但我等男儿，该当以观武士之雄伟尽欢。"

这些人虽然说得冠冕堂皇，但他们心底都清楚，以人的血肉之躯和野兽相搏到底意味着什么。但他们并不在乎，甚至为即将发生的血腥一幕感到猎奇和兴奋。在这些人心里，即将在笼子里面对凶狠野兽的不过是些卑贱的奴隶，他们的血肉和性命自然也无人关心。

而在众侯取得大捷的日子里，也正需要一些刺激神经的节目来延续内心的狂热。肥胖而臃肿的华宇直站起身，慢慢地向着奴隶跪伏的区域踱步而去。

宴席上奢华热闹，到处都是精美的食物和香醇的美酒。这里的宾客举止有礼，谈吐斯文。然而在华美的礼乐之下，依旧只有腐朽的人心。

他们站在权力的顶峰，从不把脚下的奴隶当人。那些为了他们在战场拼杀，为了他们辛苦劳作，恭谨伺候他们起居的奴隶，在他们眼中不过是让宾客们“欢愉取乐”的物件。

绣着金色云纹的鞋尖出现在阿云眼前，阿云只觉得一股凉意从脊背升起，刚刚被酒精温暖的身体开始彻骨地冷，冷得他想要发抖。他很清楚，就算是身手最好的桥生和阿凤，在受伤疲惫之时面对这样的凶兽也只有送死的命运……他几乎可以预见自己被那头棕熊咬碎骨头、掏出内脏的场面，毕竟这样的场面他见得太多了，他忍不住用祈求的目光看向自己的主人。

然而不久前那个笑吟吟、赐他酒肉的主人，此刻却用冰冷的眼神居高临下地看着他，不耐烦地皱起了眉头。

墨桥生一动不动地跪伏在地，额头上传来地毯柔软的触感。他盯着地毯上精美的花纹，身边都是战场上出生入死的兄弟，他们同他一样跪成一排，等着主人决定他们的生死。那双带来死亡的靴子停在了阿云的面前，停在了那个还年轻、爱笑、像家里年幼的弟弟一样的男孩面前。

墨桥生闭了一下眼睛，微微叹了口气，刚准备抬起自己的头时，阿凤用手把他的脑袋按了下去，自己却抬起头来，冲着华宇直笑了一下。

阿凤在战场上是个凶神恶煞的凶徒，但脱了铠甲后却是个容貌俊美的男人，漂亮的人总是能更容易实现自己的目的。华宇直果然把目光移了过来，笑着把手指点在他的头上。阿凤笑得更灿烂了，仿佛发自内心地觉得喜悦，好像得到的不是进入兽笼送死的命运，而是不得了的荣耀。

华宇直点点头，觉得这个奴隶十分识相，长得好看又很听话，在众多诸侯面前大大地长了他的面子。于是他大发慈悲地拔出了自己随身的佩刀赏赐给了阿凤，觉得自己是一个特别仁慈的主人。

阿凤领了武器，在站起身之前快速且低声地说了一句：“处理伤口。”

随后，他咬着被赏赐的刀，脱下碍事的外衣，带着笑钻进了关有凶兽的铁笼里。

人长得美，笑得又邪，这样赤着上身、口里叼着短刀的阿凤，引来观众兴奋的呼喝。然而，他们中的大部分人并不期望他获胜，他们更想看到美丽的事物被撕碎、被破坏，最终惨死在污秽的兽爪之下。

墨桥生在此时慢慢起身，悄悄地退出大厅。他和阿凤是多年的战友，有时候一个眼神就能明白彼此的意思。在这么多贵客面前斗兽，主人必求“华美热闹”的收场。如果阿凤死了，或许还有结束的可能，若是阿凤活下来……那必定还有第二场，甚至第三场……

墨桥生低头检查了一下自己只经过简单包扎的肩头，此刻，从伤口渗出来的血早已浸透深色的衣襟。这样的身体，不可能支撑一场凶险的战斗。他需要一些干净的布料，最好还能找到一些烈酒。往日里，这些东西对奴隶来说是不可能得到的，但在奢华的酒宴上，却容易许多。

当然，最重要也是最难的是他需要得到一把锋利的兵刃。他必须要以最快的速度回去，可他不太会像阿凤一样朝着主人笑，那他要去哪里弄到？

墨桥生悄悄潜进了一间无人的静室，像这样的宴会都会设有无数提供给贵人们更衣休整的房间。他的运气很好，垂挂着层层帐幔的屋子装饰华美，里面有衣柜、床榻，甚至备有热水和药品，且空无一人。

墨桥生想，只悄悄取用一点药品止住血，这样或许能熬过这一劫，千万别被发现。然而下一刻，屋门“吱呀”一声被人从外推开，帘帐被掀起，露出贵人华美衣裾的一角。

墨桥生的心沉了下去，脸上血色尽褪，他咬着牙跪了下去，尽量低下头。这时，一双精美的靴子出现在自己眼前。

“墨桥生？”一个年轻的声音在头顶响起。

这个声音他听过，是属于刚刚赐酒的时候那位唯一没有灌他喝酒，且让饥肠辘辘的他得以饱食一顿的年轻侯爵，晋国新上任的君主——晋越侯。

墨桥生不知所措地抬起头，看到一张年轻温和的面孔微笑着向他点头示意。

“你站起来，躺到床上去，我给你处理一下伤口。”他听见那位晋越侯这样说。

墨桥生突然意识到，这个贵人是一路跟着他进入这间屋子的。或许之后会发生比死还令人难堪的事……他不由想起幼年时的那个帐篷，那个像怪物一样永远摇晃在他噩梦中的画面……

这些年他拼尽全力，以为能摆脱这样的噩梦，可终究是些不自量力的妄想罢了。他默默咬着牙，双手紧紧抠着地面……最终突然像是放弃了一般，慢慢站起身，顺从地坐在了床榻上。

程千叶找齐药剂，托着铁盘过来时，看见墨桥生垂着头坐在床边，面色一片木然。虽然看上去整个人死气沉沉的，但程千叶知道，此人心中此刻正搅动着狂风骤雨。

程千叶不知道他为什么会产生这样难过的情绪，只宽慰他道：“别害怕，我不会对你做什么。”

可惜的是，以自己如今的身份，在众多强大的诸侯面前似乎没有多少影响力。几经劝说也无法阻止大殿上那场变态的狂欢。她喜欢墨桥生给人的感觉，从而对他有了更多的怜悯。她终究不忍心看着他死在这样残忍的游戏中，因此，她避开众人跟了过来，不过想要尽自己所能给他一点帮助而已。

她把手中的铁盘放在床头，命墨桥生躺在床上。

墨桥生看着盘子上摆放的剪刀、镊子和一些乱七八糟的瓶瓶罐罐，心瞬间沉到了谷底。他深知有些贵人表面上看起来斯文俊秀，但却有着不为人知的癖好。他觉得自己或许会死在这里，对他来说，其实死在这里和死在刚才的笼子里，并没有多大的区别。他闭上眼，紧绷着下颌躺下，又慢慢地把修长的双腿挪上柔软的床榻。他感觉到冰凉的剪刀伸进他的衣领，剪开他的衣物，他忍不住战栗，滚动了一下喉结。

程千叶剪开墨桥生胸前的衣服，小心地揭开被鲜血浸透了的布料，看见他结实的肩膀上有一个狰狞恐怖的血洞在往外渗着鲜血，染红了整片肩头。

宴席之上，墨桥生在自己身侧俯身叩首时，程千叶清晰地看见他的脖颈之下透着一片鲜红。但他是别人的奴隶，自己也不好过度关怀，怕引人注目。一开始不过是知道他饥肠辘辘，想给他些食物，但看着他只因一点食物便开始满溢感激之情时，程千叶还是不忍心，也见不得他这样毫无价值地死去，给他包扎一下，或许他就有机会活下来。

墨桥生紧闭着双眼，想象中的痛苦久久没有出现，肩膀上反而传来阵阵温热。他诧异地睁开眼，只见晋越侯亲手用温水打湿洁白的面巾，然后将其拧干，为他清理着身上的血渍。又用镊子夹起一块浸泡了烈酒的纱布，对他道："会很疼，你忍着点。"

高浓度的烈酒给伤口带来一阵刺痛感，但这算什么痛？墨桥生在心中想道。作为一名战士，重伤之后如果有机会用烈酒冲洗伤口，那存活的概率会大很多，但基本上没有奴隶有资格享受这种奢侈的治疗。

程千叶拿起一根弯得像鱼钩的针，针上穿着缝衣服的线，安慰道："忍一下，有点疼，但你的伤口太大了，还是缝合一下比较好。"

缝合？缝合是什么意思？墨桥生感觉到刺痛，但让他比较惊恐的是，眼前的贵人像缝衣服一样，用针把他的伤口一点一点地缝了起来。虽然动作不太熟练，但他的神情看起来却十分专注认真。

墨桥生看着眼前人一面亲自给自己缝合伤口，一面还轻轻叹息。仿佛他面对的不是一个奴隶，而是一个值得尊重的生命。他一边缝还一边嘱咐："这个只是暂时的，三天后你要自己把线头剪开，把线抽出来，知道了吗？"

针尖穿过皮肤，伤口被缝起来后看上去有些恐怖，但效果确实好，伤口终于不再继续流血了。程千叶打开瓷瓶，仔细地在他的伤口上撒了一层黄色粉末，又压上一块洁白干燥的纱布。

墨桥生这才反应过来，晋越侯是真的在给自己疗伤。他下意识地想抬起手，却被一道温和的声音制止。

"别动，还没固定。"

程千叶俯身，鼻息萦绕在他耳畔，她将透气的纱布一圈一圈地绕上他的肩头，说话间，气息不经意地吹拂在他的面孔之上。墨桥生的心中闪过一种莫名的情绪，像被猫爪子偷挠了一把似的酸疼，却又抓不住痕迹。

这位侯爷……或许和他人不同。

他暗暗期待着，随即又马上告诫自己，千万不要有这种奢望。

程千叶剪开墨桥生余下的衣物，当纤瘦的身躯展现在自己面前时，她的心真的疼了一下。

墨桥生年轻的身躯上遍布着大大小小的新旧伤痕，腹部更是有一道比肩膀还要严重的刀伤，但伤口却只用一块脏污的布条紧紧勒住。明明是刚褪去少年稚气的身体，四肢的一些关节却已经因为过度的训练而微微变形。

程千叶叹了口气，不禁感慨这真是一个残酷的时代、一个可怜的人。她尽量让自己的动作轻柔一些，墨桥生心中绷紧的神经慢慢放松了下来，昏昏欲睡。等一切都结束的时候，墨桥生才恍然惊醒。那位温柔的大人已经不见，他翻身下床，看着身后那张华美的大床，心中惊疑不定。他疑惑地摸了摸自己刚刚爬出来的被窝，那里既柔软又干燥，还带着自己的体温。

他睡着了？这也太失礼了。

墨桥生身上的伤口被纱布仔细地包扎起来，透出一股淡淡的药香。他把自己来回检查了两遍，确信自己没有被伤害过的痕迹后，惶然四顾，发现枕边放着一把墨黑的短刀和一个瓷白的药瓶。刀看上去灰扑扑的毫不起眼，他握在手中，只觉手心一沉。刀刃“锵”的一声出鞘，寒气逼人，薄薄的利刃吹毛可断。黑而不起眼，锐而无人知。

相比华宇直赐下的镶满宝石的华美宝刀，这一柄才是真正的好兵器。他忽然想起，在自己昏睡的时候，有人将这柄刀摆在了他的枕边，以及那人说的话——

“虽然我不能制止这件事，但我希望你能活下去。”

墨桥生握紧刀柄，冰冷的铁器贴着肌肤，仿佛给了他一种支撑一切的力量。他站起身走出那间屋子，走回那个喧闹、华美、满溢着血腥味儿的宴会大厅。

铁笼里的棕熊不见了，阿凤也不见了。满地的血迹，不知是人血还是兽血，现如今笼子里等待他们的是三只饥肠辘辘的郊狼。

管事的看见他回来，不满地推了他一把："躲哪儿去了？第二场了，快！你们几个谁上？"

墨桥生一言不发，也不和他人商议，直接握着那柄漆黑的短刀，矮身钻进了巨大的兽笼。

笼子里的三只郊狼显然都被饿狠了，看见有人进来，龇着锋利的獠牙，发出低吼，腥臭的口水从獠牙的间隙里流了下来。三只狼分散开，低吼着将墨桥生围在中间。

有时，狼群比熊更可怕，特别是饥饿的狼群。它们不仅狡诈、凶残，还擅长配合，对捕获它们的人类充满憎恨。

墨桥生放低重心，握紧刀柄。他的耳边又响起了那道声音——

"希望你能活下去。"

围观的人刚刚看了一场精彩而刺激的斗兽，还沉浸在上一场精彩刺激的比赛里，但仿佛还少了那么一点提味剂。尽管这样，他们也着实对第二场斗兽提不起兴趣。第二场的奴隶不像第一场那人有着艳丽的容貌、叼着华丽的宝刀，他只是阴沉着脸，握着一柄黑漆漆的短刀，一言不发地进了笼子，感觉没什么看头的样子。

就在这时，笼中的奴隶突然动了。面对三只郊狼，他没有做出任何防御的姿态。相反，他一进笼子就冲着最强壮的一只公狼冲了过去。

连狼群都被这个突然冲上来的人类吓了一跳，这短短的一个瞬息，却给墨桥生争取了宝贵的时机。第一只郊狼扑过来的时候，他侧开脖颈，锋利的獠牙几乎是贴着他脖子擦过，他甚至能清晰地感觉到野兽腥臭的喘息喷在自己的脸上。错身而过之后，郊狼摔倒在地再也爬不起来。

它的前爪双双断了，整齐的切口流出大量血液，痛苦地满地翻滚。

墨桥生瞥了一眼手中的刀，哑黑的刀锋暗淡无光，却锐利得可怕，竟能轻而易举地斩断野兽的骨头。

要快，墨桥生想。他没有多少体力，持久战他支撑不住。

第二只郊狼如疾风一般跃到他眼前，他旋身出腿将疯了似的野兽一脚踢开。第三只郊狼几乎同时咬向他的后背，他没有闪避，只是绷紧了手臂的肌肉，转身格挡。当郊狼锋利的獠牙咬住他的手臂时，他反手回刺，一刀割开了郊狼的咽喉，血瞬间喷溅了墨桥生一脸。

墨桥生把挂在手臂上抽搐的狼尸扯下，染着狼血的目光透过铁笼看了出去。

原本热闹、喧杂的会场静默了，众人还没做好观看的准备，笼子里三只凶残的郊狼已经一死一伤，仅余的一只也夹着尾巴，呜咽着往后退。尽管眼前的人类已经伤痕累累，但它却打从心底觉得恐惧。野兽的直觉告诉它，这个一身是血、向自己走来的人比自己更像狼，也更凶残。

墨桥生最后是被抬回营地的，他流了很多血，伤得很重，但好歹活了下来。

他在自己小小的隔间里睁开眼，第一件事就是确认自己怀里的药瓶和刀还在不在。等摸到怀中的物品时，他明白命运之神这一次眷顾了自己。

他勉强爬起身，来到隔壁。

阿凤的房门没有闭合，房中的地板上躺着一具鲜血淋漓的身体。墨桥生走了进去，把人从地上抱起来放到床上。他看着阿凤惨不忍睹的身躯叹了口气，摸出怀中的药瓶，用手指轻轻摩挲了一下，然后拔下瓶塞，把瓶中淡黄色的粉末小心翼翼地撒在阿凤身上最严重的几处伤口上。

“哪来的药？”阿凤转过脸，他的额头裂了个口子，大片鲜血盖住了他漂亮的眉眼。

墨桥生沉默了一下：“宴席上那位晋越侯赐的。”

阿凤把他上下打量了一遍，转过头去，冷哼一声：“运气真好，阿云那蠢货呢？”

墨桥生答道：“还没有看到他回来。”

阿凤不再说话，墨桥生为他简单地处理完伤口，才走出门来。他不知道其他人情形如何，或许自己被抬走之后，那场残忍的狂欢也不曾结束。他有些担心地加快脚步，想看一看与自己并肩作战的兄弟是否需要自己的帮助。

此时，两个奴隶抬着担架从过道的另一头走来，担架上是一具用破布覆盖着的尸体，污秽的破布下露出布满血迹的双腿。这样的情形在奴隶营里早已司空见惯，墨桥生错身通过时，担架上突然垂下一只手臂，手背上蜿蜒着一道狰狞伤疤。

墨桥生猛地顿住，他瞳孔微缩，攥紧了拳头。

是阿云，即便如此地全力挣扎，那个爱笑的阿云还是没了……

昨日，他们五人路过这里时，阿云笑着说话的声音似乎还回响在空荡荡的过道里。

“不知道主人会赏赐些什么？有没有可能是肉啊？我已经很久没吃过肉了。”

世道如此不公，一个努力而鲜活的生命，只因贵人们的喜怒，就这样随便被葬送了。

墨桥生痛苦地闭上眼睛，他握紧手中的瓷瓶，似乎想从冰凉的瓶身中汲取一丝温暖，用来填补他心中那巨大而悲凉的空洞。

第二章

救赎

汴州城。

经过一日一夜的战场打扫，四面城门终于大开，迎接盟军入驻。

这日，各路诸侯点齐本部人马，盟军浩浩荡荡地入主汴州。

墨桥生领着自己的小队，默默地站在城墙下的阴影中等待。奴隶组成的部队人数众多，没有必要入城，待主公入城后，他们便会被分区安排在城外的空地上驻扎。

诸色战旗遮天蔽日，当绣着“晋”字的战旗招展而过时，墨桥生忍不住探头搜寻那道身影。不多时，只见精兵强将簇拥着一顶罩着华盖的轿子浩浩荡荡地行了过来。轿子上坐着一位头束金冠、面如冠玉的年轻主君，他微侧着身子，懒洋洋地听着随行侍从说话。

那侍从容貌俊美，手扶舆轿随行，仰着微红的面孔不知说了几句什么，轿子上坐着的年轻主君便轻笑了起来。

阿凤并立在墨桥生身边，看到墨桥生的目光一路追随着那道笑颜，微微侧身说道:“他就是晋越侯？看起来确实是一位温柔的主人。

“你不会有什么幻想吧？想成为他的奴隶，在他手下讨生活？别傻了！我们这样的人，生死都只能听天由命，哪里有选择自己人生的权利？”

墨桥生知道阿凤说的是事实，但那句“成为他的奴隶”却像一颗种子，种进了他心中，甚至瞬间冒出一株楚楚可怜的嫩芽。

那位大人会看到我吗？墨桥生想。但他又快速打消了这样的想法，这么多人，那位大人怎么可能会看到他这样一个卑微的奴隶？但上天仿佛听见了他的心声，那高坐在舆轿上的君侯，目光似无意间看了过来，冲他笑着点了点头，还稍稍抬了一下手指示意。

墨桥生不由得有些紧张。他低下头，感觉心中那一点妄念像是原野中疯狂生长的蔓草，狠狠地捆住了他的心。

晋越侯是个温柔的人，甚至会尊重一个奴隶的尊严。如果有幸在晋越侯麾下，他定誓死效忠。

只可惜，这些都是妄念。

程千叶坐在摇晃的舆轿上，百无聊赖地听着萧绣在身侧说着逗自己开心的话。

她觉得贵族是好，不用自己走路，还有貌美如花的侍从在身边陪伴，使尽浑身解数哄她开心。可她真的不喜欢打仗，不喜欢当主公，也不喜欢抢地盘这一套。她不知道自己什么时候能脱离这个以称霸天下为目标的人生。

程千叶正想着，却突然看见了一道熟悉的身影。

按理说，她本是看不见的，但黑压压的人群中，对方周身的气场显得过于鹤立鸡群，让她一眼就能看到他。那人像是一块巨大的宝石，让人移不开目光。

程千叶浅笑，是前夜那个奴隶。

虽然她还没搞清楚，为什么会有人如此纯粹，但她仍忍不住对他更亲和了一些。于是程千叶微微举了一下手，算是打了个招呼。

看到他低下头，程千叶摸了摸下巴，心想，他是害羞了吗？真是既可怜又可爱，她要把他弄到身边来。

她低头对萧绣说道："去打听一下威北侯喜欢什么，我想和他买一个人。"

进城之后，程千叶先给自己抢了一块建筑华美、环境宜人的驻地。她让吕瑶担任负责庶务的大总管一职，并将其他侍从都打发了，只勉强留了萧绣一人跟在身边伺候，以免外人觉得公子羽的性情变化太大。

吕瑶对"庶务大总管"这个头衔很感兴趣，以极大的热情迅速投入其中，把程千叶的生活、起居打理得井井有条。

可惜，程千叶目前没什么时间好好享受贵族的奢侈生活。她发现做一个诸侯其实是件很不容易的事，不仅每天公务缠身，必须下各种决断，还不得不参与李文广召开的那些大大小小的军事会议。

被胜利刺激得兴奋异常的男人们，没日没夜地讨论各种军务和战术。有人提议水陆并进，成掎角之势直指镐京，一举夺回失地；有人提议兵分三路，相互呼应，徐徐扩大根据地……争论得不可开交。

程千叶是听也听不懂，走又走不了。看着士兵们进入腥风血雨的战场，死了一批又一批，这种直面死亡的场景简直让她难以承受，她是真的不想再打这种对于自己来说莫名其妙的仗了。于是，她表示自己可以率部留下守城，巩固后方根据地，为前线提供安全保障。

众诸侯听罢先是愣了一下，随后齐声夸赞她顾全大局、忠义可嘉。程千叶知道，他们只是在做表面工夫。

程千叶面上打着哈哈，心中却在吐槽：谁不知道你们打的什么算盘？都去抢你们的地盘吧！自从坐上这个位置后，没一刻清静。等你们都走了，我好捋一下自己到底怎么摆脱这个身份。

从营帐出来后，幕僚张馥跟在她身后，用那张一贯温和的面孔询问道：“主公为何想率我部留在汴州？”

程千叶其实很看重张馥，张馥年纪轻轻便成为晋威侯最为仰仗的幕僚，足以证明他是一位足智多谋的名士，虽然她知晓张馥有些看不上她。

程千叶初接侯位，其实很希望能得到张馥的真心相助，所以程千叶总是下意识地对他带着些讨好之意，希望他能慢慢认可自己。

但她总不能说自己是想要休息、害怕打仗才主动留守汴州，于是程千叶吞吞吐吐地说道：“我觉得，盟军虽人数众多，但人心不齐。虽打了胜仗，看起来士气高昂，但战线一长就不好说了。我们不如抢占先机，接手汴州，稳扎稳打地把民生和城防弄好，将汴州城归入我大晋版图。”

张馥稍微挑了一下眉毛，露出一点吃惊之意：“原来如此，主公果然深谋远虑，臣不能及也。”

程千叶舒了一口气，她知道张馥心中其实并不十分认同她的说法，但至少没有直接反驳。

对于从来没有接触过军事管理的程千叶来说，此刻需要面对和解决的问题，如同一团乱麻般无从着手。因此，她只能先把军需后勤等要务委托给她唯一能信任的肖瑾，然后让贺兰贞和俞敦素分管士兵操练等事宜。

当然，晋威侯留下的那些老将，程千叶目前也不敢轻易挪动他们的位置。他们和张馥一样，表面上对她恭恭敬敬，实际心中十分不屑。但这也怪不了他们，谁叫她的兄长原来确实是一个不怎么靠谱的酒囊饭袋呢。

但这些事都还可以慢慢来，对程千叶来说，眼下最为紧要的却是一件小事——骑马。

作为一位诸侯国的主君，不会骑马实在说不过去。公子羽虽然是个文不成、武不就的酒色之徒，骑术也不甚精湛，但好歹是会骑马的。她如果总坐舆轿或者在关键时候连马都爬不上去，那定是要露馅的。

因此，学会骑马对眼下的她来说才是重中之重。

一从会议脱身，程千叶便悄悄地挑选了几个亲随，牵上她那匹黄骠马，到城外择了一处空地练习骑术。

黄骠马是老晋威侯留下的坐骑，它鱼目瘦脑，龙文长身，通体油光水滑的黄毛上散着点点梅花状的白斑，端的是神俊非常，是鼎鼎有名的千里良驹。

程千叶作为一名对骑术一无所知的年轻女孩，忽略了一个关键的问题——越是神俊的烈马越不适合新手。

她好不容易在随从的帮助下爬上马背，刚把脚塞进马镫，那黄骠马便风驰电掣地冲了出去。

程千叶惊叫一声，身后传来乱七八糟的呼喊——

“主公抓紧缰绳。”

“夹紧马肚子。”

“快！马惊了！快来人救主公！”

…………

耳畔是呼呼的风声，两侧是疾驰后退的景物，程千叶吓得半死，各种骑术要诀都被吓得丢到脑后，她再也顾不得形象，只能拼命抱住马脖子。这时，她余光瞥见路旁飞出一道黑影。黑影速度奇快，在奔马身后紧追不舍，竟渐渐拉近了人马之间的距离，赶到程千叶身侧。他追上马，用手抓住黄骠马的缰绳后慢慢收紧，最后双脚蹬地，烈马长嘶一声，终于停了下来。

程千叶只觉得一只有力的胳膊揽住了她的后腰，将她小心地扶下马来。她心脏怦怦直跳，手脚发软，一屁股坐在了地上，喘了半天气才定下神来。

这时，她才看清，救下她的男子正是墨桥生。

此时，墨桥生身着黑色对襟短衣，单膝蹲跪在她面前，一双明若星辰的眸子关切地望着她。劫后余生，程千叶抚着胸口冲他勉强笑了笑。墨桥生便双掌交叠于额前，伏地行礼。

程千叶的侍从此刻追了上来。他们围着程千叶，或搀扶，或拍灰，或忧心问询……无不露出真挚的关切之情。但程千叶知道，这些人其实无不是失望、鄙夷的态度。

与他人不同的是，眼前匍匐在地的墨桥生，却无声地展示了他对自己的担忧和关切。

“谢谢你。”程千叶弯下腰，牵住他的手把他扶起来。她真诚地道谢，略微思索了一下，又问道：“你想不想来我身边做我的奴隶？”

她看见墨桥生的嘴唇微张了一下，双眸在一瞬间明亮起来。不需要他回答，程千叶已经知道了答案。她看到他眼神中那一股强烈的渴望。

他很想来我的身边呢。

程千叶高兴地和墨桥生告别，她换上一匹瘦弱温顺的马，打算再继续遛几圈，等回去后就去找威北侯，问他怎样才可以把墨桥生卖给她。

威北侯的行辕中，威北侯华宇直、汉中太守韩全林、云南王袁易之三人正同桌共饮。

“袁公觉得晋越侯其人如何？”华宇直闲话道。

袁易之嗤笑一声：“无谋小儿，不值一提。”

韩全林附和道：“我军此刻气势大盛，必能大破犬戎，立我等不世之功。晋越侯年纪轻轻，却贪图享乐，胆怯畏战。看来自晋威侯仙逝之后，晋国只怕是后继无人了。”

华宇直举杯劝酒，笑道：“也不是一无是处，他识人眼光不错，身边有几位厉害的将军，不然他也撑不到今日，哈哈……”

“那些能人都是他父亲留给他保驾护航的，不算什么。说起训练武士，华公才当之无愧。”袁易之搂着身边伺候的两位美人，眯着一双鱼泡眼，开玩笑道，“那日力战棕熊的百夫长倒令人印象深刻。”

韩全林捻着稀松的山羊胡：“说起来，第一个冲上城墙的奴隶倒令我记忆犹新，酒宴上更是三刀劈死狼群。对这样的勇士，我这几日可是念念不忘，不知华公今日可否传他来一见？”

华宇直哈哈大笑：“这有何难，我即刻召他前来。”

墨桥生坐在营房中的石墩子上，回想起晨间那场意外的邂逅。他有些忐忑慌乱，但又很期待，心底深处涌出幸福之感。他掏出一直随身携带着的小瓷瓶，攥在手中轻轻摩挲。

“生。”

听见阿凤的呼唤，墨桥生抬起了头。

阿凤走到他面前，面色阴沉地看了他半晌：“主人和云南王、汉中太守在饮宴，传你席上侍酒。”他看了一会儿墨桥生，慢吞吞地说出后半句，“他好像把你卖给韩全林了。”

“哐当”一声，白色的瓷瓶从墨桥生手中滑落。阿凤黑着脸，下颌的肌肉动了动，但还是伸出手，把失魂落魄的墨桥生拽了起来：“走吧，别多想。奴隶就是这样，主人想把你卖给谁，就把你卖给谁。”

程千叶骑着马在城外兜了大半天，总算能稍微摸着点门道了，但她也被马颠得全身疼痛。骑马虽看着帅气利落，却也是个受罪的活儿。她在心中抱怨着，一瘸一拐地步行回城。

一到城门口，程千叶就看到了前来迎接她的萧绣。四处张望的萧绣见到她，立刻露出了明媚的笑容，兴奋地跑过来递手帕、递水，殷勤得不得了。

程千叶看着萧绣，感到有些愧疚。萧绣并不知道自己效忠的公子羽已经死了，而她大概也永远不能告诉他，其实她不是真正的程千羽。

“小绣。”程千叶看着眼前容貌秀美的男子，关切地问，“你想不想和吕瑶一样，分管我身边的一项事务？”

萧绣的神色突然变得茫然悲伤起来，他无措地说：“主公，我是不是做错了什么？你不要小人伺候了？”

程千叶叹了口气，萧绣虽然长得漂亮，但程千叶一开始并不是十分喜欢他。一来，是他年纪太小；二来，他身上没有能够吸引自己的地方。但人心都是肉长的，这些日子，他日日无微不至、小意殷勤地在她身边伺候，程千叶也难免对他起了一丝怜悯之意。

“你想到哪儿去了？我就是随口问问，你没做错什么。”

“主公这些日子格外温柔，从不打骂小人，小人心里很是感激。”萧绣咬着下唇，哀怨地瞥了她一眼，低头扭着衣角，“只是，主人好像对我变得疏远了，也不让我随身伺候、更换衣物了。”

闻言，程千叶不禁扶额。虽然萧绣年纪小，但男女有别，怎么能让他帮自己换衣服？

除此之外，她更希望萧绣能够慢慢改变自己的观念，不要只想永远做个伺候人的侍从，要独立自主起来。但他一贯如此，这也不是一时半会就能改变的事。她敲了一下萧绣的脑袋：“你不要多想，走，跟主公我去一趟威北侯那里。”

程千叶领着萧绣和一众随从，牵着黄骠马来到威北侯的行辕驻地。只见行辕门口围着一圈人，正看着一个奴隶被褪下裤子，压在长凳上受刑。

两个大汉上身赤裸，手持朱漆长棍，一左一右地行着棍刑。远远看去，只见受刑之人下半身一片鲜红，血水顺着长凳边缘，滴滴答答地往下落。

程千叶有些不敢看，正要绕开往里走，交错而过之时却从人群的缝隙间瞧见了一抹熟悉的身影。

墨桥生？受刑的人是墨桥生？

程千叶挤进人群中，看见墨桥生正浸染在刺目的血泊之中。

“住手！”程千叶阻止施刑的人。

自从代替兄长成为晋越侯后，她看到了太多不公和残忍的事。但程千叶总觉得自己尚且自顾不暇，没有能力管，也管不过来这些事。

她在回避这个世界的污浊残酷，但此刻，当程千叶直面这样血淋淋的场面时，她心中的义愤终于被激起。那个刚刚救过自己的墨桥生，现在正一动不动地趴在长凳上，他的面目被冷汗打湿的头发遮住，看不出死活。

程千叶小心翼翼地掰正他的下巴，将湿黏的黑发拨开，露出他已经惨白的面孔。她用手轻探墨桥生鼻下，幸好还有微弱的呼吸。

墨桥生艰难地睁开眼睛，看见是程千叶后，那湿漉漉的目光亮了一点。他的双唇微微抖动了一下，却说不出话来。

“哈哈，晋越侯今日怎得空大驾光临，真是让老夫这里蓬荜生辉啊。”程千叶抬起头，看见三个令她恶心的老男人正向着这边走来，而率先开口的人正是墨桥生的主人——威北侯华宇直。

“正巧路过，想来拜会一下华公。”程千叶压抑着自己的情绪，开始和这些人周旋，“不知这个奴隶所犯何事？”

“哼！都怪我管教无方，本来韩公看上了这个奴隶，想用百金买他。谁知这个不识好歹的东西竟敢说自己不愿意。”华宇直冷下脸来，抓起墨桥生的头发道，“一个低贱的奴隶还想有自己的想法，他把老夫的脸都丢尽了！给我狠狠打，直到打死为止！”

华宇直把墨桥生摔回凳上：“晋越侯有何指教！”

程千叶咬着后槽牙，压抑着心中翻腾的怒火，侧身挡在华宇直和墨桥生之间，拱手道：“这个奴隶确实是一位不可多得的勇士，我也对他印象深刻，不知道华公可否割爱，将他转让于我？”

韩全林冷哼一声：“公子羽，你不要太不晓事！凡事总有个先来后到，这个奴隶，华公已允我处置，你这是要同老夫抢人吗？便是你的父亲在老夫面前也不至于如此无礼。”

程千叶正要说话，却感觉到身后有一只手拽住了她的裤脚。她侧头一看，只见长凳上的墨桥生勉强抬起身，紧张地凝望着她。

虽然她和这个奴隶接触不多，但她知道这是一个克己内敛、不擅表达自己情绪之人。在程千叶的印象中，她几乎没有听到墨桥生说过一句话，甚至没见过他流露出过于明显的情绪。就像此刻，尽管他内心有着浓烈的渴望，但他表现出来的，也不过是鼓起勇气拉住自己的衣物，表示请求。

程千叶稳下心神，越过韩全林，笑着对华宇直道："买卖奴隶这种事，只要还没签订契约，就没有什么先来后到，主要……还是价高者得。"

闻言，华宇直打起哈哈："两位贤弟，为一个低贱的奴隶争风不值得。我帐中奴隶众多，什么类型的都有，两位切莫伤了和气。"

"听闻，华公不只喜爱美人，更好宝马。"程千叶笑道，她让随从牵过自己的黄骠马，"此驹名黄骠，能日行千里。都说宝马当赠英雄，我观此马只有华公这等英雄人物能与之相配。若华公将此奴割爱，在下便将此马赠予华公为谢。"

萧绣听了这话后大惊，他飞快地瞥了一眼墨桥生，对程千叶低声道："主公不可，此马乃是老侯爷所留，岂可为换一个奴隶便随意赠予他人。此举一出，恐寒了老将们的心。"

程千叶看了一眼墨桥生，抬手止住了萧绣的话。对她来说，什么样的马都没活生生的人重要。

华宇直见那黄骠马神俊非常，嘶喊咆哮之间有腾空入海之态，心中瞬间大喜。他搓着手道："如此神驹，岂敢用一残奴换之。"他一拍手，行辕中走出两行排列整齐的队列。左边一列是身形矫健的男子，右边一列是体态柔美的舞姬。

华宇直指着墨桥生道："这个奴隶，我一时盛怒之下没交代留手。观他之态，已是半残之人，贤弟取之无用。老夫这里有众多武艺高强的勇士，也有不少才艺双绝的美人，贤弟大可从中另择一二。"

听这话，一直沉默的墨桥生突然从长凳上挣扎着想要爬起身来。他双臂颤抖，长发散乱，勉强撑起上身，似乎想证明自己并没有残废。但终究无力维持，又重重倒回血泊之中。墨桥生趴在被血染红的长凳上，死死咬着牙关，最终放弃似的闭上了双眼。

“行了。”程千叶实在不忍心，伸手在他头上轻轻摸了一下，安慰着他那颗忽上忽下的惶恐之心。

“我只要这个奴隶。”她冲着韩全林拱了拱手，“在下钟爱此人，还请韩公不要同我计较，割爱于我。”

韩全林虽然想要墨桥生这样身手高强之人，但也只是个奴隶罢了，他不舍得像程千叶这样用宝马交换。眼看华宇直都同意了，他也只好就坡下驴，含恨点了头。

程千叶当即同华宇直写了一份奴隶转卖的契约文书，转身让随从连人带凳一起抬走了。

就这样，程千叶顶着众人诧异的目光，带着一个血淋淋的奴隶，火急火燎地往回走。她知道这件事不多时就会传遍全城，成为她荒唐无道的佐证，给晋越侯多添一笔用父王留下来的良驹换奴隶的光辉事迹。

也许，张馥会更加看不起她，但那又怎样呢？她救下的是一条人命，是一个对自己有着救命之恩的人。

墨桥生的鲜血滴了一路，每一滴都像敲打在她心上一样难受。她一路上都挨着长凳，时不时还会摸一下墨桥生的后脑勺，轻声安慰道：“忍一忍，回去就能疗伤了。”

走到行辕门口，正巧遇到张馥。在看到他们这奇怪的队伍后，张馥那万年不变的面具脸，都忍不住变幻几分。

程千叶没有理他，只拱拱手，然后径直从他身边经过，奔卧房而去。

到了室内，程千叶指挥侍从小心地把墨桥生移到床上，又召来军医为墨桥生疗伤。年迈的军医一面处理着狰狞的伤口，一面皱着眉头啧啧叹息。

墨桥生紧抿着唇，额上青筋暴出，强忍着一声不吭。但不停滴落的冷汗却骗不了人，也昭示着这副身躯正承受着怎样巨大的痛苦。

“这看着也太疼了。”程千叶看着一块块换下来的血帕子，实在不忍心，“就没有什么能够止痛的药物吗？”

“麻沸散倒是有止痛的功效，”那老军医回复，“不过此药金贵，不是一个奴隶有资格能用的。”

“你！”程千叶差点被气笑，“我再重复一遍，用最好的药！不管是贵人用的，还是奴隶用的，只用最好、最有效的，清楚了吗？”

老军医惶恐应承，不多时便有仆役将新煎好的麻沸散端了过来。

程千叶心疼墨桥生伤重，便亲自坐在床头给他喂药。

墨桥生勉强将头偏出床沿一点，一言不发地默默就着汤勺喝药。

程千叶看着他眼里流露出的坚贞忠诚之意，突然觉得有些不好意思。不过是一点药，其实值不了多少钱。

程千叶叠了两个枕头，把墨桥生的头靠在上面。又找了根中空的麦管，将麦管一头放进药碗中，一头则让墨桥生含在口中：“来，这样吸着喝比较方便。”

墨桥生垂着头，眉眼被头发隐没，只露出一截苍白的下巴和含着麦管的薄唇。

程千叶静静地为他托着药碗，看着褐色的药汁慢慢减少。突然一滴透亮的水滴“啪嗒”一下滴入了药汁中，紧接着又是一滴落下。

程千叶愣了一下，看见墨桥生那毫无血色的薄唇轻轻抖动着，晶莹剔透的泪水从他脸颊滑落下来，滚进碗中。

“怎么哭了呢？”程千叶摸摸他的脑袋，“很疼吗？别哭了，喝了药就会好些的。”

墨桥生薄唇微分，松开口中的麦管，别过脸去，将整张脸埋进枕头中。

程千叶有些手足无措，只好一直轻轻摸着他的头发，这男人哭起来要怎么安慰？她没经验啊！

但他确实太苦了，以后她对他好一点就是了。

老军医为墨桥生处理好了伤口，直起身来对程千叶弯腰施礼：“回禀主公，病人的双腿向有旧疾，此次又添新伤。臣虽能竭尽所能为其治疗，但也恐难恢复如初。”

“什么叫不能恢复如初？”程千叶眉头轻皱，冷冷开口。

“习武打仗或许不行了。”那老军医说道。

程千叶深吸一口气，这些人也太不把奴隶当人看了！这样的病情就直接当面说出来真的好吗？

她把军医请到外间，诚挚地施了一礼：“请先生再尽尽力吧，他还这么年轻，苦练了一身武艺，若是就此残废，实在是令人惋惜。”

“主公宅心仁厚，实乃百姓之福。”那老者摸着胡子，点头道，“本来确实无法可施，不过因此时我等身处汴州，倒真有一线可行之机。”

“还请先生不吝赐教。”程千叶拱手，又施了一礼。

“汴州的西山上，有一眼四季恒温的温泉。此泉形如弯月，名曰‘月神泉’，地处汴州城主私人独享之别庄。此泉有一特别之处，对筋骨损伤、瘀恶内聚有奇效。常泡之，有去腐生新、祛风去湿等诸多疗效，正对病人之伤症。若能时常泡之，伤势痊愈倒大有可能。”

程千叶拍了一下掌：“这个容易，我部正好要留在汴州镇守，便是天天带他去泡温泉也无妨。”

墨桥生隐约听见一阵泠泠琴音，身侧似有人在絮絮低语。他从沉睡中醒来，发觉自己浑身剧痛，但身体上的疼痛对他来说是家常便饭，他早已习以为常。

让他感到紧张的是，他此刻竟然趴在温暖舒适的床榻之上，枕着干燥柔软的枕头。房间里暖烘烘的，一点寒冷的感觉都没有。他身上盖着一条薄丝被，但避开了他下半身的伤口，只轻柔地搭在他的后背上。

他隐约感觉身边有人，于是警惕地没有马上睁开眼睛。低低的对话声传来，似乎是两个仆役在说话。

“这人长得很一般啊，不知道主人看上他哪儿了？”

“就是，只是个出身卑贱的奴隶，容貌也照萧绣和吕瑶差得远了。你看他身上这么多伤疤，简直恶心死了。”

其中一人嗤笑了一声：“听说他是在威北侯的宴席上被主公看中的，为了他，主人居然把老侯爷留下来的黄骠马都送人了，啧啧。”

“你没听那些老臣都是怎么议论主公的……”

墨桥生藏于丝被之下的手攥紧，昨日的记忆也渐渐清晰了起来，那位贵人，不，已经是他的主人了，主人用温暖的手轻轻摸着他的头，怕他疼还给他用止痛的药物，甚至亲自喂他吃药。

主人为了他担了这样的骂名，都是因为他的请求，害得主人不得不用那匹宝马来换他，可他却……想起昏睡前听见大夫说的那句“习武打仗是不要再想了”，墨桥生开始后悔，买下他这样的奴隶对主公来说除了增添不好的名声又有什么用？

那时，他知道自己不行时就应该死在当场的，为什么要卑微地伸出手乞求主人的帮助，结果却连累了这么温柔的主人。他们都是因为他才说主公的坏话，像他这样一个半残的奴隶，已不能为主公挣回颜面了……

此刻的程千叶并不知道墨桥生正陷入深深的自责之中，她正坐在厢房内弹着筝，轻拢慢捻。

曲终凝皓腕，清音入杳冥。

萧绣和吕瑶听得鼓起掌来，萧绣一脸崇拜地说道：“主公的筝技竟精进了许多，这首曲子绣儿似乎从未听过。”

程千叶看了看自己的双手，她指尖生疼，什么礼乐书画、君子六艺她是一窍不通，幸好幼时学过筝，倒不至于太拿不出手。

吕瑶从旁恭敬地递上一个黑檀木的匣子，轻轻在程千叶面前打开，带着点讨好之意：“这是新近得的一些小玩意儿，主公看看是否有瞧得上眼的。”

萧绣不高兴地撇了撇嘴，他也知道主公喜欢这些玉佩、宝石之类的玩器。自打吕瑶坐了总管的位置，虽然陪伴主公的时间少了很多，但确实更能讨主公欢心了。萧绣心想，他是不是也该为自己考虑考虑，总不能永远做一个伺候主人起居的侍从。但转念一想，主公最近对他特别好，他不能这样轻易地离开主公身边，以免被墨桥生乘虚而入。

“真漂亮。”程千叶翻着一匣子的珍玩玉器感叹，她将一块硕大的蓝宝石举在空中，透着光看了一会儿。

吕瑶紧忙道："主公的眼光真好，这宝石从西域而来，品相、纯度都是一等一的，十分稀有。"

程千叶看着手中的蓝宝石，想到了墨桥生，他给人的感觉像是纯净的冰川，又像是辽阔的海洋，就连这样漂亮的宝石，在他的面前好像都令人觉得黯然失色。

想到墨桥生，程千叶决定一会儿就去看看他好点了没，但现在她还需要处理一件事。

她把宝石丢回匣子，淡淡开口："吕瑶。"

吕瑶躬着身，认真听着。

"我让你管理我身边的杂事，是因为我喜欢你，也信任你。这些日子看下来，你也确实做得不错。你了解我的喜好，又能把事务打理得井井有条，让我轻松了不少。"

吕瑶一撩衣摆便跪了下来："这是小人分内之事，担不起主公夸赞。小人能得主公赏识，心中对主公感激涕零。小人时刻铭记主公的恩情，日日兢兢业业，只怕出了纰漏，辜负了主公。"

"希望你是真的这样想。"程千叶凝望着他，"你要知道，眼红嫉妒你这个位置的人有很多，每时每刻都有人在盯着你，恨不得抓到你的小辫子来告诉我。"

闻言，吕瑶背上的冷汗"唰"地就下来了。他悄悄瞄了一眼一旁幸灾乐祸的萧绣，莫非是这个小子背后告他的黑状，还是前几日采购衣物的商人回扣给得不甘心，又或者是他昧下的翡翠被主公知道了？

他想不通。从前主公素来大方，对于金钱方面也向来糊涂。如今怎么突然变了，每次做的小动作都能被主公发现，就好像什么都瞒不过主公一样。吕瑶想起从前晋越侯阴晴不定的性格和狠辣的手段，心中顿时害怕起来。

程千叶继续敲打道："你有这个管理的能力，又在我身边伺候多年，所以一些小事，我就当没看见。但你自己要有个度，这个度一旦过了，再想回到我身边伺候就不可能了。"

吕瑶伏地叩头，不再辩解。

程千叶明白，他这是把自己的话听进心里去了，便松口道："行了，之前的事就算了，你先下去吧。"

程千叶挥了挥手，其实她也不知道吕瑶究竟做了什么。但她看到近日吕瑶总是鬼鬼祟祟看向自己，总是带着一股子"贪婪"的意味，而且还有越来越重的倾向时，她觉得是时候"敲打"一下这位庶务大总管了。

看到吕瑶吓得发抖的样子，程千叶心想，看来对人确实是不能无条件信任的。缺了监管，这位大总管确实是有些膨胀了。

肖瑾进屋的时候，看到程千叶正笑眯眯地对着一盒宝石挑挑拣拣，心中叹了口气。

他知道程千叶原本只是一位金尊玉贵、养在深宫的公主。现在要让她在面对父兄死亡的同时扮作男子挑起一个诸侯国的重担，其实已经是为难她了。

可老侯爷的其余子嗣都过于年幼，如果少了她，主少国弱，列强环绕，亡国之日只怕近在眼前。

所以他只能暂时先扶持公主，等到其他公子们长大一些，再徐徐谋划。

程千叶看到肖瑾来了，连忙收起珠宝，挥退无关人等，给他赐座。她对肖瑾总是有着多一份的尊敬和信赖，因为他是第一个给她帮助，并且同她一起谋划了这个秘密的人。

"臣听得一个传闻，说主公用黄骠马换了一名奴隶？"肖瑾起身，整袖行礼道。

程千叶有些不好意思地摸摸脑袋："这个我和你解释一下。这个奴隶长得很一般，我不是看中他长得漂亮。那日攻城的时候，他是第一个冲上城墙的勇士，我对他起了惜才之意。昨日我在城外，差点掉下马来，凑巧又是他救了我一命……"

她在心中暗道，虽然墨桥生长得不是那种秀气的类型，但很对她的胃口，而且他身上自带的那种难以言说的气质，更让她觉得此人是不可多得的人才。

程千叶认真地对肖瑾解释：“我总不能眼睁睁地看着他被威北侯那个老怪物活活打死，情急之下用黄骠马换他也是无奈之举。”

“主公心地善良，也是臣民之福，只是此举实在有损主公的威望……”肖瑾叹了口气，最终道，“臣只希望主公日后少为之。”

肖瑾温润柔和，像是久经岁月沉淀的铜器，让人信赖。但在那一声叹息之后，他对她的忠诚似乎更少了些。

程千叶意识到，肖瑾对她的忠诚只是对晋威侯和公子羽的一种情感上的延续而已。她也知道肖瑾把她架上这个位置也是无奈之举，但要不是为了活命，她才懒得坐在这个位置上，整天打打杀杀。

肖瑾继续说道：“如今，各诸侯大军陆续开拔出城，我部也该有所行动。”

“哦，是吗？那我们该做些什么？”程千叶应付道。

“众多要务待主公决策，但首要的是巩固城防、安抚百姓、肃清治安、恢复农耕……”

程千叶听得头都要大了：“这些我真的都不懂啊，交给你行不行？”

肖瑾在心底叹了一口气。程千叶感受着肖瑾的情绪不断变化，不禁想，是不是每次见到她，肖瑾都在心底失望呢。

此刻，她觉得自己能够比常人更能感受到别人内心的情绪其实不是什么好事，这等于把所有本来藏于他人笑脸背后的不满、恶意和嘲笑都直白地剖开，摆到她的面前。他人的恶意被无限放大，让程千叶身边充满了太多本来看不见的负面情绪。

她已经强撑着每天努力学习各种新的东西，接受着各种本来难以忍受的事物。可是身边几乎所有的人在看见她的时候依旧只有失望和鄙视，几乎看不见一点正面情绪。

程千叶开始觉得沮丧，她打发了肖瑾，来到墨桥生的房间。

墨桥生见到主人来了，努力想要撑起身体。程千叶见状，伸手轻轻按住他的肩头：“躺着吧，伤得那么重，别乱动。”

程千叶看着面前这个身负重伤的男人，她不知道他又想了些什么，整个人看上去十分悲观自责。但当他看见自己的那一刻，他又慢慢洋溢起感激和欣喜。

程千叶心底积累多时的阴郁，因此逐渐消散。看来，墨桥生对她是纯粹的、不带任何欲望的喜欢，估计也就只有这个奴隶，才对自己有着真正的忠诚了。

程千叶在墨桥生的床头坐下，摸了摸他的脑袋：“走吧，我带你去泡月神泉，这样你的伤才会好起来。”

初秋时节，下了一场雨，风中透着一股凉意。

程千叶高坐于宝马香车之内，掀起帘子看着两侧的街道。

这座刚刚被战火洗礼过的城池，处处带着破败和萧条之感。衣不遮体、神色灰败的流民三三两两地在泥泞的道路上行走着。而在那些崩坏的墙根下，时不时可以隐约看见一团蜷缩着的物体。

程千叶不敢去仔细辨认，因为那或许又是一具尸体。

“真是萧条，我们晋国比起这里好多了。”程千叶从晋国内一路领军跋涉过来，亲身体会了两地民生的巨大差距。

“那是因为大晋有主公您啊。”萧绣凑过来一起看向窗外，“汴州最近几年都处在战乱之中，辗转于不同势力之手。每拨人马都只想着拼命搜刮一通就走，还有谁会真正去管老百姓的死活。”

程千叶发觉，一个稳定的、能让百姓安居乐业的国家，一个固定的、能守护一方疆域的主君，似乎才是人们真正期盼的，也是真正需要的。

“这么说来，我还是有可能会成为一个被这里的百姓所期待的主公的。”程千叶摸摸下巴说道。

“那当然，有您这样一位仁慈而善良的君主，是我晋国百姓之福呢！绣儿要不是遇到了主公，早就饿死街头了。”萧绣腼腆地说道。

程千叶点点头，但她并没有太认真地听萧绣说话，而是被道路正前方出现的人口买卖市场吸引了注意力。

与其说是人口买卖市场，倒不如说是几个奴隶贩子在收购奴隶。

走投无路的平民们，或卖自身，或卖子女，他们插着草标，站在那里供奴隶贩子挑挑拣拣。

如果挑中了，奴隶贩子就和卖身的人或者他们的父母签下卖身文书，用一小袋粮食把人换走。

然后将其领到一个燃着炭火的火盆边上，拿起烧红的烙铁，“滋啦”一声在那人的身体上烙上专属标记，然后把所有新买的奴隶用铁链铐成一排。

不时有一声短促的惨叫声伴随着烙铁灼烧皮肉的声音响起，程千叶闻到空气中隐约飘来一股刺鼻的味道，她看着那些不时冒出的白烟，伴着一声声惨呼，只觉得胆战心惊。可人们似乎习以为常，表情麻木而淡然，仿佛这是理所应当之事。

她突然回头看了一眼俯卧在车上的墨桥生。

墨桥生此时正偷偷打量着她，被她这猛地一回头逮了个正着，躲避不及，急忙闪开目光，红着脸低声说了一句：“主人还未曾给下奴赐印。”

他因为伤势不便穿衣，只在腰上盖着一条薄薄的锦被，后背的肌肤露出，那两块形状漂亮的肩胛骨上，重叠着刺眼的烙印，旧的烙印被随意烫去，新的印记附加其上。

看着墨桥生居然还一副期待的样子，程千叶忍了忍，开口道：“从今以后，要自称‘我’，不许再说那些乱七八糟的东西。”

墨桥生垂下了眼睫，抿紧了嘴。

程千叶没好气地继续看向窗外，只见一位衣衫褴褛的女人身前坐着四个孩子，其中两个女孩子头上插着草标，显然是母亲要把自己的孩子卖去做奴隶。

程千叶吩咐马车停下，她不敢想象，一个母亲怎么会舍得让孩子去承受那种非人的遭遇。

程千叶不是没有见过贫困的人，可无论再怎么想象，也没有亲眼见到这些卖儿鬻女的场面来得触目惊心。

那个母亲形容枯槁、神态呆滞，仿佛一具活着的行尸走肉。看到那几个孩子，看到他们瘦得如同筷子一样伶仃的四肢、深深凹陷而显得巨大的眼睛和枯黄得和稻草一样的头发时，她似乎理解了那种无力。

萧绣凑过来，探着脑袋往车窗外看：“卖了总比饿死强。像我那死鬼老爹，就把我领到了一个人生地不熟的地方，哄着我在原地等他，结果自己跑了。不但浪费了一袋可以换回家的粮食，还害得我差点饿死街头，真是蠢。”

萧绣淡然地像是说一个和自己毫无关系的故事，程千叶知道他的观念没错，因为当一个人连生存都很困难时，温饱问题重于天理人伦和一切情感需求。

一个奴隶贩子走到那个母亲面前，抓起年纪较小的女孩上下打量，又捏开嘴巴看了看牙齿，然后不满意地摇摇头，放手道：“长得还凑合，就是太瘦小了，说不定连赐印都熬不过。”

那位母亲有气无力地回答：“半袋粮食就够了。”

奴隶贩子点点头，满意地伸手准备去抓那个女孩。可那瘦骨嶙峋的女孩突然尖叫起来，拼命往姐姐身后躲。

她的姐姐紧紧抱着她，跪地磕头：“主人把我一起买了吧，我长得没妹妹漂亮，但我力气大，能干活。”

奴隶贩子一面拉扯，一面骂道：“死一边去，我这是往窑子里供货，买你这种赔钱货来干啥？”

程千叶实在看不下去，用手指敲了敲车窗，阻止了这场买卖。

她冲萧绣打了个眼色，萧绣跳下车，随手抛了一小锭碎银子，抬了一下下巴：“跟我走吧。命真好，主公看上你了。”

那奴隶贩子见他们一行随从众多，排场浩大，知道是贵人出行，不敢争执，只能点头哈腰地离开了。

女孩失声痛哭，紧紧地拽着姐姐的衣服。但她姐姐却一把抹去眼泪，把她推了出去：“快去，那是一位贵人，有饭给你吃，以后不用饿肚子了。”

程千叶扶着额头，终是心有不忍，又冲萧绣打了个一起带走的手势。

就这样，两个衣衫褴褛的小女孩上了马车，华美干净的环境让她们无所适从。两人挤在一起，畏畏缩缩地跪在角落，用两双因为饥饿而显得特别大的眼睛畏惧地看着程千叶。本来宽敞的车厢，因又添了两人便显得有些局促。

墨桥生撑着身体挪动了一下，为她们腾出了些空间。

萧绣不满地皱起鼻子，他觉得车厢里多了一股难闻的气味。但他从不违背程千叶的任何话语，因此并没有多言，只在香炉里狠狠地添了一大把香料。

程千叶放下帘子，闭上眼，隔开外面那个充满痛苦的世界。

世上还有那么多孩子和值得同情的人，她这样又能救得了几个？

虽然她这主公只是个吉祥物一般的存在，但她姑且也要稍微尽职一点。程千叶想。

一行人入驻了西山的温泉山庄。

山庄的原主人显然很懂得享受，月神泉形如月牙的泉眼边砌上了大块的汉白玉，并修筑了扶手的栏杆和坐浴的阶梯，此外再无多余人工斧琢的痕迹。

温泉四面种植着大片的枫树林，此刻漫天红叶如云，零星小叶飘摇坠入水面。四季恒温的泉水带着点淡淡的浅黄色，水面蒸腾着袅袅白烟，似幻还真，宛若仙境。

程千叶正沉醉在这片美景之中，突然听见萧绣不悦的低声斥责："快下去，不识好歹的东西，你这样是干什么？"

程千叶看过去，只见萧绣和两个侍从正要将墨桥生抬入泉中，而墨桥生那骨节分明的手死死地抓住栏杆，不愿入水，眼中还泛起了恐惧。当他看见程千叶看过来的时候，又硬生生地把那恐惧压了下去。

墨桥生闭上眼，深吸一口气，最终紧紧握住拳头，慢慢地把他的身体沉入水中。

程千叶觉得奇怪，她走到泉边，蹲下身看着泡在水中的墨桥生，问道："怎么了，你怕水？"

"不……不怕！"墨桥生虽然浸泡在温热的泉水中，却面色苍白、全身僵直，一只手还紧紧拽住岸边的扶手。

程千叶挥退了其余人，饶有兴致地看了一会儿水中的墨桥生。

眼前的这人似乎怕得不行，他紧抿着唇，保持着僵硬的姿势一动不动，强行忍着惧怕，嘴上却说着不怕。

程千叶蹲在水边，伸出手轻轻摸了摸他的头顶："桥生，自从我当了这个主公后，每天都有很多人对我说着各种好听的、恭维的、关心的话语，可是我知道……他们都在骗我。"

她慢慢取下落在墨桥生头上的一片枫叶，看到他从水雾中抬起头来望着自己："我很希望你能不骗我，好不好？"

"我年幼之时，脾气倔强、不知好歹，曾有一次忤逆了当时的主人。他惩罚我，把我按入水缸中，濒死之时才提我上来。如此反复，延续数日……"墨桥生好听的声音从蒸腾的白烟中响起，他低下头，软顺的黑发垂落下来遮住眉眼，"虽然过去了很久，可是，我……我依旧有些怕水。"

墨桥生忐忑地想，他违背威北侯的命令，又违逆之前主人的事都被主人知道了，他会不会厌恶自己这种桀骜难驯的奴隶？

可程千叶听了他这些话后，没有说什么，只是命人拿来了一个黑色的布条。他的双眼被这黑色的布条蒙上，耳边也响起了有人入水的声音。

墨桥生感觉到一只柔软的手轻轻握住了他的另一只手，他听见主人的声音在耳边响起："别怕，我陪你一起泡会儿。我会看着你，不会让你掉进水中的，但……眼上的布带不能摘。"

墨桥生安静地泡在水中，他趴在池边，雾气朦胧的池水仿佛也带上了蓝莹莹的光。

空山的寂静、泉水的温暖，似乎隔离了一切喧嚣和残酷。一两片红叶随风飘落，程千叶慢慢地让自己泡进温暖的泉水中，和蒙着黑布的墨桥生一起靠在温泉池边纯白温暖的石头上。她看着眼前这个清透的不含任何杂质、如同一块蓝宝石般的人，他是如此纯粹而真挚地喜欢着自己，没有一丝欺骗和隐瞒，和所有人都不一样。

她悄悄解开了一直束在胸前的布带后，舒服地叹了一口气："如果不用打仗，这样的日子也算是不错了。"

程千叶像鸵鸟一样带着墨桥生在这里一口气住了数日。

月神泉果然十分神奇，墨桥生的伤势好了许多，甚至可以勉强下地走动了。一行人方收拾行装，从西山回城。

正是斜阳晚照之时，汴州城内其他诸侯的大军早已在程千叶上山之前就已开拔出发，此刻留在这里的都是晋国本部的将士。

经历战火后，有不少民夫和士兵在修缮整顿伤痕累累的城墙。城门外的空地上也搭起了简易的粥棚，为那些在战乱中失去家园的流民提供一碗薄粥。

粥棚前排着长长的队伍，虽然这些人依旧衣不遮体，但他们眼中已不再死气沉沉，因为他们有了希望。

尽管只是一碗薄粥，也是生的希望。

车队驶过，程千叶掀起帘子，沿途的士兵下跪行礼，领粥的百姓们也陆陆续续跪伏在路边——

“这位就是晋越侯哪，好年轻啊！”

“无礼！要称呼主公。”

“多亏主公施粥，听说主公还会提供临时住所，让我们过冬。”

“这回有希望了，孩子他娘，汴州迎来了一位仁慈的王呢。”

“最近城中，抢劫杀人的事情也少了许多，真是我汴州之幸。”

…………

细碎的议论声传到车上，程千叶陷入沉思。明明她什么事都没有做，却有这么多人真心实意地感激着她。原来肖瑾、张馥他们已经以她的名义做了这么多事。

手握重权者，一念之间，或许改变的是无数人的命运。而这么多鲜活的生命，得救或者灭亡，只在于做与不做。

程千叶低头看着自己那双只会弹筝的手，这双手现在，就掌握着这种权力。

当马车路过军营时，军营的校场上正在举行一场擂台赛。

此刻，擂台上是一名年轻小将守擂。

那小将力大无穷，手持一柄纯钢狼牙槊，槊长六尺，柄锤上密排着八行铁齿，柄尾装有三棱铁钻。他将狼牙槊舞得虎虎生风、势不可当，他连胜数场，一时无人可敌。

程千叶认出那是自己一手提拔上来的俞敦素，于是她叫停车辇，只带了两三人，不惊动围观者，悄悄地站在远处观战。

一开始，程千叶什么都不懂，知人善任完全凭借感觉。现在时间久了，她也慢慢琢磨明白了自己的能力。

自己能够比旁人更能洞察人心，尽管有些人能够将自己内心的情绪隐藏，但她细细观察后，仍能看清端倪。但人性十分复杂，有时依旧不好辨认。

在离她不远处，两位士官远离人群，正在低声议论，没有注意到身后的程千叶等人——

“听说这位俞将军是主公亲自从小兵中提拔的，想不到主公还有这等慧眼识人的能力。”

“咱们这位主公好男风，从没见他干过一件正经事，也不知当初是看中人家的脸还是武技。”

“你有没有听过这个传言？主公把老侯爷的座驾黄骠马拿去向威北侯换了一个奴隶。”

“这谁不晓得？”那位士官压低声音在同伴耳边道，“这几日都见不着主公的面，听闻就是左拥右抱地上西山泡温泉去……”

话未说完，他看见自己的同伴被人一拳击中腹部，眼球突出，身躯飞撞至两米外的砖墙之上。还没等反应，只听“咯嘣”一声，他就被人扭着胳膊摁在了地上，手臂瞬间脱臼，剧痛无比，一只铁钳似的大手也箍住了他的脖子，只差一扭，就可取下性命。

程千叶正听着别人编派自己，还来不及生气，只见身边一道黑影掠过，狂风骤雨似的怒气呼啸而过，瞬间就击飞一人，又摁倒另一人。

被墨桥生击飞的士官口吐鲜血，软软地倒在墙边；被摁在墨桥生身下的那人，惨叫连连，扭曲的脸憋成猪肝色。

墨桥生抬眼看向程千叶，他浑身腾起冰川一般森冷的杀意，似乎只要她点头，就下手掐灭手中这条性命。

程千叶望着墨桥生，他如大海一般，既有宁静温柔的一面，又有狂暴冰冷的时刻。

程千叶急忙开口："桥生，住手……"

墨桥生放开那人，回到程千叶身侧，他单膝下跪，仰起脸带着些微微惶恐望着程千叶。

程千叶看着这双湿漉漉的双眸，上一秒，这里面还盛满了冷冰冰的、有如实质的杀意，这会儿却又担心主人对自己擅自做出的行为不满。明明刚才出手的时候那么生气。

"起来吧，别跪着。此二人罪不至死，你惩处得已经够了。"程千叶摸摸眼前人的脑袋，拉他站起来，上下打量着，"不是让你在车上休息吗？没事吧，伤口有没有裂开？"

墨桥生低下头，摇了摇："不妨事，我……我以前受伤从未休息过这么多天，何况刚才我只用了拳头，腿没有用到劲。"

程千叶看着他微红的脸，心想，这样一个说几句话就害羞的腼腆男人，杀人时居然毫不手软，混乱的时局真真是会造就出矛盾的人性。

这边闹出这么大的动静，大家也都发现了程千叶的到来。

俞敦素跳下擂台，第一个冲过来，将狼牙槊一放，单膝跪地，抱拳行礼："参见主公！"

他声音嘹亮，脸带兴奋，一副求表扬的样子。

"你干得很好，没有丢我的面子。"程千叶开始端主公的架子，"以后再接再厉，不要让别人在背后说我看走了眼。"

"吾必不负主公！"俞敦素得了表扬，高兴得很。

程千叶看着眼前这位目光灼灼的年轻小将，又惊又喜。

真好，效忠了！

一行人马回到驻地。

行辕大门进出着无数人，有抱着各种文件的官员，有捧着军需设施的将士……人人行色匆匆，十分忙碌。

躲在山上泡了几天温泉的程千叶感到有些赧然，她简单收拾了一下，来到了议事厅。

肖瑾和张馥正挨着头低声讨论着，见到她来了，皆起身行礼，齐声道:“主公。”

程千叶有些不好意思地摸摸鼻子:“我刚回城，看到城内情况已经有序多了，辛苦二位。”

张馥笑眯眯地躬身行礼:“臣等不过做了分内之事，能有如此起色，那都是托了主公之福。”

张馥嘴上说的和心中想的完全是两回事，在他心里，这位“少主”是一个很好拿捏的对象。年幼时庸碌无能，性格暴躁，心思都写在脸上，一看便知。最近不知是不是因为遭遇连番打击，性格竟变得有些懦弱畏缩，连对自己这样一个臣子都时常带着讨好之意。

程千叶看着张馥的眼睛，决定不再回避他这种明捧暗讽的态度。她指着身边的椅子，直言说出了自己的想法:“我知道你的意思，你觉得我只要好好坐在这个位置上不添乱，就算是起到了稳定民心的作用。但我觉得我应该还能多起一点作用，我也想尽一点点力。”她用两根手指比了一下，“虽然我目前什么都不懂，但我想开始学。”

张馥微微挑了下眉，露出了一点意外的表情。

程千叶不再理他，转向肖瑾诚恳地行了个礼:“请肖兄教我，我愿意从小事开始做起，让我去城门施粥也行。”

肖瑾露出了欣慰的目光，跪地回礼:“得主公如此，乃我大晋之幸。”

第三章

下毒

程千叶在会议厅待到很晚，她多以旁听为主，不轻易发言。

虽然这些军政要务对她来说都既繁杂又陌生，但只要多学习，总能熟悉的。

从第二日开始，程千叶便委托萧绣陪同，让伤情已经好转的墨桥生乘车往返西山泡温泉疗伤。自己却脱下华美的衣裳，开始跟着肖瑾进出，熟悉军政事务。

这一日，因肖瑾忧心秋汛，便同程千叶带着一众侍从，骑马前往城郊的汴河视察。

接连下了几天雨，道路有些泥泞。返回的路上，肖瑾笑着说："主公的马技进步了不少。"

他这句里的"进步"，是对比先前完全不会骑马的娇弱公主的骑术而言，程千叶不好意思地道："还是不太习惯，骑远一点就颠得疼。肖司寇，我们下马走一段吧。"

几日相处，肖瑾对程千叶改观了很多。他发现程千叶不娇气，性格温和，为人谦逊，不懂的地方虚心请教，从不胡乱颐指气使。

想要改变别人的看法，埋头自怨自艾是没有任何作用的。主动接近，大方地展示自己的长处，才是有效的方式。

虽然也逃避低迷了一段时间，但程千叶本性还是一个有韧性，并且说做就做的人。

自从认识到某些事注定不能回避之后，她决心开始积极适应。

二人牵着马缓步前行，道路两侧都是荒废的田地，野草肆意生长。只有那些纵横交错的田埂，还显示着这里曾经也是一片良田。

"那么多人都饿着肚子，这里却有大片土地荒废着，难道不能让那些流民来开垦这些荒地吗？"程千叶知道民政是很复杂的事，这里面想必有她不知道的原因，所以她虚心向肖瑾请教。

“这里是公田，由于连年战乱，领主不停更替，耕种土地还需要不断反复地被征税和服杂役。因而民众四处流亡，无人安心于农耕。”

“公田？”程千叶茫然开口。

肖瑾看了眼疑惑的程千叶，折了根树枝，在地上画了一个方框，道：“这样纵横各一百步的土地为一田。”

他持枝点地，用树枝把方框的四条边延伸出去，变成一个“井”字，又道：“九田为一井，授予八户人家。中为公田，周为私田，八家皆同养公田。公事毕，然后敢治私事。”

“这样看起来，好像还不错。只要种完中间的公共部分，再种自己的田，收入就可以归自己所有了。”程千叶蹲在那块树枝画出来的“井”字边上道。

肖瑾发现这位养在深宫的公主虽有时十分单纯，缺乏常识，但有时又非常敏锐。她常能一针见血地指出问题的关键之处，并且还能提出些让人惊讶的、十分超前的想法，因此他也忍不住详细解释起来。

“不错，但前提是需要有一个固定的主君，并且国家少有战争。作为耕种井田的庶民，除了服杂役，还必须负担军赋和兵役。频繁的战争不仅会造成沉重的税务负担，还使大量男人丢了性命或沦为敌军的奴隶。”

“确实。”程千叶伸手点着那个“井”字，“而且无法调动庶民的积极性，种公田时偷懒耍滑，种自己的田时精心培育。再加之土地属于国家，不能自己买卖，会种的也只能种这么多地，而无力耕种的还必须要种这么多。”

肖瑾整袖行礼：“主公见识非凡，臣所不能及也。”

“你别学张馥这套。”程千叶笑着，举手轻点示意，“你在我心中可是半师一样的存在，而我最能信任和依靠的人也只有你。”

互夸谁不会啊，本姑娘也很在行。

肖瑾听了这话十分感动，诚挚问道：“张公当世奇人，智计无双，主公最近缘何对其冷淡了许多？”

“他这个人看起来笑眯眯的，实际上心里傲得很。他看不上我，我再恭谨都没用，不如先晾他一阵，效果可能还好点。”

想要让张馥向她效忠，短期内估计不行，程千叶不想天天用热脸贴别人的冷屁股，只好先晾着张馥。

肖瑾心想，这样看来，公主不仅思维敏锐、见解独到，御下倒也自成一派，看人的眼光也很独到。只叹她是女儿身，不然兴许还真会是我大晋的一代明君。

西山，月神泉。

墨桥生独自泡在水中，没有主人在身边，他心中又对水产生了恐惧。他悄悄伸出一只手握紧栏杆，不让他人发现自己的紧张。

萧绣蹲在池边，百无聊赖地看着他：“桥生，我觉得你都快好了，主公为什么还天天打发我们过来啊。也不知道最近是谁在陪着主公出行，总不会是新来的那对丑八怪姐妹吧。”

墨桥生：“有劳你日日陪我前来，只是主人之命不容违背，否则我……”

否则我也渴望能跟随在主公身边。

“桥生，”萧绣左右看看，确认四下无人，放低了声音，神秘兮兮地说，“你能不能告诉我，主人为什么这么喜欢你？”

墨桥生腾地涨红了面孔，许久方道：“并……并无此事。”

“哼，不肯说算了。”

萧绣一时无言，但墨桥生比他更为沉默。

最终还是萧绣憋不住了，恼怒地道：“我知道你是怎么想的，你不过是想抢了我的位置，在主公身边伺候。”

墨桥生诧异：“我没有。”

“不然你以为你还能有什么用吗？真不明白主人为什么要花这么大代价把你买回来。”萧绣摔了毛巾，临走时恨恨道，“你别妄想！我在主公身边很多年了，主公的生活起居都是我伺候的，想挤掉我？你还不能够！”

墨桥生沉默了，他没有告诉萧绣，他其实并不想争抢那个贴身侍候主公的位置。待在主公身边固然欢喜，但他心底其实有另外一些不该有的妄念。

他希望自己能为主公做更多的事情。他想上战场杀敌斩将，甚至攻城夺地、开疆扩土。

至少……要让自己比那匹宝马更有价值。

这样的野心太过分，也太过可笑。他藏在心底也不敢多想，更不要说宣之于口了。

他只是一个奴隶，是主人买回来的物品。奴隶不该有自己的想法，他只要学会服从主人的命令就好。主人想要怎么使用他，想让他待在哪个位置，自己就应该顺从地去做，这才是一个奴隶应该做的。

他这种人，不该有更多的妄想，不该不知足。

萧绣和墨桥生回城的时候，见到城墙下的粥棚处人群涌动，似有什么热闹之事，走近一看，只见他们的主公晋越侯竟然亲自在粥棚施粥。

程千叶头束金冠、面如满月，正忙得满头是汗，一张俊秀白皙的脸庞透着潮红。

从他手中接过粥碗的百姓们个个感动得涕泪交加，不少人行礼之后都是抹着眼泪离开的——

“主公慈悲心肠，日日来为我们施粥，真乃菩萨下凡。”

“我们有救了。”

“真希望永远都做主公的子民。”

…………

墨桥生和萧绣急忙下车，赶上前去伏地行礼。

程千叶抹了把汗，一左一右地扶起他们。

萧绣跺脚道：“主公您怎么能做这种事？还天天来。”

“我现在也做不了其他事，只能先做点自己能做到的事情。今天也差不多了，我陪你们一起回去。”程千叶脱下围裙，把勺子交给一旁的军士，又转头问墨桥生，“桥生怎么样？伤好些了吗？”

墨桥生再一次跪伏下去："谢主人垂询，已经完全无碍了。"

主人，我的伤已经好了。主人想让我做什么，我都愿意去做，想怎么使用我，我都听您的吩咐，我并不是一个白白浪费主人金钱的废物。

心里的话滚来滚去，但他的头埋在尘土里，咬着唇，一句也不敢说出口。

程千叶在心底叹了口气，有时候，太敏感也并不是好事。她伸手捧起墨桥生的脸，把他的头抬起来："从今以后，废除伏礼，不要再这样把脸埋进尘土里。"

墨桥生抬起头，听见那天籁一般的声音，似乎从最深的梦境中传出——

"桥生，我很喜欢你，也很欣赏你，我从未想过把你当作一个奴隶来驱使。

"你勇敢坚强，是一个优秀的人。在我眼中，你不仅武艺超凡，还对我很忠心。总有一天，你会和那位俞敦素将军一样成为一颗耀眼的新星，成为我大晋不可或缺的将才。

"到时候，人们都会说我慧眼如炬，只用了一匹战马便换来一位旷世奇才。"

最后那个声音笑着说："但你需要自己先站起来，不能再这么妄自菲薄。"

主人仿佛能听见他心底的想法一般，每一句话都如同一团火焰，点燃了那深藏在他卑微内心中的渴望。他站起身来，徐徐挺直背脊，抬起头，眼中星火闪亮。

冬天来得比想象中的迅速，气温逐渐低了下来。

但对汴州城的百姓来说，今年的冬季似乎没有想象中的难熬。

从大晋源源不断地运送来的物资安定了汴州军民的心，他们怀着对来年春天的期待，竭尽全力地投入到对抗寒冬的准备中去。

前线盟军却接连传来了节节败退的消息。

先是左路军北宫侯吕宋贪功冒进，折戟平陆。后有中路军华宇直鲁山受伏，大溃败走。

本来右路凉州刺史李文广稳扎稳打连下数城，但负责粮草的云南王袁易之嫉李文广之势，刻意延误，扣发粮草，使李文广止步南阳。至此，盟军全线溃散，李文广自领本部兵马愤而回凉州。

近日，汴州城外不时出现溃退而来的散兵游勇，程千叶下令将他们打散收编。

大家的心都提了起来，加紧巩固城防、整备工事，准备好迎接随时可能反扑回来的犬戎大军。

一日，远处的地平线上黄沙渐起，一队形容狼狈的败军仓皇直奔汴州而来。

威北侯华宇直在数名部将的保护之下先奔到城下，大喊一声："我是威北侯，快开城门！"

等了许久，城墙上慢吞吞地出现了一个年轻男子的身影，此人笑眯眯地冲着威北侯一拱手，道："威北侯远道而来，我部自当为侯爷接风洗尘。只是主公此刻不在城内，请侯爷少安毋躁。"

华宇直气急败坏："你是何人？犬戎骑兵顷刻既至，不是作耍，速请晋越侯前来说话。"

那男子依旧不紧不慢地振袖行礼："在下张馥，乃一小小幕僚尔，委实做不得主，还请侯爷先行率部抵御敌军，我家主公从西山回来后，必定整备军队，点齐兵马，出城为侯爷助威。"

华宇直看着那高耸坚固的城墙上，林立着铠甲锃亮、威仪肃穆的将士，心中便知晓这些都是推脱的借口。晋国军队占着地利不肯出头，现下是要让自己的部队打头阵。

虽然恨得牙痒痒，却也无可奈何。华宇直只得调拨军队，背靠城墙摆下战阵，迎接那凶猛的异族追兵。

威北侯的部队被犬戎一路追击，本来早已失去战意，只望能速速入城躲避，谁知却被拒之城外。此刻后无退路、前有追兵，将士们反倒被激起背水一战的决心。

阿凤带着他的小队站在队伍的最前线，迎接敌军的第一波冲锋。作为奴隶组成的部队，他们向来是被摆在最为凶险艰难的地方。

而此刻的阿凤，情况不容乐观。他身躯中箭，既伤且疲，但他不能退，退就意味着死亡。他咬咬牙，像一匹受伤的野狼一样大吼一声，挥刀向迎面而来的敌军冲去。

长刀砍进敌人的肉体，敌人的刀也砍进他的身躯，不知眼前飞溅的是谁的鲜血。

阿凤觉得自己已经感觉不到痛苦，他知道这是一个不好的征兆，因为“麻木”便意味着死神的临近。

他举刀替身侧的一个兄弟接下敌人的攻击，然而前方又亮起一道刀光，此刻他已经无力去挡这道夺命的锋芒了。

就到这里了。

那一瞬间，阿凤觉得死在战场上也好。

但这样无趣的人生，为什么还会让他恋恋不舍……

千钧一发之际，一柄闪亮的银枪从他身侧探出，将那道刀光破开。银枪去势不停，直接没入敌人腹部，将那犬戎武将挑下马来。

一骑黑袍小将，策马横枪，越过阿凤，领着一队鲜衣亮甲、精神抖擞的骑兵，向着敌方战阵迎头冲去。那小将一马当先，势不可当，如一柄利刃撕开了敌军的方阵。

那个熟悉又陌生的身影，是那样的神采奕奕，意气风发。

阿凤干涩的喉咙里，轻轻吐出一个熟悉的名字——

“桥生。”

在晋军及时的支援之下，威北侯部击退了犬戎的追兵。

劫后余生的军队在城外安营扎寨，此刻的威北侯中军大帐，华宇直怒气冲冲，把一个酒杯砸在他面前的张馥脚边：“晋越侯竟敢对我如此无礼，只让老夫带家眷亲随入城，他这是将汴州视为你晋国私产了吗？”

张馥一点都不生气，笑眯眯地回道：“侯爷误会了，主公对侯爷素来尊敬，岂敢怠慢。这正是想着侯爷军旅辛劳，才在城内设宴，为侯爷接风洗尘。若是侯爷执意和将士同甘共苦，要宿在这军营之内，那小人也只好惋惜告退。”

张馥态度谦和，礼数周到，让人挑不出错处，但言语间却没有退让之意。

汴州不论军政，还是民心，如今都已牢牢掌握在晋越侯手中。

不说威北侯如今只率着一队败军之师，便是领着雄师数万，想要拿回这座城池坚固、兵精粮足的汴州城，也是不可得了。

他在心中叹气，当初嘲笑晋越侯的话语言犹在耳。如今想想，这众多诸侯中，倒只有他一人占到了便宜。

有什么样的主君就有什么样的属臣，单看眼前这位油盐不进的张馥，就知晋越侯也是位扮猪吃老虎、深藏不露的奸猾之人。

威北侯深悔自己看走了眼。但他现在不想，也不能和晋国闹僵。

所以他只能吞下这口恶气，摆出笑脸来面对张馥。

程千叶在汴州新设的城主府大摆筵席，为威北侯华宇直接风洗尘。华宇直只被允许带了少量亲随。待在程千叶的地盘上，他只能一反往日傲慢的态度，对程千叶客气恭维起来。

宴席之上觥筹交错，相互吹捧，宾主尽欢。

程千叶心里其实很不耐烦这种应酬，但她知道，作为一方诸侯国的主君，特别是一个立足未稳的年轻主君，这种应酬不可避免，是必备的生存技能。

她笑语盈盈地端起金杯，遥向客座上的华宇直举杯敬酒。

华宇直举起酒杯：“此次多亏贤弟及时拔刀相助，吾心中感激不尽，当敬贤弟三杯以表谢意。”

程千叶酒量倒是很好，丝毫不怕，来者不拒。

华宇直哈哈大笑：“说起来还是贤弟最会调教人。”他看向侍立在程千叶身后的墨桥生，“这个奴隶到了贤弟这里没多久，简直是脱胎换骨了。今日在战场之上，老夫几乎都没认出来。”

程千叶看了眼身侧之人，笑了笑，素手轻翻，倒了一杯酒，递给墨桥生。

墨桥生一撩衣摆，单膝下跪，接过酒杯一饮而尽。

热酒流过喉头，烫得他心口都跟着热了起来，心中一个念头在翻涌着——

主人，我今日有没有……有没有稍微有用了些？

金乌西沉，天色渐晚。

士兵们训练的校场上逐渐冷清了下来，只有一个黑色的身影还在角落里，不知疲倦地练着一柄钢枪，似乎没有休息的打算。

俞敦素和几名士官端着晚饭路过校场，见此状，俞敦素喊了一下：“桥生，还不休息？”

墨桥生收住枪势，下跪行礼，口中道：“见过俞将军，小人还想再多练一会儿。”

他额头上布满汗水，如雨一般滴落，但他目光灼灼，精神旺健，并不显疲态。

俞敦素从自己的碗中分出两个白面馒头放入墨桥生手中：“勤奋是好事，但也不要太累，先吃点东西垫一垫肚子。”

墨桥生双手捧接食物，恭恭敬敬地低头称谢。

走出了一段距离，俞敦素身边的一位士官道：“那个墨桥生真是疯了，天天都看到他来校场，从天不亮就开始练，一直到日上三竿。”

另一人接话：“不过就是一名奴隶，再练又能怎么样，难道还想当将军不成？”

“这个奴隶丝毫不知天高地厚，见了俞将军竟敢不行伏礼，只跪拜了事。”

“你不晓得，这是主公特许的。主公对他甚是宠爱，他就连在主公面前都可免除伏礼呢……”

俞敦素闻言，终是开口：“此人虽身份低下，但确实身手不凡，于战场上也骁勇善战，立下战功，尔等不可如此鄙薄于他。”

众人撇了撇嘴，不再说话。

俞敦素回首看了看那个勤练不辍的身影，心中想道，如此坚韧不拔之人，实乃我军中将士之楷模，可惜他只是一个奴隶，我说出来只怕将士们也听不进去。

天色渐渐暗了下来，墨桥生领了晚饭，回到自己的屋中。

如今他在城主府的外院中有一间属于自己的屋子，屋子虽然不大，但整齐干净，里面摆了一张舒适的床，铺着暖和的被褥。屋子的角落里有一个衣柜，柜中挂着几套舒适耐穿的衣服，甚至还有一个带锁的盒子，可以存放一些私密之物。靠窗摆着一套简易的桌椅，桌面上放着一套主公赐给他的《武经七书》，书已经被翻得起了毛边。

这一切都让墨桥生充满幸福和满足之感，如果要说唯一的不足之处，就是离主人居住的内院远了些，不能时刻看到主人那亲切的面容。

昨日的晚餐和今天的早食他一点都没碰，正好好地摆在桌上。

他把这些连同新得的晚餐，再加上俞敦素给的白面馒头一起包在了一个布包里，再在包袱里放入了他所有的伤药绷带。

墨桥生摸了摸自己饥肠辘辘的肚子，想了想，掰下一小块馒头，放进自己口中含着。

真是没用，以前便是两三日不进食也熬得住，如今才一日便这般饿得慌了。

但不打紧，明日早上再吃就好了，这些还是带去给阿凤吧，他想。

趁着夜色，墨桥生向威北侯临时落脚的驿馆而去。

昨日威北侯华宇直入城的时候，墨桥生在随行的人员中见到了阿凤的身影。阿凤应该是在战场上伤得很重，状态似乎不太好。

威北侯华宇直及其随行人员被程千叶安顿在一座轩昂壮丽的大宅之内，墨桥生用一块主人赏赐的碎银子，敲开了那座宅院的侧门。

守门的侍卫认得他，收了他的好处后，便随便使唤了一个奴隶领着墨桥生往外院的倒座房去了。

那是一个小隔间，隔间内除了一张腐朽的板床和一条破烂的毛毡外别无他物，地板上残留着一团黑褐色的血迹，屋内空无一人。

墨桥生看着这间屋子，回想起自己曾在泥沼中挣扎的日子。明明只有个把月，却像是许久之前的事了。

天底下的奴隶如此之多，他何其有幸能被上天眷顾，遇到了主人。

他默默叹息一声，把带来的食物和药品放在床上，打算离开。这时门外响起一道冰冷的声音："你来干什么？"

阿凤身上披着衣物，一手扶着门框，倚在门边。

清冷的月光照在他毫无血色的面庞上，显得格外苍白。他走进屋内，推开墨桥生，看着床上的东西冷冰冰地道："既然找到了好主人，还回到这种地方来干什么？"

阿凤的性格惯是如此，墨桥生对他的冷嘲热讽不以为意，按着他的肩膀让他坐在床上，打开药瓶为他上药。

这几年来，每一次从战场上死里逃生，勉强挣得性命的伙伴们，都会这样相互拉扯一把。

虽然活得痛苦，但每个人都依旧期望能活久一点。

墨桥生回想起自己第一次上战场就是被当时已是老兵的阿凤扛回来的；还记得在那个斗兽场上，阿凤把自己按回去的手；还记得阿云第一次受了重伤，是被自己扛回来；还记得那天凯旋，阿云说他想要吃肉……

可如今，阿云已经不在，许多熟悉的面孔也都消失不见。

奴隶的生命，和蝼蚁一般。但他们每一个人明明都是那么鲜活的生命，都曾经那么顽强地渴望着活下去。

阿凤褪下上衣，背对着墨桥生而坐，他清冷的声音响起："桥生，虽然遇到了好主人，但你一定不要忘了，我们始终是一个奴隶。"

"奴隶对主人来说只是一个玩具、一份财产，他对你再好，你也只是一个珍贵一点的玩具而已。"看不见表情的时候，阿凤的声音似乎柔和了许多，"只要有人出得起价钱，他随时都能舍弃你、变卖你，我曾经……"

阿凤没有继续说下去。

他曾经不只有一个名字，还有一个姓，一个主人赐予的姓。

他闭上眼睛，耳边似乎还能响起曾经那位主人喊他的声音："楚凤，楚凤……来我这里。”

那是很久之前的事，阿凤当时的主人是一个世家贵族的少年公子，温和儒雅，会温柔地对待刚从奴隶市场被买回来的小凤，给他吃香甜的食物，让他穿上干净的衣物……不论做什么事都和他在一起，去哪里也都带着他。

“你就像我弟弟一样，你跟我一起姓楚好了，从今天开始你就叫楚凤了。”

我要把一生都奉献给主人，小凤曾对自己的誓言深信不疑。

直到在一场贵族们的聚会上，几个华服玉冠的贵族男子站在他的主人面前：“你这个奴隶不错，卖给我吧，一锭金？不够？再加一锭？”

刺眼的黄金摆在眼前，主人终于按捺不住点了点头，不论他如何祈求，都无济于事。

那个亲切又温柔的主人抱着黄金走了，把他丢进了黑暗的地狱。

阿凤从黑暗的回忆中醒过神来，他痛苦地闭了一下眼睛：“总之，千万不要相信主人，不要轻易付出你自己的心。否则，只会有更多的难堪等着你。”

墨桥生黯然了一下，他想起了自己的第一个主人吴学礼。

那位主人教他读书、识字，也算是一个很好的主人。但只因为一点小事，那位主人就翻了脸，把他打得几乎送了命，还把他送到了奴隶市场。

但如今……墨桥生在心底说，不论主人要我的什么，不论是我的心还是我的命，只要我有，我都心甘情愿双手捧上，至于会产生的后果，且顾不得了。

阿凤的左肩中了一箭，箭杆虽已折断，但箭头却嵌在身体中没有取出来。

墨桥生将烈酒浇在阿凤的伤口上，又抽出一柄尖刀，道了声：“忍着！”

刀尖一挑，一枚带着鲜血的铁箭头“哐当”一声落在地上。而阿凤也身体一软，倒了下去。

墨桥生接住陷入昏迷的他，为他包扎好伤口，扶他躺下。

看着晕厥过去的阿凤，墨桥生默默地叹了口气，留下食物和药品，匆匆顺着原路返回。

快要到达角门的时候，身后传来一道令他毛骨悚然的声音。

“让我来看看这是谁？这不是墨桥生吗？怎么？晋越侯待你不好，还想着回来见见你的旧主我吗？”华宇直腆着大肚子，领着一群侍从，喊住了墨桥生。

墨桥生伏地行礼：“下奴该死，因探访旧友，竟惊扰到侯爷，还请侯爷恕罪。”

“你我也算主仆一场，无须如此客气。”华宇直扶起墨桥生，上下打量，“果然士别三日当刮目相看。你在我这里的时候，毫不起眼，也不知晋越侯是怎么培养的，竟让你这般光彩照人起来。”

墨桥生不着痕迹地退后两步，华宇直摸着胡须笑道：“你想不想再回老夫这里？为了你，老夫倒是可以考虑把那匹黄骠马退回去。”

墨桥生叉手行礼：“还请侯爷恕罪，下奴已经晚归，实在不敢耽搁，请恕下奴先行告退。”

他说完，两步跨出角门，展开身法，几个起落便迅速消失在夜色之中。

华宇直看着那个追之不及的身影，沉下脸来：“哼，晋越侯嚣张跋扈就算了，如今人在屋檐下不得不低头。现在连个低贱旧奴，都敢对老夫如此无礼。”

程千叶在城主府内院的小道上，边走边和肖瑾商量着难民过冬安置的问题。

突然，围墙边上的树木传来微微的一阵轻响，侍卫们立刻举戟喝道：“什么人？”

墙头上落下一个人，那人伏地请罪，众人定睛一看，正是墨桥生。

程千叶走上前去，摸了摸那颗伏在地上的脑袋：“怎么了，桥生？这么晚了还慌里慌张地跑来找我。”

墨桥生抬起头来，看到这个世界上最令他安心的那张笑脸。他红着眼，摇摇头没有说话。

“到底怎么了？”程千叶逼问。

“主人，别……别把我还给威北侯。”墨桥生终于鼓起勇气，“我一定会努力，我会比那匹黄骠马有用很多。”

程千叶哭笑不得，这都是些什么话？

她把墨桥生牵起来，挥手和肖瑾告别。在众目睽睽中，拉着墨桥生的手，乘着月色，慢慢踱步走了。

晚风中，她说话的声音隐约传来——

“真是傻得可爱，别说一匹马了，就算一座城池，我也不肯换你的呀。

“咦，你是不是饿了？

“军营里吃不饱吗？走，我带你去吃好吃的。”

程千叶和张馥、肖瑾三人坐在出城的马车内。

“那个威北侯什么时候走？该不会想留在我们汴州过年吧？”程千叶没好气地说，“我很讨厌他，还不得不对他摆出个笑脸。张馥你想个办法，让他麻溜地走人吧。”

张馥略微诧异：“主公觉得我能做到这事？”

程千叶笑眯眯地拍了一下他的肩膀：“张公于我心中，无所不能。”

你以为你在我心里还是个端方君子吗？这种事正适合你这种狡猾的狐狸去做。

肖瑾看着车上的程千叶，主公那张莹白的面孔在冬日暖阳的照耀下熠熠生辉、灼灼其华。

公主虽为女子，但为人洒脱，举止大气，似乎天生就不像普通的女子一般拘谨而娇柔。

这些日子，她渐渐适应了主君的身份，显得从容和稳重了起来。而这么长时间以来，竟然没有一个外人发现他们偷梁换柱的秘密。

他又忍不住去看墨桥生，前日威北侯不过是欺负了一下那个墨桥生，公主便一直耿耿于怀。看来，那个奴隶在公主心中的分量确实不轻，只是……不知他是否已经知道公主的身份。

肖瑾想着，那个墨桥生若是真的被公主看中了，日后成为亲近之人倒也不是不可以，只是还需暗地留意观察一下他的品行。

程千叶看着窗外那一眼看不到边的荒芜田地，回过头来，伸指在手边的几案上点了点，把肖瑾和张馥的注意力招了过来："我想推行一个政策，废除已有的制度，换另外一种制度。"

二人皆是一脸疑惑："换另一种制度？"

程千叶用手指在茶杯中沾了点水，在桌面上画了一个小圈和一个大圈。

"汴州在这里，大晋在那里，如果我们还想继续从汴州扩张领土……"程千叶沾水的指尖向外画出几道线条，五指张了一下，"就必定要不断地从晋国征兵，从国内调拨粮草。千里迢迢，损耗甚巨不说，就连百姓都来打仗了，种粮食的人手也会紧缺不是？"

张馥沉吟了一下，伸出修长的手指，轻点着那个小圈。

"我是这样想的，把荒废的土地按人头分给那些流民，鼓励开荒。"程千叶微微倾身，"我们可以广发告示，只要愿意入我晋国户籍，不随意迁徙，不管是哪国人，均授予一定数量的田地，第一年还可以免除他们的赋税。"她将手一收，"这样我们大晋的勇士在前方开疆扩土，后方将会有源源不断的后勤保障。"

张馥眼光微亮："此事确有可行之处，或许可以叫新制为授田制。只是许多细节还需仔细推敲，比如多少岁的男子可授田、每人授田几许、所授良田是否有部分固属国家、部分允许私人买卖……"

程千叶看到张馥和自己一拍即合，很是高兴。

可此时，肖瑾却皱着眉头提出了反对意见："土地本属于贵族和国家，庶民向来不能私有。此举有损世家大族的利益，只怕会受到国内的士大夫和公卿们的抵制。主公新任，根基尚且不稳，不可轻言变革，还望主公三思。"

程千叶知道这两个人截然不同的意见，乃是因为他们对自己的心态不同所造成的。

肖瑾对自己更为忠诚，所以他优先考虑的是程千叶个人地位的稳固和安危。而张馥看重的是晋国的壮大和强盛，所以他支持程千叶去做这种带着一定风险的变革。

不管怎么说，这两位确实都具有敏锐的政治天赋，他们能在程千叶的寥寥数语中，一针见血地点出问题的关键点。

程千叶耐心地和肖瑾解释探讨："肖司寇说得很对，一开始我们可以先不动晋国内那些公卿贵族们的封地。汴州是我们新打下来的，到处都是无主的土地，我想在汴州先做个试点。如果可行，日后我大晋但凡有开疆扩土都施行此制。今后我大晋有功之人也不再分封土地，只以金银爵位赏之。至于目前已有的封地，你说得对，可以先不变动，徐徐图之。"

肖瑾犹豫了片刻："汴州百废待兴，主公在此地声誉很高，倒……确实可以一试。"

闻言，张馥也对程千叶有些改观，他心想自己竟也有看走眼的时候。如今看来，主公也是个有野心之人，而且这格局……倒也不小。

马车到了汴水河边，程千叶跳下车来，先前在路边买下的丫鬟碧云急忙赶上来服侍，她的身后则跟着妹妹小秋。

碧云比较稳重，虽然长相平凡，但心思细腻周全。而小秋年纪尚幼，在程千叶身边好吃好喝地住了几日，也逐渐恢复了开朗活泼的本性，一张蜡黄的小脸也有了点白皙圆润的样子。

程千叶挺喜欢这两个小丫头的，出门时常会带上她们，好让她们姐妹也能出来放放风，不至于因为新环境而过度拘束。

她拉过小秋的手问道："小秋，你告诉我，你爹娘为什么宁可流亡到汴州来，也不在家乡种田啊？"

小秋答道："我家没有田可种，好田都被贵族老爷占了，每年要给贵族老爷种完一大片的公田，才能种分给我家那一点点在山坡上的瘦田。阿爹还要服很多劳役，养不活全家，我最小的弟弟就是饿死的。"

碧云接话道："回禀主公，先前家乡的领主大人动不动就抓人去打仗，村里的年轻人十不存一。我家就我阿爹一个成年男子，阿爹怕被抓去当壮丁，留下一家老小在家中饿死，这才带着我们逃亡出来的。”说到这儿，碧云垂下头来，“可是逃到这里，也一样遇到了战乱，阿爹阿娘没有办法，只好卖了我们姐妹养活弟弟。”

程千叶开口：“如果给你们家一块属于自己的土地，每年只要交三成的税，你觉得你爹娘会不会想搬过去？”

“那肯定的啊，不只我爹娘，我们全村都会想搬过去的，那可是属于自己的土地啊，大家做梦都想要，我爹肯定会加倍用心地打理它，把每一寸土地都好好利用上！”

程千叶拍了拍她的手：“很快就会有了。”

此时，张馥和肖瑾相互交换了一下眼神，在彼此的眼中看到了一种欣慰。

汴水河边，新任的汴州官员们早早便等候着。

为首的汴州牧王思礼，带着州丞、州尉、州司马等新上任的地方官员，急急忙忙地迎上前来叩首行礼，拜见主君。

王思礼是一个肤色黝黑、身材矮壮的中年男子，笑起来很有些憨厚的模样。他穿着麻鞋，卷着裤子，踩在泥地里，走得一脚的泥，看起来勤政爱民，但也是假象罢了。

她心里埋怨自己，叫你前段时间消极怠工，结果搞这么一个货色做汴州牧，硌不硌硬？

思绪回笼，程千叶应付了几句，问起了汴水河的情况。

这条河是黄河的支流，水势凶猛，所以肖瑾一直很重视河堤防护情况，时常前来查看。

王思礼弯着腰，恭恭敬敬地说：“回禀主公，多亏主公圣明，肖司寇贤能，及时调拨民夫加固河堤。此刻秋汛已过，可保我汴州今冬无水患之忧。”

程千叶象征性地点头，应付地夸赞了两句。她在人群中扫了一眼，指着一个挤在人群最外面的官员道：“看你的服饰，是负责工建的司空吧。你来说说看，水利方面还有没有什么问题？”

那人伏地行礼：“启禀主公，卑职乃是州司空崔佑鱼。如今秋汛已是安然度过，但今年冬天冷得早，水面结冰得很快，卑职私觉得……”王思礼在边上咳了一声，崔佑鱼抬头看了自己上司一眼，想了想，还是继续说道，“觉得很有可能引发凌汛，还请主公疏通河道，加固河堤，以防水患。经臣所查，汴州境内尚有以下河段堤坝破损严重，急需加固。”他从怀中掏出一卷文书，双手捧上。

程千叶展开一看，只见上面密密麻麻地写满了文字，还画着专业的水利剖面图和地形图。

周围的州官们面色都有些难看，程千叶看着跪在眼前浑然不觉的崔佑鱼，心中笑道，看来这是一个官场的“愣头儿青”啊。不过他做事认真，专业技术看起来过硬。

程千叶收起文书：“行，你写一份详细的汴河整体的治理方案来，直接交给我……直接交给肖司寇。”

她想起自己也看不懂，于是改了口。

一行人视察完河堤，在回城的路上，程千叶对肖瑾说：“那个王思礼很糟糕，你找个借口把他换掉。”

肖瑾诧异道：“王大人先前在大晋任州牧多年，经验丰富，口碑也好，不知主公因何对他有此恶评。”

“嗯……”程千叶临时编了个理由，“我听到一些关于他的风评，各种作风都很差。不然这样，张馥你来帮忙仔细查一下这个人，看看是否属实。”

程千叶用期待的眼神看了一下张馥，张馥只好无奈地接下指令。

墨桥生下营回来，守门的侍卫喊住了他，指了指门边立着的一人道：“那人找你的，等很久了。”

墨桥生一看，阿凤正穿着一身单薄的衣物，面色苍白，一动不动地站在寒风中。

“阿凤，你竟能出来看我。”墨桥生十分惊喜，他领着阿凤到自己的屋中。

阿凤跟在他的身后，一步步走得很慢。走到屋内，他轻轻挨着椅子边坐下，微微地蹙了一下那双好看的眉。

墨桥生心中一沉，叹息一声，给他倒了一杯水：“那天我走的时候在门口遇到了威北侯，他对我似乎很不满，我一直担心他迁怒于你，果然还是……”

阿凤握着那个粗瓷茶杯在手中转了转，似自言自语地轻声道：“主人他最近越来越过分，我几乎已经忍受不了了。”

他的另一只手紧紧拽住了衣摆，手背上青筋暴出，沉默了片刻，抬起头来，看着墨桥生：“阿生，你能不能帮帮我？”

阿凤那张万年不变的冷漠面孔上，难得地露出了一点温柔的表情：“你给我个机会，让我见见晋越侯，我……我试试看能不能让他也看上我。”

墨桥生和那双漂亮的丹凤眼对视了许久，终于还是撇开了视线：“对不起，我不能瞒着主人做任何有可能违背他心意的事。”

这对墨桥生来说，是一件极度为难的事情，他觉得自己没有资格和主人乞求什么，也没把握能得到主人的同意。

所以，那句“但我会找机会请求一下主人，看他能不能和威北侯买下你”他没有说出口。

阿凤垂下头来，自嘲地笑了一下：“罢了，你不必介怀，是我强人所难了。”

他转了一下手中的杯子：“你这里有酒吗？过两日主人便要打道回府，你我之间怕是难有再见之日。”

“有。你等我一下。”墨桥生转身，于柜中取出一小壶酒。

他用桌上的茶杯，给阿凤和自己各倒了一杯。二人默默地碰了一下杯，各自带着心中的苦意，饮下这杯酒。

可才喝了一杯酒，墨桥生就感到头有些昏沉，他一手撑住了桌子，甩了一下脑袋，诧异地看向阿凤，随即便失去了对身体的控制。

阿凤接住他倒下的身体，扶着他躺到床上。

墨桥生陷入了沉睡之中，阿凤站在床边，用悲凉的目光看着这个对自己毫不设防的兄弟："对不起了，如果我不这样做，等着我的只有死。"

他拿起酒瓶，将余下的酒均匀洒在被褥之上。

程千叶视察完河堤，天色已晚。

一回到府中，她就忍不住朝墨桥生居住的外院溜去。

主公日日回府都要去看那个低贱的奴隶一事已经是城主府广为人知的传闻了，墨桥生取代萧绣成为主公身边第一人的流言也在下人间越演越烈。

我就去看看那个小可怜今天有没有吃饭而已，程千叶给自己找了个借口。

她雀跃地跨进房门，笑着对背向门口坐在桌边的人喊道："桥生。"

但一瞬间，她的笑容突然凝固在脸上，跨出的脚步顿住了。

不对！

"什么人？"程千叶喝问道。

她后退一步，准备随时唤来附近的侍卫。这时，桌前的男子转过身来，他双手交叠匍匐于地，行了一个最为谦卑的礼。

程千叶对他有点印象，依稀记得他是威北侯身边的一个奴隶，也许这人是墨桥生的一个旧友。

程千叶见他没有恶意，稍微放了点心。

她扫视了一眼屋内，看见墨桥生正静卧于床榻之上，表情平和，似乎没有什么异样。她戒备问道："你是什么人？桥生他这是怎么了？"

"回禀侯爷，下奴乃是威北侯的奴隶，名叫阿凤。同桥生有些故旧之情。因想着即将分别，我二人一时忘形，多喝了几杯。桥生他不胜酒力，刚刚睡了过去。"

程千叶上前查探了一下床榻之上的墨桥生，见他一身酒气，睡得正沉，于是放下心来。

"还请侯爷切莫责罚他，一切都是阿凤的不是。侯爷若是不嫌弃，阿凤可以代替桥生服侍您。"阿凤抬起头，露出一张俊逸的容颜来。他面带桃花，眼含秋水，含笑望着程千叶。他是一个很漂亮的男人，他自己知道怎样利用自己的美貌，也知道怎样笑更为勾人。

程千叶回过头来，看到那个男人披散着长发坐在月光里。窗外的月光斜照在肌肤上，一半光、一半影，满身青紫的伤痕露出，有一种惊心动魄的残酷的美。

她叹了口气，解下身上的大氅，披在了那副虽然美丽但早已冻得发紫的身躯上。

阿凤愣了一下，他很少在自己这么主动的情况下失手过。

今晚本来是个极好的机会，那位大人果然独自来到了桥生的房间。以他的计划，自己本该很有机会以一己之力刺杀了那位晋越侯。

但不知道为什么，当那件大氅披到自己身上的时候，他愣了一下神。等他回过神来，那位晋越侯已经出门离去了。只是那时候，他冷得已经有些僵硬的身躯突然被一件带着体温的大氅所包围，一双洁白的手伸了过来，给他紧了紧领口，拍了一下他的肩膀，他就彻底呆住了。

他怎么会如此愚蠢……阿凤苍白的手指抓住了那件大氅的边缘。

程千叶逃回了内院，突然想起把墨桥生一个人留在那里还是有点担心。

于是她招手叫住了正迎面走来的萧绣："萧绣，桥生屋里有个威北侯的人，把桥生灌醉了。你带几个人过去看一看，不要出什么意外。"

墨桥生做了一个噩梦，他梦见自己回到了第一个主人吴学礼的书房。

他跪在那里，眼前的地上是那个摔碎的砚台，周围围着一圈人，每一个都伸手指着他，众口一词地说："是他，就是他干的好事！"

墨桥生心中惊恐，他紧紧地拽住主人的衣摆，解释道："不是我，主人，真的不是我。"

吴学礼的神情既阴森又恐怖："脱了他的裤子，打一百杖，把他给卖了！"

"不，主人，你相信我！不是我！不要……"

吴学礼的那张脸突然变成了晋越侯的面孔，他一如往日般温和可亲，墨桥生正要放下心来，却听见他笑盈盈地说道："桥生，既然大家都说是你，那也没办法了，只好卖了你啦。"

墨桥生惊出一身冷汗，从床上一轱辘翻起身来，发现天光已经大亮。

回想起昨夜的情形，他感觉胸口十分难受，也不知是痛苦多些还是愤怒多些。

穿好衣物，他忐忑不安地向着主人的内院走去，不知昨夜是否有发生什么让主人不快的事情，他有些不知如何面对主人。

半路上，萧绣拦住了他："桥生，你最近是不是和威北侯的人交往得太近了？"萧绣皱着眉头，"昨夜你自己喝醉了，竟然让一个外人留在屋内，你不知道主公天天都会去寻你的吗？幸好那人没有放肆，也没有惊扰到主公。若是让主公不快，你可承担不起这个罪责！"

墨桥生无从辩解，只低头认错。

张馥正好路过，笑眯眯地帮忙打了个圆场："桥生顾念旧友也是人之常情，反正威北侯这两日就要回封地去了。"

二人见到是张馥，齐齐下跪行礼。

张馥温和地说："但是桥生你要记住，你现在已经是主公的人了，要注意自己的立场。过去的人还是少交往一些，一切应以主公为重，你说是不是？"

墨桥生伏地行礼，口中称罪。

果然过了两日，威北侯便和程千叶辞行启程。程千叶在府中设宴，为他饯行。

摆宴的时候，墨桥生再次见到了阿凤。

阿凤正和萧绣在穿堂外的阴影处低声交谈着什么，见到他，阿凤只冷漠地瞥了他一眼，一言不发地转身离去。

"桥生……我正要寻你。"萧绣喊住了他，"快帮忙提一个，这食盒也太重了。"

萧绣手中提着两个食盒，抱怨道："吕瑶竟然在这个日子吃坏了肚子，爬不起身来。厨下此刻是一团乱，连端菜的人都安排不好。我不放心，亲自来取主公的食例。”

墨桥生把两个食盒一起接过来，不解地问道：“你认识阿凤？”

“那天你喝醉了，主公说你屋中有陌生人，不放心你，让我去照应你一下，不就见到了他。”萧绣一面走，一面揉揉手臂，“刚才只是碰巧遇到打了个招呼，说起来主公对你还真是体贴细致呢。”

此刻大厅的宴席上坐着的都是双方知名的将领和官员，彼此之间推杯换盏、觥筹交错，气氛十分融洽。

萧绣和墨桥生二人跪到程千叶身侧，墨桥生打开食盒，端出食物。萧绣则是从墨桥生手中接过菜肴，捧于桌上，又取出一根银针，将食物逐一查验。再用一双银箸，从每碟食物中夹出一点置于一小碟之中。

他将小碟递给一旁伺候的碧云，碧云举筷正准备试菜。

程千叶不动声色地伸手拦了一下，貌似不经意地随口吩咐道：“这里不需要你们姐妹伺候了，都下去吧，让小绣和桥生留下就行。”

此刻的程千叶看似轻松随性地坐在软榻上，但无人知道，她的内心其实被一种无形的不安所抓摄。

她感觉这个宴会上有很多不对劲的人。

首先是威北侯华宇直的身上笼罩着一股阴谋即将得逞的兴奋，虽然不知道他做了什么，但他定是做了，而且马上就有可能实现，他才会如此兴奋。

坐在程千叶附近的张馥，他那张万年不变的面具脸下，是等着好戏上场的幸灾乐祸。

大殿的角落里还有一两个看似满脸笑容的仆役，周身却弥散着一股恶毒之意。

但这些不是最主要的，最关键的问题在于程千叶眼前的萧绣。

萧绣的身上也笼罩着一股恶意，但这股恶意似乎并不针对程千叶。

萧绣俊美的面容和往日一般无二，但当他眉目含情、巧笑倩兮地靠近程千叶时，在程千叶眼中，那如有实质的恶意正翻滚在那如同春花一般娇艳的面容上，显得格外惊悚。

不对劲！这些人太不对劲了！

他们是要干什么？到底会发生什么事？

程千叶环顾了一下四周，大殿上负责宿卫的贺兰贞和列于席上的俞敦素、肖瑾这三人看向自己的时候依旧同往常一样，这让程千叶稍微松了口气，说明这几人还是靠得住的。

她忍不住向后倾了一下身体，悄悄地摸到墨桥生的手，把他往自己身边拽了拽，让他靠自己近一些。因为此刻，墨桥生才是让程千叶最安心的存在。

坐在程千叶下首第一位的张馥微微倾身，含笑低声提醒："萧绣，主公的菜还没人试呢。动作快些，不要给客人看了笑话。"

萧绣似乎略微愣了一下，随即神色自如地拿起试菜的碟筷，亲自把程千叶桌前的每一样菜都试吃了一遍。

刚放下筷子，他脸上的笑就僵住了。

萧绣神色大变，额头上冷汗滚落而下。他一手捂着肚子，一手指着菜肴，勉强喊了一声："有毒！"就倒下身去。

程千叶先前看着他情绪不太对劲，但想不到情势竟然直转而下，此刻萧绣几乎要死在自己面前。

她两步跨出桌案，只见萧绣已蜷缩起身体，面色发青，口中吐出白沫。

程千叶一把掐开他的下颌，迫使他张开嘴，她将一根银筷伸进萧绣的喉咙给他催吐，又接过侍从手中的牛乳，灌入他的口中，同时大喊一声："传军医！"

大殿上顿时一片混乱，所有列席之人都紧张地视查了一下自己的身体状态，窃窃私语起来。

肖瑾怒不可遏，站起身下令："即刻扣压膳房一应相关人等，殿上所有传菜仆役一律原地等候不得离开。"

顷刻间，满殿都是宿卫侍从来回跑动时发出的铠甲锵鸣之声。

不久后，大殿上跪了一地的厨娘、伙夫和仆役等人。

膳房的管事瑟瑟发抖地跪在地上说："今日席上各位大人的菜肴都是一并烹制的呀，不可能独独到了主公那一席就出了差错。

“今日吕总管不在，小人就怕忙中出错。主公和威北侯的食盒是小人和两个副管事亲眼盯着装盒的，直接递到了萧公子手中!

“这么多双眼睛看着，其间并无任何人接手，小人实在是冤枉，还请主公明鉴，肖司寇明察啊！”

一个在大殿服侍的仆从怯怯地抬起头来：“也……也不是没有人接手。”

肖瑾怒喝道：“快说！你指的是何人！”

那人抬头瞥了程千叶身侧的墨桥生一眼，殿上众人的视线也向着墨桥生汇聚。方才众目睽睽之下，在程千叶身侧伺候的只有萧绣和墨桥生二人，也只有他们接触过菜肴。

而此刻萧绣中毒倒地，墨桥生自然成为嫌疑最大的人。

墨桥生大惊起身，他心中涌上了不妙的感觉。

人群中的一个厨娘抬起头道：“对，我看见就是这个人在路上从萧公子手里接过食盒。想必都是他的缘故，要查的话查他就好了，此事实在和我等毫无关系啊。”

站在程千叶身后的宿卫贺兰贞，怒气冲冲地一把抓起墨桥生的衣领，把他掼在地上。两个甲士紧随上前，一左一右压制住墨桥生的双臂。

“不是我！主公！真的不是我！”墨桥生挣扎着仰起脸，看向程千叶。

程千叶还没说话，肖瑾拱手行礼道：“主公切莫感情用事，眼下此人嫌疑最重，若是查明真相之后与他无关，再还他清白也不迟。”

这边威北侯华宇直领着自己的人，打着哈哈上前道：“看来这是贤弟的私事，老夫也不便再多搅扰，这就先行告退了。”

程千叶和他应酬了一番，把人妥善送走。

她看到威北侯离去的背影上笼罩着一股失望，想，看来应该是他想毒死我，然后没成功，失望了?

程千叶摸摸下巴，脑子里依旧是一团糨糊。

她决定先观察一下发生了什么。

数名甲士匆匆入殿，其中一人手上捧着带锁的木匣，墨桥生看着那个匣子，面上露出惊恐之色，那是他衣柜中用来放置私物的匣子。

那名甲士单膝跪地，捧上木匣。

肖瑾沉着脸，上前打开了那个已被砍去锁头的匣子。

盒盖一开，露出一匣金灿灿的黄金，另外还有一个小小的瓷瓶。

殿上也传出了一阵惊呼声，一个奴隶是不可能拥有这么多黄金的，除非他做了什么不可告人的事情。

肖瑾打开瓶子，交给一旁的军医，那名大夫对比了瓶内所装的药物和桌上的食物，冲肖瑾点了点头，殿上顿时响起议论之声。

“不，不是我！”墨桥生双目赤红，挣扎了起来。

贺兰贞一拳把他揍倒在地，连踹了两脚：“早就看你这魅惑主公的家伙不顺眼，果然不是什么好东西！”

程千叶阻止了他的行为，墨桥生被人按在地上，他拼命抬起头来，用一种近乎绝望的眼神看着程千叶。

程千叶不忍地看了他一眼，无奈地叹了口气，她召俞敦素上前：“俞将军，你把他带下去关押起来，你亲自看守。”然后又附在俞敦素耳边，低声说，“我没来之前不要让任何人接近他，也不要打他。”

听到程千叶的话，墨桥生的脸上一瞬间似乎失去了所有希望。他颓然放弃反抗，任由俞敦素将他押了出去。

一片乱局过后，程千叶回到了自己起居的厢房。

她坐在桌前，慢慢品着手中的香茗，整理着纷杂的思绪。

肖瑾从屋外进来，躬身行礼。

“小绣怎么样？”程千叶问道。

“大夫说幸亏吃入的毒物数量很少，主公又及时给他催吐，应无大碍。吃了药，调养几日便好。”

程千叶点点头，算是放下一件心事，这时肖瑾又问：“那个墨桥生，还请主公示下，该当如何处置？”

程千叶打量了他片刻，“哧”地笑了一声：“你当真觉得此事是他所为？”

肖瑾诧异道：“主公何故有此一问？”

程千叶沉下脸来，一言不发地看着肖瑾，看得肖瑾逐渐惶恐起来。

“以你的聪明，定一眼就能看出此事中有猫腻。”程千叶缓缓说。

“墨桥生是我亲近之人，他如果想要毒害我，机会多的是，怎么可能当众行凶，还明晃晃地在屋里留下罪证？你和张馥都能想到下毒的另有其人，但你们都不和我说，为什么？”

“我……”肖瑾面红耳赤，跪地请罪，“下官确实也察觉此事有不妥之处，但一来证据确凿，无从辩驳；二来下官也想着先稳定局面，好徐徐查出幕后之人。”

程千叶打断了他：“还有一点，你怕桥生和我太过亲近，不小心知道了我的秘密。于是心里想着干脆将错就错，借机除掉他也好，是也不是？”

肖瑾心中大惊，这只是他内心深处的一个想法，连他自己都还没明确，缘何主公竟能一语道破？

程千叶冷漠地望着他，肖瑾第一次从这位主公身上体会到了那种属于上位者的威严。

他叩首于地，诚心请罪：“臣知错了，还望主公恕罪。臣虽然确有过此念，但若是能查明真相，臣也不可能草菅人命，让清白之人枉死，还望主公相信微臣之心。”

过了许久，直到肖瑾觉得背上出了冷汗之时，才听见头顶传来程千叶的声音：“起来吧，这次就算了，希望你不要再做这种让我失望的事。你还情有可原，张馥那个浑蛋，我这次不会轻易算了。

“走吧，你先随我去看看桥生。”

第四章

信任

墨桥生被铁链锁在一间阴冷的牢房中，月光透过铁窗的栅栏，在他的身上投下一道道斑驳的光影。

看守他的俞敦素将军性情温和，没有对他动粗，只是默默抱着刀，守在了牢房门口。

除了最初贺兰贞冲动的那一下，再也没有人打过他，也没有人对他动用任何刑罚。可他觉得这比以往任何一次受伤和惩罚都来得痛苦，从内而外地让他揪痛。

“不要轻易对主人付出你自己的心。否则，只有更多的难堪等着你。”

阿凤的那句话言犹在耳，墨桥生闭上眼，也许他根本就不该妄想这种幸福。

他眼前反复出现着程千叶那张温和的面孔，当初在城门外的惊鸿一瞥，那人坐在高高的舆车之上，整个人在阳光下熠熠生辉，他懒洋洋地望过来，冲自己展颜一笑……

“桥生？”

墨桥生依稀听见有人唤他，他茫然地抬起头，眼前出现了一张真实的笑颜，逐渐和幻想中的面孔重叠，渐渐清晰起来。

主公！主公他竟然来看我了！

程千叶看着眼前被铁链禁锢的墨桥生，不过是关了他大半夜的时间，这人就把自己搞得万念俱灰、死气沉沉的。

看到墨桥生那一副听见声音后不敢置信的模样，还露出了既悲伤又绝望的神情来时，程千叶伸出手，摸了摸他乱糟糟的头发，弯下腰，靠近他的脸庞，温和地问道：“桥生，你告诉我，是你做的吗？”

墨桥生灰败的眼眸中亮起了流萤，他微微张了一下口，低下头去，片刻才轻轻说出一句话，一句在他从小到大的噩梦中，反复说过无数次，却从来没被人相信的话——

“不是我。主人，你相信我，相信我一次。”

但他想象的场景没有出现，这一次，他听到了他梦寐以求的答复。

“既然桥生都说了不是，那就不是。”

那个人一边摸着他的头发，一边温柔地把这句话一个字一个字地填进他的心里，填进了他那伤痕累累、破败不堪的心里。

俞敦素上前抱拳谏言：“主公，此事罪证确凿，怎可如此轻信？”

程千叶起身回过头，冲着俞敦素、肖瑾招了招手。

“俞将军，”她看着俞敦素，“实不相瞒，如今军中我可以完全信任的人，只有你们在场的三位。今日我信任桥生，他日若是也有人在我面前构陷于你，我也会这般信任你。”

俞敦素双眸闪动，单膝跪地，双手抱拳：“末将谢主公恩信。”

程千叶道：“我和肖司寇探讨过，此事不可能是桥生所为。但至于是谁在背后指使，谁在嫁祸，其中又牵连多少人，目前都还不得而知。

“但他既然做了这件事，总有他的目的。所以我只能依靠你们几位，帮我一起查出真凶，只是可能要委屈桥生在这里多待一段时间。”

她转过身，却看见墨桥生垂着头，一动不动的，询问道：“桥生，怎么了？”

程千叶弯下腰去，她看见月光照在墨桥生的脸上，折射出一道清晰的泪痕。

程千叶在心中轻叹了一声，她挥手把俞敦素和肖瑾赶了出去，双手轻轻捧起墨桥生的脸：“怎么哭了呀？”

剔透的泪珠接连不断地从墨桥生紧闭的眼角滚落下来，他鼻尖通红，紧紧抿着薄唇，不肯发出一点声音，脸孔也在她手中轻轻颤抖。

他就这样无声地在程千叶手中痛哭着。

程千叶从来不知道一个男子也可以哭得这么美，这么让她心动，她一遍遍耐心地为他擦去眼泪：“别哭了。桥生，别哭。”

天蒙蒙亮的时候，牢房的门被人打开，萧绣提着一篮食物从台阶上走了下来。

他对着哈欠连天的俞敦素道：“俞将军辛苦了，主公令我给人犯带点吃食。将军一夜未眠，要不要也吃些点心垫垫肚子？”

俞敦素打了个哈欠：“点心倒是不必，既如此，你看着他吃饭吧，容我先去打个盹。”

萧绣笑盈盈地说：“将军只管一旁休息，我替将军看上个把时辰想来也不打紧。”

俞敦素毫不客气，拱了拱手，找了两张条凳并在一起，往上一倒，不多时便传来鼾声。

萧绣钻进牢房，从篮中取出食物，端在墨桥生眼前：“吃吗？”

墨桥生凝视了他片刻：“原来是你，你为什么这么做？你……很恨我吗？”

萧绣垂下眼睫：“不，我对你没有恨。但我有一个疑问，必须要知道答案，为此我不惜任何代价。”

墨桥生不解地看着他：“疑问？”

“你肯定知道的，对不对？”萧绣抬起眼，直视着墨桥生，“你告诉我，只要你告诉我真相，我就去和主公说你是冤枉的。我可以证明那瓶毒药不是你的，这样你就可以回到主公身边了。”

“知道什么？”墨桥生依旧感到十分不解。

“你绝对知道！不想死的话，你就告诉我！”萧绣激动起来，他一把抓住墨桥生的衣领，“你和主公那么亲近，你告诉我，主公他是不是……”

“抓住他！”肖瑾从藏身处跨出来，打断了他的话。

数名甲士冲进屋来，一把将惊慌失措的萧绣按倒在地，五花大绑起来，然后肖瑾把五花大绑的萧绣提进屋，丢在了程千叶面前。

他挥退众人，冷着脸说了一句：“这家伙可能知道了。”

萧绣听到这话，猛地抬起头看向程千叶：“你不是主公？那你是谁？你……你是千叶公主！”

程千叶靠在椅子上看了他半晌，闭了一下眼睛，算是默认了。她看着萧绣原本激动的情绪，一点点变成悲伤和绝望。

萧绣低下头，其实他心中已经知道答案，但仍轻轻地问："那，公子呢？"

程千叶有些不忍看到那"刺眼"的伤痛，她避开目光："兄长……他已经仙逝多时了。"

萧绣垂下头："是……是吗？"

"中牟之乱，兄长被公子章毒害而亡。我不得已顶替了他，但我已手刃仇人，为兄长报仇雪恨了。"程千叶说出实情。

萧绣一下跌在地上，他回想起那场中牟之乱。

那个时候主公去参加宴会，却没有带上他，待他听到主公中毒身亡的传言，心急如焚赶过去的时候，肖司寇早已封锁了主公的卧房，只让主公的母亲杨姬和怀有身孕的许姬入内。

好在，最后主公还是平安无事地露面了。主公不但控制住局面，打败了敌人，更让他惊喜的是，从那以后主公便打发了很多随身伺候的下人，只挑了他带在身边，还对他分外温柔。

他一度因此暗自心喜。原来……那个时候主公就已经不在了吗？

他怎么那么蠢？千叶公主虽然对他很好，却明显透着疏离。她有那么多不对劲的地方，但他就像瞎了一样蒙上自己的眼睛，假装什么都没看见。

萧绣想起他第一次见到公子羽时的情形，那个衣着华美的少年公子，从马上跳了下来，蹲在饥寒交迫的自己面前——

"没人要的小孩吗？可怜见的，要不要跟我回家去呢？"

想不到那个人，原来已经死了那么久了……

"说吧，是谁指使你下的毒？你们本来的目标是我吧？"

程千叶的声音像是从虚无缥缈的地方传来一样，萧绣回了一下神，他挪动了一下身体，让自己端正跪好。

"指使我的是威北侯，他让那个叫阿凤的奴隶给了我一匣子黄金和一瓶毒药，让我下毒谋害主公，并承诺得手之后，让我到他身边。"萧绣冷笑了一下，继续招供，“除了我，他们还收买了大殿上伺候的阿右和许甲作为策应。

“我对千叶公主您怀疑已久，但您对我实在太好了，让我想去相信这一切都是真的。

“但直到墨桥生的出现……他让我感到了危机，也让我更清晰地意识到这里面的不对劲。

“可是不论我怎么和墨桥生套近乎，他都对您的秘密守口如瓶。此次威北侯派人来寻我，我见有此良机，便想着借机嫁祸于桥生，要挟他告知我真相，我并没有真正毒害公主您的意思。”

他以额叩地：“但小绣依旧罪无可赦，无可辩驳，请公主赐我一死。”

程千叶皱眉，他坦白得这么干脆，只求一死，她疑惑开口：“你这是不想活了？想为兄长殉葬？”

“你真的那么在乎兄长？”程千叶有些不太理解，虽然她和兄长关系亲厚，但在她的记忆中，兄长不但庸碌无为，私生活混乱，而且脾气也很暴躁，动不动就打骂下人，只比威北侯那种变态略好上一点而已。想不到也有人对他如此忠心耿耿，甚至到生随死殉的地步。

“我知道很多人私下都说主公他不是一个好君主，他不如老侯爷那般雄才大略，甚至也没有千叶公主您这般聪慧机敏，但我……”萧绣苦笑一声，像是陷入了回忆般，缓缓诉说着。

“我小时候家里很穷，经常吃不饱饭。我既瘦弱又容易生病，是一个负累父母的孩子。

“有一天，阿爹突然不打骂我了，带着我去了绛州看杂耍，还陪我玩了一整天，甚至前所未有地给我买了一个糖人。最后他摸摸我的头，叫我在一个街口等他。

“我等了很久很久，一步也不敢离开，然而阿爹再也没有回来，是公子把快饿死的我从路边捡了回去。”

萧绣抬起头，眼睛亮了起来。他凝视着程千叶的脸，似乎想透过这张面孔，再次看见那位自己渴望的人：“公子他其实是一个温柔的人，很少打我。如果他生气了，只要我好好求他，他都会原谅我。

“他时常对我说，他和我一样，也是个不受父母喜欢的孩子。他想当一个好主君，治理好国家，可是不论他怎么努力大家都看不起他，觉得他性格不好，脑袋也不够聪明，所以他越来越焦虑急躁。

“但他在我心中就是最好的主公，我真的想一辈子都伺候在他身边。”

说完这句话后，萧绣垂下头，神色灰暗，他眼中的光亮慢慢不见了，只安静地等待程千叶宣布自己的死亡。

程千叶本来确实动了杀心，但这一刻，她发现自己下不去手。

肖瑾见状，拱手道：“主公不可妇人之仁，此人委实留不得。”

“杀戮并不是解决问题的唯一方式，”程千叶看着他，“今天我能为保守秘密杀了他，你不怕有一天我也会为了保守秘密杀了你吗？”

她抬手止住肖瑾的话：“我意已决，你不可插手。”

“小绣，”她来到萧绣面前，蹲了下来，“兄长虽然走了，但我们还要活着。我继承了他的位置，自然也继承了他的愿望。”

萧绣茫然地抬起头。这张自己熟悉的面孔，向他伸出了手，诚挚开口：“我想让我们的晋国变得更好一点，至少不会再有父母因为饥饿，抛弃或卖掉自己的孩子之事发生。想必哥哥他若是看到晋国逐渐强大，看到晋越侯成为人人夸赞的君主，也会很高兴的。但这个愿望不容易实现，你要不要和我一起来？”

“我……”萧绣不知不觉地张开了嘴。

“我可以给你两个选择：其一，赦免你的罪，赐你路费，让你回到家乡；其二，领你应得的惩处，从此留在我的身边，相助于我。”

萧绣低下了头，深深闭了一下眼，过了许久，终于抬起头来：“小绣，情愿领罚。”

“桥生，”程千叶把墨桥生传唤进来，她指着萧绣道，“小绣犯了错，我罚他受一百……不，五十军棍，你亲自执行。”

墨桥生正要领命而去，却见程千叶举起一只手挡在嘴边，附耳悄声对他说：“如果你没有很生气，就打轻一点呀。”

墨桥生眼底透出一点笑意，低头行礼，将人领了出去。

二人出了屋子，程千叶便沉下脸来，一拍桌子道："果然是华宇直那个老浑蛋干的好事，我找他算账去！"

肖瑾皱眉道："威北侯部，昨夜便已开拔出发，此刻只怕已出城二十余里了。"

"这个老狐狸，想必昨日看到没毒死我，心虚露怯，急急忙忙地溜了，他是想至此和我大晋交恶吗？"程千叶心中愤愤不平。

张馥走了进来，回禀道："主公，威北侯临走时送来一个人，说他察觉昨夜下毒之事，皆由此人因妒生恨而起。怕主公对他有所误会，特将此人责打一番，送来任由主人发落，还随附书信一封。"

程千叶接过书信，看着信中所书，就觉得恶心想吐，只随意翻了翻便丢到一旁，不耐烦地道："什么人？押上来看看。"

这时，数名甲士抬着一个浑身是血的人进来，把那人丢在程千叶面前的地板上。

那人的面孔被一头微卷的凌乱长发遮住，浑身遍布被刑虐的痕迹，身上本来缠绕着的白色绷带，此刻也被血渍和污物浸染得污秽不堪，散乱披挂着。他挣扎了一下，却起不了身，只能勉强抬起头来。

程千叶认出此人，是几日前在墨桥生房内见过的那个阿凤。

程千叶对这个人没什么好感，第一次见面时他灌醉桥生，这一次又设计下毒谋害自己。但看他此刻的模样，程千叶觉得除了最后赐他一死，自己也下不去手对他做别的惩处了。

她捏了捏眉心，一整夜没休息让她感到有些疲惫，她把华宇直的信递给肖瑾："你来问吧。"

肖瑾展开威北侯的信函浏览了一遍，开口审讯道："你就是阿凤？"

阿凤微点了一下头，算是回复。

"威北侯在信中说，他发现你因诱惑我家主公不成心中怨怼，因此意图谋害我家主公？"

阿凤自嘲地冷笑了一下，不做回复。

"所以你便勾结墨桥生，在酒宴之上于我家主公的饮食中下毒？"

"不，此事和桥生无关。"阿凤抬起头，看向程千叶，"是我嫉妒桥生，将黄金和毒药藏在桥生的房内企图陷害于他，和我勾结的人乃是您身边的萧绣。”

程千叶本来已经昏昏欲睡，这个反转让她一下来了精神，她问道：“哦？你一个奴隶去哪儿弄来那么多黄金？”

“侯爷难道真的不知那些金钱是从哪里来的吗？”阿凤冷笑一下，实话实说，“我只是我们主公给您递的一个台阶而已，不过是让您出点气，不至于立刻和他撕破脸皮，导致两国之间毫无回旋的余地。”

“我一个奴隶，若不是有主人指使，如何有能力谋害一个君侯？”他一边咳出血来，一边笑得肆无忌惮，“何况，侯爷您心里最清楚。那日您既没有打我也没有骂我，像我这样一个低贱的玩物，怎么可能因此就对您怨恨于心？”

人性真是复杂，在这种濒临死亡的情况下，看事情却越发地清透。

程千叶来了兴致，她摸了摸下巴：“既然你嫉妒桥生，为什么现在又要替他开脱？”

“不，我不是为他开脱。”这时，阿凤反而急了，他看着程千叶，挣扎着跪起身来，“钱财对一个奴隶来说实乃无用之物，侯爷你看看我的模样，再想想桥生，他有幸遇到您这样一位和善的主人，怎么可能想要毒死您再回到威北侯那样残暴之人的身边？”

他的身体纵横交错着各种遭受虐待的痕迹，惨不忍睹，令人对他所言之事无从反驳。

程千叶觉得，至少在临死的时候他没有想着把桥生拖下水，还一心一意地为桥生解释，这让她心中有些动容。她又试探着问道：“我问的是，你为什么要替他解释？”

“我……”阿凤压抑着喉中翻涌的腥甜味，喘了口气，“人之将死，其言也善，我只是实话实说罢了。”

阿凤心中觉得有些难受，他知道自己必死无疑。

那日主公命他通过桥生诱惑晋越侯，他失败了。谁知主公又收买了晋越侯身边的萧绣，并命他配合萧绣毒害晋越侯。

从那时起，他就知道不论成功与否，事后他们这种奴隶基本都脱离不了被推出来顶罪，或是被灭口的命运，可是他没想到这事竟牵连到了桥生。

萧绣能那么轻易地被主公说服，是因为原来他根本就不想毒害晋越侯，他的目的只是陷害桥生罢了。

桥生……是他仅余的兄弟了。

他闭了一下眼，反正都要死了，就一并替他顶了这罪又如何？

他开口说道："我心中嫉妒墨桥生，嫉妒他本是和我同样的人，如今却得了一个这么善良的主人，过得如此舒适。于是我一时起了歹意，把主公给的黄金和毒药藏于他的房中，想要陷他于死地。"

"你把黄金和毒药放在他房中何处？"程千叶问道。

"我……"阿凤愣住了，因为他的确不知。

"萧绣说黄金和毒药是他放的，你却说是你放的。"程千叶笑起来，对着门外说道，"桥生，这陷害你的罪名，竟然还有人抢？"

墨桥生正从门外进来，他沉默地看了一会儿阿凤，并排跪于他的身侧。

阿凤有些茫然，他只是在大殿上亲眼见到罪证直指桥生，便以为桥生此刻必定身处险境，想不到竟能这般齐齐整整地出现在他眼前。

阿凤心中一放松，一口气便提不住。他一手捂住嘴，指缝间瞬间渗出鲜血来。

墨桥生顿首于地："主人，阿凤罪无可恕，桥生恳请代他受罚。"

他狠狠地磕了数个头，而阿凤却用那沾满血的手抓住他的肩膀，猛地把他推开。

"你滚开，我不用你多管闲事。"阿凤哑声骂道，"不知好歹的东西，主人也是你可以忤逆的？既然遇到好主人，就好好珍惜去吧，我……也算替你高兴了。"

他一手撑地，黏稠的血液从口中呈线状滴落，程千叶看不下去，冲墨桥生挥挥手："带走带走，给他叫大夫。"

程千叶几乎整夜没睡，处理完这一切，便屏退众人，去补了个觉。

一觉醒来，阿凤的治疗竟然还没有结束。

程千叶跨进墨桥生的屋子，被满屋的血腥味熏了一下。大夫正从床上那具昏迷不醒的躯体中取出一个带血的异物，那场面让程千叶几乎不忍直视。

墨桥生见她来了，跪在她身前行礼，沉默着许久不起身。

“没事，我不再罚他就是了。”程千叶摸摸他的头，叹了口气，又转头问大夫，“先生，情况怎么样？人没事吧？”

那大夫连连摇头：“威北侯这是把人往死里整，根本就不想留活口。他能不能活命，就看今夜是否挺得过去了。”

昏迷的阿凤忽然断断续续地发出一些含糊不清的梦呓声，程千叶俯下身，听了一会儿，分辨出他在反复说着几个字。

“别卖了我，别卖了我，主人。”

程千叶叹了口气，靠近他耳边说道：“现在我是你的主人，我不会卖了你。”

“真的？”

“真的，我保证。”

次日清晨，程千叶在书房内练字。

从前她字不太好，如今只能时常抽时间练习用毛笔书写，只是目前还是写得不尽如人意。

小秋在一旁为她研墨，白白的小鼻子上沾了一点墨汁，显得俏皮可爱。

“看你主人我写得怎么样？”程千叶写了一纸的横撇竖捺，边写边问道。

小秋睁着那双圆溜溜的杏眼看了半天，伸出短小的手指，指着一处道：“这条画得好，弯弯曲曲的，像蚯蚓。”

“哎哟！”她喊了一声，“姐姐你为什么掐我？”

碧云涨红了脸，蹲身行礼，给程千叶捧上了一杯新沏的香茗。程千叶一边品茶，一边笑着说：“碧云你别老拘着小秋，我就喜欢她这个样子。”

小秋的年纪只在十岁左右，长得白白嫩嫩，是个既单纯又活泼的孩子。

程千叶天天看着身边之人或多或少的隐瞒和欺骗，心中难免郁闷，这样表里如一的人才是她最喜欢亲近的。

这时，墨桥生跨进屋来，程千叶紧忙问道：“你朋友怎么样了？”

墨桥生在程千叶的膝边跪下：“大夫说他熬过最危险的阶段了。主人，您不责罚我吗？”

“责罚你？”程千叶抬了一下眉头，停下笔看着他，“为什么要罚你？”

“我……”墨桥生垂头，一时也不知该说什么。

“你在愧疚什么？”程千叶忍不住伸手摸摸他的脑袋，“你觉得你没资格和我提要求，即使那是你非常重视的朋友？”

墨桥生昂头看着程千叶，主人就像能看透人心似的，永远能一语道破他心中所想。

“那好吧，你都这么说了，那我就惩罚你一下，要罚一个狠的。”程千叶道。

闻言，墨桥生跪直了身体，露出一脸坚定的神色。

程千叶把他拉起来，按在自己的位置上：“那就罚你和我一起抄书，这套字帖我们一人写一半。”

他的手中被塞进一支毛笔，程千叶柔软的手掌握住了他的手背，问道：“你会不会？我教你写。哈哈，我可能写得还没你好。”

墨桥生突然觉得心中涌上了一种说不清道不明的情绪，主公那白皙而俊美的脸庞近在咫尺，呼出的气息像一片柔软的羽毛，在他心田最脆弱的部位来回刷了一遍。那感觉又酸又麻，使得他身体的肌肤微微战栗了一下。

他在心中狠狠地刮了自己一耳光，在主人面前胡思乱想些什么？

“桥生，你觉得我是不是一个好主公？”程千叶握着墨桥生的手，一面写字，一面轻轻开口。

“主人在我心中，是全天下最好的主君。”墨桥生坚定答道。

程千叶知道他说的是真心话，她看着两人交握的手和手下游走而出的墨痕，缓缓地说：“我小时候想学画，可母亲对我说，弹筝很有韵味，她很希望能听到我弹筝。”

“所以主人便放弃了自己的兴趣，迁就了夫人？”墨桥生问道。

程千叶松开手，停下笔来：“对，母亲看到我选了筝，果然十分高兴，连连表扬我。可我虽得到了母亲的表扬，却失去了自己的爱好。

“我性格如此，时常为了得到别人的认可，为了让别人说我一句好，就放弃了自己的坚持。

“我曾经很在意张馥、肖瑾和那些老臣们的想法，我不停地扭转自己的观念迎合他们，希望得到他们所有人的认同。

“但如今我发现我错了，要做一个合格的主君，光做一个好人是不够的。”她看着墨桥生，“桥生，你也可以有自己的想法，你有没有想过要成为怎样的人？你是想永远在我身边伺候，还是想要去沙场上建功立业？”

墨桥生的眼神中波澜涌动，他咬牙沉吟片刻，终于把一直藏在心底的愿望说了出来：“我想成为主人手中的刀，主人若是想要开疆拓土，我就为您攻城略地；主人若有兼济天下之心，我愿为您征战沙场。”

程千叶看着眼前坚定的人，伸出一只手握住他的手掌：“好，那你就跟着我来。”

练兵场密密麻麻的，站满了人，百夫长以上的士官、将领，所有文职官员以及主公身边伺候的侍从、宿卫都列阵在位。

众人皆抬头看着将台上端坐着的那位年轻君主。

主公前日在宴席之上险些遇害的消息，早就传遍军中内外。如今聚集这么多人，想必是要训斥清理一番。有些人心中有鬼，忐忑不安；有些人幸灾乐祸，等着看好戏。人群中渐渐起了交头接耳的声音。

程千叶不紧不慢地一面看着人群，一面在手中的书简上写写画画。

没人看见她手中的书简上画着横平竖直的格子，正和此刻校场上排列的方阵对应。

程千叶放下笔，把墨桥生召到身边："桥生你看，横代表排，纵代表列，每个交点对应一个人。你带几个人去，把我钩上的这些人都押上来。"

而后又附在他耳边轻声交代："本子上的内容不可以给其他人看到，抓完人，就把本子放进火炉里烧了。"

墨桥生领命前去。

不多时，程千叶面前便跪了二十来个人，这些人互相看着，一脸茫然。

他们有的是军中将领，有的是程千叶身边伺候之人。这些人看似八竿子打不到一起，但唯一的共同点是：无论他们表现出来的是什么样的形象，在程千叶的眼中，这些人看向自己之时，无一不蒸腾起阴森森的恶意。

程千叶端坐高台，看了眼前这些人片刻，朗声道："你们都是谁派来的？潜伏在我身边有什么目的？做过什么错事？还有什么同伙？老实交代者，放尔等一条生路，赶出营去。负隅顽抗者，斩立决！"

话音刚落，二十余人便此起彼伏地喊起冤来。台下众人，也顿时起了议论之声。

对此，程千叶并不理会，她指了指前排一个男子，两名甲士顿时上前将男子押出人群。

那人生得一副憨厚老实之相，是负责采买的管事之一。他连连叩头，口中喊冤，但程千叶却冷冷道："最后一次机会，不说，等着你的只有死。"

那人涕泪交加，口中呼喊道："主公，小人是您母亲身边的老人，伺候了您和夫人二十年有余，素来忠心耿耿。此次夫人特意让小人随军伺候您的起居，您可不能听了某些人的恶意诽谤就冤枉小人呀！"

程千叶垂下眼睫，摆了下手。两名孔武有力的甲士便将那人押下高台，台下候着刽子手，不顾那人如何哭喊挣扎，手起刀落，那人的哭喊声也戛然而止。

全场顿时一片寂静。

程千叶看向第二个人，那人全身打摆子似的瑟瑟发抖，被甲士拖出人群后瞬间瘫软在地，牙齿不停打战：“小……小人招供，小人是先侯爷身侧的万……万夫人安排进来的。打听了主公的情况，就私下传递给她。”

程千叶向萧绣招手：“记录下来，搜查他的住处，无大过者打二十军棍，赶出营地。”

余下之人眼见不交代便要血溅三尺，而从实交代确实能保住性命，也就陆续开始战战兢兢地交代了起来。

这些人中，有些是其他诸侯国安排过来的谍探，有些是晋国内的世家贵族安插进来打探消息的钉子。

程千叶对这些人一一做出相应惩处，非罪大恶极者，不轻易取人性命。

一个军中的士官被押上前来，他跪地叩头：“小人招供，小人乃是李文广所派，潜伏于军中。小人什么也没做过，求主公恕罪。小人有一同谋，乃是……”他抬起头，瞥了眼身后将军们所站的队列，“小人的同谋……是贺兰贞将军。”

人群顿时一片轰然，贺兰贞勃然大怒，几乎要冲上前去。俞敦素拉住了他：“贺兰兄不可冲动，主公自有明辨。”

贺兰贞涨红面孔，伏地叩首：“主公明鉴，此人和我素有私怨，他这是挟私泄愤，末将着实冤枉。”

程千叶打量着他，半晌不说话。

贺兰贞心中惶恐不安，今日抓出如此多谍密，正是人心惶惶之时，主公若是不信自己，也实属正常。但自己乃是世家出身，若是蒙受这般不白之冤，被赶出军中，简直无处容身。

程千叶看着贺兰贞，他武艺好，能带兵，是她一手提拔上来的年轻将领。再加之他乃是世家贵族出身，所以提拔他比起提拔俞敦素要容易些，但正因为他的出身，使得他性格有些高傲，也很容易得罪人，这便是他的缺点。

程千叶觉得可以借机点醒他一下，便道：“贺兰将军是我信重之人，我不会让你蒙受不白之冤。我必定慎重调查此事，但为了公平起见，也为了还你一个清白，还要请将军委屈几日。”

两名甲士上前反剪住贺兰贞的手臂，将他捆束起来。

“主公！”贺兰贞惊惧地抬头，却不敢抵抗。

程千叶看出他确实是怕了，有点不忍心，亲手将他扶起来宽慰道：“你放心，我一定查清真相，为你正名。”

她扫了一眼人群，目光在张馥身上停留了一下便跳了过去，落在了肖瑾身上：“我让肖司寇亲自查你的案子，你可放心？”

贺兰贞面露感激之色，垂下头来：“多谢主公。”

程千叶拍拍他的肩膀，命人将他带下去。

此后，那二十余个被押到前台之人，逐一招认了自己的罪行。

在发现无一冤屈错漏之人后，观者无不暗暗心惊。那些人也越发不敢抵赖欺瞒，虽然他们很多人死活也想不通自己到底是哪里露出了马脚。

程千叶处理完这些人和事后站起身来，环顾台下众人。

一众文武官员，都收起了平日的轻视之心，带着些敬畏之意低下头去。

回到府邸的议事厅，程千叶接过小秋递上的茶，饮了两口，舒了口气，轻轻放下茶盏。

此刻，她眼前只留下肖瑾和张馥二人。

张馥微微行礼：“主公今日属实让臣等大开眼界。”

自从那日晚宴之后，张馥明显感觉到了程千叶对他的冷淡。近日接连发生的数件事，主公不但没有让他参与，甚至没有知会他分毫。

他一向自负，自觉胸中帷幄奇谋，事事都能洞察先机。再加上跟随老晋威侯多年，有了自己的情报网络，已经很少像如今这样对身边的事一无所知了。

敏锐的张馥顿感事情不太对劲，有些东西似乎脱离了他的掌控，向着不可控制的方向发展。

“张馥。”程千叶直视着他，“你没有什么想对我说吗？”

“主公这是何意？”张馥一如既往地用那张温文尔雅的面容，浅笑着说话，“主公莫非是对微臣有所怀疑？怀疑微臣是敌国谍探？”

“不，我指的不是这个。”程千叶直言道，“我想说的是，那日晚宴上，你明明知道萧绣递上来的食物有毒，为什么不告诉我？”

此刻，在程千叶的凝视下，张馥那总是带着一丝浅笑的脸终于僵住了。他难得地感到一丝慌乱，眼睛也微微眯了起来，抿紧了唇，不说话。

他心中急转，不知道究竟是哪里出了差错，主公因何能知道这些？

程千叶开口：“父亲曾说，张公胸中韬略万千，乃经天纬地之才。我自继位以来，素来仰慕敬重于你，总希望有朝一日，你能像辅佐父亲一般，一心一意地辅佐于我，成为我的臂膀。但如今，我方知自己错了！公虽大才，但心不在我处，强留也是无用。”

张馥闻言顿时跪地行礼，他面色凝重，咬肌紧绷，稳住心神道：“还请主公听臣一言。”

程千叶端坐不动，缓缓开口：“你说。”

张馥理清思路，抬起头来，解释道：“臣绝无见主公置身于险境之中，却坐视不理之意。

“几日前，臣确实察觉萧绣有些不对劲。我疑他是因主公对墨桥生的宠爱起了嫉妒之心，便遣人暗暗观察，果然窥见他布下了一个可笑又简陋的陷阱，用以构陷墨桥生那个奴隶。

“但臣以为这些是主公的私事，卑职乃是外臣，不便插手，是以不曾多言。但若是那日萧绣胆敢将那有毒之物真的奉于主公，臣必会喝破此事，阻止于他，还请主公不要误会微臣的忠心。”

原来如此，程千叶发现自己又听到了一个意料之外的答案。

她能观察到的是他人的即时情绪，相当于直接知晓了结果，可造成这些结果的原因，却有可能是千奇百怪的。

“我想，你并非觉得此事你不便管，而是想考验一下我有没有基本的辨查能力。”程千叶点破了他，“张馥，你想怎样考察我的能力我都没有意见，但你不该将人命视作无物。

“若不是萧绣控制了剂量，试吃之人必定命丧黄泉。但你眼睁睁地看着萧绣将它递给我的侍女，却一言不发。你明知墨桥生是被人诬陷，我将他押入大牢后或许会将他折磨至死，但你完全不为所动。

“在你眼中，侍女、奴隶都是低贱之人，但他们的一条性命就可以为了你的试探，活生生地葬送吗？”

张馥微微张了一下嘴，在他的观念中，奴隶和下人的性命确实不值钱。可他刚亲眼见识到程千叶杀伐果断的狠辣，他没想到主公在意的竟是这个。

“我知道你将他们视作蝼蚁，但我对人命永远怀着敬畏之心，这是你我本质的不同。”程千叶露出失望之色，“道不同便不相为谋，何况你心中也从未真正地将我视为主公。”

她挥了挥手，接过碧云捧上的一盘金银之物，亲手放在张馥面前，伸手扶起了他：“以张公之才，天下皆可去之。张公既然心不在我处，我这里也就不留你了。此事是我无理，还望张公莫怪。”

张馥面色铁青，眼中透出凌厉之色，沉默片刻后拂袖而出。

肖瑾抢在程千叶面前，双手抱拳，焦急道：“主公！”

程千叶冲他摊了一下手：“你想说什么？来不及了，话我都说出口了。”

肖瑾犹豫片刻，紧皱双眉，跪于程千叶面前：“主公，恕臣直言。张馥此人乃人中龙凤，若为臣，实属我大晋之福。可若为敌，却是我大晋之祸。若主公不能容他，也不可轻易放其离开。”

“你不要心急，他为我大晋做了那么多事，也算劳苦功高。明早，你我一起去为他送行。”程千叶笑着把他扶起来，眨了眨眼，“兴许还会有变数。”

翌日清晨，天色灰蒙蒙的。

张馥带着两个仆从，背着简陋的行李，潦倒又寂寞地走在城外萧瑟的道路上，无一送行之人。

他彻夜未眠，此刻面色不豫，胸口像堵了一块巨石似的，吐又吐不出，咽也咽不下。有生以来，第一次感到如此难堪和挫败。

忽然，他见远处古道边的长亭内，站着两个熟悉的身影。

张馥眼眶发红，看着那张自己曾经十分看不上的年轻又俊逸的面孔，攥紧袖中的拳头，含恨上前见礼。

程千叶于桌上摆下酒菜，亲手倒了两杯酒，举杯道："让张公受了委屈，是我之过，水酒一杯为张公送行。"

张馥既不接酒，也不说话。

程千叶把两杯酒都喝了，以示酒中无毒后，她再次添酒举杯："这一杯谢张公多年为我大晋立下的汗马功劳，不能让你尽忠于我，是我无德，非君之过。"

张馥接过酒杯，和程千叶碰了一下，一饮而尽。

程千叶又倒了第三杯酒："张公此去路途遥遥，后会不知何日，请满饮此杯，以尽你我君臣之意、兄弟之情。"

张馥凝望着手中杯盏，杯中酒面轻轻晃动。

半晌，他放下酒杯，展开大袖，伏地行礼："臣，从今往后，唯主公之命是从，再无二心，还请主公再给臣一次机会。"

程千叶心中大喜，她控制住即将扬起的嘴角，一把捞起张馥，在他肩上用力捶了一拳："好兄弟，我就知道你迟早会成为我的人！"

阿凤从昏迷中醒了过来，看见床前坐着一身黑衣的墨桥生。他扯了一下嘴角，自嘲地笑了一下："我……还没死呢。"

墨桥生端着一个黑漆漆的药碗扶他起来，轻声道："喝了。"

这是一碗既苦又涩的药汁，但阿凤知道，这是好东西，从前想喝这样的药都求不来。

他就着墨桥生的手，一滴不剩地把药饮下。带着热气的汤水灌进身体，他感觉全身溃散的神气稍微聚拢了一些。

"你已昏睡了三日。"墨桥生说道。

"三……三日？"阿凤心中一惊，眉头微皱起来。

墨桥生知道他在担心什么，他把药物放回原处，道："主人已经收下你了，不会再把你送回威北侯那里去。”

阿凤撑了一下身体，勉强让自己下床站了起来。他四肢虚软，只觉得像踩在一团棉花上，刚跨出一步，腿下一软，摔了出去。

一只手扶住了他，那只手既温热又有力，阿凤知道，那是兄弟的手。

阿凤望着眼前的地面，轻轻说出两个字：“抱歉。”

那手的主人没有回话，只是坚定地扶起他的身体，阿凤心中只余感激。

“带我去觐见主人吧。”阿凤缓缓开口。

“你……走得了吗？”墨桥生有些不放心。

“三日了，竟然还没去觐见新主人，也太过分了。”阿凤撑着墨桥生的肩膀，借了一下力，站稳了身体，“作为奴隶，只要还活着，就没有躺着的资格。”

说完这话，阿凤心中黯然了一下。

这位新主人会怎么惩罚他呢？也不知道这副身体还撑不撑得住。他向自己唯一的朋友打听情况：“主人，他是一个怎样的人？”

“你很快就会知道了。”墨桥生的眼底透出一点温柔，“那是世界上最好的人。”

阿凤不相信世界上有好的主人，他也曾经遇到过一个所谓的好主人，那人天天在他耳边说把他当作弟弟看待，但转眼间就为了几锭黄金，把他推落无底的深渊。

“那主人有什么喜好？他喜欢什么样的人？”

“主人他不喜欢被别人欺骗。”墨桥生认真地想了想，边走边说，“不论主人问什么，你只要不隐瞒，坦诚自己的内心，他一般就不会生气。”

“桥生。”阿凤停住了脚步，“你这个想法很危险。

“主公对你的那些好，对他而言只是一些轻而易举的施舍。你要知道，你这样对他毫无保留，将来受到的伤害只会更加残酷。”

墨桥生站在门口，他转过脸来，阳光打在他半张面孔上，让他那刚毅的面部线条柔和了起来。

“来不及了，”他垂下眼睫，“我已经发誓，将自己的一切都献给他。

不论他将来怎么对我，我都绝无怨言。”

一瞬间，阿凤突然把眼前的墨桥生和幼年的自己重叠了起来。

小小的自己也曾用稚嫩的声音，坚定地说道：“我发誓，我要把一切都献给主人。”

阿凤苦笑了一下，他们明明是低贱的奴隶，一无所有，唯独拥有一颗脆弱的心，却傻傻地亲手捧出来，送到那些高高在上的人面前，等着被人肆意践踏。

程千叶在书房中翻阅着汴州的地方志，一边看一边伸手拿盘子中小巧的点心吃。

小秋在一旁眼巴巴地望着，程千叶捏起一块玫瑰糕：“啊，张嘴。”

那肉乎乎的小嘴立刻就张得圆圆的，程千叶准确投喂，看着那小脸鼓起了一边，飞快地蠕动着。

“这么好吃？”程千叶问道。

小秋那双圆溜溜的杏眼瞬间亮了起来，小鸡啄米似的不停点头。

程千叶笑了：“都是你姐姐的手艺好，天天变着花样做好吃的，我和你都让她养胖了。”

碧云端着一盆水来到程千叶身边，蹲身行了个礼，拧了热毛巾为程千叶净手。又给程千叶端上一盏她最喜欢喝的密云龙。然后把一个暖烘烘的竹火笼小心地垫在程千叶的脚下。

程千叶被照顾得舒服，感叹着大冬天的，自己连一根手指都不用动，确实是一种享受。

刚把这对姐妹买回来的时候，吕瑶大总管还很不满意。姐姐不漂亮，妹妹年纪小，寒门出身又不懂规矩，整日里畏畏缩缩的。

可无奈主公一意孤行，偏偏就喜欢她们两个贴身伺候。

好在作为姐姐的碧云生性稳重细致，而且吃苦好学，很快就胜任了自己的分内之事。

碧云行了个标准的福礼：“主公喜欢吃哪些？奴婢下次多做些。”

“姐姐，主公喜欢吃松子卷、马蹄酥、玫瑰糕、豌豆黄还有驴打滚。”

小秋掰着短短的手指一个个数着。

碧云伸手捏了一下她的鼻子："就只记得吃，也不知道主公买你回来有什么用？"

小秋捂着鼻子哼哼："我很有用的，我每天都努力跟姐姐学习，等我长到姐姐这么高，就不会再把锅烧黑了。"

碧云看着单纯又可爱的妹妹，心想如果不是有幸遇到了主公，妹妹被卖去那污秽之地，所要面临的命运与今日比简直就是云泥之别。

初到主公这里时，碧云心中曾十分忐忑。她听说有些富贵人家的公子小姐就喜欢妹妹这样还未成年的小姑娘，所以主公对妹妹的关切，一度曾让她胆战心惊。但如今相处久了，她放下心来，心中只余对主公的感激之情。

程千叶正笑着抚摸小秋的脑袋："我们小秋很有用，有小秋在主公就很开心。"

她知道碧云和小秋两姐妹对她充满感激和崇敬，而她也同样需要像小秋这样心思纯净的孩子陪在身边，调剂一下被虚伪人性包围的生活。

如果人人都像张馥那样，她可就要累死了。

程千叶摸摸下巴，想起张馥终于对她转变了态度，心中不免小小得意了一下。但说起纯粹，还是对她毫无保留地敞开着心扉的桥生最好。

正想着，她透过窗格看见墨桥生从屋外的游廊缓缓走了过来，身后还跟着一人。

他们二人走得很慢，跨进门来时，双手齐齐交叠，就要伏地行礼。程千叶见状伸手一指，喝了一声："打住！不许跪。"

她站起身来，绕过案桌走到阿凤身前。

"你……"这个人治疗时的惨状，她是亲眼见过的，这才三天他居然就下了床，还自己走过来。程千叶看着阿凤那副面无血色、双唇惨白的样子，郁闷地捏捏眉心。她转向墨桥生："桥生，他伤得这么重，你就让他这样走过来？"

她虽然不太喜欢这个阿凤，但也没有让他死的意思啊，不然不是白给他叫大夫了吗？

墨桥生瞬间愣住了，阿凤连忙开口："主人，是下奴……"

"行了，你先别说了，"程千叶打断了他，"你先坐，不对……"

她挥挥手，让碧云和小秋把春凳搬过来，指着道："你趴着。"

阿凤闻言也愣住了，但见程千叶不耐烦地皱眉，阿凤瞬间醒过神来，乖乖地伏身于春凳上。他实在琢磨不透这个新主人的想法，心中着实有些慌乱。

程千叶拍了拍手，传进来两个仆从，吩咐道："把他抬回去，给他叫大夫，一个月内不准再随意起身。"

看着阿凤被抬走，程千叶坐回椅子里，舒了口气，说道："气死我了。"

小秋趴在她椅边："主公生气了吗？"

"没有。"程千叶摸摸她的脑袋，"小秋，桥生哥哥每天又要去军营又要照顾病人，很是辛苦，你能不能帮他一点忙？"

"可以的。"小秋的眼睛亮了起来，"主公尽管吩咐小秋。"

"刚才那个哥哥你看到了吗？他伤得很重，脾气还别扭。小秋有空的时候呢，帮主公去看着他，让他不要下地乱跑。"

"好的，小秋保证完成任务，照顾好病人。"

交代完小秋，程千叶把墨桥生招到身边，说道："把衣服脱了。"

墨桥生的脸瞬间红了，但他没有犹豫，解开了上衣，露出宽肩窄腰、线条流畅的身躯。那身躯上纵横交错着各种旧疤，和几处崭新的红肿瘀青。

"这是怎么弄的？"程千叶开口，"要不是俞将军告诉我，我都不知道你这样不要命地训练自己。"

她从抽屉里取出一罐药油，倒在手心搓热了，按在墨桥生红肿的手关节上轻轻揉搓："疼不疼？"

"不疼，真的，这一点小伤根本不算什么，我从前也是这样练过来的。现在只是更努力一点点。"

"不要和我提从前，你的从前已经过去了。"程千叶加重了手上的力度，“桥生，你要学会珍惜你自己。我有很多事想做，有很长一段路要走。你若是想陪我一起走，就不能这样对自己。”

墨桥生低下了头，轻轻回答了一声：“是。”

第五章

遇袭

最寒冷的季节终于到来，寒风毫不留情地撕开了程千叶几经努力才建立出的那一点温暖。

被冰雪覆盖的汴州城，开始不时出现冻死和饿死的流民。

程千叶穿着暖和厚实的鹿皮靴，小心地走在结有浮冰的道路上。

突然，她闭了一下眼，侧过头去。她感觉有一只无形的手握住了她的心脏，让她全身肌肤发麻。

不远处的墙角有一堆小小的东西蜷缩着，那是一个孩子的尸体，但也可能是两个，尸体被冻得又青又紫，几乎失去了人类的特征。

程千叶强迫自己睁开眼，直面那残酷的一幕。

曾经，她不想管，但这就是不想管的结果。

既然她现在手握着权力，就有责任把能做的事做好。至少要减少这一幕幕残酷的死亡和一场场变态的虐待。

程千叶挥挥手，深吸一口气，叹息开口：“埋了吧。”

她抬起头，迈开步子向前走去。

再寒冷的冬季都会过去，待白雪消融，便会带走那些不为人知的死亡和痛苦。

春花绽放之时，似乎人间又充满了新的希望。

离汴州不远的雍丘城，百姓们一面忙着春耕，一面担忧着即将到来的战事。

“听说了吗？晋国的军队已经连取了高阳和杞县，不日可能就要到我们雍丘了。这战火不休的，何时才是个头啊。”

“唉，这主君年年换，照俺看啊，只要不打仗，谁做主君都一样。”

“听说晋国的那位主君虽然年轻，但大家都说他……”那人四处看看，小声道，“是一位体恤百姓、爱民如子的仁君呢。”

“这天底下哪里还有仁君啊？这些所谓的仁君和那些异族的蛮人都一样，根本不顾百姓死活。”

“话可不是这样说的，汴州现在推行了新政，叫作授田制。十五岁以上的男子只要入了晋国籍，就可以分一块永田和一块桑田。”

“我也听说了，我邻居王大石一家，就是悄悄迁去汴州了。”

“哦？不用种公田了吗？那自己的地以后可以传给子女吗？一个男丁能分多少亩地啊？若是能有自己的田地，那可真好。”

“这样看来，快点打过来也好，至少不用在这些异族蛮人的欺压下讨生活了。”

…………

晋越侯起兵征讨雍丘的消息，也传到了雍丘城守都罗尾耳中。

都罗尾乃是犬戎名将，闻得消息，升帐整点军马，出城迎敌。

军中有幕僚劝谏：“晋越侯以汴州为腹背，连取高阳和杞县，风头正盛，将军不可轻敌，只宜坚守。我部可向郑州嵬名山将军传信，请他发兵救援。届时内外交击，不愁敌不溃之。”

都罗尾怒道：“晋越侯不过一黄口小儿罢了，那厮竟小觑于俺，俺不去寻他麻烦，他还敢来攻城！待俺领军出击，杀他个片甲不留。”

雍丘城外，旗帜猎猎，擂鼓喧天。

晋军兵马开处闪出一小将，此人着黑袍，披练甲，头戴鹖尾冠，胯下骑一匹黑马。他满脸肃杀，军前叫阵，正是墨桥生。

只见雍丘城门大开，千万人马如黑云似的涌出，当中簇拥着犬戎名将都罗尾。

都罗尾骑于雪蹄枣花马的马背之上，面若黑炭、眼似铜铃，左右肩各垂一道油粗的黑辫，头戴明霜银盔，手持铁杆狼牙棒。他开口喝骂：“兀那小儿，告诉你家那奶娃娃主公，让他洗好脖子等着。待爷爷我收拾了你们这些杂碎，就取他项上人头。”

墨桥生心中大怒，提枪跃马直取都罗尾。

这时，都罗尾身侧闪出一员副将，口中喊道：“杀鸡焉用牛刀，我替将军会会这个无名小卒！”说罢，打马挺枪迎战墨桥生。

谁知墨桥生眼见那雪亮的钢枪迎胸搠来，竟毫不闪避，似要以胸膛受这一枪。

枪尖到甲，他猿臂微张、蜂腰一侧，那枪尖从肋下擦过。敌将收不住势，直直扑入他的怀中。

墨桥生看准时机，抽出腰刀，手起刀落间，银光过处，泼天的鲜血溅了他一身。墨桥生打马回身，目透冷光，煞气腾腾。策马踏过敌人的尸骸时，宛如从地狱中归来的杀神，让敌军的气势为之一顿。

都罗尾见状，心中大怒，暴喝一声，挥舞狼牙棒直取墨桥生。

墨桥生毫不畏惧，挺枪迎击。二人兵刃相接，有来有往，足足战了二三十个回合。

都罗尾暗暗心惊，他天生神力，双臂能举千斤之物，战场之上罕遇敌手。眼前这个名不见经传的晋国小将，竟能和自己战得旗鼓相当，还隐隐有愈战愈勇之势。

此人，不简单。

贺兰贞和俞敦素于中军压阵，见两位猛将于军前神勇相搏，心中暗暗叫好。

“这个墨桥生果然不同凡响，今日始服主公不拘一格的用人之术。”贺兰贞感慨道。

“人外有人，山外有山，岂可因身份论英雄？恕愚弟僭越，贺兰兄你往日便是心气儿太高，处处得罪人，方有那日之祸。”俞敦素直言道。

贺兰贞讪讪地摸了下头：“贤弟所言极是，此番多赖主公恩信，肖司寇明察秋毫，才得以还我之清白。否则，愚兄只怕此刻还在大牢里关着呢。”

…………

这边正说着，只见敌方阵营里射出一支冷箭，正中墨桥生胯下黑马，那战马长嘶一声，前蹄扬起，一把将墨桥生摔下马来。

墨桥生贴地急滚，避开如雨而下的狼牙棒。

贺兰贞怒道：“宵小鼠辈竟敢暗箭伤人，待我前去相助于他。”

话音未落，却见己方阵前一红袍银铠的年轻将领打马前驱，他左手拈弓，右手搭箭，“嗖”的一箭正中都罗尾背心。

此人正是阿凤。

那都罗尾身中一箭，“哎呀”一声摔下马来，心中惊惧之余，将将爬起，向着城门跑去，犬戎军士顿时乱作一团。

墨桥生脱困，翻身而起，提枪紧追。

都罗尾奔回城门，大喝一声：“快收吊桥。”

城门边有二十余名小兵把住吊桥，见都罗尾入城，便要收桥。墨桥生脚程极快，赶至城门，一枪一个杀得血流成河。而阿凤策马接应，连珠箭响，城墙上不断滚落中箭之人。

俞敦素和贺兰贞领军一拥而入，夺了城门，杀虏城内外敌兵不计其数。

敌将都罗尾见势不好，撇下士兵，抢了一匹马，负伤往西北逃去。

晋军大获全胜，士气高昂，大开城门迎主君入城。

程千叶入驻城主府后下令，与军民约法三章：一曰，不得伤及百姓；二曰，不得奸淫妇女；三曰，不得掠夺财物。

这边墨桥生交接了军务，策着那匹缴获的雪蹄枣花马在城中行走，三三两两的晋国军士交错而过，隐隐传来交谈议论之声——

“看到没？黑衣服的那个就是墨桥生。你看他那满身的血，今天不知道杀了多少敌人。”

“啧啧，听说他就是主公用黄骠马换来的奴隶。”

“主公真是英明，慧眼独具啊。”

…………

墨桥生心中突然涌起一股立刻见到主公的渴望，他策马来到城主府，翻身下马，牵着雪蹄枣花马一路疾行来到程千叶所在的小厅，却又远远地顿住了脚步。

看着自己的一身血污，他怕熏到主公，心想，只要悄悄地看一眼主公就好了。

于是他隐在回廊的柱子后，看着屋内坐在桌前就着烛光阅卷的主人。

那人一手执卷，一只手懒洋洋地捏捏后颈，墨桥生贪婪地看着那道笼罩在柔和烛光中的身影，几乎移不开目光。

程千叶打了个哈欠，抬起头看到回廊外的柱子后隐着一道人影，她笑了起来，招了招手:“桥生，怎么躲在那里？到我身边来。”

墨桥生从阴影中走了出来，他把马交给门外值守的侍卫，单膝跪在程千叶身侧。

“怎么搞得满脸是血？有没有受伤？”程千叶让碧云打来热水，托起墨桥生的脸，用一条柔软的毛巾，一点点为他擦去面上的血污。

墨桥生看着那张近在咫尺的面孔，心中升起一股奇怪的情绪。

主公，你看看我，如今我不再是那个害你背负骂名的无用之人了。

现在我有资格成为你的人，有资格留在你身边。

他喃喃说道:“主公，你不给我赐印吗？”

程千叶望着眼前的墨桥生，看着他灵魂深处那一片对自己的奉献之心。

这个男子在战场上那么惊艳，却毫不自知。只因她给予的一点微薄的温暖，就把自己毫无保留地奉献给她。

程千叶鬼使神差地拨开墨桥生的额发，在他的额头上落下了一个吻:“好，就给你赐一个印，从今以后，你就属于我了。”

反应过后，程千叶清晰地听见自己的心跳声如擂鼓般响了起来。

天哪，她现在可是女扮男装，她都干了什么？

墨桥生站起身来，后退了一步，慌乱地行礼退下。

走到门口时，他突然给自己一个响亮的耳光，踉跄了几步，快步离去。

自从有了新主人后，阿凤和桥生一样，有了一间属于他的整洁舒适的小屋。但让他烦躁的是，此刻屋内的桌边，却趴着一团意义不明的“白胖生物”。

“阿凤你回来啦。”小秋高兴地说。

“你又来做什么？”阿凤皱眉，“即便是主人曾经有命，但如今我的伤已经大好了，无须再劳你受累。”

“姐姐做了许多包子，可好吃了，我带来和你一起吃。”小秋用白胖的小手打开桌上的包裹，露出几个包子。

“不必如此，你请回吧。”阿凤冷漠地说。

小秋拿着一个包子，一边鼓着小脸咬着一边说道：“你说主公对我们都那么温柔，为什么就对桥生特别严厉呢？”

“主人对桥生很严厉？”阿凤皱眉道。

“我和姐姐做错了事，主公从没责罚过我们。但他经常责罚桥生，每次都说要罚一个狠的。”小秋回答道。

“他经常罚桥生？”

“对啊，他刚刚还打了桥生一耳光，我出门的时候碰到桥生从主公屋里出来，他一边脸都肿了，慌慌张张地跑了。”

“今日得胜，主人却打了他？”

“吃包子吗？姐姐说受伤的人要多吃点才好得快。”白白的包子被小秋短短的手指捏着，举到阿凤眼前，“边吃边聊啊。”

“吃……一个吧。”阿凤觉得，他实在有些跟不上一个十岁孩子跳跃的思维。

程千叶拿下汴州周边的高阳、杞县和雍丘三个城镇后，算是在汴州一带站稳了脚跟。与此同时，李文广也拿下南阳周边数城，扩张了自己的势力。

入春后，程千叶收到了李文广的信函，邀约她和汉中太守韩全林，三军齐发，进攻郑州。

郑州地理位置优越，乃是交通要隘，对程千叶来说尤其关键。若是能打通郑州一带，汴州就能够和晋国本土畅通连接。这样不论是军需运输、后援支持还是政策的贯通，都会便利起来。

于是，程千叶征求了众人的意见，决定让肖瑾和贺兰贞留守汴州，自己则带着张馥和俞敦素等人出发。

三路诸侯首战告捷，决定先于嫣陵县会师，后取许州。

许州城外。

程千叶、李文广、韩全林三人立于将台之上，眺望着远处的杀声震天的战场。

李文广的上将凤肃延，金甲银盔，使一柄方天画戟，在沙场上纵横驰骋如入无人之境。

韩全林感叹道：“李公有此猛将，当真是如虎添翼啊。难怪众诸侯皆溃，独公一人拿下了南阳。”

李文广“哼”了一声：“我盟军人数众多，兵精将广，若不是袁易之那厮短视，刻意延误我军粮草，我部早就夺回镐京，何至于止步南阳那一隅之地。”

“若是说到识人之能，愚兄不如弟矣。”他转头面对程千叶，指着战场说道，“那位黑袍小将便是当初在威北侯酒宴上所见的奴隶墨桥生吧？如此璞玉，当在贤弟这般伯乐之手，方得绽放光彩。”

程千叶谦虚道：“不敢，不敢。”

韩全林眯起眼睛，干瘦的手指捻着稀疏的胡须：“难怪晋越侯你当初死活要和我争这个奴隶，原来是一眼就看中了他的武艺啊。”

程千叶心中翻了个白眼，盘算着什么时候才能打完仗，不必再和这个恶心的家伙虚与委蛇。

三日后，许州城破，三路诸侯率众入驻许州，整备军资，稍作休整。

众人挑选了原许州州牧的私宅作为临时安置的行辕。此宅华宇轩昂，占地广阔，有一个非常大的后花园。

三位诸侯各带一众亲随，圈占了几处院落用于私人休整。白日里则在宅院正厅议事，十分便利。

一日，程千叶和李文广、韩全林商讨了一整日的军政要务。

因李文广和程千叶领军既没有酒乐，也无容貌俊秀的侍从婢女服侍，到了晚间，韩全林觉得十分乏味，便找了个借口退出会议，到后花园中散心。

行至一片假山丛中，正巧看见训练完毕，准备从军营抄近路回自己住所的墨桥生。

墨桥生着一身黑衣，猿臂蜂腰，双腿修长，行动时矫捷有力。脸颊因为刚训练完的缘故透着红晕，显得朝气蓬勃。韩全林不由觉得意动，命众侍从拦下墨桥生。

墨桥生猛地见到这个人，全身都起了一股寒意。他后退两步，发现退路已经被人拦住，只得跪地行礼。

“啧啧，”韩全林绕着墨桥生踱了两步，伸手摸他的头，“士别三日，真是完全不一样了。”

墨桥生撇开头，双拳在身侧攥紧。

韩全林大怒，他一巴掌打向墨桥生：“一个奴隶也敢忤逆我！不过是打了两场胜仗，就把自己当人看了？”

但他的巴掌没能落下去，韩全林的手腕被那跪在地上的墨桥生钳住，丝毫动弹不得。

在韩全林的印象中，那只能在他面前瑟瑟发抖的卑微奴隶，此刻却露出一双像狼一样的目光，狠狠地盯着他，他畏缩了一下：“你放手，你想怎么样？”

墨桥生慢慢松开了手，垂至身侧。

韩全林摸着自己的手腕，只觉手腕生疼。他又惊又怒，更有一种求而不得的难耐，他后退一步，站在自己几个侍卫的身后：“奴隶就是主人的财产，就算晋越侯再喜欢你，你也只是个珍贵一点的财物罢了。只要出得起价，世上没有不能买卖的奴隶。”

韩全林缓缓说着，看到墨桥生的眼中流露了一点慌乱，满意地轻笑一声，又道：“看得出来，相比于威北侯，晋越侯对你好多了，你必定舍不得离开他身边对不对？”

“本来是我先看中的你，谁料让你从我手中溜了。”韩全林弯下腰，目光肆无忌惮地打量着墨桥生，“看来我该狠狠心，向晋越侯买了你。”

墨桥生绷紧下颌肌肉，移开眼神，喉头滚动了一下，撇开脸去。

“你觉得你那位主人不会卖了你，黄金、美人、宝马……你觉得也许他什么都不会要，但你想要和我赌一把吗？”韩全林眯上眼，他声音冷冷的，在夜色中切进了墨桥生内心最害怕的位置，“我有一小县，乃‘琪县’，此县恰好在中牟和汴州之间。于我来说，此地孤立于汉中，距离甚远，可谓留之无用、弃之可惜。”

“但若是给了你主人，他就可以凭借此地轻易打通你们晋国本土到汴州的通道，甚至你家主人都可以不必再和我们一起辛苦地谋夺郑州了。”韩全林靠近墨桥生的耳朵边，轻声说道，“你说拿此县换你一个奴隶，晋越侯是肯，还是不肯啊？”

韩全林看见墨桥生面色“唰”的一下变得惨白，他得意地直起身，知道他的目的达到了，把手按在墨桥生的肩膀上，满意地看着这个不再敢躲避的人：“等你来了我这里，我也和他一样好好对你，给你赐一个漂亮的印。”

赐印，墨桥生听到了这个词，他想起了那个轻轻印在自己额头上的吻。

他突然站了起来，推开韩全林，在一片呼喊声中，翻过山石，瞬间隐没进丛林中。

议事厅内依旧人声鼎沸，屋外却不知不觉地下起了雨。

“下雨了啊。”程千叶望着窗外，喃喃道。

突然，她在黑暗中看见一个熟悉的身影。那人一动不动的，似乎已经在雨中站了很久。

程千叶侧身对俞敦素低声道：“桥生在外面，你去把他叫进来。”

墨桥生跟在俞敦素身后进来，他一身新换的黑衣被雨水淋透，湿答答的黑色发丝紧贴着脸颊，任由雨水蜿蜒流下。

他默默地站在程千叶身后，微微低头，一声不吭。

程千叶侧头看了眼他那张毫无表情的脸，心中知道必定发生了什么严重的事情，他才会表现得如此绝望。

鉴于李文广和一众谋士、将领们都在，程千叶没有说话。她悄悄把手从椅背伸出来，摸到墨桥生的手后轻轻捏了捏，那只手又湿又冷，还在微微颤抖。

程千叶感到心中升起一股怒气，是谁把他欺负成这样？

就在此刻，韩全林带着他的人马，打着雨伞，从屋外大摇大摆地进来。

“哈哈，两位贤弟辛苦了。”韩全林打着哈哈，“这千头万绪的，一时间也急切不得，还是先歇息吧。”

“也是。”程千叶站起身来，对李文广抱拳道，“小弟今日也累了，暂且告退，余事暂等明日再议吧。”

韩全林道：“贤弟留步，愚兄这尚有一私事，还要同贤弟商榷。”

程千叶回头，只见墨桥生依旧毫无反应地呆望着地面。但她能感受到，他身上那股强烈的恐惧和绝望。

原来又是韩全林干的好事，程千叶忍不住在心中咒骂，总有一天她要和这个老匹夫好好算账。

她一屁股坐了回去：“韩公有什么事，还请直言。”

“老夫有个不情之请，想请贤弟把这个奴隶割爱于我……”

“不卖。”还没等他说完，程千叶便打断了他。

“贤弟，你还没听我的条件呢。”

“什么条件都不卖。”程千叶背过手，摸到墨桥生那只正控制不住剧烈颤抖着的手，她用力地握紧了一下，转头看向墨桥生。

墨桥生依旧一动不动地低垂着脸，但那额发遮盖下的眼眶已然红了，一双薄唇也紧紧地抿着。

“我想晋越侯你还是听一听再拒绝老夫吧。”韩全林面露不快，“我若是用琪县来交换这个奴隶呢？”

全场顿时传出一阵低呼之声，便连李文广都挑了挑眉毛，露出诧异之色。

张馥忍不住挪了一下身体，口中轻轻唤了一声：“主公。”

墨桥生的手企图挣脱开来，但程千叶攥紧了他，不让他挣脱：“不卖，真是对不住，不论什么都不能从我这里买走他。”

全场哗然，一个为了个奴隶竟然舍弃一座城池，另外一个竟然还不同意。

韩全林皱起眉头，程千叶几乎连表面的敷衍都懒得维持，她站起身来，冲着厅内众人拱了拱手，拉着墨桥生就往外走。

张馥和俞敦素紧忙跟了上来，走到无人之处时，张馥才拦住程千叶。他看了一眼墨桥生，对着程千叶低声说道：“主公，琪县实在是……”

程千叶看着张馥，她明白张馥的想法，于是她耐心解释：“张兄，我不是在和你说大道理。你好好看看他，看看这个人。”她指着墨桥生，“桥生在战场上的表现你没看见吗？别说一座琪县，就是十座，他都有一天会替我拿过来。”

张馥先是诧异，思索片刻后，低头行礼：“主公之言甚是，此事确实是我一时短视了。”

程千叶拍了拍他的肩膀，向前走去：“你是先入为主了，下次别再这样想了。”

张馥脸色微红，低头称是。

程千叶挥退众人，一路大步前行，墨桥生则在她身后默默跟随。

直到跨入厢房，进了内室，程千叶突然转过身来，指着墨桥生道：“你！你让我说你什么好？”

她想不通，他长得既高大又帅气，还有一身绝技，在沙场上几乎无人能敌。可他为什么就这么没有自信呢？

“我对你不够坦诚，不够好吗？你就这么不信任我？”程千叶抓住他的衣领，把他按在椅子上，“你真的觉得，我会随随便便地把你送给别人吗？”

墨桥生微张了一下嘴，愣住了。

程千叶看着眼前浑身湿透、红了眼眶的男人，只觉得脑中怒气上冲，心里把韩全林骂了一百遍。

“没有。”墨桥生轻声道，“其实我一直相信主人你……不会不要我。”

他心说，他只是有些惶恐，更有些不敢相信。

听到这句话，程千叶松了一口气，怒气也在一瞬间消失无踪了。可冷静下来后，她开始为自己刚才莫名其妙发脾气感到有些汗颜。

她在生什么气？她怎么这么情绪化了？是不是脑壳坏了？

但转而想到墨桥生才是被吓到的人，她尴尬地笑了一下，伸手摸了摸他的脑袋："是我乱发脾气了，对不起，桥生。"

程千叶从抽屉里翻出药膏，轻轻涂抹在墨桥生的手腕上，慢慢地揉着。

"你不要这样说自己，从今天开始再也不要这样看轻自己了，更不要畏惧那些令你厌恶的人，无论对象是谁。"她把墨桥生拉起来，"你看看你自己，你现在就站在我的身边，你和我是一样的人。你想不想有一天能真真正正地站到我身边来。"

墨桥生低头看着眼前的这个人，他胸中燃起一道火焰，那是一道从未有过的大火，大到正以燎原之势把捆束着他身心的荆棘烧毁，让他的心田开出自由之花来。

他听见那个声音在继续说道："桥生，我很喜欢你，也很需要你。所以，你能不能抬起自己的头，追上我的脚步。

"总有一天，在世人面前，堂堂正正地和我并肩而立。

"我等着你。"

小秋从垂花门跨进来，看到一个黑色的身影从主公的卧室走了出来，那身影缓缓走了几步后，扶着一根柱子慢慢地蹲了下来。

是桥生哥哥，他怎么了？不舒服吗？

小秋悄悄向前走了几步，探头偷看。

她看见一滴水光反射，掉落在墨桥生身前的地面上，一滴又一滴，地面上湿了一小块。

哎呀，主公真是太坏了，又把桥生哥哥欺负哭了。

李文广座前，会聚着他几位心腹。

他开口道："公等以为，晋越侯其人，何如？"

幕僚陈文献开口："不过是和韩全林一般荒淫无德之人，二人身为雄霸一方的诸侯，竟为一个低贱的奴隶，连城池都可以随意割让，简直不知所谓。"

上将凤肃延抱拳道："那墨桥生可不是个普通的奴隶。依臣在战场上所见，此人武艺高强，骁勇善战，不只有一股狠劲，而且作战意识十分敏锐。若是能给他机会，将来必成大器，或可与我一敌。"

李文广点头："将军所言极是，我本也有意将此人收入麾下，可叹晋越侯今日招揽人心的那一手太狠，只怕墨桥生对他已是死心塌地了，真是可惜。"

年近五十的范晏，乃是李文广座下第一谋士，他捻着那花白的胡须，缓缓开口："晋国本是一小国尔，在老晋威侯手中倒是振兴了不少。晋威侯身故后，一度有传言道新任的晋越侯是一个无为浅薄之人，而今方知，传言多不实矣。

"纵观当今天下英豪，多类华宇直这般庸碌无能之辈，虽其兵精地广，却不足为惧。某私以为只有太原的北宫侯吕宋和卫国的卫恒公姚鸿，可堪与主公比肩。

"但如今看来……这位年轻的晋越侯，假以时日，或有可能跻身成为主公的劲敌之一，对其不可不防。"

陈文献道："我部先前倒也在晋军中布有谍密，岂料华宇直那个蠢货，前些日子打草惊蛇，倒引得晋军内部大肆清理，误伤我方密探。如今一时也无人可用。"

"晋越侯年纪尚轻，势力未足，且不说他。"李文广拿起一封书函，"倒是卫恒公姚鸿，今日回书曰，他欲拟发一万楼船士从大野泽出发，沿济水而下，不日将抵郑州，助我等共伐犬戎。"

范晏道："姚鸿此人素有大志，善使水军，此番姗姗来迟，倒不知何意。主公不可轻视。"

一日之后，三军军备齐整，陆续开拔向郑州进发。

沿途战事出乎意料的顺畅，捷报频传。先是李文广一举拿下新郑，随后程千叶又率部夺取郐县。

三军高歌猛进，士气大振。

一日，晋军正沿着涡河河岸前行。

这段路水流湍急，道路狭窄，左面又是山壁，不太好走，部队被拉得很长。

墨桥生和阿凤并驾前行，墨桥生的视线时不时地落在前方不远处的那个身影上。

在侍卫的簇拥下，程千叶束金冠，着软甲，胯下坐骑正是墨桥生缴获的那匹雪蹄枣花马。

阿凤看墨桥生眼中似有光华流转，望了他片刻，轻声道："如今军中都在传韩全林拿一座城池换你，主公都未曾同意，看来是真的。"

望着前方那个身影，阿凤默默想着，原来这世间还真的有可以让人期待之人。

思绪翻飞之间，只见程千叶突然回过头来，冲墨桥生招了招手。墨桥生的眼睛瞬间亮了起来，策马前行赶到程千叶身边。

"桥生。"程千叶道，"你给的这匹马特别好，性格顺还走得稳，我骑了这么久一点都不累，比那匹黄骠马好骑多了。"

墨桥生微微低头，浅浅地笑了。

看到墨桥生的笑容，程千叶也浅笑道："桥生你笑了，你很少笑，以后要多笑笑。"

两人正继续交谈，张馥从前头赶过来，面色凝重："主公，前方俞将军传来信报，沿途陆续发现流散的士兵，似乎是李文广的残部。"

程千叶皱起眉头："什么情况？"

张馥如实回禀："初步打探，李文广遭到了郑州城守嵬名山的伏击，伤亡惨重，连上将凤肃延都受了重伤。"

"那个嵬名山不守郑州，竟主动出击，半道上伏击我们？"程千叶蹙起眉头，严肃道。

"嵬名山其人生性残暴，诡计多端，最爱兵行险招。"张馥紧皱眉头，"这样看来，他或许打的是各个击破的主意。此地地势于我军十分不利，还请主公下令，全速行军，尽快通过。"

张馥话音未落，只听左侧山顶响起一阵呐喊之声，一面面书写着"嵬"字的军旗立起，犬戎武士狰狞的身影出现在了山顶之上。

一时间乱石火箭如雨而下，晋军队伍被截成几段，顷刻大乱。

混乱中，程千叶听见张馥的大喊声：“保护主公！”

一双有力的胳膊把她抱下马来，箍在一个坚实的胸膛内，沿着河堤一路滚下去。

一阵天旋地转之后，程千叶发现自己置身于一片矮树乱草之中，脚下踩着冰凉的河水，头顶上杀声震天。一个黑色的身影则挡在她身前，把她严严实实地护在岸边一个稍微凹进去的树根之下。

护着她的人是墨桥生。

墨桥生抬头凝望着堤岸之上的战况，片刻后，他转身低下头来，摘下程千叶头上的金冠，一把脱下自己的外衣，罩在程千叶的软甲之上。随后他矮身背起程千叶，涉着冰凉的河水，逆着水流沿岸急奔。

“桥生，你是不是受伤了？放我下来。”程千叶担忧道。

不时有流箭碎石险险地从他们身侧擦过，墨桥生一言不发，只疾行狂奔。

忽然，一个身穿晋国军装，浑身插满箭矢的士兵，摔落进他们眼前的水流中。墨桥生毫不停留，快速跨过这具水中的尸体，一路也激起了血红的水花。

程千叶伏在他坚实的肩膀上，眼中是快速倒退的景象，耳边是杂乱的呼喊，一支利箭甚至擦过她的脸颊，带出一道浅浅的伤痕。

死亡的恐惧攥紧她的心脏，程千叶闭上眼，仿佛听到了她和墨桥生的心跳声。

不知跑了多久，嘶吼声渐渐消失，周围也逐渐安静下来。

他们来到一个山涧之中，墨桥生一步步踩着河边的鹅卵石走上岸来。

“桥生，放我下来。”程千叶刚说完，背着她的那具身躯突然软了一下，把程千叶摔下地来。

墨桥生伸手在地上撑了一下，回头看了一眼程千叶，咬牙站起身来走了两步，最终还是倒在地上。

“桥生！”程千叶向前爬了几步，扶起墨桥生。只见墨桥生双眼紧闭，面如白纸，身上中了两箭，毫无反应。

“桥生，桥生，你醒醒。”程千叶伸手摇他，发现自己手上沾满了血迹。

程千叶举头四望，空荡荡的河谷之中，渺无人烟。她咬咬牙背起墨桥生，墨桥生比她高出许多，此刻又失去神志，很难背负。

她只能一步一步地走在河边湿滑的鹅卵石上，墨桥生的手从她肩头垂落，血液顺着那手臂蜿蜒流下，滴落在地上。

行路艰难，二人好不容易走到一个避风之处，程千叶把墨桥生安置在地上，解开他的衣物。

狰狞的铁箭毫不留情地撕裂肌肤，嵌在肉体中，程千叶有一种无从下手的无措之感。

“怎么办，桥生……怎么办？”她闭了一下眼，伸出颤抖的手，握住箭杆。

“主人，我……自己来。”

这时一只冰凉的大手覆在她的手背上，墨桥生醒了。他咬了一下牙，额上青筋爆出，一口气拔出了两支箭。

他紧蹙双眉，伸指连点自己数处穴道，减缓流血。而程千叶则扯下衣物，给他包扎。

墨桥生染血的手轻轻握住了程千叶的手腕，他接过布带，干净利落地扎紧自己的伤口：“主人，这里离战场不远，并不安全，不可久留。你沿着河道向上游走，或是暂时进山里躲避一下。”

“好。”程千叶点头。

墨桥生解下自己的腰刀塞在程千叶手中，后又将程千叶随身携带的那柄华丽的佩剑解下来握在自己手中，嘱咐道：“敌军突袭，一时冲散了我军队形，但我想俞将军必定很快就能掌控局势，组织好反击。主人你只要保证自己的安全，等着俞将军救援便好。”

程千叶反应过来：“你，你不和我一起走？”

虽然她已经适应了伪装的生活，但她的身份毕竟还是一个女子，让她在死亡的威胁中独自进入荒无人烟的野地求生，她本能地感到惧怕，程千叶下意识地依赖着眼前这个让她信任的人。

墨桥生露出一个为难的表情，避开了程千叶的目光。

程千叶突然意识到，墨桥生看似冷静而有条理地和她说话，实则他半边身体都已经被鲜血染红。他坐在地上，撑在身侧的那条胳膊甚至在隐隐颤抖，已经虚弱得站不起来。

程千叶在他身边蹲下："来，我背你。"

墨桥生看着她，嘴唇轻轻动了动，不说话。

"别啰唆，快点上来。"程千叶侧头说道。

那染着血迹的修长手指攀住她的肩头，低哑的男音在身后响起："撑我一下就可以了。"

程千叶感到肩膀一沉，身后的男子借着这一撑之力，咬着牙立起一条腿。又一用力，方勉强站起身来，慢慢站稳。

"能走吗？"程千叶担心地问。她知道，以她的力气是不可能背着墨桥生走多远的。

"只要没死，就能走。"墨桥生坚定地说道。心里也想着，只要主公需要我，我就能走，必须能走。

程千叶把他的胳膊架在自己肩上，一手撑着他的腰，尽量让墨桥生靠在自己身上。

"一起走，你绝不能死。"

二人勉强离开河岸，跌跌撞撞地钻进山林中。

天色渐渐暗了下来，月亮升起在树梢，寂静的春山中，树影婆娑。

程千叶感到墨桥生倚靠在她身上的重量逐渐增大，脚步也越来越慢，他终于停了下来。

"桥生。"程千叶担忧地轻唤一声。

墨桥生的面庞被垂下的额发遮住了大半，在月光的映照下，她只看得到他那光洁挺直的鼻梁正冒着大颗的冷汗，薄唇微微分着，不住喘出一团团雾气。

尽管已经是春天，夜晚的山林，依旧带着透骨的寒意。

程千叶找了个相对隐蔽的地方，让陷入半昏迷状态的墨桥生躺在地上。他浑身冰凉，衣裤在水中奔跑时早已湿透。但程千叶不敢生火，她想了想，把墨桥生湿漉漉的衣裤都脱了，用手拧干后挂在树枝上。

她看了眼昏迷不醒的墨桥生，背过身去，把自己的内外衣袍脱了下来，将干燥的里衣轻轻盖在了墨桥生的身躯之上，微湿的外袍则依旧穿在自己身上。

当那带着体温的衣服覆盖到冰凉的肌肤上时，墨桥生一个激灵，清醒了过来。他感到一只柔软的手臂揽过自己的肩膀，把自己圈进了一个温暖的怀抱中。

主公靠着山壁而坐，让身为奴隶的他躺在双腿上，一手轻轻抚摸着他的头发，侧着头警惕地望着黑夜的深处。而那双盛着星辰的双眸，在夜色中明媚而动人。

“你好好睡，我来戒备。”主人的声音在他头顶响起。但墨桥生提醒自己不能睡，这里实在太危险，必须打起精神来，保护主公。

然而肌肤上传来的阵阵温暖，鼻腔中嗅到的淡淡幽香，还有这个世界上最让他安心的那个声音，不停地在他耳边说着“放心睡吧”……尽管他知道绝不能睡，但还是在一句句的低声呢喃中，慢慢闭上了眼，在这个危机四伏的深夜里，安心地睡了过去……

程千叶醒来的时候，天已经蒙蒙亮了。她从一堆茅草和树枝中坐了起来，一时想不明白身在何处。

她身上盖着一件白色的里衣，随着她的起身滑落到身下柔软的茅草堆上。

程千叶发现自己被隐蔽在一些茅草和树枝搭盖的障碍物中，从外面观察，基本看不出里面睡着一个人。

程千叶举目四望，没见到墨桥生的身影。

她什么时候睡着的，桥生呢？

程千叶环顾四周，她的手边放着一张树叶，绿色的叶片上托着一个根茎状的果实。

果实大概两个拳头大小，表皮带着一些黄泥和根须，切开来里面是白皙的果肉，程千叶尝了一口，发现脆生生的，水分很多，微微有些甜味。她正好腹中饥饿，便用随身携带的小刀，把果实切成了几块，一面啃，一面等着墨桥生。

桥生跑哪里去了？他伤得那么重，却还一早爬起来做了这么多事。程千叶完全不具备野外生存的技能，在这样的荒郊野地，幸亏还有他在，不然她恐怕要饿死、困死在这里了。

不多时，草木间出现了墨桥生的身影。

他穿着自己那身半干的黑衣，手中捧着一个由阔叶折叠出的容器，里面盛着一汪清水。看见程千叶醒了，他露出了笑颜，单膝跪在程千叶面前，双手捧上那水。

程千叶就着他的手，一口气灌了几口水，舒服地叹了口气。她举起手中白色的果肉问道："桥生你吃了吗？"

吃过了、我不饿、不能骗主人，墨桥生的脑袋还在这三个选择中转动的时候，程千叶已经握住他的手，把果肉放在了他手中。

墨桥生下意识抽了一下手，却被程千叶紧捏住了。

"怎么这么烫？是不是发烧了？烧得这么厉害！"程千叶捏着墨桥生的手不让他回避，另一只手探出，她发觉他额头烫得吓人。程千叶看着面色潮红的墨桥生，心情复杂了起来。

她知道自己很喜欢面前这个男人，但在她的潜意识里，总会不自觉地把自己摆在高处，觉得自己是给予和付出的一方。

此刻，她突然意识到，她自以为的那些付出，不过都是建立在自己高高在上的地位上，轻而易举就能做到的一些小事而已。而墨桥生对她却是拼尽全力，舍弃一切，甚至把她摆在了比生命还要重要的位置上。

她拉了一下墨桥生，让他坐在自己坐着的这一堆茅草上，按着他的肩膀，强迫他躺下休息。

"主人。"墨桥生挣扎了一下。

"躺好，起来的话，我会生气。"程千叶用剩下的水把一块手帕打湿，覆在墨桥生滚烫的额头上，轻轻地给他盖上衣物。她则盘腿坐在他的身侧，用小刀将那剩下的果实表皮削去，将白色的果肉切成小块，一点一点亲手喂进墨桥生的口中。

“快吃。”她说。

墨桥生的眼睛来回动了一下，将脸别向山壁的内侧。

程千叶伸出手轻轻摸着那滚烫的额头，在她的手掌之下，墨桥生的睫毛不住颤抖，眼部周围的肌肤连同鼻尖都微微泛红了。

真是一个矛盾的性格，他明明是那么坚强的一个男人，在我面前却又这么爱哭。

心动总是发生在一瞬间，让人猝不及防。

程千叶也并不准备回避自己内心的情感，因为她真的很喜欢他，他这么可爱，着实让她心动不已。

程千叶看着墨桥生的侧颜，泪珠不住地从他浓密的睫毛中钻出来，接连越过那泛红的鼻尖，滚落而下。

程千叶咬了一下嘴唇，她真的很想亲他一下，大声地告诉他：她喜欢他，看上他了。

但随即，程千叶又低落下来，她在心里叹了口气，感到了一股失落。

虽然墨桥生对她忠心耿耿，但他并不喜欢她。

程千叶有点沮丧，因为她发现当自己褪下了主公的光环后，其实是一个挺无能的人。

此刻，他们转移到了一个隐蔽的山坳处。

程千叶蹲在一堆木材前忙活了很久，搞得满头满脸的黑灰，在失败了无数次之后，终于点燃了一簇小小的火苗。

她赶紧把手上的火折子一丢，趴在地上，用双手护住那好不容易点燃的珍贵火苗。

她小心翼翼地把一些干草、枯枝等易燃物一点点添加进去，直到火焰稳定了，才一根根地架上干树枝。

看着火终于升起来，程千叶一屁股坐在地上，长吁了一口气，对躺在一旁想起身又不敢的墨桥生道：“没事，你放心躺着，你看这不是烧好了吗？你主公我也不是那么没用。”

程千叶虽然话说得满，但其实心里很虚。

她看着身旁那一尾费了九牛二虎之力才抓到的活鱼，真想掩面大哭一场。

吃鱼她会，煮鱼也勉强可以试试，但这杀鱼要怎么弄呢？

此时的程千叶一筹莫展，而那只比巴掌大不了多少的活鱼正躺在地上，活泼地甩着尾巴，口中不停地吐着泡泡，好似正向程千叶示威一般。

程千叶心中发狠，“唰”的一声抽出匕首。

哼，反正弄死了就能吃！

半个时辰后，程千叶无奈地从火堆上取下那只烤得黑漆漆，既没刮鳞片，也没剖内脏的鱼。

她把烧焦了的部位掰掉，勉强露出能吃的鱼肉，尝了一口，既老又腥，还带着一股煳味。

程千叶尴尬地把鱼分成两半，将多的那一部分递给墨桥生：“吃吗？只有这个了。”

墨桥生接过，捧着鱼在额头轻轻碰了一下后，才小心翼翼地吃了起来。他吃得很珍惜，一点都不舍得浪费，好像在吃什么珍馐佳肴一般。

程千叶看他吃得那么开心，也来了胃口，盘腿和他并坐，一起吃着。

空山寂静，鸟语虫鸣。

程千叶忽然觉得，那难吃的烤鱼似乎也变得不是那么糟糕了。

从昨夜到今日，程千叶四处奔波，各种折腾，总共就在早上吃了半个水果，早就饥肠辘辘，饿得前胸贴后背了。这一点点的鱼肉进了肚子后，非但不顶用，反而让她感觉更饿得慌了。

但她此刻又累又困，实在不太想动。她躺在地上，靠着墨桥生，闭上眼睛休息。空空的肚子“咕噜咕噜”地响起来，程千叶蜷缩起了身体。

休息一会儿，再去找点吃的吧。桥生流了那么多血，不能让他饿着，程千叶想。

蒙眬中，有一双宽大的手掌似乎轻轻搂了一下她的肩头，让她感到舒适又安心。

她不知不觉地陷入了梦乡……

程千叶是被一阵香味唤醒的，她睁开眼睛，看见了在篝火边忙碌的墨桥生。

那个年轻的男人，穿着一身黑衣，挽起袖子，露出修长而结实的小臂，额头微微冒着汗，专注而认真地用一根树枝拨动着火堆。

程千叶坐起身来，她的手边摆了一大捧洗得干干净净还挂着水珠的野果，那些小小的棕褐色果子长得歪歪扭扭，其貌不扬。她放入口中试着一咬，竟发现这果子味甜多浆，十分好吃。

她如获至宝般，一面往口中塞着，一面招呼墨桥生："桥生，别忙了，快来吃，这个可好吃了。"

墨桥生见她醒来，提起插在篝火边上的一节竹筒。他从里面倒出水来，淋湿程千叶之前覆盖在他额头上的手帕，然后单膝跪在程千叶身侧，双手捧上。

程千叶接过来，擦了一把脸，只见干净的手帕顷刻被染得乌黑，可想而知之前她烧火烤鱼把自己搞得有多狼狈。

墨桥生侍立一旁，他倒出竹筒中的水，让程千叶洁面净手，水温恰到好处的温热，洗起来十分舒服。

伺候程千叶洗完手，墨桥生熄灭了篝火，拨开柴火，从土中扒拉出一个冒着烟的黑泥团。

他掰开那烧得坚硬的泥块，剥下一层棕褐色的树叶，里面白嫩嫩的鸡肉露了出来，空气中顿时弥漫着一股奇香。

程千叶忍不住咽了咽口水，她接过那烫乎乎的、冒着白烟的野鸡，扯下两只鸡腿，将其中一只硬塞进墨桥生的手中，拉着墨桥生和自己并肩而坐。她迫不及待地咬了一口鸡腿，鸡肉鲜嫩多汁，好吃得让她差点连舌头都吞了下去。

"桥生，你也太能干了。"程千叶嘴里塞满了东西，含混不清地夸赞着。她想起自己那不堪入目的烤鱼，一时感到十分汗颜。

她用手肘捅了捅身边的墨桥生："你怎么什么都会？武艺又好，厨艺也棒，字还比我写得好。等以后不打仗了，你天天煮饭给我吃行不行？"

墨桥生微微低头，满眼盛的都是笑意。

但转瞬，他的笑意却突然凝固了，他谨慎地小声说道："有人来了。"

他拉起程千叶的手，刚准备离开这里，山腰上突然出现了一队甲士，人数多达三四十人，正好堵住了他们的去路。

这队甲士并不是犬戎人，但也不是晋国士兵。他们穿着一身奇怪的黑色紧身皮甲，手持长矛，背负弓箭，这是常年于水上作战的楼船士的装扮。

为首的一位将领，见着两人，二话不说将手一挥："拿下！"

墨桥生抽出腰刀，上身前倾，将程千叶护在身后。

"桥生。"程千叶握住他的手臂，摇了摇头。

对方人数太多了，墨桥生又重伤在身，程千叶不可能眼睁睁地看他送掉性命。

她上前一步，抱拳行礼，对着那位将领道："将军可是卫国卫恒公麾下将士？在下乃是晋军中人，昨日我部遭遇犬戎突袭，故流散于此，你我二国乃是共抗犬戎的友军。"

可那人却道："我不管什么友军不友军的，搜他们的身，捆起来押回去再说。"

话音一落，他身后便走出两个士兵，十分粗鲁地一边推着程千叶，一边取出麻绳，就要将她捆束起来。

墨桥生怒气上涌，忍不住出手抵抗，可十来个士兵一拥而上，最终还是将他按倒在地。

他的衣领在拉扯间散开，露出了后肩的奴印。

队伍将领看着他，冷冷道："原来是个奴隶，杀掉他。"

"等一下，不要杀他！"程千叶挡在面前，"我是晋越侯公子羽，带我去见你家主公。"

虽然说出身份十分被动，但如果不说，一旦被搜身，后果不堪设想。

"你是晋越侯？"那人上下打量了一遍程千叶，见她衣着华贵、配饰精美，倒也不敢懈怠。最终勉强向她行了个礼，只将她和墨桥生的双手捆束起来，一路押下山，来到涡河河畔。那河面上停着数艘高大的战船，船上招展着卫国的旗帜。

第六章

卫国

程千叶和墨桥生被押上战船，一路沿着济水顺流而下。

战船行了一日夜，在驶入一个巨大的湖泊水系后，方停靠下来。程千叶估摸着，他们应该是抵达了卫国境内的大野泽。

一路上，船上的士兵既不和他们说话，也不询问她什么。上了岸以后，她被关押进一个简陋的屋舍内，屋内倒也有着床褥、恭桶等生活必需用品，甚至还有一些书籍笔墨和一架古筝等休闲器具。

但窗户上却拦着一根根粗壮的栏杆，结实的大门紧锁着。门下开有一小口，一日三餐准时有人从那口中送入。显然是将她当作囚犯关押了起来。

程千叶抓着窗户的栏杆望出去，恰好看到不远处的马厩。

墨桥生双手吊起，被拴在马厩的一根柱子上，既不能躺下也不能坐，只能勉强靠着柱子站在那里。

虽然程千叶的饮食不是很精致，但好歹一日三餐都有保证，但自从被关进来，这两日她从未见人给墨桥生送过哪怕粗糙的食物。

每日来给程千叶送饭的是一个年迈的老兵，他面容沧桑，身材瘦小，沉默寡言。

到饭点时，他便用那双干枯的手将饮食从门洞里递进来，再把上一餐的餐具收回去。这个过程中不论程千叶向他询问什么，他都一声不吭。但这一次，当他把食物递进来，还来不及收回手，他的手腕就被程千叶一把抓住了。

“帮我给马厩的那个奴隶送点吃的。”程千叶不待他挣脱，第一时间说出了自己的请求。

一个玉佩瞬间被塞进那只因整日劳作而粗糙变形的手中，程千叶握着他的手，隔着门板低声说：“求你，给他找点吃的。他也是一条命，这事并不难，求求你。”

那手犹豫了一下，终于收拢了五指，把玉佩藏进袖中。

程千叶扒着窗户的栏杆向外看，过了一会儿，终于看见那个老兵端着一个碗来到马厩前。

他四处张望了一下，确定没人留意，才托起墨桥生的脸，把那一碗流质食物给墨桥生喂下去。

他在墨桥生的耳边悄悄说了句什么，便慌忙收起碗离开。

墨桥生抬起头，视线和窗内的程千叶遥遥相遇。程千叶把两手围在嘴边，用口型说了几个字：桥生，振作点。

虽然知道墨桥生听不见，但程千叶相信他会明白自己的意思。

墨桥生看了她片刻，随后别过脸去。

这个傻瓜，都这个时候了还在为自己没能保护好她而内疚。程千叶想，明明他自己处于那种境地，却依旧只一心挂念着她这个主公。

程千叶下定决心要想办法逃出这里，不能让桥生再受到伤害。

她开始仔细观察窗外的环境，发现关押自己的这间屋子，属于一座华美壮阔的宫殿群。虽处于建筑群外围的一个角落，但有很大的可能，她眼下就身处卫国主君姚鸿的行宫内。

对面的马厩时不时来往着下人和仆役，牵出或送还各色名驹骏马。

有时，一些衣着华美的贵族也会亲自到马厩来，其中的一个年轻女子便引起了程千叶的注意。

她从不穿时下女子常见的繁复着装，多着一身爽利的紧身胡服。每每出现，都行事张扬，排场浩大。她时常会亲临马厩，点上一匹她看中的宝马让马夫牵出，随即翻身上马，率众扬长而去。

程千叶听见，有人尊称她为天香公主。

在程千叶记忆中，她是卫恒公姚鸿唯一的嫡亲妹妹，姚天香。

这位天香公主曾被嫁给邻国的鲁庄公为妻，谁知婚后不到一载，年逾五十的鲁庄公便病逝了。卫恒公的母亲姬夫人不忍见唯一的女儿年纪轻轻就守寡，便将她接回卫国，有意为她另择佳婿。

程千叶靠着窗，悄悄地注视着那位一身红衣、正从马上一跃而下的天香公主。

天香公主把缰绳交到一个年轻马夫的手中，趁着马身挡住众人视线，伸手在那位身材健美的年轻马夫的臀部上掐了一把。而那男子则低下头去，红着脸牵着马走了。

这已经是第三个了，第三个对着那位公主冒着粉红泡泡的男子了。

这倒有趣，或许……她可以试试从这位公主身上寻找到突破口。

她坐于屋内的古筝前，调好琴弦，静下心来。而后素指翻飞，弹了一曲《凤求凰》。但一曲演奏完，门口却一点动静都没有。

程千叶再接再厉，又弹了一首《长相思》，但还是没有作用。

最后她灵机一动，演奏了一曲并不多见的曲目。果然，顷刻后，门外传来一个女子冷清的声音："开门。"

守门的侍卫惶恐道："公主不可，此人乃是……"

"滚！本公主要进去，尔敢拦吾？"房门"砰"的一声从外打开，一身红衣的明艳女子跨进门来。她点着手中的马鞭，在一张交椅上坐下，似笑非笑地看着程千叶："说吧，引我来有什么事？"

程千叶起身，整顿衣冠，躬身行礼："偶见公主容颜，惊为天人。问心一曲，引君相见，一解相思。"

"琴弹得不错，话却说得很假。"姚天香那漂亮的嘴角勾了一下，"我建议你有什么话直说，我可没有时间在这里陪你瞎耗。"

程千叶抬起头来，单刀直入："听闻卫恒公有意为公主择婿，在下不才，为晋国之君。在下有意求娶公主，永结晋卫之好。"

姚天香嗤笑一声："你如今身为阶下之囚，竟敢妄言娶我？"

程千叶按照心中计划，对姚天香说道："正因如此，是以我想借助公主之力，让你我二人皆得自由。"

姚天香疑惑："你什么意思？"

程千叶道："我性好龙阳，素不喜女子。"

"放肆！你既喜欢男人，安敢求娶于我！"姚天香大怒。

"我观公主有艳阳当空之辉，料想公主不同于凡俗女子，甘居于男子之下，数女共侍一夫。"程千叶观察着她的表情，缓缓地说。

“我仰慕公主的容貌，只是出于对美好事物的喜爱。若是你我共结连理，我不仅不需要你同我假意周旋，我还可以完全不管你的私事。”

姚天香转了转眼珠，沉吟不语。程千叶见此，再接再厉：“以公主的身份，迟早是要再嫁的。所嫁之人也必为一方诸侯王爵，可能会是一个年迈的糟老头，也可能是一个妻妾成群的男人……难道还会有比我更好的选择吗？

“公主若愿意同我一起回到晋国，我愿为你独设一公主府。我本人不喜女子，绝不会对你有所纠缠。届时不论你看上了谁，我都不会干涉于你。”

“你胡说什么！”姚天香沉下脸来，“空口白牙就想让我相信于你，我怎么知道你不会利用完我就翻脸了呢？”

程千叶笑了，她在姚天香身侧坐下，伸出洁白的手掌轻轻一比：“公主你看，人与人之间其实说白了都是各种利用的关系。我给你的任何承诺保障都不如真实的利益来得可靠。

“你是卫国的公主，你只要以这个身份嫁入我晋国便好。我把你娶回去，豪宅锦衣地安置，对我来说又不费什么事。

“有了你，我们晋卫两国就是姻亲之好。出一点财物便能得此大利，我又怎会对你翻脸无情？哪怕是将来我们两国有了龃龉，你也只是一个女子，对我既无危害，还曾有救助之恩，我何必要为难于你？”

程千叶靠近姚天香的耳边，轻轻蛊惑：“你永远不用再委屈自己，去曲意逢迎一个你不喜欢的男人，从此得到你真正想要的自由。”

程千叶这最后一句话，说进了姚天香的内心深处，她咬了一下嘴唇，看着程千叶：“你真的喜欢男人？”

程千叶见鱼儿上钩，摊了一下手，靠近姚天香，指向门外马厩处的墨桥生：“那个就是我喜欢的人。”

姚天香伸头看了一会儿：“容貌身材都好，眼光倒是不俗，我最不喜欢那种扭捏秀气的男人。”

她站了起来，拍拍手中的马鞭：“你说的这事确实有些打动我，但我未必能做得了主，容我回去后好好考虑一下。”

程千叶心中微微松了口气，在姚天香准备离开的时候，喊住了她：“殿下，你能不能先帮我一个忙？”

姚天香看着程千叶，挑了一下眉。

程千叶低头，真诚而恭敬地行了一礼：“他受了伤，没吃没喝，捆在那里不得休息。千羽肯请公主您高抬贵手，匡助一二。”

姚天香站在门框处，回头看她：“你这样看起来，倒让人多相信了几分。希望你确实如你所表现的这样，不是一个无情无义之人。”

姚天香离开后不久，程千叶在轩窗处看见两个侍从走了过来，他们解下墨桥生，将他安置进柴房内的一处茅草堆上。

虽然依旧捆束着他，但上有遮风挡雨的屋檐，下有可供躺卧的空间，还有人给他端来简陋的食水，这已经比之前的境况好了许多。

看到墨桥生慢慢撑起身体进食，程千叶终于长长吁出了一口气。

就这样，程千叶等了两日。终于有一天，房门大开，数名侍从鱼贯而入，捧来华美洁净的衣服请她沐浴更衣，引她前去见卫恒公。

卫恒公姚鸿是一位国字脸、冲天眉、面白有须、相貌堂堂的男子。他见到程千叶，哈哈大笑地走上前来，作揖道：“误会啊误会，让侯爷受委屈了。

“我这几日不在宫中，下面的军士愚昧无知，竟敢将侯爷扣押起来，实在可恨。我已下令狠狠地责罚了他们，我在这里给侯爷赔罪，还请侯爷原谅。”

程千叶笑道：“兄长何出此言，若无兄长相救，只怕此刻，小弟已命丧荒野。小弟心中对兄长感激不已，如何敢言怪。”

姚鸿哈哈大笑，拉着程千叶的手腕：“贤弟心胸如此宽广，愚兄甚喜。来来来，我已在大殿设宴，为贤弟压惊。”

于是二人来到大殿，分宾主而坐，兄弟相称，把酒言欢。不多时，气氛便活络了起来。

程千叶趁机向姚鸿打听郑州的战况，知道那日李文广遭到了嵬名山的突袭，上将凤肃延重伤，兵溃三十里，两万大军折了数千人。

随后嵬名山再度奔袭晋军，利用地利切断了晋军队形，直扑晋国主君所在方阵。幸好程千叶遁走，俞敦素及时组织人马反击。嵬名山一击不成，迅速撤离。据闻晋军除了张馥受了伤，生死未明，其余损失不大。

程千叶听得俞敦素组织反击，稳住大局，稍稍安下心来。现在她要想的是如何保证自身的安全，尽量脱离此地回到晋国或是汴州。

不久后，一个侍从上殿，在姚鸿耳边说了几句话，姚鸿便道："贤弟，家母听闻贤弟在此做客，心中甚喜，欲请贤弟前往一见。"

程千叶起身："应是小弟前往，拜会高堂。"

姚鸿领着程千叶来到一座轩昂壮丽的正房大院，程千叶进入屋中，只见着上头正首上端坐着一位鬓发如霜的老太太。

姚天香侍立在其身侧，今日的她身姿娉婷，端庄稳重，若不是她乘人不备时斜眼瞟了程千叶一下，程千叶都以为自己认错了人。

程千叶想，估计这位老太太便是姚鸿和姚天香的母亲——姬太夫人。

这位太夫人见程千叶缓步走来，鲜冠组缨，绛衣博袍，容貌俊美，心中先是喜了三分。

又见他行止有度，温文尔雅，更是满意了八成。

于是她满面微笑地请程千叶入座，殷殷问询起程千叶的年纪和家世。待听到程千叶虽已有数位夫人及侍妾，但尚未迎娶正妻的时候，更是满脸笑开了花。

她心中大喜，回头看身边跪坐着的女儿。只见素日娇蛮的女儿，此刻正满面红云，含羞带怯地低垂着头，露出一副小女儿的姿态，姬夫人暗暗想道，此真乃吾婿也。

想起女儿当初为了联姻嫁给一个年老的夫婿，又在成婚不到一年之时便守了活寡，姬太夫人心中不禁泛起一阵酸楚。于是她下定决心，定要将这年纪轻轻、斯文俊秀的晋越侯招作女婿。

于是这谈婚论嫁的话，几乎就要摆到明面上了。

姚鸿咳了一声，勉强打断了姬太夫人越说越明显的话题。他先将程千叶请入客房安置后，便遣散众人，室内独留母子二人相对而坐。

姬太夫人沉下脸来："你现在做了国君，简直将我视作无物了。"

姚鸿大惊起身："母亲何故如此言语？"

姬太夫人抹泪道："我就只有你妹妹一个女儿，是从小捧在手心，金尊玉贵地娇养大的。偏生你和你爹一般狠心，打着为家国社稷的旗号，不顾我的反对，执意将你如花似玉的妹妹嫁给鲁庄公那个糟老头子。"

姚鸿想着妹妹小时候娇憨的模样，心中也升起一丝愧疚之情。

姬太夫人接着道："谁知那鲁庄公同你妹妹成亲还不到一年，便得了风症，撒手去了。可怜你妹妹她年纪轻轻便回了娘家守活寡，这是何等凄楚可怜！如今她寡妇之身，怎能说得好亲，你误了她的一世啊。"

姚鸿叹了口气："我贵为一方君侯，妹妹她再嫁何愁不得良人，母亲又何必如此着急。这位晋越侯……"

"良人良人，你心中哪里有什么良人！无非是想再拿你妹妹的婚姻去交换你们男人之间的利益罢了。"姬太夫人打断他的话，"我看这个晋越侯就很好，年貌、家业都与天香匹配，你妹妹心中也对他有意。总归是脱不离同他国联姻的，此番我必要挑一个天香自己喜欢的姑爷。你若再违了我的意愿，我从此便不认你这个儿子。"

母子二人谈完话，姚鸿十分苦恼。

回屋后，他便私下召见了自己座下第一幕僚沈文秀。

"文秀，我本欲拘押晋越侯以谋夺汴州之地。而今母亲力主，欲将吾妹天香许配于他，你观此事何如？"

沈文秀拱手，道："晋越侯新近继位，其国中老臣旧将并不服他，不久之前还险些被庶弟谋夺了爵位。主公若是用他交换汴州，只怕未能如愿，估计只能平白同晋国交恶而已。"他站起身来，轻摇羽扇，"不过此人年纪轻轻，在逆境中能屈能伸，竟能设法引得天香公主注意，为自己谋求一线生机，倒也算是个人物，主公不可不防。"

姚鸿皱眉道："母亲今日见了他，对他十分喜爱。先时我将天香嫁给鲁庄公，母亲便甚为不满，我心中也觉愧疚。这次，倒是不太好忤逆母亲了。"

沈文秀继续道："晋国同我国本无接壤，若是失了国君，国内动荡，不过是便宜了晋国北部的吕宋和华宇直之流，我卫国未必能得什么好处。其实，便是依了太夫人之意同晋国交好，也未尝不可。”

姚鸿沉吟片刻，终于点头：“晋军驻守汴州，成为我卫国和犬戎之间的屏障，对我卫国倒也未必是一件坏事。只是，难道就这样平白把妹妹嫁给晋越侯，放他回去？”

沈文秀笑道：“晋越侯年纪尚轻，性情未稳。愚意先软困他于卫中，多送美色、珍玩以移其情、丧其志。待时日长久，细观其人后再做打算。”

姚鸿一击掌道：“就依文秀之言。”

数日后，卫恒公大摆筵席，广邀宾客，嫁其妹姚天香与晋越侯。

至晚客散，两名喜婆开路，十二名宫人掌灯，接引晋越侯入房。只见红烛辉映，天香公主凤冠霞帔，头盖大红喜帕，端坐于床前。喜婆说完吉祥话便退出门去，掩上房门。

姚天香伸出纤纤玉手，自己扯下红盖头，笑吟吟地看着程千叶：“这下都如你所愿了，你要怎生谢我？”

程千叶躬身行礼：“公主相助之恩，羽铭记于心，必不敢忘。”

姚天香目光明媚，红唇带笑，说出的话却毫无感情：“我不要你说的这些空话，你想我助你回晋国，须得先应我三件事。”

程千叶一拱手：“但请公主直言。”

“其一，你我之间关系，止步于此，免却将来争辩。”

“此亦我所愿。”

“其二，我若助你回国，你须于国内为我独置一宅院，且不得过问我私事。”

“定守此约。”

“其三，每年按你晋国内公主的俸禄供养我，并且约束你的其他姬妾，不得让她们前来骚扰于我。”

“你还会怕她们？”程千叶笑了起来。

姚天香柳眉一竖：“你答不答应？”

程千叶敛容行礼：“这三件事我都应了，不仅如此，我还当尽我所能回报公主，必让你如意地过着你想要的那种生活。”

姚天香这才嫣然一笑，她拍了拍手，屋外进来一位女婢。女婢躬身行礼，轻声道：“请姑爷随奴婢到厢房休息。”

程千叶随着她退出屋外，转过回廊之时，正好瞥见了一个年轻男子的身影，在另一位婢女的引领下进入了公主的卧房。

程千叶被引至一间厢房，推门入内，便有一股细细的甜香袭人而来。迎面的一个紫檀插屏上，绣着海棠图。转过插屏，只见屋内红烛成双，花梨木大床雕龙琢凤，红纱暖帐，暗香浮动。

她掀开床帐，惊觉床榻上早已躺着一人。

此人双手被红绳捆束在床头，眼上蒙着一条红绸，身上盖着鸳鸯织就的大红锦被。

“桥生？”程千叶惊讶道，她又好气又好笑地解开墨桥生手上的红绳，“是我，别怕。”

程千叶解开墨桥生手上的绳索，揭开他眼上的红绸，只见墨桥生面飞红霞，她担忧地问道：“怎么了？吓着了吗？”

墨桥生红着脸不说话，程千叶坐在床头，环顾着被布置得暖玉温香的卧房，心中不禁好笑。

那位天香公主自己今夜私会情郎，又怕作为新郎官的她不高兴，所以就把她为达目的谎称的“心上人”塞在床榻之上，还把房间布置成这样。

“这个姚天香。”程千叶抚额笑道。

程千叶在屋子里找了半天，愣是没找到一件可以给墨桥生穿的衣服。

为了不在这时候节外生枝，引起姚天香的怀疑，两人只好各自裹着一条锦被，躺在一张床上聊天。

墨桥生的整个脑袋都躲进了被子里，把自己遮得严丝合缝。

“没事的桥生，这只是天香公主的一个玩笑。我们说说话，过了今晚就好了。”程千叶伸出手轻轻拍拍他的脑袋。

“说点什么好呢？”程千叶躺在床上，看着雕花的床顶，“不如说说你小时候的事？”

低闷的声音从被褥中传出："我幼年的时候，曾经亲眼见到一个男人在我面前想要欺负我最小的妹妹。他还当着许多人的面，把我的兄长给打死了。"

程千叶叹了口气，她无法想象墨桥生有一个怎样的童年，只能轻轻拍着他的背，默默听着他难得的倾诉。

"但我亲手杀了那个男人，用石头把他的脑袋砸得稀烂。"墨桥生也不知道自己为什么突然就能说出这么多话，说出那些他一直埋藏在心底，从未说出口的痛苦。

那一下一下轻拍在他背上的手，缓缓地抚慰着他的心。程千叶的声音缓缓响起，慢慢稀释了他最黑暗的回忆。

墨桥生的眼皮慢慢沉重了起来。将睡未睡之时，他依稀听到一句话——

"桥生，如果今天晚上我是女人，你会不会有别的想法？"

女人？如果主人是女人……

可还未等他认真思索，便沉沉睡了过去。

墨桥生做了一个光怪陆离的梦。

在那个梦中，他身处一个满是浓雾的花园，主人的背影总是出现在他身前不远处，但他拼命地追赶，却一直也追不上。

"主人，等我！"

他心中焦虑万分，突然前面的那个身影停了下来。那人转过身，明明是主人的样貌，但却是一张女子的脸。那美丽的女子轻轻地笑了起来，伸出柔软的手，摸上了他的脸颊，温柔地唤他："桥生。"

墨桥生从床上翻了起来，身侧空无一人。他惊慌失措地喘了口气，发现自己竟然做了不可饶恕的梦。好在屋内无人，他急忙起身，裹着整床被子溜了出去。

等他穿戴整齐，回到屏风外的花厅时，程千叶已坐在桌前等他。

墨桥生想起昨夜的事和那个荒唐的梦，面上飞过一片可疑的红云。

"来，一起用膳。"程千叶点着身边的圆凳。

墨桥生犹豫了一下，程千叶看着他坚定地说：“坐。”

墨桥生挨着椅子边坐下，对着眼前那些精美的器具感到一阵手足无措。

“吃吧，以后我们都一起吃饭，你要尽快习惯。”程千叶说道。

墨桥生抿了一下嘴，终于还是伸出手端起碗筷。这是他第一次端坐在桌前，和别人平起平坐地进食。

他低下头，一声不吭地往嘴里扒饭，程千叶不停往他碗里夹菜：“你多吃点，你最近受苦了，赶紧补一补。”

墨桥生扒饭的手停了下来，他低着头咽下了口中的食物，轻轻问道：“为什么？”

“什么为什么？”程千叶疑惑不解。

墨桥生垂下头，不说话了。

“为什么对你好吗？”程千叶摸了摸他的脑袋，“当然是因为我喜欢你啊。你这么可爱，我去哪里找像你这样可爱的人？”

程千叶放下碗筷：“我去天香公主那里一趟，你慢慢吃，吃完饭好好休息，你身上的伤还没有好。”

“我随主人同去。”墨桥生站起身来，“此地危机四伏，主人身边岂可无人随侍。”害怕程千叶不同意，又紧跟了一句，“我休养多日，行动早已无碍。”

他把被捆在马厩的几日当作休养？程千叶看着他焦急的神色，又想起昨夜给他换药时，那还带着血的绷带，默默地叹了口气。

“好，那我们慢慢走。不管遇到什么事你都不要冲动，听我的安排即可。”

此刻的姚天香屋内。

姚天香一面对镜梳妆，一面听着婢女汇报情况。

“昨夜姑爷入屋后不久便熄了烛火，夜半时分亲自出来叫送了两次水，还另要了些伤药、绷带，传了一些饮食。此刻，姑爷正和那个奴隶面对面坐着用早膳呢。”

姚天香抿着嘴笑了：“看来他倒是没有哄我。”

“不过是个最低贱的奴隶，姑爷未免也太抬举了。”婢女轻声嘟囔。

“你懂什么？”姚天香在妆盒里中挑选着首饰，“心中有情，方能不在乎对方的身份。”

她举起一个红宝石耳坠，对着光看了看，挂在自己莹白如玉的耳垂上：“若此人是一个无情无义之人，我倒不敢如此信任他，便是要他心软些才好。”

程千叶带着墨桥生，来到了姚天香独居的正房。

姚天香早已梳洗妥当，艳光四射地坐在屋中等她。见她来了，姚天香笑盈盈地问：“用过早膳了吗？”

程千叶点了点头，在她身侧坐下，接过婢女奉上的香茗。

“昨晚怎么样？”姚天香探过身来，用手肘碰了碰程千叶，露出揶揄的表情，“我安排得还不错吧。”

程千叶叉手行礼：“多谢公主为我费心，不过今后还请公主莫行此事。”她郑重地加了一句，“请不要那样对他。”

“假正经，得了便宜还卖乖。”姚天香瞄了一眼程千叶身后的墨桥生，“昨天晚上一定很开心吧？”

程千叶呛了一口茶，她发现自己有点降服不住这个姚天香。

此人喜穿红衣，她似朝霞、如烈焰，张扬肆意，灼灼其华。

二人整顿完毕，领着随侍的人去给姬太夫人请安。

一个丰神如玉，一位国色天香，二人携手款款而行，时时挨着头甜蜜低语，让府中众人见着莫不叹服真是一对天造地设的璧人，叫人见了，直叹“只羡鸳鸯不羡仙”。

姬太夫人看着眼前手牵着手站着的一对娇儿，心中乐开了花。

想起第一个女婿是和自己年纪差不多的糟老头子，又看着眼前这新女婿面如冠玉、斯文俊秀的模样，她真是越看越喜欢。

她拉着程千叶道：“你现在是我的女婿，在我心里就同吾儿一般无二。我已让人把城西她哥哥做世子时的旧宅连同周边的一片山地园林都圈了起来，这几日加紧整修，先把主宅腾出来。你们小两口搬进去安心住着，若是缺少什么，只管和我开口。”

姚天香拽着姬太夫人的袖子道："娘，有你安排，我还能缺什么？我只担心一件事，郎君他是个斯文俊秀的娇客，我怕哥哥军中那些五大三粗的军痞子们吓着他。"

姬太夫人点着她的脑袋："都说女生外向，这刚嫁人就向着夫君去了。"

她又拍着程千叶的手道："我儿莫怕，你大舅哥若是同你啰唆，你只管来告诉我，看我不收拾他！"

程千叶面色不变，笑眯眯地承欢膝下。心中却十分沮丧，老太太虽然话说得漂亮，但却没有放自己走的意思，也不会管姚鸿软禁自己的事实，最多只是让自己表面上的日子好过些。

想要离开卫国，还是要把天香公主真正说服成自己人，同心协力逃出她哥哥姚鸿的控制才行。

几日后，程千叶和姚天香搬进了新修的公主府。

只见那豪宅轩昂壮丽，处处雕梁画栋，真是无一物不精致，无一处不奢靡。

院内歌舞姬妾成群，夜夜笙箫。

程千叶不是整日里和姚天香于水榭上泛舟，就是在园子里听戏，过着没羞没臊的生活，从不开口提归国之事，大有"乐不思晋"之态。

卫恒公时时前来相邀宴请，接连不断地派人送来奇珍异宝、俊奴美姬。过得几日，卫恒公又遣人来邀请程千叶同去检阅水军操练。

江畔的看台之上，甲士林立，战旗招展。

数十名身材魁梧、威风凛凛的大将列席而坐，程千叶博带轻袍，只有墨桥生一人随侍身后，显得有些格格不入。

擂鼓喧天响起，江面上鳞次栉比的战船井然有序，交错行驶，有条不紊地变幻出种种阵形。

便是对兵事一窍不通的程千叶也被这气势深深感染，忍不住击节赞叹。

楼船士演练结束，步卒、轻车士和骑兵逐一上场，在看台之下的校场上排演开来。

坐于程千叶身侧的是一位头戴银盔、须发虬结的将军，姓袁名武。此时他哈哈大笑，张着那蒲扇似的手掌，对程千叶开口道：“晋越侯初来我地，观我卫军奋勇们何如啊？”

程千叶拱手道：“贵军勇武，令人叹服。”

袁武听得这话后依旧不肯放过：“老袁我素听人说‘北人擅马，南人擅卒’，这心中总是不服。难得侯爷在此，不知可否屈尊和在下比试骑射，让我等也见识见识这北人是如何擅马的。”

程千叶连连推却，她的骑术是新近速成的，只勉强着不掉下马来而已。要是同这些沙场纵横的将军比较，无非是自取其辱。

那袁武显然刻意想要折辱她一番，伸手就朝程千叶的手腕抓去：“侯爷一表人才，乃是人中龙凤，就莫要谦虚了，哈哈。”

可手伸到半空中时，却突然动弹不得，只见程千叶身后的那位黑衣侍从，紧紧钳住他的手腕，一双黑漆漆的眸子，像野狼一般，冷森森中透着杀气。

袁武只觉半边身体起了鸡皮疙瘩，一股寒意直爬上后背的肌肤，这是沙场上面对强敌才会产生的天然反应。他站起身来，喝道：“汝为何人？”

墨桥生甩开他的手，直视他的双目，丝毫不退，在胸前抱拳：“小人乃侯爷坐下一小卒尔，将军若执意比试，小人愿代主公领教。”

“勇气可嘉，忠心可勉。”姚鸿这才于主位上不紧不慢地拍了三下掌，“既是如此，袁武，你便和这位小哥比试比试。点到为止即可，切莫伤了和气。”

袁武躬身行礼，“哼”了一声，甩袖下场。

这时，百步开外立起两个箭靶，二人各骑一马，持弯弓，挂箭壶，应是要比弓箭。

袁武打马先行，弓开满月，箭发流星，只听“嗖”的一声，箭矢正中红心，全场顿时响起一片喝彩之声。

墨桥生一言不发，只拈弓搭箭，同样一箭射中红心。

袁武“哼”了一声，掉转马头，打马疾行，在马飞奔往返之间猱身开弓，“嗖”的一声，只见那第二箭依旧稳稳射中靶心。

墨桥生策马前进，来回跑了数趟，却不曾开弓，引得围观将士嘘声四起。但他并不理会，直到座下战马疾行激烈之时，他从箭壶中一口气提出三支箭。连珠箭响，箭矢接连而出，却不中靶心，只在靶环最外一圈，成品字形排开。

他走马不停，逆向而行。突然蜂腰一扭，转过身来向后再发一箭。只听得破空声响，那箭正中第一箭的箭尾，去势不停，把原箭剖成了两半，没入靶心。

那一分为二的箭柄慢悠悠地在箭靶上晃了晃，“吧嗒”一声掉落在地。

全场顿时鸦雀无声，片刻之后才轰鸣起一片叫好之音。

虽然不是己方的将士，但沙场男儿最敬强者，众兵士们都被墨桥生的实力折服。姚鸿也喝了一声彩，站起身来扬声道：“不必再比，二位箭术精绝，还请都歇一歇，上前领赏。”

二人回到望台，在各主帅面前单膝跪地，抱拳行礼。

袁武面红耳赤：“袁某技不如人，甘拜下风，给主公丢了面子。”

姚鸿哈哈大笑，亲手把他扶起来，拍了拍他的肩膀：“不当事，袁老粗你就是不知‘人外有人，天外有天’哪。”

说完，他又将墨桥生扶起来，赞叹道：“不知壮士姓名，在军中何职？吾料想，你应是晋军中数一数二的神射手吧。”

墨桥生行礼道：“敢劳公爷垂问，小人不过是主公身边随侍的一奴隶，小人箭术在我军中乃是泛泛之辈，军中胜过我的大有人在。”

姚鸿挑眉道：“你这就过谦了，吾不信还有能胜过你箭术之人。”

墨桥生回道：“实非虚言，在下只能做到三连发而不失，但我军中战友有能七箭连珠不失之人。”

此话一出，将席上瞬间起了嗡嗡议论之声，众人看向程千叶的眼神都恭敬了不少，也不再那般鄙视轻蔑。

姚鸿坐回席位，对着程千叶道：“贤弟，此人真乃一奴隶尔？”

程千叶点头称是。

姚鸿见墨桥生如此神勇，又听闻他不过一奴隶，心痒难耐。想着晋越侯此人贪欢好色，未必会重视一个奴隶，他若是多出金银美人，将这奴隶换过来应当不难。

“既然此人是一奴隶，不知……”正当姚鸿要说出自己的想法时，一道清脆悦耳的女声响起。

“兄长，你又要欺负我夫君，他就从国内带了这一个贴身侍从，你可不能抢他的人。”

众人循声望去，只见天香公主一身戎装，踏上将台来。

“天香，你一女子，怎生能来此地？”姚鸿被打断了话，不悦道，“休要胡闹，速速归家去。”

姚天香挽着程千叶的手臂，在他身侧坐下：“谁愿意看你这些大老粗们阅兵？我是来接我家夫君回去的。免得你趁我不在，就想着欺负于他。”

“你！”姚鸿说不出话来，他素来拿这个泼辣的妹子没什么办法。

程千叶掏出手绢递给姚天香：“怎么跑那么快？出了一头汗，快擦擦。”

姚天香昂起小脸：“你给我擦。”

肃杀威严的氛围突然变得旖旎起来，众武将咳嗽的咳嗽，望天的望天，心中大为尴尬。

姚鸿只得扶额挥手：“走走走，带你的夫君先走吧。”

从望台下来后，程千叶吁出口气，轻轻一拱手，低声对姚天香道：“多谢公主解围。”

姚天香冷着面孔道：“我能帮的也就是这些小事，若哥哥铁下心要你性命，他是不会顾及我的。假如有一日他心意转变，我可保不住你。即便是我的命，他心一狠，也能说要就要了去。对他来说，兄妹之情不过薄薄一层纸而已。你若想要活命，还得谋划速速离去。”

程千叶和姚天香携手回到公主府后，一群美婢娇奴便簇拥着上前伺候。

两位容貌娇艳、眉目含情的婢女为程千叶褪下繁复的外袍，换上舒适的常服。

柳绿亲手解下程千叶的金冠，散开她的发髻，用十只灵活的手指，颇有技巧地为她按摩了一下头皮，然后又重新将头发梳好，为她插上一支轻巧的玉簪。

“侯爷的里衣领子如此之高，穿着料想也不太舒服。如今天气渐暖，需不需要馨儿给侯爷缝制几件贴身的新衣呢？”

程千叶不置可否，舒舒服服地在姚天香身侧坐下，接过春馨亲手端上来的茶。而柳绿则跪在姚天香膝边，双手握拳，轻轻为她捶腿。

春馨笑问道：“侯爷今日累了，可要馨儿唱一曲，给您和公主解解乏？”

程千叶看了她半晌，突然意义不明地笑了起来：“去吧。”

那春馨也不上妆，只是素着脸，一清嗓子，将身段一摆，便唱起了一曲《玉树后庭花》。

“映户凝娇乍不进，出帷含态笑相迎。妖姬脸似花含露，玉树流光照后庭。”那嗓音妖娆动人，细细的直入人心肺。程千叶眯着眼睛，用手轻轻打着节拍。

柳绿仰起面孔，眼中秋波点点，饱含仰慕之情。她羞涩凝望着程千叶，程千叶也就伸手摸了摸她的脑袋。

墨桥生安静地侍立在程千叶身后，看着程千叶伸手去摸别人脑袋，心中莫名升起一股戾气。

他被突然出现在自己脑海中的这个想法吓了一跳。

墨桥生，你是不是太恃宠而骄了！

他闭了一下眼，在心中狠狠地训斥自己。主人不过温柔陪伴几日，便忘记了自己的身份，竟产生如此大逆不道的想法。主人岂是你可以肖想独占的？你甚至都不能像她们这样伺候主人。

他攥紧背在身后的拳头，几乎想用力打自己几个耳光。

然而，他的目光却仍控制不住地粘在那白皙的手掌上，因为只有他知道，那双手是多么的柔软温暖，而那双手曾经也无数次这样一下一下地摸着他的头，拍着他的肩。让他伤痕累累的身心，在这样的温柔中轻轻战栗。

墨桥生感到内心克制不住地难过了起来。

他这是怎么了？

“唱的什么调？难听死了。”姚天香盖上茶碗，“换一曲，唱《铡美案》。”

程千叶笑了起来，她拍了拍柳绿：“去吧，你扮上，去和她搭个戏，好好唱给公主听。”

程千叶拉上姚天香的手，让她和自己坐得近一点。众人也知道小两口有体己话要说，都识相地退了几步。

“适才间我在金銮殿，万岁驾前去问安。同公主又到后宫院，太后一见笑开颜……”

这边柳绿开腔唱着，而程千叶则侧过身，挨着姚天香的头低声道：“天香，你是不是觉得害怕了？怕我不遵守诺言，怕自己的将来飘零无依。”

姚天香瞥了她一眼：“你现在有求于我，自然说得天花乱坠、百般好听。待你回到晋国，我孤身一人，又怎知你会变出哪副嘴脸，我如何信得了你？”

“天香，我先前确实是哄你的。但人与人之间不只有利益，还有情……”程千叶牵着她的手，轻轻握了握，“有各种感情，亲情、爱情、友情……”

她正视姚天香的眼睛，她能看出这位表面坚强的女子，心中却深藏着对未知命运的恐惧，她诚挚说道：“我们之间，虽然不能做夫妻，但可以做朋友。而朋友之情，未必就比夫妻之情来得短暂。在这个时代，像你这样敢爱敢恨，勇于摆脱枷锁，正视自己内心的女性真的很少。你我相处了这些日子，我是打从心底里喜欢你。我想做你的朋友，请你相信我的心。”

姚天香连连瞥了程千叶好几眼，挣脱程千叶的手，她的面孔几不可察地红了一下："行了……突然肉麻兮兮的。谁要和你做朋友？我不过是为了我自己罢了。"

"势成骑虎心要狠，哪怕刑罚加我身……"柳绿咿咿呀呀的戏腔传来，姚天香的目光越过庭院，看到院中的大榕树下，一个穿着最下等仆役服装的清隽男子，正在低头扫着落叶。

那是她最喜欢的男人，但他只是一个身份低下的马夫，永远不可能和自己匹配。但她不想和那些糟老头子过一辈子，就算是为了往后的日子，她也要赌一次。

天色将晚，华灯初上。

墨桥生朝着程千叶的卧房走去，这几日他都睡在主人床前的脚榻之上，为主人警戒。此刻，他也是主人身边唯一可以信任的人。

由他在夜里独自守着沉睡的主人，也成为他在这险境中最幸福的事。

"这里不用你了，驸马爷说了，今夜让我们二人伺候。"

刚到门口，柳绿和春馨便拦住了他。墨桥生沉下脸来，站着不动。

"我说你这人是听不懂人话吗？"春馨用嫌恶的目光上下打量着他，"皮糙肉厚，块头这么大，长得又丑，还整天厚着脸皮黏着驸马爷，也不看看自己什么德行，配不配端茶倒水。"

墨桥生一动不动，那一身黑衣的身影，沉默地站在夜色中。

"叫你走你没听见吗？"柳绿用手指戳着墨桥生的胸膛，把他往外推，"你又不是女子，驸马爷肯定喜欢让我们这样的姑娘伺候，你这不知廉耻的下贱东西，一个奴隶还想独占驸马爷的宠爱……哎呀！"

她话还未说完，墨桥生一把钳住了她的手腕，黑暗里的一双眸子露出凶狠的光。

柳绿尖叫起来："疼……疼死我了！放手！快放手！"

突然，一个温和的声音打断了他们，程千叶好整以暇地踱步过来："这是在干什么呢？"

墨桥生松开手，柳绿直接飞扑到程千叶身边，眼中噙泪，身娇体软："驸马爷，你看他干的好事，我的手都快断了，明日想必唱不了曲子了。"说着她可怜兮兮地伸出那如玉一般的皓腕来，上面赫然是个青紫的手印。

程千叶捧着她的手腕，轻轻吹了吹："哎呀，都肿了，真是可怜见的。"

柳绿得意地暗暗瞥了墨桥生一眼，墨桥生垂下手，沉默着低下头去。

"去找大夫好好上点药。"程千叶放下柳绿的手，"天色已晚，你们俩早些回去休息吧。"

然后，她在柳绿和春馨吃惊的目光中走到墨桥生身边，伸手摸了摸那低着的脑袋，拉起他的手向屋内跨去。关上门前，程千叶还笑盈盈地回头，向着心有不甘的二人道："一会儿我教训他，别生气了，都回去吧。"

是夜。

卫恒公姚鸿面前，公主府的一个管事娘子正低头垂手而立。

"你说他让那个奴隶只做端茶递水的侍从？你能确定？"姚鸿发问道。

那位娘子叉手行礼："回主公的话，确实如此。晋越侯此人为人荒唐，有下人见那奴隶流着泪从屋内出来，倒是十分可怜。"

姚鸿嗤笑了一下："有如此人才却不知珍惜，看来晋越侯也不过是一庸人，胸无大志，不足为惧也。"他想了一下，又问道，"柳绿和春馨还是没能近他的身吗？"

"晋越侯对姑娘甚是喜爱，但那事却也还没有。"那位娘子犹豫了一下，开口，"或许是顾忌着公主。"

"那他同天香的感情如何？"

"驸马爷和公主感情却是融洽，小两口今日午后还屏退众人，在房中待了数个时辰才出来呢。"

姚鸿点点头："天香那个脾气，也没人能受得了，亏得嫁了个好脾气的夫君。对了，她和那个马夫还在一起吗？"

管事娘子点了一下头。

“哼！堂堂一国公主，有多少才俊倾慕于她，她随便挑一个做情人也就罢了。可她偏偏看上一个低贱的马夫，简直丢尽我的脸面！”姚鸿皱起眉头，“过几日找个机会，把那个马夫处理掉，省得多生枝节。”

此刻，程千叶的卧房，烛灭灯灰，月透窗轩。

墨桥生抱着佩剑，躺在床前的脚榻上，和衣而眠。

程千叶趴在床沿，半头青丝顺着床榻垂落。她将下巴枕在胳膊上，在黑暗中看着躺在脚榻上的墨桥生。

墨桥生的脸悄悄红了，他心想，主人为什么总是看着他，幸好现下是夜里，脸红了也不用怕被主人看出来。

“桥生，你做好准备。今日我和公主已经商量好细节，春仲之日，我们就走。”

“公主和我等同行？”

“对，天香和我们一起走。前几日她已替我秘密送出信件，贺兰将军和肖司寇会带着水军，到边界来接应我们。”

“我便是拼了性命，也定然护送主人和公主平安归国。”

程千叶垂下一只手臂，摸了摸墨桥生的头发：“不要你拼命，我们都要好好地回去，知道了吗？”

夜色渐浓，程千叶的手在他头顶上有一下没一下地摸着，渐渐静止不动。

墨桥生凝望月色中，床沿边上那露出的半张莹莹发光的脸。他小心翼翼地把那垂下的胳膊轻轻托回床上去。可程千叶乌黑的青丝却又调皮地散落下来，轻拂着他的面容，痒痒的，直拨到他心底去。

过了许久，他抬起僵硬的胳膊，轻轻捻起一缕青丝，鬼使神差地在程千叶唇边吻了一下。

卫国国境内交汇着济水和泗水两大水系，国都便设在广袤无垠的大野泽畔，是以从国君到百姓都有春仲时节祭勾龙的习俗，以求一年风调雨顺、国泰民安。

春仲之日，祭祀结束后，卫恒公姚鸿设宴款待群臣。

宴席之上，众臣齐声朝贺。

程千叶陪坐在侧，放低身段，频频举杯，连连奉承。

姚鸿心中自得，一时高兴多喝了些酒，醉倒在席上，被送入后宫休息。姚天香携着程千叶提早退席，入内给姬太夫人请安。

姬太夫人拉着程千叶的手道："天香这孩子，自小让我惯坏了，骄纵得很，还要吾婿多多担待她。"

"母亲说的那里话，能娶天香为妻，乃是我前世修来的福气。我向母亲保证，只要有我在的一日，必护得她平安喜乐，顺遂无忧。"程千叶眉目带笑，躬身回话。

话回得顺畅，但她心中却有疑惑，这位太夫人，包括今日宴席上的姚鸿，情绪都不对。他们面对着姚天香的时候或多或少带着一股内疚之情，程千叶知道这个情绪不是针对自己，但他们必定对天香做了什么事，一件使他们问心有愧的事。

"好孩子，有你这句话，我就放心了。"姬太夫人还在不住地拍着她的手，转而又沉下脸来训斥姚天香，"嫁人了，就要有为人妻的模样。夫为妻纲，侍奉丈夫乃是你的本分，把在娘家养出的那些小性子都给我收起来。"

"娘，你又去哪里听得风言风语了？我同驸马感情好着呢，婚后至今从未曾红过脸。"姚天香甜蜜地挽起程千叶的胳膊，"正要禀告母亲，趁着今日时辰还早，我想同夫君去河边放河灯，为母亲和兄长祈福。"

"好，看你们夫妻和顺，我就什么福都有了。你替我放一盏灯，祈祷你们两口子和和美美，让我能早日抱得外孙。"

姚天香浅浅一笑，放柔声音道："母亲，那……我就走了。"

她整顿衣物，跪地磕了三个头，起身拉上程千叶的手，头也不回地迈开步子离开。

行至宫门外，上了马车，二人独处时，程千叶开口安慰道："没事吧，是不是舍不得你母亲？"

“舍不得也要舍。我已嫁过人，再嫁也只是迟早之事。只有我嫁得好、过得好，对母亲才是最大的安慰。”她眼中忍着泪，凝视着程千叶，“所以，不要让我失望。”

程千叶握住她的手，在无言相顾中给予她信心。

姚天香抹了一把脸：“兄长喝醉了，没他的旨意，他那些下属不敢拿我怎么样。时机正好，我们回去换过衣服，立刻就走。”

程千叶皱了皱眉，她总觉得有什么地方不对劲。她掀车帘看了看，墨桥生骑着马随侍在侧，便问道：“对了，今日驾车的马夫怎么换了一个？不是那个司马徒？”

“今日不知为何，兄长特意派了车驾来接我们，所以他没跟出来。”姚天香心不在焉地回答。

程千叶想起姬太夫人那些含着敲打之意的话语，和姚鸿看向姚天香时偶尔升起的愧疚之色，她心中升起一股不安。

“桥生。”她掀开车帘，招墨桥生上前，在他耳边低声说，“你先回去，找到公主的那个马夫，保证他的安全，不要让他出事。”

墨桥生点头打马离去。

“怎么了？”姚天香问道。

“没事。”程千叶看着车外，“我只是有些怀疑……但愿是我瞎想。”

如今箭在弦上，一切安排就绪，希望不要再出什么变故，她不希望看到姚天香面临这种伤痛。

墨桥生快马赶回公主府，展开轻功身法，悄然潜入后院。几经寻找，果然在马厩的草料房内，发现四五个侍卫把那个叫司马徒的马夫放倒在地上。

为首的那人正指手画脚地嚷嚷着：“动作麻利些，手脚都干净点，别让公主一会儿回来时发现了。”

“一个小小的马夫，竟也费爷爷们这些功夫，还差点让他跑了。”此人面上青紫了一块，高高肿起，显然刚刚经历了一场激烈的搏斗。

他捂着脸，龇牙咧嘴道：“这点小事要是给办砸了，君上怪罪下来，我可吃罪不起。”

余下的侍卫按住在地上挣扎的司马徒，往他身上压上一个又一个沙袋，直叠了三四个，到沙袋下的人动弹不得为止。

“行了，就这样等一刻钟，到时把沙袋取下人就没气儿了，保管查不出死因。只当突发疾病猝死了，公主也怪不到咱们头上。”

“兄弟你也莫要怪我等，你一个马夫，敢招惹公主，自己也早该做好这种准备了吧。这叫‘牡丹花下死，做鬼也风流’。”

几人围着压在沙袋下的男子，七嘴八舌地说着话，就这样看着一个生命在眼前慢慢煎熬死去。

这时，窗外一道黑影闪过。

那为首之人听得两声破空声响，还不曾反应过来，就见眼前两个同伴软软地倒了下去。

屋中出现一黑衣男子，他出腿如风，旋身一踢，顷刻间又放倒一人，冷森森的目光也朝着自己看了过来。

“什么人？”但他刚要喊出口，就见一铁拳携着破空声，以迅雷不及掩耳之势直击他面门而来。

他双眼一黑，失去知觉。

程千叶和姚天香回到屋内，只留一二亲信，屏退余人。

墨桥生扛着一个男子闪进屋来，把那昏迷不醒的人放在地上。姚天香脸色唰的一下白了，立刻站起身来。

“人没事，只是昏了过去。”墨桥生跪地行礼，“多亏主人及时发现，若是再晚一步，恐怕……”

姚天香向前走了两步，看着地上面色苍白、双眉紧蹙的男子，她紧抿住嘴，双手在身侧攥成拳头，微微发颤。

程千叶探查了一下地上之人，站起身来，拍拍姚天香的肩膀：“人没事。”

姚天香挑了一下眉：“我喜欢上了一个马夫……

“他长得俊，人也好。最重要的是，他能让我开心，眼中也永远只有我一人。

“可母亲说他是个低贱之人，配不上我，但我就喜欢他，只喜欢他。”

这时，司马徒悠悠醒来，咳了一声，抬头看向姚天香。

“兄长知道此事后，大发雷霆，要处死他。”姚天香漂亮的左眼掉下一滴泪来，“我抱着兄长的腿苦苦哀求，兄长终于答应放过他，但要我嫁到鲁国去，嫁给一个和我爹一样年纪的糟老头子。”

她昂直了脖子，伸手抹去那滴眼泪：“于是我就嫁了，反正迟早要嫁，又何必让自己心爱的人白白送命呢？”

“嫁给鲁庄公后，我夜夜缠着他，不停地给他送歌姬侍妾。果然，还不到一年，他人就没了，我也得到了自由。”姚天香咧开嘴笑了，“我回到家中，兄长似乎对我有愧，不再管我的私事，还把他送回到我身边来。

“于是我就迷惑自己，以为终于能和所爱之人醉生梦死地活着，哪怕只有短暂的一段时间，我也甘愿。”

说到这儿，她突然收住笑容，对那个男人伸出手：“你起来跟我走，我们现在就走，离开这里，再也不回来了。”

司马徒不接她的手，只是看着她：“公主，小人死不足惜。您怎可为了小人，抛弃家国至亲……”而后他又转头看了一眼程千叶，眼中充满了不信任的神色。

姚天香并未收回手，她冷冷地说：“司马徒，我给你两个选择，一是跟着我走，二是现在就站起来，滚出这个门去，再也不要见到我。”

司马徒拧着眉，看了她片刻，拉住那小巧白皙的手，站起身来，将姚天香一把拥入怀中。

姚天香带上数名亲信之人，提上简易的行装，携着程千叶往府门外走去。

一名管事娘子笑眯眯地蹲身行礼：“公主和驸马爷这急匆匆的是要去哪儿呀？”

姚天香“哼”了一声：“我的事什么时候轮到你管？母亲命我携驸马去放河灯祈福，难道也要向你汇报吗？”说完，便往外走去。

柳绿和春馨见状，上前一左一右地挽上程千叶的胳膊："驸马爷要放灯，也带奴婢们同去瞧瞧成吗？奴婢们还没见过放河灯呢。"

程千叶笑着在柳绿的脸上捏了一把："走，我带你们一起去。"

那管事娘子看程千叶神态自若，又肯带上柳绿和春馨，心中微微松了口气。直到他们走远，才招手唤来一名心腹。

"去禀告主公，驸马爷同公主出门去了。"

那心腹道："公爷今日喝醉了，只怕轻易惊动不得。何况此事是太夫人首肯，万一公主真的只是去放个河灯……"

那管事娘子跺了跺脚："罢了，罢了，你将此事告知沈军师，另派几个身手矫捷之人，远远跟着，看公主的车驾去向何处。若有不妥之处，速速回报。"

姚天香的马车甚为宽敞，柳绿和春馨在车上正殷勤伺候着，柳绿却渐渐察觉出气氛的诡异。

不论她怎么逗趣取笑，天香公主始终撑着脸，若有所思地看着窗外。驸马爷虽脸上挂着温和的笑，和平日一般无二，但今日的笑却未达眼底。那个奴隶墨桥生则冷冰冰地跪坐在角落，一言不发。

柳绿发现不对，心中逐渐有些害怕："驸马爷，我们走了这许久的路，怎么还没到河边，是不是走错了？"

程千叶笑了，她冲墨桥生挥了挥手："桥生，你忍很久了吧。现在处理掉吧，随你出气。"

等墨桥生捆住惊慌失措的二人，堵住她们的嘴，把人拖下车的时候，程千叶又掀起车帘交代："手下留点情，不要伤了性命。"

姚天香瞥了她一眼："留什么情？一国之君，心那么软。"

程千叶摸摸鼻子："毕竟是美人嘛。"

卫恒公座下第一幕僚沈文秀接到消息后，沉吟片刻，一拍手中的羽扇："坏了，晋越侯只怕是要跑！"

他毫不犹豫地命袁武速率轻骑将公主和晋越侯追回，自己则亲自前来求见卫恒公姚鸿。

姚鸿宿醉，摇之不醒，过了大半个时辰才被勉强唤醒。

姚鸿用凉水洗了几把脸，清醒过来，听到消息后，一捶桌子怒道：“原来公子羽先前诸多作态，都是诓骗我等而已。竖子胆敢把我耍着玩，我必要他好看！”

沈文秀沉着脸：“想不到晋越侯年纪轻轻，却这般隐忍狡诈，日日装作沉迷声色犬马之态，无一丝归国之意，我等俱被他所蒙蔽。此人心机如此深沉，不可留之。”

姚鸿下令：“文秀，你速派快马轻舟，水陆并发，务必将人截回来。若不能活捉，就地正法也无妨。”

“主公，我已遣袁将军前去。”沈文秀抱拳道，“但天香公主和晋越侯同行，公主自小秉性刚强，军中将领对她多有畏惧，若是她一意维护，怕是难以成事。”

姚鸿从墙上摘下佩剑递给他：“你亲自领军前去，务必要将晋越侯擒获。不论何人阻挡，一刀杀了，不必留情。”

沈文秀领剑前去，行至门口时，姚鸿喊住了他：“文秀，若是晋越侯追之不得，你也要将天香给我带回来。我国就只有她一个公主，我留她还有用，不能便宜了晋越侯那个狡诈小儿。”

话说程千叶在半道上，命墨桥生把柳绿和春馨捆束起来，丢下马车，一行人继续赶路。

驾车奔走了数里地，早有姚天香的亲信人手领着数匹骏马，等候在道旁。

众人下车换马，向着卫国和宋国交界处的定陶县一路奔去。

程千叶数日前将密信寄出，联系上了肖瑾和张馥，约定在宋国定陶的济水渡口相会。今夜子时，肖瑾同贺兰贞等人将亲率一路水师，沿济水突进，接应程千叶。

行至半道，身后传来喧杂的马蹄声，卫国上将袁武带着一队轻骑，追击而来。

姚天香拦在道中，手持马鞭，口中娇斥：“袁武，你何意拦截本宫，莫非意图行刺不成？”

袁武本就对这个素来刁蛮的公主有所畏惧，被她这一呵斥，心中一慌，滚下马来，跪地行礼：“公主何出此言？末将奉军师之命，请公主和驸马返转。公主和主公乃是至亲骨肉，何必出逃？还请移驾随末将回去，万事都好商量。”

姚天香冷哼一声：“我乃奉母亲慈旨出行，他沈文秀算是个什么东西，也敢管我的闲事？”她将手中皮鞭当空一甩，指着袁武道，“你也知道我和哥哥乃是至亲骨肉，我的车驾你也敢拦？速速给我让开，否则待我回去面见兄长，必要你好看！”

袁武心中暗暗叫苦，嗔怪沈文秀：军师啊军师，看看你给我派的好差事，这公主和主公毕竟是兄妹，此刻闹起来，过后又和好了，倒叫我老袁里外不是人。

他讷讷无言，只得让开道去，眼睁睁地看着姚天香携着晋越侯，打马扬长而去，不敢再追。

过得些许时候，沈文秀亲自领军追来，见袁武领着一众甲士呆立路边。他勒马问道：“将军何故止步不前？”

袁武道出缘故，沈文秀举起手中宝剑：“现有主公佩剑在此，务必追回晋越侯和公主。如若有人阻拦，不必顾虑，一并斩杀。”

沈文秀和袁武兵分两路。

他命袁武沿陆路追击，自己点起水军，领楼船轻舟，沿济水逆行而上。

程千叶一行人快马疾驰，来到济水河畔，坐上两艘事先准备好的渔船，沿着济水河向定陶县行去。

午夜时分，定陶渡口遥遥在望，众人心中都雀跃了起来。

可这时，身后昏暗的江面上出现了星星点点的灯火，三艘巨大的楼船，仿佛暗夜中游弋于江海中的巨兽，吞吐着巨浪，排风追来。

高高的船楼上，火把通明。

沈文秀立于船头，遥遥喝道：“前方渔船速速停下，否则休怪我等兵刃无情。”

姚天香钻出船舱，冷声道：“无情？难道尔等还敢取本宫性命不成？”

沈文秀高举手中宝剑：“我奉主公之命，捉拿公子羽，若有阻拦者，格杀勿论！”

众楼船士齐声应和，雨点般的箭矢从楼船上飞来。姚天香躲回船舱，命渔夫加紧划船，她白着脸道：“接下来能否逃走，只看天命，我已经不顶用了。”

只见那楼船两侧放下数艘船身狭长轻巧的赤马舟，舟上各坐数名水军，摇桨破浪，飞速靠近过来。很快，便有穿着黑色皮甲的士兵跳上渔船。

船上众人，包括程千叶和姚天香均拔出佩剑相抗。

狭小的空间里，墨桥生以一当十，刀光如水，长腿疾风，把一个个跳上船来的敌人，击落进济水河中。但敌我实力悬殊，跳上来的敌人越来越多，情势危急，眼见便要抵挡不住。

正绝望时，上游江面，隐隐出现数艘高大战船，船行飞速，顺流直下。为首船头上立着一个雄姿英发的年轻将军，正是贺兰贞。

程千叶大喜过望，对着姚天香道：“快，脱下外衣，跳下水，我们游过去。”

此刻，渔船上布满了卫国士兵，渔船吃水极深，顷刻之际就要翻覆。

姚天香和司马徒二话不说，脱下外衣，跃入江中，他们生活在遍布湖泊水泽的卫国，水性娴熟。

程千叶也脱下外衣，对墨桥生道：“桥生，我们走！”

墨桥生挡住数名敌人的兵刃，转过头来，喝了一声：“主人先走，我断后！”

程千叶突然呆住了，她想到墨桥生至小便对水有阴影，下水都会害怕，必定是不会游泳的。

她一时犹豫，一个敌人的刀刃砍中她的后背。程千叶向前一扑，感到背部一阵刺痛。

墨桥生大喝一声，手中已经卷了刃的单刀脱手而出，飞没入那人胸膛，抢下程千叶一命。

他一把抓起程千叶的衣领，把程千叶远远丢落水面。程千叶瞬间坠入冰冷的河水中，好在她水性不错，初时虽慌了一下，但很快便挣扎出了水面。

此时，黑漆漆的水面上早就乱成一片，渔船上什么情形，程千叶不敢多看。她潜在水中，找准方向，向着贺兰贞的船队游去。

很快，一艘大船靠了过来。

船沿上露出了张馥的面孔，张馥头上缠着绷带，胳膊打着石膏吊在脖子上，显然是在上次嵬名山的突袭中受了伤，但却依旧跟船前来搭救程千叶。

程千叶露出脑袋，挥手呼唤。

冰冷的河水、黑色的暗夜、虎视眈眈的敌军……此刻，楼船上明亮的火把和招展的“晋”字军旗让她胸口一热，生出一股归属感。

张馥看到水中的程千叶，指挥楼船士停下船来，放下绳梯接应她。

程千叶攀上绳梯，浑身湿透的姚天香从船沿探出头来，向她挥手。程千叶加紧向上爬去，数只熟悉的手臂从船上伸下来扶住了她，把她接上甲板。

贺兰贞脱下身上的披风，跪地捧奉。程千叶将披风接过，把它展开，披在姚天香身上。随后站在船头，看向漆黑的江面。

沈文秀站在卫国的楼船之上，和他们遥相对峙。

此时，一艘赤马舟开了过来，在晋军船前不远处停下。船上士兵押着一个五花大绑的黑衣人，是失手被擒的墨桥生。

张馥站在船头，对沈文秀遥相喊话：“沈公大名，如雷贯耳。馥与公神交已久，今日始得一见。”

沈文秀冷冷道：“你就是张馥。”

张馥笑道：“我家主公幸蒙卫恒公款待多日，还将公主许配，十分感激。只是国务繁忙，不得久留，今日这便回去了，沈公不必如此相送。此人乃是我家主公的奴隶，还请将其送还。主公必念沈公之情，你我晋卫还是姻亲交好之邦。”

沈文秀道：“不必花言巧语，我棋差一着，也没什么好说的。但奉我主公之命，不能让天香公主随你们走。我知此人是晋越侯甚为看重之人，若肯将公主交还，此人无碍。如若不肯，血祭江中。”

程千叶站在船头，她回头看了一眼同司马徒双手交握的姚天香，又看向被按在快艇上，刀斧加身的墨桥生，一时两难。

墨桥生跪在那小艇之上，昂首同程千叶四目交汇，眼神在夜色中依旧莹莹生辉。

突然，程千叶感受到墨桥生似有不舍和恋慕的情绪，但还未等她反应过来，下一秒，只见墨桥生挣开刀斧手，“扑通”一声跃下船去，沉入水中。

贺兰贞顿时大喝一声：“放箭！”

箭如雨下，敌方的快艇只得飞速退走。沈文秀见夺回姚天香无望，此地又在他国境内，不宜久留，于是指挥船舰，掉头离开。

张馥正要命令士兵下水救人，只见身侧人影一晃，只听得“扑通”一声，耳边也传来兵士们的声音。

“主公下水了！快来人，下水救人！”

第七章

心动

春夜的河水又冷又暗，程千叶扎入水中数次，都没有找到人。

楼船上火把高举，越来越多水性好的士兵，下水帮忙找人。

程千叶泡在水中，漆黑的水面上倒映着星星点点的火光，周围全是自己人，但程千叶感到越来越慌。时间一分一秒在过去，墨桥生还没有被找到。

桥生他最怕水了，此刻的他泡在冰冷又黑暗的水中，可她却找不到他。

此时，一种极端的焦虑感占据了程千叶的内心，意识到自己有可能会永远失去这个男人，心脏就像是被深刻的恐惧感抓摄着。

那仰望着自己的双眸，清晰地浮现于她脑海中。程千叶深吸一口气，再度扎入水中。她一直往下潜，眼前逐渐昏暗，难以视物，就在她要放弃的那一刻，她终于在水中发现了熟悉的身影。

程千叶飞快地游了过去，抓住了一个毫无反应的身躯。她拽着那个身躯，拼命地向着水面上的灯火游去。

众人看见程千叶找到人，冒出水面，瞬间欢呼了起来，七手八脚地帮忙把人拉上船去。待她爬上甲板的时候，已经有军医围在墨桥生身侧诊治。

她正要松口气，只见姚天香回过头来望她，脸上露出了难过怜悯的神情，轻轻地冲她摇了摇头。

程千叶顿感不妙，一把拨开人群，只见墨桥生安静地在甲板上躺着，浑身湿透，面色苍白，墨黑的发丝凌乱地贴在五官上，整个人毫无生机。

“已无脉象。”旁边军医则摇头叹道，周围也响起数声沉重的叹息声。

张馥知道，墨桥生虽然只是个奴隶，但随着主公出生入死，对主公来说分量不同。他心中沉重，伸出那只没有受伤的手臂，准备开口安慰程千叶。

只见他那位时而靠谱、时而荒唐的主公，一言不发地挥开了他的手，咬着牙走上前去，推开那个军医，冷静地捏开墨桥生的嘴，侧过他的脸，伸出手清空口中异物。随后又扯开墨桥生的衣物，蹲跪在身侧。

她用右手手掌交叠左手手背，十指交叉，双肘伸直，掌心按在墨桥生胸膛正中，快速有力地上下按压了起来。

主公这是干什么？

围观众人也吃惊于程千叶奇特的举动，纷纷议论起来。

程千叶一言不发地按了三十余下，抬起手来，一手按着墨桥生的额头，一手托起他的下巴。

随后她在一片惊呼声中，捏住了墨桥生的鼻子，当着众人的面，把双唇覆盖在墨桥生的唇上，用力地向内吹了两口气。

看到墨桥生的胸膛鼓起两次，她放开手，继续交叉十指，有节奏地按压那冰凉的胸膛，周围也不断响起嗡嗡议论之声——

“主公这是做什么？”

“主公怎么了？”

“莫不是太过伤心了？”

…………

贺兰贞和张馥开口劝道：“主公，人死不能复生，节哀顺变。”

姚天香伸出手，小心地搭在程千叶的肩上，轻轻唤她：“千羽？”

“你给我擦擦汗。”程千叶嘴上说着，手上的动作却不曾停下。她周而复始地循环着这两套动作，尽管双手发颤，但依旧咬着牙不肯停歇，头上的汗也一滴滴地落在那苍白的胸膛之上。

姚天香心中难受，默默地站在一旁，时时举袖为程千叶擦去额头的汗水。

“动，动了！”突然，她指着墨桥生，一把攥紧了身边司马徒的手，“他刚刚是不是动了一下！”

程千叶抬起头，凝神看去。

只见墨桥生苍白的双唇微微动了一下，突然剧烈地咳出几口水来，随后开始大口喘气。他浓黑的双眉紧蹙，虚弱地睁开眼，向程千叶望了过来。

四周爆发出一阵欢呼声来——

“醒了！居然醒了！”

“死人复活了！”

“奇迹！这是奇迹！”

…………

程千叶瘫软在地，双手颤抖，和墨桥生四目交望，说不出话来。

张馥率先跪下来，呼喊道：“主公竟能让人起死回生！天佑大晋，赐我圣主！”

一众士兵也齐齐跪地，山呼：“天佑大晋，赐我圣主！”

程千叶勉强站起身来，冲大家摆摆手。她心想，这张馥也太能造势了，她不过是运气好，把人救了回来而已。

危机过后，程千叶感到一阵疲软，手脚虚脱无力。她肩背上的伤虽然不深，但几经折腾，已经开始火辣辣地疼了起来。冷风一吹，身上一阵冷一阵热的。

程千叶自知不妙，勉强交代了两句，便扶着姚天香的手进入船舱休息。

进入室内，程千叶屏退众人，独留姚天香一人。她坐在椅上，脱下上衣，露出受伤的肩背，虚弱道：“天香，替我包扎一下。”

“你……你！”姚天香手持药瓶，指着程千叶的身体，吃惊得说不出话来。

“快一点，我疼死了。”程千叶皱眉道。

姚天香稳住心神，紧忙上前为程千叶处理背部的伤口。她一面小心包扎，一面惊讶地说：“我是真想不到，夫君你竟是女儿身！真是令我吃惊。你这个人洒脱又大气，临危而不乱，是多少男儿都比不上的气度。相处了这么久，我真是一点都没瞧出你竟是个女娇娥。想我姚天香一度自诩女中豪杰，如今看来竟不及你之万一。”

“天香，我知道你一直很不放心我。”程千叶坐在椅上，侧着头和身后为她包扎伤口的姚天香说，“这是我最大的秘密，现在我把它告诉你，你总能安心了吧。”

姚天香心中感慨万千，坚定道：“千羽，谢谢你。”

程千叶温柔地说道：“这艘船上只有你一人知晓此事，你可要替我守好这个秘密。”

“我一定守口如瓶，你放心。要知道，我也需要你这个秘密为我和司马徒打掩护。”姚天香包扎好伤口，帮程千叶束上束胸，她突然反应过来，“你，你说船上无人知晓这个秘密，那墨桥生他？”

“他不知道。”程千叶穿上外衣，“我身边的男性，只有一个叫肖瑾的臣子知晓内情，但他此次不知为何没有前来。”

“这不对呀。”姚天香突然露出一个古怪的表情，“那天夜里，你……”

“你给我闭嘴。”程千叶又好气又好笑地往床上一躺，“我好像有点发烧了，天香你帮我找点药，守着我，我需要睡一觉。”

程千叶当夜便发起了高烧，整个人十分昏沉。姚天香以新婚妻子的身份守在她身边，贴身事项皆亲力亲为，不肯假手他人。

程千叶不知睡了多久，她从浑浑噩噩中醒来，感到喉中干渴，虚弱道：“天香……水。”

这时，床前一双关切的目光正凝望着自己。

墨桥生面色发白，眼圈乌黑，满眼都是血丝，一双薄唇紧紧抿成一条缝。见到程千叶醒来，他难抑激动之色，跪到床前，伸手欲扶。

“我来我来。”姚天香瞬间挤开墨桥生，一屁股坐到床头，“夫君你醒了，口渴吗？要不要喝些水？”

程千叶点点头。

姚天香扶起她，给她垫了数个枕头，又接过墨桥生从旁递上的玉碗，小心地给程千叶喂了些水。

程千叶喝了水，渐渐觉得缓过神来，她问道：“我们到哪儿了？”

姚天香替她压好被褥：“你睡了整整一日，按现在的速度，明日应该就能到黄池，再登岸改道汴州。”

程千叶看了眼垂手而立的墨桥生，没好气地想：不到生死存亡之际，都不能在心里偷偷喜欢我一下吗？

姚天香打量了二人一眼，找了个借口：“夫君，你饿了吧，我出去交代他们给你准备点清粥。”

说完还冲程千叶挤挤眼，溜出门去，只留下二人室内独处。

程千叶看了墨桥生半晌，叹了口气：“你身上有伤，先回去休息吧，我这里不必伺候了。”

墨桥生攥了一下拳头，没有说话，眼圈唰的一下就红了。

程千叶看着面前内疚自责的墨桥生，她知道，如果她不一口气说清楚，他是不可能自己想明白的。

她缓缓开口：“桥生，你知道自己做错了什么吗？”

闻言，墨桥生露出疑惑不解的神情。

程千叶抬起头，语重心长地说：“我再三和你说过，要你珍惜自己、重视自己，但你是怎么做的？”她深深地望着他，“你跳下水去，自以为向我尽忠，可你有没有想过我的感受？”

“你知道不知道，你在我心中的分量？”程千叶直视着墨桥生，看得他低下头去，“你甚至都不努力一下，也不给我机会，就这样轻易地把自己的性命舍弃了。要是你就这样没了，那我……”她最终还是叹了口气，“算了，你走吧。你好好想想，没有想清楚之前，不必再到我身边了。”

“我……”墨桥生嘴唇翕动，还是没有说出话来。

程千叶侧过头去：“出去吧，我累了，让我休息一下。”

墨桥生四下张望了一下，露出难过的表情，最终还是退出门去。

姚天香端着清粥小菜进来，在门外和墨桥生擦身而过。她疑惑地坐在程千叶床头，在床上架一个小几，把粥摆在程千叶面前。

“千羽，你又欺负他了？”她一面照顾程千叶喝粥，一面八卦，“我看到他哭着出去了。”

程千叶默不作声地低头喝粥。

“千羽，我真的很好奇，你那么在意他，伤得这么重还跳下水救他。”

姚天香碰了碰程千叶的胳膊，“你为什么不告诉他实情呢？”

“因为我想要的，不是一个勉强自己顺从我的奴隶。”程千叶抬起头来，“天香，我想你一定能理解。我想要的是一个能和我并肩齐行、相互扶持的男人。

“如果，他不能自己站起来，主动走到我身边，我就是再喜欢他也不会勉强。那告诉不告诉他我是女人，都不重要了。”

张馥和贺兰贞求见程千叶。

程千叶起身，随意地披了件外袍，走到外厅，坐在桌前接见了他们。

二人躬身行礼：“主公贵体违和，臣等本不应搅扰。”

程千叶挥手打断了他们：“我只是染了点风寒，现在烧退了，不碍事。你们不必用那种眼神看着我，有什么话就直说。”她接着问道，“肖瑾没有来，是不是汴州出了什么事？”

张馥看着眼前这位年轻的主公，也许是在卫国经历了生死逃亡的缘故，不过是短短一段时日，他整个人便越发沉稳内敛了起来，周身散发着一种属于上位者的气势。

曾经，少年时期的公子羽给人的感觉是浮夸、暴躁和因底气不足而刻意表现出的骄蛮。但中牟之乱后，张馥突然惊觉，自己有可能看错了人，也许先前的种种，只是主公他保护自己的一种方式。

入主汴州之后，主公迅速摆脱了以往的迷茫和软弱，以令人惊讶的速度成长起来。不知何时，眼前这位已经蜕变成一位让人觉得安心，可以信赖，能够担起重责的君主。

他和贺兰贞交换了个眼神，贺兰贞拱手说明了情况。

自嵬名山击败李文广、程千叶和韩全林的三路联军之后，犬戎军队气势大盛。数日前，犬戎大将军没藏裴真率五万精兵，从洛邑出发直逼李文广驻守的许州。而嵬名山则在郑州城中厉兵秣马，意图就近谋夺汴州。

所以，虽然救援程千叶之事迫在眉睫，但肖瑾和俞敦素依旧不敢轻易离开汴州。因故只能由张馥和贺兰贞率领部分水军沿济水直下，接应程千叶。

贺兰贞在桌上摊开军事舆图，三人围坐，贺兰贞道："午后接到信报，嵬名山率两万大军已从郑州开拔，直指我汴州。我预计，三日内他们将抵达我汴州城外。"

程千叶看着舆图，就自己不明之处，虚心求教："郑州离我汴州不足两百里路，骑马的话一日就到了。犬戎如果派骑兵突袭，不是明日便兵临我汴州城下了吗？"

"主公容禀，"张馥带着循循引导之意，认真仔细地为程千叶解释，"行军打仗和平日赶路不同，大军不只有轻便的骑兵，还有大量的辎重车辆、后勤人员和步卒，行军速度并不统一。加之人数众多，道路狭长，部队往往需要成几路分头行动，而且会拉得很长。即便是擅于马战的犬戎，攻城之战也只能用步骑混杂的兵种，日行七八十里地已是极限。"

程千叶点头："所以上次，我军就是过于冒进，在深林险道之地，被敌人乘高趋下，前兵后泽，才会一时乱了阵脚。"她摆开三个茶杯，以手指着中间的那个道，"我军步兵在前，辎重在后，本来应侧翼护卫的轻装部队和骑兵又因道路狭窄而散开。而敌人打探到我所在位置，决意直切中枢，虽然以少击多，却差点对我们造成致命打击。"

张馥和贺兰贞交换了一下眼神，露出赞许之意。

"主公才思敏捷，一点就透。"张馥继续说道，"夺取郐县之后，我军三路并发，接连得胜，过于轻敌。嵬名山兵行险着，弃郑州于不顾，主动出击，确实打了我们一个措手不及。"

贺兰贞道："此次嵬名山率军三万，欲取我汴州。但我汴州城坚粮足，内有肖司寇和俞将军率二万精兵驻守，侧有雍丘、高阳和杞县相呼应，必保不失。我们明日一早抵达黄池，改陆路回汴州，让我也有机会会一会嵬名山此人。"

"那个没藏裴真是什么人？"程千叶开口。

张馥吃惊地抬起头，抱拳行了一礼："主公和我想到一处去了。"

贺兰贞不解地看着二人，程千叶解释道："我觉得很奇怪，我们在汴州驻守了这么久，嵬名山不来，如今我们兵精粮足，他率着三万人马直指汴州，就有把握拿下？”

贺兰贞恍然大悟：“他是想等着没藏裴真攻下许州之后，再一同围攻我汴州？”

张馥道：“同时，他围住汴州，也是为了让我们不去接应李文广。想必此刻，李文广所在的许州已是战事吃紧。”

“若是没藏裴真击败李文广，挥师北上，和嵬名山合兵一处，我汴州危矣。”贺兰贞看向张馥，“李文广此人好大喜功，许州他尚且立足不稳，又新近吃了败仗，我怕他真的守不住。而且我估计那些目光短浅的各路诸侯，没有一人会发兵相助。”

程千叶道：“我们从大晋国内再调兵增援不可吗？”

张馥和贺兰贞一起抬头看向她，欲言又止，露出了为难的神色。

程千叶心中明了，现在她威信不够，亲信基本都在这里，光凭一道旨意可能从国内调不来兵马。即使发兵，估计也会拖拖拉拉、互相扯皮，等援军到达也不知道是猴年马月。

程千叶开口：“这样吧，我们不在黄池停靠，直接沿济水北上，再改道少水，回我大晋都城绛州，我亲自回去搬援军！”

三人详细敲定计划，不再回汴州，直接走水路回晋国。

程千叶议定军情后，走出门外。

一个高挑的身影在暗处等待，那身影看见程千叶出来后向前跨了一步，但又攥着拳头停下脚步。

程千叶看着墨桥生可怜兮兮的眼神，瞥了他一眼，不搭理他，越过他径直而去。

晚间。

程千叶入厢房休息，见到姚天香在等她。

“我已经无碍，你不必再陪我，自去休息吧。”她掐了一下姚天香的脸，“私会你的情郎去吧。”

姚天香毫不犹豫地掐了回去：“乱说，我这么守妇道的人怎么可能私会情郎？我当然是要陪着我的夫君啊，省得他找什么乱七八糟的小奴隶去了。”

程千叶哈哈一笑，吹灭烛火，在她身边躺下：“行，那我们就一起睡，昨日辛苦你照顾我了，早些安置吧。”

水声涛涛，床榻轻晃。

夜宿在前行的大船内，因为昨天发烧睡得太久的程千叶有点难以入眠。

黑暗中，身侧的姚天香翻了个身，一双眼睛在黑夜中亮晶晶的。

“千羽，我真的快憋死啦。”她伸手戳了戳程千叶，“你既然没告诉他你是女儿身，我们成亲的那晚，你俩都干什么了？”

程千叶嘿嘿笑了两声，不说话。

“你别想糊弄我，”姚天香不依不饶，语气中憋着坏，“我的婢女都听见了，那天到了早上，他才裹着被子从你屋子里跑出来。”

程千叶鼓起脸，翻身起来就挠姚天香痒痒。

姚天香一边抵抗，一边求饶：“哎呀，别闹！我是看你身上有伤，不然，要你好看。”

程千叶不和她闹了，趴回床上，想起那天晚上的情形，闷在枕头上笑。

姚天香趴在她身侧：“你真的不搭理他了？”

“我晾他几天，让他长点记性。”程千叶不笑了，“就他这不要命的性格，必须改，否则我心脏受不了。”

“唉，他也真可怜。昨天看你病着，他急得一整日都没吃没喝，就守在你床前，谁知你一醒来就把他赶出去了。”姚天香瘪瘪嘴，感慨道。

“他一天没吃东西？”程千叶侧身问。

“做奴隶嘛，本来就是这样。主人喜欢就招过来逗逗，不喜欢就丢得远远的。在河里差点被淹死了，上来又饿了一天，这会儿我看他还可怜兮兮地蹲在外面吹风呢。”

还没等她说完，姚天香感到身边一空，程千叶掀开被子，起身出去了。

月色下的江面波光粼粼，程千叶披着衣服来到楼船的厢房外。

厢房外是一条长长的走廊，程千叶在月光投下的阴影中找到了那个蹲在暗处的身影。他抬起头，用那双琥珀色的眼睛小心翼翼地打量程千叶。

算了，说那么多道理干什么？程千叶想，他不够自立，那她慢慢牵着他自立就是。他又受伤又受惊的，她怎舍得这样对他？

程千叶脑中乱哄哄，毫无原则地舍弃了自己刚说过的话。

她伸出手来，揉了揉墨桥生的头发，把他拉了起来，牵回自己的厢房。

回到房内，姚天香早就识趣地不知道躲哪儿去了。程千叶把墨桥生按在桌前坐下，摸了摸他冰凉的脸，给他倒了一杯热茶，又翻出了一碟桂花糕，摆在他面前："吃吧，先垫垫肚子，你是不是什么都没吃？"

墨桥生看着那碟软乎乎的桂花糕，嘴唇动了动，垂下头不说话。

"吃吧，吃完今天在我房中休息。"程千叶坐在他面前，对他露出笑颜，"和前几天一样，你在我床前打地铺。"

热乎乎的茶杯塞进他冰凉的手掌中，从他的指尖一路烫进他的心里。

墨桥生默默拈起桂花糕，一块一块塞进自己口中，再用热茶送入空虚的腹部。他感到浑身舒爽，像是从冰封的冰川中被释放出来，终于重新活了过来一般。

他看到主人在床前的地面上铺了一层厚厚的被褥，又摆上一个枕头，放了一床棉被，然后趴在床沿边，看着他笑。

墨桥生觉得自己像是走在梦境中，走到那个柔软的被褥之上，蜷缩起自己的身体，躺了上去。

黑暗中，他渴望了千百次的手从床榻上探了下来，轻轻摸着他的头发。

"桥生，答应我，从今以后无论如何，都不能轻易舍弃自己的生命。

"即使你不为自己着想，也想一想我。以为你出事的那一刻，我心里真的受不了。"

天刚蒙蒙亮的时候，程千叶就醒了。

她揉了揉眼睛，发现自己睡在床边，一只胳膊顺着床沿垂下，宽大的袖子正被几根修长的手指勾住。

墨桥生在她床前的地面上躺着，埋在被褥中的身体微微蜷缩，面朝着她，睡得正香。

晨曦的清辉透过窗轩，照在面前这个十八九岁的年轻面孔上。

他的眉骨很高，眼眶上映出深深的投影，眼角还留着一点残泪。那只骨节分明的手掌，睡梦中依旧轻轻勾着程千叶袖子的一角。

看来是昨夜偷偷哭了，才刚刚睡着吗？

程千叶看着那微微泛红的鼻尖，心中有些后悔。他为了她差点就丢了性命，又因为对她的担心和愧疚，折腾了一日一夜。她干吗还欺负他、冷落他，怎么就狠得下心？

不管他有没有那份爱慕的情感，能不能像她期待的那样独立而自强起来，光是这份纯粹之心，就已经弥足珍贵。

就像现在这样和他相处，不也挺好的。

程千叶小心地用手指把袖角抽出来，墨桥生有点醒了，程千叶轻轻拍他的背，直到把他给哄睡，才蹑手蹑脚地跨过他的身体，披上衣服出门。

甲板之上，江影浮空阔，惊涛拍天流。

姚天香正站在船头，金钗浓鬟，一唤回首，百态生珠翠。

程千叶走上前去和姚天香并肩立在船头，共赏眼前这春江潮涌、潋滟烟波之美景。

“干吗突然打扮成这样？我觉得你平时那副爽利的样子就很好。”程千叶用只有两人听得见的声调说。

“这不是要回你们晋国了，我好歹得给你这个夫君挣点面子。”姚天香斜飞了一个媚眼，附在她耳边说，“心情这么好？你那个小奴隶怎么没出来？你又欺负人家了？”

程千叶搭上她的肩膀，迎着江风哈哈大笑。

墨桥生醒来的时候，发现主人的床榻上已经空了。

他吃了一惊，自己素来警觉，何至于主人起身从他身上跨过，都毫无知觉？他这样如何能给主人警戒，即便有刺客近身，只怕都反应不过来，他暗暗谴责自己过度松懈的神经。

依稀间，他想起来自己似乎醒过一次。

那时候，似有一只熟悉的手轻轻拍在肩膀，一道安心的声音在他耳边呢喃，使得他放下心神，再度沉睡过去。

墨桥生环顾四周，窗外天光已经大亮。

外厅的桌上摆着清粥小菜，用碗碟倒扣着，显然是留给他的。墨桥生在桌旁坐下，犹豫片刻，端起碗筷。

主人说要他尽快适应，那他就要适应。

温热的清粥搭配着香喷喷的白面馒头和爽口小菜，还有可以放心吃到饱的酱牛肉。这是墨桥生以前想都不敢想的美食，但不知为什么他吃到口中后，总觉得没想象中的那种神仙滋味。

以往和主人同桌用膳时，主人总是不停地往他碗中夹菜。那个时候，不论主人夹的是什么菜，他吃到口中，都觉得是人间最美味的东西。

他想能够一直这样，天天和主人坐在一起吃饭，墨桥生的心中产生了一种自己都不曾察觉的朦胧想法。

他突然想起那条黑乎乎的烤鱼，对他来说，那是他吃过最好吃的东西。主人第一次纡尊降贵，亲自动手做食物，竟是为了他这个奴隶。

想到这儿，墨桥生不禁蜷缩了一下手指，快速吃完饭，走出门去。

他看见那船头并立着的一对金尊玉贵的璧人，一位是一国之君，一位是尊贵公主，身份地位、容貌才情都天造地设似的般配。

此时，主人的手正搭在公主的香肩上，侧着头笑盈盈地和公主说话。

虽然他知道主人和公主从未真正同房，只能算是一对假夫妻，但他的眼光还是忍不住凝在了那个肩膀上。

他有一种妄念，他想把那肩膀上的手拿下来，让他放在自己的肩上。他的目光游移，移到那个他最尊敬之人的肩膀处。

那人并不高，肩膀也不是很宽，墨桥生的目光固定在程千叶那略显消瘦的肩膀上，产生了一种大逆不道的想法——

他真希望站在他身边的人是自己。

但转念，他便告诫自己不能再想下去。

“你在想什么？”一个低沉的声音在他身后响起，墨桥生猛地转过脸来，只见司马徒正站在他身后。

“你救了我一命，我还没来得及谢你。”他向墨桥生抱拳躬身，施郑重一礼。

墨桥生绷着的肩膀放松下来，低头回礼，一言不发。

司马徒的视线越过他看向船头的二人：“你落水的时候，你主人身上还带着伤，却不管不顾地第一个跳下去。你被捞上来以后，大家都说你死了，只有他不肯放弃，一直坚持到双臂都累得发颤，才终于把你救活。”他忍不住提点，“没有一个主人对奴隶能有这种感情，你对他来说，早就已经是不同的存在。”

墨桥生抿住唇，沉默不语。

这时，程千叶转过脸来，看见了他们俩，笑了起来，冲墨桥生招了招手：“桥生，到我身边来。”

墨桥生望着程千叶的笑脸，攥紧了拳头。

到你身边来……

必有一日，要真真正正地到你身边去。

船行两三日，终于驶入晋国境内。

这天，船队在一个码头上暂时停靠，补充军需用品。

在船舱中闷了多日的楼船士们，三三两两地脱去外衣，下饺子一般跳入江边的清水中洗澡。

贺兰贞赤着上身，只着一条衬裤，和几个同伴邀约着路过。看见墨桥生，招呼道：“桥生，要不要一起下水？”

墨桥生的脸色白了白，正要开口婉拒，司马徒搭着一条毛巾从他身侧经过。

“走，你不会水，我教你。”他侧了一下头，“万一下次再落水，总不会还要你主人舍命救你吧？”

听到这话，原本惧怕的墨桥生咬了咬牙，脱去外衣，随他下了船。

姚天香和程千叶二人趴在船舷边上，看着水中精力旺盛的年轻士兵们嬉闹。

姚天香抬了一下下巴：“你看那边。”

程千叶循声望去，只见墨桥生同司马徒在沿岸的浅水区中，司马徒正手把手地教他熟悉水性。

墨桥生肩宽腰窄，肤色健康，双腿修长，即使在一群男人中也十分显眼，程千叶不自觉就看呆了。

“眼光不错啊，他身材真是好。”姚天香用肩膀顶了顶程千叶，侧过头来小声道，“我和你说，这看男人，就是要看……唔。”

程千叶一把捂住姚天香的嘴，阻止了她的胡言乱语。

此刻，站在水中的墨桥生显然过于紧张，他四肢僵硬地抓紧一块浮板，肢体动作极不协调。

“别紧张，放松一点，你这样怎么学得会？”司马徒说道，“你看，你主人和公主都在船上看着你呢。”

墨桥生回首看了一眼趴在船舷上的程千叶，下定决心闭上眼，一头扎进水里。

司马徒把呛着水的墨桥生提出水面，没好气地笑道：“你这是在干什么？我是教你怎么熟悉水性，又不是教你怎么送命。”

船行至端城，众人弃船就车，改陆路奔赴晋国国都绛州。

行至城外十里，三公九卿，文武百官，列队恭迎。

晋国的官制极为复杂，设三公之位，分别为太师、太傅、太保。三公位尊，却不管理朝廷具体事务，只在重要的朝堂会议上出现，惯例由名门望族中声誉极高的长者担任。

而太宰、御史大夫、太尉三职则分管国家的政治、监察和军事。

除此之外，另有奉常、郎中令、卫尉等管理国家具体事务的九卿，以及负责都城治安的中尉和管理后宫事务的大长秋等职位。

总而言之，晋国职能不清，权责相互侵碾，且多为各大世家贵族所世代垄断。

程千叶扫了一眼人群，深切地体会到了程千羽当初的悲哀。

眼前这一个个看似老成持重、恭谨行礼的臣子们，其实没有几个对自己这个主公有着真正的敬畏之心，这让已经习惯虚与委蛇的程千叶都感到十分头痛。

她应付完这些朝臣，来到后宫，见到自己的母亲——杨姬杨太夫人，以及那位即将临盆的嫂子许姬。

杨太夫人一见到她，两眼噙着泪，拽住她的手哽咽道：“我的儿，苦了你了。”

但当她目光转向程千叶身侧的姚天香时，却控制不住地露出了一个古怪的表情。

在熟知内情的人面前介绍姚天香是自己的妻子，程千叶略有些尴尬。她摸了摸鼻子，挽起姚天香的手，简要地说明原委，强调了姚天香对自己的匡助之情。最终，还是以正妻的身份把姚天香介绍给了自己的母亲。而姚天香行过大礼后，便退下安置。

一切结束后，杨太夫人屏退众人，一把将程千叶搂进怀中。

她摸着程千叶的头发，想到这自小娇养大的女儿，如今却要在那千难万难的境地中周旋，不由悲从中来，哽咽难言。

程千叶伏在她怀中，体会着一位母亲对女儿真挚的疼惜之情，心中微微酸痛。

过了许久，待杨太夫人平复情绪，程千叶方坐直身躯，整顿衣冠，递上手巾劝慰道：“母亲不必如此伤怀，孩儿如今日益熟悉政务，诸事顺遂，并无丝毫不适之处。”

杨太夫人抹着眼泪：“我听闻你在汴州治乱废新，布德施政，很得民心。称赞你的话也接连传到都城来，你真是能干，比你哥哥……还做得好。”

许姬侍立一旁，正跟着悄悄抹泪。

程千叶看着她偌大的肚子，不好意思让她站着。招了招手，拉许姬在自己身边坐下，伸手小心地摸了摸许姬那圆滚滚的肚子，那腹部突然凸起一个小块，挪动着顶了顶程千叶的手掌。

“哎呀，这……是在踢我呢！”程千叶反应过来，感受十分新奇。

“也许是知道姑姑来看他，今日特别兴奋。”许姬温柔地笑起来。

她是一个柔顺的女子，肤白貌美，因怀有身孕而微微发胖的面庞，显得更加白皙莹润。此刻，她低下头，带着一种即将为人母的女性温柔，轻轻抚摸着自己的肚子，浑身散发着一种柔和的鹅黄色彩。像是春日里，那娇嫩的迎春花一般，楚楚动人。

程千叶心想，这样性格柔弱的女人，居然也能怀着孕在深宫中存活下来。

杨太夫人咳了一声，不悦道：“和你交代过多少次了，即便没有外人在场，也不能随意称呼。这一个不慎，便是倾家灭国之祸。”

许姬吓白了脸，站起身来低声道：“是我说错了，请母亲和夫……夫君见谅。”

“这里没有别人，不妨事的，下次注意便是。”程千叶拉了拉许姬的手，发现她的手瞬间变得又冰又凉。

程千叶岔开话题：“你这个肚子看起来特别大，莫不是像母亲怀我们兄妹一样，怀的是双生子？”

“不，不是的，夫君。”许姬感激地看了程千叶一眼，“因为这是夫君的第一个孩子，母亲分外关照臣妾，各种滋补圣品流水般地送来，是以孩子长得壮实了些。”

程千叶对生育之事也不太懂，闻言点点头，不再关注。

她抬头询问杨太夫人：“那夜之事，有不少宫中侍从在场，虽然都是母亲贴身随侍的信任之人，但想来母亲也都交代稳妥了？”

杨太夫人不接话，对着许姬道：“你先退下吧，留我和我儿好好说说话。”

许姬面色有些发白，站起身来，恭顺地行礼退下。

杨太夫人这才拉过程千叶的手，摩挲着她的手背道：“我儿放心，那些不相干的人，我早就处理干净了。”

程千叶明白过来，这所谓的“处理干净”是什么意思。

她的性格素来大度包容，虽然在这个位置上已经尽力适应着自己的身份，但她对待生命始终有属于自己的一种重视。

母亲的这句话，依旧让她心中很是不舒服了一阵。

在她的记忆中，当日她们母女走投无路，意图悬梁自尽之时，在身侧侍奉的都是随侍多年的亲近之人。

既有看着程千叶长大的忠婢，也有准备陪着一同赴死的老仆。如今母亲口中轻飘飘的一句话，便一个不留，处理干净了。

程千叶心中沉闷，想到怀孕的嫂嫂，问道：“那许姬……母亲作何打算？”

“孩儿，你只管在前朝坐稳你的位置，这些后宫之事你不必多虑，都交由母亲处理便是。许姬腹中不论生的是男是女，去母留子是必须的。”

杨太夫人慈爱地摸着程千叶的手：“母亲都想好了，你也是你父亲的血脉。若是将来你想用自己的骨血继承大统，母亲也是支持的。许姬的孩儿算是留给母亲的念想，母亲自会亲自带着，让他平平安安长大就好。”

程千叶知道，母亲算得上是真心实意地为她着想了，她对自己的这份慈爱之心，十分真挚。但这也不能否认她同时是一个残酷冷血之人，对于除了自己亲骨肉之外的生命，她都可以毫不犹豫地痛下杀手。

程千叶带着复杂的情绪，她知道想要改变固定的思想，是一件很困难的事情。

深居后宫的女人只专注在一两件事之上，当她们执意想做一件事时，施展出的某些手段，往往更为恐怖和难以防备。

“许姬既然已经知道了，就留着吧。我身边如果一个姬妾都没有，也不太像话。”程千叶开口。

“这……”杨太夫人犹豫了一下，“按我儿的意思，那位卫国的公主，也知道你的身份了？”

“母亲，”程千叶压低了声音，解释道，“我身为女儿身，若是身边没有一个知道实情的人，有时候是很不方便的。我需要天香这样一个妻子，在我的身边。”

“您，不可插手。”她慎重地补充了一句。

“你说的也有道理，那这位公主便算了，但我怎么听说……”杨太夫人神色闪避了一下，“你和一个奴隶走得很近。”

程千叶坐直了身体，努力压抑心中的不耐烦：“我既为君，能坐拥这家国天下，自然也能拥有自己喜欢的人，难道母亲想让我孤守一生不成？”

杨太夫人吃了一惊，她下意识地解释道：“我当然不是这个意思。”

程千叶收敛了一下情绪，起身尽量温和地同杨太夫人告辞。

此时此刻，这位杨太夫人才突然惊觉，分别了这些时日，记忆中那个总是挽着她胳膊撒娇的女儿，早就在自己没有看见的腥风血雨中蜕变成了一个气势逼人的君主。

她已经有了自己夫君当年的王者之气，即使没有发怒，也没有高声说话，只是坐在那里略皱了皱眉头，都会让人下意识觉得惶恐。

程千叶在自己的行宫召见了张馥和贺兰贞。

“明日，我将在朝堂上提议发兵支援汴州之事。此事阻力肯定不小，你们二人要做好准备。”

贺兰贞抱拳道：“卑职稍后便联系卑职的叔父，尽量说服我贺兰氏一族及亲眷支持主公的决议。”

程千叶点了点头：“这就是我没有让你先回汴州，而把你一起带回来的原因。”

她又看向张馥，张馥施礼道：“舌战群臣，微臣倒不怯阵，只是……”他犹豫了一下，皱眉道，“国内不修战事已久，仓促之间，确实调不出善战之师。虽各大家臣在封地上拥兵自重，但他们却绝不愿意为了国家调拨自己的本部人马去一个自己不获利益的边远之地征战。”

“我有一个想法，你帮忙商榷一下。”程千叶停顿了一下，道，“我想用奴隶，作为部队的主力。”

“奴隶？”贺兰贞和张馥面面相觑。

“主公容禀，奴隶比不上正规军队，在战场上行动素来迟缓无力，只能充作苦力，或是送死的先头部队。若作为正规军队，奴隶是没什么作战能力的。”张馥婉转劝说。

程千叶从抽屉中掏出一卷写满文字的纸，慢慢展开：“这是我参考先贤们的思想制定的军功制，你二人好好看一下，我意已决，要用它取缔这让我厌恶的奴隶制。”

张馥和贺兰贞举目一看，那卷文字的第一行写道——

凡战，皆以军功相君长。得一首者，除奴籍。得十首者，赐爵一级。

晋国原本只是一个边陲小国，在程千羽、程千叶的父亲晋威侯手中方新兴崛起。所以即便是国君所居住的宫殿，也没有过度的奢华轩丽，只是胜在恢宏大气而已。

宫墙之下，几个年轻的宫娥偷闲，在玩丢香包的游戏。那小小的香包在空中高高划过一道弧线，在几声清脆的“哎呀”声中，挂在了桂树的枝头上。

宫娥们顿时围在粗壮的桂花树下，昂起头看着那枝头的香包。

“怎么办呢？”

“太高了，够不到。”

…………

这时，一个黑衣男子单足在树干上轻轻一点，探身一够，那个香包便掉落下来。

宫娥们捡起香包，回首看那个已经远远离去的年轻背影，悄悄地议论起来。

“看见没？就是他。”

“主公的新宠？听说是个奴隶呢！好像没有萧绣和吕瑶那么漂亮。”

“我觉得很英俊啊，个子又高，冷冰冰的，独来独往，像是一匹孤独的狼。”

…………

墨桥生来到程千叶所在的寝殿，跪地行礼。

程千叶正在案牍前奋笔疾书，头也不抬地说道：“起来吧，给你搭了张小床，晚上你睡那里。”

墨桥生没有起身，只是抬起头，轻轻唤了句：“主人。”

“怎么了？”程千叶停下笔，抬头看他。

“我……”墨桥生回避了一下眼神，“此乃后宫。”

“你怕别人非议你？”程千叶问道。

墨桥生抬起头：“不！我是怕有损主人的声誉。”

程千叶笑了笑，继续低头写字：“我的声誉反正就那样了，萧绣以前不是也经常待在这里。我这次回来有很多困难的事要做，你在我身边护卫我会安心一点。”

她搁下笔，冲他招招手：“你过来。”

墨桥生来到桌案边，程千叶给他看写好的卷轴。

“凡战，皆以军功相君长。得一首者，除奴籍。”轻轻念出这句，墨桥生忍不住伸出手指，按在那端方的字迹上，手指轻颤，心跳加速。

“喜欢吗？这是为了你，也是为了所有和你一样的奴隶所做的。”

墨桥生看着案牍前长身而立的那个人，那人的眼中亮着点点的光，温声细语。那每一句话，就好像燃烧的炭火一般，落下来烫在了他心中。

程千叶凝视着桌面，郑重道：“桥生，我打从心底厌恶这个变态的奴隶制度，我决心要取缔它。

“我一直想要去除你奴隶的身份，废除这个奴隶制度。但这并不容易，这些贵族世家盘根错节，此事侵犯了他们的利益，这些人并不是好对付的。

“我们慢慢来，先用这军功授爵的方式，从本土之外的战争开始，一点点打破这固化的身份阶层。

“若我们的军队能够壮大，我们的版图也能够不断扩张。待新政一天天成熟，我们再回头收拾国内这些老顽固，到时候他们也就拿我没什么办法了。”程千叶张开白皙漂亮的五根手指，同他并肩而立，“桥生你看，初等的公士能获得一顷田和一间小宅子，保证基本生活。越到后面，赏赐越多，但想要获得高级爵位，也越不容易。”

墨桥生修长的手指，从卷轴上那二十个爵级上轻轻划过，公士、上造、簪袅、不更……他的手指逐一滑过，最后停顿在“彻侯”两字上，用力地按住。

他抿住了唇，程千叶读懂了他没有出口的心思，她在心中轻轻地说：若你有朝一日，能得这彻侯爵位，我必封你为大将军，同我比肩齐行，横扫一切腐朽不平之事，虎视天下，何其雄哉！

许姬带着几位侍女，端着一盏燕窝粥，朝着程千叶的寝殿走去。

她心中有些忐忑，明知这位不是自己的夫君，只是小姑，但却不得不摆出亲近的样子给外人看。

身边婢女忍不住开口：“主公这次回来后似乎有点不太一样呢，我看到他都有些害怕。”

许姬回首低声训斥：“禁言，不得私下议论主公之事。”

她率着众人，来到殿前，恭谨地等着殿前伺候的舍人通传。

程千叶对她很和善，给她赐座，温声询问她的身体情况。

许姬忍不住看了站在她身后的墨桥生好几眼，听说公主对这个奴隶分外不同，不知他是否已经知道了公主乃是女儿身的事。也不知公主对他如何，她该用什么样的态度对这个人呢？

程千叶突然抬头冲她笑了一下，好像听见了她心里的话一般。当着许姬的面，突然就牵过墨桥生的手，收掌握了握。

墨桥生的脸唰的一下红了，屋内众人也齐齐低下了头。

“爱妃可有什么烦忧之事？不妨直言。我若是能做到，必为你尽力。你怀有身孕，须得放宽心怀，不可如此不安。”

程千叶不知许姬为什么一直充斥着一股恐惧和不安，似乎有什么很为难的事情。

“公……夫君何出此言？”许姬惶恐地站起身来，“我能为夫君诞下麟儿，乃是我之大幸。”她拈着帕子的手，轻轻摸了摸那圆鼓鼓的腹部，

“只要这孩儿能平安诞生，我再没有什么不安的。”

程千叶不忍看着一个即将临盆的女人如此惊惧惶恐，她想了一下，开口道：“这样吧，你明日便搬到我隔壁的朝梧殿来安心待产。那里离我很近，若是有何事，直接遣人来寻我便是。”

许姬咬着嘴唇，忍了忍眼角噙出的泪，感激地蹲身行了个礼，退出殿外。

第二日，正殿之上，朝臣齐聚。

程千叶刚提出发兵增援汴州之事，身为三公之一的太保魏厮布站了出来，慢条斯理地开口：“陛下临天下，布施德政，民安其生。自以为没身不见兵革，今闻陛下举兵汴州，臣安窃为陛下重之。”

九卿之首的奉常赵籍考也附议道：“我大晋去年不登，前年复蝗，民生未复。野庶子民，皆赖陛下德泽救之。今发兵数千里，资衣粮，入汴州，深林丛竹，水道汹涌，未战则疾死者必众也。陛下德配天地，必不忍见甲士无畏伤亡，臣安窃为陛下重之。”

治粟内史韩虔据开口：“如今我大晋民心归化，四境安稳，主公高居庙堂之上即可，何必去汴州那列强环伺、兵祸连连之地，白白浪费那许多粮草？依臣之见识，早日把肖司寇召回国内方为上策。”

…………

众人七嘴八舌，说来说去均是反对出兵之意。

人声渐歇之时，突闻一声清冽的冷笑之声响起。众人一看，却是当初老晋威侯身边的第一幕僚张馥。

张馥一振袖：“诸公爱惜自己的羽毛，只知汴州战火连连，列强环伺，不愿涉足。难道我们晋国就不是列强环视吗？你们有没有想过，若是主公放弃了汴州，任由犬戎拿下，歼灭李文广，那犬戎的下一个目标会是谁？”他大袖一挥，高声道，“不是南下对付宋卫两国，便是北上直指我们晋国！”

魏厮布捻须道：“张公此言差矣，夫为国家者，立政以礼，怀民以仁，交邻以信。夫如是，则国家安如磐石，虽有强暴之国，尚何足畏哉！”

张馥笑道：“回头犬戎攻到我大晋城下，倒是可请魏太保出城，用这套礼仪德化，来感化他们退兵试试！”

魏厮布气得满面通红，伸手指着张馥：“你……”

郎中令贺兰晏之出列抱拳：“张公言之有理，臣以为汴州既为我大晋之国土，便不可白白拱手让人。”

贺兰晏之的姻亲御史大夫申屠釉也出列支持自己的亲家，大殿之上一时争论不休。

总领兵马的太尉吴缅对着座上一言不发的程千叶行礼道：“主公，便是要出兵增援汴州，如今我晋内除却戍卫边防的必要军士，仓促之间也并无可调拨之兵马啊？”

大殿之上一时安静下来，众多目光都看向程千叶。

贺兰晏之带头说道：“我贺兰家封地之上，可调拨属兵八千，以供主公驱使。”

其余诸臣，却都闭口不言。

程千叶沉默片刻，开口，宣布自己的决定：

“吾意已决，遣五万奴隶充作甲士，协同贺兰家之奋勇八千，同赴汴州。另，自今日起举告全国，凡有战事，均施新政军功授爵制。

“革治粟内史韩虔据之职，由张馥接任，总管军需粮草之事。”

绛州的垢予街，是这个国都内生活在最底层的人时常会聚的市井。

这里人声嘈杂，到处拥挤着穿着褐色短衣、踏着草鞋的平民以及衣衫褴褛、满身污渍的低贱奴隶。

一队鲜衣亮甲的士师分开人群，簇拥着一位眉目俊朗的年轻男子，登上市集中心的高台。

“王。”

“是王。”

“主公，这位便是主公。”

…………

人群骚动起来，虽然生活在王城，但大部分底层的平民，都没有见过这位年轻的君主。

甲士们用长戟分开人群，维护着秩序。程千叶则在一把交椅上坐下，待人群安静下来。

一位郎官立于台上，指着台前的一个铜鼎，朗声宣布："奉主君之命，能举此鼎之士，赏十金。"

对百姓来说，十金可换普通的三口之家一年口粮。而这个铜鼎放置在此地已久，每逢祭拜之时，焚香用之，并不算太重。

天底下真的有这么便宜之事吗？

人们简直不敢相信，人群中也响起嗡嗡议论之声，不少人偷偷抬头看着高台上的程千叶，却无人敢上前尝试。

程千叶见状，缓缓开口："能举之士，赐五十金。"

对底层百姓来说，五十金的诱惑实在太大，一位身材魁梧的壮汉抑制住对君王的畏惧之心，分开人群，来到台前，伏地叩首："小人愿意一试。"

他来到鼎前，两脚岔立，双手攀住鼎腹，喝了一声。他摇摇晃晃地将鼎举起，在台前绕了三圈，又"砰"的一声，将鼎放回原地。

人群中一片寂静，所有人同那位壮汉一般，抬头看着高台上的君主。

只见程千叶微抬手，道："赏。"

话音刚落，便有侍从托出一个堆着五十金的漆盘，交到那位壮汉手中。

那男子涨红面孔，简直不敢相信。他伏地连连叩首，激动得几乎说不出话来。

所谓"一石激起千层浪"，一时间，人群有如水入油锅，喧闹起来，有人兴奋，有人懊恼，有人嫉妒，不一而足。

那位宣读的郎官清了清嗓子，示意大家安静，再度指着广场上数根粗壮的旗杆道："先攀上杆顶者，赏十金。"

此次，郎官话音刚落，人群中便拥出十来名身手矫健之人跃跃欲试。

最终一名擅于此道的男子，兴高采烈地领了赏赐。

男子回到人群后，他的几名兄弟迅速围了过去，和他勾肩搭背地挤在一起，摸着他手中的赏金，齐声道贺。

随后，那位郎官又在人们期待的眼神中，捧出一卷黄绢，迎风展开，贴在告示板上，大声宣读起来：“军功授爵制！”

随着郎官的诵读和解释，人群中渐渐响起各种各样的声音……

“军功授爵？砍下敌人的首级便可以赏赐田地？”

“一级公士能得一顷田，二级以上能减免不少赋税呢！”

“足足二十级爵位啊。奴隶立了功，也有资格成为正规甲士。”

“天啊，是真的吗？”

“这可是主公亲自来颁布的政令，怎可能有假？”

…………

城郊。

一座简陋的民房内，年轻的妇人一边拍着背上的孩子，一边围着锅台忙碌，透着窟窿的土墙内传来一声声咳嗽。

“二妞，把灶上的药给你阿奶端去。”妇人喊道。

“娘亲，我来啦。”二妞是一个六七岁的女娃，她牵着一个蹒跚学步的男孩走过来，小心地端起锅台上缺了一角的碗，向屋内走去。

门帘掀起，一名肤色黝黑、身材壮实的男子，背着一捆柴跨进屋来。他看着锅中稀稀拉拉、飘着野菜的糙米粥，皱起了眉头。

“阿元，你回来了。”那位妇人在围裙上擦了擦双手，接过男子背上的柴，略有些不好意思地道，“阿娘还病着，日日都要喝药，只好在口粮上省一些。”

她的男人阿元沉默了片刻，开口道：“阿娟，主公近日征兵去汴州，我……想去从军。”

名叫阿娟的女子吃了一惊，抬起头诧异地看向自己的夫君。

阿元道：“我今日去城中，听说开始实施新政了。”

“新政？那个什么授爵制吗？今日里正也挨家挨户地宣读了呢。”阿娟问道。

阿元点点头：“上战场虽然危险，但我有的是力气。若是拼一把，砍得十个人头回来，咱家便可以得到一顷田，那可是属于我们自己的田地！”他攥了一下拳头，“我们家这么多口人，种井田永远只能分到百步之地，每年还要先种公田、服徭役，不论我们俩再怎么拼命，也只够勉强糊口而已。”

阿娟犹豫了：“可是，上战场……”

阿元伸出那因常年劳作而格外粗糙结实的手掌，摸了摸妻子的面庞：“新政上说了，只要挣得军功，即便是人没了，儿子也可以继承赏赐。只要我争口气，得个一级的公士回来……”

他看了一眼妻子背上背着的男孩：“我们家就终归是有田了。”

夜间，奴隶营区中，像牛马一样劳作了一天的人们，回到脏污的休息区。

他们大部分人瘦骨嶙峋、神情麻木，排着队领取属于自己的那一份劣质食物。有些老弱之人一领到食物便匆忙地往口中塞去，以免在半路上被他人肆意抢夺。

草垛上，一个身材强壮、筋肉结实的男子正眯着眼睛，等着他的“小弟”给他端来食物。

“盛哥，盛哥。”几名年轻男人围坐在他周围，带着一点敬服和讨好。

这个被称为盛哥的奴隶，半张面孔上横跨着一道狰狞的伤疤，从鼻梁一直到耳朵，半边耳朵裂开着一个口子，让原本还算英俊的面孔显有些扭曲恐怖。

“盛哥。”一个身量瘦小的男人端着食物跑了过来，喘着气，兴奋地说道，“听说了吗？新政！新政！”

“新什么政？看把六猴儿你激动的。”草垛上的一个男子嗤笑道，“贵人们的游戏，和我们这些奴隶有什么关系？”

“不是的！”外号叫六猴儿的奴隶咽了咽口水，喘了口气，“现在都在说，王推行了军功授爵制。斩一首，可脱奴籍，成为正规甲士！”

“什么？”几个男人都挺直了背，就连那位眯着眼睛的盛哥，都睁开了冰冷的双目。

“真的！只要上了战场，砍下一个敌人的脑袋，我们就不是奴隶了，能和正规的甲士一般待遇！”

“怎么可能？我们是属于王的财产，这天底下哪会有人这么随便就放弃自己的财产？莫不是大人们想要我们去汴州送死，又怕我们不尽力，画个饼忽悠人的吧？”盛哥冷冷开口道。

“告示上清清楚楚，城内到处都是，还有专门的士官在详细解释。”六猴儿吞了吞口水，“我听了很久，不光废奴籍，后面还有爵位，一共二十级的爵位。”

盛哥坐起了身子：“你仔细说说。”

六猴儿掰着手指道：“成为甲士后，砍十个脑袋，就可为一级公士，可有一顷田地。二级叫‘上造’，会赏赐更多东西。三级……反正就是杀的敌人越多，奖赏得越多，有田，有房子，可以娶老婆，还可以减少赋税。”

几个在场的奴隶相互交换了一下眼神，都觉得自己的心怦怦跳了起来。

“到了四级以上那就更不一样了，咱们也有机会当官！像是亭长老爷、啬夫老爷这些都是有可能坐上的。”六猴儿觉得心中被不敢相信的美梦所充满，“到时候，穿着簇新的棉布衣服，挎着刀，挺着肚子在街上走来走去，抓点小贼，每个月就有白花花的黍米领了。”

众人不禁笑了起来：“就你还想当官吏老爷？”

六猴儿脸红道：“我当然是当不了，我只望能拼命砍下一个敌人的脑袋，脱了这奴籍，我就心满意足了。”

“当然，如果跟着咱盛哥混，能得个第一级的公士，到时有点田，再娶个婆娘，就是死了也值了。”他摸了摸脑袋，“但那四级以上的爵位，除非立大功，轻易是得不到的。咱武艺又不行，也没啥见识，想都不用想了。”

“但咱盛哥不同啊！”六猴儿狗腿地继续说道，“咱盛哥有了这机会，肯定有希望能够到那四级、五级的爵位啊。到时候成了乡里的亭长或者县里的衙役老爷，俺们也能跟着沾点光不是？”

人群顿时哄笑起来，六猴儿带来的消息，仿佛在这无边的黑夜中投下了点点薪火，让他们依稀看见了光，不再绝望。

汴州城。

城内晋军和城外嵬名山所率的犬戎部队已经对峙了十来日，硝烟熏黑的城墙内侧，张贴着一张盖着王印的告示。

阿凤和数十名奴隶围在告示前，听士官宣讲着其中的内容。

阿凤抬起头，死死凝望着白纸上黑墨书写的那一行字——

得一首者，脱奴籍。

他那染着血的手，握紧了手中的兵器，轻轻颤抖。

而此时，绛州军营的演武场上，贺兰贞虚晃一招，跳出圈外。他喘了口气，举手喊停："桥生，你最近是怎么了？也太拼了，我这都快招架不过来了。"

墨桥生赤着上身，汗似雨下，微微喘气。但他眼中盛着光芒，浑身似有使不完的力气般，一刻也不愿停歇。

"大人，再来一局！"

第八章

责任

这日，是太傅杨素的寿辰。

杨素位列三公之一，又是晋越侯生母杨姬的兄长。因此，虽然杨府没有大摆宴席，但前来祝贺的亲眷故交依旧络绎不绝。

杨素年过半百，须发皆白。他因为人耿直，性情刚烈，加上近年来身体抱恙，早已不太过问国事，只挂着一个太傅的尊衔，并不具体分管事务。

但此刻，在他家的静室之内，却坐着数名朝中当权的显贵。

奉常赵籍考率先开口：“为了一个汴州，主公真是铁了心地兴师动众，又是征兵又是新政，闹得国都内一时沸沸扬扬。”

少府石诠摇头道：“主公还是太过年轻，血气方刚，不知轻重厉害。战场上，用奴隶对抗奋勇甲士，十不存一二也。数量再多也不过是充个人数，能顶什么用？”

太保魏厮布也连连叹息：“那些奴隶是主公自己的财产，主公不听劝告，我们做臣子的又能有什么办法？一首脱奴籍，这一场仗下来，奴隶就算没死也大部分脱了籍，主公这是在大大削弱自己的实力啊。届时主弱而家臣强，不是兴国之兆啊！”

…………

杨素听着众人七嘴八舌的议论，又想起近日来沸沸扬扬的传闻，心中烦躁，紧皱眉头：“确如诸公所言，此事大为不妙。我那妹子今日便在席上，稍后我同她细说此事厉害，请她劝谏一下主公。”

赵籍考微微倾身：“太傅，我新近听得一个传闻，不知是否真有其事……”

杨素抬眉，示意继续。

“主公身边有一奴隶，名叫墨桥生。主公对他宠爱异常，几乎寸步不离。”赵籍考左右看看，稍稍压低了声音，“我听闻主公此次大张旗鼓，表面是为了支援汴州，实则只是为了此人的身份。”

魏厮布假意劝阻：“赵兄不得妄言，主公岂是如此荒唐之人？”

“魏公你也看到了，主公此次回来，重用的都是些什么人？”赵籍考撇撇嘴，“张馥、贺兰贞……哪一个不是年轻俊美、风流倜傥之士？可怜韩公无端被革去治粟内史的职位，这个管着国家钱袋子的肥差，就这样便宜了张馥那个小白脸。”

杨素面色铁青，一拍案几站了起来，气呼呼地出去了。

在座的几人互相交换了一下眼色，露出满意的神情。

程千叶回到寝宫，边走边和身侧的墨桥生交谈。

“从今日出宫视察的情况来看，新政传达得很到位，效果比我们料想的还要好很多。”

墨桥生亦步亦趋：“主人此举，实是令民心振奋，据我今日的打探，不只是同我一般的奴隶们雀跃异常，便是在野的庶民、城都内的平民，也都跃跃欲试，纷纷前来应征兵役。”

程千叶带着些兴奋：“对！出乎我的意料，前来应征新兵的人数逐日增多，我命贺兰贞加紧操练新征的这些甲士和我名下那五万奴隶，以便早日前去增援汴州。”

此时，在殿内伺候的一位内舍人侍立一旁，神情闪躲，吞吞吐吐。程千叶心情很好，坐下问道：“有什么事？”

那位内舍人低着头，悄悄捏了捏他袖中的一只玉佩。那是午后许姬身边的贴身婢女小环，一面求着一面硬塞给他的。

他想起自己的老乡小环苦苦哀求的事，终于鼓起勇气，行礼回禀：“听闻许姬那边午后便有动静了，主公是否要去瞧瞧？”

程千叶不以为意，挥手道：“她今日临盆，怎不禀告太夫人？”

那内舍人垂头回禀：“太夫人的兄长今日做寿，太夫人前去赴宴，还不曾回宫。”

程千叶看着眼前的内舍人，此人隐藏着一股焦虑、惶恐和担忧的情绪，不太对劲。

她又想起许姬那终日害怕惊惧的模样，心中终究不忍，站起身来对墨桥生道：“走，随我一起去看看情况。”

到了许姬待产的朝梧殿，平日里伺候她的宫娥却都呆立在外殿，面色发白，挤在一起瑟瑟发抖。有些倒是泰然自若，目不斜视。只有一位宫娥哭得梨花带雨，被绳索捆束，倒在地上。

程千叶认出她是许姬贴身伺候之人，她沉声道：“这怎么回事？”

众人见她突然闯进来，大吃一惊。

程千叶不待她们回复，大步径直跨入内殿。此刻，内殿产房中，许姬大汗淋漓，面色青白，在卧榻之上挣扎着用力。

屋内为首的是一名女官，其人乃是杨太夫人身边最得用之人，总管宫内事物的大长秋催氏。

她给正在协助许姬生产的一名稳婆递了个眼色，那稳婆便站起身来，用衣袖一抹头上的汗：“孩子太大了，实在没法子，母子只能保一个了。”

催氏冷冷开口：“许姬，你也看到了，非是我们狠心，是你实在生不出来。为保王嗣血脉，只能委屈你了。”

许姬大吃一惊，她体虚无力，勉强挣起身，眼中噙泪，哀求道：“还请嬷嬷们再为我尽一尽力。”

催氏冷哼一声：“这是主公的第一个孩子，如何经得起半点差池？如今是你自己没用，怪得了哪个？”

心知杨太夫人饶不过自己性命，许姬心中一片悲凉，但自己怀胎十月，临盆在即，她是多么想亲手抱一抱自己的孩子啊。她落下泪来，哀哀恳求：“还请嬷嬷通融，求夫君前来见我最后一面，我为这孩子交托几句，死也无憾了。”

“笑话！别说主公现在不在宫中。便是在了，这是产房，血腥之地，主公如何能进来见你？”催氏一抬下巴，冲边上的稳婆道，“休要啰唆，动手！”

那稳婆一点头，托出一个盘子，上面摆了一把雪亮的利剪和一叠垫布。

许姬忍不住害怕得尖叫挣扎起来，数名粗壮的仆妇一拥而上，压住她的手脚，捂住她的嘴。许姬体质柔弱，又值生产之际，如何挣脱得了？只得惊恐地睁大了眼睛，口中呜呜直唤。

那稳婆举起剪刀，来到许姬身边，开口道："夫人休怪，你为主君诞下子嗣，主君和太夫人必念着你的好，小公子也自有太夫人照料，你便安心去吧。"

稳婆正要动手，门帘"哗啦"一声被掀开，程千叶一步跨了进来，冷着面孔怒道："这是在干什么！"

屋内众人吓了一跳，松开手脚。那稳婆手一抖，剪刀"哐当"一声掉落在地，身体不住地晃动。

许姬挣扎着爬起身，她满头是汗，发丝黏得到处都是，身下的被褥被羊水和血渍浸透。她颤抖着向程千叶伸出手："夫君……求你救救我，救我一命。"

程千叶撇开眼，看着地上犹自晃动着的剪刀，压制心中怒火，咬着后槽牙道："去，传太医。"

屋内的仆妇均抬头看了催氏一眼，低下头去讷讷无言，却是一动不动。

催氏来到程千叶面前蹲身行礼，勉强挤出笑容："主公，此地是产房，您不得入内，恐会引血光之灾，不利主公。还是先请出去吧，这里交给奴婢们处理就好。"

程千叶被气到一定程度，反而不发作了，她笑了起来："总管后宫的大长秋？很好，你跟我出来，你们都出来！"

程千叶冷下脸，一甩袖，率先出屋。

催氏心中忐忑，旋即又想到，她这是奉了太夫人的命令行事。主公便是生气，也不可能为了一个妃嫔和自己的母亲顶撞，她只需拖到太夫人回来便无事了。

她舒出口气，向屋内众人挥挥手，一行人鱼贯而出。

程千叶在正位上坐下，命人解开那叫小环的宫娥："去，先进去照看你家夫人。”

小环连叩了几个头，连滚带爬地进了产房。

那催氏赔着笑脸，上前说话。

程千叶默默地看了她半晌，此人从内到外，处处令人恶心，既恶毒又残酷。她闭上眼，轻轻做了一个手势：“桥生。”

墨桥生一言不发，跨步上前，提起催氏的衣领，不顾她挣扎叫唤，将她提出门外，摔在地上。

只见刀光一晃，素来在宫中横行跋扈的大长秋催氏，发出一声刺耳的惨叫，软软倒在地上。

殷红的血液，顺着宫门外的阶梯一路流淌下去。

殿内众人想不到，刚刚还笑着说话的主君，竟然丝毫不顾太夫人的情面，抬手就把大长秋催氏给当场处死了。这下人人自危，个个跪地叩首求饶。

程千叶环顾一圈，指着人群中的一个女官问道：“你叫什么名字？是何官职位份？”

那女官伏在地上，哆哆嗦嗦地回答：“奴婢名叫阿夏，原是大长秋的属官。”

“好，现在就由你暂代大长秋之职。”程千叶开口。

阿夏想不到事情峰回路转，突然就从天上掉下个大馅饼，砸在自己头上，一时不知道该惊还是该喜。

程千叶又道：“你立刻去办两件事，办得妥当，以后你就是总管宫务的大长秋了。其一，把这个稳婆架出去杖一百，而后速宣宫中经验丰富的稳婆前来伺候；其二，速宣太医。去吧。”

“是，奴婢一定办好。”阿夏飞快爬起身来，先是分派了几个平时同自己交好的仆妇责打那位稳婆，一面自己亲自跑去寻稳妥的接生人员。

程千叶大马金刀地坐在外厅，匆匆赶来的稳婆和御医见道门前躺着的尸体，心中一紧，低头见礼后，急忙入内，再没有敢不尽心竭力的了。

数个时辰过后，产房内传来一声婴儿的啼哭。

程千叶终于松了一口气，满脸高兴地进入产房中。

“恭喜主公，贺喜主公，是一位漂亮的小公子呢！”接生婆把包好的婴儿递到程千叶怀中，程千叶十分新奇地看着怀中一脸皱皱巴巴的新生儿。那婴儿闭着眼，脑袋往程千叶怀中偏一偏，小鱼似的圆嘴嘬了嘬，丑萌丑萌的模样把程千叶给逗笑了。

许姬勉强睁开眼睛，她在鬼门关来回走了几遭，拼尽全力把孩子生了下来，已经虚脱到无力说话，只能拿眼睛看着程千叶和她手中抱的婴儿。

程千叶旁观了她的生产过程，自然也深深体会了一把母亲的不易。她坐到床边，把孩子递给许姬看，安慰道：“没事了，都过去了，一切都是值得的，你看多……”

她低头看了眼襁褓里皱巴巴和猴子一样的婴儿，感觉实在说不出“多漂亮的宝宝”这几个字，只好尴尬接道：“多……胖的宝宝呀，脸上肉乎乎的。”

许姬从被褥中伸出冰凉的手，红着眼眶，拽住了程千叶：“从今以后，妾这条命就是主公的。”

得到了这样一个弱女子的效忠，程千叶感到有些意外。原来这样温柔的一个女人，也能有这么坚定的忠诚。

杨宅，此刻杨太夫人听了他兄长杨素怒气冲冲的一通话，心中有些拿不定主意。

“我的好妹妹，外甥年轻，不晓得轻重，你可要好好劝劝他。这军功授爵制必不能实施，这不是把自己的奴隶都白白放走了吗？”杨素苦口婆心地劝道，“更甚的是，我听说他此举都是为了一个叫墨桥生的奴隶脱奴籍而打的幌子。”

“那个墨桥生我是知道，羽儿确实喜欢他，但……”

还不等杨太夫人说完，杨素又道：“妖孽祸国历来有之，我看这个墨桥生，就是祸水一般的存在。听说外甥还是用先侯爷的黄骠马换的人，汉中太守韩全林欲拿一座城池交换此人，他都没有同意。”

“真有此事？”杨太夫人坐直了身体，“可羽儿将他十分放在心上，若我随意插手，只怕有伤母子之情。”

此时，一位杨太夫人的贴身女官匆匆入内，行礼之后，在她身侧附耳说了几句话。

杨太夫人脸色大变，怒道：“羽儿怎生如此行事！”

“那个墨桥生也太恃宠而骄了，大长秋他也敢动手杀了。身为羽儿身边之人，不知规劝羽儿，只会挑拨生事，连我的人都不放在眼里，确实是个祸害！”她说完这话，站起身来，就要回宫。

杨素的夫人张氏起身拦住了她。

“小姑子这般怒气冲冲地回去做什么？”她拉住杨太夫人，按着她的肩膀，请她坐回椅上，“且先消消气，听我一言。”

杨太夫人出嫁之前，便对这位长嫂十分信服，如今随着年纪增长，二人之间的关系也越发亲密。是以她按捺脾气，坐了下来。

“按我说，也是那个大长秋催氏咎由自取。主君初回国内，正是要立威之时，她偏偏不知好歹，当众违逆君王，死了也是活该。”她给杨太夫人端上一盏茶，“至于那个墨桥生，不过一个低贱的奴隶而已，你们母子之间犯不着为了这样一个玩意儿直接起冲突。要是母子失和，平白惹人笑话。”

“你听我说，你回宫以后切不可同外甥混闹，还要夸他处置得当。待过得几日，只消……”她附在杨太夫人耳边低声说了几句。

杨太夫人听完点了点头：“还是大嫂思虑周全。”

杨素不忘交代：“妹妹切不可心慈手软，先寻机会处置了这个墨桥生，再缓缓劝着主公废除那新政，方是安邦利国之策。”

杨太夫人回到宫中后，对程千叶处死了催氏之事，虽然心中压抑着不满，但却没有开口多言。

程千叶诸事繁忙，也就放下不管。

几日后，没藏裴真攻破南阳城的消息传来。

李文广率着残部，撤离南阳一带，向着更南面撤离。

形势顿时紧张了起来，国内的新军初建，千头万绪尚不齐备。而嵬名山已围困汴州多时，若是没藏裴真再挥兵北上，同嵬名山合兵一处，那汴州的处境真是岌岌可危，出兵迫在眉睫。贺兰贞操练新军，张馥统筹粮草，程千叶居中调节朝中各大势力，各自忙得脚不沾地。

午时方过，程千叶结束了廷议，向着处理军机要务的乾元殿走去。

半道，只见许姬一脸焦虑，匆匆拦住了她。

“你怎么出来了？不是还坐着月子吗？”

“夫君你快回后宫看看。”许姬着急道，“太夫人……太夫人要赐死墨桥生。”

“你说什么！”程千叶一把抓住她的手，“桥生白日都在军营，太夫人怎可能突然要处死他？”

“我……我不知道。听说太夫人在玉姬的房内抓到一个奸夫，便是墨桥生。此刻人已被侍卫拿下，押在太夫人眼前，即刻便要处死。”

许姬脸色有些发白，她不知道这样做对不对，但她知道墨桥生在程千叶心中分量不同，所以她必须把此事告诉程千叶，让程千叶自己决断。

“多谢。”程千叶握了一把许姬的手，转头对自己的宿卫侍从道，“叫上所有我们的人，带兵刃，随我去后宫。”

这里所谓“我们的人”，是指程千叶在从汴州一道回来的军士中挑选出来的贴身侍从。

之前的兄长程千羽，本是一个庸碌无能之人，加上登基时间也不久，对宫中守卫力量是一点都没有掌控。程千叶后来一直待在都城之外的汴州，国都这里的守卫势力早就被不同的阵营瓜分。

她深知实施变革是一件具有风险的事，所以虽然负责宫殿门户守卫的郎中令贺兰晏之，是站在自己一方的贺兰家族出身，但她还是从汴州带回来的士兵中挑选了一批忠心且有能力的军士，作为贴身护卫自己的力量。

此刻在后宫，杨太夫人跟前，墨桥生被几个孔武有力的侍卫按在地面上，他的身侧跪着衣冠不整的玉姬。那玉姬瘫在地上，哭哭啼啼地喊冤。

上首的杨太夫人冷冰冰地道：“如今捉奸在床，人赃并获，你们还有什么好狡辩的？”

墨桥生咬着牙，心知自己踏入了陷阱。

今日在军营，有一个宫中的舍人找到他，说主公有事宣他提早回宫。

墨桥生不疑有他，跟着回来，进了主公平日的寝殿，却见床上惊慌失措地滚下一个衣冠不整的女子。随后，一队如狼似虎的宿卫军士便冲了进来，不由分说地抓住二人，捆送到太夫人面前。

墨桥生咬了咬牙，暗暗对自己说，不能轻易认命，定要撑到主人回来为止。

一名宫娥端来托盘，上置一壶酒、两个酒杯。杨太夫人抬了下下巴："送他们上路，手脚干净点。"

那叫玉姬的妃嫔惊声尖叫起来，两名粗壮的宫人毫不留情地掐开她的嘴，灌入毒酒。

玉妃捂住喉咙，喊了几声，口中吐出白沫，在地上来回打挺了几下，渐渐抽搐着不再动弹。

两名侍卫架起毫不反抗的墨桥生，正要灌酒，墨桥生突然将双腕一翻，从他们的钳制中脱离出来。他长腿一伸踢飞一人，乘着众人吃惊的当口，翻身从殿中逃了出去。

"反了，简直反了！"杨太夫人盛怒，一拍桌子道，"速将他押回来，我倒要看看他能跑到哪儿去？"

殿外的庭院中不停拥出手持兵器的武士，墨桥生赤手空拳，展开身法，像一匹受困的野兽，爆发出平生最为强劲的力量。乃至十来名甲士围攻，竟然一时间也拿不下。

杨太夫人伸手指着殿外，对殿中的侍卫长陆獒道："这就是你训练的士兵？这么多人连一个赤手空拳的奴隶都拿不下？我要你们有何用？"

陆獒脸上肌肉一抖，眼中现出戾色，一转手腕，亲自跨出殿门，加入战团。

混战中，墨桥生被人重击了一下。他半边身子一麻，晃了一下，心知不妙。这应是一位高手，认穴打穴之术既准又狠。

然而情势不容他多想，数把兵刃迎风劈来。墨桥生勉强躲开，神阙穴又被猛地一击，他身体一软，终于支撑不住，倒在地上，被数名甲士押解回殿中，死死按在杨太夫人面前。

杨太夫人指着地上的墨桥生，怒骂道："不知天高地厚的下贱东西，我果然早就该处死你这个兴风作浪的畜生。"

一名侍从上前，抬起墨桥生的脸，欲给他灌毒酒。墨桥生咬紧牙关，拼死抗拒。

殿内正闹腾着，突然殿门大开，一队着甲持枪的宿卫侍从蜂拥而入，这些人个个都刚从战场上退下来，真刀真枪地见过血，带着一身杀气，虎视眈眈地望着屋内，在两侧排开。

程千叶背着手，跨入殿门，默默看了半晌屋中的情形后轻轻开口："母亲，您这是在做什么呢？"

她说话声音不大，却让殿上众人感到一阵头皮发麻。

顷刻间，哗啦啦地跪了一地的人。

杨太夫人站起身来，面对着程千叶那冷漠的眼神，她感到一股无端的恐惧。

怕什么？他是我的亲儿子，不，亲闺女，她难道还能拿我怎么样不成？杨太夫人安慰自己道。

她想起女儿小的时候，偷偷养了一只不知从哪儿来的流浪狗，怕被自己发现，小心地藏着掖着。

但宫中的事又有什么能逃过自己的眼睛呢？那只狗实在太脏太丑，有失公主身份。所以，虽然女儿哭着求自己，但自己还是毫不留情地命人把那土狗处理了。

那一次，女儿也不过是和自己闹别扭，哭了一阵，最后还不是被自己轻轻松松地哄了回来？这次也是一样，女儿还是女儿，不会怎么样的。

杨夫人镇定起来，开口道："吾儿，此人和那玉姬……"

"母亲，先屏退下人吧。"程千叶打断了她，不待杨太夫人回答，她一甩袖子，喝道，"都滚！"

殿上的女官侍从，低头垂首，迅速地退出殿内。

程千叶带来的甲士走在最后，他们关上殿门，守在殿外。

此时殿内仅余杨太夫人、程千叶和躺在地上一时动弹不得的墨桥生。

杨太夫人絮絮叨叨地解释起来："吾儿，你听为娘告知于你……"

程千叶看着她那一开一合的嘴，盘算着下一步该怎么走。

现在自己根基不稳，又恰逢推行新政的关键时刻，她真的很不想和自己母亲闹翻，让人扣上不孝的大帽子。

她心想，她先试一下说服母亲，如果不能真正从心底改变她的想法，那即使是冒着大不韪之罪名，今日也得有个交代了。

她一撩衣摆，跪在墨桥生身边，抬起头，露出楚楚可怜的表情："娘！其实这些日子，我真的觉得很累，活得很累，装得也很累。"

程千叶一边说，一边认真地观察着杨太夫人的情绪是否有变化。

"母亲，您不知道。一开始我身边的那些人，不是看不起我就是想谋害我，没有一个安着好心的。这个人在背后说我坏话，那个人拿着毒酒想要害我，我整日整夜地战战兢兢，天天都怕得睡不着觉。"

程千叶想着先示之以弱，再动之以情，有时候更容易实现目的。

本来她只是想演演戏，谁知说着说着，想起自己最开始假扮兄长，四处抓瞎，无人可信的那段苦日子，自己也来了情绪，眼泪也流了出来，看起来很像那么回事。

"只有这个奴隶，我是真心喜欢。每当我压抑痛苦的时候，有他陪我，我才能放松一点，不至于绷得那么紧。"程千叶悄悄抬起头来，她看着杨太夫人那本来充满愤恨的情绪正飞快地转变成怜悯痛惜，于是她再接再厉，流着泪准备演一把狠的。

她端起桌上的毒酒："若是母亲，真的留不下他，那……那我活着也没什么滋味。不若和他同饮此杯，了却余生，今后也再不用想那些事了。"

一个身躯猛地撞了过来，把那杯酒撞翻在地。

墨桥生撞倒了她手中的酒，和她一起摔在地上。他紧盯着程千叶，眼中交织着难以言说的复杂情感，缓慢摇着头："不可，不可，不可以！"

糟糕！演得太过，把他给忘了。

程千叶一时愣住，酒杯掉落在地，正巧滚到杨太夫人脚边。

杨太夫人像是被什么东西烫到了一般，吓了一跳。随即她反应过来，一把捡起那个杯子，慌张四望，将那杯子丢进了椅子底下的最角落里。

“吾儿，吾儿。”杨太夫人扑下地来，搂住程千叶，“你怎能这样戳娘的心？我只有你一个孩儿了，你这是要为娘的命啊。”

“我儿心中凄苦，为娘如何能够不知？”她摸着程千叶的脑袋，泪如雨下，“你千万别干傻事，既然你喜欢这个奴隶，就留着吧，娘再也不为难他了。”

“娘亲，汴州是我拿下的第一块城池，我的根基都在那里。”程千叶趁热打铁，“如果这一次我不能保住汴州，只怕再无颜面对众多公卿大臣，威望也将一落千丈。”

“这……”杨太夫人愣住，不知道程千叶怎么突然就把话题转到新政上来了。

程千叶从杨太夫人怀中抬起头，认真地看着她：“娘，你想一想，如果汴州败了，我们手上就几乎没有直系军队了。没有了军队，在这些实力雄厚的家臣面前，我说的话还能有什么作用？

“娘亲，你要明白，要保住汴州，只能实施新政。

“如今箭在弦上，不实施新政，汴州不保，那我们就真的成为这些世家贵族的傀儡，再无立足之地。”

“吾儿言之有理。”杨太夫人点头道。

“娘亲，你一定要支持我，支持我的新政。”

“好！”杨太夫人站起身来，“明日，我就去找你舅舅，和他分说清楚利害关系，一定让我们杨家站在我儿身后。”

程千叶牵着墨桥生走在回寝殿的路上。

墨桥生行动不便，一步一顿，走得很慢。

“受伤了，严重吗？宣御医来给你看看？”程千叶回首问道。

墨桥生伸手扶了一下墙壁：“不妨事，方才挣脱之时，人群中有一位认穴的高手，数次击中我的肩井穴，使得我手脚麻木，行动一时不便。

主人不必为我劳心，片刻便能恢复如初。”

“那坐一会儿吧。”程千叶引着他坐在回廊的栏杆上。

“哪里疼？我给你揉揉。”她牵起墨桥生的胳膊，轻轻揉着他的手臂，“有没有好一点？”

墨桥生愣愣地看着她。

“怎么这样看我？”程千叶伸手捋了一下他的额发，笑着说，“今天吓了一大跳，幸好你没有出事。”

墨桥生别过脸去，举手盖住了自己的眼眶，盈透的水滴从他的指缝间流淌下来。

程千叶呆立在他面前，眼睁睁地看着他这一言不发的情感和他那因为明了自己内心所流下的泪水。她突然伸出手，掰开墨桥生那只遮住双目的手掌，钳住他的下巴，强迫他转过脸来。

墨桥生紧闭着眼，鼻尖泛红，眼睫颤动，晶莹的泪珠正顺着眼角不停滚落。

程千叶凝视着手中这轻轻颤抖的人儿，突然就不想再忍了……

“哎呀。”一声女子的轻呼打断了他们。

程千叶微喘着气，她露出不悦的神情，回头看那个没有眼色的人。

“我不是故意的，你们继续。”姚天香一手捂着眼睛，毫无诚意地说。

程千叶不得不放开墨桥生，没好气地冲姚天香道：“什么事？快说！”

“我真的是不得不打断你们。”姚天香严肃起来，“张馥到处找你，汴州告急，没藏裴真的大军已经到汴州城下了。”

程千叶召开了以张馥、贺兰贞和自己为中心的小型军事会议。

会议的气氛很凝重，程千叶开口问贺兰贞：“怎么样？新军可以上阵了吗？”

贺兰贞捶了一下桌子：“不行也得行，难道看着老俞他们死吗？”

“没藏裴真的速度比我们想象的快。五万大军，再加上嵬名山的部队，我怕肖司寇和俞将军他们支撑不了几日。”张馥没有了往日的恬淡，紧皱双眉，“如今新军匆忙建立，不论是经验、士气都还十分不足，我担心……”

张馥的话没有说完，但大家都知道他的意思。

临时用奴隶和新兵拼凑成的部队，只匆忙训练了短短时日，就去对抗犬戎这样一个出了名的能征善战的军队，胜负真的很难预料。

“这样。”程千叶下了最后决定，“我随贺兰将军一起出发，张馥你留在绛州负责军需粮草后勤之事。”

列席的数位将军纷纷起身劝阻——

“主公不可。”

“主公千金之躯，坐不垂堂，岂可亲入险境！”

…………

由此也可看出，他们对这次战役都没有很大的把握。

贺兰贞抱拳道：“主公，你是我们大晋的希望，不可以身涉险。主公放心，我贺兰贞此役誓竭尽全力，若不能胜，提头来见。”

“就是放心你，我才要和你一起去。”程千叶起身按了一下他的肩膀，“我意已决，你若是对自己有信心，就不要阻止。”

张馥沉吟片刻，支持了程千叶的决策：“主公亲自出征，对这些没有上过战场的新兵确实是一种鼓舞。至少，有主公同行，那些奴隶会知道自己不是去送死的。在新政的鼓舞下，也许真的能激发出意料之外的战斗力。只是国内……”

“国内就只能依靠张公你一人了。”程千叶冲着张馥一抱拳，她知道后方这些事情，有时候要比在前线冲锋陷阵更为复杂，若不是有张馥在，她还真的无人可托。

“以我这个主君的威望，即使留在国内也没什么用。反而是我亲去前线，我母亲和杨氏一族才会不得不尽全力支持我们。”程千叶看着张馥，“我母亲杨姬是一个优柔寡断、耳根子很软的人，张兄你一定要时时留意她，让她坚定地站在我们这一边。”

张馥没有说话，他低头行礼，把这个繁复而艰难的担子一肩挑下。

大军开拔之前，杨太夫人紧拽着程千叶的手，哭红了双眼。

“母亲不必伤心，孩儿建功立业，只在此时。我是父亲的血脉，我必能承吾父之志，扬父王之威，开拓我大晋盛世。”

“可……可是……”杨太夫人哽咽难言。

程千叶拍拍她的手，侧在她耳边低声问了句：“一直没问母亲，兄长的梓宫葬在何处？我突然失踪，又是如何对外解释？”

杨太夫人抹着泪：“你放心，那时候为了保密，只能匆匆起了个坟冢，无字也无碑。如今除了我，无人知道其所在之处。至于你，我不忍说你已死，对外只说千叶……千叶于战乱中失散了。”

“多赖母亲机谨，为我辛苦操持，孩儿才能有如今的局面。此次孩儿出征前线，后方也只能依靠母亲了。”程千叶握紧杨太夫人的双手，仰头看着她，“孩儿心中放不下母亲，治粟内史张馥是父亲留给我的人，对我素来忠心不贰，足以依托。母亲若是遇到为难之事，皆可询问于他。”

“好，我记住了，我儿放心便是。”

程千叶稍稍放下心来，又想起一事：“孩子都是依恋父母的。孩儿如此年纪，尚且舍不得母亲，许姬既然已经诞下麟儿，母亲就留她一命吧。那孩子已经没了生父，总不能让他再没了生母。”

杨太夫人点点头：“行，就听我儿的。”

安抚好了杨太夫人，程千叶来到姚天香的寝殿。此时，姚天香一身戎装，正指挥着下人收拾行李。

“天香，”程千叶开口叫她，“你真的要和我同去？”

姚天香转过身来，展颜一笑：“当然，我怎么能不陪着我夫君出征？”

“你是不是想撇开我，和你的小情人独处？”她走过来，在程千叶额头上点了一下，靠在耳边低声道，“没有我在，你要是再遇到什么事，连个打掩护的人都没有，多不方便？”

“此役十分凶险，我并没有十足的把握，我真的不想让你陪我一起涉险。”

“千羽，你说过的，我们是朋友。”姚天香把下巴搁在程千叶的肩上，

“不只是你把我当作朋友，我也拿你当我最好的姐妹。”

要不是看到司马徒露出酸溜溜的情绪，程千叶都想伸出手抱一抱姚天香。

有时候，她对他人展现出善意，并没有去想能够得到什么回报。

但往往这些心思纯净、个性鲜明的人，都会在不经意间，还给她一份更大的温暖和惊喜。

大军出征，战旗招展，遮天蔽日，墨桥生骑马随行在贺兰贞之后。

“小墨，你好好干，”贺兰贞开口道，“这次新政是你的机会，你必能崭露头角，一飞冲天。我很看好你。”

墨桥生：“多谢将军抬爱。”

“不光是我，主公也对你期待很高。”贺兰贞看着墨桥生笑道，“主公真是慧眼识才，当初怎么一眼就能发现你这块璞玉。”

墨桥生低下头去。

“我知道有很多闲言碎语，说你是主公的佞臣。”贺兰贞起了兴致，降下马速和墨桥生并驾齐行，“但我知道并非如此，主公看中的是你这个人才和你的作战能力，此次一役你定能让那些说闲话的人闭嘴，给主公争口气。”

墨桥生的脸色变得微红。

“哈哈，那些人都是傻瓜，你每天天不亮就到校场，折腾到月上中天才回去。若论勤奋，谁都比不上你，明显就不可能天天陪着主公。”

军中汉子，粗犷豪爽，聊起天来直言不讳，贺兰贞又继续问道：“桥生，你有没有喜欢的姑娘？”

此话一出，墨桥生的面色更红了。

“莫非你……”贺兰贞笑了起来，在他肩上打了一拳，“没事，等打完仗，我带你去见识见识，咱们汴州有大把的好姑娘。”

“姑娘……”墨桥生沉默了，他想起在宫殿外的长廊上的那一刻，当时他仿佛忘记了一切，不论是性别、身份、地位……所有的顾虑都在一瞬间灰飞烟灭。

他不是很确定主人那时候的意思，只觉得心跳得非常快，快得好像要从胸膛里飞出去了。

这几日来，耳边总想起和主人相处的点点滴滴，想起依稀在睡梦中，主人对他说的一些话，想起和主人相处的点点细节，主人的确似乎有一点和旁人不太一样的地方，倒是有点像……

墨桥生因为这个突然萌生的念头心惊肉跳，他不敢再想下去。

汴州城外。

守城的俞敦素将军受了重伤，在昏迷中被抬下城墙。阿凤站在城墙上握着他的弓，看着远处黑压压的敌军阵营。

刚刚退下的敌军，很有可能马上又组织起一次新的冲锋。

“凤，阿凤。”一个脆脆的声音，在叫他的名字。

阿凤转过脸，看见小秋那平日里白嫩嫩的小脸，被狼烟熏得像花猫一样。此时，她正用小手尽力地托着一筐食物，又从中拿出一个举在自己面前：“快，吃点东西。”

“你怎么来了？”阿凤皱眉，“这里很危险，你姐姐呢？”

“姐姐在忙，大家都来帮忙了。”小秋把手中的食物往他怀里塞，塞了一个后又多塞了一个，“姐姐说主公是好主公，汴州是好地方。汴州不能丢，丢了大家的田就没了。”

阿凤凝望着城墙，城墙缺了一角，无数自发前来帮忙的民夫正在加紧抢修。远处，那个重伤了俞将军的敌方大将鬼名山，组织好了一队骑兵，正气势汹汹地向着城门奔驰而来。

“对，汴州不能丢。”阿凤咬一口手中的食物，提起长枪，走下城去。

阿凤走下城墙，边走边咬着手中的包子。白面发的皮，中间包着肉馅，虽然是凉的，但是依旧很好吃。

这也许是我最后吃到的东西了，阿凤对自己说。

鬼名山的身手他见识过，强大凶猛，就连俞将军都差点命丧于他手，阿凤很清楚目前的自己不是他的对手。

曾经他活得很苦闷，但他依旧很舍不得这条命，为了活下去，不论什么样的屈辱他都可以忍受。如今，一切似乎都变了，他吃得好穿得也暖，终于活得有点人样了，但他却决定去面对死亡。

这是为什么？

阿凤自己都想不明白，他的脚步却毫不停歇地向着城门走去。

在城墙的内部，无数普普通通的平民百姓头顶着木板，防止被随时飞入城的流箭射中，忙忙碌碌地帮忙运送物资，救治伤员。

这其中大部分都是老人、女人，甚至还有孩子。

城墙塌了一角，男人们挤在那里抓紧抢修，企图在敌人第二波攻击来临之前，堵上那个缺口。

他们都是为了什么？就为了那一点田？那一道新政？

是为了那个人，为了那个人带来的一点曙光，为了他带来的那点期待。

阿凤闭了一下眼，脑海中浮现一道身影，他握紧了手中的枪。

“凤。”

听到有人在喊他，阿凤回了一下头，小秋趴在墙头，尽力露出那黑漆漆的面孔。

“你……好好地回来。”

阿凤看了她一眼，转回头去。

肖瑾此时正在城内组织敢死队，看见他下来，按住他的肩膀：“凤，活着回来。”

那些敢死队的成员看见阿凤翻身上马，士气大涨，呼喝道：

“凤！是凤！”

“有阿凤在，必能赶走那戎狗！”

“赶走戎狗！”

…………

经过这些日子的并肩作战，阿凤的武力值大家有目共睹，他已经成为他们心目中仅次于俞敦素的存在。

此刻俞敦素受了重伤，人心惶惶，主动出击的阿凤给了他们信心和力量。

阿凤提枪上马，领军出了城门。

远处狼烟滚滚，一队犬戎轻骑成三角锥状气势汹汹地向着他们直扑而来，领头之人肤色黝黑，身如铁塔，正是犬戎名将嵬名山。

阿凤策马前行，毫不畏惧，正面迎击。

嵬名山使一枣阳槊，槊尖的倒钩利刃正闪烁着点点寒芒，仗着骏骑一冲之势，向着阿凤迎头击来。

阿凤心知此人力大无穷，枪尖一挑，架开铁槊，避其锋芒。二人错身而过，阿凤只觉双臂发麻，枪身微微颤抖，心知自己在臂力上远不是此人的对手。

二人掉转马头，电光石火之间便交换了三四招。阿凤虚晃一枪，回马向着城墙奔去，嵬名山尾随其后，紧追不舍。

阿凤扭腰回身拈弓搭箭，只听连珠箭响，七支利箭向着嵬名山周身要害接连扑去。

阿凤箭法超群，交战多日，嵬名山早有防备。却料想不到他在奔马之上，犹能回身连射七箭，一时间防不胜防。他虽舞起枣阳槊连挡五箭，胳膊和大腿却还是各中一箭。

嵬名山此人凶猛异常，身中两箭，但丝毫不怯，反而激发出了他的血性。只听他大吼一声，折断箭杆，铁槊虎虎生风，向着阿凤当头劈下。

阿凤举枪接槊，双手虎口剧痛，一齐迸裂开来，鲜血登时沿着双臂蜿蜒流下。他咬牙勉强撑住，那铁槊越压越低，直扎他的左肩。

他暴喝一声荡开铁槊，槊头的倒刃钩下他肩头一大块血肉，一时血肉模糊。

只见阿凤红袍银甲之躯，打马错身，右手横枪，左手垂在身侧微微颤抖，点点血珠滚落尘埃中。

嵬名山哈哈大笑："看你的装束，在晋军中只怕连个品阶都没有，又何必如此拼命。我惜你是条汉子，不忍伤你性命，只要你下马缴械，我保你在我犬戎军中得到你应得的荣耀。"

阿凤红着眼看着嵬名山，用带血的手提起长枪，无声地说出了自己的答案。

城墙之上，面色苍白的俞敦素登上城头，看着城门外浑身浴血的同袍，他咬牙道:“取我披挂！”

“不可！”肖瑾皱眉，“你已经不能上阵了，谁叫你上来的？”

“那怎么办？你让我看着阿凤死吗？如今你还只把他当一个奴隶来看吗？”俞敦素大喝一声，“来人！取我披挂！随我出城！”

此刻的阿凤已经看不清眼前的景象，鲜血从头上不停流下，覆盖住他的视线，他甚至无法抬起手来做下一次的格挡。

“非要这么顽固？既然你自寻死路，那休怪爷爷送你上路！”

阿凤勉强睁开一只眼睛，透过血红的视野看着对面的敌人，敌人闪着寒光的武器越靠越近，但敌人的声音却变得很遥远，回忆如走马灯般闪过——

“我不会卖了你，我保证。”

“姐姐做的包子，可好吃了，吃吗？”

“凤，活着回来。”

…………

至少，他也不是一个死了都没人惦记的玩物了。主人，你那一诺之恩，今日阿凤就算是还了。

那狰狞的铁槊临到阿凤面门之时，突然被一支横过来的铁枪稳稳架住。那枪身架住他的铁槊，以一股强劲的力道，荡开他的兵器。一个黑袍黑铠的年轻小将错过他的身侧，冷冷看他一眼，伸手把阿凤从马背上提过去，二话不说，打马回身扬长而去。

鬼名山回头一看，不知从何处杀出一队晋军，前锋部队像一柄尖刃，切入犬戎军阵的右翼，打乱了他们进攻的阵形。

那些晋军士兵个个红着眼，宛如从地狱间冲出的恶鬼，不要命地扑上前来。

即便是以骁勇善战著称的犬戎铁骑，看到那些以拼命的架势冲上来的敌军，心中也不免生怯。

一个半边面孔横着一道刀疤，耳朵缺了一个口的晋军小卒，一下滚到鬼名山马脚之下，挥刀就砍马腿。

嵬名山大喝一声，举槊连戳。但那人身手极其灵活，四处打滚，避开嵬名山居高临下的武器攻击，悍不畏死，依旧趁着间隙砍向马腿。

战马长嘶一声，把嵬名山甩下马来。嵬名山大怒，抽出腰刀，劈向那个小卒。

那人举刀一接，连退数步，卸掉劲道。他单膝跪地，不畏反笑，抹一把脸上的血迹，露出兴奋的表情："嘿嘿，你这么厉害，应该是个将军吧，你的人头肯定很值钱。"

墨桥生一路冲回己方中军阵地，把阿凤从马背上提下置于地上，望了一眼居于帅旗之下的程千叶，一言不发，拨转马头重新杀入敌阵。

程千叶亲自下马扶起阿凤，向着侍从官喝道："军医！"

"主人，你……亲自来了。"阿凤举了一下带血的手，被程千叶接住。

"凤，你撑着点，大夫马上到。"

阿凤拼死挡住敌方大将，阻其入城，令所有在远处看到这一幕的人都为之动容。

程千叶初始并不太喜欢阿凤，当初只因他伤痕累累，惨不忍睹，才引发了程千叶些微怜悯之心。后又看着桥生的面子，才勉强收留了他。

除了让医生为他诊治一番，自己并没有对他做过任何事，也几乎没有关注过他的存在。但不知道什么时候，阿凤便将这一腔忠心给了自己。

我配得上你这样效忠吗？我什么都没为你做过。

军医很快赶来，就地给阿凤包扎起鲜血淋漓的伤口。阿凤微微睁开双眼，目光始终流连在程千叶的身上："我……能遇到您这样的主人，能看到这个世间还有希望，我这污浊的一生，到最后也算值了。"

"你撑住！"程千叶握住他的手，"只要撑过这一次你就再也不是奴隶，你会和大家一样，成为一个人，一个活生生的人。"

"主人……我，我只有名字，没有姓。"他虚弱地，宛如交代遗言一般，说出最后的愿望，"我要成为一个人了，你能不能给我赐个姓？"

程千叶闭了一下眼，忍住眼中的泪："你撑过去，我才会给你赐姓。"

"阿凤。"她握紧这个男人冰凉的手，希望能给予他一丝力量，"你不会只看到这么一点，你还会看到更多，我发誓，总有一天会让这个变态的制度，从这片土地上消失。

“此后，这世间再没有奴隶，不会再有小孩受你曾经受过的罪。

“我想让你亲眼看到这一切，你跟着我来，我们一起努力实现这一切好不好？你答应我？”

阿凤闭上了眼睛，眼角噙着泪，微微点点头。

犬戎的大军被晋军援兵的先锋部队冲散了阵形，不得不鸣金收兵，退出二十余里外。犬戎大将嵬名山也身中两箭，撤回营地。

汴州城门大开，主君亲自率兵来援，使得城中士气大振，欢声一片，被强敌围困了月余的阴郁之情一扫而空。

城内人心雀跃，军民一心，人人打扫战场，加固城防。

在城东的集市处，数名军中的书记官设立桌案，收点士兵们上缴的敌军首级。

东面一行人负责记录军功，西面一行人负责在一块块削好的杨木板上写上名字，发放给脱了奴籍的奴隶。

此物叫作“验”，所有在汴州的晋国国籍之人，都会发放一块材质不同的“验”，以证明晋国人身份。这是在汴州推行的新政策。

在这次战役中取得了敌人首级的奴隶，都兴高采烈地排着队领取这个象征着平民身份的“验”。

阿凤睁开眼，发现躺在属于自己房间的床上，双手、头部和左肩的伤都被严严实实地包扎好了。

他勉强坐起身来，感到腿上压着一点重物。

一个小小的身躯靠着床沿，趴在他腿上睡着了。那张本来还算白净的小脸上，此刻又是鼻涕又是眼泪，还混着乌黑的烟灰，简直惨不忍睹。此时她毫不自知地张着嘴，把口水流到被子上，睡得正香。

阿凤看着小秋那张猫一样的圆脸，心中突然就松了口气。还好他没死，不然还不知道她要哭成什么样。

他轻轻地抽出腿，从床上站了起来，感到一阵因过度失血而带来的眩晕。他扶了一下墙，定了定神，向着门外慢慢走去。

正端着一盆水进门的碧云看见了，赶忙放下水盆来扶他，嘴里嗔怪道：“你要去哪儿？你伤得很重，不能乱走，主公交代我照顾好你。”

“有劳了，不必费心。”阿凤挣开碧云的搀扶，苍白着脸，倔强地向外走去。

“唉……”碧云唤他不住，只得叹了口气，回到屋中。

这么一个冷冰冰的人，小秋怎么就那么喜欢和他待在一起呢？

碧云拧了毛巾，给趴在床边的妹妹擦了擦那张脏兮兮的脸。打了月余的仗，这个孩子天天跟着在阵地忙上忙下，实在是累坏了才睡得这么香。

现在主公回来了，很快就会打退敌人，一切终于就要好起来了。碧云搂了搂怀中的妹妹，姐妹俩坐在地上，头靠着头，挨着床沿，安心地陷入了梦境之中。

东市上，十来个奴隶兴高采烈地走在一起。

为首的男人脸上有一道狰狞的伤疤，然而引人注目的是他双手各提着一挂敌军首级。他把那两串首级往书记官面前一丢：“算首级！”

身边也顿时响起祝贺声——

“盛哥威武。”

“盛哥厉害啊。”

“大家能有一个就算很不错了，只有我盛哥一人就十几个，哈哈。”

…………

盛哥用短剑挑起地上一个首级，甩到虽然负了伤，却一无所获的六猴儿身上。

“接好了！咱们几个兄弟中就你没有，这次哥帮你一把，下次别想再有这种好事。”

六猴儿一把接住，一点儿也不嫌脏，抹着泪道：“谢谢盛哥，谢谢盛哥。”

书记官仔细清点完人头，取出纸笔，询问道：“姓名？籍贯？年纪？”

盛哥道："名盛，没有姓，也不知道生在哪里，不知道年纪。"

书记官很习惯这种情况，抬起头认真解释道："你现在脱了奴籍，必须要有一个全名，好给你编写正式的户籍。"

"我老娘好像姓杨，那我也姓杨好了，叫杨盛。"盛哥临时给自己起了个全名。

书记官先翻出一本厚厚的册子做了仔细的记录，又取出一个杨木削成的木片，在上面写上杨盛的姓名、年纪、外貌特征和分配的籍贯后，递给他细细交代："这个是'验'，是你作为晋国国民的身份象征，一定要小心收好。如若遗失，需请三位邻居作证，加上里正，一起拿着村长开的文书，到县郡以上的衙门才能补办，十分麻烦。"

杨盛接过来看了看，见那木板打磨得光滑，上面还密密麻麻地写满了自己不认识的小字。

他小心地摩挲了一会儿那片小小的木板，他再也不是奴隶了。

杨盛周围的兄弟也兴奋不已，一个个接过来，来回传看。

"杨士伍此役枭敌首记一十五，晋一级公士爵，得一顷田、一处宅。"那书记官又拿出一小支柳条，在上面细细写了一排字，交给杨盛。

后又道："你的户籍落在汴州东南方向十里地的祥符县士甲乡，拿着你的'验'和你手上的'传'，去县里找县丞报到。他会根据我们这里发过去的文书核对你的'验'和'传'，让乡长给你安排一顷的荒地和三十步见方的宅基地。另外还可领取两千钱作为建房子的补助，第一年开荒，国家不征你的税。"

杨盛和他的伙伴越听越是兴奋，最后忍不住"哄"的一声欢呼起来。至于书记官说的那句"不过这些都要等此次战役打完，方能去办理"，都已经被男人们的欢呼声淹没，几乎无人听见。

不光是杨盛一行人，东市的广场上也此起彼伏地响起欢呼声，即使很多人根本连一颗敌首都没拿到，但人们的心都被这种可以看得见、摸得着的希望所鼓舞，士气如潮水一般高涨了起来。

阿元坐在墙角，抱着脑袋，双手还在颤抖。他怀中揣着今天分发下来的食物，明明是又香又软的白面馍馍，但他却一口都吃不下。

胃里一阵阵地涌上酸水，让他恶心得想吐。

他自以为有一身的力气，在村里不论是打猎还是打架，他都是一把好手，所以一定也能很快适应战场。然而今日，到了那千万人的战场之上，他才发现自以为的那些勇狠，在真正的战场上都如儿戏一般可笑。

异族的敌人，并不像村中传说那般有着恶鬼的样貌。相反，他们和自己一样，一刀砍上去，同样会喷出鲜血。

他看到一个犬戎的男子，就在自己眼前倒下，躺在地上翻滚哭号。但他必须跟着自己的同伴冲上前去，用抖着的手，一刀一刀地砍在那个哭号的身躯之上，直到血液浸透了他的鞋子，直到那个挣扎的身躯不再动弹。

如果他不举起自己的刀，那倒下的就很有可能是自己，是自己身边的同伴。

他完全辨不清东西，分不清南北。在杂乱的人嘶马蹄和满天的刀光剑影中，他只能牢牢记住这几日训练中教官反复强调的一点——紧紧跟在自己小队的什夫长身后。

什夫长看着百夫长的旗帜，而他只负责盯着什夫长的身影。什夫长砍哪儿，他们便拥上去砍哪儿；什夫长向哪儿冲，他们便紧跟着向哪儿冲。

在这场似乎永远没有尽头的战役终于结束时，他忍不住吐了三次。别说敌人的首级了，阿元甚至不知道自己是怎么活着走到这里的。

他从衣领中拽出一枚挂在脖子上的小小护身符，这是临行的前一天，妻子阿娟特意给他挂上的。他真想丢了武器盔甲回家，回家找到阿娟，抱着她，把头埋进她柔软的胸膛，什么也不管，什么也不想了。

一群男人在他不远处欢呼起来，那个脸上有一道疤的男人一次就砍了十数个敌人的首级。

阿元记得这个叫“盛”的男人，他在战场上不要命地疯狂杀敌，令人印象深刻。

昨日，这个人还是一个最低贱的奴隶，而今天，他凭着那十几个人头不仅脱离了奴籍，甚至还越过自己，成了一名公士，有了一顷田，有了三十步见方的宅子。

阿元咬了咬牙，攥紧了手中的护身符：“阿娟，你等着我，下一次，下一次我一定要砍下至少一个头。”

六猴儿紧张地把杨盛分给他的那一个人头摆上了书记官的桌面。

“姓名？”书记官例行公事地问道。

“我……我也没姓，我根本不知道我娘是谁。”六猴儿不好意思地摸着脑袋，“那我也跟着盛哥姓好了，叫，叫杨六猴。”

“哈哈哈……”周围一阵哄堂大笑。

就连一向严谨的书记官都笑了起来：“就叫杨陆厚吧。”

他随口给六猴儿起了个名字，这一日间，他已经帮很多奴隶起了名字。

杨陆厚千恩万谢地领了自己的“验”，美滋滋地看着自己的名字。

“多亏了盛哥，不然我不晓得什么时候才能有这个名字。”杨陆厚兴奋地回到杨盛身边，狗腿道，“我看这全场，没一个能比得上咱盛哥的人。其实能像我这样，保着小命没事，腿还没软的，就算不错了。”

“人外有人。”杨盛哼了一声，抬了抬下巴，“你们看那边。”

众人抬眼望去，只见一个黑衣黑甲的年轻男子，正向着这里慢慢行来。

他目光冷漠，满身血污，缓缓而来。即便是纯黑的衣物，都掩盖不住那熏天的血腥味，彷如一尊从修罗地狱中归来的罗刹。

他骑着一匹马，身后还牵着一匹。两匹马的马背上挂满了如小山一般的敌军首级。他走到一位书记官的桌前，就连数了一天首级的书记官都吃了一惊，站起身来，喊同伴前来帮忙。

“我天，这得有多少啊？”杨陆厚张大了嘴，轻轻说。

“三级的‘簪袅’内，是按人头奖励。但要想升到四级的‘不更’、五级的‘大夫’以上爵位，光靠人头就没有用了。”杨盛低声说道。

杨陆厚疑惑道：“是这样吗？四级以上的爵位我想都没想过。”

“你必须想，要想拿到四级，靠的是三级爵位的队长所带团队取得的战果。”杨盛眯起双眼，他不愿认输，“你们都跟着我好好干，我们虽是奴隶，但也没什么比别人差的地方，一样也有封侯拜相的机会。

“你看红衣服的那人，他带队守住了城门，这次拿的功绩，想来就足够封四级爵位。”

阿凤满身绷带，披着他红色的外袍一步一步走了过来。沿途数名敬服他的甲士都上前想要扶他一把，但被他微微抬手谢绝了。

他走到一名书记官面前，伸手搭在墨桥生肩上，轻轻喘了口气。

“伤得这么重怎么还出来，何必如此着急？”墨桥生责怪了一句，但其实他很理解阿凤的心情。

“我……我叫凤。”阿凤对着书记官开口道。

“他叫凤，姓程，程凤。”一个声音响起，宣台的楼梯上走下一个人，那人头束金冠，面如冠玉，眼中微微带着笑，长身立在台阶上，开口道，“赐他国姓，从今后，姓程。”

阿凤昂首看着那台阶上迎风而立之人，他想起了这个人对自己的承诺——

“若是你撑过了这一关，我就给你赐姓。”

“你不只能看到这一点点，你还会看到更多。这世间最终将不会再有奴隶。不再会有小孩，受你曾经受过的罪。”

他攥紧了身侧的手，多年以来第一次心甘情愿地伏下身去，低头轻轻唤了一声：“主公。”

报君黄金台上意，余生独事君一人。

广场上的人群，在见到程千叶后，黑压压地跪倒一片，齐声呼喊——

“主公！”

“是主公！”

“参见主公！”

程千叶立在高处看着人群，她曾经多次幻想过这样的场景，希望自己的部下们能像这样发自内心地尊敬于她，效忠于她。

在她的想象中，得到这一切的时刻，她必定能胸怀舒畅，意气风发，甚至扬扬得意。

但此时此刻，站在这里，看着眼前这无数在自己面前心甘情愿屈下膝盖、低下头颅的士兵，她只感到了肩上沉甸甸的责任。

这里面有熟悉的朋友，也有陌生的士兵，有已经伴随自己几经生死的伙伴，也有初次并肩作战的袍泽，但他们都无一例外的，把自己最重要的生命交托到了她的手上。

他们仰望着她，也信任着她，期待她能够实现，她所承诺带来的那个世界。

程千叶抬起头，视线越过巍峨的古城墙，看到那远山天际，斜阳晚照，漫漫红霞映照楚天辽阔。

她会一步步向前走去，不再回头，不再停顿。

对于他们，她不能辜负，不敢辜负。

横扫六合，让天下归一也许不一定能做到，但她至少要让她的每一个子民，都有生而为人的资格。

杨陆厚悄悄从人群中抬起头："这，这就是主人啊？"

边上有人伸手一把将他的头按下去，杨盛低声道："笨蛋，现在可以叫主公了。"

"对，对！"杨陆厚低下头，摸摸胸前的验牌，"我已经不是奴隶了，多亏了主公的恩德啊。"

杨盛微微抬起了头，穿过人群的间隙，他看见绛衣金甲的主公从高台上下来，扶起了那位身负重伤，披着衣袍跪在地上，被赐了国姓的程凤。

这个程凤他记得，他们刚刚抵达之时，城墙已破了一个角。是此人领着一队士卒，浑身浴血，誓死不退，挡住敌方大将，方保住城门不失。

他看着主公亲手扶起那人，递给程凤代表四级爵位"不更"的验牌。

杨盛暗暗想道，这个程凤运气真是好，他守了这么多天的城池，不知砍了多少人头，又立了这个功，只一步就登上了最低级的士官爵位。

杨盛看着站在主公面前的那一红一黑两道身影。

这两人一个积累了军功，已经成为有一定特权的不更，可以免去徭役税务，在县衙老爷面前都可以不用跪拜。而另一个和自己同一天跨入战场，也已经是平民中爵位最高的簪袅。

杨盛眼中燃起一种火焰，一种雄心勃勃的火焰，他必不输于他们。

主公在甲士的护卫下向外走去，突然就转头朝着他的方向看了一眼，杨盛吓了一跳，低下头去，心中忐忑。

主公这是看到我了吗？应该不会，肯定只是巧合。

可这一天迟早会来临，我总有一天能让主公看见我，看见我这个人。

程千叶离开东市的广场，同肖瑾一起前去探望俞敦素。

俞敦素伤得不轻，正卧于床榻上休养，见到程千叶入内，急忙欲起身相迎。

程千叶止住了他，在他床前一张圆几上坐下："此是战时，将军有伤在身，养伤为重，就不必讲这些虚礼了。"

俞敦素勉强坐了起来，欠身行礼："此次多亏主公及时来援，不然汴州即便能保不失，也定然伤亡惨重。"

"只是为何主公亲自率队？"肖瑾不解地开口，"张馥和贺兰将军所在何处？"

"我怎么可能亲自率军？我就是做个样子。"程千叶笑了，"我让桥生带的兵。"

俞敦素露出疑惑的神情："桥生虽然作战勇猛，但素来只负责带领那些负责送死和充人数的奴隶部队，主公用他领正规军会不会太过冒险了一点？"

"你还不知道吧。"程千叶低头理了理衣袖，"这次来救援的，大部分都是奴隶组成的部队。"

"冲在前面，率先切开敌阵的是奴隶。砍下人头最多的，也都是奴隶。"程千叶浅笑了一下，心中感慨良多，"除了桥生和阿凤，还有数名在战场上表现非常突出的勇士，你可能猜不到，他们的身份都曾是奴隶。

"我已依照新政，解除了他们的奴籍，晋了他们的爵位。从今以后，我们晋军中将逐渐不再出现'奴隶'这个词。你和肖瑾二人身为我最亲信的将帅，也要率先转变自己的观念。”

俞敦素和肖瑾轻吸一口气，相互交换了一下眼神。然而这一次能在内守住城池，在外击退敌军，确实都依靠着新政的实施，尽管这是个被军中决策阶层诟病良多的新政。

肖瑾依旧面色凝重，他深行一礼：“汴州虽然重要，但主公你乃是我大晋之主，千金之躯，如此亲涉险地，实为不智。若是我在绛州，定不会同意你亲身前来。”

“要我眼睁睁地看着你二人送命，看着汴州军民陷于敌手，我这个主公不如不做。”程千叶沉声道，“此次我汴州被围多时，不仅周边诸侯对我发出的求援书信不理不睬，便是我晋国内那些手握私兵的家臣都百般推托，不予援助。

“此役，我誓以我晋国伍卒独退犬戎大军，在天下人面前扬我晋国军威，狠狠地打那些贪生怕死之徒一耳光，还望二位能鼎力相助！”

晋国军力不强，历年来便处于受边陲诸国欺压的状态。作为军中将官，时常觉得胸中憋着股窝囊气。

俞敦素、肖瑾听得主公此言，只觉心中燃起激情，一扫多年恶气，齐齐抱拳：“誓死追随主公！”

程千叶：“至于贺兰将军，我遣他去做另一件事。如若他能成功，犬戎大军，顷刻可退。”

此刻的贺兰贞，率领着贺兰家的八千亲军，急行在济水河畔。

他们人人穿着犬戎军的服饰，口中衔着枚，马匹缚着嘴，各带柴草一束，悄无声息地于黑夜中疾行。

他们的目的地是犬戎大营以北约二十公里的黄池。那里囤积了戎军的粮草，并有数万犬戎士卒驻守防卫。

贺兰贞握紧手中的剑柄，眼中闪着寒光。

主公亲自率着奴隶和新兵组成的部队支援汴州。临时拼凑的士卒，无论如何也不能和经验丰富的正规军长期对峙。即便他们能凭借一时之勇切开敌军，冲入城中，也只能解一时围城之危而已。若是打持久战，新兵们很容易产生恐慌畏战的情绪。调度不灵、溃散、哗变都有可能随时发生。

贺兰贞脑海中出现了那个总是浅笑轻言的面孔。

主公他已经身入险地，成败在此一举，我必要拿下黄池，烧毁敌军粮草，方解汴州之危。

夜深人静。

站在望楼上放哨的犬戎哨兵悄悄打了个哈欠。

在他的印象中，中原这些军队都十分软弱可欺。战场之上时常明明人数占据优势，却一触即溃，任由他们烧杀抢掠。

岂料，此次没藏裴真和嵬名山两位大将军亲率数万大军，仅围攻区区一个汴州，竟然攻打了月余还未破城。

但前日听闻汴州的主帅受了重伤，料想破城也就在几日之间。可惜自己此次只能在这里看守粮草，不能随军入城，趁势劫掠一番。

正有些迷糊之间，突然见得前方树影婆娑，似有一队人马在暗夜中前行过来。

远远望去，那队人马扬着本部的番号，穿着自己人的服饰，那望楼上的士兵便冲着在拒马前值岗的营兵打了个旗语——自己人。

那队人马越行越进，人人面上抹着锅灰，沉着脸一言不发。

不待值岗的营兵发问，为首一将打马疾冲，一枪将人刺了个对穿，直接冲进营中。

望楼上的哨兵急忙想要鸣起警钟，忽然数支利箭齐发，射入他的胸口，他勉强敲击了一响钟声，便掉下高台。

营地一时大乱，警钟之声迟迟响起。

无数犬戎士兵在睡梦中匆匆起身，拿起武器冲出营帐，只见营内处处火光，高高的粮垛在熊熊大火中冒出滚滚浓烟，冲天而去。

四面都是杀声，到处纵横驰骋着军马，刀光中是难以分辨的敌人和杀红了眼的同伴。

戎兵大溃，逃者相推挤，走者相腾践，伏尸百余里。

贺兰贞一路杀到天明，烧毁敌军辎重粮草，歼敌数千人。

第九章

犬戌

犬戎的中军大帐内，大将军没藏裴真一脸阴晦地坐在主帅之位上。

一众将帅噤若寒蝉，无人敢开口说话。

帐下右部督梁乙进言道：“将军容禀，汴州虽是要冲，但孤悬于晋国本土之外。我军大可绕过此城，直取卫、宋之地，或是南下进击楚、越等江南沃土。

“此次我军围攻汴州月余，中原众诸侯国皆袖手旁观，晋越侯不是个以德报怨之人，想必也不会对他们伸出援手。”

负伤在身的嵬名山列席帐中，起身进言道：“末将以为梁部督所言甚是，我部无须把兵力用于汴州这个既坚固又无碍大局之城。大军可绕过它，直趋宋国曹县、定陶，或是北上拿下卫国的濮阳。击破这些城池，令宋卫等小国之流伏首。汴州一远离国土的孤城，迟早不攻自破。”

没藏裴真哼了一声：“将军已不复当年之勇了吗？为何在此长敌之士气？

“我等亲率大军围城一月，连区区一个汴州都拿不下，竟绕道而过，令我颜面何存！我必杀尽汴州城中的军民，踏满城鲜血，前歌后舞而进，届时再取宋、卫岂不快哉！”

嵬名山涨红面孔，忍住屈辱，耐心劝谏：“我等围城月余尚不能破城，如今晋国主君亲率数万士卒来援，敢问将军可有必胜之策？”

没藏裴真嗤笑了一下：“将军被一个奴隶伤了手脚，便连攻城的勇气都没有了吗？明日我亲率大军破城，将军只管安心在帐中养伤便是。”

嵬名山既羞又怒，甩袖离席。

帐门分开，急进一传令小卒：“报大将军，黄池告急！昨夜晋军轻兵奇袭我军黄池驻地，纵火烧毁我军辎重粮草不计其数！”

众将皆大惊失色，没藏裴真站起身来，咬牙切齿道："晋越侯竖子小儿！安敢欺我犬戎无人！我必破汴州，誓取此子项上人头！"

营区中的将士被紧急调拨起来，有些需要疾行去支援黄池，有些要做好再次攻城的准备。

嵬名山赤着上身，披着外袍，看着行营中匆忙跑动的传令兵。他的部队此次只被安排镇守后方。嵬名山感到十分憋屈，胳膊上箭伤处渗出血迹，他也懒得理会。

没藏裴真此人好大喜功，和嵬名山随机诡动的作战风格十分不搭，他军阶又在没藏裴真之下，须得处处听命于他，这让他更是处处被动，施展不开，不由十分想念驻守郑州独当一面的时日。

梁乙来到他身后，叹了口气："围城之时，我便劝谏大将军，围城三面，留一线生机。城中军民眼见逃脱有望，必不会拼死反抗。偏偏大将军说晋军不可轻恕，誓要屠城，以震慑四方。如今我军失了补给，敌军主君带援军亲至，士气正旺，这仗只怕不好打。"

嵬名山冷哼一声，梁乙继续道："遍观我犬戎军中，在下只服将军你一人尔。说句不恭敬的话，没藏裴真若不是没藏太后的亲侄儿，焉能在将军之上。"

嵬名山不接话，心想，如今太后专权，你梁乙又是梁皇后的族人，你们梁家和没藏家矛盾日深，谁人不知？现在想让他搅入这趟浑水，想也别想。且看谁家胜出，再来寻他不迟，他只想专心打仗，谁耐烦管那些个弯弯绕绕。

他撇下梁乙，向着营地鹿角之侧，关押战俘的地方走去。栏柱上拴着不少晋军俘虏，有些是普通士卒，有些甚至是奴隶。

嵬名山看着一个肩膀上印着奴印的奴隶，想起那个身着红袍，浑身浴血，连手都抬不起来却誓死不退的敌人。

那人也是个奴隶，嵬名山想了想，开口问道："你们晋国的奴隶，都这么效忠主人的吗？"

那个奴隶看了他一眼，侧过头不说话。

"我真是想不明白，你们活在最低贱的底层，被人像畜生一样使唤打骂，竟然还一个个地养出奴性来了？”嵬名山从外袍中伸出手，摸了摸下巴，“不仅不反抗，还上赶着为主人送命？”

他话音刚落，只见那个奴隶“呸”了一声：“你懂什么？去年冬天，若不是主人广设粥棚，还给我们安排了有屋顶有茅草的地方过冬，我早就冻死了。多活了这几个月，把这条命还给这样的主人，也算值了。”

“何必多言，他如何能明白主公之好。”边上一个晋军士卒插口道，“冬天最冷的那一日，我们全家都没饭吃，我去粥棚，还是主公亲自为我打的一碗粥。从那天起，我就发誓效忠主公了。何况，便是我死了，我的家人依旧有田种、有钱领，我儿子还能继承我的爵位，我死也……”

年轻的士兵，毕竟还是有些畏惧死亡，后面的豪言壮语，在铁塔一般的敌方将军面前，没敢说出口，咽回了肚子。

嵬名山眼中透出郑重之色，看来这个晋越侯是个人物，不好搞。这次没藏裴真恐怕要吃大亏，他还是带好自己的兄弟，静观其变吧。

没藏裴真亲率大军攻城。

此次，汴州城内的晋军一反往日坚守不出的状态。城门大开，战旗招展，拥出的晋国军马列阵排兵，同犬戎遥相对峙。

两军相接，各自放箭，射住阵脚。

犬戎大军旌旗开处，拥出一鲜衣亮甲、虎躯狼腰之将于军前叫阵。而晋军中则闪出一黑甲小将，一言不发，打马前来应阵。

擂鼓方响，战马交错而过，一招之间，那人高马大的戎将便被一枪挑下马来。但那黑袍小将尚不罢休，回身抽出腰刀。寒光一闪，敌将首级被他斩下，高高举起。

晋军中爆发出阵阵嘶吼，人人抽出武器，红着双眼，向敌方阵营冲去。

墨桥生率领晋国新军，奋勇冲击，阵前连斩敌军数将，直杀入敌方中坚方阵。

没藏裴真眼见晋军将领转眼之间竟杀至自己眼前，一时乱了手脚，慌忙后撤，各部队失去了指挥中枢，立时大乱。

贺兰贞率部赶到，同墨桥生前后夹攻。一时杀声震天动地，战场血流成河、积尸成山，犬戎八万大军土崩瓦解，士兵争相沿着汴河逃窜。一时之间，碧江被血水染红，尸体几乎阻断了河流。

没藏裴真带少数精骑，踏着死尸渡过汴河，一口气逃出数十里，方能逃脱。嵬名山见势不对，早早调拨自己的部卒，沿途收拢溃散的残兵，一路直奔回郑州。

至此，围困汴州月余的犬戎大军终于被击退。

晋军士卒缴获了犬戎军溃退时丢弃的军用物资，各种辎重堆积如山，连搬了数日。上下军士也开始记功领赏，录入户籍，申请田地。一时间，城中军民一片喜气洋洋。

程千叶所驻的行辕内，将帅们更是热血沸腾、斗志昂扬，贺兰贞抱拳请缨："主公，汴州大捷，我军士气高涨。卑职请领一军，乘胜追击，直取郑州！"

"不，我们不打郑州。再打下郑州，犬戎便会将怒火集于我晋国，我们没有必要那样做。"程千叶站在墙上的一大张军士舆图之前，用白皙的手指，点着地图上的一个点，"下一步，我们要拿这里。"

话音刚落，满殿的将帅齐齐转头看向墨桥生，墨桥生的脸"唰"的一下红了。因为程千叶所指之处不是他地，正是琪县。

韩全林以一城之地换墨桥生一人之事，早传遍全军上下。

"打通这条路，汴州和我大晋便相通相连。"程千叶的手指从中牟通过琪县一路划到汴州，她看向墨桥生，"墨将军，你可愿领新军出征？"

墨桥生不发一言，双手用力一击，低下头抱拳行礼。

程千叶嘴角勾起一点笑，如果不是在这么多人面前，他估计又得哭了吧。

桥生等这一日很久了，好在来得也不算太晚。

西山的月神泉中。

程千叶和姚天香靠着汉白玉砌成的石阶，泡在冒着袅袅白烟的泉水中，看着头顶的枫叶偶然悠悠落下一片。

姚天香舒了口气："这才是享受啊，这些天可把我累惨了，我活这么大还没受过这种罪呢。"

程千叶笑道："谁叫你跟着忙上忙下的，好好在院中待着休息即可，何必如此累着自己？"

"你以为我想啊？"姚天香白了她一眼，"你看看你身边，连侍女和一个豆丁一般高的小丫头都整日忙得脚不沾地。我好歹是你的正妻，好意思躺在屋里吗？

"我说你身边怎么连个像样的伺候之人都没有，就一个吕瑶长得还不错，还整天捧着账册东奔西跑的，好像钻钱眼里去了，大失格调。

"另外听说还有个萧绣，可我却是连个人影都没见到。身边全是些五大三粗的婆子还有侍女，你这还有点国君的样子吗？"

"这样才衬得你美啊。"程千叶摸摸下巴，"我有天香公主你撑门面，够了。"

姚天香咬着牙，笑着在程千叶胳膊上掐一把，两人笑闹了一阵。

"哎，"姚天香把身躯埋进水中，朝着别院的外门抬了抬下巴，"你确定他不会偷看？"

程千叶笑了："如果他看到了，我就顺理成章地告诉他真相。"

此刻，一身黑衣的墨桥生坐在浴场门外。

他怀中抱着佩剑，正襟危坐，面无表情，一副尽忠职守的模样。一墙之隔的门内，传来一阵阵笑闹之声。

那是主公和他的妻子，墨桥生反复告诫自己。

但他抱剑的手反复地攥紧又松开，为什么他胸口会又酸又痛，这是什么感觉？

同时，墨桥生不知道园内的两人也正在悄悄议论着自己。

"派他出去打仗，你舍得吗？"姚天香问道。

"这是他内心真正的愿望，他是一颗能发出光的宝石，我不想只把他锁在自己的盒子中，不让人看见。”

“放他去飞之前，总得把他‘正法’了吧。不要怪我没提醒你，这男人一放手，没准就真飞了。”

“我们没到那个程度，”程千叶笑了，“便是我如今的身份，想要做的这些事情，也不允许我行差踏错半步。”

…………

墨桥生守在浴场的门外，见到程千叶和姚天香从浴场中出来，急忙起身相迎。谁知二人看着他，齐齐露出了一种意味不明的神色，使得墨桥生莫名有些惶恐。

程千叶的面孔不知是因为泡了温泉还是其他原因，微微有些泛红，她笑着招呼墨桥生一起上马车。

姚天香挽着程千叶的胳膊，伸出白腻的手掌，附在程千叶的耳边道：“我就不打扰你们了，给你们点独处的机会。记着，不能手软，一次搞定他。”

程千叶哭笑不得，在她腰上掐一把：“就你最能皮。”

姚天香咯咯地笑了起来，登上了随行的另一辆马车。

天色渐晚。

两列士师开道，持戈武卒相随。一行人马，在晚霞中下山回城。

程千叶坐在宽敞的马车中，斜靠在一张案几前，持着一份军报细细研读。她很快便陷入沉思中，一双疏朗的俊眉微微颦起。

墨桥生跪坐在侧，自从主公得到了越来越多人的拥戴，开始展开他的雄心壮志，便也越发忙碌起来。

他给了自己更多的信任、更多的机会，让自己能凭借自己的能力逐渐抬起头、直起腰，得到了他人平等的对待、尊敬的相看。

墨桥生觉得自己的血一日日地热了，破败的心脏也被豪情充满。他站起身以后，发现眼前的天地竟然是如此的广阔，就像获得了重生一般。

他心潮澎湃地急于跨入这波澜壮阔的世界，但每当夜深人静之时，他依旧会想起睡在主人床榻前的那些日子。想起那从床沿上伸下来、轻轻摸着自己脑袋的手。

得到了这么多，可还是不满足。

墨桥生悄悄抬头，看着程千叶专注书案间的侧颜。

他知道主公很重视这次出征琪县的行动，他甚至知道主公顶住了压力，让新拿到军功又刚刚拜四级爵位的他率军出征的真正意图。

琪县……

墨桥生想起在那个阴雨瓢泼的夜晚，韩全林对他不依不饶，他身处冰冷的绝望之中，以为自己将陷入黑暗的深渊，是主公伸出温热的手，牵住了已经放弃希望的他。

主公对他人道：别说区区一座琪县，便是十座，他都有一天会替我拿回来。

当时的话言犹在耳，墨桥生攥紧拳头。

不只是琪县！他此生都将是主公手中的刀！

主公目光所向之处，便是他的战场。主公但有所愿，他必将其夺取，亲手奉到面前。

君恩似海难言谢，我以此身报君王。

程千叶突然侧过头来，墨桥生的视线躲避不及，被逮了个正着。她端详了他半晌，笑了起来："来，桥生，到我身边来。"

墨桥生移动身体，低头跪坐到程千叶的身侧。

程千叶那斜靠在黑檀案几上的胳膊伸了出来，展开手掌，白皙的掌面摊开在墨桥生眼前。墨桥生慌乱了一下，他伸出自己的手，放在了那柔软的掌心之上。那温润的触感刚一传来，那手掌就一下收紧，握住了他。柔腻的指腹轻轻摩挲着他的手背，墨桥生感到自己的呼吸瞬间就乱了。

"桥生，天香第一次来，我陪陪她。以后的时间还有很多，我们俩再自己来。"

墨桥生的脸瞬间涨红了，主公总是这样，一眼就能看穿自己藏在心底最深处的想法。

那只手拉扯了一下，墨桥生毫无防备，一个趔趄，他急忙伸出另一只手，撑在案桌上，才不至于整个人摔到程千叶的身上。他看着那近在咫尺、纤毫毕见的肌肤，闻到了主公身上传出的一股淡淡幽香，心跳像战场上的擂鼓，一声声地响了起来。

“桥生。”程千叶斜靠着桌案，手指点着摊在桌上的由她亲手绘制的一张舆图，“琪县驻军不多，韩全林新败，估计也没什么精力来管这个离他甚远的土地。你只要稳扎稳打，应该不会有大问题，但依旧不可大意。你初次领军，务必慎之又慎。不论战况如何，你都不可莽撞，最重要的是，你本人不能够有事。”

墨桥生看着程千叶轻轻开合的嘴，他第一次听不清主人说的是什么。

“你知道你对我来说，意味着什么吗？”程千叶看着他，上一次之后，就一直忙到现在。她按捺不住自己的心猿意马，一把提起墨桥生的衣领，把他按在桌案之上。

墨桥生看着那越靠越近的面庞，一瞬间失去了呼吸的能力，整个人处在窒息的边缘。可主公却嘴角勾着坏笑，一点一点地俯下身来。

主公离他近在咫尺，笑靥如花，雌雄莫辨，莹润的双唇带着一点水光。他看得心跳如鼓，浑身燥热。他半躺在桌上，手指关节用力，死死扣住桌面，感到自己轻轻颤抖了一下。身上明明燃起了烈火，他却一动也不敢动，简直比天底下最难熬的酷刑还要难以忍受。

幸好驻地在这个时候到了，他面色酡红，从马车上飞似的逃了出去。

姚天香看着从车上快速离开的墨桥生，好奇地靠了过来：“成功了？”

“哪能呢？”程千叶看着墨桥生匆匆离去的背影，回味了一下，“你看他那么害羞，我哪里下得去手？”

姚天香白了她一眼：“我看你是不敢吧，我算是看明白了，你也就是个纸老虎，敢说不敢做，比我还不如。”

程千叶嘴硬道：“胡说，我可是你夫君，你还有没有规矩了？”

在城内行营驻地，低等的伍卒们十人一组，住在土坯搭盖的简易茅草房内。房内略微高出地面的土坯上铺着厚厚的稻草，这便是士兵们睡觉的大通铺。

杨陆厚坐在通铺的边缘，捧着一碗粗糙的粟米饭，大口扒拉着：“睡觉有屋顶，三餐都管饱，每日太阳下山就休息，还不用挨揍。啧啧，日子过得美滋滋。”

“你这算什么？你看盛哥，等打完这仗，有土地，有大屋，到时候再娶个漂亮的婆娘，往家里炕上一摆，生几个大胖小子，那才叫美滋滋。”

“对了盛哥，你如今拜了二级上造的爵位，还封了百夫长，为什么还和兄弟们挤在这里啊？听说百夫长都有自己的单间，里面有床，还有软软的被子，每天多领两个白馍，有时候还有肉呢！”

屋内的几个低级士伍不解地看着躺在通铺上架着腿的盛哥。

“想吃肉？”盛哥口中叼着一根稻草，看着头顶的天花板，“明日开始操练新军，十人为一什，百人为一队，都要定期考验。我现在是百夫长，你们是我的兄弟，谁到时候能给我争口气，我的肉就赏谁。”

几个人都是由奴隶刚升上来的士伍，听到有肉吃，都齐齐咽了一下口水。

“那是必须的啊，我们都听你的，盛哥让做啥，咱们就做啥。”杨陆厚急着表忠心。

第二日，天蒙蒙亮。

杨盛赤着上身，在水井边取水冲了一把脸，早早来到校场。

微冷的晨雾中，他看见校场中已有一个上下腾挪的黑色身影。那人听见脚步声，便收住枪势，转过身来。

杨盛认出此人正是一战连斩敌军数将首级，一举官拜四级爵位的墨桥生。

此人和自己同为奴隶，却一战成名，官封校尉，领五千人，成为自己顶头上司的上司。

杨盛跪地行了个军礼：“卑职杨盛，列百夫长之职，见过校尉大人。”

墨桥生点了点头：“来得很早。”

杨盛抬起头，咧开嘴：“小人是个粗人，一直很仰慕将军的威名，今日正好还有些时间，不知将军可否抽空点拨小人一二？”

墨桥生看了杨盛一眼，一指武器架：“挑兵器。”

他知道这个男人心里不服他，对不服气的人，墨桥生没有多余的办法。

既不服，那便打到服为止。

天色渐亮，校场上的人开始多了起来。

杨陆厚来到校场，看见校场的正中，现下正里三层外三层地围着人。他挤进人群，向内一看，只见场中两名猛将，正斗得难分难解。

一人浑身黑衣，使一柄铁枪，雪亮的枪尖如银蛇吐信，照得漫天寒光闪闪。

一人精赤上身，舞一柄百炼钢刀，刀风赫赫，杀气冲天，有如虎过山岗。

猛虎战骄龙，雄鹰对巨蟒。众人何曾见过这般猛斗，一时看得连声喝彩。

“哎呀，盛哥！”杨陆厚眼见盛哥又在和人比试，登时兴奋起来。

在他的印象中，盛哥打架可从来没有输过，他们那一片的奴隶，都被盛哥打怕了。但这一次，却在他的意料之外。

还不待杨陆厚鼓掌喝彩，杨盛已经败下阵来。他跳出圈外，一手撑着地，头上的汗大滴大滴地滴入地上的黄土之中，口中喘气：“我服输了。”

墨桥生收起枪，弯腰伸手扶起他：“你很好，将来必不止于百夫长之职。”

墨桥生和杨盛比试的校场面积中等，正好可以容纳五千士兵操练。

整个场地用黄土夯平，外围设有栅栏、拒马、鹿角和哨岗，内部设有将台、金鼓、令旗、武库等设施。

左右是大面积的简易土坯茅草房，和一些因为新兵突然大量增加而临时搭盖的帐篷，以供驻军休息。

墨桥生在对犬戎的最后一场反击战中，率队连斩了数名敌将。他带领的百人队，全队枭敌首过百。这不仅使他的队伍全员都拜了公士爵，更使他自己的爵位从三级的“簪袅”进阶到具有领军资格的“不更”。

新军初建，极度缺乏领军的将领，再加上主公偏爱，墨桥生十分幸运地被封了校尉的官职，总领这个校场之上的五千士卒。

此刻的他站在高台之上，看着眼前人头攒动的士卒。

这些士兵大部分都是奴隶出身，因为来不及赶制服装，有些人穿着晋军制式的军衣，有些穿着从敌方尸体上掰下来的铠甲，有些干脆光着上身。只有部分千夫长、百夫长和什夫长等军职人员，是从旧军中调拨过来协助指导新人的精锐。

这些士兵，每人的精神状态也不同，大部分人因为长期营养不良和过度操劳显得消瘦而佝偻。

不打仗，没有军功可以领取的时候，就一副没精打采的样子，三五成群地和自己相熟的同伴勾肩搭背地挤在一起，不时低声说着私话。

也有一部分人眼中带着兴奋，透着一股跃跃欲试的野心和希望。这些人或叼着稻草，或双手交叉在胸前，看向墨桥生的目光或多或少都透着一股不服气的桀骜。

对他们来说，那个奴隶能当上校尉或许只是运气好点，自己完全有机会取而代之。

墨桥生从前便担任一队奴隶中百夫长的职位，但还没有管辖过这么多人数的士兵。

但他没有感到胆怯，相反，这种挑战给他带来一股兴奋感。因为对他来说，这是自己第一支真正意义上的部队。

训练他们，是为了能让这些士兵更好地在战场上存活，为了让他们能够跟着自己一路建功立业，甚至封侯拜相。而不是像以前那样，只能作为炮灰存在，不论自己怎么严苛训练手下的奴隶兵士，一场战斗下来，上百个兄弟基本死伤大半。

“十人为一列，百人为一矩，千人为一阵。分列甲乙丙丁戊五阵。”墨桥生朗声开口，压下了校场上嘈杂的人声，“丙队居中，余者依序两侧排列。千夫长、百夫长接令即行。”

他的声音并没有特别严肃，也没有刻意嘶吼。只是清清冷冷地在校场上传了一遍。

五个千夫长漫不经心地应诺了一声，不紧不慢地拿了令旗，调拨自己手下部队。

墨桥生这支队伍，多由奴隶所组成。

但这些奴隶只经过一场战役，在战役中表现突出，功勋能够当上什夫长、百夫长的人数尚且凑不齐，因此这几位千夫长是贺兰贞从旧部中挑选出、特意调拨给墨桥生使用的精锐干将。他们都是一些经验丰富的领军士官，有着多年的带兵经验，当然有着属于自己的傲气。

对他们来说，虽然墨桥生战功卓著，有目共睹，但要身为士官的他们屈居在一个奴隶手下做事，他们心中难免愤愤不平。

因而他们行动起来懒懒散散，十分敷衍。

长官都如此怠工，底下没被训练过几日的士兵当然更是散漫无纪。士兵们推推挪挪、吵吵嚷嚷，花了小半个时辰方歪歪斜斜地站好队伍。

墨桥生一言不发，耐心等着他们站好方阵，方开口：“都记清楚自己的位置了没有？”

稀稀拉拉的回答声响起：“记——住——了。”

“好，原地解散！”

队列“哗啦”一声散开，有些士兵尚且歪站着，有些不耐烦的已经蹲在了地上。

墨桥生拍了拍手，几名小兵抬上来了一大锅热气腾腾的炖肉，再加十坛子的酒。他一掌拍开一个酒坛的泥封，一股浓烈的酒香混杂着烤肉的香气在整个校场弥漫开来，场地上顿时此起彼伏地响起了一片咽口水的声音。

男人们都忍不住舔着嘴唇，伸长脖子，眼中发出绿光，死死盯着那些酒肉。身为奴隶，他们已经不知多久没有闻过肉味了。

“我数三声，矩阵排得既快又齐整的，百夫长和什夫长可共领此赏。”

人群“哄”的一声闹开了，杨陆厚拉着杨盛的衣服，兴奋道：“盛哥！我们要拿魁首！我好久都没吃过肉啦！”

杨盛看了一眼身后摩拳擦掌的兄弟们，心中却隐约感到不妙。

要说打架、拼命、砍人头，他定二话不说，第一个冲上去。但这可是排队，比拼整齐，也许并不是单纯用蛮力和跑得快就能做到的。

不容他多想，将台上的墨桥生已经举起手中令旗。

男人们为了吃到肉，一个个撸起袖子，弯下腰，准备向自己的位置冲去。

“一，二，三！”

令旗挥下，场面顿时乱成一片，撞到人的，互相推搡的，慌乱中找不到位置的……什夫长们气急败坏地拉扯着自己的队员，而百夫长们则是跳着脚嘶吼。千夫长们对酒肉倒是没有太大兴趣，只是有些好笑地看着比第一次集合还更为混乱的场面，不明所以。

相比起其他队伍的杂乱无序，有一支毫不起眼的小队以令人吃惊的速度，迅速布好了整齐的百人矩阵。在丙字队的第一方阵之处，排列出一个横平竖直、井然有序的方块。

而其他兵士却花了数倍的时间，才勉勉强强恢复了队伍，全场视线也都集中在了将台前那个排列整齐的方块上。

这一百人曾经都是程千叶名下的奴隶，是墨桥生身为百夫长时一直带着的老兵，跟着墨桥生参加过夺取汴州周边的高阳、杞县和雍州之战，后随军取郑州，又参与了此次汴州反击战，已经跟随着墨桥生几番出生入死。

在墨桥生的带领下，他们全队也已脱离奴籍，最末的也都取得了一级爵位。

此刻，他们寂静无声，眼中没有酒肉，只有将台上的那个人。对他们来说，不论是百夫长还是校尉，墨桥生永远是值得他们紧紧追随的将军。

墨桥生赏下酒肉，百夫长和什夫长们没有独吞，而是和一百个士兵一起分享。尽管每人只分到一点肉、一小碗酒，但士兵们都吃得很香。

其余众人眼睁睁地站在场地上，看着自己的同袍喝酒吃肉，心中又嫉又恨，个个心痒难耐。

墨桥生等他们吃完，开口说话：“参照丙队第一矩，今日只练此一事。明日早间考验，前三甲矩阵，午食加肉菜，什夫长赐酒，百夫长记一功。后三甲，每人笞十杖，什夫长二十,百夫长二十，加记一过。”

校场上一时忙碌起来，各色令旗挥舞，各种呵斥声此起彼伏。士兵们开始绞尽脑汁想着，怎么能把这件看起来十分简单的小事，做得又快又好。

来回奔忙了好一阵，杨陆厚气喘吁吁，弯着腰，抹着头上的汗：“一整天都在这里站来站去的，到底有什么用啊？还不如叫盛哥教教我们武技，学学怎么多取敌军首级才是正经事。”

杨盛跑了过来，在他屁股上踹了一脚：“赶紧练！你明天是想吃肉还是想打屁股？”

程千叶在贺兰贞的陪同下，巡视着城内外各大校场。

俞敦素有伤在身，贺兰贞暂时负责总领全军一切事务。

“这些新兵怎么样？贺兰将军，你觉得我们什么时候能发兵琪县？”程千叶询问道。

“请恕卑职直言，”贺兰贞行了个军礼，“新军匆忙组建，训练不足，往往主帅一个指令下去，许久还不能准确执行，出征只怕不妥。”

“这是很可怕的，”贺兰贞怕程千叶不明白，详细解释了起来，“你下令冲锋，中军已至，前锋还在原地没动。你下令撤退，后方弓箭手已开始放箭阻挡敌军，但自己人还没退下来。”

“将军言之有理，”程千叶点点头，提出自己的疑问，“可是这次支援汴州，我看他们都表现得很好啊。”

“回禀主公，一来此次出征之前，我强制让所有的士兵只学会一件事，就是死死跟着什夫长行动，什夫长紧跟着百夫长的旗帜冲锋，百夫长受千夫长约束，并学会看中军指挥的旗语。十个人砍一个敌人，士气又盛，故而能一鼓作气破开敌军，冲进城墙。

“二来，主公的新政确实神奇，大大激发了低级士兵们的勇气。但这是在取得胜利、士气大盛的情况下才有效。若是战事胶着或不利于我方，这些临时训练出来的士兵，只要敌方骑兵切开方阵，他们便会茫然无措，一哄而散。”

他低头抱拳：“主公切不可因一时之胜而大意。琪县虽兵马不足，却也是一县之地。主公命桥生率军前去夺取，卑职心中私以为不妥。我固然欣赏桥生的勇武，但他毕竟从未独掌过大军。”

程千叶拍了拍他的肩膀：“琪县我是志在必得的。若不打通中牟和汴州的通道，我们永远只是一座孤城。”

贺兰贞抬起头来：“末将请命率军携桥生同去。”

“你去了，谁来守汴州？”程千叶看向贺兰贞，郑重道，“如今俞将军重伤，我能信赖的大将只有贺兰将军你一人了。你领军出征，琪县固然唾手可得，但我汴州城内无将，若是敌人乘虚而入，岂不因小失大？”

贺兰贞愣了一下，十分感动。

原来主公竟如此信任他，这也让他振奋起来，心中那因为主公派墨桥生去夺取琪县，而没有派他出征的隐约不快，顿时消失得无影无踪。

“既如此，接下来，我每日抽时间协助墨将军操练新军便是，确保他出征之时能有一支如臂使指的勇猛之师。”

贺兰贞辞别了程千叶，向墨桥生所在的校场走去。

贺兰贞边走边想，桥生虽身手了得，屡立奇功，但之前毕竟是奴隶之身。他军中那几个士伍出身的千夫长未必能服他，得帮他想个法子。

他摸摸下巴，既如此，不如拉上桥生和那几个老兵油子一起去天香阁混一夜。男人之间，喝顿酒就是兄弟了，不再有隔阂……

“我打听到了！”六猴儿杨陆厚气喘吁吁地跑了回来。

现下是全队休整期间，杨盛作为百夫长，正和几个什夫长蹲在地上讨论。听得这话后，几人齐齐转过头来，杨盛问道：“怎么样？他们肯告诉你？”

“我六猴儿出马，一个顶俩！”杨陆厚得意扬扬，“我找了个在丙队一矩中的老乡，套了套近乎，他把他们队伍站队的秘诀都告诉我啦。”

几个人的头瞬间靠在一起，杨陆厚小声道："是这样的，要想站队又快又齐整，须得……"

另一方队内，什夫长阿元跑回了自己的方阵。

"怎么样？打探到了吗？"队中的百夫长韩深转过头来问他。

"打……打探到了。"阿元擦了把头上的汗。

阿元在上一次的战役中，终于勉强砍下一个敌人的首级。虽然离达到一级爵位公士的人头数还早，但他却幸运地成了队伍中的什夫长。

毕竟能在一场战斗中就凑够十个首级数量的人还是少数，所以人高马大、身为平民士伍又斩过首级的他，便成了一名什夫长。

"他们并不刻意隐瞒，我一过去问就仔仔细细地都教给我了。"阿元如实说道。

韩深大喜："好，你细细与我说来。我们方阵多是士伍出身，只要知道了方法，怎么会输给那些无知低贱的奴隶。"

韩深是经历了守城之战的老兵，立过战功，最近被提拔成为百夫长，正急于表现一番。

贺兰贞到达之时，金乌已渐渐西沉。其余的校场早已收队解散多时，而墨桥生所在的这个场地，却依旧人头攒动，呼喝有声。

让他奇怪的是，场上的校官们口中呵斥的都是一些奇怪的句子——

"又站错位置，猪都比你聪明，你还想不想吃肉了？"

"给老子站直了！看看别的队，你们明天想被当众打屁股吗？"

"你丢得起这个人，老子丢不起！"

…………

墨桥生看到贺兰贞到来，赶了过来，行了个军礼。

"你这是在练结而解之。"贺兰贞拍了一下他的肩膀，"兵以治为胜。桥生，你这一开始的路数就没有错。我先前还担心你只顾着好勇斗狠，会注重操练搏击之术而忽略了队列兵阵。如今看来，我的担心皆为多余。

"但你也不必过于心急，这天色已然渐晚，该让士卒们休息了。"

"启禀贺兰将军，"墨桥生抱拳道，"我已经鸣金收兵，场地上剩下的这些队伍是自主留下来加习的。"

“哦，还有此事？”贺兰贞感到十分意外。

五名千夫长见到贺兰贞到来，都赶过来参见行礼。

其中一名年过五旬的梁千夫和一位上唇留着两撇八字胡的李千夫是贺兰贞的旧部，见到贺兰贞提问，都笑着回复：

“墨将军治军确有独到之处，摸得住士卒的脉。这些新兵蛋子比卑职想象的好带多了，一个个竟像打了鸡血一般，收兵了都不肯走。”梁千夫说道。

“将军，你调我来这里，我心中本是不太情愿的。可才待了一天，老李我对墨将军就服气了。”李千夫抱了抱拳，“服气了。”

贺兰贞骈两指遥点了点他们：“我告诉你们，小墨是我兄弟。你们好好帮着他，将来少不了你们升官发财的机会。”

梁、李二人点头称是。余下三位千夫长虽不满贺兰贞的调配，心中对墨桥生有着抵触之意，但贺兰贞贵族出身，战功赫赫又是主公面前新晋的红人，他们不敢得罪，只得齐声应诺。

“走，我请你们几人喝酒。一来互相熟悉熟悉，二来也算庆贺墨将军高升。”贺兰贞搭着墨桥生的肩膀，招呼众人走出校场。

汴州新近打了胜仗，城内多了无数血气方刚的年轻士兵，他们怀中揣着赏钱，又刚从生死线上挣扎回来，充满着无处释放的精力。因此这几日城中所有的酒肆歌坊都是门庭若市，夜夜笙歌。

华灯初上，花街柳巷中便挂起盏盏红灯笼。

东风夜放花千树，妖姬袖藏香，郎君喜相逢。凤箫声动，玉壶光转，天香阁内热闹非凡。

墨桥生站在天香阁的招牌前，停下了脚步。

他没想到贺兰贞会带他到这种场合。他不喜欢任何以强凌弱的地方，这会让他想起自己少年时那段昏暗的日子。

“怎么了小墨？走啊。”贺兰贞和几位千夫长勾肩搭背地走在前面，看墨桥生停了下来，回过头就伸手拽他，“是男人就不要扭扭捏捏的，哥哥今天就带你见见世面。”

他们在天香阁二楼包了个雅间，既可以观看楼下的歌舞表演，又不用和大厅中那些满身臭汗的老兵油子们挤在一起。雅间内还有几个容貌秀美的女子跪坐在侧，倒酒布菜，小意殷勤地服侍着。

楼下，一桌大兵灌了些黄汤，飘飘然忘了场合，满口喷沫地高声谈论着此次战役的情形。

“要我说，此役我只服那位新提拔的墨校尉，”一个满脸络腮胡子的大兵说道，“我在东市亲眼所见，他一人牵着两匹马，马鞍两侧，挂满了敌军首级，那马从我眼前经过，血滴了一路，两个书记官都数不过来，啧啧。”

“哼，你个没骨气的，竟服一个奴隶。”另一个紫檀脸的大汉一拍桌子，“那墨桥生不过是一个奴隶，仗着主公的宠爱，得了些军功而已，我就不服他。”

只听“砰”的一声，一个酒杯从高空砸下，正砸在那桌的桌面上，酒水菜汤四溅起来。

那几个兵汉跳起来正要喝骂，抬头见二楼的雅座内，坐着几位将帅打扮的男子，帷幔遮挡，看不清面孔，但很明显不是他们几个小兵能得罪的。几个人瞬间如鹌鹑一般缩起脖子，讷讷无言。

雅间传来一道淡淡的男音：“那紫面汉子，你在此役中枭敌首几何？”

那紫檀面孔的军汉，低着头，畏畏缩缩地回复：“告……告知上官，小人获一首。”

雅座内瞬间发出数人的冷笑之声，便是大厅内都顿起一阵哄笑声——

“敢和墨校尉叫板，我还以为是多厉害的强人，原来连人家的零头都够不上。”

“笑人家是奴隶，岂知自己连个奴隶都不如。”

“墨校尉堪称我军杀神，他那一身煞气，走过我身边，我腿都会软。这哪儿来的只得一首之人，竟敢大放厥词，连我都还比不上呢。”

“不知这位兄弟得几首？”

“让哥哥们见笑，勉强得了三首而已，不敢自夸。”

“不错不错，在下也是三首，哈哈……”

一片哄笑声中，那紫檀面孔的军汉尴尬地站在人群中，一脸的汤汁酒水也不敢擦，只得顶着众人的嘲笑，满面通红地退离了。

雅座之上，贺兰贞举杯：“小墨你无须介怀，你的路还很远，你的才华会被世人所见，这些流言蜚语迟早会湮没无声。”

墨桥生闻言，举杯一饮而尽。

他身侧伺候着一位身着红衣的女子，女子肤若凝脂，柔荑胜雪，轻举银壶为墨桥生添酒。

墨桥生一手扶杯壁，一手托底，微微向她点了点头。

那女子端举衣袖，掩着樱唇，轻笑了起来：“军爷真是斯文之人，对奴家都这般知礼，和那些粗俗的兵汉全然不同，不愧是位校尉呢。”

说着她轻摆杨柳腰身，向墨桥生依偎过去。

忽然一只如铁钳一般的手掌掐住了她的手腕，阻止了她的行动。力道之大，让她忍不住轻呼了一声。

墨桥生不说话，但他手中的力道明确地表达了拒绝的意思。

那女子悻悻地坐直了身子，不再逾越。

这些从杀场上刚退下来的士兵有不少性情暴虐的粗鲁之士，她可不愿招惹到这种人。

她悄悄揉着生疼的手腕，心中惋惜。原以为是个俊俏多情的官爷，可以多捞一点，如此看来只是个无礼的愣头儿青，看来是白费功夫了。她只盼这些人快些走，好再挑个有钱的金主服侍。

墨桥生不负她所望，酒过三巡后便起身告辞。贺兰贞苦留不住，最终只得随他去了。

出了那软玉温香、鱼龙乱舞之地，被门外清新的夜风一吹，墨桥生才感觉自己活了过来。

他迈开大步，急着脱离身后的喧嚣，回到夜色深处那最让自己安心的地方。

回到自己屋中，墨桥生躺在床榻之上，久久不能入眠。

如今，主公有了自己的侍卫队伍，已不需他夜间守护。但主公依旧让他在寝殿的套间休息，和主公只隔着小小的一道门。

那扇精巧的木门正微微开着，烛火的光从里面透出来，似乎在等着他去主动推开那一扇门。

今日，那莺歌燕舞之地都没有搅乱他的心神，但此刻，这道从门缝中透出的烛光，却令他心乱如麻。

墨桥生翻身起来，悄悄来到门边，看向门那边的世界。

程千叶此时正坐在桌案前，聚精会神地翻阅着案牍。

桌上灯台内的烛火摇曳，照映着程千叶如玉一般的面孔，他的视线也忍不住在其上流连。从低垂的眼睫、专注的神情、秀气的鼻梁，再到……那粉色的双唇。

那双唇带着淡粉色的光泽，看起来那般柔美，但那一日在马车窄小的空间内，那唇牵起一抹坏笑，一点点向自己逼近，让他那样地心惊胆战。

墨桥生不敢再看，他的目光往下，视线扫过一截莹白的脖颈，底下是一道高高的衣领。

主公为什么总穿高领口的里衣？

墨桥生的目光停在那衣襟上，下一瞬，他狠狠地拍了一下自己的脸，逃一般地窜回了自己的床榻，用被子蒙住头脸。

专心忙于政务的程千叶，听到轻轻“啪”的一声后抬起头，看着和墨桥生屋子相连的门，门缝处一片漆黑，什么也没有。

桥生去哪儿了？是不是还没回来？

墨桥生被各种梦境困扰了一整夜。

一会儿他梦见自己在天香阁中，无数穿红着绿的姑娘围着他打转。

“军爷，来，喝一杯吧。”

“再同奴家喝一杯。”

…………

女子们嘻嘻哈哈的声音在无比空洞的房间内响起，他正要拒绝，突然一名大汉分开人群，走上前来，他定眼一看，正是他少年时期的旧主。

那人一把抓住他的头发，把他摁进水中，恶狠狠地道："下作的小东西，把他给卖了！"

墨桥生挣脱束缚，转身就跑，他在无边无尽的黑暗中向前奔去，不知跑了多久。

终于，黑暗中出现了点点光芒。

他定睛细看，温暖的亮光源自一个小小的烛台，周围一小块的空间被它照亮。而主公正坐在烛光里，专注地翻阅着案桌上的简牍。

他抬起头，看见惊慌失措的墨桥生，浅浅地笑了，向墨桥生挥挥手："桥生，到我身边来。"

墨桥生觉得自己惊惧的心，瞬间安定了下来。

对！他现在有了主公，他已经不用再害怕了。

他一步步走近那个世上最令他安心之人的身边，而那个人的嘴唇慢慢勾起一抹坏笑，伸出如玉石一般的手指，搭上了那高高的领口，缓缓拉开……

墨桥生猛然醒了过来，窗户透出些许天光，寂静一片。

墨桥生起身，坐在床沿边，用双手捂住自己的脸。

他竟敢做这样的梦！简直大逆不道！不可原谅！罪无可赦！

墨桥生不敢回想梦中的情形，但梦中的画面却控制不住地浮现在脑海中。

那个人在梦中是女子之身，温暖又玲珑，但依旧那么强势，让自己攀上快乐的巅峰……

墨桥生冲出屋子，来到后院中的水井边，打了两大桶井水，用冰凉的井水把自己从头到脚浇了两遍，方压下了燥乱的思绪。

别再想了，千万别再想了。这只是个梦，也许是昨夜喝了点酒，才做了那乱七八糟的梦！

墨桥生安慰自己，他往自己的屋子走，却正好撞见刚要出门的程千叶。

"桥生？"程千叶看见他很高兴，对他露出笑容，"怎么一大早就把自己搞得湿漉漉的？”

墨桥生见到程千叶，不自觉地向后退了一步。

“怎么了？”程千叶上前两步，牵起他的手，“手这么冰，冲凉水了？”

墨桥生接连退了两步，直到后背碰上了墙壁，退无可退，才停下脚步。他的视线停留在眼前那一开一合的双唇上，喉头滚动，吞咽了一下口水。

他侧过头，挪开了视线，因为在那个梦里，就是这双唇霸道又甜蜜地把自己狠狠欺负了一遍。

程千叶伸出手，把他的脸掰了回来，仔细端详了他片刻，用那带着一点坏笑的勾人嗓音：“脸怎么红了？”

墨桥生闭上了眼，他不得不承认现实比梦境更让人沉沦。这世间也只有主公一个人，不管是什么模样，总能在一瞬间就俘获他。

他无从挣扎，也不愿挣扎。

新军接连操练了数日。

杨陆厚肩扛着一根粗重的櫑木，气喘吁吁地跑在队列中间。

“实……实在跑不动了。”他停下脚步，弯下干瘦的身躯，大口地喘着粗气。

这几日来，早上反复地训练着集合、解散、转弯走路，不停在金鼓的指挥下前进、后退，枯燥而疲累。

更可怕的是，午后开始，全队要出城跑上几十里路，并且路程与日俱增。

虽然伙食顿顿都好，粟饭也管饱，配菜中还有大片大片惹人眼馋的肥肉，但杨陆厚依旧感到吃不消，一天练下来，手脚都抖得厉害。

而从今日开始，长官甚至还要求他们扛着沉重的櫑木开始跑步。杨陆厚只觉得自己的肺像是被棉花堵住了，喘不上气。

真的跑不动了，让他歇口气吧，杨陆厚想。

杨盛从他身后经过，把他肩上的櫑木提起来，叠在自己肩上的那根上，给杨陆厚留下一个背影。

“快跟上，否则就滚出我们队。”

杨陆厚对杨盛是又敬又怕，只得甩开他两条发软的腿，勉强跟上杨盛的脚步：“盛……盛哥，我实在想不通，咱们为什么要天天这样跑？”

“闭嘴。”杨盛的目光狠狠盯着前方，“你看那个人。”

在长长的队伍前端，一人身着黑衣甲胄，肩上扛着两根檑木，迈着修长的双腿，坚定地跑在队伍的最前端，他的身后则跟着各项大考都拿一甲的丙甲队。

丙甲队全队人员默不作声，整齐划一地跟随着他们的校尉，也就是墨桥生，与后面的队伍拉开了一大截距离。

“都给老子跟上去！你们比那些从小没吃过饱饭的奴隶还差吗？”甲卯队的百夫长韩深正在大声训斥。他的队伍均由平民士伍组成，是以他总是把自己的队伍高看一筹，经常说出些得罪人的话而不自知。

杨盛所在的甲辰队正跟在甲卯队之后，甲辰队众人听得这话后齐齐鼓起了劲头，超越了本来在他们之前的甲卯队。

阿元看到一个脸上有一道疤痕，耳朵缺了一口，肩上扛着两根檑木的男人从自己身侧超越，他认出那便是第一次上战场就砍了十五个人头的奴隶。

原来他已经当上百夫长了……

阿元抿住嘴，提起几近麻木的双腿，加速向前跑去。

二十里负重长跑回来后，校场之上一片哀号之声。士兵们坐的坐、躺的躺，檑木被丢得到处都是。

墨桥生背手立于将台之上，双目有神，身躯笔挺，不见丝毫疲惫之态。

“在战场上，越是疲惫，越不能轻易松懈！敌人最有可能趁这个时机取尔等项上人头。”他朗声开口，下令鸣金，“全体列队集合。”

“老子不干了！”忽然，人群中一名壮汉坐在地上大声呼喝。

此人姓李，是甲丑队的百夫长，此刻他满头是汗：“天天整队，有个屁用？老子是去打仗，又不是去跳舞。”

此话一出，人群中传出一阵低低的笑声，不少人抬起头，幸灾乐祸地看着将台上的墨桥生。

这位李姓百夫长是名贵族子弟，家中有在朝为官的亲眷，素来跋扈得很，大家都等着看墨桥生会如何处置他。

墨桥生冷冷地看着他，缓缓开口："李百夫，我再给你一个机会，迅速整队。"

李百夫赖在地上，一挥大手，阴阳怪气道："回校尉大人的话，小的不是不从命，是实在累得起不了身了。"

墨桥生右手一抬，他亲率的丙甲队中齐步跑出四名甲士，押住李百夫的双臂就将人往将台处拖去。

"墨桥生！你知不知道爷爷我是谁？竟敢这样对我！你问问这军中，谁人不知你是个什么货色！"李百夫急红了眼，高声叫骂，"你根本就不是练兵。我看你就是被别人折腾得狠了，所以就以折腾我们为乐！"

押送李百夫的甲士大怒，抓了一把黄土塞进他口中，堵住了他的污言秽语。

李百夫仍"呜呜"叫喊，但墨桥生面不改色，向身边的提刑官问道："此人闻金不动，违抗军令，诋毁上官，依规当处何罪？"

提刑官朗声开口："依晋军军规，闻鼓不进、闻金不归者，斩立决；违抗军令者，杖一百；当众诋毁上官者，杖一百；三罪并罚从重责，当判军前斩首，首级示众三日。"

甲队的千夫长是李百夫的亲眷，闻言急忙上前："校尉手下留情。"

他左右一看，登上将台，靠近墨桥生低声道："校尉不知，此人是治粟内史韩大人的妻弟，惯是个粗俗无礼的蠢货。还请校尉大人大量，不同他计较，且看在韩大人和卑职的薄面上，饶恕他一回。"

墨桥生不为所动："军法之前无贵贱之分，你身为军吏，岂能带头徇私？此番，墨某恐怕是要得罪了。"

他大手一挥，两名刽子手上前，手起刀落，将台前瞬间出现一道刺目的鲜红。

全场顿时静寂无声，士兵们在一片寂静中迅速地排好队列，看着将台上的黑衣校尉，传说中“杀神”的名头第一次在他们心中清晰起来。

“你！你！”那名千夫长抖着脸上的筋肉，咬着牙道，“墨大人真是铮铮傲骨，连治粟内史韩大人的面子都不肯给！”

“你大概还不知道，如今的治粟内史乃是张馥张大人。”墨桥生冷然回道，“你口中那位大人，莫说他如今不在其职，便是他还在位上，当面站在我眼前，我也不会因私废公，罔顾军纪！”

“啪啪啪”，校场的大门处响起了几声清脆的掌声。

程千叶头束金冠，身着龙纹绛袍，带着一队随身侍卫，笑眯眯地出现在校场大门。

她走上将台，抬手让校场上齐齐跪地行礼的众兵士起身。看着校场上整齐有度的队伍，连声夸赞：“干得不错呀，墨校尉。”

她微微侧身，靠近墨桥生低声说了句：“辛苦了好几日了，明天休息一天，我们一起去泡温泉吧？”

墨桥生闻言，原本冷硬的面孔上瞬间闪过一道可疑的红晕。他轻咳了一下，刚刚还宣称自己决不会因私废公的“墨阎王”突然就转了性，宣布明日，全军休沐一日。

“校尉大人也不是那么冷酷无情，想着我们连日辛苦，终于给休沐了一日。”阿元和他的同伴们走在一起。

“是啊，终于休息一日了。我存了点小钱，打算去城里逛一逛买点东西，托驿使给我阿娘捎回去，阿元你要不要一起？”

“可以捎东西回家？那我和你同去。”阿元爽快地答应下来。

另一边，杨陆厚觉得一双腿都已经不是自己的了，他扶着同伴的肩膀，一瘸一拐地慢慢往回走。

他偶一回头，正巧看见将台上的墨校尉在和主公并肩交谈。

“你看，墨校尉是不是脸红了？”

“胡说，他杀人眼都不眨一下，怎么会脸红？”

趁着休沐，杨盛带着自己的几个兄弟来到汴州城外，东南向十余里的祥符县士甲村。

士甲村本是个只有不到百户庶民居住的小村落，几番战乱之后，更是人员流失，良田荒废。

自打程千叶实施军功授爵制之后，这一片土地便被重新规划，用来赏赐在战争中获取军功、爵位的士伍，因而也改名为士甲村。

村内五家为一伍，百家为一里，紧邻而居。每一里规划出主干道路建简易的里门，设一里正，总管里门内事物。十里为一亭，五亭为一村，数村方为一县。

村中早就给杨盛办理好了落户手续。但杨盛初次前来，村长核验了杨盛出示的身份证明后热情地接待了他，又招来了杨盛定居的许厝里的里正，让他领着杨盛去看自己分到的宅基地和田地。

里正是个三十出头的男子，他一面领着杨盛等人行走，一面对着杨盛拱手道："杨上造能落户在我们许厝里，真是我等邻里之福啊。我们许厝里落户的多是一级公士和普通士伍，像杨上造这样的二级上造，还是头一位呢。"

按照新政，村长和里正等职位，本也应由低级爵位者担任。但新政初行，有爵之人甚少，只能从平民中选拔暂任者，是以他们对杨盛这个仅二级的百夫长相当热情。

杨盛素来就是一个很能笼络人心的人，几番你来我往，便和里正熟络起来。

他握着里正的手，在笑谈中随意往他袖中塞了一小袋钱："兄弟我是光杆一个，日日在军中点卯，既没有爹娘，也没有婆娘。这里门中的事，还要哥哥多帮衬帮衬。"

那里正哈哈笑了起来，几番推脱，才勉为其难收下钱袋，领着他们进了里门。

汴州是战后重建之地，虽然规划出了大量村县，但还是人口稀少，存在大片荒地和不少无主荒屋。

里正领着杨盛他们来到一处破旧的土宅前，此宅是用夯土筑的墙面，屋檩上斜铺着苇束做的屋面，屋脊、屋檐和天勾等位置甚至还铺了土瓦。虽然因为久无人居，墙面出现崩裂，屋顶的茅草也被刮走，开出了天窗，但这依旧算是这许厝里的众多荒屋之中很不错的一栋土屋了，甚至比城中士卒们居住的夯土屋还要好得多。

“杨上造你看，此宅本是一般实人家所居，那家人在战乱中都没了。杨上造军务繁忙，想必一时也抽不出空闲搭建新宅。兄弟便私下做主将此宅拨给上造，权作落脚之用。日后上造得了闲，再慢慢翻建新屋不迟。”

他这话说得十分漂亮，意思是别人都只分到了一块宅基地，但考虑到你也没什么家人帮忙，干脆分一块带着旧宅的土地给你，虽然破是破了点，但收拾收拾就可以用，省得你没空盖新的。

杨盛连声称谢，待里正离去之后，杨陆厚等其余几人欢呼一声，推开那破旧不堪已经歪了半扇的木门，一拥而入。

这座小小的宅子分成前后两列，前列有三间大屋，后列是猪圈、茅房以及杂物间。院子中有水井和一组石桌椅，一棵大枣树巍巍靠在院墙边生长。

虽然土墙崩开数道裂缝，屋顶透光，室内更像遭遇过数次洗劫般凌乱得很，但他们几人依旧难以抑制心中的兴奋和激动之情。

一个月之前，他们还挤在猪圈一般的奴隶营中，为了能抢到地方睡觉，跟着盛哥打架，做梦也不敢想能有自己的房子、自己的田地。

如今，虽然只有盛哥一人得到了房子，但对他们来说，这就成了一个看得见摸得着的梦。为了实现这个梦，他们情愿拿命去拼。

几个年轻力壮的男人迅速行动起来，他们割来苇束，借来工具，修屋顶、砌墙、打扫屋舍……热火朝天地干起活来。

杨陆厚打来两大桶水，往屋内重重一放。他忍不住在夯土筑成的榻上滚了一圈，四肢大开，躺着不动，透过头上屋顶的破洞，看着杨盛正坐在檩上休息。

“盛哥，真好啊。”杨陆厚开口，“有这样一座院子，再娶个婆娘，生几个大胖小子。到时候我在前线打仗，挣了钱、挣了田就寄回来给他们花。”

杨盛轻轻哼了一声，没有说话，视线看向远方，不知在想些什么。

"明日，我自己扛檑木。"杨陆厚说道。

杨盛低头看了他一眼，从缝隙中丢下一根芦苇秆。

"对了盛哥。"杨陆厚坐起身来，"方才我去借工具，发现这整个许厝里都空落落的没几户人家。你得了那么多田地可怎生是好，总要寻个租种的才是。"

此刻在西山脚下，一个老农带着他的一家人正在田地里忙碌着。

一位衣着华贵的贵公子，蹲在田埂边上笑眯眯地和他打招呼："老丈，今年庄稼的长势怎么样啊？会是个丰年吗？"

这位贵公子容貌俊秀、神态温和，身后侍立着一位一脸警惕的黑衣侍从，不远处还停着一辆马车以及浩浩荡荡的随行人员，排场很是惊人。

想必是城中的贵族老爷，出来踏青，老汉倒也不畏缩："长势好着呢，这一百亩地定能产二百石粟，还有余呢。"

"二百石？这么少？"程千叶愣了一下，脱口而出。

"公子，你是贵人，不晓得这地里的活计。"那老农也不以为意，停下锄头，同程千叶说，"这还是风调雨顺的情况下，老汉把这每一亩地都当眼珠子照看，才能产得这许多。

"老汉在西山那一头也有一百亩地，那儿靠近汴水，土地肥沃，水分充足，倒是有望产个三百石。"

"老丈，你们家有这么多地呀？"程千叶点了点头，又继续问道。

"俺家是从郑州新逃兵祸过来的，哪能有这么多地，全是仰仗咱们主公的恩德，入了晋国籍，分了三十亩田。但我家人口多，每年还得交租子，哪够全家人嚼用的？"老汉搭起肩上的毛巾抹了把汗，"好在这里军户多，有专门给士伍落户的村子，这些士伍最近有不少都得了军功，拜了爵，分了田。但家小却都还没迁过来，这大把的地没人种，老汉一口气租了两百亩的田呢。"

"这样能忙得过来吗？"程千叶问道。

"有啥好忙不过来的，有田种总比饿肚子强。现在是全家人都上，你看，连我那几个小孙子都被叫来帮忙了。”老汉指着田间忙碌的几个小孩道。

“今年是第一年，咱们主公说不收租子。只要熬过了今年，存些钱买头牛，明年的日子就好过了。”

程千叶站起身来，拍了拍手，行个礼：“多谢老丈解惑。”

“贵人恁得客气，这值些个什么。”

程千叶看了墨桥生一眼，回身向车队走去，墨桥生从怀中掏出一个钱袋，放在田埂上。

程千叶的声音悠悠传来：“给孩子们买件衣服。”

西山温泉别院。

月神泉中白雾缭绕，墨桥生自觉地在眼部束上黑布，扶着栏杆，步入泉水之中。

身侧响起了有人入水的声音，一个湿漉漉的手掌牵起了他的手，引着他一起靠着池壁，坐在水中的台阶之上。

“还是泡温泉最放松。”一个声音在他身边响起，“真想天天都和你一起来。”

是啊，真想永远都这样，和主人待在一起。墨桥生心里想。

“桥生。”身边的人突然轻轻说，“你想不想把眼上的布条拿下来？”

墨桥生吓了一跳，下意识地想要站起身来，却不小心脚下一滑，整个人就往水中沉去。

程千叶伸出手臂扶住慌成一团的男人，让他在水中站稳，她笑着说：“怎么吓成这样？”

看着面孔泛着红晕，耳朵尖都红透了的墨桥生，程千叶咬着唇，一下一下摸着那个脑袋。

“你不想就算了。”程千叶安慰道，“你很快就要出征了，等将来再告诉你也好。”

感受着墨桥生强烈的情感，程千叶动了一下眉头。

她心想，他这么可爱，让她怎么忍得住，怎么忍得住不欺负他？

程千叶的手顺着墨桥生黑色的发丝慢慢往下，不安分地摸了摸那立体的眉骨，又滑过那轮廓分明的脸庞，轻轻用拇指摩挲着淡淡的薄唇。

在雾气蒸腾的泉水中，墨桥生仰着头，躺在汉白玉砌成的水池边缘，微张着唇，一动也不动，眼上蒙着黑布，脸上泛着红晕。

程千叶凝望了许久，俯下身轻轻吻上他的额头。

墨桥生只觉有什么柔软湿润的东西，轻轻地，像一个梦一样，落在了他的额头。他大脑一片空白，有一只手很快掐住他的下颌，不让他挣扎。

指腹触碰到他的双唇，那种肌肤摩挲的触感，让他内心深处战栗起来，他的双唇也因过度兴奋而变得冰凉。

他是不是要死了？

墨桥生的脑海糊成一片，意乱情迷。

突然耳边传来低低的声音——

“你想不想要……我吻你？”

过了许久，在程千叶以为墨桥生不会给她回答的时候，她看见眼前的下颌轻轻点了一下。

于是，她低头覆盖了这个男人的双唇，食髓知味，她没有回头路了。

天空落下的枫叶旋转着掉在水中，白雾弥漫，时光仿佛被凝固了，又像是流淌过去了几千年。

墨桥生从缠绵中醒过神来，一把推开程千叶，从水池中翻身而起，向着远处跑去。他过于慌乱，眼中又不能视物，甚至撞上了一棵树干。他一把扯下眼前的黑布，头也不回地消失在树林之中。

程千叶看着水面，摸了摸下巴，她是不是又做错了什么？

回到汴州城内，姚天香一脸兴奋地溜进了程千叶的寝殿。

“怎么样？搞定了吗？”

“呃……”程千叶有些尴尬。

“什么！”姚天香大惊小怪，“你只是亲了一下？”

程千叶托着腮，看着烛火：“我本来只想亲他一下而已，可他总是那个样子，泪眼汪汪，让人又想疼爱他又忍不住欺负他。我一不小心就做得过分了点，他被我吓跑了，我都还来不及把话说完……”

杨盛和兄弟几个同心协力，用一天时间把房子勉强收拾了出来。后又在屋顶铺好苇束，木门用一把大锁锁上，表示这座屋子已是有主之屋。

回城之后，杨盛拿出自己的赏钱，拉上几个兄弟一起下了一趟馆子。

说是下馆子，其实也不过是路边的一个小摊，几个人头碰着头，蹲在摊边的矮桌旁，一人一碗胡辣汤，就着两块锅盔大快朵颐了起来。

这是他们人生中第一次花钱坐在桌椅上，在摊子老板的热情招呼下吃着东西。

杨陆厚吃着吃着，就抹起了眼泪：“这也太好吃了，简直像做梦一样！感觉昨天我还是个连半片黑硬的饼都领不到的奴隶，今天怎么就能坐在这里，端着碗吃饭了？”

一旁的兄弟拍了一下他的脑门：“行了行了，瞧你这点出息，还哭了。如今我们遇到了好主公，只要跟着咱盛哥好好混，迟早有吃香喝辣的日子。”

“这汤味道太厚，我，我是被冲的。”

“你们看那里。”杨盛掰着饼往嘴里丢，目光落在不远的街道上。

街道上有一个驿站，门外排着长长的队伍，队伍里全是军营中的士兵，人人喜气洋洋，手上或多或少地提着些东西。

“那是驿站。”食摊的老板对此现象早已见怪不怪，一面端出新出炉的锅盔，一面给他们解释，“主公新增了不少邮驿，专门往返汴州和绛州，城中的士伍们可以捎带家书和东西给绛州的家人。几位看样子也是军爷，若是想给家人捎个口信、带点东西，去那儿就可以。驿站有专门的邮驿帮忙写信，若是捎带东西就要多花几个钱。”

在那长长的队伍中，阿元和他的同乡阿黄以及百夫长韩深也正在排队。等到了他们，阿元和阿黄谦让韩深，韩深便也不再客气。他走上前去，从怀中掏出了两千个大钱，摆在了接待他的邮驿面前。

那邮驿问清了韩深所寄的地址和寄物的数量，随即取一张纸，居中对折，一式抄了两份，正中盖了一个花章，让韩深在金额、数量等处按了手印，才将纸一分为二，一份给韩深，一份留下备案。

“可有要捎带的话语？”那邮驿提笔问道。

“多谢役使费心，劳烦告诉我老子娘，叫她把钱收好了，也不必太省着花。她儿子如今是百夫长了，能挣许多钱。平日里若是媳妇不听话，千万别气着自己，等儿子回去再好生伺候养老。”

邮驿把他的话一一记下，同那两千钱放置在一起，韩深也在交办了手续费用后，退到一旁等待。

阿黄紧跟着上前，他摸了摸自己脑袋，道：“我没有东西，就捎个口信给我阿爹和阿娘还有长兄。告诉他们，我如今拜了公士爵，分了一百亩田和一块盖房子的地，问询他们要不要一起迁过来。只说这里有咱家自己的地，这边的官老爷们也都不那么凶，好讨生活。”

邮驿一一记录详细，同样收取了他相应的手续费，给了他一份回执。

等到了阿元，他红了红脸，从怀中掏出一块蓝底的花布和一小包钱币。他没有得到爵位，也就还没有封赏。这些是他预支的两个月军饷，他一分都没有留，全给家里捎去了。

阿黄吹了个口哨：“哇，你只寄块花布？这小子，心中就只想着他媳妇儿。”

阿元忍着羞意，红着脸对邮驿道：“麻烦小哥告诉我媳妇阿娟，就说我在军营里一切都好，辛苦她照顾好阿娘和孩子们，等我拿了军功，拜了爵，就接她们娘几个到汴州来。”

杨盛看着驿站热闹的场面，向后靠了靠身子：“看到了没？他们这些士伍，大多是绛州周边人士。此次主公发兵琪县，为的就是打通汴州和晋国国内的通道，他们这些人肯定比我们还拼。”

他挥了挥手，让几个兄弟靠过来：“我不管他们如何，这一仗打下来，我们队必须拿头等功。别的不说，你们几个至少都要成为公士。到时候人人有地，有房子，再娶个婆娘，生几个小子，我们才能成为和他们一样的人。”

第十章 出征

此刻，程千叶驻扎的行辕内。

程千叶正坐在案桌前，听着肖瑾汇报新政实施之后的情形。

“从他邦流亡过来，落户我们大晋的十八岁以上成年男子均可分到一块三十亩的土地。臣使小吏编排安置流民于里门之内，比邻相连，列巷而居。设里正、亭长、监察教化等职，而得民众不随意迁徙，安心农耕。”

程千叶开口问道：“这三十亩会不会太少？我今日去西山，向路边老农打听了收成情况。一百亩地最多产二到三百石粮食，扣掉税根本不够吃。我们汴州及周边拿下的几个郡县都是地广人稀之处，为什么不能多给他们分点？”

肖瑾笑了起来：“主公体恤民情、恩泽苍生是一件好事。但此刻乃是战时，一切应以国家利益为先。

“我军士伍都征自本国军户，这些外邦流入之民，臣私以为应促使他们多事农耕，为我晋军提供大量的税收为首要之事。”

程千叶明白了：“你是想既能吸引他们到晋国来，又让他们的地不太够种，好让他们去租更多的土地来交税？”

肖瑾道：“主公的新政和军功授爵制如今施展开来，日见成效。主公心中天地之广、才思之妙让臣不得不服，此二策实乃国盛之基石。

“军户们立功拜爵，封了大片土地，但无暇耕种，而新来的农户们正好可以租军户的田地耕种。

“租地需要交大量租钱，如果不是自留不多，他们也未必会一下就租种如此多的土地。这样，自留地多，我们的税收必定就少。”

“看不出来啊。”程千叶笑道，“我们肖司寇在钱粮账目上也别有天赋。”

肖瑾行礼道：“主公胸有大志，臣食君之禄，为君分忧。臣心中以为，只有丰厚的存粮才是我大晋雄师征战四方的保障，才是主公入主天下的基石。”

程千叶愣了愣，最开始时，她的身边只有肖瑾一个可以信任的人，而且还不是十分可靠。

初见之时，肖瑾曾把一柄短剑丢在自己面前，劝她自尽，免于受辱。后来假冒晋越侯处理政务时，她天天在肖瑾身边打转，想方设法地想让肖瑾高看自己一点，不再把自己当作临时替代品，却没有多少效果。

时至今日，她早已不执着此道，不再把重心放在他人对自己的看法上。她专心做自己能做的事，走自己想走的路，却在不经意之间，得到了众人的真心认可。

如今，肖瑾在自己面前也诚心诚意地低下了头，开始真心辅佐她，二人也为一个共同的目标而努力着。

“肖司寇。”程千叶开口，“从今以后，完善新政、制定律令之事就交托给你了。此务虽繁重，但关系我大晋的民生命脉，功利千秋，还望你不要推辞。”

肖瑾眼光闪了闪，整理衣袖，郑重其事地向程千叶行了一个大礼。

入夜之时。

程千叶坐于窗前，调素筝，弹起一曲《将军令》。

一步步走到如今之地，眼前的视野越来越开阔，她的身后也逐渐跟上许许多多的人。前面的路再也没有人可以引领她，每一步怎么走都需要她自己去探索，自己去迈出。但此刻她心中却感到很安稳，不惶恐也不迷茫。

也许，正是因为有了这些可以信赖的朋友、忠心的部将、仰望的子民……她那颗柔弱的心，才坚定稳重起来……

墨桥生躺在屋檐的阴影处，头顶是皓月苍穹，铮铮的筝音传入他的耳中。

是主公在弹筝。

他闭上眼，想起了在温泉中的那个吻，耳根慢慢红了起来，心跳声也与那激昂的筝音共鸣。

一瞬间，他好似听懂了主公的豪情壮志，听懂了主公对天下苍生的那抹温柔。

主公心中所想亦是他所愿，他将跨马持枪，破开这浓黑的深夜，为主公迎来他所期望的光明世界。

“桥生。”

墨桥生听到熟悉的呼唤，睁开眼，从屋檐上伸出头来。此时程千叶正站在廊柱下，仰起头笑盈盈地看着他。

“你怎么站在那里？”程千叶冲他招手，“快下来，到我身边来。”

墨桥生想起白日里自己在温泉中，因为一时把持不住而出糗的样子，他“唰”的一下涨红面孔，磨蹭了好一会儿，才从屋顶上下来，站在程千叶身前。

程千叶取出一个三角形的玳瑁甲片，那半透明的甲片上打了一个小孔，系着一根黑绳。

“来。”她勾了勾手指。

墨桥生顺从地低下了脑袋。

程千叶伸出双手，把那根黑绳系在了他的脖子上：“我也没有什么贴身久戴之物，此甲片是我弹筝所用，送一片给你。你戴着它，就好像我时时在你身边一样。”

她扯了扯那条绳子，把墨桥生的脑袋拉下来一点，伸出手指点了点他的鼻子：“你要不要也送个什么东西给我呢？”

休沐了一日的士兵们回到校场，发现他们终于摆脱了枯燥的队列训练，被允许拿起武器。

他们被分为两批，一批领到了盾牌和短刀，另一批则领到了长矛。

因此，上午的三个时辰，一半人反复做着挥刀劈砍、举盾格挡的动作。另一半人则对着面前扎好的草人，来来回回练着挺矛，一跨一刺。练累了，就复演队列以为调节。

因故，当伙夫抬上饭食，全军休息用饭的时候，许多士兵们端碗筷的手都在抖。

“练队列的时候，我嫌弃它枯燥，天天盼着早一点操练军武。”杨陆厚苦着脸说，“早知还不如多练几日队列呢，我这右臂都快举不起来碗了。”

他的几个兄弟哈哈大笑：“拿不动碗可以不食，把你碗中的肉菜分给哥哥们就好。”

杨陆厚护住碗筷：“说笑而已，休得如此。”

一个叫登柱的士伍开口道：“六猴儿你莫要躲懒，出征近在眼前，这一次你总不好叫盛哥再分你人头凑数了。”

杨陆厚闻言不说话了，只埋下脑袋大口扒饭。

另一名叫蔡石的士伍开口接话：“柱子是我们中除了盛哥第一个拿到敌军首级的，当初那敌军铺天盖地杀来，吓得我腿都软了。我就是看柱子冲上前砍翻了一个敌人，才鼓起勇气跟了上去，到后面杀红了眼，才勉强挣到了一颗。”

登柱停下筷子：“我和你们不同，我还有个老娘在绛州的奴隶营中。我只想尽快再多拿个头，早日给俺娘脱了奴籍，接她过来，和我一起过几天好日子。”

杨盛在一旁听见，伸臂搭在登柱的肩上：“这一仗，咱们好好打！只要你们得了人头，想接谁就接谁，我那宅子左右是空着，到时候都住我那儿。”

几人听得此言，兴奋起来。尚有家人的只觉得身躯中鼓满了干劲，即便独身一人的，也对未来有家有室的生活充满了憧憬。

朝食结束，墨桥生登上将台，在全军一片哀号声中，宣布全员扛上檑木，出城长跑。

长长的队伍跑在城外林间小道上，杨盛跑到气喘吁吁的杨陆厚身侧，开口说道：“还是给我吧。”

杨陆厚艰难地摇头：“不，盛哥，我六猴儿不能永远靠着你，今天我必须自己扛着。”

甲卯队的百夫长韩深正呵斥着自己队伍中逐渐落后的那些士兵，突然，他看到自己队列中的一个什夫长，肩上正扛着两根檑木，从他面前跑过。他跟上前，问道：“阿元，你这是在作甚？”

“队，队长你看。”阿元喘着粗气，脚步不停，“那个人，他每次都扛双份，有时候还会扛三份。他已经是上造爵位了，听说他昨日去领了一栋房子，还有两百亩的田地。但我，我却连一块布都买不起。”

韩深抬头一看，跑在他们前面的又是那个讨人厌的甲辰队。

此队全队乃至百夫长起都是奴隶出身，那个百夫长杨盛一点自知之明都没有，既傲又狂，每次都要带队超过自己所带的甲卯队才罢休。

“老子以后也扛两根。”韩深朝地上啐了一口，把队伍最后一个瘦弱小兵肩上的檑木接过来，扛在自己肩上，向前跑去。

二十几里的负重长跑回来，杨陆厚手脚发软，几乎走不动路，他对架着他走路的登柱说：“柱……柱子哥，我委实走不动了，你先走吧，别管我了。”

“你看那边。”登柱没有动，他偏了一下脸，“盛哥又去挑战墨阎王了。”

杨陆厚站直身体，恰巧看见将台之下，杨盛拦住了刚刚走下台来的墨桥生。

“校尉大人。”杨盛抱拳行了个军礼，“校尉大人领跑了一圈，一点疲态都没有，真是让我等不服也不行。”

“不知大人今日是否得闲，再点拨小人一次。”他话说得谦虚，神态却带着点张狂，每日结营，只要能拦得住，他都会拦着墨桥生比试。尽管次次都输，却依旧毫不怯战。

墨桥生并不多言，把上衣一脱：“可，今日就比对搏击之术。”

两个男人露出筋肉紧实的猿臂蜂腰，弯下腰，紧盯着对方。

杨盛紧紧看着对面的男人，这个男人有一双冷漠的眼睛，浑身带着一股令人毛骨悚然的战意。盯着自己的时候，让他想起了自己幼年时期在荒原中遇到的狼。

狼在看见自己的猎物时，也同样会露出这种眼神，让人后颈发凉，恨不得转身就跑。

但他是杨盛，从小就没有退却过。

越是强大的对手，越令他兴奋。

杨盛大吼一声，扑向前去。但还未扑到，他的脚踝忽然一痛，瞬间失去了平衡。

杨盛在地上滚了一圈，飞快地爬起身来，再次向墨桥生冲去。这一次，他看见了。当他靠近之时，墨桥生飞快地出脚，向着他下盘踢来。

刚躲过墨桥生的突袭，杨盛又忽觉膝弯处猛然一疼，他左腿一软，几乎跪下地去。杨盛咬着牙不让自己倒下，一拳挥出，直击墨桥生面门，同时踹出一腿，踢向墨桥生裆下。

墨桥生架住他的双臂、腿脚，二人僵持片刻，墨桥生荡开杨盛的手臂，双拳齐出，直击他的胸膛，把他击退数步。

“你这样不行，你这是打架的路数。来，我教你真正的搏击之术。”墨桥生阻住了还想再度扑上来的杨盛。

“校尉大人，我，我们也可以学吗？”围观的一个士兵满面通红地开口问道。

“对，也教教我们吧，校尉大人。”

“教教我们，墨阎……不，校尉大人。”

…………

尚未回营，留下来围观的士兵们一个个高声喊了起来，墨桥生指着第一个开口的士兵：“行，你叫什么名字，过来做个示范。”

“小人叫阿元，多谢校尉大人。”阿元兴奋地说道。

墨桥生控住阿元的双臂，开始讲解搏击之术注重的要点。

“不错，你的臂力很强。战场之上，一力降十会，从今往后注意继续加强锻炼。”墨桥生夸赞道。

贺兰贞来到校场外，听见场内依旧呼喝有声。

这个小墨也太有干劲了，结营的时间早就过了，就他每次都折腾到这么晚。

此刻的场内，阿元正憋得面红耳赤，却依旧不能撼动对面铁钳一般的手臂。

突然远处传来吼声："小墨，主公宣召，让你我同去行辕回话。"

忽然，原本稳稳控住阿元胳膊的那双手突然间力道就松了，阿元一下没收住势，直把墨桥生摔了个趔趄。

"抱……抱歉。"阿元急忙扶起了自己的长官，却看见自己眼前这位向来严格冷酷的"墨阎王"，脸上依稀泛过一道可疑的红晕。

我一定是眼花了吧？阿元想道。

墨桥生站起身来，拍拍身上的土，简单交代了几句，便匆匆随着贺兰贞离开校场。

二人来到程千叶所在的大殿，此时已有数名士官在程千叶面前，汇报着近期各地的军事战况。

墨桥生站在外围，看着端坐在人群中的程千叶。只见她一手撑着面颊，另一只手的手指在案桌上缓缓地点着，专注地倾听战况，凝神思索。

墨桥生突然就有些心猿意马起来，他发现自己集中不了精力，目光不论是放在主公那白皙的面庞，还是轻抿的红唇，抑或是那轻轻点顿的指端，似乎都很不对。

"墨校尉。"程千叶突然点到他的名，"你的部队训练得如何？可有什么困难之处？"

墨桥生收敛了一下心神，避开程千叶的目光，低头行礼，简洁地说道："还请主公放心，多亏贺兰将军全力相助，新军训练一切顺利。"

贺兰贞忍不住替他回复："墨校尉治军严谨，素有成效，卑职保证不用多久，他那支新军，必成我晋军中的一支锐利之师，可堪大用。"

从会议厅出来，贺兰贞搭着墨桥生的肩膀："小墨你今天怎么回事？在主公面前你都敢走神？"

墨桥生的脸微不可见地红了一下，贺兰贞安慰道："桥生不必紧张，你练军确有成效，又日日勤勉不辍，大家和主公都看在眼里呢。"

墨桥生停下了脚步，踌躇了片刻。

看着犹豫踌躇的墨桥生，贺兰贞一脸疑惑，问道："怎么了，桥生？有事直说啊。"

墨桥生红着面孔，开口问道："敢问贺兰将军，家中可有妻室？"

"未曾娶妻，只有两个小妾。"贺兰贞不解地答道。

"那……将军可有意中人？"墨桥生眼神闪避，"不知将军都以何物为礼，馈赠自己中意之人？"

贺兰贞诧异了一下，随即露出了八卦的神色："原来你有了意中人啊！难怪心神不宁，莫不是看中了哪位姑娘？"

他拍着墨桥生的肩膀笑了起来："哈哈，姑娘们无非就喜欢些花儿粉儿的。桥生你这般容姿不凡、器宇轩昂，哪个姑娘会不喜欢？随便买个珠玉首饰相赠便是。"

墨桥生的脸愈发红了起来，逃一般离开了。

贺兰贞看着墨桥生落荒而逃的背影，还在后头加了句："你放心，按哥哥教的，一面说着情话，一面亲手给她们戴上，保你轻易捕获姑娘的芳心。"

司马徒在马厩中照料着马匹。

虽然他现在已经不再是一名马夫了，但天香公主的坐骑他还是会日日亲手照料。

忽然，他听见有人喊他的名字，便转过身来，只见墨桥生站在马厩的门栏处。一向不爱说话的他神情有些局促，面色微红，一副欲言又止的模样。

"怎么了，桥生？寻我有事？"墨桥生能来找他，司马徒还挺高兴。

墨桥生忍住羞意，吞吞吐吐地把来意说了一遍。司马徒听完，想笑又只能拼命憋着，一时面部表情显得十分古怪。墨桥生见状涨红了脸，转身就走。

"别，别……"司马徒赶紧拉住了他，"送主公礼物，这有什么好想的？你把自己洗干净点送给他，他肯定最高兴啊。"

"……"

程凤坐在自己屋内，看着给他端来汤药的小秋，冷冷地撇过脸去："放下吧，我已说过多次，我的事无须你费心。"

“不行，主公交代过的！我这一个月天天都要看着你喝药，少一天都不行。”小秋堵在门口，执意要看着程凤喝药，“姐姐也说过，主公交代的事，不论大小，一点都不能马虎。”

阿凤无奈，端起药碗一饮而尽：“这下你可以走了吧？”

“还没有呢，主公说了，按大夫的嘱咐，每日要看着你缓步在屋中走两圈。不得随意出门，三日必须换一次药，五日请大夫来会诊一次……”

墨桥生到的时候，正看见程凤的屋门口堵着一个絮絮叨叨的“小胖包子”，而程凤则一脸无奈地撑着头，坐在屋内的桌前。

看到墨桥生，小秋高兴地道：“桥生哥哥你来啦！”

自从墨桥生牵着挂满敌军首级的两匹马入城，得了“墨阎王”的称号后，许多宫人和侍女见了他都不免露出畏缩惧怕之意。这种畏惧也让本来就不擅长与他人交往的他，显得更加严肃和冷淡起来。

但也许是相识于微末之时，再加上年纪幼小，小秋每次见到他还是一如既往的热情活泼。

这使墨桥生心中微微松了一口气。

“桥生哥哥还没进晚食吧？姐姐正在烙饼呢，我去端一些来，让你和凤哥哥坐着一起吃。”一提到吃，小秋眼中就闪着亮晶晶的光，不等墨桥生回答，扭头就跑了。

墨桥生看着那个跑远了的小小背影，眼底透出一点笑意，在程凤的桌边坐了下来。

“聒噪个不停，我整日烦得很，幸好你来了。”程凤不耐地抱怨。

“她只有这么点高。”墨桥生伸手比了一下，“你如果真的烦她，一只手就可以让她不敢再来。”

程凤抿住了嘴，撇开视线。

“伤都好了吧。”墨桥生提了一小坛酒，摆在桌上，又从程凤的桌上翻出两个杯子。

“你说呢？”程凤看着他倒酒，“我都躺半月有余了，从前我们哪次受伤有这样的待遇……”

二人各自举杯，轻碰了一下，烈酒入喉，既香且醇。记得不久之前，二人也曾这样对坐，同样的人，同样的酒，那时却是那般的苦涩难言。

酒精刺激了神经，使人的思维更感性。

往昔每一次伤重，都是独自躺在寒冷潮湿的窝棚里。再渴也没有水，再饿也没有吃的。只能在无边的寂静中忍耐着、煎熬着、畏惧着那或许下一刻就要降临的死神。

幸运的话，会有一个兄弟赶在夜间回来，往你的口中塞一团自己省下来的食物，喂一口浑浊的水，勉强把你从死亡边缘拉回来，能够继续在那暗无天日的泥沼中挣扎存活。

但如今，程凤看着桌面上那个空着的药碗。

每一次他睁开眼，总有甘甜的清水、温热的粥食，被一双胖乎乎的小手捧到自己床前。

那个孩子的话很多，让他觉得太吵，让一向在寂静中独自疗伤的自己很不习惯这种温暖。虽然那只是一个孩子，做事也时常毛手毛脚的，但那份心意却十分炙热，炙热到令久处寒冰之中的他，下意识地想要抗拒。

程凤闭了一下眼，在自己漆黑的一生中搜寻了一遍，似乎只在年幼之时曾得到过这种照顾。

那时候越是温暖，后面的回忆就越为残酷。

如果不是遇到主公，他这样一个从内到外早就被染黑的人，如何能有再度被温柔相待的机会。

程凤饮尽了杯中酒："你来寻我，可是有事？"

墨桥生掏出了挂在脖子上的那一个小小的甲片，摩挲了片刻。

贺兰贞和司马徒是他新近认识的朋友，都对他十分热情且真诚。相反，程凤待人一贯既冷淡又毒舌。

但不知道为什么，来找程凤商量这件事，他才觉得心中安定又平稳。

因为程凤是一个真正能明白他、理解他的兄弟。

程凤看着那个三角形的挂饰："你说这是主公赐予你的？"

墨桥生轻轻"嗯"了一下，他凝望着那甲片的眼神透出少见的温柔。

“桥生，我曾经劝你远离主公，如今看来是我错了。”程凤说道。

墨桥生一向刚毅的脸部线条，微不可查地柔和了起来：“主公希望我也能回赠他一物，可是我身无所长，能以何物相赠？这天下又有何物能配得上主公？为此，我着实烦恼了多日。”

“你是不是傻？主公是一国之君，凡俗之物如何能入得他的眼。他想要的，无非是你的真心罢了。明日我陪你同去集市，仔细寻一个能代表你心意的事物，恭谨献上便可。”

墨桥生烦恼多日，在终于找到了一个解决方案后，瞬间松了一口气。

汴州城驻扎了数万的大军，每日斜阳晚照之时，城中结营的士兵们，便成群结队地出来逛集市。

因而傍晚时分，集市反而显得更为热闹，众多商铺都挑起灯笼，准备开晚市。

尽管街上大都是兵油子，但并肩同行的墨桥生和程凤二人还是十分醒目。

一个身着绛衣，容色殊艳，面带寒霜。另一位则通体素黑，顾盼有威，满身煞气。二人边上倒跟着一个白白嫩嫩的女娃娃，一双大眼睛四处不停张望着。

“到底想好买什么了没有？”程凤皱着眉。

这是他第一次逛这种集市，道路两侧过度热情的老板让他十分不适。他周身拒人于千里之外的气势，把一个企图靠过来招呼的老板娘吓退了回去。

墨桥生也很不适，有些苦恼地说：“贺兰将军建议我买些珠玉饰物，司马徒建议……咳。”

墨桥生在一间珠宝饰品铺内逗留了许久，小秋则蹲在门外不远处一个售卖布偶的地摊上，兴致勃勃地这个摸摸，那个瞧瞧。其中一个做得活灵活现的布老虎，让她爱不释手。

记得在老家的时候，家里也有这样一个布老虎，尽管已经被玩得十分破旧，也缝补了许多次，但她依旧没有什么机会能摸到，因为那是弟弟们才有资格拥有的玩具。

“女娃娃，若是不买，莫要一直摸。这可要五个大钱一只，弄脏了，老汉不好卖的。”摊位的老板开口。

忽然，五个大钱落在了摊位之上，一只手从小秋身后伸了过来，提起了那只布老虎。

“凤，你买这个做什么？借我玩一下。”小秋小跑着跟在阿凤身后，踮起脚想够那个布老虎。

忽然，“噗”的一声，那只精巧的布老虎落进了她的怀里。而眼前身着红衣的阿凤，却头也不回地大步向前走去，只留下一道背影。

程凤埋头向前走，他十分懊恼自己莫名的举动。

罢了，就算是感谢她这段时日照顾我疗伤吧。

“凤？楚凤？”此刻，一个男子的声音从不远处响起。

程凤顿住脚步，身体瞬间僵住，一股惊惧之感从他脚底一路沿着身体蹿上头顶，那来自他心底最深处。

一个面白有须、衣着华贵、看着约莫三十几许的男子拦住了他们。

“凤！这不是凤吗？多年不见，你都长这么大了。”那个男子伸出手，企图拉住程凤。

程凤像是突然被蛇咬了一下似的，猛地后退了两步，双眼通红，死死地瞪着眼前之人。

“楚凤，你不记得我了？我是楚烨之啊！你的前主人。”那人搓着手，露出一副欣喜的表情，“当年家族没落，家里经济紧张才不得已卖了你，我心中也十分不舍，这些年更是常常想起你。”

“但如今不一样了，我有幸被宋襄公拜为客卿。”楚烨之展开华袍的衣袖，显示自己的富贵，“楚凤，你现在的主人是谁？你跟我来，我去找他把你买下。”

他伸出手欲拉扯程凤，手背却被一个白嫩的小手猛拍了一下。

楚烨之定睛一看，只见一个年纪不足十岁的女娃娃，一手抱着只布老虎，一手牵着阿凤，气鼓鼓地对他道：“他叫程凤，不叫楚凤，是我们的将军。你是什么人？在汴州城竟敢对我们晋国的将军无礼？简直不知好歹！”

“什么将军？”楚烨之嗤笑了一下，“小娃娃莫要哄我，我可是宋国的使臣，明日就要求见你们晋国的晋越侯，你将奴隶指作将军，就不怕你们主公要你的小脑袋？”

程凤没有说话，拽起小秋的手，转身就要走。

楚烨之伸手拦住他们：“楚凤！你怎么用这种态度对你的旧主？我当年对你的好，你都忘了吗？”

他露出轻浮的目光，上下打量着程凤，摆出一个自以为惋惜的笑容：“当年，你还太小，可能都不记得了。那时我们是那般要好，要不是委实缺钱，又得罪不起那几家的人，我怎么舍得把你卖给别人？”

听到这话，程凤感到一阵恶寒，全身都起了一层鸡皮疙瘩。那个当年被自己奉若神明一样的人，如今看来，竟这样令人恶心。

“凤，你怎么了？”小秋担心地望着面无血色的程凤，拉了拉他的手。

“走！”程凤咬着牙，“我们走。”

“莫走！”楚烨之冷下脸，挥手招来几个随从，围上了程凤和小秋。

“你想怎么样？”程凤咬牙道，忽然他感觉有一只手从铺门内的阴影处伸出，搭上了他肩膀。

那只手既温暖又有力，程凤知道是墨桥生来了。

墨桥生一言不发，只坚定地站在程凤身后，眼透寒光，冷然看着眼前这几个穿着宋国服饰的人。

程凤那颗浸入寒冰的心，瞬间就被这只滚热的手给捞了出来，他虚浮的双腿也逐渐站实。他把小秋推到身后，手握剑柄，“噌”的一声拔出一截佩剑，红着眼和眼前这个令他憎恨的人对峙。

“墨校尉。”

“校尉在这里做甚？”

“打架？算我杨盛一个。”

几个在街上闲逛的晋国士兵围了过来，为首之人的脸上还带着一道醒目的伤疤，十分狰狞，卷着袖子就逼到了楚烨之面前。

“误会，误会。我是宋国的使臣，你们不得无礼。”楚烨之见他们人多势众，还有一位中级将官在场，心知不好招惹，起了怯意。于是摆明了身份，招呼随从，匆匆离去了。

墨桥生和杨盛几人打过招呼后，他搭着程凤的肩膀，道：“走，回去吧。”

程凤转头看了他一眼，墨桥生瞬间明白了程凤此刻的心情。他加重了一下手中的力道，轻声宽慰：“别担心，不会有事的。”

程千叶同俞敦素、贺兰贞、肖瑾一面谈论着军务，一面向着议事厅走来。

门外的道路上一红一黑两个身影跪地行礼，程千叶赶上前两步，伸手托了他们二人一把。

“程凤，”程千叶咬着字把这个名字清晰地说出口，笑着进屋，“你怎么来了？伤势都好了吗？”

她招呼众人进屋，吩咐碧云给大家上茶。

程凤上前行礼，请缨参与此次出征。

“你想随军出征？”程千叶转过身在椅子上坐下，看着单膝跪在自己眼前的程凤。

桥生在自己眼前时就像夏日里的晴空，清澈又带着一股热情。而程凤，却像是那秋天倒出来的红酒，总是透着一股苦涩和悲凉。一如此刻单膝跪在自己面前的模样，面上不透分毫情绪。

但程千叶清楚地感觉到程凤正沉浸在一股浓郁的悲哀中，就连身后的桥生也被他的情绪感染得低沉了起来。

程千叶皱着眉头：“你这是想请缨出征，还是以身殉国？”

程凤愣了一下，抬起头来。

“你和俞将军，近期不仅不能带兵出征，就连去校场操练都不要想。好好给我安心养伤，直到军中大夫首肯了为止。”程千叶接过碧云递上来的茶，喝了一口。

“但我有一件事，确实想要委托给你。”她把茶杯放在桌上，看着程凤，开口道，“我想让你担任司寇左史，负责统领殿中执法和我身边的宿卫士师。”

程凤惊讶地抬起头，微张了一下嘴，几乎说不出话来。

“近期，或许是因为我们独自击退了犬戎，来了不少他国的使臣求见，汴州城内的人员也复杂了起来。

“吕瑶正在加紧把原城主府临时修整起来，作为我的行宫使用。肖司寇宿务繁多，且另有要务，所以我需要一个人作为司寇左史，负责起行宫守备和我的近身护卫之事。

“程凤，你可愿肩负这个重责？”

程凤凝望了程千叶半晌，撇开视线，控制了一下自己的情绪，呢喃低语：“我……如何能任此要职？”

程千叶整顿衣物，站起身来，双手扶起他：“这个职位，需要的不是显赫的身世，而是对我的绝对忠心。”

她拍了拍程凤的肩膀：“程凤，我需要你也信任你，以后我的安危就托付给你了。”

程凤低下头，过了许久，他什么也没说，只是沉默而坚定地行了一个军礼。

曾经，楚烨之常对他说——

“楚凤，你相信我。我把你当弟弟一样，以后我会保护你，不再让你受到伤害。”

但那时，他心中总是隐隐不安，时刻都在惶恐中度日。

如今，程千叶却说的是——

“我需要你，信任你。你站起身跟着我来，我会让你看到一个更好的世界。”

此刻，他的心中无比安定，不再有所畏惧。

他将作为一个独立的人，挺直自己的脊背，跟上主公的脚步。

被信任，被期待，为了主公，也是为了自己，为了一个共同想要看见的世界，他将拼尽全力，付出任何代价也在所不惜。

程千叶给每个人都赐了座：“你们在座的几位，再算上绛州的张馥，是我现在最能信任、最能拿得出手的班底了。这一次汴州被围，让我看到我军一个很大的弊端，你们几个帮我一起参详参详。”

在座之人瞬间坐直了身体，侧耳倾听。

他们感到兴奋，不光是因为得到了程千叶的认可，更是因为他们的主公将他们当作心腹之人。

程千叶迈步到悬挂在墙壁上的地图前，伸出手道：“未来，我们可能要打不少的仗。”

“我们现在有了汴州以及周边的高阳、雍丘。”她白皙的手掌向外伸出，“以后我们的领土会越来越大，我们面临的战役规模也会逐渐扩大。像守卫汴州这样的万人集团作战，乃至更大规模，十几万人、数十万人的军团战，我们都有可能要面对。

“所以，往后不能再像此次这样临时征兵，匆忙训练，靠着一时之勇险中求胜。

“我时常在想，怎样才能更好地掌控我国军民。我的初步构想是让军户中所有的成年男子都具备基本的军事素质，一旦国家有战事，随时可以征发。”

肖瑾起身抱拳：“臣有一策，已在胸中琢磨多日，还请诸君指教。若想军民同力，可在我大晋国内各郡县的县令之下增设县尉一职，责令其统管全县军务。

“辖区内所有军户，但凡家中有成年男子，均为更卒。每年需到郡县服兵役一月，半月操演军事，半月为县中劳役，此为更役。

“这样一来，但凡有战事，征召来的士伍就不再是毫无经验的新兵。同时，郡县的城防、水利也有修筑人手，一年一月之期也不会过度影响农耕。”

程千叶拍手：“妙啊，我要的就是这样，却未曾想得如此详细，肖司寇真乃奇才。就这么办，推行更役，肖司寇还需尽快拟一份详细的条陈来给我看。”

肖瑾低头谦逊道：“臣恰巧和主公想到一处，臣心中思虑此事已有多时，还未完善。今主公见问，一时心喜，仓促回禀，幸得主公不怪。”

程千叶环顾了一下众人，目光在贺兰贞和俞敦素之间流转了一下，道："贺兰将军，待俞将军痊愈之后，你把汴州城防交托给他，你就负责推行此更役之策。贺兰家练兵有道，在此次战役中贺兰族的亲兵更是战功赫赫，令人瞩目，我希望你能把我们大晋全军都训练成那样的锐士。"

贺兰贞心情激动，起身行礼："必不负主公所托！卑职定亲自督办此事，并写一封家书回绛州，请我叔父郎中令贺兰晏之参详我贺兰家演兵之法，亲撰一本简要易懂的兵略，发放至各郡县卫所，誓为主公、为我大晋练出一支所向披靡的锐利之师。"

众人散去之后，墨桥生随着程千叶顺着长长的回廊向着寝殿走去。

明月凌空，道路上是栏杆斑驳的影子。二人默默走了一段，程千叶开口："程凤今日是遇到什么事了吗？"

墨桥生已经习惯了主公的敏锐，他把今日的所见所闻简要说了一遍。

"宋国的使臣？"程千叶轻哼了一下，"我记住了。"

她勾了勾手指，墨桥生便靠近了一点。

"明日那个人既要来见我，那你先找几个小兵，埋伏在街上，等他一出来就给他蒙上袋子揍一顿。"

墨桥生惊讶地张开了嘴，主公在他心目中一直都是温柔斯文的模样，想不到还有这样的一面。

程千叶用手背拍了他胸膛一下："干什么？没什么好怕的，现在可是在我们自己的地盘，除了不能宰了他，想怎么做就怎么做。我最憎恶的就是这种败类，这样做才最解气。哼！想欺负我大晋的将军，也不撒泡尿照照镜子看自己是个什么东西。"

墨桥生笑了，他第一次觉得面前之人不再是那般高高在上，高不可攀，他也不由产生了一股亲近之意。

"那你自己呢？"程千叶收起了笑容，"这两日便要出征了。"

她转过身，在矮栏处坐下，背靠朗月清风："你知道我想说的是什么吗？”

“主公要我爱重自己，不逞一时之勇，取胜平安回来。”墨桥生看着坐在栏杆上的程千叶，单膝跪在她的面前，抬头看她，“我都记得的，我一定做到。”

“桥生，善战者无赫赫之名，你知道这句话的意思吗？”

墨桥生有些不解。

“真正的常胜将军都是稳扎稳打、不慌不忙攻城拔寨，稳中求进，偶尔机变。那些靠兵行险着、奇谋诡计取胜的战役，其实都是无奈之举。”

墨桥生认真听着。

“他们也许兵力不足，也许后援不足，又或许是受国内主君催促才不得已而冒险为之。虽然取胜，但传出不世之名，很多都走不远。只要一次不慎，命没了，再大的功勋也不过是一纸传说，没有用。”

墨桥生昂着头，看着坐在皓月下的这个人，他突然明白了一切。主公连日操劳，昼夜不息，殚精竭虑，增进粮产，改进兵制，除了想要让家国、民生变得更好，其次更有一部分是为了他，为了将要去前线的他。

他压抑住眼中的泪意，听见程千叶的声音传来：“我的将军，你不必像他们那样考虑那些没必要的事。我将会是你坚实的后盾，不论是粮草、兵源，我都尽力为你提供。你只需要稳稳地向前走就可以了，知道了吗？”

墨桥生伸手入怀，掏出了一直藏在怀中的东西。他摩挲着，但没有张开手掌。

“什么东西？”程千叶笑了。

墨桥生斟酌了许久，终于缓缓摊开手掌，只见一个小小的黑色戒指，在他宽大的手心静静躺着。

“这是给我的？”程千叶的眼睛亮了，他居然知道送这个。

墨桥生红着面孔：“这个是墨翡。我找了许久，看到它有个墨字，就……就像我……”

他没有继续说下去，而是在心底呢喃——就像我陪在主公身边一样。

“给我戴上。”程千叶伸出手。

墨桥生看着那伸在自己眼前的手，月光下那莹白的肌肤泛起玉石一般的光泽。一时间，他感觉自己那能举千斤重物的手臂，突然就有些拿不起这小小的一枚戒指。他轻颤着手，把那墨蓝色的戒指套进了那白皙柔嫩的手指上。

程千叶举起手，透过月光，看着那套在自己手指上的墨蓝色戒指。

月色下，墨翡透出一点幽幽的蓝光，程千叶感慨道：“真美！我很喜欢。谢谢你，桥生。”

“唉，我还没哭呢，你怎么哭了？”程千叶看到墨桥生滚落的泪珠，捧起他的脸，轻轻在他额头上落下一个吻。

她浅笑，眼底尽是温柔：“我的将军，一定平安回来。”

程凤从议事厅出来，穿过长长的回廊，走在石板道上。

路边一个小小的身影站在那里，抱着一只漂亮的布老虎，圆溜溜的眼睛充满担忧地望着他。

程凤的嘴角微不可察地扬起，错身而过的时候，他突然伸出手，在那个小小的脑袋上揉了一下。

“哎呀。”小秋唤了一声，一手抱着脑袋，一手拿着布老虎，诧异地看着那个扬长而去的绯色身影。

“小秋，在看什么呢？快来帮忙。”碧云一手托着茶具，一手提着水壶喊道。

“来了！”小秋急忙跑了过来，从姐姐的手中接过了有些沉的水壶，略吃力地跟在姐姐身后。

“姐姐，咱们主公真是个特别厉害又特别温柔的人呢。”小秋说道。

“你这个小丫头片子又听见什么了？”碧云笑着看了一眼身后的妹妹。

“凤哥哥进去的时候一脸的伤心难过，和主公说了几句话后，就笑着出来了呢。”

“就你眼睛尖，凤将军那般冷冰冰的人，亏你看得出来他是难过还是在笑。”

“姐姐你在说什么呢，阿凤哥哥很温柔的。你看他送给我这个，是布老虎呢。”

“哎呀，好可爱的布老虎……”

两姐妹说说笑笑，声音渐渐远去。

宋国使臣楚烨之，一早起身于驿馆中沐浴更衣。

今日，他将得到晋国主君晋越侯的接见。

晋国原本只是一个新近崛起的小国，又刚死了主君，国内几个公子忙着争夺君主之位，向来不被诸侯们放在眼里。但谁能想到，新继位的晋越侯，年纪轻轻竟以奴隶为师，独自守住了汴州，击退了以勇猛著称的犬戎大军。

一时间，和汴州紧临的宋国主君宋襄公便有些坐不住了。加上他又听说自己邻国的卫恒公不知何时捷足先登，把自己那嫁过一次人的妹妹二嫁给了晋越侯为妻，两国不动声色地联了姻。

宋国版图狭小，国力羸弱，被这样两个姻亲之国夹在中间，宋襄公越想越不安。于是他派出使臣，前往汴州。一来对晋越侯表示祝贺，拉近一下感情；二来解释一下宋国此次看着汴州被围却没有伸出援手的苦衷；三来主要还是探一探晋国的虚实。

但有着和他一样想法的君主很多，因而汴州最近多了不少他邦的使臣。

楚烨之听闻晋越侯乃是一个崇尚风雅的雅士，因此出门前着实精心打扮了一番。

他高冠组缨、鲜衣博袍而出，自诩十二分的风流。唯一不足的是，晋越侯竟没有派个车驾前来接他，害得他不得不骑马前去。

谁知刚出驿馆没几步，不知从哪儿冲出两拨乱民，相互撕扯拥闹，把他和随从冲散开来。

楚烨之晕头转向，一手扶着高高的帽子，一手勒着缰绳高呼：“莫要拥挤，莫要拥挤，让一让路，我是宋国使臣。”

突然有人把他拉下马来，一个麻袋从天而降，套住了他的脑袋。随后他被拖进一条昏暗的巷子里，无数拳脚毫不留情地落在他身上，疼得楚烨之哭爹叫娘。

随从们发现楚烨之不见后四处寻找，终于在一条污浊的小巷里找到了他。

只见他被剥去外衣，一身财物也被抢了个精光，正披头散发、鼻青脸肿地缩在角落里叫唤。

一行人狼狈不堪地回到驿馆，让他们生气的是，驿丞对他们的控诉不过是敷衍了事。现在是战时，城中流民甚多，治安混乱，让他们自行注意安全等。

投告无门，楚烨之只得忍气吞声地缩在驿馆里休养。

数日之后，楚烨之脸上的青肿还未全消，就听得晋越侯发兵一万，直指琪县。

他急忙带着随从，混在市井的人群中观看晋军出征的队伍。只见出征队伍旌旗猎猎，遮天蔽日，长长的人马一眼望不见头尾，浩浩荡荡地穿城而去。

这些晋国甲士步调一致，队形齐整。虽然人多，却不见半点杂乱无序之势。整齐划一的动作，昂首阔步的气势，让观者不由自主地心生畏惧。

“这晋军训练有素，调度灵活，确为一支不可小觑的锐士，难怪能独立击退犬戎。”和楚烨之一道住在驿馆的鲁国大夫江允抚须叹道。

楚烨之低声请教：“晋越侯意欲打通汴州和晋国本土的通道，为此他才不惜同汉阳的韩全林开战的？”

“楚公不知，这位晋国新君十分年轻，性情难以捉摸，行事全凭喜好，从不管礼制旧俗。”江允侧身低语，“此次出征之师竟多为奴隶组成，连那领军的校尉都是奴隶出身。喏，便是那人。”

楚烨之随江允的视线望去，只见长长的军列中，高扬着一面“墨”字大旗，旗下一年轻校尉雄姿英发，银枪亮甲，策马前行。

他定睛一看，这不正是几日前，站在阿凤身后的那黑衣将官吗？

那人驱马而过，冷若寒霜的眼神在楚烨之身上一划，楚烨之只觉得后背一阵寒毛耸立。

呸，不过一奴隶尔，他有何可惧之处？

楚烨之为自己无端的胆怯感到懊恼，看来这晋越侯也不过如此，竟以卑贱的奴隶为将，可见这晋国也无甚可惧之处。

此刻，在汴州的城墙之上，程千叶正遥望着蟠蛇一般蜿蜒前行的队伍。

猎猎旌旗在风中招展，其中一面颜色格外鲜艳醒目，上有一个斗大的“墨”字。那是中军主帅的帅旗，旗下一人身着黑衣黑甲，正打马前行。

桥生。

程千叶在心中默默地唤了一声。

那黑色的身影似有所感，突然转过头来，向城墙张望。两人的目光就这样隔着遥远的距离，相接了一下。

墨桥生留恋许久，终于咬牙转过头去，渐行渐远，不再回首。

“既然这般舍不得，为什么又要放他走？”姚天香陪在程千叶身后。

程千叶转过身，看了姚天香一眼，叹了口气。双手圈住她的腰，把自己的脑袋搁在她的肩膀上。

“行了行了，你这个样子我真是不习惯。”姚天香抬起手，犹豫了一下，最终还是在程千叶的肩上拍了拍。

她听见埋在她肩上的那个脑袋轻轻地说：“天香，我舍不得他，我想把他捆在身边，对他表明我的身份，日日同他厮混在一起。”

姚天香在心中叹了口气，原来千羽也有软弱的一面。但正因为她有这样的一面，不只是一个冷漠无情、高高在上的君王，才让她喜欢，才能让这么多人真心效忠。

“没事，等他回来咱们就这么办。”姚天香拍着程千叶的肩膀，“到时候让他无力反抗，随你磋磨，一解今日离别之苦。”

程千叶“哧”的一下笑了出来，她站直了身体，理了理衣袖，长吁出一口气。又伸手搭上姚天香的肩膀，邀着她一起往城墙下走去：“谢谢你天香，多亏有你，我好多了。走，晚上咱们举宴饮酒，放松一下。”

夜间，晋越侯在新修整好的行宫宴请诸国使臣，楚烨之也在受邀之列。

宴上，他环顾四周，见这行宫虽是轩昂大气，但却不见丝毫奢华精细之物。陪宴之人多是军中将帅，宴席上也不见舞女行欢献艺，倒请了一些轻侠武者搏击对演。

这场面比起宋国来，倒是大有不如。

宋国虽在军事上羸弱，但因版图内水域连绵、土地肥沃、民生富足，国内从民间到主君都流行奢靡之风。

宋襄公的行宫，殿宇楼台华美绝伦，用物器具无一不精。但有宴请，歌姬艳婢飘飘如仙，钟鼓馔玉琳琅满目，雅宴非凡。岂见这般简陋之席？

楚烨之不由生出了几分轻视之意，他灌了些黄汤，又见到端坐上首的晋越侯十分年轻俊秀，说起话来一派温文尔雅之态，便大胆起来，起身拱手：“侯爷年轻有为，治军有道，竟能以一己之力击退犬戎，实令我等拜服。”他举着酒杯哈哈笑了两声，“侯爷正是名扬天下、威传四海之时，鄙人私劝侯爷，更应谨守礼义，不可贵贱不分、混乱尊卑。”

程千叶似笑非笑地看着他，轻哼了一下：“楚公是宋国的使臣，不知有何高见，还请不吝赐教。”

楚烨之喝多了酒，没看见程千叶冷漠的眼神。他伸手指着坐在席上的程凤道：“譬如今日大殿之上，都是各国的公卿大夫。侯爷既请我等同乐，又怎可让那卑贱之人同席，还同制同器，岂不是让我等雅士难堪吗？”

话音未落，只听得“砰”的一声，坐在程千叶下首第一位的俞敦素，将手中酒杯重重地摔下，怒目瞪着楚烨之。

楚烨之急忙道：“大将军可能有所不知，此人幼时原是我家奴隶，出身极为卑贱。如今竟混迹在席中，欺瞒上下。欲让我等同他共饮，实是忍无可忍。”

他原以为众人会齐齐唾弃程凤，晋越侯也许会当场发怒，处置程凤，甚至还有可能看在他是使臣的面子上，把程凤交给他发落。

可当他反应过来，盯着他的是数名晋国将帅愤怒的眼神时，他发现自己错了。

这一个月的守城之战，众人数次同生共死，困了就挤在城楼下一起睡一觉，饿了便顶着箭矢共吃一口冷饭。

同袍浴血，生死相交。众人早就把程凤这位次次奋勇争先，冲在战场最前线的战友看成了自己的兄弟。而此刻，一个不知哪国来的使臣，当众侮辱自家兄弟，这不由激起了他们的愤怒。

“楚烨之？”程千叶放下手中的酒杯，“你们宋襄公，是派你来和我们晋国下战书的吗？”

“不不不，晋越侯误会。晋宋两国向来邦交友好，君上怎生会派我来下战书？”楚烨之酒醒了大半，慌忙道。

程千叶一拍桌面：“你刚到我晋国便寻衅滋事，当众侮辱我殿前左宿长，不是挑衅又是何意？我必给宋襄公修书一封，我晋国虽发兵一万前往琪县，但仍有数万大军在此，正好无事可做。若是宋襄公有意，相约围猎于兰考何如？”

“不不不，我并无此意，并无此意啊。”楚烨之意识到不妙，连忙解释道。

程千叶打了个手势：“把我的手书同此人一并遣回宋国，看看宋国国君到底是何意思？”

殿前武士齐声应喏，不顾楚烨之解释，将他押出殿外。

大殿一时鸦雀无声，程千叶举杯笑道：“莫因一无知小人坏了诸公兴致，来来来，我给诸位赔罪三杯。”

众人心思各异，但仍举杯共饮。

她对着程凤招手，程凤起身跪于驾前。程千叶端起桌前一个金杯：“但凡有功于我大晋者，不论尊卑，均有资格身居此殿。程凤，我这杯酒赐你。”

“谢主公，程凤此生愿为主公肝脑涂地。”程凤接过酒杯，一饮而尽。

程千叶再次举杯，对着殿上的一众将帅，掷地有声道：“此杯敬我大晋将军！”

众将顿时跪地山呼，举杯共饮：“愿为主公，肝脑涂地！”

席上，鲁国大夫江允捻着胡须，望着主位上的程千叶，心想：看来这个晋越侯不简单，他来这一手，何愁这些出身卑微的军士们不为他拼命。

何况，他乍看强横霸道，一下镇住了在场所有使臣，其实不过是拣软柿子捏罢了。宋襄公生性懦弱，驱逐他的使臣反会令他惊惧，只怕还要上赶着过来讨好。倒是那卫恒公姚鸿，国力强盛，素有野心，晋越侯便放低身段，不惜娶他二嫁之妹为妻，也要同卫国联姻。

此人能屈能伸，实乃枭雄尔，归之必告主公，对此人不可不防。

大军在浓雾弥漫的荒野间行进。

走在最前端的是斥候，斥候由二十人组成，又分为数支轻骑小队，每队之间相隔数里。斥候乃是负责打探前方的敌情和地势，以及寻找大军扎营的场地之职。

紧跟在斥候后面不远的是相应数量的先锋部卒。他们以百人为单位，由百夫长率领，轻装简行，以接应前方斥候通传的突发战况。

杨盛所率的百人小队，正是这样一队先锋部卒。

“盛哥，我心里有点慌。”因为起了雾，视野不是很宽广，杨陆厚有些紧张，“这雾里，会不会突然就冒出敌人来？”

“慌什么？有敌人才有机会，墨校尉这是在照顾我们。”杨盛舔了舔嘴唇，他眼中透着一股劲，一股渴望见到血的狠劲，“我就怕敌人不敢来。”

离他们十余里地的后方，大部队正在缓慢而有序地前进着。

墨桥生在汴州时，他部下有五千人。出发前，贺兰贞又额外调拨给他一千训练有素的骑兵和一千弓箭手。再算上三千负责运送粮草、搬运辎重的劳夫，因此全队合计一万余人。

在十几年前，上万人出征就已经算是不小规模的战役了。如今随着王都的沦陷，异族入侵，中原地区诸侯割据，战乱不休，战争的规模也就开始逐渐扩大。现在，万人队伍只能算是主公试探虚实的先行部队。

此刻在晋军这支队伍中，队伍主力部队和后方辎重运输部队正有条不紊地向前行进。

首尾有轻骑来回跑动，传递信息。两侧各并行着一千轻装甲士，以为分卒，用以保护大军侧翼，防备敌人突袭，扰乱己方阵形。

阿元所在的百人队，就属于分卒之列。

“韩百夫长，”阿元同百夫长韩深并行，“我们大军有一万余人，听说琪县守军才不过数千。会不会我们还没到，仗都被前锋部队打完了？”

“前锋营那些没见过世面的奴隶，还以为自己此次能夺头功？”韩深轻哼了一声，“琪县城池坚固，粮食充足，兵力不如我军，守将必固守不出。杨盛那个前锋营想提前摸着敌人的脑袋只怕没那么容易，谁能得头功，还得城墙上见功夫。”

中军帅旗之下，是部队的指挥中枢和卫队。

此时，墨桥生正和李千夫、梁千夫并骑前行。

“琪县虽然只有三千守军，但城坚粮足。守将甘延寿驻守多年，他必坚壁清野，广招城中青壮，固守不出。合计起来，其兵力未必会比我军主力少多少。兵法有云‘十则围之，五则攻之’。如今我军主力七千余人，琪县这个点，恐怕没有想象中的那么好拔。”年长稳重的李千夫开口。

“不，我们不直接打琪县。”墨桥生开口。

“不打琪县？”梁千夫和李千夫吃惊道。

“我军欲得琪县，天下皆知。韩全林虽鞭长莫及，但依旧给琪县派送了不少粮草军资。不仅琪县守将甘延寿做足了准备，附近的延津、卫辉、滑县守将必也对我军虎视眈眈。一旦我军一时拿不下琪县，或稍显颓势，他们随时可能出兵策应，成前后夹击之势。”

“那依将军之意？”

“我们取延津，过黄河，先夺卫辉，再沿卫河而上，拿下琪县上游的滑县。”墨桥的嘴角勾起一抹冷笑。

梁、李二位千夫长想起滑县正位于卫河与黄河的交汇之处，同琪县不过三十余里的距离。他们瞬间明白墨桥生想要做的事，不由齐齐吸了一口凉气。

二人本以为墨桥生新官上任，会立功心切，不顾一切攻城拔寨。想不到，他居然有耐心取一个这般稳妥的法子。

不日，晋军抵达延津，延津守将弃城而逃。大军随后渡过黄河，抵达卫辉，开始了他们的第一场战役。

杨陆厚和登柱、蔡石几人扛着巨大的木桩正在搭建营地。

作为先锋部队，有一任务是在大军抵达之前建好营房，以便随后抵达的士兵安顿。而且他们还需要建好坚固的栅栏，挖出壕沟，设置好防御用的拒马、鹿角，搭盖起高大的望楼。

杨陆厚将巨大的木桩插入土中，登柱在一旁抡起大杵一下下地往下砸。

“真是可惜，延津守将竟然不战而逃。我真想快点再拿一个首级，这样我就能给我娘脱奴籍了。”登柱一边抡着木杵一边说。

相比于干劲十足的登柱，一旁扶着木桩的杨陆厚不这样想。临上战场，他既有些兴奋，又有一丝恐惧：“反正我们这些当小兵的，只要听将军的命令行事就好。我指望着校尉大人带着我们打一场大胜仗，我们兄弟一个都不能少，人人都取首级，哈哈。”

后续士兵们陆续进入营地，等待着将军们带他们取得胜利或是走向死亡。

在中军大帐内，墨桥生居中而坐，身侧依次是数名千夫长以及数十名百夫长。

墨桥生巡视众人：“明日拔城，谁愿为我军先登夺城？”

众所周知，拔城之时，先登之士是伤亡最大的部队。但依照晋军的新政，先登部队只要登上城墙，并守住阵地，率队的百夫长便可以直接晋爵，不再需要满足全队死亡人数和取得敌首成一定比例的苛刻条件。

因此，这对于越到后面越难晋级的百夫长们，无疑是一个很大的诱惑。

只要全队合计拿到二十个敌首，全队作战人员，均可升一级爵位。即便是战死沙场，这个爵位和奖励也可以由家人继承。

杨盛和韩深同时站了起来："吾愿为之。"

墨桥生看了他二人片刻，命兵士端上三杯热酒，他举杯敬酒："墨某祝二位旗开得胜，为我晋军首战得胜，拔得头筹。"

翌日清晨，天刚蒙蒙亮，卫辉城上的守军不安地发现城墙四面都起了狼烟，烟雾逐渐弥漫，遮蔽视野。

他们心中惊觉定是昨日刚刚抵达的晋军，发动了攻击。

守城的将领刘安爬上城头，看着烟雾中四面来袭的晋军暗暗叫苦。

像延津守将那样不战而逃，他实在是放不下这个面子。但让他用手中的一两千人去抵挡气势汹汹的晋军，他也觉得办不到。

他本打算坚守半月，避战不出，等琪县和滑县的援军到了，再来个前后夹攻。到那时，就算援军迟迟不到，他弃城而走，也算尽了臣子本分。

谁知敌军主帅墨桥生是个性急的，大军昨日方至，今日便举兵攻城。四面狼烟，视野受限，他也不知晋国军队是从何处主攻。

忽然，刘安听得城西一侧杀声震天，急忙道："快！敌人从西面进攻，调拨人马守住城西，多备滚石檑木，要快！"

城西，晋国大军摆开阵势，擂鼓呐喊，数度试探性地冲锋，但都因城头如雨而下的滚石箭雨而退去。

守将刘安亲自督战，调拨来大量的军士守在城墙之上。

此刻的南门之外，杨盛和韩深的百人小队在狼烟的掩护下，举着盾牌，悄悄地向着城门靠近。在他们前面，有一队推着云梯、轒辒车和撞车的小队。

城南的守兵们严阵以待，看见浓郁的狼烟之中，突然出现几辆奇形怪状的方形牛皮车后匆忙放箭，坚厚的牛皮护住了车中的士兵。直行到壕沟前，这些轒辒车内拥出一队士兵，顶着箭雨飞快地用木板架起跨越壕沟的桥梁。

桥梁搭好后，云梯和撞车紧随其后，越过壕沟，逼近城墙。

城墙上的士兵见状大惊，紧忙丢下檑木滚石，泼下火油，点燃云梯。但最终还是让晋军钻了空子，两辆云梯升起长长的梯子，用弯刀一般的搭钩稳稳搭上了城墙。

云梯搭好后，杨盛和韩深各带领的百人小队，顶着盾牌在浓烟之中顺着云梯向上爬去。

城墙上的石块檑木如暴雨一般砸落，滚滚黑烟之中，两方势力紧紧胶着，一方拼死不让敌人上墙，一方不要命地往上冲，双方都杀红了眼。

杨盛守在云梯之下，看着自己的兄弟们一个个爬到半道，不是被落石砸开了瓢，便是被箭雨射得满身窟窿掉落云梯，十分揪心。

战况激烈，登柱一口气避开乱箭落石，蹿到城墙口，登上了城墙。

他一刀削下一个敌首，正要招呼后面的兄弟跟上，忽然敌人的一柄铁矛，瞬间贯穿了他的胸膛。

登柱低头，看着那贯穿他胸膛的铁矛愣了愣，视线逐渐模糊。在生命的最后一刻，他死死拽住自己砍落的那个敌军首级，身形一晃，终是坚持不住，从城墙掉落。

“柱子！”杨盛目眦尽裂，悲呼出声。他和杨陆厚一起飞奔上前，扶起自己那从城墙跌落、满身是血的兄弟，暂避在轒辒车的后面。

“柱子哥！撑着，你撑着点啊……”杨陆厚不争气地哭了，他心中清楚，这个每天都会等自己、扶自己回营房的兄弟是不成了。但他仍不死心地按着登柱胸膛那正不断流血的伤口，希望能多拖一会儿，即使他的双手被鲜血染红，也不松开。

“盛……盛哥。”登柱艰难开口，用尽最后一丝力气颤巍巍地举起手中人头，往杨盛腰上别去，“俺……俺娘……”

杨盛心中大恸，闭了一下眼，强逼下眼中涩意，坚定地接过登柱递来的首级，别在了自己腰上：“你放心吧，以后我就多了一个娘！我们兄弟几个只要有人活着，就有人给咱娘养老送终。”

“登柱，你安心地走吧！这辈子，我杨盛有你这个兄弟，值！”他轻轻放下还未断气的登柱，抬头看向那狼烟缭绕的城墙，眼中煞气有如实质。

城墙之上，一个弓箭手刚刚射出一箭，正要再拈一箭，云梯之上突然冒出一个敌军的脑袋。此人面目狰狞，一道刺目的伤疤跨过半张面孔，耳朵还缺了一个口，正是杨盛。

只见他双目通红，如同鬼魅一般跃上城墙，口中衔刀，腰上还别着一个滴血的首级。

他一手撑地，另一手寒光闪过，那拈箭的士兵只觉脖颈一凉，顿时失去了意识。

杨陆厚紧随跟上，他举着盾牌，为杨盛挡住箭雨。他一边颤抖，一边嘶声喊道："盛哥，和他们拼了！为柱子哥报仇！"

随着杨盛站稳，一个又一个的晋国士兵拥上城头，他们手持盾牌，紧紧靠在一起，短时间内挡住了敌人的攻击，守住了云梯。

城墙上，晋国士兵的身影越来越多，撞车开到城门，巨大的撞木开始撞击城门。

远处城内的守军和其他三面城墙的士兵终于意识到南城门才是真正的进攻之地，纷纷向着南面拥来。

"你们守着，我去开城门。"杨盛交代了一句，砍死两名敌军后，从内城墙的阶梯一跃而下。

"盛哥！"他的兄弟喊之不及，看着他单枪匹马，杀下了城墙。

杨盛砍翻了数名守在南城门内侧加固城门的敌军，然而敌军人多势众，他很快陷入了包围中。

正当杨盛陷入被动时，城门在外部的一下下撞击中，松动了起来。随着"哐当"一声巨响，城门大开，晋国大军一拥而入，冲进城门。

身处包围圈的杨盛浑身浴血，身中数箭，正无力为续之时，一柄银枪挑开他面前的敌人。

只见墨桥生横枪立马，挡在他身前："这里交给我，你退后。"

战场的厮杀声终于渐渐停止，破败的城墙上飘散着袅袅余烟。

城墙上下，敌人的鲜血和自己同袍的血混杂在一起，惨烈异常。而城门前的空地上，各队斩下的首级垒成整齐的小山，无言诉说着将士们的功勋。

阿元的队友们都还在城墙之上，一仗下来，他们这支百人小队只余下不到三十人。而百夫长韩深靠着城墙而坐，他的胸前插了数支利箭，鲜血不断涌出，眼见是活不成了。

阿元眼眶通红，他撕下衣袍的一角，死死地按着韩深的伤口。但韩深的伤处实在太多，尽管他已经努力，但也无法按住所有伤口。

“别……别哭丧着脸。”韩深吐出口中污血，虚弱地对着阿元道，“你……不是一直想做公士吗？给你媳妇、儿子挣……挣田，挣房子。这下，你是公士了……”

“其实啊，我该和你学学，也给我那婆娘扯块花布的。这么多年，我……从来只会打她，下辈子，让她也享享福吧……”

随着他的声音越来越小，不再出声，阿元伸出手，合上他的眼睛，解下他腰上的头颅，一言不发地带着余下的同伴，在如血残阳的映照中，走下城头。

KUWEI
酷威文化
图书 影视

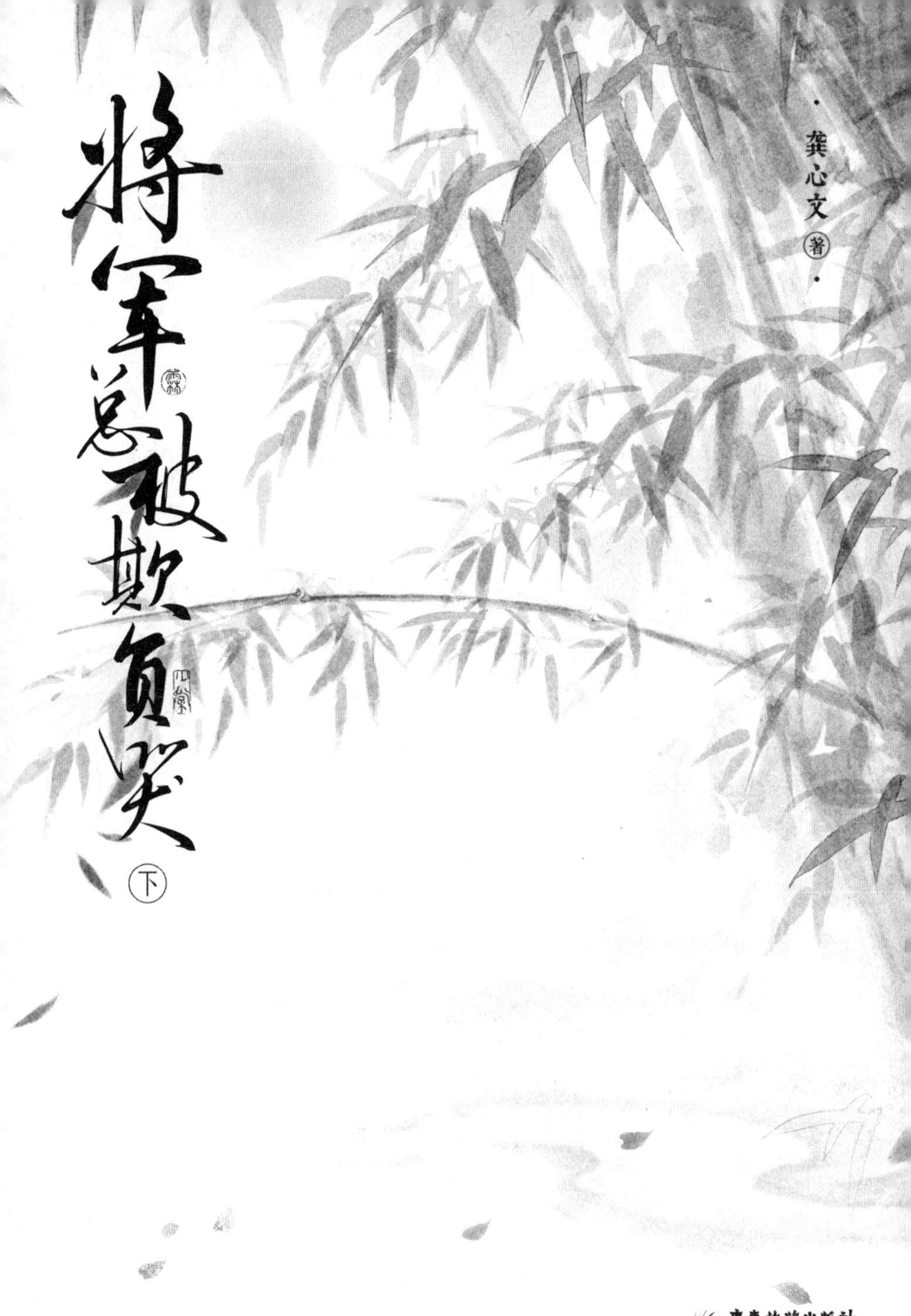

将军总被欺负哭

㊦

龚心文 著

广东旅游出版社

中国·广州

图书在版编目（CIP）数据

将军总被欺负哭. 下 / 龚心文著. — 广州：广东旅游出版社, 2024.2

ISBN 978-7-5570-3182-4

Ⅰ. ①将… Ⅱ. ①龚… Ⅲ. ①长篇小说－中国－当代 Ⅳ. ①I247.5

中国国家版本馆CIP数据核字(2024)第003755号

出 版 人： 刘志松
出 品 人： 刘运东
责任编辑： 林保翠
特约编辑： 赵丽杰　杨晓丹
营销编辑： 刘玉瑶　宋艳薇
封面设计： 光学单位
责任校对： 李瑞苑
责任技编： 冼志良
特约监制： 王兰颖　代琳琳

将军总被欺负哭.下

JiangJun Zong Bei QiFu Ku Xia

广东旅游出版社出版发行

（广东省广州市荔湾区沙面北街71号首、二层 邮编：510130）

联系电话：020-87347732

天津鑫旭阳印刷有限公司

（地址：天津宝坻经济开发区宝中道北侧5号2-3号厂房）

联系电话：022-22458633

880毫米×1230毫米　32开　18.75印张　539千字

2024年2月第1版第1次印刷

定价：69.80元（全二册）

本书如有错页、倒装等质量问题，请直接与印刷厂联系换书。

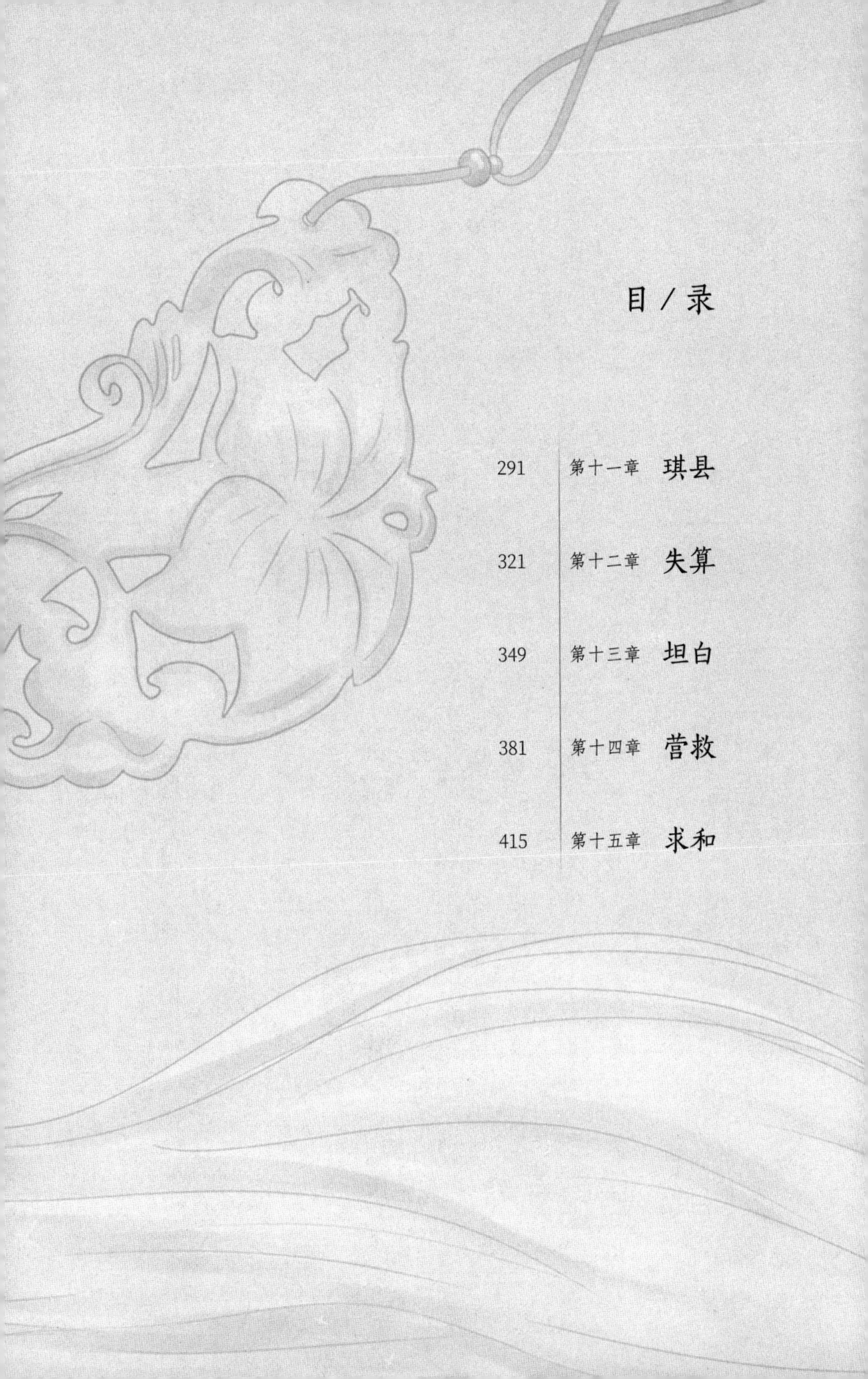

目 / 录

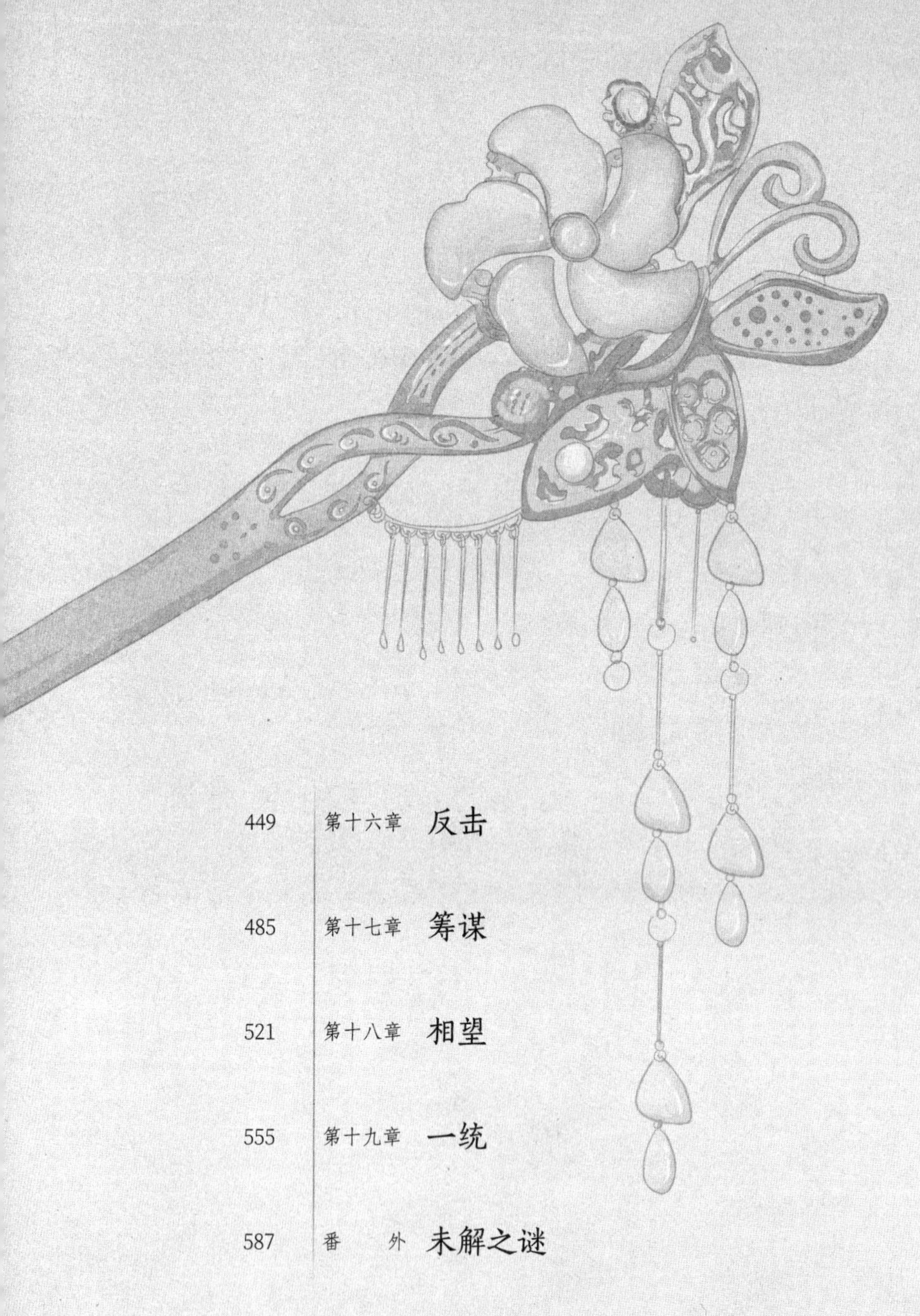

第十一章

琪具

程千叶在看一份宋国宋襄公发来的国书。

书中言辞恳切地表达了希望两国邦交友好之意，随书还附送了不少贵重的国礼。

程千叶看到后面，弯起嘴角笑了，她向着宿卫在殿前的司寇左史程凤招了招手。

程凤来到她身边，程千叶把那份国书推了过去，伸两指在一行字上点了点："抄没家产，贬为庶人。"

程凤死死地盯着那行字，绷紧了下颌。

"怎么样？如果你心中依旧有恨，我可以让他死。"程千叶问道。

半晌，她看见那绯衣侍卫轻轻摇了摇头："不，这样的小人，不值得再把他放在心上。"

程千叶看着他："既然如此，你的过去就到此为止。从今天起，只看将来。"

姚天香进来的时候，同程凤错身而过。她频频回首张望，直到那个绯色的身影走远。

"这个程凤，长得真漂亮。"她在程千叶身边坐下，程千叶挪了挪，给她让出点位置，"只可惜冷冰冰的，天天板着一张脸。不过你刚才对他做什么了？我看他表情不对。"姚天香瞟了程千叶一眼，"桥生在前线为你拼死拼活，你这么快就有新欢了？"

程千叶伸指在她额头上弹了一下："再胡说，小心我明天就把你们家司马徒发配到前线去。"

姚天香挽住程千叶的胳膊，笑道："不闹了，不闹了。千羽，咱们去泡温泉吧？"

姚天香知道程千叶的本名，但为了防止不小心说漏嘴，所以还是一直叫程千叶哥哥的名字。

程千叶应下，带着姚天香，在士师的护卫下，驾车向着西山而去。

经过城门的时候，程千叶看到不少士兵正忙忙碌碌地修筑城墙，便下令停下马车，驻足观看了一会儿。

士兵们将挖掘出的黄土倒入木板竹片搭成的模板内，再用人工反复捶打，夯实为止。因而整个工地处处都能看见赤着上身的士兵，抡着木杵，捶打着夯土的声响。

一个监督工程的官员看见程千叶，急忙穿过来回挑黄土的士兵队列，小跑着来到程千叶跟前。

程凤错身一步，拦在前方："来者何人？主公面前，不得鲁莽，速速报上名来。"

那人这才发觉自己有些失礼，他拍了拍身上那已经脏得几乎看不出颜色的官服，跪地行礼："汴州司空啬夫——崔佑鱼，见过主公。"

程千叶想了起来，她见过这个人。曾经和肖瑾巡视汴河的时候，此人因对防汛工作的专业认真，给她留下了印象。

她看着眼前这个伏跪在地上，从头到脚都是黄泥，不知道在工地上待了多久的男人，笑着道："起来吧，我记得你。上次见你，你不是司空吗？这官怎么还越做越回去了？从司空到司空佐使再到司空啬夫。这么短时间就连降两级啊。"

崔佑鱼起身，拍了拍膝盖上的土，面色微赧："下官不太会办事，做了不少错事。幸好新任的汴州牧鸿大人不同我计较，还让卑职做自己本职擅长的工作。"

程千叶想起来，这个人是一个有些迂腐，不知变通，在官场上混得不太好的愣头儿青。上次照面，就见他把同事及上司集体得罪了，还毫不自知。

但大概是他在水利及建筑方面确实专业且严谨，有过人之处，才能勉强在州级官员的位置上坐着吧。

"崔啬夫，我问你，这城墙用夯土筑成能结实吗？会不会容易崩坏？"

“不，下官督建的城墙，绝无崩坏的可能。”大概是因为谈到了他的专业领域，崔佑鱼涨红了脸反驳，一下从拘谨腼腆的模样变得口齿伶俐了起来。

他从袖中掏出一叠乱七八糟的图纸，从城基的打造、墙体的合围、夯土硬度的要求等，滔滔不绝解释了起来。并且还带着程千叶等人，来到一段已经改建好且风干了的城墙之上。

程凤拔出佩剑，挥剑在那夯土砌成的墙面上用力一斩，只听见一声闷闷的金土交碰之声，墙面上仅留下一道浅浅的划痕。

“果然是坚固啊。”程千叶摸了摸那同岩石一般手感的墙面，连连惊叹，“若是都修筑成这样，那敌人便是用投石机也砸不开城墙了吧？”

崔佑鱼难得地得到上司的肯定，心里十分高兴：“回禀主公，若是全汴州的城墙都采用此标准修筑，臣可以保证不论敌人是投石还是用刀斧，都不可能从外部破开城墙。除非……”

“除非什么？”程千叶问道。

“除非水淹火烧。”崔佑鱼垂首答道，“夯土造墙，最怕的就是这两物。无论是多坚固厚实的城墙，若是水淹半月，都会根基松动、土崩瓦解。”

“水淹……”程千叶站在城头，遥遥向着北方望去。

此刻，汴州以北的琪县。

坚厚的城墙之上，琪县守将甘延寿站在城头，紧皱着一双浓眉，看着脚下浸泡在一片滚滚河水之中的城池。

他的身后，士兵们蹲在城头之上，捞着悬壶中半生不熟的黍米勉强充饥。

城内处处汪洋，虽然有粮食，但却无法引火煮炊。

所有的木质家具，甚至是屋梁都拆下来煮饭，百姓们甚至要挂着瓦罐，举着柴，勉强加热锅中的粟粥，半生不熟地吃下肚去。

同时，因长期浸泡在水中，死去的家畜、人马都无处掩埋。城中渐渐起了疫病，已有了无法控制之态。

甘延寿的目光投到离城二十余里之外的干燥土地上。

那里密密麻麻地布着无数黑色的窝棚，用粗大的树干组成的栅栏围出晋军军营的范围，军营之外交错着狰狞的拒马和鹿角，营地之内旌旗飘扬，都是进出奔跑着的骑兵，和整齐划一走动的步卒。

晋军将领墨桥生已经率队围困了琪县半月有余了，但却从未真正发动进攻。

数月前，甘延寿听闻晋国发兵欲取琪县的消息时，他心中并不惊慌。

琪县虽然不大，但他在此驻守多年，兵精粮足、城池坚固、民心归化。再加之下有卫辉、上有滑县如左右护翼，不论这晋军大将墨桥生攻击何处，其余两地都可及时策应于他，成夹击之势。

到时，敌军若溃，追而击之，必使其多溺于黄河。敌军若进，他只需安居城内，固守不出，城内粮食也足够全军使用半年。

再加上他早早安排坚壁清野，让敌军粮草中断。在他的料想中，最坏的结果也只是不战而退。

可谁知这个墨桥生竟以迅雷不及掩耳之势，一日之内就拿下了最为不起眼的卫辉。随后又兵至琪县城下，围而不攻，每日只见大量的军中民夫扛着锄头推车，进进出出。

那时甘延寿就知道墨桥生想干什么了，这也是他最为害怕的一招。他心知晋军已分兵前去攻打上游的滑县，然而被困于城中的他却束手无策。

滑县在琪县的上游，又在黄河和卫水的交汇之处。墨桥生拿下防御薄弱的滑县后，挖通水渠，掘开河堤，引水至琪县，使坚固的城防松动。

甘延寿只能日日站在墙头，被围困在城墙之内，眼睁睁地看着那些晋国士兵把水渠挖到城墙之下。又眼睁睁地看着黄河之水滚滚而来，水淹全城。

等着他的只有两条路，死或是不战而降。

晋军不费一兵一卒就将拿下他苦心经营多年的城池，甘延寿长长地叹息了一声，他不知道主公为什么会平白无故地去招惹这样一个强大的对手。

甘家世代乃是韩家的家臣，效忠于汉阳主君。但其实，他心里十分看不上这一任的主君韩全林。

那是一位荒淫无道，只知醉心于声色犬马之人。

甘延寿想起了那个传闻。主君于宴席上看上了那墨桥生，竟荒唐到欲用琪县交换，还因此惹怒了墨桥生的主公晋越侯，以至于两国交恶。

而那晋国主君晋越侯击退犬戎后的第一件事，就是拜墨桥生为将，发兵一万，直指琪县。

这不就是为了让墨桥生亲自一雪前耻吗？

甘延寿闭上眼，唤来自己的副官，叹道：“悬白旗，开城门，乞降。”

洪水逐渐退去，琪县的城墙之上，换上了晋国军旗。

墨桥生骑着马，踏着一地泥泞，站在城门之下。

他抬起头，看着城门之上的两个古朴的大字——琪县。

回忆如潮水般涌来，在那个漆黑而绝望的雨夜，韩全林丑恶的嘴脸晃动在自己眼前，这个令人恶心的匹夫用这座城池，几乎压弯了他的脊梁，是主公拯救了心如死灰的他。

曾经，他不敢相信自己能有这样的价值，可以让主公选择卑微又渺小的自己。那个时候，主公坚定地在众人面前，言之凿凿地宣布他比这座城池更有价值。面对着那么多的质疑和诋毁，主公心中也是承担着压力的吧。

如今，他做到了！

兵不血刃，几乎不耗费主公的一兵一卒就拿下了琪县。

但这只是一个开始，不止一座城，待将来，十座、百座……他要让天下所有人都知道，他墨桥生的价值，不是这区区城池可比的！

墨桥生长身立马，这一刻，他目光灼灼，望向汴州所在的方向，脊背笔直如松。

主公，我可有让你自豪？

我定让你屹立高台，睥睨那些当初诋毁你的人。

洪水退去的琪县，城内一片狼藉。

墨桥生率着他的卫队，骑行在泥泞的街道上。

无数晋国士兵手持长矛，在路旁维持着战后秩序。道路两侧跪伏着不安的琪县平民，他们在长矛的枪尖前低下了脑袋。

那些面朝着泥泞、看不见表情的面孔，有些充满着城破家亡的悲愤，有些则布满着对未知命运的忧心……不论如何，从他们眼前骑马而过的一身黑甲的晋国大将，都是一个令他们胆战心惊的存在。

早在水淹城池之时，关于这位奴隶出身的将军的传说，便传遍了全城。

有人说他出身卑贱，却有勇有谋；也有说他杀人如麻，冷血无情……当然，传得最神乎其神的，还是那个“倾城不换”的故事。故事中那座用来交换将军的“城”，就是他们脚下这片赖以生存的土地。

如今城池已破，满身煞气的“墨阎王”率军入了城。他们只能战战兢兢地跪在地上，祈祷这位将军不要用他们这些平民百姓的性命来偿还主君犯下的错。

琪县守将甘延寿肉袒自缚，跪在地上，等待着即将到来的命运。这是他一生中最为屈辱的时刻，而这份屈辱却未必能保住自己的性命。

甘延寿眉心微皱，面上流露出担忧和懊悔的神色，心想，他是不是错了？他就应该在晋军初围城池的时候主动出击，而不是谨小慎微，只想着固守城池。

如今，多想也无益。他只希望晋军将领墨桥生，能看在他如此卑微乞降的分上，放下一己私怨，不要做出屠城报复的举动，将怒气撒在这一方百姓身上。若是能干脆地给自己一刀，结束这种屈辱，也算万幸。

甘延寿正想着，此时，一匹黑马停在了他的面前。马蹄停顿时，溅起了一点冰冷的泥水。

他抬起头，看见那高居在马背上的面孔。

那个身影逆光而立，神色冰冷，朗声开口，说出决定全城数万人命运的话来：“公既念及百姓，举城归附，吾自当不伤公意。现与全城父老约法三章，晋军将士入城之后，但有杀人、劫掠、奸淫者，一律军法处置。吾言之必信！”

道路两侧，不论是被羁押的琪县军士还是围观的百姓，听得这话后都齐齐发出一阵欢呼。

甘延寿也如卸下胸口的一块大石般，长吁一口气，伏地叩首，诚心归降。

夜间，墨桥生在原城主府的厢房内，挑灯翻阅着军报。

他的贴身勤务兵于案前请示："降将甘延寿禀知将军，此府中有一眼温泉，已修筑雅室，可供沐浴解乏之用。还请将军示下，是否移驾？"

这位勤务兵虽秉公通传，但心中颇有些不以为意。自琪县城破后，城中官吏们早早就送来了一批艳奴美姬。但将军皆不为所动，转手就赏赐给了帐下军士。

这个甘延寿想巴结大人，就只推荐了个温泉，想必将军也是看不上的。

"温泉？"墨桥生停下了手中的动作，沉思片刻，站起身来，"带路吧。"

待墨桥生独自进入温泉浴场后，他发现此温泉不像月神泉那般颇具野趣，而是围筑了精美的屋舍器具。

他身入水中，以掌托起一汪清泉，心中怅然若失。

同样都是温泉，为什么自己泡和与主公一起泡的感觉如此天差地别？

他举目四望，泉室外驻守着他的卫兵，泉中独他一人而已。

墨桥生伸出手，从岸边的衣物堆中抽出一条黑色的腰带，束住自己双眼。在陷入黑暗的那一刻，他终于长长地吁了一口气，放松身体靠在池岸边，找到了一点和主公一起泡温泉的感觉。

此时，西山月神泉。

程千叶和姚天香身处月神泉的白雾之中，享受着温热的泉水浸没着全身肌肤的舒适。

水面上漂浮着的小木桶，内置美酒果脯，伸手可得。姚天香喝了两杯小酒，小脸红扑扑的，坐在汉白玉砌成的石阶上，舒服得叹气："这才是享受啊。千羽，你这整日忙忙碌碌的，难得来泡个温泉，你就不能少操点心，好好放松放松吗？”

程千叶趴在池岸，正从水中伸出一条光洁的手臂，在池岸的汉白玉石面上用水迹画出一幅简易的地图：“天香，我们上山的时候你有没有发现，在北面，靠近汴水那一侧的农田，长势喜人。但一山之隔，靠近汴州城这一侧的田地收成就差得多了。”

“确实如此。”姚天香回复，“水利对农耕的影响本来就很大，水源充沛的区域自然收成好。在我们卫国，也是靠近大野泽一带的民众是最富裕的。”

“水利吗？”程千叶摸着下巴陷入沉思。

“但是！”姚天香把她的脑袋掰过来，“你作为一国主君，不可能事事都由你去考虑，这样你八个脑袋也不够用。你应该选出一个合适的人去做这件事，现在，你给我放下这些想不完的国家大事，好好地休息一下。”

程千叶笑了，她伸出手指慢慢描绘出汴州城的简略地图：“你说得很对，我的任务是找出合适的人。而且，我心中确有一个人选。”

她想起在城门口见到的那个满身黄土、行事认真、过于耿直的崔佑鱼。他曾经递交过一份详细而专业的汴水改造工程图，当时因为各种原因，没有引起程千叶的重视。

“千羽。”姚天香有些担心地看着程千叶，“我发现自从桥生出征以后，你把自己绷得格外紧，每天都忙个不停。你这是因为放心不下吗？”

程千叶停下动作：“天香，你觉得一支怎样的部队才能算得上是锐士？怎样的将军才能算得上是名将？”

“部队我不甚了解，但将军……”姚天香点了一下下巴，“当然是能够用兵如神、以少胜多、奇计百出的才算是名将。”

程千叶伸指遥点了点姚天香：“你错了，所谓以少胜多，都是险中求胜。作为一国之君，我能给前方万千将士提供的，就是让他们不必险中求胜。

“充足的粮草、兵力，源源不断的援军，稳定的政治环境，才是大军真正能够常胜的基础。所以我不能不想，不能不做。

“前线捷报频传，琪县想必不日就能攻陷。桥生此次能够不战而胜，虽然他用兵如神，但主要还是因他有多于敌人数倍的兵力，这样才能围困琪县，巧妙发起水攻。我做这些，不只是为了桥生一人。作为一国之君，我既然不能避免战争的发生，就有责任对成千上万将士们的生命负责。”

“千羽，你胸怀如此之宽广，真是让我佩服。”姚天香叹了口气，认真地看着程千叶，“我也希望能够为你，为我如今生存立命的国家做点事。”

“行啊，你好好想想，有什么想法和我说。”程千叶笑了。

姚天香正经不了片刻，又露出狡黠的笑来：“这些都将来再说，现在既然都来泡温泉了，我们就应该先想点好玩的。”

她伸手一把抹去了程千叶画的那些地图：“别老想这些地图、军报，我有好东西给你看。”

程千叶倒了一杯清酒，一面慢慢地喝着，一面凑过头去看姚天香从岸边一个匣子内掏出的一本绢册。

那薄如蝉翼的绢册被姚天香的纤纤玉指翻开，露出了里面栩栩如生的图绘。

在看到图绘的内容后，程千叶“噗”的一声，把口中的酒喷了出来。

“干什么？”姚天香嫌弃地推了她一把，“这可是唐大家的画，好不容易得的呢，你别给我弄坏了。”

“你……”程千叶狠狠地在她胳膊上掐了一把，但还是忍不住凑过头去。

“啊！还可以这样的吗？”程千叶面色微赧。

于是，两个闺中密友挤在红叶飘飘的温泉岸边，通过一本图绘，打开了新世界的大门。

墨桥生的大军水淹琪县，不费一兵一卒拿下要塞的捷报很快传到了汴州。

晋越侯闻讯大喜，下令犒赏三军，封墨桥生为骠骑将军，拜七级公大夫爵。晋军也一路高歌猛进，拔点夺塞，扫清了从汴州直到晋国边驿中牟的道路。

中牟原是程千羽庶弟公子章的封地，公子章于中牟之乱伏法后，此地管理便陷入一片混乱之中。

墨桥生率军抵达中牟后，以强势的手腕将此地收归军管。

他在中牟依照汴州的旧例推行新政、整顿军务，本地的权贵家族虽多有不满，但鉴于墨桥生手握兵权，携初胜之威，行事雷厉风行，这些处于晋国边缘地区的零散贵族世家，也就翻不起什么浪来。

但汴州城内，却开始传出一股流言蜚语。

不论街头巷尾还是军中朝堂，都有人渐渐开始议论，指责远在中牟的墨桥生手握兵权，独断专行，行事过于跋扈，非社稷之福。

程千叶行宫内，宿卫在殿前的程凤悄悄看了一眼在案桌前批阅着奏折的程千叶。

此刻在案桌边，站着一位眉目俊秀的少年。

即便外表有些变化，但程凤知道此人是程千叶以前的侍从——萧绣，曾一度和程凤有所接触，虽然不是什么好事。

程千叶哈哈笑了起来，对着那位少年说道："辛苦你来回奔波了，不愧是张馥，他托你带来的这个消息，对我来说很是重要。"

程凤不免侧头多看几眼，这时，案桌前的程千叶突然抬起头，冲着他招了招手："最近，有这么多关于桥生的流言蜚语传出，你是不是很为他担心？"

程凤行了一个军礼："卑职并不为桥生忧心。"

"哦？"程千叶抬了一下眉。

"桥生想必也不会为流言所动。卑职心中忧虑的是……"

"你说。"

"即便桥生在中牟举措过激，但也不可能这么迅速且这么广泛地在我们汴州传起流言。臣心中所虑，是这个流言的源头。"程凤说出多日盘桓在心头的想法。

"程凤，你很敏锐。"程千叶点了点手中的一份奏折，"其实我们不用想那么多。能干这事的，可能性最大的只会有两拨人。一是韩全林那个老变态，二就是刚刚被我们击退的犬戎。他们都开始忌惮近日崭露头角的桥生。韩全林我暂时管不到他，但犬戎，特别是近在郑州的嵬名山却是我们的心腹大患。

“不管这次是谁做的，他们反而提醒了我。要以其人之道，还治其人之身。

“他们想以流言蜚语中伤我的将军，我们难道不行吗？有时候，战争不一定只发生在战场上，朝堂的阴谋反而更容易打败一个在战场上百战百胜的战神。”

程千叶看着站在面前的萧绣，几月不见，这个少年像经历过雷雨的劲竹，拔高了身量，晒黑了皮肤。他逐渐脱离了少年的稚嫩感，多了一份成熟和稳重，不再显得那么柔媚，反而带上了一份俊逸洒脱。

“张馥真是个奇人。”程千叶看着萧绣从绛州带来的信函，那是治粟内史张馥写给她的一封密信。信上不仅详细交代了晋国首都绛州的种种情况，还记录了周边各国，特别是犬戎所在的镐京的一些军需密情。

张馥还为她献上了一条奇谋，若是能成，郑州唾手可得。

“他在绛州那样复杂的环境中，不仅做好了旁人难以胜任的工作，给我提供了源源不断的军备粮草，还能同时收集这样细致的军需情报，真真可以算得上是‘运筹帷幄之中，决胜千里之外’。小绣，你如今既能得张公青睐，就好好待在他身边，多和他学学。”程千叶望向站得笔挺的萧绣，嘱咐道。

“得在先生身边，我受益良多。小绣能有今日，皆拜主公所赐。”萧绣跪地行礼，“如今，我终于知道了世界之广非眼前一方天地可比。但我心中，不会忘却对那位大人的思慕，他永远在小绣的心中。有一天，他会看到主公和小绣的努力，看到一个更好的晋国。”

程千叶伸手将他搀扶起来：“我派你前去绛州，本是因一些私密函件不放心委托他人。但你能借由此从过去的悲痛中走出来，有了如今的眼界，靠的还是你自己，我心中很是为你高兴。”

程千叶突然庆幸，庆幸当时没有一狠心就扼杀了这条生命。

杀戮这种事，一旦习惯，也许就收不住手。她时时提醒自己，不要在不经意间成为一个面目全非的人。

自己手中的权力越大，越是应时时提醒自己谨记初心，不轻视任何生命。不论他们是奴隶、是士兵还是仆从。

“嵬名山此人，作战勇猛、用兵如神，是我心中大患。张馥此计若是能成，我晋国将士不知能少流多少鲜血。”程千叶微微拧着眉，“只是要你二人深入敌境，去那镐京……”

“能为主公分忧，为国家出力，张先生和小绣都甘之如饴。先生托我转告主公，此计非先生亲去难以功成，万望主公允准。”萧绣坚定地说。

闻言，程千叶不再犹豫，下了决定：“那行，你告诉张馥，务必提前打探好犬戎的没藏太后和梁皇后的喜好。你们记得多带些奇珍异宝，去了以后遍使金银，务以你二人安危为先，不必给我省钱。”

斗转星移，时光匆匆。

眼看那郁郁的田野染上了金色，沉甸甸的稻穗转瞬就压弯了腰，忙碌的农夫们将一年辛劳的成果收入谷仓。

皑皑白雪飘下，黑褐色的土地逐渐被银辉覆盖之时，出征数月的大军终于缓缓归来。

祥瑞降纷纷，望眼过去，一片银世界、玉乾坤。

墨桥生隐隐见一座巍峨城都，如那亘古巨兽，虎踞龙盘在银白天地之间。

新筑的城墙坚实而高耸，夯土垒实，青砖贴面，敌楼望台铮铮林立，象征着家园所在的旌旗正在寒风中招展。

“终于回来了，出征了几个月，咱们汴州大变样了啊。”士兵们兴奋了起来。

墨桥生勒住缰绳，驻足凝望眼前这座熟悉又陌生的城。

汴州，主公所在之地，他夜夜心系魂牵之地。

新任的千夫长杨盛策马跟随在墨桥生身后。几经沙场，这个打起仗来不要命的男人，爵位和军阶节节攀升，如今已成为墨桥生左膀右臂一般的存在。

此刻，他的心情并不像普通军士那般兴奋雀跃，而是隐隐带着担忧。

“将军。”他来到墨桥生身边，压低声音说道，“卑职听闻如今汴州城中，盛传着一些对将军不利的传言。将军可否要慎重一些，且留部分本部人马在城外驻扎，以防不测。”

墨桥生侧眼看了他一眼，笑了。

杨盛跟随墨桥生这么久，还是第一次看见这位以“治军严谨”出名的将军展露笑颜。

“阿盛，你没和主公接触过，不了解他。否则，你不会说出这样的话。”墨桥生驱马前行。

杨盛闭口不言，这么长时间来，经过几番出生入死，素来桀骜的他打从心底认同了眼前这位将军。

这位同他一样出身奴隶的将军，不论是谋略兵法、治军驭下、身手武艺，都让他心服口服。

将军对他们这些兄弟也有一颗赤诚之心。战场之上，他和无数兄弟的命都是被将军亲手捞回来的。他实在不愿看着自己一心敬仰之人，对那位高高在上的君主，露出这种毫不设防的姿态。

墨将军在沙场上素有谋略，想不到在朝堂之上却如此单纯耿直。将军这样只怕是不太妙，可惜他如今也别无他法。

杨盛只能寄希望于他们主公不是一个耳根子软、听信流言的蠢货。

夏初之时，墨桥生率一万兵马从这里离开。到了深冬时节，他扫平汴州到中牟的道路，带回五万强兵健马，浩浩荡荡地回城。

当这位战功赫赫的将军，身着铠甲，出现在朝堂大殿之时，大殿之上瞬间响起嗡嗡议论之声。

墨桥生跪地行礼，满身荣耀地接受着君王的表彰和封赏。

他是第一次踏上这座轩昂壮丽的大殿。殿前宿卫的红衣宿卫长正浅笑着注视自己，那是和他有着过命交情的兄弟程凤。站在武官队列之首的俞将军和贺兰将军，也面带欣喜向他点头示意，那是一直帮助和鼓励自己的上级。

除此之外，大殿之上还多了许多他认识或是不认识的官员。他们看自己的目光，有敬佩、有赞赏，但更多的还夹带一些其他情愫。

此刻的墨桥生都不在意，他唯一在意的是坐在王座上的那人。

那人玉冠束发，着龙纹锦袍，遥坐高台之上，也正在凝望着自己。

为什么这个大殿如此空旷，他和那人的距离是这样的远。他甚至都不能抬头，细细端详那许久不见的容颜。

如今的墨桥生突然有些怀念起自己还是奴隶的时候。那时，只要主公对他轻唤一句，他就可以飞奔而去，伴随在主公身侧。

现在，他一位堂堂正正的将军，下属敬仰、同僚爱戴、沙场之上叱咤威严，但却与主公隔开了一道距离。

喧闹的朝议终于结束，墨桥生跨出殿门，一个个熟悉或者陌生的朝臣经过他的身侧，热情地同他打招呼时，他一一拘谨应对。直至人潮散去，他独自站在汉白玉砌成的台阶之上，回首看着身后的深深殿堂、巍巍宫宇时，心中泛起淡淡涩意。

那位让他夜夜不忘的人，就在这殿宇之中。而如今，自己封了爵位，成了将军，却只能迈步离开这里，去到那个新赐给自己的将军府。

墨桥生叹了口气，转身向着宫门走去，忽然一个宫中的内舍人喊住了他："骠骑将军留步，主公在朝梧殿等着将军，请将军独自前去见驾。"

闻言，墨桥生的眼睛亮了起来，他抑制不住地露出了笑容，紧随着那位内舍人，登上台榭，穿过敞室，走在长长的回廊上，心中的雀跃之情随着步伐飞扬起来。

他越走越快，甚至越过了那位宫人，几乎是跑着跨入了殿门。

那殿内，一人长身玉立、宽衣博袍，正转过身来，笑着对他说："桥生，到我身边来。"

一瞬间，墨桥生千般思绪急速翻涌着，眼眶早已湿润。

"欸，都做将军了，怎么还这么爱哭？"

绛州郊区。

破旧的土屋中，一个年轻的妇人正背着未满周岁的孩子，扫着院中积雪。

破旧的柴门，忽然发出了“吱呀”的声响。她抬头向院门外张望，门外依旧是一片雪白的世界，空无一人。

年轻的妇人叹了口气，村中时时传来各种各样的消息，令人担惊受怕。当初她真不该同意夫君出征，即便日子再苦，两个人能够相依相守在一起，总是好的。

这么冷的冬天，也不知道阿元在战场上是个怎么样的光景。

“娘亲，粟粥煮好了，我把弟弟抱进去吧。”小小年纪的女儿掀开帘子出来，正要接过母亲背上的弟弟时，她却愣在那里，看着院门外，惊讶地张大了嘴。

“怎么了，二丫？”阿娟顺着女儿的目光看去，只见院门外站着一个高大的身影。那人一身戎装，肩担霜雪，眼中噙泪。

阿元望着妻子，泪流满面：“娟，我回来了，我来接你们去汴州，那里有我给你们挣的田地和屋子……”

绛州平民居住的垢予街，一座两进的瓦房内传出了凄厉的哭声。

传达讣告的官员放下百夫长韩深的遗物和赏赐，宽慰几句，默默离开了。

战场无情，这样的人家，他们还要去好几户，实在没时间逗留。

一个白发苍苍的老妪搂着自己年幼的孙子放声痛哭，韩深的妻子却愣愣地看着遗物中的一块蓝色花布，颤抖着伸出了那双被岁月磋磨得粗糙的手。

她的男人是一个脾气暴躁之人，对她动辄打骂，是一个令她害怕的存在。可当这个男人不在了，她才突然意识到，头上的天塌了。

在这个战乱不休的年代，那个月月给家中寄军饷回来的男人，是在用自己的身躯给她们挣来一份安稳。

她颤抖着手，摸了摸那块碎花土布。

传递遗物的官员说，这是韩深战友的心意，是韩深临死之前的遗愿。

那个一生都没给自己买过东西的男人，却在临死之前想起给自己买这样一块布。

女人捂住自己的脸，但她不能哭。家里男人没了，她就要撑起这个家。他既然在汴州给她和孩子留下了田地、房屋，那她也可以养活孩子、奉养母亲。

只要有她在，这个家就不会倒。

程千叶坐在桌案后，看似一本正经地看着手中的卷牍，实则正悄悄偷瞄着坐在下首、陪伴她阅卷的墨桥生。

这位在战场上卓越不凡的男子，到了她面前瞬间又变回那副局促不安的模样。

当时，他双眼明亮，情绪激动地跨入大殿，来到自己身边，却只是干巴巴地汇报了几句军情，就再也没有多余的话语。赐座后，也只是和往日一般低首沉默地坐着。

程千叶心中暗暗觉得好笑，她的大将军一动不动地坐在那里，连眼神都不曾向她这里瞥过来半分，一眨不眨地紧盯着地面的青砖，好像那里开出了花一样。

但在程千叶眼中，她能感受到他一会儿慌张、一会儿期待、一会儿自责的情绪变化，真是既有趣又可爱。

墨桥生终究还是按捺不住，悄悄瞄了一眼“专注于国事”的主公。谁知主公正一手持卷，倚着椅背，双目笑吟吟地看着自己，墨桥生的心瞬间乱了。

主公这样看着他多久了？

程千叶的嘴角微微勾起，似乎带着一丝看穿墨桥生内心的戏谑，缓缓朝着他伸出了那莹白如玉的手掌。

墨桥生在恍惚中伸手，指尖刚刚搭上那富有弹性的肌肤，那柔软而温热的手掌就一下攥紧了他的手。

滑嫩的指腹在他布满粗茧的掌面轻轻摩挲，牵引着他向前，墨桥生感觉到自己面部开始热了起来。

糟糕，我的脸一定红透了，他想。

墨桥生望着牵引着他的程千叶，他的眼中似乎流转着漫天星辰，万千光点正轻轻晃动，其中倒映出的是自己的身影。

她双唇微分，开口说出话来："桥生，我好想你。"

说完，她又在他眼前举起素白的手掌，遮蔽了他的视野，轻轻捋了一下他的额发，抚过他的眉骨，顺着他的脸庞一路往下，在他的下颌停留片刻，蜻蜓点水般地扫过他的双唇。

那残留在唇端的酥麻之感，直向着墨桥生的心肺钻去，久久不能挥退，让他垂在身侧的手一下攥紧了。

但程千叶似乎并不想停下，继续问道："你呢？你想不想我？"

我夜夜都想着您，没有一刻不想回到您的身边，墨桥生在心里说。然而他那僵硬的双唇只是微微动了动，却吐不出一个字来。

程千叶仿佛已经听见他心中的话一般，挥手扫落桌案上的书册卷轴，把墨桥生按在桌上，咬着下唇，像看着一块稀罕的宝石一般，缓缓俯下身来……

碧云端着茶水从偏殿进来时，一抬眼便瞧见地上满是散落的卷轴。而在那紫檀雕花的大案之上，那位声名赫赫的墨将军，正被主公压在桌面上"欺负"。

碧云吃惊，举袖捂住了嘴，慌乱之间，托盘之上的一个茶杯滚落，"吧嗒"一声在地板上摔了个粉碎。

程千叶从案桌上抬起头来，双唇殷红，气息紊乱，面露出不悦之色，狠狠地瞪了她一眼。

碧玉急急忙忙地退出殿外，她背着手关上殿门，靠在殿门外满面羞红，捂住怦怦乱跳的胸口。

天哪，原来那些传言都是真的啊！

镐京皇宫之内，犬戎族的没藏太后身披纳石失金锦裘衣，头戴珍珠饰高冠，正端坐交椅之上。她看着眼前这位毫不怯场、侃侃而谈的年轻汉人男子，心中犹疑不定。

他们是来自大漠草原的游牧民族，习惯在大漠孤烟中策马放羊，游牧而居，却不想有一日能一举攻入中原，入主这中原帝都，住进这恢宏气派的皇宫之中。

族中很多人都被这花花世界迷住了双眼，开始贪图安逸享乐了起来。

但她，没藏珍珠，犬戎族的太后，一个年纪轻轻就开始守寡，在群狼环伺的草原上一手扶植了年幼的儿子坐稳王位的女人，知道他们犬戎一族真正的转折点就在眼前。

想要控制和征服这个历史悠久、长期占据中原富裕地区的民族，只靠烧杀抢掠是不行的。她迫切地想要学习、了解这个民族的知识和文化。

眼前这个名叫张馥的男人，真的能为她所用吗？

没藏太后淡淡开口："张先生的学识，如同草原的牧草一般丰富。先生的一席话，让我仿佛是迷途中的旅人看见了夜空中的明星，顿时找到了前进的方向。"

"但令我疑惑不解的是，像先生这样的人才，晋国主君怎可能不用最尊崇的爵位供养先生，而让先生有机会来到我的面前呢？"

张馥摆出他那张招牌式的笑脸，冲着没藏太后拱手："若人人都如太后这般慧眼识才，张某自然不必如此颠沛流离。"

随后，他露出落寞的表情，轻叹一口气："自从在下的先主公，也就是老晋威侯仙去之后，新主君倒行逆施，不再礼遇士大夫，反而宠信那些低贱之人。

"他非但不听我的忠言劝谏，数次将我贬斥，甚至把我调离政治中心，只打发我处理些杂务庶事。

"这也就罢了，偏偏那些朝中贵族见我失了势，对我百般排挤，构陷诬害。不久前还给我扣了个莫须有的罪名，逼得我不得不背井离乡，逃出晋国。"

没藏太后同陪坐在侧的妹妹没藏红珠交换了一下眼神。

没藏红珠冲她点了点头，露出了一个肯定的表情。于是没藏太后更加热情，摆出一副礼贤下士的模样，当场给予张馥客卿的身份。

没藏红珠宽慰张馥："张公不必烦忧，太后娘娘求贤若渴，如今张

公既归附我犬戎，娘娘自当将你奉若上宾。你只需尽心竭力地为我犬戎着想，总有你在那晋国主君面前扬眉吐气的一日。”

张馥躬身一礼：“在下，定竭尽全力！”

送走张馥之后，没藏太后沉下脸来，对着妹妹没藏红珠道：“此人当真可靠？我怎么听闻他来镐京之后，出手阔绰，遍撒金银，还结交了你的那个情夫。你该不会是收了他的财帛，方把他举荐到我面前的吧？”

没藏红珠听得这话，心中一惊，她有些心虚地摸了摸围在脖子上的白狐裘围脖。

她确实是收了张馥不少好东西，又被张馥的一番巧舌如簧给说动了，方才把张馥举荐给姐姐。

但无论如何，这其中的弯弯绕绕，她是不会说出口的。没藏太后虽然是她嫡亲姐姐，但她自小便对这位既有手段又严厉的姐姐心有畏惧。

没藏红珠伸手拉住没藏太后的袖子，轻轻摇了摇，撒娇道：“阿姊如何这般想我，我又怎会如此不晓得轻重？如今我们没藏一族和梁后的梁氏一族冲突日益剧烈。在这个节骨眼上，我自当是要为姐姐分忧，给姐姐举荐真正的当世大才的。

“而且，阿姊你刚才可是亲自考校过的，这位张馥难道不是一位真正学富五车的人才吗？何况，我已经派人仔细打听过了。那位晋越侯确实曾经为了一个亲近的奴隶，就把张馥驱逐出城，还是张馥在城门外跪地求饶，方才作罢。

“后来，他也始终没有把张馥带在身边，而是远派到绛州，负责粮草罢了。张馥在绛州，也确实受到多方排挤，举步维艰。这些我都打听清楚了，作不得假。”

听完妹妹的话，没藏太后这才缓下脸色：“你能这样为家族上心，我很欣慰。那个晋越侯打败了阿真，我总觉得他不是这样一个无道之人。阿真输了那样一场仗，大大削弱了我族的气势，我确实需要一些有才能的人来辅佐。”

“我观此人谈吐，确为一有识之士。若真如你所说，倒是可以一用。

不过，汉人毕竟非我族类，不可轻信，尚需细细考察。”

没藏红珠松了口气：“姐姐放心，他的居所处处都是我的人，随时监视着他的举动。若被我发现他包藏祸心，有所异动，我必让他不得好死。”

没藏太后点了点头，叹了口气。

她一生要强，曾以寡妇之身强势摒除异己，护住了孩儿的王位。谁知如今儿子长大了，不满她大权独揽，渐渐同她起了隔阂，支持自己的妻子梁皇后以及皇后一族，开始处处同她作对。

此时，梁皇后的居所。

梁皇后正狠狠摔砸手中的杯子：“那个老太婆让我军在晋国人面前丢了那么大的一个脸还不够，竟然还招揽晋国之人为幕僚？”

她的叔父梁骥劝道：“娘娘且息怒，没藏裴真在汴州吃了亏，大损太后的声誉，但没藏一族依旧手握兵权，我们梁氏一族确实缺少真正能够领兵的将军，这才无法同太后抗衡。可惜郑州的嵬名山将军，迟迟不肯受我方招揽。”

她的族侄梁乙开口：“回禀娘娘、叔祖，张馥之名孩儿倒是听过。都说他有奇才、擅谋略，他初来乍到，未必就能对太后娘娘有多忠心，改天容孩儿试探他一番方知底细。”

天空下着雪花，张馥回到自己的居所。

他下了马车，伸手接住了一片从昏暗夜空中飘落下的雪。

门前守卫的是数名强壮的犬戎武士，那些武士用冷漠的眼神看着他这个异族之人。虽然没藏红珠说是派这些人保护他的安全，但很明显的也是为了监视、控制他。

“先生回来了。”这时，萧绣从门内出来，撑起了伞，接他进屋。

张馥点了点头，带着他那永远挂在嘴边的笑，不紧不慢地迈入屋中。

二人进了内室，脱下大氅，围炉取暖。萧绣恭敬地跪地奉茶，低声问道：“先生今日可还顺利？”

张馥伸出手拢在炭盆之上，凝望着盆中通红的火炭。

顺利？

此事便如火中取栗、临渊走索，须得步步小心。一步走错，死无全尸，何来顺利可言。

张馥轻声开口：“小绣，你为何要同我前来，你就真的不怕吗？”

“先生为何而来，我也就为何而来，”萧绣低头忙碌，头也不抬，“我虽卑微，但也有一颗为国出力之心。”

张馥看着这位陪伴自己身入险地的少年，露出笑颜：“我发现只要是主公身边之人，总会不自觉地慢慢被他所吸引，受他影响，逐渐跟上他的脚步。或许，是因为有这种特质，他才会成为我选择的君主。”

在士甲村，许厝里，一座农家大院中，一位头发花白、身躯佝偻的妇人正忙着把院子里的鸡仔赶进鸡窝。

她四十不到的年纪，因为曾经的奴隶生涯，把她磋磨得如同花甲老人一般。

她一生有过许多孩子，但或是夭折或是被主人卖掉，大多没能留在自己身边。而唯一在自己身边长大的儿子登柱，也在不久之前战死沙场。生活的打击已使她接近麻木，活下去不过是混日子罢了，剩下的人生也再没有什么值得期待的地方。

妇人抬起有些浑浊的双眼，看着天空中飘落的雪花。

今天冬天的雪下得格外大，但此刻她身上穿着厚实的棉衣，住在遮风挡雨的大屋内，谷仓里满满堆着佃农交来的粮食，后厨的灶台上甚至还炖着一大锅老母鸡汤，热闹的声音从耳边传来——

“干娘，孩儿们都饿了，且等着干娘烧的好饭菜。”

“干娘，我们回来了！六猴儿快饿死了，有啥好吃的先紧着我一口。”

“干娘……”

“干娘……”

临近年关，军营中休沐，没有家室的几个年轻汉子都在杨盛的大宅子里一起住着。

他们背着刚刚进山砍的柴，手上提着抓到的山鸡、雪兔吵吵嚷嚷地回来。还没进院子，就大声喊人。

登柱娘抹了抹眼角的泪花，忙碌地张罗了起来。

这一热闹、一忙碌，心中的悲痛便逐渐冲淡了些，日子就好像也能过得下去了。

在被犬戎占据的王都镐京，张馥坐在火盆前，借着烛光，一页页地翻阅手中的信函。

他十分小心谨慎，即便重要信函都是用密文写成，他阅过记牢之后，也马上置于火盆中烧毁。

信函中，他反复摩挲着一张卷得极细极小的字条，字条上面是一行俊逸而熟悉的字体——

万事由公自专，唯以公及绣之平安为要，切记！切记！

张馥将这寥寥数字反复看了几遍，方才扬手将其投入炭盆之中。

炭盆中火苗亮起，燃尽这从汴州小心传递过来的一页短信。这小小的火苗为独自身在险境的他，带来了一阵暖意。

他转头望去，那个年纪轻轻的少年趴在一旁的案桌上，连日操劳过度的他已经不小心进入梦乡。

张馥站起身，给萧绣披上一件衣物。

他抬起头，看着窗外飘落的雪花。

今年的雪，下得格外的大。

皑皑白雪似乎要将世间一切丑陋之事全部覆盖，待到来年开春雪化，也许就能展露出一个全新不同的世界来。

汴州西山，程千叶领着贺兰贞、俞敦素、肖瑾、墨桥生等心腹亲近之人于西山围猎。

天色渐晚，众人燃起篝火，烤着一只刚刚猎到的梅花鹿。

雪地之上，就着鹿肉、美酒，谈论着家国天下的大事，众人只觉豪情顿生，胸怀舒畅。

程千叶举杯："晋国能有今日之小成，皆是诸位之功。当今天下群雄并起，我欲逐鹿中原，壮我大晋，还望诸君助我！"

众人齐声应喏，举杯相和。

酒过三巡，大家逐渐不再拘束，开始推杯换盏，觥筹交错。

程千叶喝了点酒，微微有些上头，她在别院的廊台边缘，坐着碧云给她端来的锦垫，倚着廊柱，捧着一盏热腾腾的浓茶。

天空中飘下细雪，野趣盎然的庭院中，一群男人在雪地里围着篝火，烤着鹿肉，推杯换盏，喝得正欢。

程凤站起身，接过小秋抱来的一大坛子酒，又顺手将自己面前一盘烤好的鹿肉递给了她。俞敦素时不时同程凤碰一下杯，又或侧身和肖瑾低声交谈。贺兰贞有些喝多了，正拉着墨桥生高谈阔论，不时发出爽朗畅快的大笑之声。墨桥生的话很少，但他的表情很放松，嘴角带着一丝不易察觉的浅笑，偶尔抬起眼向程千叶的方向看过来。

"在看什么呢，千羽？"姚天香来到程千叶身边，挨着她坐下。

"下雪了。"程千叶从廊下伸出手，接着天空飘下的雪花，"我在想明年雪化了之后，这个世界会不会有所不同，能不能有一点改变？"

"千羽你可能没发现，因为有你，这里已经改变了不少。"姚天香挽住程千叶的胳膊，把头靠在她的肩上，"我刚到汴州的时候，来这西山，沿途还是满目疮痍，几乎看不见人家。如今一路上山，眼见多了许多屋舍。沿途户户冒着炊烟，孩子老人也大多都有了蔽体的衣物，比之前已是好多了。今年是个丰年，我相信明年这里百姓的生活只会越来越好，到这里落户的百姓也会越来越多。"

"别的不说，单看桥生。我第一次见他时，是在马厩里，他是一个头都不能抬起的奴隶。如今你再看他，他不仅自信地抬起了头，甚至闪闪发光。"

程千叶看向院子里的人。贺兰贞不知道说了什么，一手勒着墨桥生的脖子，一手搓他的头发，正在哈哈大笑。而墨桥生面色微红，抬起眼正向着程千叶看来。

她轻轻开口："不，不只是因为我。能有今日这一点点改变，他们每一个人都在竭尽全力拼搏。

"为了这一点改变，已经有无数的人付出了努力，流了血甚至送了命。到了此刻，还有人孤身赴险，深入敌阵，只为实现大家共同期待的这个目标。"

程千叶转头看着姚天香那张明艳的面孔："就连天香你，本来可以安安逸逸地享受生活，但你近日不是也开办了女学院，为那些从没有机会得到学习的女子，提供学习文字、生活技能的机会吗？"

姚天香笑吟吟地说："那是因为你给我们带来了希望呀，人一旦有了希望，做什么都不会觉得苦、觉得累。

"我一直觉得，我们女子并不应该生来只是男人的附属。但以前我没有挣扎反抗的机会，如今我觉得我可以为自己、为天下的女性尽那么一点力。

"所以，我一定要好好谢谢你呀。"

姚天香咬着牙，眼睛亮晶晶的。她举起莹白如玉的手掌，附在程千叶的耳边："上次说的那个，我给你准备好了。"

程千叶推了她一把，哭笑不得："天香别闹，我和他还没到那个份上。何况，以我如今的身份，我们也不能走到那一步。"

姚天香扁扁嘴："可是他今晚喝了那么多鹿血酒，已经彻底醉了。大好机会，你不打算做点什么吗？"

程千叶瞥她一眼，伸出手指在她额头上弹了一下。

"哎呀。"姚天香捂住了额头。

下山的路上，墨桥生坐在摇摇晃晃的车厢之内，觉得自己的状态十分不好。

他不知道今天为什么大家都拼命灌他酒，特别是那位天香公主。但确是心中快乐，打了胜仗，又回到主公身边，还有这样多的朋友在一起。

他觉得自己好像是要醉了，偏偏主公还坐在那里，一手支着下颌，似笑非笑地看着他。

马车在寂静的雪夜中缓缓驶了很长的道路，下了西山，驶入汴州城，停在了宫门之外。

碧云看着一动不动的车门，有些为难，不得不轻声请示：“主公，到宫门了。”

许久，车内传来程千叶的声音：“再走一圈。”

碧云的脸瞬间红了，她打着手势示意侍卫队跟着她掉转方向，绕着宫墙走。

小秋不明所以地想要开口询问，碧云一把捂住她的嘴，悄声道：“别问，快走吧。主公没出声，都不要停。”

朝梧殿是整座行宫内除了庭议所用的正乾殿之外最大的一座建筑。

台榭之上有露台、敞室、长长的回廊，和数间宫殿。程千叶平日里下了庭议之后，大多在此地批阅奏折，召见大臣，夜间也多在此休息。

后宫的话……当然，这座由原汴州城主府匆匆改建的宫殿，还谈不上有什么后宫。只有王后姚天香所居的栖凤阁勉强有个住人的样子，其他殿宇都还不成半点气候。

内务大总管吕瑶十分苦恼地从大殿内出来。

他关于扩建宫殿的提议，又一次被主公否决了。主公甚至叫他把本来就不多的内务费用再削减下一部分来，调拨给主公新近宠信的那个崔佑鱼。

那个愣头愣脑的汴州司空啬夫竟然还欢天喜地地接受了，用着主公削减的用度去修建城墙，半句推辞的话都没有。

吕瑶一面摇头，一面往外走。主公原来是一个对生活十分考究的人，自打来了汴州后，不知为什么就转了性。不但对饮食起居之事完全不上心，就连后宫也基本不去了。

吕瑶顿住脚步，他突然想到，主公不只是不去后宫，他根本是在不知不觉中疏散了所有陪侍之人，不论男女。

只有那位从卫国娶回来的天香公主，主公同她倒还算亲近。但也从不去她的栖凤阁留宿，倒是这位公主偶尔会主动宿在朝梧殿。

作为内务大总管，吕瑶是听说过这位天香公主的一些传闻的。但主公也许是出于两国邦交的考虑，竟然对她毫不干涉，完全放任自由。

这么说来……吕瑶把视线投在那个静坐在大殿之外、长廊栏杆之上那道黑色身影。

他点了点头，看来主公真正宠信的唯有此人了。

昨夜，主公的马车从西山回来后，停在宫门之外，久久不入宫。别人不知道原委，他却是清楚内情的。

他听闻主公归来，匆匆赶到宫门迎接，却看见整队车驾人马齐齐停在门外。

主公冒着雪坐在车门处，默默想着心事，却一点下车的意思都没有。

主公不动，一队的护卫侍从也眼观鼻、鼻观心，默默地干站着。无人规劝，甚至无人敢发出半点声响。

吕瑶可是近身伺候过主公的人，看着这光景他还有什么不明白的。

定是主公路上干了什么荒唐事，把车内之人欺负得狠了。

这会儿，那人在车内沉沉睡去，主公心疼他不愿打扰，宁可让这么多人一起在车外白白等着他睡醒。

这位墨将军又能领兵打仗，又是主公心头之好，前途必不可限量，还是要和他处好关系才是。

吕瑶想着，来到墨桥生身边，笑眯眯地拱手行礼："墨将军，将军大捷归来，在下却忙于庶务，还未贺喜将军，真是罪过，还望将军莫怪。"

墨桥生似乎是从一种恍惚的状态中回过神来，愣了片刻，方才起身回礼，道："不，哪里。"

吕瑶一直负责管理着程千叶的庶务，他自打墨桥生被用黄骠马换回来的时候就认识他了。他素知墨桥生此人极不擅于交际，沉默寡言得很，所以也不以为意，依旧热忱地自说自话起来。

"桥生，主公对你真是恩宠有加啊。你人还没回来，主公就命我为你准备将军府。我特意给你选了城西一处景致最好的宅子，亲自监督修缮了一番。就是时间太紧了，多有不足之处，你住进去看看还缺些什么，只管和我提。"他拍了墨桥生胳膊一下，"咱们兄弟之间，你可莫要和我见外啊。"

“多谢。”墨桥生似乎有些魂不守舍。

吕瑶看了他片刻，凑近他身侧，低声道：“主公特意让我在他的寝殿近处腾出一间厢房，专留给你日常休息之用。你一会儿若是无事就去看看，缺什么也只管告诉我。”

墨桥生的眼神亮了一下，轻轻地“嗯”了一声。

吕瑶从这个简单的“嗯”字之中，听出了真正的谢意，方才心满意足地告辞离开。

碧云托着茶盘经过长廊，她取下一盏茶，递给妹妹小秋：“去，端给墨将军。”

“嗯？奇怪，桥生哥哥今天怎么不进去？坐在外面干什么？”小秋不解地问道。

“一句嘴也别多，叫你去就快去。”碧云嘱咐了妹妹一句，提起裙摆，跨入大殿之内。

临近年关，平常百姓家家户户都准备着过年，军中和朝堂也都休沐了，但主公这里却依旧日日忙个不停。

碧云给殿上之人一一奉上香茗，程千叶接过碧云递上的茶，喝了一口，凝眉看着案桌上自己列出的那几行字。她放下茶杯，伸指点着第一行：“建城墙、征兵、修水渠……说来说去，目前最主要的问题还是缺钱。”

肖瑾开口道：“主公，今年我们开拓了琪县，整顿了中牟，汴州的居民已是数以倍计地增长。明年，投奔我大晋而来的百姓只怕还要更多。”

“钱饷不足，是因新政才推行第一年。主公免除了农户第一年的田税，国库才会显得如此拮据。其实这些事项主公可暂且缓一缓，只需再过一年，我们的情况就会好很多。”

程千叶摇摇头：“我们汴州离嵬名山所据的郑州不过七八十里地，可以说是挡在犬戎前面的第一个重镇。我倒是想等，就怕犬戎不愿意等。何况，张馥冒险创造了这么好一个机会，我一定要把握好。”

她抬头往俞敦素和贺兰贞扫了一眼：“开春以后，我欲发兵郑州，二位将军可愿领军出征？”

俞敦素同贺兰贞交换了一个眼神。

曾经，诸侯联盟的大军，便是败在郑州嵬名山的面前。

去年，李文广、韩全林、程千羽三路大军，共计四万余人还未抵达郑州，就被嵬名山的骑兵突袭，各个击破，大败而归。

嵬名山是一个难缠的对手，郑州更是一座坚固要塞，但俞敦素和贺兰贞二人心中却没有“怯战”这两个字。

听到要出征，他们只觉血烫了、心热了，个个精神振奋，双双抱拳：“臣领命！”

程千叶对着肖瑾道：“肖司寇，我想让你回绛州，接替张馥的职位，为大军出征筹备粮草钱饷。”

“可是……”肖瑾皱眉犹豫了片刻，最终还是拱手答应，“臣领命，必不负主公所托。”

程千叶在心中轻叹了口气，她知道肖瑾犹豫的是什么。

如今，经过数次征战，军队中提拔起来的将帅之才越来越多，但在治理政务上可以信任的文臣却是极其短缺。

她既让肖瑾负责制定并推行各种新政法规，又让他负责筹备军需后勤，实在是有些为难他。

程千叶将手点在第二行字：缺人。

她想，等过了这个年，定要拟一份官吏的考核制度，好好提拔一批人上来。

第十二章

失算

墨桥生坐于栏杆之上，手中的茶早就凉了，但他依旧没有进入大殿。

昨夜的事，他简直不敢回想，半醉半醒像梦一样。他甚至怀疑，那就是自己醉了之后的一场梦。

忽然，他的身边坐下了一个人。

墨桥生吓了一跳：“主，主公。”

程千叶挨着他，坐在了栏杆之上：“怎么一个人在外面坐了这么久？”

“冷吗？”程千叶拽过他的手搓了搓，将二人的手一起拢进她毛茸茸的袖子里。

“不……嗯，有些冷。”墨桥生答道。

这里的地势很高，可以俯视汴州的全貌，程千叶焐着墨桥生冰凉的手，遥望着远处巍峨的城墙，缓缓道：“我要打郑州。你想和俞将军、贺兰将军一起去，还是想留在我身边？”

墨桥生没有说话，他想去，只要主公想要郑州，他就想去。但他不用说出口，主公永远知道他心中的想法。

“只要你想去，我就让你去。”程千叶缓缓开口。

墨桥生只感觉一股暖意从手心传到心底，把他整个人都温热了。他用力反拽住那只柔软的手：“主公，我……”

程千叶歪头看着他：“嗯，什么？”

墨桥生在心中想，他也想留在主公身边，每时每刻。但他也真的向往征战四方，向往成为一个真正能和主公匹配之人。

程千叶看着墨桥生纠结的模样，笑了，悄悄地说：“没事的，还有几个月。你如果愿意，我们就和之前一样。我在我寝殿隔间处留了一间屋子给你，你天天都可以过来，好不好？”

墨桥生没有说话，片刻之后，他终于轻轻点了一下头。

程千叶的马车在冰雪覆盖的街道上行走。

今年的冬天特别的冷，但街道上的情况比起去年程千叶第一次到达汴州的时候，已经好了很多。

至少，没有了那随处可见的、被冻死在墙边的尸体。走在路上的平民，尽管依旧衣着破旧，但大部分也都穿着勉强能够抵御寒冷的棉衣，面上或多或少都带上了一丝过年的喜庆。

车行到城西，这里是一个集散的奴隶市场，程千叶就是在这里买下了碧云和小秋两姐妹。

比起去年，这里更喧闹了，俨然成为汴州规模最大的奴隶买卖市场，甚至还搭盖起了窝棚。市场前乱糟糟的立柱上，拴着准备交易的奴隶。一个简易的高台上，甚至有人牵着奴隶上台，吆喝着叫卖。

程千叶皱起了眉头，程凤随行在侧，他顺着程千叶的目光开口解释：“汴州大量平民获得了土地，许多拿到爵位的将士更是得到了耕种不完的土地。这些土地缺乏耕种的人手，因而最近奴隶买卖越发火热。很多奴隶贩子从其他战乱国家采购了大量奴隶，运送到我们汴州。”

奴隶市场上，一个个衣衫褴褛的奴隶在寒冬腊月之中，被主人呵斥鞭打、推挪叫卖，像是牲口一样哆哆嗦嗦地被捆绑着任人挑选。

程千叶下了马车，默默地看着这一切。

程凤开口道：“主公若是不喜，只需下一道禁令，我和桥生即刻拆了全汴州的奴隶交易市场。”

他和墨桥生随护主公微服出行，此刻，二人身上也蒸腾起冲天的怒意。

这样的场景，让他们回想起人生中那段暗无天日的苦难日子。

“不行，这不是治本之法。”程千叶轻轻开口，“任何买卖只要有大量的需求，它就必定会存续。即使我强制取缔了汴州的奴隶交易市场，也改变不了全天下普遍存在的这种情况。”

“你们且耐心等着。只要我活着，总有一天，我会从根本上让这种惨无人道的交易在这片土地上彻底消亡。”

明明是同样的生命，眼前这些奴隶却像牲畜一般被人欺凌、虐待，像是货物一般任由他人摆布、挑选。

从前程千叶最不喜欢看到这种场面，每逢遇到，她都尽量回避。但到了今日，她已经有了直面一切的勇气。

她抬起脚步，踩着泥泞，走进这个污浊的市场。

“主公，您别进去。”墨桥生拉住了她，摇摇头，“这种地方太脏了，污了您的眼。”

“桥生，你不用担心，我就是要接触、了解这一切。如果我连看都不敢看，那又如何能取缔它？”

她用了点力，捏了一下墨桥生的手，冲他笑了笑，转身向着那奴隶市场走去。

奴隶市场被一些连在一起的简易窝棚分成里外三个大圈。

最外圈就像关牛马的栅栏一样，密密麻麻地拴着以充当劳动力为主要用途的奴隶。

汴州新近开垦了无数的荒地，耕种农田的人手严重短缺。那些略微富裕的平民，或是军中取得了爵位、分到土地的士官，成了这个市场的主要购买力。他们购买奴隶是为了增加家中的劳力，用以耕作那大面积的农田。

对他们来说，购买一个奴隶不仅需要花费家里一大笔积蓄，而且家中还面临着多承担一个成年人口粮的压力。即便奴隶吃得可以很差，但总归也算是家里的重要财产，是不能随便饿死的。所以他们熙熙攘攘地挤在那些栅栏之前，精挑细选。又是看身材，又是看肌肉，甚至还捏开奴隶的嘴看牙齿，务求买到一个有力气且身体健康的劳动力回家。

若是有看中的，便同守在一旁的奴隶贩子讨价还价，和买一匹耕田用的牲口没什么区别。如果不能买到健壮的奴隶，或者奴隶的价格过高，那他们宁可去牛马市场买一头牛或一匹骡子。

走到第二圈时，明显少了很多人，每个窝棚内，只拴着一两个奴隶。

这些奴隶多少有一些普通奴隶不会的技能，比如能识字、烹饪、掌握一门乐器或是曾经在豪门望族中有过服侍贵人的经验。

这些奴隶面前大多会摆着一块木牌，写着他们的年纪、出身、技能、特长等信息。奴隶贩子守在边上，卖力地吆喝，热情地向每一个经过的客人推销他的“商品”。

有时候，他们甚至会命令这些奴隶表演一段才艺，来吸引客人的注意力。

在这个圈子中挑选奴隶的客人同样少了很多。相比外圈那些买家，他们普遍衣着体面，多是些大户人家的买办管家之流，出来为家主采购合适的人手。

而最里圈则是一个巨大的帐篷，厚厚的布幔遮挡住了里面的光景。

偶尔会有一两个衣着华丽的客人进出，掀起帘子的一角，帐内便传出那由嬉笑和哭喊声交织出的靡靡之音。

程千叶对于那些用来满足上层人士的“高级货物”没有兴趣，她顺着第二圈的道路向里走。墨桥生跟随在程千叶身后，他看着那些委顿在窝棚内、目光呆滞的一个个身影，仿佛看到了以前的自己。

这里的奴隶，就曾经是他所能努力的极限。

拼尽全力学到一点本事，能够被主人稍微看重一点点，分到一个独立的棚子，勉强有饱腹的食物。不必像外圈的奴隶一样被当成牛马使用，也不用像内圈的奴隶一般，以色侍人，成为贵族老爷的玩物。

墨桥生看着走在自己前面的程千叶的背影。

他几乎已经忘记了，如果不是因为遇到主公，他拼了命能达到的最好的生活，也就和眼前这些人一般而已。

程千叶停下脚步，微微侧过身。

墨桥生看着那在阳光中莹莹泛着微光的面庞，慢慢攥紧了自己的手。

他何其有幸，得天之眷，把主公赐予了他。

此刻的程千叶侧着头，目光看着某处，露出微微吃惊的表情。在路边破败的窝棚内，一个满身污秽的男子正被麻绳拴在一根木桩之上。

他低垂着头，浑身伤痕，上半身斜靠着木桩，一副随时要咽气的样子。

在这个圈子内的奴隶，为了能卖出更好的价钱，一般都会被收拾出个整齐模样。很少有像他如此狼狈，浑身上下不是青紫就是鞭痕，几乎体无完肤的，显然是反复遭受虐打折磨导致。

程千叶径直走到他面前，带着一丝诧异地看着这个人。在她眼中，这个满身污秽的奴隶，却极为耀眼。

守在窝棚一旁昏昏欲睡的奴隶贩子，看见程千叶后一下来了精神。

这位客人虽然衣着并不繁复，但细观之下用料显然不凡，而且他身侧随侍人员，个个精神奕奕，行止有度，显然是训练有素的护卫，这可是个难得会到这个圈子来的“大客户”啊。

那个奴隶贩子想到这里，打起精神，吹嘘起自己的“货物”：“客人的眼光可真是好，一眼就看中了咱们这儿最好的货色。”

他寻了块湿布，抓起那个奴隶的头发，胡乱地抹了一把脸。那张面孔即便擦去了血污，依旧又青又紫。一只眼眶肿得老高，只有另外一只眼勉强能睁开一条缝隙，嘴角瘀黑一片，根本看不出本来面目。

饶是那奴隶贩子有舌灿莲花的本事，看着这样的一张脸，也实在拉不下脸继续夸耀。

他尴尬地笑了笑：“这，这本来实是个貌赛潘安的模样，只是有些不听话，我一时生气揍得狠了，才这样。买回去养养，养几日便好了。

“但客人你不晓得，此人出身可不一般。他原是出身魏国的世家之子，国破家亡之后才被卖作奴隶。他识字！能画画！还会乐器！总之贵族会的那套他都会。”

那奴隶贩子搓着手，凑到程千叶眼前，带着讨好的笑：“您想想看，这样一个奴隶买回去，可值得很哪。光是能将这样一位出身高贵的公子，踩在脚下肆意磋磨，也让人兴奋啊，是不是？”

他把一根破旧的竹笛，丢在那奴隶的脚边：“快，别那副死样子，挑你拿手的，吹一段给贵人听听。”

那奴隶轻轻侧了一下头，不予理会。

奴隶贩子大怒，一把拽住他的头发，强迫他昂起头来，咬着牙在他耳边低声道：“就是这副样子，害得爷爷我把你的身价一降再降，都到了血本快赔光的程度了，还是卖不出去。这回要是再卖不出去，老子我也不卖了，直接给你送到内帐，看你还倔不倔。”

那奴隶抿紧了嘴，终于伸出手，拿起地上的竹笛，吹出一个清音。

那一音既出，整个喧闹的市场似乎为之静了一静。随之，苍凉而悲壮的笛音流淌而出，如凉月照江、风动松涛，清泠泠地在这泥泞之地铺散开来。

附近行走的客人都忍不住为之驻步侧耳，那个奴隶贩子见状得意起来：“客人你看，我说得没错吧，这货色真的很值，只卖……”

话未说完，笛音骤歇，那吹笛的男子猛地松开笛子，转身侧头，吐出一口血来。

那奴隶贩子气急败坏，挥着拳头就要揍人，程千叶阻止了他：“人，我要了。”

奴隶贩子转怒为笑：“您看，他也没啥事，就是脾气倔了点，刚被我鞭了一顿，所以吐点血。倔点其实也好，您买回去调教起来也更有趣味不是。”

程千叶不愿废话：“多少钱？直接说。”

“这，您别看他现在这样，当初我买来的时候，可是花了大钱的……”

还没等奴隶贩子说完，程千叶身后的墨桥生翻手掏出一锭金：“够不够？”

“够，够了。”奴隶贩子喜出望外，虽然他当初买这个奴隶的时候也花了不少钱，但如今人已被他折磨得半死不活，他没想到还能回本。

奴隶贩子一时喜出望外，生怕程千叶反悔，飞快地跑去办理了转卖奴隶的契结文书。又将拴在木桩上的麻绳解下，恭恭敬敬地递到了程千叶手中，一路点头哈腰地将他们送出市场门外。

程千叶不再说话，默默地顺着原路返回。

程凤牵着那个奴隶，一行人随着程千叶来到车驾所在之处。

程千叶登上马车之前，回头看了一眼，只见那奴隶苍白着脸，一步一步，慢慢走在程凤身后。

程千叶看了他半晌，突然拧紧眉头：“看看他的脚怎么了？”

墨桥生抬起那个奴隶的脚，只见他双脚脚底赫然各有一枚铁刺。沿途道路泥泞，方才无人注意，他竟也一声不吭地流着血走完了这段路。

那个奴隶贩子远远看见了这一幕，急忙摆手道：“这不关我的事，谁叫你自己不认真检查。如今银货两清，概不退换的。”说完这话便飞快地跑了。

程千叶闭上眼，咬牙压了压心中的怒火。

她睁开眼后，看了一下墨桥生。墨桥生点了点头，别着手中的佩剑，一言不发向着那个奴隶贩子消失的地方走去。

程千叶叹了口气：“带他上车。”

程凤弯腰抱起那满身血污的奴隶，将人安置进温暖洁净的车厢之内。

周子溪的童年十分幸福，他出生在魏国一个家境富裕的世家望族之中，家中兄友弟恭、父母慈爱。

他从小饱读诗书、少年成名。更是因为美丰姿、擅诗书，年纪轻轻的他便被奉为少卿左使，随着父亲出入朝廷。

然而，当犬戎的铁骑踏破了弱小的魏国、踏碎了无数人家的美梦后，覆巢之下无完卵，一夕之间山河破碎、家破人亡。他作为一个手无缚鸡之力的文人，甚至没有反抗的机会，猝不及防地从云端跌入泥泞。

他身上被烙上耻辱的奴印，成了一名低贱的奴隶。他和族中亲人一次次像牲畜一样在不同的主人之间转手倒卖。

许多主人听说他曾是贵族出身，似乎分外兴奋，用比对待其他奴隶还更为残酷的折磨虐待于他。每一次他都以为是痛苦的极限，然而往往下一位主人，却又能一脚就把他踩入更深的泥沼。

这样的日子不知过了多久，周子溪渐渐在痛苦中感到麻木，这一次买他的是谁，他已经不在乎了。他一声不吭地忍着双脚的剧痛，任由这位新买主的侍从，用麻绳牵着他走在奴隶市场的道路上。

因为不肯配合，过度反抗，转卖自己的奴隶贩子在自己双脚脚底打入铁刺以作惩罚。走起路来很疼，但疼一点也好，会疼才知道自己还活着。

周子溪一步一步地走在泥地里，他的视线中出现了一辆华美的马车。

市场的门外停着数辆规格不同的车驾，这些车主采买了奴隶后，便拴在马车之后，让奴隶一路跟着跑回去。

马车……

周子溪的脸瞬间白了，他知道自己不可能跑到终点。

那位主人登车之前，突然回首看了他片刻，发现了他严重的脚伤。但主人却没有“退货”的意思，而是让那红衣侍从将满身污秽的他带上了洁净华丽的车厢，放置在车内柔软的地垫之上。

车厢里置着暖炉，和冷得让人绝望的外面是截然不同的两个世界。

这到底又是一个怎样的主人？周子溪忍不住在心中想道。

不多时，那一身黑衣的护卫登上车来，他身上带着一股淡淡的血腥味。

周子溪大概猜到他去做了什么，那个杀气未消的男子，上车之后却抖开了一条毛毯，避开他身上的伤口，小心地盖在了他的身上。

几乎都要冻僵的周子溪突然被这样一股温暖笼罩，忍不住地战栗了一下。随后他看见主人被接上车来，那年轻俊秀的主人看了他一眼后，轻轻叹息一声，靠着车窗坐了下来。

马车慢慢开动，在车厢轻轻的摇晃之中，疲倦至极的周子溪控制不住地想要合上眼。

陷入沉睡之前，他在蒙眬中看见主人伸出白皙的手和那黑衣护卫的手轻轻交握在了一起……

周子溪在一间小屋内醒来，他在这间屋子里已经休养了数日，全身的伤都已被妥善地处理过。

他坐起身，抬手摸了摸自己缠着纱布的肩头。

每日都有人按时给他端来汤药和饭食，却没有人呵斥责令他做任何事。他知道自己现在的主人正是这汴州之主——晋越侯程千羽。

但他心中不敢多想，他曾无数次心存希望，又无数次被无情掐灭，如今他已习惯不再主动奢望什么。

只是这样日日坐在床上，静静等待自己即将面临的命运，让他感到不安。

门外隐约传来一些争执之声，周子溪侧耳细听，一道他极为熟悉又不敢相信的声音从屋外传了进来……

行宫外院。

此刻，程千叶正皱着眉头看着跪在自己眼前的女子。她穿着粗布短衣，腿上绑着褐色的绑腿，脚底的鞋子磨出了个洞，一身风尘仆仆，显然是赶了很远的路。

这位女子守在宫殿的外围，坚持要求见晋越侯，正被侍卫驱逐之时，恰好遇到了回宫的程千叶。

程千叶开口询问："你说你要赎谁？"

女子以头抢地，双手托着一个破旧的钱袋，里面满满当当地装着一袋钱币："大人，请让我赎回我家公子，求求您了。"

程千叶正要开口，身后突然传来"哐当"一响。她转过身，看见仅着素白里衣的周子溪扶着墙壁从屋内勉强走出。

他走得太急，身形不稳，在门框处绊了一下，从屋外的台阶上摔了下来。

尽管是在如此狼狈的情况下，但当这位男子从尘土中抬起头来时，程千叶还是忍不住在心中惊叹了一下。她这才发现，自己买回来时那个鼻青脸肿的奴隶，伤愈之后竟真的是一位当之无愧的美男子。

此人不只容颜俊秀，眉目如画，更有一种与生俱来的儒雅。让他即便在这般焦急的情况下，举止间依旧透着一股贵族世家之人从小练就的风度。

他急急来到程千叶跟前，挡在那个女子身前，展了一下袖，伏地行礼：“请主人见谅，此人是下奴一个不知礼数的亲眷。下奴这就责令她离去，还望主人宽宏大量，原谅则个。”

他连连顿首，言辞恳切，十分紧张。

“起来说话，不用跪了，你的伤还没痊愈。”程千叶阻止了周子溪。

她随便在回廊处的一截栏杆上坐下，撣了撣衣襟下摆：“说吧，怎么回事？”

那个女子起身欲扶起周子溪，周子溪却向她使了个眼神，微不可见地摇了摇头。

程千叶看见了二人之间的小动作，她指向那个女子：“你来说，你叫什么名字，从哪里来。”

那个女子看了周子溪一眼，毫不畏缩：“回大人，我叫阿阳，是魏国人，原是公子……这位的婢女。我筹了钱，想把公子赎回去，还请大人成全。”

程千叶看了她手中的钱袋一眼，阿阳的面上微微一红，但她随即抬起头：“我打听过了，大人买公子时花了一金，这些是不太够，但我花了好长时间也才筹集到这点。我听闻大人素有仁慈之名，求求您通融通融。”

“你把他赎出去，打算要去哪里？”程千叶问道。

“我们也没什么地方可去，就先住在汴州城内。”阿阳看了周子溪一眼，“我有的是力气，汴州到处都在请人，我可以养活公子。”

程千叶笑了，她知道这个阿阳有许多未尽之言，但她可以不在此刻追究：“他如今是我的人，我不会让你赎走。

“但我也不会把他当作奴隶来看待。你如果愿意，也可以住在这外院，照料他的伤势，其他事等将来再说。”

墨桥生走在朝梧殿的回廊上，一阵筝音传来。

那曲调波澜壮阔，气势恢宏，是主公在弄筝。

墨桥生加快了脚步向前走，片刻之后筝音之中穿出一道笛音，那笛音清悦，有悲凉古朴之意。

筝笛交织，摇上冥空。墨桥生的脚步顿住了，他突然就不愿走进大殿了。

主公识人的眼光一贯独到，感觉只是信手一指，就能点出人群之中最卓越的那匹千里良驹。

当时，墨桥生也在那个奴隶市场，主公看见这个周子溪的时候，眼睛瞬间就亮了，他清楚地看见主公的眼神中透出浓厚的喜爱之意。

果然，这位来自魏国、曾经的世家公子，在伤愈之后，开始展现出他不凡的才干。不仅文才卓越，在政见上也和主公十分合拍，音律上也同主公分外投契。

墨桥生慢慢地走在回廊之上，他拽了一下自己胸口的衣襟。

他这是怎么了，为什么心口会这么的痛苦。

他站在殿门外的阴影中，看着案桌后那一站一立的两人。二人是一般的俊逸不凡、温文尔雅。此时正浅笑轻言，低声细语。不像他，只是个粗鲁的武夫，也不可能和主公谈论风雅。

“你这个想法有意思。”程千叶拿着手中一页纸，沉吟片刻，“让有奴隶的家庭，按奴隶的人头交税，这样就能抑制奴隶的买卖？”

“在下以为，就目前汴州的情况而言，大部分平民家庭购买奴隶，是不愿承担过度的开销的。如果奴隶除了每日的伙食，还要单独交税，那对他们来说，驯养奴隶就是一件不合算的事。”周子溪立在程千叶身侧，解释着桌面上那份由他草拟的计划。

“他们应该会宁可把奴隶变为佃户，把土地以租种的形式交给奴隶耕作。在下预感，这样下来，汴州的粮食产量能够大幅增加。

“从我自己的角度来说，若是给我自由，即便是租钱繁重，我也会拼尽全力去耕种。但若是身为奴隶，不论主人如何打骂，我都不可能太过积极地从事生产。”

程千叶拍了一下手：“行，我就先找一个县试一下你这个办法，看看效果如何，再行推广。”

周子溪举袖行礼：“主公行此泽被苍生之举，实乃天下万民之福。

但鄙人提此草议，却不是为当下所用。

“举凡新政，不论好坏，都会首先破坏当前的稳定环境。汴州如今百废待兴，最缺的就是人手，在下以为，不论是购买奴隶，还是吸引他国百姓定居，目前阶段，用最快的速度增加人口才是重中之重。”

他有些黯然地说：“至于增加的方式，可以先不用考虑。若是推行此政，势必影响当前火热的奴隶买卖，也就必定影响人口的增加。所以在下只是草拟一份方案，但具体实施还不是时机。”

程千叶抬起头来拍了拍他的肩膀：“你能放下自己心中的好恶，先从国家的角度考虑，当真不容易。”

正说着，她的余光瞥到了殿门之外的阴影处，那里站着一个人。

程千叶这回是真的笑了，她向着周子溪道：“你辛苦了，子溪。这份方案很好，留着我慢慢看，你先回去休息吧。”

周子溪看了她一眼，有些欲言又止，最终还是什么也没说，行礼告退。

程千叶坐在椅子上，放松了一下身体，向着门外笑道：“桥生，快进来，躲在那里干什么？”

程千叶的座椅很宽，她向边上挪了挪位置，让墨桥生坐在自己身边。

大殿内没有他人，既空阔又安静。殿门敞开着，午后的阳光懒洋洋地照在门外的回廊上。

她一手拈着纸页，凝眉思索着，另外一只手握住了墨桥生的手，轻轻捏了捏。

墨桥生看着身侧之人，主公的身高并不如他，从他这个角度看下去，正好能看见那纤长的睫毛低垂着，偶尔轻轻颤动一下，琉璃般的眼眸微晃，正专注地看着手中的那页纸。

他的心中微微酸痛了一下，主公这么好，可我……

他不敢继续想。

碧云蹑手蹑脚地从殿外伸出手，把殿门一扇扇关上了。

大殿内的光线暗了下来，程千叶这才反应过来。她抬起头，看着身侧默默陪了她半晌的男人。

她牵起墨桥生的手，用冰凉的手指在他掌心勾了勾，又用力捏了一下。

那意味不明的视线让墨桥生的心有些乱。在主公面前，他总有一种不着片缕的感觉。而自己心中的想法，也总能被主公轻易猜到，丝毫没有任何秘密可言。

主公他是不是一眼就看穿了我那放肆的想法？他竟妄想独占主公。

“桥生。”程千叶唤了他一下，有些好笑地看着一到自己面前，就总是爱胡思乱想的人。

她侧过身，面对着墨桥生：“桥生，如果有一天我突然失了权势，像周子溪一样，变成一个一无所有的人，你还会这样喜欢我吗？”

“主公，永远是主公。”墨桥生答道。

“那如果我的容貌改变，变得丑陋或者说我不再是现在这副模样，变成一个地位低下的……女人，你还会这样尊重我，听我的话吗？”程千叶问。

“女……女人？”墨桥生不解。

“我只是打个比方。”

“主公不论什么模样，在我心里都是……”

都是至高无上的，墨桥生心想。

程千叶笑了，她打开案桌的抽屉，取出一个檀木匣子，抽出匣盖，把那一匣子满满的宝石往桌上一倒。

嫣红的鸡血石、鹅黄的蜜蜡、起光的祖母绿、剔透的碧玺……形态各异的宝石滚落在深色的桌面上，各具华彩，争奇斗艳，令人眼花缭乱。

程千叶伸出手指在那些名贵的宝石上拨动了一下，掂起一颗紫水晶透着光看了看，又推着一块金丝红翡，在桌上滚了一滚。

“漂亮吗？桥生，是不是都很好看？”

“这些宝石，各有特色，都很美、很迷人。我喜欢它们，收集它们，只是为了欣赏这种美。”

她收回挑拣宝石的手，伸进自己的衣领之中，从她那高高的素白衣领之中，挑出了一条细细的金链，金链的底部正坠着一颗晶莹剔透的蔚蓝色宝石。

她把那如鹅卵石大小的蓝宝石摘了下来，放在墨桥生的手中，带着她的体温，静静地停留在墨桥生掌心。

墨桥生想到这块石头刚刚待过的位置，只觉得掌心火炙似的滚烫了起来。

“虽然它们各有各的美，但在我心中，最喜欢的只有蓝宝石。我将它贴身佩戴在胸口，永远只戴一种。”

程千叶的手撑在椅子上，前倾着身体，微昂起头，眉眼弯弯看着他。双唇轻分，说出让墨桥生喜悦得难自已的话来：“你就是我的蓝宝石。桥生，我喜欢你，只喜欢你一个。”

晚食之后，程千叶和姚天香在庭院中散步。

“你又欺负桥生了？”姚天香问。

“哪有？”程千叶有些心不在焉。

“没有？你可真是太坏了，你就使劲欺负人吧。”

“他心中也很喜欢。”

“胡说，你怎么知道他心中怎么想？”姚天香白了她一眼，“我倒是听说你最近新收了一个叫周子溪的奴隶。据说此人有倾城之貌，擅音律，通文墨。你对他是百般恩宠，桥生的心里只怕还不知道有多难受呢。”

“你说这个流言怎么就传成了这样？”程千叶哭笑不得，“这几天我确实有些忽略了桥生的想法。但我看中那个周子溪并不是因为他长得好，我看中的真的是他的才华。

“天香，你应该见一见这个人。此人有经天纬地之才，不逊于张馥。假以时日他必成我大晋之栋梁，过几日我就找个理由脱了他的奴籍，在朝堂之上好好地重用他。”

“到底是什么样的人，能在短短几天内得你如此高的评价，还真是勾起了我的好奇心。那明日，你带我见一见他，如何？”姚天香说道。

翌日，当程千叶带着姚天香来到周子溪的房内时。

房间被收拾得整整齐齐，房内空无一人，桌面上摆着一封信。

程千叶面色不悦地拆开了信封。厚厚的数页信纸上，详细地写了一份针对汴州现状如何增进人口、增加税收的税务制度详案。并在信后附上这份计划如若实施能够带来的利益，和有可能造成的弊端。除此之外，没有一句多余的解释。

这两个人竟然趁人不备，不告而别，连夜出逃了。

姚天香“扑哧”一下笑出了声：“哎呀，千羽你也有失手的时候。”

程千叶攥紧了信纸，脸色像锅底一般黑。她一直没留心观察，想不到周子溪竟然打着逃跑的主意。

程千叶一路诸事顺遂，身边的人都对她带着浓浓的善意。这让她不免有些松懈，一时没有想到，这个人会想着逃跑。

“行了，别生气了，看你那个脸色。”姚天香拍着她的肩膀，“有喜欢你想要待在你身边的人，自然也有不喜欢你想要逃离的人，这都是正常的。你派程凤去把那个忘恩负义的家伙抓回来，好好地教训一顿就是。”

此刻，在离开汴州数十里的一辆马车内，周子溪面色凝重地看着车上那个小小的包袱。

“公子，您还在迟疑什么？”阿阳担忧地看着他。

周子溪拧着那双俊逸的眉：“他对我有恩。”

阿阳说道：“晋越侯确实是个好人，但难道您为了报他之恩，就甘心一辈子做个奴隶，留在晋国服侍他吗？您就算不想想自己，也要想想老夫人啊。”

周子溪叹了口气，阿阳抓住了他的手臂：“自打府中巨变，奴婢侥幸逃脱，眼睁睁地看着老爷和大公子惨死，几位小姐也不知所终。只听闻夫人逃得一劫，被远在宋国的亲戚宋太子昂派人赎出，接去了宋国。

“当时，奴婢急着寻找公子，多方打听，几经周折，才打探到公子您的消息，可是那时……”

她有些说不下去，周子溪开口接道：“那时，那些畜生对我还未曾失去兴趣，觉得我奇货可居，你自然是无法买下我。”

阿阳低下头，攥紧了手，她不愿再回忆起那段时间。自己心中最为敬重的公子，竟然遭遇了那般屈辱的对待。她低头，语气里是满满的自责：“奴婢……”

周子溪反握住她的手：“阿阳，我如今早已不是什么公子，你今后不必再自称奴婢，也请你称呼我的名字。你这一路奔波，为我所做的一切，我虽身在囹圄，但也都看在眼里。如果不是有你带给我的一线希望，我早就坚持不下去了。”

“公子说这些话做什么？”这个坚强的女孩眼中隐隐透着泪光，“我们一家受过公子的大恩。公子您不论变成何种身份、何种模样，您永远都是我心目中的公子。”她想起心中恨事，“那时我心中很急，四处奔波，想着向就近的一些府中故交求助。但那些人无一例外地变了嘴脸、毫不搭理。我只恨自己无能，不能早一点筹到钱救公子于水火。

“可喜的是，到了汴州之后，我遇到一个宋国使团中的人。他是宋太子昂的仆从，他告诉我太子昂不仅将老夫人接到了宋国，还曾经派人找寻过您的下落。”

“公子，”阿阳摇着周子溪的手，“我们应该去宋国投奔太子殿下。老夫人是宋国人，宋国的太子殿下又是您的好友，他既然能念着旧情接了老夫人过去，一定也会对您礼遇有加的。”

周子溪沉吟片刻，开口道：“晋越侯是一位通情达理的主君，如若我和他禀明内情，他未必不肯放我们离开。他对我多番照顾，可以说是救我一命，我们这般不告而别，非君子所为，我确实有愧于他。”

阿阳急了：“如果我们告诉他，他不同意呢？到时候我们可就走不了了。这些个贵人的嘴脸说变就变，我这些日子可是见多了。老夫人如今孤苦伶仃，您难道能忍心弃她于不顾？”

周子溪点了点头，不再多言。

朝梧殿内。

程千叶皱眉看着程凤：“你说他们跑去了哪儿？宋国？就是那个楚烨之所在的宋国？”

程凤沉着脸：“是卑职失职，我们发现得太晚，追上去的时候他们已经一路逃出了汴州，根据种种蛛丝马迹来看，应该是逃去了宋国。”

程凤如今总领宫城防卫，人从宫中逃走，他自觉失职。

“这怎么怪得了你？”程千叶摆摆手，“他们俩住在离宫门只有一墙之隔的外院，是我下令不要限制他的人身自由。他要走，你哪里防得住？”

“话虽如此，但依臣之见，此事仍有可疑之处。”程凤说道，“他们二人身无分文，从出城的记录来看，他们坐的却是马车。不仅方向明确，而且速度很快。卑职怀疑，其中极有可能有人安排接应。”

程千叶陷入沉思，这样看来，他们逃跑是经过筹划的。

但那个周子溪数日前应该还没有这个打算，他既然能给自己留下这份草案，多少是心中有愧。如果几日前就有这个想法，以程千叶的敏锐，她应该能有所察觉。所以，问题很有可能出在那个叫阿阳的婢女身上。

初见之时，程千叶就觉得这个阿阳对自己有所隐瞒。如今想来，一个婢女竟能直闯宫门，对自己毫不畏惧，侃侃而谈，本就十分可疑。

但因为阿阳对周子溪和自己都没有体现出恶意，所以程千叶也就没在意，甚至这几日，也根本没再留意这个不起眼的婢女。

谁能想到，她竟然撺掇周子溪逃跑。

姚天香坐在程千叶身侧，翻阅着周子溪留下的那份税务草案：“短短几日，他还有伤病在身，就能拟出这样一份详尽的草案，各方面都考虑到了，确实有点才干。”

“这份草案也算做得尽心尽力了，他大概是想用此还了你的恩情。”姚天香把那厚厚的一沓信仔细看完，整理好，递给程千叶。

“我算是理解你了。如今张馥去了镐京，肖瑾又被你调回绛州，你身边正紧缺这样的人才。好不容易让你发现了一个，正高兴着，谁知人又跑了，难怪你这么生气。”

程千叶白了她一眼，举手砸了一下桌子，拽起桌面上的一块蓝宝石把件，不耐烦地在手中翻转。

墨桥生双手抱拳：“主公若是不忿，臣带人微服潜入宋国，把此人抓回，任由主公发落。”

程凤开口道：“桥生，不可冲动。据我们目前打探来的情报看，接走此人的很有可能是宋国的太子昂，具体还要待我们在宋国的谍报人员确认。”

“太子昂？那是个什么人？”程千叶发问。

“这个人啊，我知道他。”姚天香拉住程千叶的衣袖，“宋国的国主宋襄公姬袁是一个性格软弱之人，但他的儿子姬昂却不类其父。

“此人心机深沉，多有谋略，招揽了不少能人异士，身边养着上千的门客。听闻他还收养了一批少年，全部认作义子义女，当成死士培养。我兄长就曾说过，其人野心不小，与之为邻要小心防范。”

“宋国水域丰富、土地肥沃，是一个遍地膏腴的国家。国民喜清谈，不好武，连军队也不善于打仗。但他们国家有个传统，就是喜欢用女子同周边诸国联姻，我的母亲姬太夫人就是宋国王室之女。”

众人一时都惊住了，这些王室内帷之事，没人比姚天香熟悉。

“那个周子溪所在的魏国在覆灭之前，也曾同宋国频繁联姻。魏国多宋女，国破之后，我听闻姬昂派人前去接回了部分宋国外嫁的女子及亲眷回国避难，为此他还曾被人称颂了一番，周子溪没准也是因此才去投奔姬昂的。”

程千叶把玩着那块蓝宝石，陷入了沉思。

墨桥生看着那白皙莹润的手指，反复翻转揉搓那蓝宝石时，突然就想起那双手对自己做过的事情，面上一时飞起一层可疑的红晕。

程千叶瞥了他一眼，差点笑出声来。她把那块石头拢入袖中，敛容正色道：“宋国躲在我们身后，全靠我汴州为屏障抵抗犬戎。此次我国欲发兵郑州，对抗犬戎，粮草有所不足，他宋襄公也该出点力才是。

“桥生，我给你两万人马，陈兵在宋国国界，好向宋襄公借点军粮，顺便把那个人给我抓回来。

“程凤，你替我出使一趟宋国。除了借军粮，你告诉宋襄公，我有一个逃奴，到了他的地界，让他把人还给我，卖给我也行。无论如何，这个人我要用，你一定给我弄回来。”

宋国都城，睢阳。

周子溪坐在床榻之前，端着一个药碗，正在喂一位年老的夫人喝药。

那位夫人白发苍苍、形容呆滞、目光涣散，叫吃就吃，叫喝就喝，完全认不得眼前的人。

此人正是周子溪的母亲。

她家逢巨变，丈夫、长子、幼女均惨死在自己眼前，一时承受不住，神志崩溃，成了一个痴傻之人。便是如今，小儿子周子溪赶到身边贴身照料，也丝毫不见起色。

阿阳从外屋进来，伸手欲接药碗：“公子，让奴婢来吧。”

周子溪摇了摇头，避开她的手。

他耐心地喂完药，小心服侍母亲躺卧，仔细盖好被褥后，方站起身来，却并不搭理阿阳，沉默地向外走去。

“公子。”阿阳唤住了他，“您都知道了吗？”

周子溪顿住脚步，没有回头，那温文的背影传来轻轻的一句话：“你是昂殿下的人？”

这几个字说得很轻，却打碎了阿阳最后的幻想，揭开了她最大的秘密。

“我从小就是殿下的死士，是殿下命我待在公子身边的。”阿阳低下了头。

她是个孤儿，在严苛残酷的训练中长大，从小她就被灌输着只忠于太子殿下一人的观念。但现在想想，伴随在公子身边的那几年，才是她人生中最为快乐的时光。

那时候的公子总是温文尔雅地笑着，从不打骂于她，允许乃至放纵她和大院中的丫鬟们一起去玩耍嬉闹，放纸鸢，抓羊骨，梳妆打扮……她甚至有一段时间，恍惚以为自己也能和一个普通女孩一样过上正常的人生。

“虽然欺骗了公子，但是太子殿下是真心敬重公子的。”阿阳越说越小声，“是他命我找到公子，并把公子接来睢阳。”

“他若是真心敬重于我，他早就可以把我接来睢阳。”周子溪侧过脸来，“但他却要眼看着我被折了脊梁才肯出手匡助，好让我对他感恩戴德，死心塌地地为他做事。

“即使我已经到了这种地步，他也还是不放心。先要找到我娘，扣在手中，若不是我凑巧被晋越侯所买，只怕他还不想这么快就出手。”

阿阳低下了头，她攥紧了垂在身侧的手。

她奉命暗中跟在公子身边，无数次看见公子遭遇了非人的虐待和欺凌。她曾经也忍不住想要出手，但她不敢。从小就刻在骨子里的教训和理念，让她牢牢记得违背主人命令的下场会是什么。

“您是怎么知道的？”阿阳问道。

“阿阳。”周子溪转过身，带着一丝悲凉之色，看着眼前的女孩，“你知不知道，你曾经是我唯一的光。

“在我身陷绝望的深渊之时，是你出现在我面前，劝我坚持，鼓励我等待。所以，尽管你露出过不少破绽，我都未曾对你起过疑心。

“直到我到了晋越侯府中，你突然出现，急切地劝我离开那位十分温和又宽宏的大人。本连一金都凑不齐的你，却在短短几日之内准备好了马车、路费，以超越你能力的速度，带着我迅速逃到了宋国。”周子溪凝视着眼前的少女，眼圈红了一瞬，“我虽然深信于你，但我却也不是个傻子。”

阿阳侧过脸，不敢看他的视线：“那您为什么还跟着我来到这里？”

“你们扣了我的母亲，我又能如何？”周子溪苦笑了一下，“像你说的一样，我只是一个奴隶。晋越侯若是要扣下我，我没有丝毫反抗的余地。他作为一国之君，越是他看重的人，就越不可能放任到他国去。”周子溪伸出手，拉住阿阳，“阿阳，昂殿下心思深沉，刻薄寡恩，不是一位可以终身侍奉的明主，我们找机会一起离开这里，好不好？”

阿阳恍惚了片刻，但又像是突然想起什么似的，猛地缩回了手，她拼命摇头：“不可能，我不能背叛殿下。公子你也走不了，这里守备森严，和汴州不同。别说带着老夫人，就是您独自一人，也绝逃不掉的。您还是歇了这个心思，一心侍奉太子殿下吧。”

周子溪默默叹了口气，收回了手。

下人来报，宋国太子姬昂来访。

不多时，姬昂着龙纹绣袍，宽衣博带，身后侍从林立，大踏步而来。

他亲热地揽着周子溪的肩，哈哈大笑：“几日不见子溪，孤心中挂念得紧啊！不知近日老夫人的病情可有好转？”

周子溪躬身行礼：“多劳殿下询问，家慈之疾同往日一般，未见增减。”

姬昂在椅子上坐下，免了周子溪的礼。他看了周子溪半晌，掸了一下衣襟下摆：“子溪，是孤哪里做得不好吗？你对我总是这般客气，礼貌中透着些疏离。”

周子溪再行一礼：“殿下怎有此念？殿下对我母子恩重如山，子溪心中只有感念。”

姬昂面上带笑，眯起了眼：“孤听闻你在晋越侯那里不过数日，便为他百般筹谋，临走之前还彻夜为他撰写了一份草案。可你来了我这已有月余，却不曾主动为我分忧。哈哈，可是我有何不如晋越侯之处？”

闻言，周子溪沉默了。姬昂此人素来喜欢对外做出一副礼贤下士的姿态，是也，自打他来到宋国，便一直笼络他。

今日突然撕破了假惺惺的面皮，露出真面目，不知是什么缘故。

姬昂看他不回话，沉下脸来：“子溪，你知道吗？晋越侯已经命晋国骠骑将军墨桥生，率两万晋国大军，陈兵我国边界外黄。”

周子溪心中惊讶，皱起眉头。

姬昂看着他：“子溪可有良策助我？”

“在下一介文人，如何通晓兵事？只是我在汴州之时，见过晋军操演，那确是一支不容小觑的虎狼之师，还望殿下慎而待之。”

姬昂默默地看着他，过了半晌，方缓缓开口：“今日，来了一个晋国使臣，就是晋越侯亲赐国姓的那个程凤。他要我父王借出五万石粮食给他们晋国充作军饷。同时他还说……晋越侯要买回他的一个逃奴，也就是你。”

周子溪吃惊地抬起头来，姬昂继续说道：“子溪，我在魏国游学之时便与你相识，别人可能不知，我却十分清楚，你是个不可多得的人才。

无论如何我也不愿舍弃你。但父王不愿得罪晋国，我心中也十分为难。”

周子溪苦笑一下：“殿下需以大局为重，岂可因我一人引国之大祸。”

“子溪，你不要怪我。若是不能把你留在身边，我也断不能让他国之君得到你。”他双目冰冷，挥了挥手，“挑断他的脚筋，把他送去前殿。”

周子溪大吃一惊：“我从晋国叛逃，晋越侯心中愤怒，要我以奴隶之身被买回去，就是为了折辱于我，又岂会再重用我！殿下大可不必忧心，何必如此狠绝？”

姬昂冷漠地看着他：“话虽如此，我还是不放心。你不要怪我，你的母亲我自会替你好好照顾，这次却要委屈你了。”

“殿下，殿下开恩。”阿阳几步抢到周子溪前面，拼命叩头恳求，“公子是从晋国逃出来的，您把他送回去，那就是死路一条啊。”

“阿阳。”太子昂那一贯温柔的声音在她头顶响起。

阿阳伏在地上，她睁大眼睛，眼里只能看到眼前的地砖和砖缝里的那些泥垢。她的手指正抠在那泥缝中，微微发抖。

完了，公子完了！

她心里清楚地知道太子昂是个什么样的人，他们这些从小生活在阴暗中的死士其实比谁都清楚。

“我也是迫于无奈啊！阿阳，我和子溪相识多年，其实我这心里比谁都难受。”头顶上，一个轻飘飘的声音传入阿阳耳中。

两个带刀的武士走了过来，一脚踹开阿阳。

阿阳看着那两人把周子溪按在地上，其中一人举起了明晃晃的尖刀。

她感到自己耳朵在嗡嗡地响，似乎整个世界都在嗡嗡地响。但还没等她想明白，她的身体已经不受控制地冲上前去。她发了疯似的撞开了其中一人，反手抽出随身携带的匕首，架住了另一人的刀刃。

“阳，你这是在做什么？”姬昂的身后立着一个瘦小精悍的中年男子，那人背着手，冷冷开口。

此人名桀，是从小教导像阿阳这样的死士的师父。

那个刻在骨子里、令她畏惧的声音一传来，阿阳下意识地颤抖了一下。不等她反应过来，她的头部就遭到了重重一击，随后她的腹部又中了一脚，整个人被踢飞到墙上。

阿阳从墙上掉落下来，她捂住肚子，吐出一口血，不再动弹。

桀阴着脸向她走去：“和你们说过多少次了，背叛主公的下场只有死！”

周子溪伸手挡在阿阳身前，他吸了一口气，看着姬昂：“殿下，放过她。我可以随你处置，请你饶她一命，求你。”

一只带着血的手从后面伸了过来，拽住了周子溪的衣服：“公子，别求了。我……已经不行了。”

周子溪转过身，他紧握住那个少女的手。

虽然阿阳欺骗了自己，但在自己堕入最黑暗的深渊之时，她是唯一给过自己温暖的人。他也曾想过牵起她的手，走完余下的人生。

“公子，你别难过。”阿阳向前爬了一步，抬起头，“我这一生，都是为了主人的意志而活。只有最后这一刻，是为了自己的想法而活。”

“这感觉，还……还不错。”她闭上眼，眼角流出的泪淌在周子溪的手上。

那眼泪那么的滚烫，但少女年轻的身体却在周子溪的手中冷去。

程凤坐在宋国的宫殿之内。

大殿之内莺歌燕舞、觥筹交错，宫殿华美壮丽、金碧辉煌。若是与之相比，汴州的行宫就朴素到有点寒酸的地步了。

这里的主人宋襄公正在用极大的热情，接待着这位从晋国来的使臣。

歌舞停歇之后，宋襄公一拍手，大殿上被推上来一个衣衫褴褛的中年男子。那人畏畏缩缩，一上殿就趴在程凤案几前的地上，瑟瑟发抖。

程凤半晌才把这个头发花白、形容憔悴的男人认了出来，竟然是他少年时期的前主人——楚烨之。

楚烨之偷偷抬头，看了眼前之人一眼。

只见那自己曾以为可以随意欺凌的奴隶，如今正端坐在案前，鲜冠组缨，绛衣博袍，顾盼生威，再也不是他印象中那个柔弱可怜的少年。

程凤放下手中金樽，楚烨之一惊，以手抱头，浑身颤抖："别打我……饶命。"

宋襄公笑道："孤听闻此人曾不识好歹，冒犯过贵使。孤甚为震怒，已查没他的家产，将他贬为庶民。如今他以担粪为生，日日同那秽物为伴，时时受人欺辱。今日怕他熏着贵使，孤已先命人将他洗刷一番，这才领上殿来，任程将军惩处。"

说完，他呵斥一声："愣在那里作甚？还不给程将军叩头请罪！"

楚烨之显然吓了一跳，连连以手作揖，机械般地叩头，涕泪直下："过去都是小人的不是，大人饶我一命吧。"

程凤看着眼前缩成一团的灰色身影，曾经的画面在脑海中一晃而过。

那时的自己也曾这样趴在地上拼命地哭泣哀求，而坐在案桌后的主人侧着身，搂着怀中那些黄金，露出让人心寒的眼神，眼睁睁地看着自己被几个贵族少爷拽住脚踝，拖进阴暗的角落。

程凤闭了一下眼，这些曾经让自己难以挣脱的痛苦，如今变得遥远而模糊起来。

他的心已经足够坚定，只愿看着前方的坦途，不再受往日那些黑暗岁月搅扰。

他最后看了楚烨之一眼，向着宋襄公抱拳一礼："多谢国君好意，让他下去吧，不要让这样的小人坏了我等兴致。"

宋襄公挥手，让人把楚烨之架下去，举杯遥敬："程将军果然胸怀似海，孤佩服、佩服。"

酒过三巡之后，宋襄公趁着酒劲，张口就开始讨价还价："晋越侯独守汴州，对抗犬戎大军，令寡人佩服！按理说，我宋国确实也该为抵御犬戎出一份力，只是这五万石粮未免也太多了些，仓促之间我国也难以筹集。还望程将军转告晋越侯，我大宋可筹借两万石粮给晋国，以助友邦军威。"

程凤浅浅一笑："我却是好说，但我们墨将军的脾气是我也拿他没办法的。他正因在少黄的两万大军缺衣少粮之事闹得心烦，国君不如派人去大宋边境的少黄城同墨将军商讨一番？”

程凤笑着说出这些话时，他那双漂亮的丹凤眼勾起好看的弧度，阳刚中又透着一股妩媚。

要是换了平时，宋襄公可能会欣赏一下这份美丽。如今，他却被这位容貌俊美、口舌却极为刻薄的晋国使臣气得牙痒痒。

宋襄公知道墨桥生率两万大军，正驻扎在宋国和汴州的边境处的这件事。

墨桥生以迅雷不及掩耳之势突破宋国国境，骑兵几乎开至宋国国都之外四十里地处。虽然随后他便率军回到少黄驻军不动，但隔三岔五地便让骑兵抵达宋国边境的重镇之下耀武扬威，震慑一番。

这一举动唬得宋国各镇守将有如惊弓之鸟一般紧闭城门，告急文书雪片一般地飞到宋襄公的桌案之上。

“墨阎王”这个外号也渐渐在宋国传开了。

宋襄公不是听不出程凤直白的威胁之意，但却又畏惧真的和晋国开战，一时搞得下不来台。

程凤接着开口：“如今我汉人的天下，被犬戎占去了三分，连王都也落入外族手中。若我汴州败于犬戎，宋国难道不是首当其冲，直面犬戎铁骑吗？到时候，损失的怕不只是几万石粮食。不如此刻慷慨解囊，助我晋国一臂之力，共抗外辱。”

程凤虽话语中带着威胁，但也算是给宋襄公递了个台阶。宋襄公缓了缓脸色，就着这个台阶往下走：“将军言之有理。既然如此，我国便为抵御犬戎出这份力。还请将军回去向晋越侯传递吾国愿和晋国共同进退、友邦相交之意。”

“国君心意，我自当转达。”程凤起身行了一礼，“我本是护卫宫城的司寇左使，这些军政之事非我本职。只是月前，宫中逃了一个主公甚为喜爱的奴隶，主公责我防卫不力，才罚我跑这趟差事。听闻那个逃奴，如今就在太子殿下的府上。”

他一抬手，随侍人员立刻抬上了五张羊皮：“这是那个奴隶的身价钱，还望太子殿下能够割爱。”

五张臭烘烘的羊皮，堆在大殿那奢华的地毯之上，简直就是一种讽刺。

大殿上的人都知道晋国主君只怕是深恶那位从晋国逃亡出来的周子溪，所以用这种屈辱的买卖方式，把人给买回去。

太子昂拍了拍手，殿外的侍卫抬进一个担架。担架上的人发丝散乱，身上盖着一条薄毯，毯下隐隐渗着血迹。

程凤解下佩剑，用剑鞘抬起那人的下颌，露出了周子溪苍白的面孔。

“忘恩负义的家伙，竟敢背叛主公，你这是自寻死路！”程凤一甩手，在周子溪的脸上抽了下，“我当时就该直接让你在马车后跑到死。”

周子溪的侧脸上瞬间出现了一道红痕，他撑了一下身子，咬着牙一声不吭。

“站起来跟我走。”程凤斥道。

周子溪撑着上半身，在担架之上一动不动。程凤发觉不对，他跨步到担架之侧，掀开薄毯，看见周子溪那鲜血淋漓的脚踝。

程凤猛地抬起头，怒视着坐在宋襄公下位的姬昂。

姬昂开口道：“此人隐瞒逃奴身份，投奔我处一月有余。我不知内情，对他礼遇有加。

“昨日看到国书，又听得程将军之言，方知他是从晋越侯处逃出来的。

“晋越侯既已是他的主人，且待他不薄，他自当忠诚奉主。谁知他却为享安逸富贵，私逃我处，几陷我于不义。我心中气愤，对他小施惩处。”

“你挑断他的脚筋，让他从此成为废人，倒真是惩处得很小。”程凤怒极反笑，“听闻此人乃太子殿下在魏国游学之时的同窗，同殿下是多年至交好友，殿下下起手来倒是比我还狠。”

姬昂素来以礼贤下士、急公好义自居，在外人面前，甚少露出狠辣的一面。

如今迫不得已而为之，却被程凤当众毫不留情地拆穿。他心中大怒，坐在那里，面上一阵青一阵白。

程凤冷哼一声，命人抬起周子溪，当场告辞离去。

第十三章

坦白

“你说什么？”程千叶诧异地放下手中的卷牍。

程凤把在宋国的所见所闻和打听到的事细说了一遍。对程凤来说，不论是因为什么理由，但凡背弃他主公之人，他都不会有什么好感。

所以他对周子溪也没有多少同情之心，充其量觉得宋国那个太子昂过于狠毒了些。

程千叶却不这么想，虽然周子溪逃跑时她也有点气愤，但她不是不能理解周子溪的行为。

他为了自己的母亲或是为了自己选择出逃，对程千叶来说都不算什么罪大恶极的事。而自己下令将他寻回，虽然无心，却也在一定程度上导致了他残废的结局。

虽然程千叶和周子溪相处的时间很短，但她看中了周子溪的才干，想要他为己所用。可就像周子溪对她还没有建立起信任一样，她对周子溪也没有什么很深的情感。

因此在周子溪逃亡之后，她没有考量，而是用了粗暴直接的方式，只求尽快将人抓回来。

程千叶叹了口气，如果她能事先打探一下情况，了解一下姬昂的为人，筹谋一下，周子溪可能就不至于身残。

事已自此，多思无益，还是先去看看情况吧。

程千叶站起身来：“走，带我去见他。”

二人进入房中时，大夫正在为周子溪包扎腿伤。

程千叶看着那个静坐于床榻之上的年轻男子，心中一阵难受。

面前的人见过泥沟深处最污浊的淤泥，却没有让污渍留在他心底，程千叶甚至没有在他身上感受到憎恨和怨怼的阴暗情绪。

他本来会是一颗十分耀眼的钻石，即使是从泥沼中捞起，也依旧璀璨夺目，带着让人惊艳的才华和文人特有的傲骨，在程千叶的眼前熠熠生辉。

但如今，他身上那耀目的光似乎消失了，白蒙蒙一片，毫无生机。

看见他们进屋后，周子溪极其缓慢地伸出手，低头行了一礼，又慢慢把手放下，没有说话。

程千叶在他床前的座椅上坐下，向大夫询问病情："先生，情况怎么样？有复原的希望吗？"

那大夫叹了口气，看了程千叶一眼，微微摇了摇头。在包扎好周子溪腿上的伤口后，收拾东西，告辞离去。

程千叶沉默了片刻，开口道："子溪，此事是我思虑不周，想不到竟连累你至此。"

"主人何出此言？"周子溪的嘴角泛起一丝苦笑，"我可以怪很多人，也可以怪我自己，但无论如何也怪不到主人身上。"

程千叶安慰道："既然回来了，你且不必过于忧虑，先安心养伤。我会为你再寻名医，或许还有治愈的机会也未可知。"

周子溪低下了头："我这一生，从未做过一件愧对他人之事，唯独对主人您问心有愧。"

"您不但救我于危难之中，还对我礼遇有加。可我却忘恩负义，不辞而别。"他抬起头，看着程千叶，"我之所以留着这条命不死，就是想留给您亲自发落。

"我这副残躯早已污秽不堪，又何必再留世间。还请您不必再怜悯我这样的一个逃奴，赐我一死，方是我心中所愿。"

周子溪虽是程千叶的奴隶，但他一直很少主动称呼程千叶为主人。如今，这一口一个卑微的称呼，是想在死前赎他自以为犯下的错。

一夕之间，失去心爱的人，身体残疾，甚至连母亲也救助无望。接二连三的打击终于击垮了这个君子的意志，让他失去了活下去的希望。

"你……"程千叶不知道怎么宽慰一个已经不想活的人，"如果你不想要自己这条命了，能不能把它交给我？"

周子溪面露不解。

程千叶握住了他的手，他的手既冰又凉，几乎没有一点温度。

她看着周子溪的眼睛，开口道："子溪，你有没有想过，你这一切苦难的根源是什么？是因为姬昂那个混账，还是因为你之前的那些主人，或是那些奴隶贩子？

"你和阿阳姑娘本来都应该有一个正常的人生，活得自由而有尊严，不应该过着这样任人摆布的日子。这一切的根源，都来自这个把人当作奴隶的丑恶制度。

"我虽然能力微薄，但我心中有个愿望，想让这个极度不平等的奴隶制度，从这个世界上消失。你帮我一起做成这件事，行不行？"

周子溪那死灰一片的眼中，渐渐有了反应。他凝视着程千叶，嘴唇微微翕动。

程千叶站起身来："不急，你先好好养伤，等你想清楚了再给我答复。但无论如何，没有我允许，你不能死。"

临走前，程千叶拍了一下程凤的肩膀，看了周子溪一眼："派人照顾好他。"

程凤读懂了程千叶的言外之意，她让他看好周子溪，不要让他做傻事。

程凤看了一眼坐在床榻之上，还回不过神来的周子溪。

"你运气真好，遇到了主公。天下可怜之人何其之多，又有几人能得个好死？"程凤冷哼一声，话虽冰冷，但却是在安慰周子溪，"别再犯傻了。即便腿废了，能在主公身边，也比你之前全须全尾地任人玩弄要好得多。"

一夜之后，程千叶召见了崔佑鱼，递给他一份手绘的图纸。

崔佑鱼看着图纸，连声赞叹："此物构思真是精妙，不知为何名？又是出自先前那位大家之手？"

程千叶咳了一声："是偶然于一书中所见，此乃轮椅，你就说能不能做出来？如果能做，就尽快寻一些手巧的工匠，加紧帮我制作。"

“此事包在微臣身上。虽然有些部件无法在工艺上实现，但只要替换一下应该没有大问题。”崔佑鱼素来对这些机巧之事最为感兴趣，拿到图纸后更是如获至宝，急忙收入怀中。

他对着程千叶行礼道：“主公，您上次给臣那个搭天车的图纸，臣已经命人制造出来了。也反复实践过，请了数位将军前来品评，确实比传统的搭车精巧实用得多。

“另外那些折叠壕桥、抛石车也都做出来了，实在是构思巧妙。微臣和俞将军、贺兰将军商量过，都觉得可以大量投入战场使用。”

先前，程千叶凑巧在巡查军备之时见到攻城器具中常见的搭车，总觉得十分僵硬笨重。她一时兴起花了几天时间，翻遍各种书籍，才有了新的想法。

此事也引发了崔佑鱼极大的热情，他几乎一瞬间就摆脱了往日觐见程千叶时的拘谨羞涩，开始隔三岔五地缠着程千叶讨论改良军需设备，乃至民用器具的事情。

程千叶研究这些也只是偶尔为之，不可能有那么多精力天天陪着崔佑鱼搞设计。

“佑鱼，”程千叶看着眼前这位做事一根筋的能臣有些苦恼，“我知道你对钻研这些事很热情，这很好，但你也要分清主次。

“你现在是我们汴州的司空，将来还很有可能是我们晋国的大司空。我们需要建设城墙、开凿运河、完善军备、改良农具……人的精力有限，我或者是你都不可能事无巨细，亲力亲为。”

崔佑鱼本来兴致勃勃，可在听完程千叶的话后瞬间蔫了。

程千叶看到崔佑鱼垂头丧气地站在那里，不由觉得好笑，于是又道：“这样吧，我尽量给你拨一笔款。你组织一批人成立一个司造部，专门负责研发这些。研发出来的成果但凡经过验证有效，就由你负责在全国军民范围内推广。”

崔佑鱼一下又兴奋起来，他喜不自胜地跪地行礼，说话都结巴了：“主……主公此举，实乃我大晋之福。微臣……微臣必不负主公之信任。”

程千叶遥指着他：“你也是能说几句好话的嘛。什么大晋之福，不过是合了你的心意而已。我提醒你，你作为司造部的负责人，必须抽出精力拟出规范的检验流程，把关产品的质量。不要只顾埋头研究，让底下人忽悠了去。

“你要知道，这些在战场上可都关乎着将士们的性命。如若你一个人做不来，定要找个合适本分的人帮你。”

崔佑鱼兴高采烈地离开了，不过三五日，便把轮椅给程千叶献了上来。

程千叶试推了几圈，基本实现了她的想法。

周子溪屋内。

周子溪正把双腿从床沿上挪下来，负责照顾他的侍从急忙上前帮忙。

“有劳了。”周子溪谢绝了他的搀扶，“请把双拐递给我，我想自己试一试。”

门外传来一阵奇怪的声响，像是有轮子在木质的地板上滚动。

屋内的人抬头望去，只见程千叶亲自推着一把木质的有轮椅子出现在门口，她抬指敲了敲门，道：“特意为你做的，想不想试一下？”

周子溪被扶到这个他从未见过的木质椅子上，这椅子有两大两小四个轮子，坐在上面，即使是双腿残废之人，也可以相对自由地行动。

程千叶亲自推着他从屋内走出。周子溪发现，不知何时，附近的门槛都已被拆除，阶梯之上也铺就了便于这椅子通行的木板。椅子行驶在木质的回廊地面，发出有节奏的声响。

程千叶一边走着，一边同他说话——

“你感觉怎么样，有没有什么地方需要改？

“为了设计这个，我熬了一宿没睡，紧赶着做出来给你。

“你不用担心你的母亲，我已经派人向宋襄公要人。这次我十分小心，今日接到线报，已将夫人平安接出，不日她会同墨将军一道回国。”

…………

程千叶推着轮椅，慢慢走下回廊，走进庭院的阳光中。那坐在轮椅上的背影，也仿佛一点点恢复了璀璨的光泽。

一道低低的男音响起：“从今以后，我这条命就是您的了。”

墨桥生从少黄领军归来。

此次出征一月有余，他整一个月都没见到主公，一迈进宫门，想见到那个人的渴望也就越发地强烈起来。

他登上朝梧殿的台阶，走过宽阔的露台，脚步忍不住越来越快，一路小跑，转过回廊。

在那洒着阳光的长廊尽头，停着一张带着轮子的座椅，椅上坐着一个丰神如玉的男子。那男子手持卷牍，专注地说着什么。而主公正一手扶着他的椅背，凝神倾听，时时回应几句。

墨桥生只好停下脚步，他调整了一下自己的呼吸，规规矩矩地上前行了一个军礼。

“桥生，你回来了？”程千叶看着他笑着说，“子溪的母亲接回来了吗？老太太的情况怎么样？”

主公还是这般地关心这个周子溪，墨桥生黯然了一下：“回禀主公，姬老夫人的身体安好，就是依旧还认不得人。现已安顿在周先生起居的院内。”

周子溪拱手行礼，语带感激：“多谢墨将军，将军匡助家慈之恩，子溪铭记于心。”

墨桥生回了一礼，他看见主公微微弯下腰，和颜悦色地对那位周子溪道：“老夫人平安真是万幸，这下我也总算能够放心了。”

说完这话，就亲自推着周子溪的轮椅向外走去。

墨桥生侧身垂首恭送，那木椅的轮子经过他的脚边，随后是程千叶的衣袍。但程千叶并没有停留下来看他一眼，墨桥生忍不住微微抿紧了嘴。

然而，就在错身而过的那一瞬间，程千叶突然腾出一只手，一把拽住了墨桥生的手掌，然后将手背在自己的身后，捏紧了，用指腹来回摩挲。

墨桥生踉跄了一下，就这样被牵住，他的脸也忍不住红了。

两侧的侍卫眼观鼻、鼻观心，一副视而不见的模样，最后还是碧云红着脸上前，接过了周子溪的轮椅。

“主公，让奴婢送周先生回去吧。”碧云道。

程千叶将周子溪送下朝梧殿的台阶，交托碧云道：“碧云，你心比较细，照料老夫人的事宜就交给你了。你仔细安排一下，务必照顾好老夫人，但凡缺什么就直接去找吕大总管，只说是我吩咐的，知道了吗？”

碧云推着周子溪的轮椅在宫道上走出很远，方才悄悄回头看了一眼。

正巧看见那台榭之上，主公和墨将军在朝梧殿内的身影。

哎呀呀！主公又不记得关门，门外那些没眼力见儿的也不知道悄悄帮个忙。

汴州城外，有一片巨大的草场，这是新设置的养殖军马的场所，司马徒被程千叶委派在这里总管军马的繁殖养护。

墨桥生找到他的时候，他正穿着一身胡服，忙着看从西域引进的几匹种马。

“桥生，你来得正好。”他拉上墨桥生的手，“快来看看这几匹马怎么样？”

“这可是难得的好马。”墨桥生道，“虽然看起来不是很起眼，但实际上它们筋骨强壮，耐力持久，能够经得起长途跋涉，最适合军中使用。”

“是吧！”司马徒一击掌，“和我想的一样！我要好好地繁殖一批，让我军的骑兵无往不利。”

他转头问道：“对了，桥生你找我有什么事？”

墨桥生的面色红了一瞬，司马徒见状，便带着墨桥生来到自己平日休息的衙署。

他找了两个杯子，烫了一壶酒，给墨桥生满上一杯。俩人碰了一下杯，墨桥生举杯，慢慢地将酒喝了。

“你的意思是？”司马徒一面给他添酒一面问道，“你想问我取悦主公的技巧？”

墨桥生忍住羞愧，点了一下头：“我，我不知道要去问谁。”

“你怎么突然想起问这个？难道主公对你有什么不满意的地方吗？”司马徒疑惑地问道。

墨桥生的脸瞬间涨红了，他几番吞吞吐吐，最后还是决定说出口来：“我……我只是希望能让他更高兴一点。”

司马徒笑了起来：“该不会是因为那个周子溪吧？”

墨桥生面红耳赤，别过脸去：“我是真心求教于你，你莫要取笑。”

“我这怎么能是取笑呢？你突然这么着急，其实是最近主公总召见那个人，冷落了你？”司马徒看着他道。

墨桥生沉默了。

“我见过那个人，长得斯文俊秀，翩翩有礼，还满腹诗书。但最主要是他腿废了，又身世堪怜，主公对他难免多有怜悯之心。你时常出征在外，他却时时陪伴在主公身边，确实……”

他一语说中墨桥生的心事，墨桥生只觉心中一阵烦躁。

“这样吧，我送你一本这个。”司马徒从屉柜里翻出一本绢册，他轻轻点了点，笑着说，“你回去自己研习研习，务必抓住主公的心，可别被人横刀夺爱了。”

墨桥生几番磨蹭，最终一把抓起那本绢册，藏进怀中，起身告辞。

程千叶在姚天香的女学馆内，二人站在楼阁之上，看着馆内进进出出的一些衣着朴素的平民女性。

这座占地广阔的府邸，本是程千叶依照当初的承诺，赐给姚天香的公主府。但姚天香现在住在她宫内的栖凤阁，便把这里按照她的意志改成了晋国第一所女学馆。

这个女学馆并不像男子的学馆一般学习君子六艺，而是学习一些基础的文化知识，重点开设传授各种生活技能。

在这里请了绣坊、扎染、纺织、养桑、食坊等行业的女先生坐馆讲学。学员早间统一学习简单的识字、算学，午后便可选学自己感兴趣、想要学习的课程。

而且学费也十分低廉，若是有家贫难当的学子，学院还可以提供赊欠。因此，来求学的多是一些平民身份的妇人，她们想求得一门技艺以便养家糊口。

“有些意思，天香，你都是怎么想的？”程千叶扶着楼阁的栏杆，看着楼阁下那一间间隔开的教室问道，“我还以为你会办一个供贵族女子研学诗文的学馆，却想不到你办了一个这么……实用的学馆。”

姚天香笑了：“我办一个贵族女子吟诗作对的学馆来干吗？给她们提供一个社交场所？”

“我希望的是能够提高女子在生活中的地位。”她伸出两根手指比画了一下，“哪怕只有一点点。”

“这些女子学成回家，有些甚至能撑起家庭的经济收入，在家中就会相对多一些话语权。至少也能多些见识，不再做一个盲从男人的附属品。我目前能力有限，能做的也就只有这么点了。”

“你做得很对，经济地位往往就决定了社会地位。”程千叶拍了一下姚天香的肩膀，“天香，你真是个敏锐又有见识的女子。”

姚天香推了推她的肩膀：“别聊我了，倒是你，还打算瞒着桥生多久？他又要出征郑州了吧？你可真是个狠心的。”

“而且……你的桥生最近好像很患得患失的。”姚天香附耳道，“他昨天来找司马徒……”

程千叶回到宫中之时，已是斜阳晚照，宫中处处掌起宫灯。

她在桌前坐了片刻，仿佛在思索着什么，心绪不定。之后又踱步出殿，在回廊处绕了半圈。那个和她寝殿只有一墙之隔的偏室，也亮出了昏黄的烛光。

虽然桥生就住在自己附近，但若没有召唤，他从未主动在夜间来寻找过自己。

程千叶一时好奇，悄悄地靠近那间屋子，透过窗户的缝隙，她看见墨桥生在灯下翻阅着一册书籍。

“桥生？”

程千叶敲了敲门，听见屋内传来一阵慌乱的声响，似乎有人从椅子上摔了下去。

片刻之后，墨桥生打开了门。

“你在干什么？”程千叶咬住了嘴唇，伸出手来，“看了什么那么紧张？给我看看？”

墨桥生眼神闪避，神色慌乱，面色绯红，他侧过脸去，僵硬着身子不肯说话，这是他第一次拒绝了主公的要求。

程千叶知道那是什么，其实……她不应该让他这样患得患失的。

她扬起一抹笑容：“今天晚上泡温泉吗？就我们两个去。”

西山的月神泉。

泉水温柔，白雾缭绕，在狐火虫鸣的夜晚，似梦还真。

墨桥生把自己的身体泡在温热的泉水之中，他手中拿着一条黑色的丝带，束住了自己的双眼。

很快就要出征讨伐犬戎，这可能是去郑州之前最后一次和主公单独相处的机会了。

墨桥生在心中反复告诫自己：不论主公做什么，都要表现出喜欢的样子。这一次，他一定让主公高兴，绝不能再像之前那样茫然不知所措。

“你要不要摘下带子来看看呢，桥生？”一个声音在泉水边响起。

摘下带子？主公要我摘下眼前的带子。

从前，主公和我一起在这里泡温泉，从不让我看他的样子，今日是何缘故？

墨桥生犹豫了片刻，举起了手，解开了眼前的黑色绢带。

他缓缓转过身，那汉白玉砌成的池岸边坐着一个身影，那人长发旖旎，嘴角含笑，纤巧的双足轻轻滑入水中。

身披月色，如梦似幻地向他走来。

在那一瞬间，墨桥生几乎觉得自己失去了呼吸的能力，他微张开嘴，简直不敢相信自己的眼睛。

泉水的另一头，那人身在雾气缭绕的水中，缓缓向他走了过来。

他，不对，是她。

主公竟然不是男子！

她有如山中精魄，又似水中魅影，一头湿漉漉的长发像温柔的水藻，漂散荡漾于水面，游弋到他的身前。

她从水中探出一只挂着水珠的玉臂，轻轻摸上了墨桥生的脸："桥生，对不起，瞒了你这么久。"

往日的种种迷雾仿佛在一瞬间被拨开，梦境和现实重叠，墨桥生觉得自己那颗心落入了最温热的泉底，翻滚在炙热的泉眼之中。

"桥生，你……喜不喜欢？"程千叶难得有一丝窘迫。

她假扮男子的身份太久，以至于在自己心上人面前坦白性别，也让她觉得有些尴尬。所以，虽然之前数次话到了嘴边，她都最终没能说出口来。即使这一次她终于下定了决心，依旧也还是有些忐忑。

程千叶有些紧张地看着眼前的墨桥生，生怕他出现一丝厌恶或是排斥的情绪。

晚风轻拂而过，月夜之下的水面上，暧昧得仿佛绽放出一树艳丽的桃花来。

程千叶笑了，她感受到了墨桥生的欣喜。她松了一口气，在水中踮起了脚，第一次以真正的身份在那个人的唇上轻轻盖了一个章。

墨桥生忍不住往后退了一步，池岸边坚硬的石头抵住了他的后背，提醒着他退无可退。

他脑中晃过童年那些残酷的日子：泥泞而破败的帐篷、饥饿和死亡的威胁、拼命在血泊挣扎的岁月……而现在，在他的眼前，主公立在白雾缭绕的泉水中，正温柔浅笑地凝视着自己。

为什么，他能得到现在拥有的一切？主公给予的，永远比奢望的还要多，多得让人不敢相信。这一切会不会只是一场梦？但如果这是梦，请让他永远不要醒。

他落下泪来，伸出双手，捧起那张莹白的脸，轻声哭泣，反复轻吻。

程千叶闭上眼，感受到墨桥生的泪水不停落在自己的脸上。她知道他又哭了，他总是这么爱哭，可是她就喜欢这样的他，乐在其中，不愿自拔。

从前，程千叶是一个性格温和的女子，甚至带着一点普通女性常见的绵柔。她也一度惶恐茫然，期望在这危机四伏的世界寻找到一份依靠。

可是她遇到了自己的蓝宝石，只属于她的、独一无二的宝石。

这个看上去寡言少语、坚强隐忍的男人有着一颗敏感而脆弱的心，更会时时在自己面前抑制不住地红了眼眶，落下泪来。于是她总觉得自己应该更坚强一些，站得更稳一些，这才有能力呵护自己心爱之人。

如今她站得更高更稳，而桥生也拾起自信，得到了属于自己的世界。不知不觉中，两人互相拉着手，一同走到了今日。

程千叶伸出手，按住墨桥生的胸膛，让他躺在池岸那温热的白色石头之上。

她俯下身，吻去墨桥生脸上的泪珠："别哭，桥生，你这样哭，会让我忍不住又想欺负你。"

"主公，我……"墨桥生想要坐起身来。

程千叶的手指点在他的肩头，阻止了他："桥生，我要做的事还有很多，我现在不想也不能恢复女儿身。所以……我还不能真正地和你在一起。"

墨桥生面红耳赤："那……那我也可以等。"

"你等什么？你就告诉我，你喜不喜欢？"程千叶笑了起来。

墨桥生心慌意乱地说不出话来，那个勾魂摄魄的声音从他耳中细细地钻进来，一直钻到他的心尖上戳了那么一下。

他不知道自己胡乱地做了什么表示，只见那人高兴地笑了起来："这一次，你就是哭着求我，我也不会放过你。"

夜空中，圆月的清辉遍洒山泉。

泉边温热的白石之上，躺卧着一具男子的身躯。那人面上红霞未消，眼角带着残泪，薄唇微分，沉沉睡去。

程千叶坐在岸边，细细收拾完东西后，她给自己倒了一杯清酒，自斟自饮。

酒很凉，微微降了降她面上的潮红。

程千叶轻轻叹了口气，她伸出手，扯了扯躺卧在身边之人身上的薄毯，为他遮蔽一身春光。

她是不是做得太过分了？

可是他就要出征了，不知还要多久才能再在一起，我真的很舍不得他。

也许，待这天下安定，心中真正的目标实现之后，我也许能够放下这一切重担，日日和桥生游赏这人间山色，过上快乐逍遥的日子。

春耕开始的时候，晋国大军穿过青葱的田野，浩浩荡荡地举旗出征。

贺兰贞带领中路军三万人马，墨桥生率左路军一万人，俞敦素另领一万水军，三路大军共五万人马，向着郑州直奔而去。

此刻的程千叶正同姚天香在女学馆三层高的重楼之上，凭栏远眺。

“每次桥生出征，你都要郁闷两天吗？”姚天香用手肘捅了捅程千叶。

程千叶扶着栏杆，居高临下地望着学馆大门前向下倾斜的街道，叹了一口气。

几个穿着粗布衣服、包着头巾的年轻妇人，挎着包袱或是篮子，沿着微微有些潮湿的石头坡道走上来，向守在学馆门口的守卫出示学员的身份证明，随后步入学院之内。

忽然，石道斜坡上传来了嘈杂的声音。

程千叶和姚天香循声望去，一个容貌端正的年轻妇人刚迈上斜坡，身侧便蹿出一个身材矮胖的男子。

那男子一把扯住她的包袱，口中嚷嚷：“不许去，你一个妇道人家上什么女学？谁晓得是不是在外面勾搭什么野男人。”

那妇人涨红面孔，小声地同他争论，最终还是在那个男人的拉扯之下，一步三回头，无奈地离开。

另一边，一个身着粗布棉衣、头上包着块蓝色土布的女子刚到达学馆门口，身后便赶上来一个满头白发的老妪。那老妪扯住她的头发，脱下自己的鞋子，劈头盖脸地就往那妇人身上抽去："上什么女学？男人死了，你一不愿改嫁，二不愿在家带娃，成天往外跑，你这安的是什么心？"

那妇人护着自己的包袱，既不还手，也不顶嘴，任凭那老妪打骂。

老妪同她撕扯一阵，见她油盐不进，只得一屁股坐在地上。老妪双手拍着大腿，叫起了屈："我的儿呀！你死得太早啊！留下这不像话的媳妇和两个小娃娃，叫你娘我可怎么活啊？"

那妇人见她不打了，慢慢扶着墙站起身来，捋了捋散乱的头发，拢了拢衣襟，在众人的目光中抬起头，坦然走进了学馆大门。

程千叶看着这一幕，连连感慨："都不容易啊……"

姚天香和她并肩而立："确实不容易，但我也只能为她们提供一条路。走不走，怎么走，还要靠她们自己。"

镐京。

昏暗的密室内，犬戎梁皇后的侄子梁乙在张馥面前摆上了整整一箱奇珍异宝。

"怎么样，张先生？阳光大道此刻就摆在你面前，就看你走不走。"

张馥伸出白净的手指，从那宝箱中挑出了一颗硕大的明珠，举在眼前细细看了看，笑吟吟地道："良禽择木而栖，良臣择主而事。太后娘娘虽然对我礼遇有加，但她毕竟年事已高，梁皇后才是真正的后宫之主。效忠皇后娘娘方是真正效忠陛下，我又怎么会拒绝梁大人的好意呢？"

梁乙闻言大喜过望："自从先生来到镐京后，接连为没藏太后出谋献策，真真使我们梁氏一族吃了不少暗亏啊。"

张馥露出愧疚的神情来，梁乙故作大度地道："但皇后娘娘对先生您没有一点责怪之意，只要先生从今以后能够暗中相助于皇后娘娘，将来娘娘必不会亏待先生的。"

张馥皱着眉头，轻轻摩挲着手中的明珠："实不相瞒，陛下和娘娘虽为国之正统，但军中将领却多为没藏一族之人。皇后娘娘若想从太后手中夺权，只怕不易。”

梁乙学着汉人的模样，对张馥深深作了一个揖：“请先生相助一二。”

张馥初到没藏太后身边之时，梁家尚且不以为意。直到这几个月，梁家族人接连在太后手中吃了几次大亏，他们这才意识到这位看起来总是笑盈盈的汉人客卿，是多么的阴险狡诈。

梁皇后对张馥恨得咬牙切齿，私底下在宫中砸碎了数个杯子。皇后叔父梁骥稳重，多次劝导皇后应以笼络为先，并派遣梁乙想办法同张馥接触。

功夫不负有心人，花费了这些时日，梁乙终于撬动了这块顽石。

他不禁得意地想，此番真乃一举两得，不仅笼络了张馥，还同时在太后身边安插了一枚钉子。

“如今遍观犬戎军中，只有郑州的嵬名山将军能与没藏裴真匹敌。”张馥开口，“梁部都若是能像说服我一样说服嵬将军，皇后娘娘不就有和太后一搏的资本了吗？”

梁乙大喜，击掌道：“张先生真是一语中的，和我想到一处去了。当初我军围困汴州之时，我也曾随军出征，甚为佩服嵬将军之兵法谋略。可惜的是，不论我如何努力，嵬将军都只肯保持中立，不愿倾向皇后娘娘。”

张馥轻笑一声，梁乙不解道：“先生何故发笑？”

张馥将双手拢进袖中，斜靠着椅背，开口道：“我笑大人您也太耿直了一些。嵬将军远在郑州，他倾不倾向娘娘有何关系？只要娘娘找些借口，不断赏赐财物犒劳郑州将士，同时放出流言，让朝中大臣觉得嵬将军亲近皇后娘娘，没藏太后自然会对嵬将军生疑，以为他倒向了皇后。”

“这样也可以吗？”梁乙不解道，“可实际上嵬将军还是不能为我们所用啊。”

“只要太后对他有所猜忌，自然就不会再重用他。到时梁大人你再加把劲，不愁他不乖乖投靠皇后。”

“对啊！妙计，妙计啊！”梁乙大喜过望，作揖告辞，急匆匆地离去。

张馥从外面回来的时候，天上下起了淅淅沥沥的春雨。

马车踏着潮湿的石板道，停在了气派的门楼前。萧绣打起油纸伞，从门阙下赶了过来，把张馥接进屋去。

在镐京待了几个月的时间，这些犬戎人对他们逐渐放松了警惕。又因张馥是太后倚重的客卿，门口侍卫和府上仆人如今都恭恭敬敬地称呼张馥为张先生，监视得也不那么严格了。

张馥一副轻松闲散的姿态，撑着油纸伞在雨中慢慢踱步，好像刚刚参加的那场宴饮使他十分放松愉悦。

萧绣举伞随行，他低着头，攥着伞柄的手微微用力，掩饰着心中的那份紧张。

先生今夜看似参加了一个无关紧要的宴会，可实际上，按照先生先前的估计，这个宴会就是梁皇后设的一个套，等着先生去钻。

今夜梁皇后那边的人很有可能按捺不住，借着这次宴会的掩饰，私下同先生正式接触。

跟在先生身边的这段时间，他虽然时常挂着浅笑，看着云淡风轻，但萧绣知道，来到镐京后，先生走的每一步是多么的难、多么的险。

他周旋应付着那位精明强势的没藏太后，一边靠打压皇后一族取得太后信任，一边又若有若无地露出些破绽，让那位对他恨得牙痒痒的梁皇后起了挖墙脚的心思，派人前来频频试探接触。

今夜，梁皇后以为自己设了一个局，引得先生前去。这正是先生精心筹谋、期待已久的事情。

二人行至室内，萧绣收起雨具，屏退下人，逐一合上门窗，借着为张馥更衣的时候，他方才开口低声询问：“先生，成了吗？”

张馥把脱下的外袍递给他，嘴角勾起了一丝笑。

跟随先生这么长时间，萧绣逐渐能够分辨先生真实的情绪，他兴奋地一击掌：“太好了！”

张馥整了整衣物，在桌边坐下。他给自己倒了杯热茶，慢慢品了一会儿，方才开口：“小绣，我这里有一封要紧的书信，你亲自跑一趟，帮我送回去。”

“我们有专门传递消息的渠道，为什么要我……”萧绣疑惑不解，突然，他反应过来，一下跪在地上，“不，先生，我怎么能在如此紧要的关头独自离开。”

张馥垂下眼睫，慢慢转着手中的杯子。

片刻后他抬起眼来：“过了今夜，我们每一步都像走在钢索之上，下一刻会发生什么，我也无完全的把握。你若是执意留下，就要随时做好……准备。”

萧绣双膝跪地，仰头看着张馥，没有说话，只是坚定地点了点头。

郑州城外。

一座座晋国军营团团包围着这座雄伟坚固的城池，放眼望去，遍地都是密密麻麻的黑色窝棚，和那些猎猎招展的旌旗。

无数晋国士兵排着整齐的队列，喊着嘹亮的口号，在营地中进进出出，这无疑给郑州城内的军民带来了巨大的心理压力。

此时，几个晋国的士兵在营地边上小解。

杨陆厚站在杨盛身边：“盛哥，咱们围着这郑州城都两个多月了，一次像样的冲锋都没有。你说将军们都是怎么想的呀？这么多人，不提每日人吃马嚼的消耗，就光是这每日排的屎尿都快可以把郑州淹了吧？”

杨盛整理好衣裤，踹了杨陆厚一脚：“闭上你的鸟嘴安静等着，有你夺首立功的机会。”

二人嘻嘻哈哈地回到营地，营中升起袅袅炊烟，意味着平淡等待的一日又将这么过去。

在一墙之隔的郑州城内。

郑州守将嵬名山坐在行辕大厅，他的面前黑压压地坐满了他部下的犬戎将军们。

曾经的雍丘城守都罗尾坐在嵬名山左下首第一位，他愤愤然道：“卑职素来崇拜将军作战之勇猛。想当初，汉人诸侯联军十余万人浩浩荡荡开至郑州城下，也被将军一击而溃。什么吕宋、华宇直在大将军的铁骑面前无不夹着尾巴，落荒而逃。

“如今晋国不过五万余人，就敢这般欺到门前耀武扬威，将军为何令我等在城内龟缩不出，实让卑职不解。”

右下一位身如铁塔、肤色乌黑的大将乃是太后的族人没藏元奇，他开口道：“将军，这晋军没什么好怕的。当初李文广、韩全林和那晋国的主君程千羽一度率军来犯，不是也被将军奇兵突袭，轻松击破了吗？”

他以右拳一击左胸：“只要将军拨我五千铁骑，末将当即出城，杀他们个屁滚尿流！”

嵬名山黑着脸：“你们都是领军多年的将军，现晋国五万大军围城，我郑州城内军马只有两万余人，你们要我如何放弃这坚城高墙的优势，开城出兵同晋军野战？”

嵬名山心中着实郁闷，他镇守郑州多时，百般经营，又收编了先前汴州之战中没藏裴真败退时的散兵，本来也有五六万兵勇之众。

可数月前，太后不知为何，频频调拨郑州军马他用，最后只留给他不足两万的人马守城。

他们犬戎一族是在马背上得来的天下，帐中将军也多是争强斗勇之辈。冲锋陷阵时都是一把好手，叫他们蹲在城池之后倚靠着坚壁守城，自是人人憋屈不耐。

嵬名山只好耐心解释：“诸侯联军看似人多，却各自为政，军中将帅也是良莠不齐。吕宋打到郑州却被袁易之因嫉妒而断了军粮，方被我军轻易击溃。

“此次晋军三路大军有备而来，中军贺兰贞、右路俞敦素、左路墨桥生都是不可轻视的猛将。

“我们明明可以靠着地利守城，只需在城中安心待援，假以时日待晋军损耗巨大，自然不战而败。为何要舍弃优势，以己之短攻彼之长呢？”

都罗尾哼了一声：“无非是一些两脚羊罢了，将军何必长他人志气？近日陛下和皇后娘娘频频拨下赏赐，犒劳我郑州军士，士气正是大涨之时，合该痛痛快快地取一场大胜，以报答陛下和娘娘的恩义才是。”

嵬名山忍不住骂道：“两脚羊？却不知当初都将军是怎么败在墨桥生这个两脚羊手下，把雍丘拱手让给晋越侯的？”

都罗尾被说到痛处，大怒而起，直接甩袖而出。

众人散去后，嵬名山阴沉着面孔，坐在交椅之上。

他的贴身侍从愤愤不平道：“将军为我犬戎立下无数汗马功劳，朝堂之上素来中立。太后和陛下母子之争，却无端牵扯到将军。太后娘娘派了没藏元奇，皇后娘娘派了都罗尾，这一左一右安插在将军身边，让将军还怎么领军作战？”

嵬名山皱紧了眉头。

晋国的将领中，俞敦素同贺兰贞也便罢了，他最为忌惮的便是那个一身黑铠的墨桥生。

他曾在战场上同此人短暂交过手，此人既悍不畏死，又灵活机变，对千变万化的战势把握得既准又狠，天生就是一个将才。

他也很想同这样一个劲敌在战场之上酣畅淋漓地各展所长，一较高下。可敌人有坚实的后援、全权信赖的君主、可靠的袍泽，而他却……嵬名山长叹了口气。

他的侍从担忧地看着他，小心翼翼地说：“将军，小人听说镐京近来盛传着一个流言，说是将军已倒向皇后一族。偏偏皇后娘娘又在这当口时不时发来厚赏，小人只怕太后她老人家，会对将军起了猜忌之心。”

嵬名山苦笑一声：“太后素有睿智，只能寄希望于她能不被流言所惑了。”

镐京。

没藏珍珠坐在轩昂壮丽的皇宫之内，她两鬓斑白，眼角带着深深的鱼尾纹，已经是一位年过花甲的老人。

岁月的风霜在这个一手撑起犬戎部族的强大女人身上留下了明显的痕迹，但她那微微眯起的眼睛里却透着一股冷静而精明的光，丝毫没有年老的疲态。

她看着眼前坐着的汉人男子，心中不停地盘算着："先生也觉得嵬将军完全倒向皇后了吗？"

张馥开口道："倒也不全是，但在下却对一事不解。

"当初，晋越侯曾连同李文广、韩全林三路大军合计五六万人马进犯我郑州。甚至还没到郑州城下，便被嵬将军一举击破。在下的前主君晋越侯当时险些被嵬将军生擒，他独自撇下部众，一路仓皇逃到卫国，才保住性命。

"此次，晋军也不过是五万人马，嵬将军却不知为何，选择守而不出呢？"

没藏太后的本家侄儿没藏裴真坐于没藏太后之下，他一拍桌面："那还用说吗？他无非是想以此机会要挟姑母多给他调拨军马，好壮大他的实力罢了。回头他手握重兵，正好帮着梁氏一族同我们没藏家族对抗。"

没藏太后沉吟不语，张馥开口道："其实嵬将军如何打算，太后娘娘一试便知。"

"还请先生直言。"

"太后可发懿旨，命嵬名山限期退敌。若嵬将军依旧坐而不动，那太后便可以抗旨之罪让没藏元奇将军取而代之，以免郑州军马真的落入梁皇后手中。"

没藏太后道："先生却是妙计，但阵前换将是否不妥？不知为何我心中对那位晋越侯，有些忌惮。"

张馥笑了："在下便是晋国出身，对晋国的实力最为了解。晋国全国兵马满打满算不过也就数万人，其中大部分都是凑数的奴隶。晋越侯手中真正的士伍不过两万余人也，而我犬戎铁骑二十万人，何惧一小国？

"在下以为，我犬戎目前最大的危机是内部不安。基石不稳则大厦将倾，娘娘当前还是先以斩断梁氏手足为要。"

没藏太后想起近来那个咄咄逼人、不停给自己使绊子的梁皇后，和自己那越来越不听话的儿子，心中一阵烦躁。

她点了点头："拟旨，限嵬名山一月内退敌。"

春日的阳光既温暖又明媚，灿烂地铺洒在郑州城内的大街小巷上。

然而在凌乱的街道中，那些偶尔出现的行人，无一不是阴沉着面孔，低头匆匆忙忙地急行而过，无心体会这春日的美好。

只有街边的草木，丝毫不顾人们阴郁而惶恐的心情，依旧欣欣向荣，吐出了无比嫩绿的枝芽。

嵬名山的贴身侍从阿骨，是一个浓眉大眼的草原少年。此刻，他看着那春意盎然的街道，忍不住再三地叹了口气。

阿骨突然开始想念自己生活在草原上的日子。

在那广袤无垠的大草原上，春天永远是令人欣喜的季节。度过了寒冬的人们可以和自己的兄弟姐妹们在长出成片嫩芽的草原上牧马放羊，肆意驰骋，在大长天的庇佑下无忧无虑，高歌悦舞。

有喜欢的客人来了，就端上自己家里最好的美酒。讨厌的敌人出现，男儿们便二话不说拔出腰间的弯刀。他们从不用像这些汉人一样，想那么多弯弯绕绕的事。

可如今，族人们抢夺了汉人的土地，似乎也同时丢弃了自己那份坦率的心。

他低头看了看手中拽着的几页花花绿绿的纸。

这些汉人围着郑州城已经两月有余，虽然没有大规模地攻城，但是城内早就人心惶惶。各种别有用心的流言蜚语传得到处都是，晋军还隔三岔五地用他们那造型奇特的投石机把这些花花绿绿的传单包在布包里，抛入城来，散得城头街道到处都是。

有些写着嵬将军已暗中投靠了晋国，指日就要开城投降；有些写着晋国主君又增派了多少多少军马，必要把郑州围得水泄不通；还有一些写的是军报，说晋军左路的墨阎王又带着人马拿下了郑州周边的哪些郡县，日渐把郑州变为一座孤城……

当然也少不了煽动城内军民开城投降，写明晋国军队素来优待俘虏的传单。花样繁多、真真假假、不一而足。

阿骨想不明白，这明显是敌人用来搅乱人心的东西，怎么就一日日地真把军心给搅乱了起来。

如今，军中渐渐分了派系，整日争执不休。

他实在不想把这些东西拿给将军看，但将军的命令他是不能违背的。

阿骨跨进了行辕正殿，鬼名山接过他手中的传单，冷静地一页页看完。他沉默半晌，拿起桌案上一份刚从镐京抵达的太后懿旨递给了阿骨。

“限期退敌？”阿骨不可置信地看着那些文字，“太后不仅没给我们派来援兵，还要我们限期退敌？”

他无措地看着眼前的将军，将军在他眼中，就是天山一般的存在。不论遇到任何困境，将军永远都那么稳，从不会慌乱，他撑得起他们头顶上的那片天。

但这一刻，那个在阿骨心中如山一般沉稳的将军，竟显得如此孤独萧瑟。

“到了这一刻，我即便打赢了这场仗，在太后眼中也会是一个别有用心之人。”鬼名山缓缓开口，“若论行军作战，我从未怕过任何人。但这次，我可能真的败给一个人，一个可怕的敌人。”

他阴沉着脸，桀厉的目光穿过行辕大门向外望去，似乎想一路透过坚实的城墙，跨越过田野山川，抵达那遥远的汴州，看到那位坐在行宫中的君侯——晋国主君晋越侯。

鬼名山没有真正见过晋国的这位主君，他曾经在汴州城外遥遥一瞥，依稀记得晋越侯应只是一位面容俊秀、斯文白净的汉族权贵而已。

传闻中晋越侯手无缚鸡之力，连马都骑不好。他应该穿着汉人那种宽大的华美衣物，整日在华丽的宫殿中，拥着漂亮的女人，过着醉生梦死的生活才对。

但如今，鬼名山知道自己错得离谱。

他想起了汴州一役，那时他以多于敌军数倍的兵力，猛烈地进攻了一个多月。但城中的军民却上下一心，拼死守住了那并不算坚固的城池。

他想起那个在他兵刃之下身负重伤，却依旧日日屹立在城头的晋国将军俞敦素，还有那浑身浴血却宁死不退的红衣男子。

那个人好像叫程凤，当时甚至只是一个奴隶，那个令他隐隐忌惮的墨桥生也同样是个奴隶。

墨桥生进攻琪县之时，他曾派人在汴州广散谣言，但晋国的主君却坚定地信任这位奴隶出身的将军。

上至在战场上烁烁生辉的将帅们，下至被俘虏的普通晋国士兵，他们都愿意为他们这位年轻的主公，在战场上拼命。

此时此刻，嵬名山似乎看到这位晋越侯正从遥远的汴州伸出了他那苍白的手，狠狠地掐住了自己的脖子。他用一种阴险的方式，企图兵不血刃地拿下郑州这块肥沃的土地。

“想让你的士兵一滴血都不流就得到郑州，未必有那么容易！”嵬名山咬着牙道，“我还真想看一看，你到底是一个怎样的人。”

汴州，朝梧殿内。

程千叶正对着约定好的书籍，将张馥从镐京送来的密报一字一字翻译出来。

她将翻译出的每一个字都抄在那张信纸的空白处浏览了一遍，眼中露出了欣慰的神色，随后，她便把那页薄薄的信纸递给一旁坐在轮椅上的周子溪。

“这位张公，真乃奇人也。”周子溪看着手中的信纸感叹道，“这样看来，犬戎内部已乱。我军拿下郑州指日可待。臣心中真是有些期待，期待能早日见一见这位张公的真容。”

程千叶有些自得地笑起来：“张馥这个人满腹经纶，智计无双，子溪你却是学富五车，思维缜密，你和他一定很合得来。我能有幸得你二人在身边辅佐，何愁大事不成？”

周子溪想起往事，垂下眼睫：“能得遇主公，方是子溪之幸。”他很快调整好情绪，“犬戎自破王都，铁蹄踏入我中原后，一度势如破竹，难遇敌手，几入无人之地。此次我军若能拿下郑州，不仅开拓了我大晋的疆土，更是在天下诸侯面前一扬我大晋之威。”

周子溪把那份由张馥手书的密报交还给程千叶：“犬戎虽为蛮族，但他们的那位没藏太后却是个强悍而有智慧之人。主公切不可因她是女流之辈而轻视于她，还是命张公早日撤离为是。”

程千叶看着手中纸页上那熟悉的字迹，心中泛起对张馥和萧绣二人的担忧。

张馥自效忠于她后，先随她出征讨伐，后带伤来卫国接应，又独留在绛州那混乱的朝堂之中运筹帷幄。他不仅源源不断地给汴州运送了充足的粮草，甚至还不忘时时为自己多方谋划。

现在想想，因为他能干，她总是习惯把最艰难繁杂的事情交托给他。而张馥也从未让她失望过，还总是主动承担起更多责任。

程千叶不知不觉地捏紧了手中那张密信，她知道自己作为一国之君，不应该过度多愁善感，她在心中默默祈祷，希望张馥一定要带着小绣平安归来。

郑州城外，晋军的中军大帐之内。

贺兰贞正同墨桥生一同看着同样一份密报，二人对视一眼，双双露出兴奋之色。

贺兰贞一击掌：“这个嵬名山实是犬戎第一名将，光是我们晋国就在他手上不知吃了多少亏，上回连主公都险些折在他手上，此番终于也能让他好好见识见识我们晋军的厉害。”

墨桥生想起当年背着主公拼死逃亡的情形，眼底透出寒光。

贺兰贞靠过身来：“兄弟，你觉得他下一步会怎么办？”

“嵬名山不是一个坐以待毙的人。”墨桥生开口，“我想他也许会趁我们不备之时，率军突围。”

“有道理，”贺兰贞点点头，“看来接下来几日，我们定要严加防范。”

“不，我们要留出一个缺口。”墨桥生伸指点着地图上的一处，“留一个看起来不明显，但嵬名山一定能看出的缺口。”

贺兰贞看着墨桥生手指的那个点：“让他从你那边走，你有把握拦得住他吗？”

“若是没有这个缺口，嵬名山很有可能顶住压力，坚持固守在郑州城内。万一镐京的没藏太后改变想法，主公所做的一切努力都有可能白费了。”墨桥生说出自己心中所想，“他不会从他不熟悉的水路走，也不会对上你兵力雄厚的中军。最有可能的就是选择从我带领的相对薄弱的左路突围。那我便给他放个缺口，让他更有把握。”

贺兰贞点点头：“好，一旦他率军出城，你便拖住他，我和俞将军借机一举拿下郑州。”

两人交换了一下眼神，眼中闪烁的是对彼此的信任。

夜半时分，晋军的一处军营，笼罩在一片寂静之中。

也许是因为不在紧要之地，这个营地内的窝棚比起他处略显稀松，守备看起来也有些松懈。

此刻营内的篝火熄灭了大半，望楼上的哨兵也无精打采地打着哈欠。

但在那寂静无声的阴暗处，杨盛带着杨陆厚等人，穿着整齐的铠甲，手握兵刃，伏地凝神戒备着。

杨陆厚握着手中的枪，只觉手心微微出汗，他在黑暗中向身边的人悄声问道：“盛哥，犬戎人真的会从我们这里突围吗？”

“都给老子争口气。”杨盛的眼中亮着光，“墨将军把我们摆在这里，那是因为我们是他手底下最猛的兵，我现在只怕他们不从这里走。”

不知等了多久，暗夜中隐约传来一阵闷闷的马蹄声。

“来了。”杨盛悄声说道。

只见浓稠的黑暗中，犬戎人那独特高壮的身形逐渐显现出来。马队中簇拥着的一人，正是和杨盛曾交过手的犬戎大将嵬名山。

杨盛咧开了嘴，眼中透出狼一样的光，跃起身来，大喝一声：“兄弟们，跟我上！”

黑夜的阴影中，无数虎视眈眈的晋国士兵拥出，嵬名山心中一沉，知道自己中了埋伏。

那些晋国步卒，数人一组，形成一个个方阵，前排统一手持特制的长矛，夜色下闪着寒光的矛尖一致对外。前后还围护着拿着盾牌、搭钩、短刀的士兵。

他们摆出这种专门针对骑兵的阵形，显然早有准备，要把敌人阻拦在此地。

嵬名山一生历经了无数战役，虽然踏入了埋伏圈，但他很快便冷静下来，脑中开始飞速思索。

墨桥生怎么知道自己会在今夜出现在此地?

墨桥生肯定是得到了镐京的消息，通过揣摩自己的心意，觉得自己有可能率军突围。因此他白日里把这一带的防线全面削弱，就是为了引自己向这边走。

我要是他，就会命这附近的每一个营地夜夜做好防备。不论敌人从哪个营地突破，只要能拖住敌军的脚步片刻，其余部队不用多少时候就能形成合围。

嵬名山看到敌人营地之内传递信息，召唤援军的狼烟在夜色中升腾而起，看来此地拦住他们的人马应该不会超过一千人，他们必须用最快的速度突围，不让敌人形成合围之势。

此次带出的五千精锐骑兵，都是跟着自己出生入死的亲信。现在他们只能一举突破重围，从他地辗转搬来救兵，再从外围想方设法地对围城的部队来个逐一击破，同留守在城内的一万多名大军里应外合，击溃晋军。但这无疑是一个风险很大的战术，留守在城内的都罗尾和没藏元奇更是让他十分不放心。

对抗庸碌无为的对手，嵬名山喜欢奇兵突袭，但面对墨桥生这样的劲敌，他觉得应该用最稳妥的方式谋求胜利。

可惜如今，他的君王已经不留给他稳扎稳打的机会，他只能孤注一掷，寄希望于险中求胜。

但他刚出城，对方就像早已看破一切似的，让他一脚踏入了埋伏圈。

嵬名山心中升起了不妙的预感，他稳住自己纷乱的思绪，看着那腾空而起的浓烟，果断振臂一呼："换锥形阵，备套马索，突围！"

昏暗的夜色中，墨桥生率军驻守在一处高地。

他骑马立在那小山岗的顶部，看到暗沉的大地上终于亮起了一处火光。

狼烟升腾，冲天而上，随即那火光的周围一处接一处地亮起明亮的火焰，就像在浓黑的大地上点亮了一串璀璨的明珠。

是杨盛驻守的营地。

终于来了。

墨桥生掏出挂在脖颈上的一条挂坠，把那挂坠放在唇边轻轻一吻，随后抽出腰刀，破空一挥："传令全军，随我出击，包围敌军！"

杨陆厚弓步深蹲，他手中紧紧握住一支特制的长矛，这支矛分外粗长，他将柄端紧紧抵在脚下的土地里，雪亮的矛尖直指着不远处的犬戎骑兵。

他的身侧有无数这样手持长矛的同袍，身前是持着盾牌护住他身体的战友，厚实的盾牌为他挡住敌人射来的利箭。

犬戎的铁骑凶猛无畏地夹着呼呼的风声，迎面冲了过来。

马蹄踏在了晋军事先撒在地上的铁蒺藜上，战马嘶鸣倒地，把马上的骑兵摔下地来。杨陆厚身后的士兵看准时机，立刻探出长长的搭钩，搭住敌人的身体，把落马的犬戎士兵拖了过来，无数短刀手抽出短刃，顷刻间收割一条生命。

但敌人的骑兵依旧不怕死地向前冲锋，战马和犬戎人的尸体，填平了他们事先设下的障碍。

那些善于马战的游牧民族，手中甩着套马索，长长的绳索丢过来，立刻有数名晋军被拖出阵地，敌人打马回撤一路将人拖走。

敌人的攻势太猛，方阵顿时乱了起来，杨陆厚拼命喊道："收紧阵形，别乱，别乱！"

如今的他，已经是一个什夫长，负责一个十人小队。

他眼睁睁地看着自己队中的一个兄弟挣扎着被敌人的套索套走，一路被拖行在敌军马后，敌人用数支长枪来回扎了几下，那刚刚还紧紧靠在自己身边的兄弟，就不再动弹了。

"都别慌，给老子守好，墨将军马上就到。"杨盛的吼声响彻在附近。

杨陆厚紧张地收拢好自己的十人小队，突然他感到双臂一紧，失去平衡，一个绳套紧紧勒住了他的上半身，将他猝不及防地从队友中拖了出去。

他拼命蹬腿，身体在混杂着血污和尸体的土地上被飞速拖行。

杨陆厚心中一片惊恐，他仿佛看见无数敌人的长矛来回在他身体穿刺，把他扎成了一具浑身冒血的尸体。

正当杨陆厚灰心之际，一个身影从晋军方阵中疾冲而出，刀光一闪，便砍断了拴住杨陆厚的绳索。

那人就地一滚，来到杨陆厚身前，举起手中盾牌挡住了数支利箭。

“快走！”杨盛抽出腰刀架开敌人的长枪，冲着杨陆厚喊道。

“盛，盛哥。”杨陆厚涕泪直下，不顾浑身伤痛，连滚带爬地跑回自己方阵。

曷名山冷静地看着前方的战况，火光之中，他看见敌军方阵中冲出了一个人。

此人特征十分明显，他面上有一道长长的伤疤，横跨了半张面孔，连耳朵都缺了一个口子。

此人在汴州时就同自己对过招，是一名猛将，想必就是这支队伍的领军。

“拿下此人！”曷名山下令，他亲自带着人马冲上阵去。

杨盛想退回自己的阵地，但缠着他的敌人越来越多。

他身上多处负伤，行动已经开始迟缓。他抹了一把脸，回眼望去，身后己方的阵地早已经乱了套。

杨盛打了这么多场的仗，还是第一次遇到如此强悍的敌人，他辛苦布下的防线，竟然在短时间内就出现了溃散的迹象。

也许敌人的下一次冲锋，就要从这里突围了。

杨盛手中的腰刀浸满了敌人的鲜血，黏腻得几乎让他握不住。他甩掉手中的刀，翻身从犬戎士兵的尸体上捡起一把弯刀，架在身前：“老子就是死在这里也不能让你们过！”

忽然，一柄黑沉沉的铁槊夹着风声袭来。

杨盛举刀一架，但那铁槊的力道太大，把身负重伤的他带翻在地。他就地一滚，欲翻身而起，可数柄闪着寒芒的枪尖已经抵在他的眼前。

犬戎大将嵬名山此时正骑在雄健的战马之上，居高临下地看着他，冷冷开口：“捆起来，绑在阵前，一举突围！”

话音刚落，营地周边便亮起了星星点点的火光。火光由远至近，汇聚得越来越多，无数举着火把的士兵出现在周围的高地之上，将这里严严实实地包围住。

火光摇曳处，人马分开，拥出一名黑袍将军，正是墨桥生。

“嵬将军，久仰了。”墨桥生开口。

嵬名山红着眼，抬头看着站在高处的敌人，他绷紧下颌，咬肌抖动。

他知道，这场仗，自己已经败了。就算自己还能够冲出重围，身边这五千士兵也剩不下几人。他抽出腰间的长刀，架上了杨盛的脖颈，拼死冲阵之前，他要用这个敌人的血祭旗。

“嵬将军且慢。这一刀没下去，你我之间就还有余地。若是你动了手，你我就只剩生死相搏。”墨桥生冷冰冰地说道。

嵬名山冷笑一声：“你让开一条路，我就放了他。”

“我即便让开一条路，你也已经没有了可去之处。”墨桥生不紧不慢地说着。

晋军一片寂静，夜色中只依稀听到火把偶尔迸出火星的“噼啪”之声。摇曳的火光，在那年轻的面庞上打出明暗晃动的光影。

墨桥生继续道：“你一离开郑州城，我军的贺兰将军同俞将军便已举兵攻城。而你留在郑州城内的那两位大将军，可不像你这么能耐得住性子。我赶来的时候，听说他们两位毫不犹豫地争相出城迎敌。到了此时，说不定郑州都已经被我大晋拿下了。”

话音刚落，郑州城的方向忽然传来一声巨大的轰鸣声，仿佛验证了他的话语一般，天的那边隐隐亮起了火光。

巨大的声响一阵阵传来，一声又一声敲在嵬名山的心上。

嵬名山知道，那是撞车撞击城门的声音。

如果不是守将莽撞乱来，敌军的撞车是不可能在短短数个时辰之内就开到城门前的。

“我虽为将军之敌，但素来崇敬将军。我知将军此次出城，必定不是为了逃亡。

“墨某心中估计，将军一来想要引开我军兵力，二来，大约想去就近的宅阳或是荥阳请来救兵。

“可笑的是，墨某心中虽然清楚，但将军那身在镐京的主君只怕不会这么想。他只会怪你率军私逃，以致丢了郑州，乃是大罪。你身负重罪，难道还要拼死从这里杀出重围，回镐京引颈就死吗？”

墨桥生的话交织在那远远传来的轰鸣声中，每一句都插在了鬼名山心中最痛之处。

他是犬戎人，这汉人的江山容不下他，而犬戎朝堂也早已无他立足之地。

天下虽大，竟无他容身之处。

“我大晋的主君，是一位胸怀如海的君主。只要你愿意归降我大晋，我可以保证将军的才干能得到更好的施展，同时我发誓绝不伤你手下这些将士的性命。”

“我乃是异族，晋越侯如何容得下我？”鬼名山冷哼一声。

墨桥生抽出佩刀，毫不犹豫地在自己手臂一划。

他举起手，红色的血液从空中滴落。

“我们的血和你们犬戎人一样，都是红色，并没有什么不同之处。所谓异族，不过是鬼将军您自己脑中的一个观念而已。

“我曾经身为奴隶，在我们汉人眼里，奴隶甚至连一个人都算不上。

“但我的主公却从不在意出身。她只会看见你的能力和你的忠诚，绝不会因为你的身份地位对你随意猜疑。”

鬼名山垂下了手中的刀，刀锋一点点地离开了杨盛的咽喉。这位经历过无数血雨腥风的犬戎将军，面庞上露出一丝失落的神色。

“君臣之间，能够彼此信赖、互不猜忌，是何其难得。”鬼名山看着那个被簇拥在火光中的敌人，那人正从黑暗的山岗上缓缓策马而下，他叹息一声，“墨将军，我没有你幸运。”

墨桥生皱起眉头，他预感到事情没有那么顺利。

果不其然，鬼名山一把将被绳索捆束的杨盛提上马背，视线穿过火光，看了一眼墨桥生，朗声开口：“你我两族结怨已深，我永远不可能做一个汉臣。”

“突围！”他的刀锋向前一指，犬戎士兵紧紧地围在嵬名山周围，迅速集结成一个锥形的阵势。

人人策着铁骑，举起弯刀，不畏生死地向着重重包围圈发起了冲锋。

第十四章

营救

天蒙蒙亮的时候，战场上的硝烟才逐渐停歇，郑州的城墙之上终于插上了晋国的军旗。

此时，四处城门大开，浩浩荡荡的晋国甲士带着胜利者的豪迈步伐，踏进了这座满目疮痍的巨大城池。

浓雾弥漫，战后被鲜血浸透的土地堆砌着无数躯体。

不论是敌人还是战友，此刻，都毫无区别地变成了一具毫无生气的尸体。

清理战场的士卒在凌乱的战场内来回走动，偶尔发现还未断气的敌人，便举起手中的兵器，狠狠地补上一刀。

随着“噗”的一声轻响，他们把敌人首级取下，在城门口整齐地堆成一个塔状，算作集体的功勋。

个人在战场上收割的首级，已有随战记录的书记官员在现场一一登记核对完毕，统一摆在了城门口属于自己方阵的区域内。

晋国的士兵喜气洋洋，他们三五成群，一面兴奋地讨论着昨夜的胜利，一面用手指默默掰算自己此次能够分得的土地和爵位。

杨陆厚则呆坐在自己的营地。

战后的营地一片凌乱，偶尔还有几个士伍搀扶着自己受伤的同伴，正艰难地向外走去。

昨夜，这里是战况最为惨烈的区域之一。

敌方大将军嵬名山率着五千精锐企图突围，在此地被墨将军团团围住。犬戎骑兵生死不惧地冲锋，留下了数千具尸体，最终少部分人突围而去。

这对其他人来说是一场值得庆祝的大胜，但对杨陆厚以及他们那些一起从奴隶营中出来的兄弟们来说，他们失去了最重要的人。

他们的千夫长杨盛被敌人带走了。

杨陆厚捂住自己的头，死死地睁大眼睛，盯着眼前染血的土地。

我怎么就那么没用，是我害了盛哥，是我害了盛哥！

他闭上眼，一片寂静的营地中似乎还响彻着昨夜战场上的嘶吼声。

盛哥为了救他，被敌人围困捕获。墨将军率军追敌而去，虽然他们这个千人队伍接到了休息的命令，然而他和营地中许多的士伍们，都固执地在原地等候。

尽管希望渺茫，但他们依旧在等着他们的千夫长回来。

晨雾散去，清辉降临人间，古道上慢慢归来一队人马。

打头之人一身黑色铠甲，脸上染着鲜血，他手中牵着一匹马，马背上则驮着一人。

营地中的人见到这画面也激动了起来，他们陆陆续续站起身来。杨陆厚则揉了揉自己的眼睛，他简直不敢相信，墨将军真的把杨盛给带了回来。

墨桥生亲自把身负重伤的杨盛从马背上扛了下来，交托给了拥上来的杨陆厚等人。

“将……将军。”被抬上担架的杨盛吐出口中的淤血，他撑起上身，不甘心地看着墨桥生，失落道，“是不是因为我，才让那戎狗给逃了？”

听到这话，有“墨阎王”之称的墨桥生难得地扬起一丝笑容：“如果不是你，我可能根本来不及围住他们。

“嵬名山想给自己留一线退路，这才放了你的性命。你放心，将来我们和他还有再见的机会。”

离郑州数十里地的宅阳县。

艰难摆脱了追兵的嵬名山率着残余的部队，在一片密林中稍作休整。

当初，五千精锐随他出城，如今身边却只余下数百人。

这些拼死护着他杀出重围的兵士，此刻沉默地围坐在他身边，人人眼中透着悲愤之色。他们明明浴血奋战，但却有可能被自己的族人摒弃，众人心中不禁迷茫。

阿骨解下了随身携带的羊皮水袋，递给嵬名山："将军，我们现在要去哪儿？回镐京吗？"

"回镐京？"嵬名山苦笑了一下，"墨桥生没有说错，郑州丢了，此刻回镐京，等着我们的只有死路一条。"

"不会的将军，我们和太后好好解释，"阿骨有些慌乱，"太后她老人家素来英明，一定能够明白将军您的苦衷。"

"不用我解释，太后她很快就能想通。但那又能怎么样呢？眼下，在这个她和陛下母子相争的时刻，她是不可能承认自己的错误的。这个错只能由我来背。"

嵬名山站起身来，他看向北方的天空："我们先回草原，回我们的故里。但总有一日，我会再回到这片土地。堂堂正正地回到我的战场，和墨桥生再决雌雄。"

晋国大军击败犬戎名将嵬名山、一举夺取了郑州的消息，很快传遍了各地。

远在晋阳的北宫侯吕宋，看完手中的谍报，将它递给了自己的心腹上将公孙辇。

"晋国凭借一己之力拿下了郑州？"公孙辇不可置信地说。

他对犬戎的那位大将军嵬名山印象深刻。当初诸侯联军讨伐犬戎，他们的部队在郑州被此人击溃。固然其中有粮草不足的因素，但他也不得不承认，嵬名山确实是一名用兵如神的敌将。

"公孙将军可还记得晋越侯此人？"吕宋开口。

公孙辇思索了片刻，在他的记忆中，那是一位容貌俊秀、性格软弱、胆怯畏事的年轻君侯。

在那次讨伐北戎的战役中，他甚至在战场上被吓得面色苍白，还当场呕吐了起来。后来此人再不敢随大军出征，甚至主动提出留守后方，一度成为诸侯们的笑柄。

"原来是那位晋越侯啊，真是人不可貌相。"公孙辇感慨道。

"我们都看走了眼，这就是个扮猪吃老虎的家伙。"吕宋恨恨道，"各路君侯都在前线被犬戎击败，独独他竟然能够以一己之力固守住汴州，我当时就应该注意到此人不凡。”

另一边，凉州刺史李文广站在地图之前。

“先是汴州，随后从琪县到中牟，如今他们又得到了郑州……不知不觉中，晋国的版图竟然扩大了这么多。”李文广的手指点在地图之上，皱眉自言自语道。

他的凉州早被犬戎所占，之前拒守南阳，又不敌没藏裴真大军，如今只得退守在和楚地相邻的汉中一带。

而卫国的王宫之内，姚天香的兄长卫恒公姚鸿，此时也正同自己的谋士沈文秀看着同样一份谍报。

沈文秀长叹一声：“当时一步之差，放了这只猛虎，如今卑职悔之晚矣。”

姚鸿攥紧手中谍报：“当时我这位妹夫，在我面前一副唯唯诺诺、沉迷声色犬马的模样，谁又能料到他竟是如此深藏不露。假以时日，他必成我的头号大敌。”

“不论如何，主公还是早做谋划为妙。”沈文秀劝道，“听闻晋越侯同天香公主夫妻恩爱，琴瑟和鸣。晋越侯并不介意公主是我卫国人的身份，诸事不避，还时常携公主共参朝政。主公是不是也应派人时常联系公主，不能断了兄妹之情。”

姚鸿点点头：“文秀言之有理，天香终究是我亲妹妹，是我们卫国的公主。夫婿可以再嫁，她的兄长却永远只有我一个。只要我派人多多劝说于她，她还是会向着我们卫国的。”

汴州，朝梧殿。

殿内，程千叶看着手中的一叠捷报，哈哈大笑，她握着姚天香的手：“天香你看，我的将军们都太争气了。战损如此之小，就拿下了郑州这么个易守难攻的要地。”

“当然，这里面功劳最大的还是张馥。如今大功告成，我这就写信给他，让他尽快从镐京那边撤离。”

姚天香回握着她的手：“不只是拿了郑州这么简单呢，如今我们从犬戎手中夺下城池，意义非凡。在诸侯国之中，一下就树立起了赫赫声威。”

“你看最近，宋国那个胆小的宋襄公频频送来礼物示好，就连我那位兄长……”姚天香略微有些担心地瞟了程千叶一眼，还是决定如实说出口，“就连那自我嫁过来以后对我不闻不问的兄长，也都开始派人来同我联系了。”

程千叶看了姚天香一眼，加重了一下手中的力道：“天香，我想去郑州一趟。汴州这里，就暂时交托给你行不行？”

姚天香吃了一惊：“你，你把汴州交给我？”

她低了一下头：“千羽，你真的就不担心吗？我毕竟是卫国的公主。”

程千叶笑了：“你和我曾经是哪一个国家的人都不重要，重要的是，我们说好了要一起建立一个全新的国度。在这个过程中，你一定会陪在我身边的对不对，天香？”

“你这个人。”姚天香撇开了视线，嗔怪似的呢喃了一句，她咬了咬下唇，轻声道，“当然，我肯定一直陪着你，我还要把女学馆开遍全国呢！”

镐京。

萧绣几乎抑制不住自己内心的兴奋，他控制住自己，尽量压低了声音：“成功了，先生，我们成功了。”

张馥笑着瞥了面前激动不已的萧绣一眼，他双目中也透出一点真正喜悦的光芒。

“那我们也该准备从这里撤离了吧？”萧绣兴奋地说着，“今日收到主公的密信，嘱咐我们即刻离开此地。”

“对不起，小绣。”张馥垂下眼睫，“我们还不能回去。”

萧绣很吃惊：“为什么？”

“现在是一个时机，刚来的时候，我其实没有料到他们内部的矛盾已经如此之深。如今，太后和皇帝彼此都已到了忍无可忍的边缘，到了一触即发的地步。”

张馥抬起头，他明亮的双眸中透着一股自信：“只要我在其中再推上一把，这个军事强大的民族，极有可能从内部分崩离析。”

“如今我们大晋占有郑州，同犬戎门户相抵。若是犬戎内乱，那将是我们大晋的天赐良机，我们的主公将有可能就此跻身为真正有实力逐鹿中原的霸主。”他目光灼灼，“你说我怎么舍得在这个时候离开？”

萧绣心中有些激动，又有些慌：“可是，没藏太后是个精明的女子，她很有可能会对先生起疑心，先生的处境实在是太危险了。”

张馥抬起头，越过轩窗，他的目光遥遥看向汴州的方向：“我自小便是一个十分自负的人，因少年时略有些薄才，得夫子和同窗错爱，时常把‘天才’‘神童’之名冠于我身。我面上谦逊，实则越发自得自傲，心中逐渐起了轻视他人之心。只觉众生皆愚钝，唯我独慧而已。平日里，最喜将他人之心玩弄于股掌之上，以此为乐。”

张馥想起往事，微微摇头：“初随主公在汴州之时，我竟自傲到连主公都不放在心上，总觉得主公是一个轻易就能看透之人。那时的主公在我心中有些软弱又过度慈悲，我甚至觉得他根本不是适合的主君人选。”

萧绣同样想起了当时的情形，一时觉得恍如隔世，他笑着接道：“对啊，我当时心中也充满疑虑。

“主公不仅同情那些奴隶和平民，甚至还天天亲自跑去城门口施粥，去那污脏的难民营督建窝棚，去泥泞的汴水河边查看水利，路上看到可怜奴隶就统统买回身边来，搞得现在宫中的侍女老的老、小的小，没几个像样的。”

“但正因为他有这份赤诚为民的心，如今才能有这么多人心甘情愿地俯首称臣。”张馥正色道，“他让我第一次见识到一位明君该有的风范，他也是我张馥第一个真心实意想去效忠的人。”

他站起身来：“主公珍惜每一位士卒的生命，他曾告诫过我不能对生命失去敬畏之心。此次若能以我一己之身，换我大晋数十万军士少流鲜血，我张馥又有何畏之？”

他整了整衣袖，抬起脚向门外走去。

犬戎太后没藏珍珠坐在她的宫殿之内，她手中攥着一封信件，紧紧抿住嘴，嘴角绷出两道深深的法令纹，让她的面容显得更为苍老。

这封信是嵬名山逃离郑州之后派人送来的，信中阐述了自己的无奈和悲愤之心。在信的末尾他还提及了自己的行动被敌方提前洞悉，猜疑可能是镐京这边走漏了消息的缘故。

没藏太后按了按额头："老了，看来我是真的老了。"

她的侄儿没藏裴真立于殿内，此刻他看着姑母的脸色，小心翼翼地说："嵬名山真的连镐京都不敢回，一路跑回草原去了？若是姑母为此烦心，侄儿派人去把他请回来便是。"

"你觉得他还会回来吗？"没藏太后摇摇头，叹息一声，"晚啦！除非我亲自前去相请，否则他是不可能主动回到镐京的。"

没藏裴真挠挠头："如此说来，此战也败得太蹊跷了些。老嵬的领军能力我还是知道的，他半夜率精锐部队突围，怎就让那晋人给截住了？那些晋军也仿佛得到消息了一般，在同一时间发起攻城，搞得留在城内的元奇兄弟措手不及，丢了城池。别不是他们那儿有了内鬼，泄漏了军机？"

"哼，内鬼只怕是我们身边的人。"她眼中透出厉色，"你去，把张馥给我传来。"

没藏裴真正欲离去，却见他的小姑姑也就是没藏太后的嫡亲妹妹没藏红珠，慌慌张张地跑了进来。

没藏红珠进殿后，一下就扑倒在太后的膝前："姐姐，我真是误信了小人，我们都被那个张馥给骗了啊！"她伸臂指着殿外，"那个张馥竟然是梁皇后的人，他今日大摇大摆地从我府邸上出去，坐上了梁骥那个老匹夫的马车，公然搬进梁府去了。"

"哼！"没藏太后一振衣袖，甩了妹妹一个耳光，"都是你给推荐的好人！"

没藏红珠捂住脸，呜呜地哭了几声，却是不敢分辩。

没藏裴真大怒："难怪我们这几日诸事不顺，原来竟是这个小子在使绊子！汉人多狡诈，我当初就说不可轻信汉人，偏偏两位姑母都不信侄儿的话。”

此时，梁皇后的宫殿之内，正欢天喜地地举行着一场庆功宴。

梁皇后端坐在位上，喜气洋洋地举起酒杯：“此番多得张先生神机妙算，才让太后吃了这个大亏，我敬先生一杯。

“回头我命人在镐京内好好宣扬太后自毁长城、逼走嵬将军的‘丰功伟绩’，看她以后在那些军中将帅面前还怎么抬得起头来，哈哈哈……”

张馥笑吟吟地举杯：“能为皇后娘娘效忠，也就是为陛下效忠，此方才是我等为臣应有之道。”

梁皇后喜气洋洋道：“像张卿这般明事理的臣子真是难得，陛下素知你的忠义之心，先前因碍着太后的情面不好见你。现在既然说开了，过几日，我就将先生引荐至陛下御前。”

郑州失守的消息，很快传遍了镐京内外。

奇怪的是，像太后密旨令嵬将军出城迎敌，导致嵬将军不得不“含冤受屈”远遁大漠的这种机密消息竟传遍了大街小巷，成为人人津津乐道的谈资。

有人说，太后这是为了进一步掌握军权，架空皇帝陛下，为此才不惜贬斥了为犬戎立下赫赫战功的嵬将军，把自己家族的没藏元奇安排到了郑州，这才吃了这么大的一个败仗。

也有人说，先前没藏裴真在汴州吃了一次败仗，此次没藏元奇再次一夜之间丢了城池，可见没藏家族毫无领军的人才。太后年迈，老眼昏花，早该还政于陛下。

再加上嵬名山在犬戎军中素有威望，此事一出，犬戎多位将军，在这种风声的导向之下，未免或多或少地生出些兔死狐悲的心态。

他们同情嵬将军之余，对太后生出了一丝埋怨，开始有了向年轻的皇帝陛下倾斜的意思。

一时间，镐京城内众说纷纭，朝中局势一触即发。

镐京东城，一座毫不起眼的小院之内。

萧绣带着两个贴身侍卫，按捺着性子，焦灼不安地等候着。

数日之前，张先生公然叛离太后，搬到皇后的本家叔叔梁骧家中居住。他坚持一个人也不带，只让他们隐匿在此地，收拾好行李，备好马车，等待他的消息，随时准备撤离。

萧绣在院中来回踱步，如今犬戎朝廷之内，局势瞬息万变，先生身为一个外族之人，独自周旋在狼窝虎穴，实在让他焦虑万分。

忽然，院门之外轻轻响起数声敲门之声，三长两短，是他们事先约定好的信号。萧绣大喜，奔上去打开院门。

张馥跨进屋内，开口第一句话："我们立刻离开。"

萧绣等人迅速套好马车，四人登上车，从东城门出城，向着东方直奔而去。

张馥沉着脸坐在车厢内，萧绣担忧地问道："发生了何事，先生？"

张馥摇了摇头，心中叹息。

今日他正与犬戎皇帝和皇后当面议事之时，太后突然派人前来宣旨，说在宫中设宴，邀皇帝皇后同去。

张馥当即察觉情况不妙，极力劝阻。但前来宣旨的女官是皇帝儿时的奶嬷嬷，软言软语地说了不少好话。只说太后年纪大了，从今往后就少管国事，打算还政于皇帝，只求不要母子失和。

于是那位犬戎的皇帝不再听他的劝告，只道了句："太后毕竟是朕的亲娘，难道还能加害于朕吗？"便携着皇后同去赴宴了。

张馥当机立断找了个借口，溜出宫来，直奔这处宅院。

他和没藏太后相处数月，深知这是一个狠得下心的女人，皇帝这一去只怕是凶多吉少。

"这一次，犬戎皇帝算是完了。"张馥对萧绣说，"可惜了，虽然犬戎可能会动荡一时，但只要没藏珍珠这个女人还在，犬戎就不会倒。"

萧绣劝慰道："先生已然尽力，如今的结果比我们当初预料的还要好，先生应当高兴才对。"

张馥没有说话，只是默默掀开车帘，忧心忡忡地看着车外。

不多时，车后隐隐传来杂乱的马蹄和呵斥之声，张馥闭了一下眼："还是追来了……"

他冷静地对着萧绣道："小绣，你听我说。立刻停下马车，让我留在车上，你们几人迅速下车从小道走。"

"什么？怎么可以？"萧绣说道。

"这是命令，你们立刻走！"张馥厉声道。

萧绣跟在张馥身边这么久，第一次看见先生向他露出了严厉的神色。

张馥拽住了萧绣的手，郑重道："只有你回去了，找到主公禀明一切，我或许还有一线生机。你若是留在这里，不过白白陪我一死而已。"

萧绣的双眼一下被泪水蒙住，他一咬牙，从马车上离开。

待几人下车后，张馥一个人驾着马车奔驰在道路之上。不多时，便被身后的犬戎骑兵追了上来，拦下了马车。

张馥平静地下车，束手就擒。

他也许不知道，此刻的萧绣还藏身在草丛之中看着这一切。萧绣紧紧咬住自己的手背，不让自己发出一点声音，眼睁睁地看着他最为尊敬、爱戴的先生被那些凶恶的犬戎士兵粗鲁地拽下马车，按在了满是尘土的地上。

直到张馥被人五花大绑，押上马匹，一路绝尘而去，萧绣才用被咬出血的手抹了一把泪，同两个逃出来的护卫顺着小道一路逃亡，向着郑州的方向狂奔而去。

仲春时节，长亭古道，隔叶莺啼。

程千叶带着周子溪、程凤等人，领着万余人的军队，行进在前往郑州的路上。

晋国主君的马车宽敞而舒适，程千叶在车中掀起车帘，看着道路两侧松柏森森、碧草春色之景，心中十分惬意。

她的将军们刚刚攻占了郑州，此刻，她正率领着后续部队从汴州出发，前往郑州，视察一下她的新领地，顺便见一下心中挂念的那个人。

汴州、郑州和犬戎所占据的镐京，三地其实基本在同一纬度上。

郑州所处的地理位置正夹在汴州和镐京之间，离汴州相对较近，只有不到二百里地而已。

他们从汴州出发，只行军四日，就快到郑州城了。

大军开至郑州城外二十余里地时，只见前方远远迎来数队骑兵，策马而来。

不多时，守在队伍前列的程凤领着一人来到程千叶的车驾之前，那人一撩下摆，跪地接驾：“末将见过主公。”

程千叶瞬间高兴了起来，从车上跳下，扶起了墨桥生。

墨桥生却没有露出她想象中的喜悦之情，他站起身来，面上带着一股凝重之色。

“怎么了？发生什么事了？”程千叶心中升起一股不好的预感。

墨桥生微微拧着眉，斟酌了一下开口道：“昨日夜里，萧绣抵达郑州，带来了一个不好的消息，张馥在镐京失手被擒。”

郑州城的军民们迎来了他们的新主公，然而程千叶无暇和前来迎接她的人马打招呼，她在墨桥生的护卫下，策马从城门长驱而入。

抵达城主府的大门后，她翻身下马，快步前行。

“萧绣在哪里？叫他来见我。”程千叶一边走，一边沉声下令。

“主公！主公！”萧绣分开人群，一下跪倒在程千叶的面前，他抬起头来，神情焦虑万分，以至于失控地拽住了程千叶的衣袍下摆，“您救救张先生，求您想办法救救张先生！”

程千叶喘着气，抑制了一下烦躁的情绪：“你站起来，细细说给我听。”

镐京。

秋官衙署内，有一座防御森严的牢狱。

这座监牢本是前朝用来专门关押犯罪的王族人员，如今被占据了镐京的犬戎人用来关押重犯。

一个在此地被关押多时的老囚犯，闻着隔壁牢房内飘来的阵阵饭香，忍不住咽了咽口水。

隔壁那新来的年轻人不知是什么来头，伙食竟然是白面馍馍和浓稠的羹汤。

虽然这种伙食在外面算不了什么，但在这暗无天日的牢狱之中，这已然是御膳一般的美味佳肴了。老囚犯看了看自己手中比泔水还馊的食物，忍不住凑到了相隔二人牢房的栏杆处。

他捡起一块小石头，丢向了那个浑身是伤、趴在草堆上一动不动的身躯。那个年轻人从草堆中微微抬起脸，瞥了他一眼。

“欸。”老囚犯冲着那碗白馍抬了抬下巴，“老弟你吃不吃？不吃的话匀一点给俺行吗？”

老囚犯在此地待得久了，已经对牢狱生活十分有经验。一般初到此地的人，常因心中义愤难平，或是刑伤过重，基本都是吃不下饭的。

然而因他们新犯了事，狱卒们摸不准上面的态度，怕人死了不好交代，所以给他们的伙食往往都是最好的。这个时候，只要自己放下身段，伸手讨要，往往都能得逞。

对面牢房的老吴，初来的时候，气得几日不吃饭，每天都把自己的白馍从对面滚到自己面前来。如今倒是学乖了，一分到伙食就抱得死紧，再不肯轻易分自己半点。

现在好了，隔壁又来了一个年轻人，老囚徒不禁对那白面馍馍又充满了希望。

此时，张馥慢慢撑起了身，吐出一口污血。

他刚受过刑，几乎坐不起身来，但却坚定地伸出苍白的手，抓过一个白馍，在老囚犯羡慕的目光中，一点一点地吃了起来。

“喂，你悠着点啊，你伤得那么重，吃得了那么多吗？匀老夫一点啊。”

那年轻男子向前挪动了一下，背靠着栏杆坐起一点来。随后他把手中的白馍掰了一半，从栏杆的缝隙中递了过来。

“欸，谢了啊，兄弟。”那老囚徒伸出一只乌黑的手，一把将那个白面馍馍接了过来，一面生怕被人抢走似的大口吞咽，一面道谢。

“老夫姓李，大家都叫我老李，后生你叫啥名字？”老李一边吃，一边问道。

“在下姓张。”张馥靠着圆木制成的栏杆，将手中的馍馍掰成小块，一点点地塞进口中。

狱卒巡视路过，敲了敲门上的铁锁：“李老头你可别抢他的食物，这个人可是张馥，上头交代过还要留着他的命的。”

“张馥？欺骗太后的那个张馥？”老李吓了一跳，待狱卒走远，他拍了一下栏杆，“你的大名连我们这里都晓得！”

牢中瞬间一阵骚动，不少囚徒扒到牢房门口，想要看一看这个传闻中连没藏太后都敢哄骗的汉人到底是什么样——

“张馥？那个张馥？”

“这个就是张馥啊，他胆子也太大了，竟然将太后和陛下都玩弄于股掌之间。”

“对啊，听闻就是因为他的挑拨，太后才囚禁了陛下，赐死了梁皇后，还诛了梁皇后满门哪！牢里新近多了这许多人，都是因为此事被牵连进来的。”

“原来这小子就是张馥，老子就是被他害得这么惨。”

“我还以为是个什么三头六臂的奇人，没想到是这样一个小白脸，就凭他也可以搅起这么大的风波？要是一对一，老子单手都可以掐死他。”

张馥对这些充耳不闻，他一口一口地艰难咽下馍馍，又端起那碗羹汤，慢慢地喝起来。

“张兄弟，”老李稀罕地靠近张馥这一侧，低声聊了起来，“你这命也真是够硬的，太后竟然没弄死你，听说连皇后娘娘都被太后……”

他龇牙咧嘴地做了个白绫勒脖子的动作，张馥浅笑了一下，低头喝自己的汤。

“好兄弟，匀我一点，匀一点。”

老李把一个破瓷盆挤在两根栏杆的缝隙间，张馥伸手把剩下的汤倒了下去。

“够意思，再来点，张兄弟真是个好人。”

张馥端碗的手不太稳，导致羹汤洒出了不少。老李看那本来白皙匀称的手背上交错着紫红色的鞭痕，触目惊心，他咂了咂舌："你这被折腾得也是够呛，算了，你能吃还是自己多吃点吧。"

他收回自己的碗，一边小口地舔着，一边小声嘀咕："估计你也没几顿可吃的了。"

他听见背对着他的那个身影低低地说了一句："无论如何，我也要吃下去，吃了才有可能活着，活着才有希望……等到他。"

老李在心中暗暗想，原来也是个傻的，进了秋官署大狱还想着谁能捞他出去。老子来了这许久，只见过横着出去的人，从没见过站着走的。

不过，看在这位张兄弟匀他饭食的分上，他没把这句刻薄的话说出口来。

郑州城内。

程千叶环顾着眼前众人，这里有她最得力的谋士、最勇猛的武将，但他们每一个人都露出了沉重的表情。

程千叶能清晰地感受到他们心中的情绪，他们内心或多或少都带上一股悲痛之意，这也意味着在他们的心中，张馥的结局已基本注定。

战争不可避免地会出现伤亡，即便是最好的兄弟为国捐躯之时，大家也只能眼睁睁地看着，能做的也只有咬牙接受死亡的消息到来。

程千叶把目光落在周子溪的身上。

周子溪推了推他的轮椅，道："唯今之计，欲救张公，只有在边境布下重兵，对犬戎施以压力。"

他叹了口气，实际上，他心中对于救出张馥也不抱什么希望，但他与张馥神交已久，终归还是想要为这位素未谋面的同僚尽一把力："如今，犬戎内乱，没藏太后囚禁了犬戎皇帝，绞杀了皇后，朝中定然是混乱不堪、自顾不暇的时刻，必定不想同我军大范围交战。"

"我们可以伺机蚕食他们的土地，摆出进击的决心，同时再派出使臣谈判，或还有一线机会，救张公于水火之中。"

周子溪有一句话没有说出口——犬戎是一个野蛮凶残的民族，张馥能不能活到使臣抵达还未可知。即使他还能活着，若是使臣一句话没说好，没准倒害得他提前送了性命。

想要救张馥出来，这个使臣的人选很关键，但主公身边……

周子溪环顾了一眼四周，似乎没有合适之人。

程千叶的目光同样从眼前的一张张面孔上看过去。俞敦素憨厚，贺兰贞耿直，程凤素来毒舌，而墨桥生……

桥生即便适合也不舍得让他去，何况他又是个沉默寡言的性子。

周子溪见状，拱手道："臣，愿为主公出使犬戎。"

"若是把你也折进去，就是换出张馥来，也没有意义。"程千叶拍了拍他的肩膀，周子溪双腿残疾，她不忍再让他赴险，"我有一个合适的人选，我让她前去，你就守在郑州，尽心为我谋划即可。"

"我有一个妹妹，正好在……"程千叶瞄了一眼地图，随便指了一个离郑州不到二十里地的城市，"在安城。她素有勇略，能言善道，让她以晋国公主的身份出使镐京，想必合适。"

众人之中，只有贵族出身的贺兰贞对千叶公主略有一点印象，他疑惑问道："主公说的难道是千叶公主？臣依稀听闻公主在中牟之乱的时候失散了啊。"

这个贺兰贞，问得那么细做什么？

程千叶腹诽了一通，转口道："其实她没有失散，当时情况危急，母亲悄悄将她送往别处暂居，后来……"

程千叶不想再编下去，她瞟了贺兰贞一眼。

贺兰贞也总算明白了主公不想细说此事，他在心中想道，也许主公让千叶公主暂居安城是别有他意呢，这又与他无关，何必深究。

见贺兰贞不再追问，程千叶道："那就这样定了，我亲自去一趟安城，让千叶出使镐京。程凤，你组织一队精锐护卫，护卫公主去镐京。子溪你……"

程千叶的话还没说完，突然有人一把拽住了她的手腕。

"不可以！"墨桥生的眼眶红了，激动地说。

大家都为墨桥生的举动吃了一惊。墨将军虽然在战场之上凶猛强悍，但在主公面前向来都最为恭敬顺从，从未有过丝毫悖逆的举动，今天这是怎么了？

程千叶拍了拍墨桥生的手，继续把话说完："子溪你速代我拟一份国书，发给犬戎的没藏太后，言明公主出使之事。"

"另外，由贺兰将军留守郑州，俞将军和墨将军……"程千叶看了墨桥生一眼，"你们两位领兵出征，震慑犬戎，为前方谈判奠定基础。"

俞敦素抱拳领命，但墨桥生依旧固执地拽着程千叶的胳膊，力道大得甚至让她隐隐作痛。

程千叶微微皱了一下眉："先这样吧，大家退下去整理一下思路，明日再商讨细节，桥生留下。"

屏退了众人之后，偏厅内只留下程千叶和墨桥生独处。

程千叶心烦意乱，揉着手腕，在椅子上坐了下来。

本来，她同桥生久别重逢，应是开心而幸福的，但此刻她心中忧虑烦躁，紧皱的眉头就没松开过。

"我不会让你去的。"墨桥生的声音响起。

程千叶在案桌后抬起头，那个男人逆着光站在她的面前。门外投射进来斜阳的余晖，勾勒出了这位久经沙场的男子的轮廓。

他肩膀宽阔，蜂腰紧实，四肢修长，千锤百炼的身躯带着一股力量之美，那在战场上磨砺出来的气势，让人觉得站立在眼前的是一柄出鞘的凶刃。

这是墨桥生第一次冲她发脾气，程千叶觉得十分新奇，甚至连心中的烦躁都被冲淡了不少。

在这一刻，程千叶突然意识到，平日里那个在她面前十分害羞还动不动掉下泪来的心上人，其实早已成长为一个顾盼威严的大将军了。

"无论如何，我都不会让您亲自涉险。"墨桥生咬着牙道。

他知道，自己的语气已经过于放肆了，主公心中肯定十分气恼。他这样的态度，也许会让主公厌弃。

可即使让主公厌恶，他也不可能让主公去冒这种险。就算是拼了命，他也要阻止主公这种行为。

过了片刻，墨桥生才反应过来。主公并没有生气，也没有同他争辩，而是用一双圆溜溜的眼睛，饶有兴致地打量着他。墨桥生的心里开始有些慌，气势瞬间就弱下来了。

程千叶笑了起来，她招了招手，随后拉了一把那个心不甘情不愿地走到自己身边的男人，让他挨着自己坐下。

她把自己的头枕在墨桥生坚实的肩膀上，在那里找到了一份属于自己的依靠。她毫不顾忌地用脸蛋使劲蹭了蹭，终于舒服地叹出一口气。

“桥生，我可能不是一个合格的君主。”程千叶靠着墨桥生，闭上了自己的眼。她不介意让自己喜欢的人，看到自己的柔弱之处。

感受到主公柔软的脸庞靠在自己身上，墨桥生整个人瞬间僵住了。他想举起胳膊，安慰一下难得表现出软弱一面的主公，但那条胳膊就像石化了一般，根本抬不起来。

他只好结结巴巴地说道：“怎……怎么会，这个世界上不会有比您更好的主君。”

程千叶睁开了眼，她离开了那个温暖的依靠，坐直了身体：“做一个合格的君主，是不能有过多个人情感的，国家利益永远都要摆在个人利益之上。”

“我承认，是我任性了。但如果要我坐在这里，眼睁睁地看着张馥死，我宁可选择任性这一次。”

“主公，你……”墨桥生只能做最后的努力，“只为救一人之命，是否值得？”

程千叶从荷包中翻出了一颗小小的紫水晶，摆在桌面上，又将其他宝石“哗啦”一声倒在一旁，拢成一堆。

“桥生你看，”程千叶比着那孤零零的一个水晶，和边上簇拥在一起的各色宝石，“假如这代表着生命，让你保全一方，而让另外一方去送死，你会选哪边？”

“自然是保全人多的一方。”

“那如果这颗单独的宝石是我呢？”程千叶用手指着那颗紫水晶。

“那我必定选择主公。”墨桥生伸出手掌，把那成堆的宝石推到一边。

程千叶缓缓道：“所以，生命本无贵贱，人的选择也没有绝对的对错，单看你的本心如何而已。这次我想要遵循自己的心意，我要救张馥。”她正视着墨桥生，“桥生，你要帮我。只有你在战场上威慑住了犬戎人，我才能取得谈判的胜利。”

墨桥生跪下地来，握住程千叶的手，他几次开口，却说不出话来，最终还是艰难地点了点头。

程千叶捧起他的脸，轻轻吻了他一下：“桥生别哭，你每次出征，我的心情都和你此刻一样。这一次，换你站在我的身后看着我，好不好？”

程凤是在半道上接到千叶公主的车架的。

这位公主出行的仪仗简陋到令人吃惊，甚至可以说她根本没有仪仗，就连一个随身的侍女都没有，只是独自一人坐在马车内，由墨桥生带着几个随从，驾车护送前来。

但程凤深知公主身份尊贵，率着精挑细选出的随行侍卫迎上前去跪地请安。

车帘被掀开，半张芙蓉面隐隐露出。

程凤不敢抬头，只隐约看见车窗之内，黑色的锦沿交领衬出雪白的脖颈，朱唇轻启，巧笑倩兮，一道柔和的声音响起：“这一路上，就要劳烦程左宿长和诸位了。”

程凤口中谦虚，心里却吓了一跳。

公主的声音和主公怎如此之像？不愧是孪生兄妹。

他瞟了身侧的墨桥生一眼，用口型问了句：主公呢？

谁知墨桥生却置若罔闻，眼圈似乎还红了一下，不知礼数地死盯着千叶公主的车窗看。就连程凤已经领着车队走了很远，回头看时，墨桥生还牵着马，呆呆地站在原地。

程凤摇了摇头，不禁想，桥生这又是怎么了？

程千叶坐在车厢之内，摸了摸自己的头。

许久没梳妆打扮，她竟然有些不习惯，好在晋国女子的发型相对简单，只要在长辫中部结个双鬟，头上戴点饰物就好。若是换成姚天香所在的卫国或是临近的宋国，还需要梳起层层云鬟，那她可吃不消。

不过想起桥生看见她身着衣裙走出来时所露出的惊艳神情，她的虚荣心还是得到了很大的满足。

程千叶掀起车帘，向后望去，那个黑色的身影依旧笔直地站在道路的尽头，不肯离去。

此番前去镐京，程千叶心中也有些紧张。但此刻，看见墨桥生遥遥相送的身影，她就莫名地充满了信心。

她攥紧拳头，在心中对自己说——

程千叶你可以的，你一定能把张馥带回来！

镐京，秋官署大狱内。

没藏裴真看着眼前被吊在架子上的汉人男子，心中一阵烦躁。

他想起自己曾经被这个手无缚鸡之力的张馥耍得团团转，还一度崇拜地张先生长、张先生短地叫他，心中就憋了一股火，恨不得用鞭子抽他一顿才能出气。

但偏偏此人是个文弱书生，经不起用刑，这才折腾几次，就已经一副半死不活的模样了。若自己下手失个轻重，没准真将人送上西天，到时，可是要被姑母责怪的。

姑母最近的心情可不怎么好，就连自己也不敢招惹。

也不知姑母是怎么想的，既然都撕破了脸，软禁了陛下，赐死了皇后，梁氏全族都诛灭了，为什么偏偏还留着这个汉人的命。

正当没藏裴真不解之时，只见架子上那垂着头的男子微微张了一下嘴，一口鲜血就呈线状滴落了下来。

没藏裴真看着面前的张馥，皱着眉头道：“我说你就别倔了，老实交代不行吗？老子没空陪你折腾。”

张馥抬了一下头，喘息了一下：“将军欲问何事？张馥知无不言。”

没藏裴真跷着脚，挥了一下手：“那你说，你为什么背叛太后？”

张馥虚弱地开口：“我早已说了，因陛下重金诱之。”

“胡说。”没藏裴真拍了一下大腿，“你明明就是晋越侯派来的细作，旨在挑拨太后和陛下的母子关系！”

张馥勉强笑了一下：“只要将军觉得是，那便是。只求将军手下留情，留我一条小命。”

“你这是耍我？”没藏裴真跳起来，一把掐住张馥的脸，“你真以为我不敢杀你吗？”

看着手中的那张毫无血色、气息微弱的面孔，没藏裴真生怕一使劲就把人掐没了，不敢真用力，他烦躁地一甩手，对着身边的典狱长道：“你来你来，用你们那套只会让人痛，不会让人死的花招对付他。”

老李百无聊赖地坐在牢房的角落里，突然相邻的牢门被狱卒打开，一个昏迷不醒的男子被人拖了进来，丢在地上。

“兄弟，张兄弟，没事吧？”老李唤着那位会分食物给他的“邻居”，张馥则一动不动地趴着，身上看不出添了什么新伤，但苍白的面色和满头的冷汗，昭示着他遭遇了残忍的折磨。

“那些畜生，就会用这些下作的手段。”老李啐了一声，他从栏杆的缝隙间伸长手臂，勉强够到张馥衣角。

他把张馥一点点地拽了过来，隔着栏杆掐开张馥的嘴，灌了两口清水下去。水顺着张馥的嘴角流了出来，昏迷不醒的他毫无反应。

老李摇了摇头，叹了口气：“唉，又一个不中用啰。”

到了晚间，狱卒给每间牢房挨个分了牢饭。

狱卒走后，老李翻出藏在干草堆下的一根树枝，他挤到两根栏杆之间，歪着头使劲伸长手臂，把张馥碗中的那两个白面馍馍拨了出来，一路小心地滚到自己面前。

他美滋滋地抓起了那两个馍馍，吹了吹上面的灰，放在怀中，坐了下来。

“这样的馍恐怕又吃不了几日了。”他念叨着，细嚼慢咽地吃掉一个白馍。

抓起第二个时，老李回头看了一眼躺在那里的张馥，又看了看手中的白馍。他想了想，最终还是掰下一小块，隔着栏杆伸手过去，塞进了张馥的口中。

“吃吧，还能咽下去吗？如果连白馍都吃不下，你也就没救了。”他看着那面无血色的“邻居”，低声加了句，“你不是还等着谁来捞你吗？你要不吃，恐怕就等不到了。”

过了片刻，就在老李几乎放弃希望，打算自己把剩的那个白面馍馍吃下去的时候，张馥的下颌终于慢慢地动了起来，勉强咀嚼片刻后，那喉结艰难滚动了一下，把食物咽了下去。

随后那苍白的双唇微微分开，老李嗤笑了一下，又掰下一块馍给他塞了进去：“能吃就行，命还真硬，死不了。”

镐京。

此时，没藏红珠不快地看着眼前的汉人女子，她皱起眉头：“你们就别再来害我了，我算是怕了你们这些汉人了。你们一个个狡诈多端，那个张馥已经连累我被姐姐狠狠斥责了一顿，我可不敢再招惹你们这些汉人。”她挥一挥袖子，道，“赶紧走！看在你是女子的分上，我姑且不同你计较。”

她面前端坐着的晋国公主，却像一点脾气都没有似的，依旧笑呵呵的。只见她伸出素白的手，不疾不徐地打开了摆在面前的一个小小方匣。这个不起眼的匣子内，一颗足有鸡蛋大小的明珠正垫在一块黑色的绒布上，莹莹晕出一股柔和的光辉，让整间宫室都明亮了几分。

没藏红珠还从未见过这般大而明亮的夜明珠，吃了一惊，不自觉地抬了一下手。随后她反应过来自己有些失态，急忙调整了一下表情，尴尬地撇了撇嘴。

“我怎么会害殿下呢？”晋国公主温声细语地说道，“我是为了大晋和犬戎之间的和平而来。殿下帮了我也就是帮了犬戎的无数百姓。太后娘娘明辨是非，对您也只有夸赞和感谢而已。”

没藏红珠的目光在那夜明珠上瞥了几下，心中微微有些松动。

她不再直接赶人，开口问道：“你口口声声说来谈和，但你们晋国的军队这些时日却接连攻击我们犬戎城镇，也不知道到底安的是什么心？”

晋国这位名唤程千叶的公主，说话不急不缓，声线柔和，有一种让人在不知不觉间就会放下戒备的魅力。

“若是你我两国成了邦交之国，那干戈自然就止了，不是正好皆大欢喜吗？”程千叶起身走了两步，把那个匣子轻轻放在了没藏红珠眼前，叉手行了个晚辈礼。

没藏红珠犹豫片刻，想起太后甩在自己脸上的那一耳光，收起了爱财的心思，把那匣子往前一推：“不行不行，你找别人去，我不能收你的东西。”

程千叶笑着伸手，轻轻按住匣子：“殿下秉性高洁，令我好生敬服。我来了这两日，虽还没见过太后，但位高权重的将军大臣们倒也见过数位，还没有谁能像殿下这般清廉的呢。”

没藏红珠的眼珠转了转，手中的力道松了下来，道：“你且先说，你要我帮忙做什么事？”

“我初见姐姐，便心生仰慕，不过区区薄礼，哪能烦姐姐做为难之事。”程千叶挨着没藏红珠坐下，握着她的手轻轻摇了摇，“不过是我听闻太后素有威仪，这心中有些忐忑，想请姐姐为我美言几句罢了。”

没藏红珠听得如此，便放下心来，终于露出了点笑颜：“这倒也没什么，明日太后召见你，到时候我找个借口进宫，从旁替你说几句好话便是。”

程千叶起身道谢，告辞离去。

不多时，没藏红珠的侄儿没藏裴真进来。没藏红珠见他出现在门口，不动声色地举袖一掩，把那个小巧的匣子没入了袖中。

“姑母。”没藏裴真在这位小姑姑面前十分随性，径直在她身侧的椅子上坐下。

他伸手整了整袖子：“方才侄儿进来之时，在门廊下碰着晋国的那位公主了。她前日便来了侄儿府上，想不到今日连小姑母这边也不放过。”

没藏红珠瞟他一眼："晋国的这位公主程千叶，是个招惹不得的人，你可别搭理她。姐姐的态度还未定，一直晾了她数日，明日才说要召见她。"

没藏裴真无所谓地笑笑："她也没求我办什么事，不过是请我对那张馥手下留些情。我想着大姑母在此事上也尚未决断，左右还是得留着那张馥一命，也就答应她了。"

他摸了摸下巴，想起刚刚在门廊下错身而过，那位公主不卑不亢，浅笑着向他微一点头。

没藏红珠道："你可别动什么歪心思，晋国的男子像狐狸一般狡诈，女子想必也同毒蛇一样险恶。照我说，我们犬戎的男子，也只有我们大草原上的女人配得上。裴真，你千万别学你那些舅舅，去娶汉族的女子。"

"我哪是打什么主意，我只觉得，这个女人虽然表面上看起来像汉人女子一般温和柔顺，但却给人一股说不出来的感觉。"没藏裴真眯起眼想了一会儿，找准了用词，"就好像大姑母一样，即使不生气，但骨子里就带着一股气势。"

翌日清晨，程千叶终于得到了犬戎没藏太后的接见。

没藏太后看着那位年轻的晋国公主从大殿门口缓步而来的时候，心中其实是压抑着一股怒气的。

晋国主君晋越侯一面派他的妹妹前来和谈，一面却派出麾下两位大将率军攻击犬戎边境城镇。

此刻，她刚软禁了自己的儿子，意欲扶植新君。犬戎朝中乱成一团，她实在抽不出手来同晋国开战，确实需要这场谈判。但被人强迫着低下头，同刚刚攻打下己方城池的敌人握手言和，让顺遂了多时的她感到一股屈辱。

晋国的公主作为使臣抵达以后，没藏太后刻意没有马上召见，就是想要将她冷上一冷，好让这位年轻的公主也乱一下阵脚，降一降气焰。

但让她没想到的是，这位公主却大大方方地开始四处拜访，短短几日时间，她竟将朝中重臣几乎都走访了一遍。这几日，朝中的风向也微妙地变了，朝臣们开始相信晋国谈判的诚意，不少人也劝她见一见这位晋国公主。

没藏太后执掌朝政多年，是一位真正的政治家。尽管她心中恼恨，但依旧不失风度地为程千叶赐了座。

她上下打量了程千叶一番，开口道："你们晋国难道无人了吗？竟然派你这样一位娇滴滴的公主来做使臣？"

程千叶笑了起来："这话若是别人说的也便罢了，从太后娘娘口中说出，实是让我有些吃惊。我们女子只是被世俗所束缚，行事之时有诸多不便，但其实并不比男子差些什么。"

"我很小的时候便听过太后您的名字，一直很仰慕太后的为人，把您奉为我等女子行事的楷模。娘娘今日说的这话，想必只是同我这个晚辈开个玩笑吧？"

虽然知道程千叶的话是刻意捧一捧自己，但这句话确实说到了没藏太后的心里。身为女子，她这一路走来经历了多少艰辛，只有她自己清楚，她一向也最为看不起那些自轻自贱的女人。

这位公主确实很会说话，没藏太后在心中提醒自己，这是一个很稳得住的人，切莫因她年轻就小看了她。

"你们晋国，刚刚抢夺了我郑州，伤我犬戎多少勇士的性命，此刻又派你来谈判，让我如何相信你们的诚意？"没藏太后没有接程千叶的话，直接进入主题。

"太后娘娘，您有没有听过一句话？"程千叶开口，她声音清脆，吐字清晰，在空旷的大殿上传了开来，"人与人之间，也许会有解不开的死结。但国与国之间，却没有永远的敌人，只有永恒的利益。"

"没有永远的敌人，只有永恒的利益？"没藏太后在心中咀嚼着这句话。若是没有在政坛上摸爬滚打过多年，是不能真正体会到此话的深意的。

程千叶继续道："何况我们两国之间，也不算有什么深仇大恨。郑州本就是我汉人的土地，我们也不过是讨还而已。如今，我兄长一心只想让境内的臣民休养生息，安居乐业，诚意派我出使贵国，想同太后划地而治，睦邻友好，邦交往来。”

没藏太后听出了这些冠冕堂皇之话背后的潜在之意，晋国是一个新兴崛起之国，刚刚扩张了大片土地，需要时间稳定战果，休养民生，壮大国力。

尽管她不想让这个可怕的“邻居”进一步强大起来，但犬戎因为朝堂间的内乱，也急需喘息的时机。

看来也只能为了两国这共同的需求，暂时妥协。

“既然你我都有和谈之意，”没藏太后开口，“那就请你们边境上的部队先撤回去，特别是你们那位墨桥生将军，简直野蛮无礼。若不是看在还想和你谈一谈的分上，我早就集结我们犬戎大军，同他正式交锋了。”

短短几日时间，晋国那位墨桥生将军，仅率领一支骑兵，不带辎重，每人只携带数日的干粮，如同一柄钢刀，长驱直入犬戎腹地。

这一路竟无人可挡，现下已抵达镐京之外不到五十里地之处，这也是没藏太后终于松口谈判的主要原因。

程千叶从袖中掏出一份国书，上面细细写了数道条约，双手奉上。

一场没有硝烟的战争，在这大殿之上展开，从清晨拉锯延续到日落时分。

双方讨价还价，你来我往，直到敲定了每一个条约的细节。到了签字盖章的时刻，程千叶才漫不经心地附加了一句：“对了太后，我还要和您讨一个人呢。”

不见天日的大狱内，沉重的铁门“吱呀”一声打开了。

老李抬起头，看见一队鲜衣亮甲的侍从从光线昏暗的大门处走了进来，他们当中拥着一位身着锦绣华服的女子。那位女子一点都不介意牢狱的污浊，快步从阶梯上下来，径直就来到他隔壁的牢门前。

这座监狱光线昏暗，满地泥泞，因为不通风，又关满了人，气味十分难闻。

程千叶没空在意这些，她的目光逐一在那一间间用粗木栏杆隔开的牢房中搜索。

随行的犬戎官员正要命令狱卒将人提出来，就看见那位身着锦绣华服的晋国公主，全然不顾曳地的裙摆被泥泞脏污，径直向一间牢房走去。

程千叶快步行至那间阴冷潮湿的牢房前，只见一副浑身沾满血污的身躯缩在角落里，她的眼圈红了一瞬，举拳重重砸了一下由粗木制成的栏杆，咬着牙，克制着心中的怒火。

她无法把眼前这个被折磨得分不出面目的囚徒，同那位素来衣冠楚楚，笑时眉眼弯弯，举止斯文俊秀的张馥联系在一起。

尽管她不愿相信，但她知道自己没有找错人。

程千叶稳住自己的情绪，转头望向程凤，低声吩咐："救人。"

狱卒恭敬地打开牢门，程凤弯腰踏入。他蹲在张馥身边，先确认了一下身份，后又伸指探向张馥的颈动脉，在感觉到那里还有微弱的跳动后，他向门外的程千叶点了点头。

"张先生，我们来晚了。"程凤俯身在张馥耳边说了一句，随后解下身上的披风，裹住张馥的身躯，把人从牢房中抱了出来。

"张先生？张馥！"程千叶拧着眉头唤了两声。

张馥在昏迷中恍惚听见有一个声音在叫他的名字，他勉强将眼睛睁开一条缝，依稀看见了一张熟悉的面孔。

他不敢相信，低声呢喃："主……主公，臣……竟还能再见你一面。"

程千叶侧过脸，咬住牙，她不想在敌人面前表现出软弱，厉声说道："我们走。"

一群人来得突然，走得迅速，大狱里也响起嗡嗡的议论之声。

"可以啊，臭小子，还真的被你等到了。"老李看着重新合上的狱门，啐了一口，"老子还是第一次看见活着出去的人。可惜喽……明天就没有白馍吃喽。"

程千叶把张馥接出大狱后，一行人登上马车。

马车内已经预先备好两位军医和一应药品，张馥一被送上车，两位军医便围着他包扎救治。

很快，军医们的双手被鲜血浸透，车厢内不时响起张馥痛苦而低沉的声音。

程千叶默默地端坐在车厢一角，看着那在昏迷中依旧紧皱双眉的年轻面孔，内心自责愧疚。

因张馥沉稳聪慧，程千叶对他总是过于放心，觉得他可以扛下一切难题。

此刻，看着面前这张毫无血色的脸，程千叶不禁有些后悔，同时她又有些敬佩。张馥孤身涉险，完成了无比艰难的任务，他是一位手无缚鸡之力的文弱书生，但同时也是一位真正的英雄。

“禀告殿下。”一位军医转过身来，向程千叶躬身行礼。

“车内狭窄，不必多礼，他情况如何？”程千叶抬了一下手，问道。

“患者身上倒没有致命的伤口，”大夫犹豫了一下，“但狱中惯会用一些阴损的招式折磨人，治疗起来怕是会令患者痛苦难熬。此刻这位大人的身体十分虚弱，只怕……经受不住。”

程千叶紧皱眉头，目光冷冽：“先生有何良策，还请直言。”

军医被程千叶森冷的目光吓了一跳。他是军医，早已见惯了战场上气势逼人的将军，想不到眼前这位容貌柔美的公主，竟也能像那些满身杀气的将军一样，带给他如芒在背的压迫之感。

他小心翼翼地回答：“卑职建议，先简要包扎，尽快赶回郑州，为这位大人仔细调理身体，妥善诊治。”

程千叶思索片刻，掀起车帘，向随车护卫的程凤低声吩咐：“掉转马头，我们不回驿馆，现在就出城，以防再生变故。”

程凤低声应诺，于是一行人持着没藏太后手签的国书，直奔东城门，出城而去。

翌日清晨。

没藏太后坐在宫中，她慢慢捻着手中的一串天珠，回忆着昨日谈判的细节。

“你说她接到张馥，立刻出城就走了？”没藏太后沉声询问。

一位负责接待外宾的礼官恭敬地站着，躬身回话：“晋国公主昨夜到秋官署大狱接出了张馥，在马车上停留片刻后，便对卑职说和谈已经结束，太后既然已同他们签了国书，他们也该早些回国，禀知主君。于是，便急匆匆地从东城门出城去了。"

犬戎是一个新建立的国度，建国前只是一个牧马放羊的游牧民族，所以在接待外宾上也没有什么规范的礼仪条例可借鉴。

礼官小心地打量着太后的神色，觉得自己可能做得不太对。又怕太后知晓，昨日他爽快地开门放人，是因他和守门的郎官都收了晋国公主的一份大礼，于是又急忙补了一句："下官昨夜也曾想来回禀太后，因天色已晚，门外宫人说太后已经安置，下官不敢打扰，是以今日一大早赶来禀告。"

没藏太后捏了捏眉心，挥手赶人："原来她绕了这么大一个圈子，竟然是为了一个张馥。"

坐在一旁的没藏红珠听了这话，心中一惊。

"不能吧，姐姐。"没藏红珠道，"难道她跑来签的这个条约都是假的吗？"

"条约也算是真的，目前我们双方都需要休养生息，这份条约就作数。但只要一方养足了精神，条约这种东西，随时都可以作废。"没藏太后冷哼了一声。

"这个千叶公主年纪轻轻，却生了一颗玲珑心。看上去，她是谈判之余，顺带捞一个陷在我国的臣子回去。实则，她就是冲着张馥才来镐京的。"

没藏红珠和没藏裴真交换了一下眼神，各自隐藏了自己收礼的那点小心思。

"既然姐姐有意同他们停战，也只能就此作罢，他们走了就走了吧。"没藏红珠想起自己收的那颗夜明珠，还是小心翼翼地帮着说了一句话。

"不行。看来这个张馥对晋国来说比我想象中的还重要，我真不应该只为了一份契约就放他走。"没藏太后下了决断，"真儿，你速领一队军马追上晋国公主。公主可以走，但张馥务必给我留下。"

没藏裴真躬身行礼，领命而去。

张馥醒来的时候，发现自己已经离开了那间不见天日的牢房，躺在一辆宽敞的马车之上。

身下是舒服的软垫，身上盖着柔软的被褥。

清晨温和的阳光透过摇晃的窗帘洒在马车中，耳边是荒野间的鸟叫虫鸣，还有咿呀作响的车轮声。

一位华服女子坐在车厢内，靠着车壁睡着了。她有一张和主公十分相似的面孔，应该就是传说中失踪已久的千叶公主。

张馥年少成名，被举荐到老晋越侯身边后，多年来倒也曾见过这位公主数面。

张馥心中一阵感动，他没想到主公为了救他，竟然把公主找了回来，还命她出使犬戎，以身犯险。

他默默打量起公主沉睡的面孔，不禁感慨，这张脸和主公简直一模一样，连神情都有些像。

简直太像了些。

张馥皱起眉头，他微微动了一下身躯，浑身立即传来针扎一般的疼痛。

感受到车厢里的异响，程千叶立刻就醒了，她坐到了张馥身边，关切地问："张馥你醒了，身体感觉怎么样？"

张馥打量了她片刻，皱着眉头，慢慢露出疑惑的神情。

程千叶感到有些尴尬，她不自然地咳了一声，摸了摸下巴："对了，张先生，兄长他命我……"

"不，"张馥盯着她的脸，缓缓摇头，"你不是千叶公主，你就是主公。"

程千叶没想到张馥这么快就看破了她的身份，一下子没反应过来。而她愣的这么一瞬，张馥就知道，自己猜对了。

他勉强撑起身体，愤怒地瞪着程千叶："原来公主就是主公，主公就是公主。你……你竟然……"

他大口大口地喘着气，仅是幅度如此之小的起身动作，都让他疼出了一头的冷汗。

程千叶看得出来，张馥是真的生气了，连忙道："张……张先生你别生气。你先躺下来，听我慢慢解释。"

张馥一手捂住缠在肩头的绷带，身躯微微颤抖，眼睛却死死地盯着程千叶："你既然已经身为一国之君，怎还能干出如此蠢事？不顾安危，亲涉敌阵！你置我大晋万千子民于何地？"

程千叶心中感动，原来张馥不是气她女扮男装隐瞒于他，而是气的这个？

她伸出手，扶了张馥一把，让他躺下来。程千叶决定暂时放下主公的面子，和这位气呼呼又浑身是伤的臣子服个软："张公，这次确实是我冒失了。如今你回来了，以后有你从旁盯着，我再也不干这种事了。"

张馥因伤有些支撑不住，不得不躺下身来。他转过头去，只留给程千叶一个后脑勺，胸膛起伏，显然被气得不轻。

半晌后，张馥虚弱的声音方再度响起："你难道就没有想过，若是你出了意外，我们大晋就彻底乱了。这么多人付出的努力，好不容易实施的新政，就这样完了。"

他的声音渐渐低下来："而我在镐京做的这一切，也就都白费了。"

程千叶坐直了身体，正色道："是我莽撞了，我向先生道歉。"

熟悉的声音传进张馥耳中，那声音虽轻声细语地诚恳认错，末了却又戏谑地加了一句："不过能听到你活着训斥我，这个错，犯得也算值得。"

张馥闭上眼，他感受到有一双手伸过来为他盖好被褥，轻轻地在他肩上按了一下。他虽气恼，心中却被一种温暖的感觉慢慢填满，满得几乎要溢出来。

他未曾料想过主公竟是一位女子，但不论她是什么人，他也只有这么一位主公了。想到这儿，张馥在明亮的车厢中，安心地陷入了沉睡中。

不用随时在噩梦中醒来，也不用再担心一觉醒来还是身置那阴森可怖的炼狱之中。

程千叶见他再度睡着，终于吁出一口气，她不禁感慨，张馥明明和她差不多大，为什么见他生气竟然会有种学生见到老师的感觉？

程千叶掀开车帘，车外的程凤看见她，连忙低下头恭敬行礼。

看到程凤，程千叶心想，明明小凤天天在自己身边，都没有发现异常，为什么张馥就能一眼看破？

程千叶摸了摸下巴，暗暗感慨，张馥实在太心思敏锐了，还好他是自己人。

忽然，他们身后隐隐响起一阵马蹄之声，程千叶急忙回首望去，只见远方道路上扬起滚滚尘土，一队犬戎骑兵正大声呼喝着策马追来。

“有追兵！快走！”程凤喊道。

随行的侍卫们纷纷扬起马鞭，一行人拼命打马前行。

身后的呼喝之声越来越近，隐约可闻：“晋国的人马速速停下，太后有命，只需留下张馥，尔等便可自行离去。”

他们是车队，被骑兵追上是迟早的事。

程千叶转过头看向躺在车上的张馥，张馥被马蹄声惊醒，睁开眼，倾听片刻，随后冷静地开口：“主公，你说过会听我的……”

程千叶咬牙，开口打断他：“不可能。”

张馥挣扎着想要起身，但他没有力气，只能勉强抬起头，尽量缓和地劝说：“他们只是要我这个人，还不会要我的命。”

程千叶心急如焚，眉头紧皱：“你若是再回去一次，这命也就等于没了！”

她虽然在同张馥争辩，但她知道，自己已经控制不住局势。程千叶心烦意乱，感到心里很慌，也很难受。

难道努力了这么久，却还是只能向现实妥协吗？最终的结局，还是救不了张馥的命吗？

忽然，车厢外响起士兵们兴奋的欢呼声——

“晋国军旗！”

“是我们晋国的军旗！”

“援军！援军来了！是墨将军！”

程千叶一把掀开窗帘，只见前方的山丘上出现了一面面旗帜，那招展的旌旗上写着一个斗大的“墨”字，此时此刻，这旌旗让随行人员分外亲切。

在旌旗之下，一位黑袍将军正策马扬鞭，朝着他们的方向，迎风而来。

第十五章

求和

没藏裴真沉下面孔，山丘上，晋国的士兵如同潮水一般拥了下来。

他一挥手，止住了跟随自己的部队。

没藏裴真眯起了眼，认出那是墨桥生的军队。因为他不会忘记在汴州城下，自己就是败在了此人手中。

他不得不承认，墨桥生是一个行动迅速、作战凶猛的可怕的敌人。但若郑州未失，墨桥生又怎么可能仅靠一支骑兵直指镐京。

没藏裴真恨恨地看着不远处拥上前来的敌军，晋国军队的人数明显多于自己数倍。他知道自己不能在此时此地同墨桥生交锋，所以只得放弃对程千叶的追击，掉转马头，下令撤退。

墨桥生一骑当先，他来到车队前，跳下马来，跪地请安。

程千叶见状，紧忙掀起车帘下车，向墨桥生迎去。

在最危急绝望的时刻看到他的身影，程千叶心中是既激动又兴奋，她几乎想要冲上前去，一把抱住面前这个日思夜想的人。

但来到墨桥生面前，程千叶想起自己的身份，还是克制住了自己内心的冲动。

她伸手扶起墨桥生，上下打量着她的大将军。她那双清亮的眼睛里就像撒进了一把星星，微光摇曳晃动，笑得明媚灿烂：“桥生，你怎么……”

但还未等她说完，一身黑袍的将军，突然伸出双臂，一下揽住了她，把她紧紧箍在怀中。程千叶吃了一惊，那双结实的手臂正用尽全力地拥着她，微微发颤。

程千叶的眸光一暗，原来桥生是如此担心她……

她伸出自己的手，绕住墨桥生的腰，把自己的脸贴在那冰冷的铠甲之上，闭上了眼。

算了，难得他主动抱我，管他有多少人呢，程千叶轻轻地说："幸好你来了，桥生。谢谢你。对不起，让你担心了。"

听到程千叶的话，墨桥生也回过神来，他红着脸松开手，道："此地不宜久留，微臣护送主……公主回国。"

他恭恭敬敬地把公主送回马车，而立在高处警戒的杨陆厚，则在马背上倾了倾身，低声同身边的杨盛道："盛哥，原来将军是公主殿下的相好啊，我还以为他和主公……"

杨盛斥责了一句："不得非议将军私事。"

车队在大军的护送下开拔启程。

程凤骑着马经过墨桥生身侧，皱着眉低声问了句："你和公主怎么回事？"

墨桥生面红耳赤，说不出话来。幸好程千叶此时掀起窗帘，唤他过去，暂时化解了他面对好友诘问的尴尬。

程千叶趴在窗口，眼里都是笑："桥生，你怎么能带着部队跑到这儿来？你又是怎么知道我们昨夜会出城的？"

墨桥生骑行在侧，伴随马车同行："我率一支轻骑从郑州突进到巩郡，后在松高山一带同犬戎军周旋了数日。昨日我接到线报，听说您和犬戎太后正式会谈。我生怕其中有变，就想着尽量靠近镐京一点，看看能不能接应一下。"

"万幸让我遇到了您。"墨桥生心有余悸地呼出口气，微微露出后怕的表情。

自从主公前往镐京后，他日日焦虑难安。不久前，他率队刚登上山丘，就一眼看见主公那队人马正在拼命疾驰，后面紧跟着敌军。

只差那么一点点距离，追兵的狼烟几乎就要淹没主公的车队了。

但幸好，那些追兵在看见他们的旗帜后，自知不敌，便主动退却了。若是主公真出了什么意外，哪怕他事后将那些追兵千刀万剐，又能有什么用？

没有人知道他从山丘上俯冲下来时心中的愤怒和紧张，以至于在见到主公安然无恙时，他才会失控，当众拥抱了主公。

幸好，主公没有因此生气。

墨桥生悄悄打量着趴在窗口、笑语盈盈地同他交谈的程千叶，心中松了口气的同时，也不禁感慨，主公换回女子的装扮后，可真是好看。

程凤看着隔着车窗轻松交谈的两人，疑惑不解地皱起眉头，二人看起来相熟得很，像是已经认识很久了。

可桥生又是什么时候同这位公主相熟的呢？难道是主公有意为之？程凤的思维瞬间跑到了一个奇怪的方向。

但疑惑之余，他们一行人也不敢耽搁，全速赶路。有了墨桥生的兵马护送，一路总算是有惊无险，一行人平安离开犬戎地界，靠近了郑州城。

眼看郑州坚固的城墙近在眼前，程千叶也换上一身骑装，英姿飒爽地跨上了一匹骏马，她向程凤说道："程将军，你照顾张先生回城，我另有他事，先行别过。"

交代完，她也不管程凤反应如何，打马就走，而墨桥生则策马紧随而上。

程凤看着消失在岔路的两个身影，只觉得脑中一团糨糊，似乎有一个答案呼之欲出，近在眼前，但他偏偏就是想不通、看不透。

空无一人的林间小道上，黄鹂隔叶清唱，程千叶在林中策马跑了一阵，随后哈哈大笑了起来。

她从马背跳下，牵着马同墨桥生并排走在林荫小道上，她笑道："桥生，看来人真的不能随便说谎。一旦你说了第一个谎言，就不得不用一堆的谎言来掩盖。"

此刻，她柔美的面容上化了晋国时下流行的飞霞妆。长长的青丝披在肩后，尾部束起，绾成一对小巧的双环，一种女性独有的妩媚呼之欲出。

看着面前的人儿，墨桥生的目光流连其上，即不敢逾越，又舍不得离开。

程千叶咬了咬嘴唇，闭上双眼，仰起脸蛋。

她等了许久，等到她几乎都要放弃期待这个男人会主动的时候，一双带着凉意的唇，终于小心翼翼地触碰了她。

墨桥生的吻一点一点地落了下来，他慌乱，没有任何技巧，甚至过度紧张，但他却轻易地点燃了程千叶的心。

程千叶感到心中有一团火焰在此刻不可控制地燃烧了起来，她闭着眼小心回应，鼓励着那个生涩而紧张的人。

直到一滴清凉的水滴，落到她的脸上。感受到凉意的程千叶睁开了眼，突然伸出手，按住了墨桥生的肩膀，逼他靠在一棵树上，上下打量着眼前之人。

真是的！怎么又哭了，这谁能忍得住？

她把自己化为主动的一方，虽然被宠溺确实很幸福，但好像还是欺负他更让她高兴……

程千叶洗净铅华，换回男装，同墨桥生双双入城。

郑州城内的状况，比起当初的汴州好上许多。

虽然也刚经历过战火，但却没有那种饿殍遍地、断壁残垣的模样。加上经过几日休整，民生也恢复了不少。街道上开始出现不少往来行走的平民和沿街叫卖的行脚商人，一些铺面也挑出了旗幡，开门营业，城区已有了井然有序之态，而穿梭巡逻的持戈甲士也不再让百姓们露出惊惧的表情。

二人路过官寺，州寺衙门外围着不少围观的人，显然正堂内正在审案。

程千叶停下脚步，驻足旁观。

只见正堂之上，一位州丞下属的丞史端坐堂上，两侧坐着文书、狱掾，下站两列手持哨棍的属吏。而堂下则跪着两位妇人，均指着一个襁褓之中的婴孩争论不休。

其中一妇人哭诉道，她是带着孩子来城内寻亲的，半道之上偶遇一位娘子，两人聊得投机，便结伴走了一段路。

那位娘子只说自己在战乱中没了孩儿，心中悲苦，看这娃娃生得可爱，想要抱上一抱。谁知她抱过孩子便再不还了，只说是自己的孩儿，拔腿就要走。

幸得妇人死死拽住那娘子的衣袍，又遇到了巡逻兵士，二人这才被扭送至此。

但蹊跷的是，另一个妇人的说法却同刚才那妇人一般无二，只是角色互换了一下。

一时间，二人各执一词，争论不休，一时难以分辨。

偏偏这个孩子身上也没有什么明显的标志，平民家的小孩穿的也都是最为普通常见的土布衣物。二人同行一路，被控诉企图抢夺婴孩的妇人也能说得清楚孩童的信息，实在难断。

围观人群顿时议论纷纷，程千叶也兴致勃勃地打算看一看这郑州官员都是如何断案的。

忽然，高堂之上的丞史一拍案桌，喝道："休得如此聒噪。老爷我每日里有多少案件等着决断，谁耐烦听你们两个妇人喋喋不休。你们各执一词，无非是因一人死了孩子而心生嫉妒，那我就将这孩子摔死在门口，你们也就没什么好抢的了。"

话音一落，堂上便下来一个衙役，抱起小孩就要走。

见此情形，其中一个妇人只是愣了一下，一时不知如何反应。但另外一人却一把扑上前去，死死地抱住衙役的大腿放声悲哭，坚决不允。

不错嘛！程千叶不禁在心中赞叹了一声。虽然案情不是很复杂，但她没想到这个办案的丞史能够如此敏捷巧妙地把案子给断了。

经此一验，那个企图强抢他人孩子的人果然招认了罪行。而孩子真正的母亲，正是那位死死抱住衙役大腿不肯松手的妇人。

丞史翻开案头一本厚厚的典籍，那崭新的封面上写着两个大字——晋律。

程千叶认得这本书，这是周子溪花费很大精力，结合各国通行的法律和程千叶的想法，新制定出的法律条规。

《晋律》原先只在汴州一带使用，想不到短短几天，周子溪就能让郑州的官吏按照这本新的律令判案。

程千叶顿时来了兴趣，她想看一看这个不算大的案件，能不能在这本《晋律》中找到相应的处罚条款。

那位丞史翻阅了一阵，开口宣布：“依照《晋律》第三节，一百二十八条，凡是拐卖、抢夺儿童者，服劓刑，罚城旦四年。”

那个被判刑的妇女闻言一下瘫软在地，甚至哭都哭不出声来，而门外围观的百姓也发出一片叫好之声。

夺人一子，毁灭的往往是整个家庭。不论是否为人父母，很少有人会同情这种抢夺拐卖儿童的人，人贩子也十分招人痛恨。

劓刑指削去鼻子，城旦四年则是罚服四年苦役，须戴着镣铐修筑城墙或水利工事，活儿也是最苦最累的。

《晋律》颁布之前，拐卖小孩的罪人只需缴纳罚款，或可用金钱赎抵，拘禁几日。但新法推行后，此刑罚比起以往要严苛许多，是以得到了民众的叫好声。

但对程千叶来说，她高兴是因为这虽是临时遇到的一个案件，但也可以在新制定的法规中找到相对应的条律，惩处犯人有法可依，国家法制也开始逐步健全起来。

虽然不能说周子溪整理的《晋律》已经十分全面，但至少是一个好的开始、好的现象。

二人继续往城主府走去，遇到了领着兵马出来寻找他们的贺兰贞。

“主公，你这几日都到何处去了？”贺兰贞看见程千叶很是吃惊，下马见礼，随后他又伸着脖子向他们身后看去，见没有人影，不禁有些失望，“千叶公主呢？她不是同桥生一道回来的吗？”

贺兰贞对千叶公主以女儿之身出使镐京救出张馥一事很是感佩，所以也很想见一见主公这位一母同胞的妹妹。

程千叶捂住头，叹了口气，又开始了新的一遍解释。

镐京。

听了没藏裴真的叙述，没藏太后重重地拍了一下桌子。

“你说什么！一支区区五千人的部队，竟在一夜之间突袭到离镐京三十里地的位置，还没有人能把他给拦下来？”

面对没藏太后的质问，没藏裴真讷讷无言。

巩郡守备李全浩是他的铁杆兄弟，一开始，墨桥生率着一队骑兵突然出现在巩郡城门之外时把李全浩搞得十分紧张，又因一时摸不清对方的兵力情况，只得紧闭城门严阵以待。

谁知道这墨桥生看起来气势汹汹，其实压根就没有攻城的打算。只带着那五千骑兵，在城外耀武扬威地绕了一圈，就转道去了松高山。

待李全浩反应过来，带着兵马出城追击时，却根本没摸到墨桥生部队的尾巴。

不只巩郡的李全浩，登封、阳城、负黍的守将这几日也都乱哄哄的，纷纷在寻找晋军和防守晋军的焦虑中度过。

到了此刻，估计他们还不知道墨桥生已经领军冲到镐京附近，一把捞上晋国公主，往回国的路上去了。

没藏裴真抱拳请缨：“只要姑母拨下人马，侄儿即刻出城，追上墨桥生和那晋国公主，也让他们知道知道我犬戎铁骑不是好欺负的！”

没藏太后长长地叹了口气，伸出那布满皱纹的手摆了摆：“别说你追不上他们，就算是追上了，在边境之上，俞敦素领着大军正随时等着接应他们。你去了，也讨不着好。”

没藏裴真还欲争论，没藏太后却阻止了他的话：“我们已经同晋国签了条约，不宜再起纷争，还是借着这个时机，好好把家里这摊乱摊子收拾收拾吧。”

太后捏了捏自己的眉心，想起晋国千叶公主那聪慧大方的模样，不禁感慨，有这样的一个妹妹，哥哥想必也差不到哪里去。

放眼晋国，有这样一位年轻的君主、在战场上神出鬼没的墨桥生、沉稳坚毅善于守城的俞敦素，还有那个……那个讨人厌，却又不得不佩服他的才华的张馥，而自己的国内……没藏太后想到自己那被梁皇后糊弄得团团转的儿子，心中一阵沮丧。

“真儿，你觉得晋国的那位千叶公主怎么样？”没藏太后抬起头问自己的侄儿没藏裴真。

“啊，姑母的意思是？”没藏裴真抬起头，惊讶道。

“听说这位千叶公主还未成亲，我想为太子求娶这位公主，同晋国联姻。”

郑州。

程千叶同墨桥生回到驻地，她关心张馥的伤势，遂先撇下众人前往探望。可才刚走到门口，就险些被一个端着盆子、匆匆跨出门的侍从撞上。

程千叶低头一看，心沉了下来，那是一盆被污血浸透了的纱布，显然是刚从张馥身上换下来的。

屋内则传出一两声压抑而痛苦的声音，程千叶已经伸进门槛的脚不禁又收了回来，反复了两次，但最终还是一步跨进了门，默默地站在了门边。

治疗的过程很漫长，张馥痛苦的声音扎进了程千叶的心里，但她并没有回避，只是定定地凝视着那些刺目的鲜血。

程千叶在心里对自己说，只要沿着这条路走下去，未来所见到的鲜血只会越来越多。既然选择了，就只能适应，不能再回避，更不能再有所畏缩。

她闭了一下眼，在心中暗暗发誓——她必定拼尽全力，让他们的血不白流！

医者退去，张馥已经陷入昏迷，一旁的萧绣红着眼眶，小心地为张馥拭去头上的冷汗。

程千叶上前宽慰了一句：“大夫说了，张公的伤看着凶险，好在性命终归无碍，只是……治疗的过程要痛苦一些。”

萧绣起身，搬来一张椅子，请程千叶入座，而自己则跪伏在地上，结结实实地行了一个大礼。

“你跪我干什么？”程千叶抬了一下手，笑着缓和了一下气氛，“我跑这一趟，是因为张公不仅是我重要的臣子，也是我亦兄亦友般的存在，可不是因为你哭鼻子才去的。”

萧绣抹了一下脸，哽咽着道：“不管怎么说，我都要谢谢主公，也替先生谢谢主公。”

“你，你竟然撺掇着主公亲涉险地。”床榻上，张馥低沉的声音传来，他不知在何时醒了过来，厉色道，“我教你的，都教到狗肚子里去了吗？”

他声音虚弱，话说得很轻，但萧绣却战战兢兢地跪在床沿，低头听训，不敢反驳。

“行了。”程千叶连忙打圆场，“你就别训他了，你是没看到小绣当时都急成什么样了。要是你真出了事，我这儿估计都要被他的眼泪给淹了。”

张馥转头，把脸别向墙内，不看他们。

看来还是在生气，程千叶郁闷地想着。为了转移一下张馥的注意力，程千叶主动提起犬戎内乱一事。

她一本正经地道：“张卿，虽然你在病中，但我这里却有一件急事，还要劳你费神。你在犬戎待了这么久，对他们内部的情形最为清楚。你说，我们要不要趁着他们这次内乱，进一步对他们发起攻击？”

“主公切莫心急。”张馥再生气，但面对国事，也不得不转过脸来。

他撑了一下，欲坐起身来，萧绣急忙扶住了他，在他身后垫上数个枕头，让他可以靠着说话。

“犬戎虽然朝中内乱，但没藏太后已经掌握住了局势，犬戎的兵力也并未因此事而削弱。若我们此刻同他们全面开战，反而会激起他们的同仇敌忾之心，说不定还更有利于他们的稳定。”

张馥说了两句，便开始微微喘息，程千叶见状急忙止住话头：“行了，你且先休养，你说的我已知晓，会仔细思虑。”

“微臣不妨事，还请主公容我说完。”张馥微抬一下手，“我们看似拿下郑州，但实则立足未稳。如今，我国不论是兵力还是国力都远远比不上犬戎，还请主公切忌自得，当前要务是应借此良机，以稳定民生、扩大军备、发展国力为优先。”

程千叶正色道："张公言之有理，我必依公之言行事。"

张馥顿了一下，又提起另一件事："主公你……"

他看了一眼萧绣，正要请他回避，程千叶咳了一声，开口道："无妨，小绣他……知道我的身份。"

张馥顿时紧张地问道："此事还有多少人知晓？"

程千叶如实回答："郑州这里只有你和小绣、桥生知晓。另外，我母亲、许姬、肖瑾还有天香都知道我的身份。除此之外，便别无他人了。"

"但这一次，主公你让公主出使犬戎，又打算如何自圆其说？"张馥皱眉道。

程千叶有些尴尬，她当时一时冲动，根本没仔细想好如何善后，讪讪道："我就说我把公主派去别地了，不行吗？"

张馥严肃地摇了摇头："主公，您的身份关乎我大晋之根本，怎可如此轻视？只要有人留心调查，您的身份很有可能就暴露了，这会动摇国之根基啊。"

程千叶意识到问题的严重性，她皱起眉头，开始认真思索这个问题。

"此事因我而起，就请让臣来为主公安排。"张馥开口道，"主公即刻起对外宣称千叶公主先行回了汴州，臣则从死侍之中谨慎挑选一年貌相近之人，命她乔装成公主的身份在汴州深居简出。再请天香公主从旁协助一二，等主公回汴州之后，偶尔恢复公主身份，在人前露面几次。只要我们小心谨慎地操作，或可掩人耳目。"

程千叶闻言松了一口气："太好了，幸好有你在，这样我终于不用愁了。"

但张馥却冷冷地泼了她一盆凉水："这只是权宜之计，为保万全，臣还请主公日后……让千叶公主的身份永远消失。"

程千叶的心难受了一下，虽然她已经选择走这条道路，但她心中总隐隐有个期待，希望有一日能恢复女性的身份，同自己的心上人光明正大地在一起，过几天自由自在的日子。

现在看来，这个希望似乎变得遥不可及。

程千叶点了点头，站起身准备告辞，可走到门口之时，张馥却叫住了她。

“主公。”张馥轻轻地说，“谢谢，谢谢您亲自涉险，救臣于危难之中。

“臣在狱中，几次险些坚持不下去。但我心中总觉得主公会来救我，有了这股念头，我才咬着牙撑了下来。”

苍穹似帐，新月如钩，墨桥生仰躺在宫阙的屋顶之上。

不管在哪里，主公总会在自己的寝殿附近给他留一间屋子。但只要有空，墨桥生却总是喜欢悄悄待在主公居所的屋檐之上。

主公现在越来越忙，寝殿内的灯烛更是时时亮到深夜。墨桥生不想搅扰，他只想默默地在更近一点的地方，守护、陪伴着主公。

而且，只要想到主公就在自己身后那几片薄薄的瓦片之下，他就觉得自己的心很安稳、很舒适。

忽而，悠悠筝鸣在夜色中荡漾开来。他知道，这是主公在弄筝。

墨桥生在秋夜的月色中，感到一阵霜雪加身的凉意，似有忧愁暗恨顺着那袅袅清音爬了上来，丝丝缕缕缠住他的心，轻轻勒了一下，勾得他的心微微酸痛。

他皱起眉，主公的筝音他时常听，素来是疏朗大气、浩瀚磅礴的曲调，令闻者豪情顿生，胸怀畅快。

这种带着悲凉之意、令闻者心酸的曲调，主公一般很少弹，难道主公是有什么烦心之事？

墨桥生正打算下去看一下，忽然屋檐下由远及近地响起了车轮滚动之声，他分辨出那是周子溪的轮椅向着主公屋子行驶过来的声音。

墨桥生收回自己的脑袋，而当周子溪抱着一堆文书进入屋中后，筝音也戛然而止。

“子溪你来啦。”屋内，程千叶收住势，整理了一下自己的情绪。

她站起身来，从侍从手中接过周子溪的轮椅，推着他来到案桌边，把他带来的文献摊在桌案上。

这些都是《晋律》新拟定的法规条款以及修订的整改方案，由周子溪草拟之后交由程千叶过目。

程千叶一页页地翻开，见那厚厚的一叠纸上，写满了俊逸的字迹，行列缝隙之间另插入了密密麻麻的红色批注，字里行间无不倾注着著者的心血。

周子溪、张馥还有许多人都这般地拼尽全力，她身为君主，又有什么资格沉浸于自己的小情小爱中？

程千叶在心里唾弃了自己两句，又由衷地对周子溪赞叹起来：“子溪，我今日回城的时候恰巧看见署衙内一个丞吏在审案，他们已经能够开始使用新的法规来审判案件了。你真的很有才干，在这么短的时间内，就能把《晋律》推广下去。”

周子溪低头行了一礼，算是接受了程千叶的夸赞。

自从他双腿残废后，周围人看向他的目光或多或少都带着一丝怜悯、同情乃至鄙视。

然而主公却从未用过任何异样的目光看自己，像对待一个正常人一样，同自己讨论朝政，委以信任，甚至毫不忌讳地把自己带到朝堂之上。

也正是因为主公这种坚定的态度，他人对周子溪的非议之声也逐渐减少，让他这样一个身躯残废之人，也能够坦然地行走在蓝天之下，跨入庙堂之中。

周子溪真心诚意地想用尽自己毕生所学，来帮助主公实现他的宏图大志。

但今日进门之前，他听见一阵筝音。那筝音中透着一股悲凉孤独之意，令闻者动容。周子溪的音律造诣很高，他觉得自己不至于分辨错抚琴者的心绪。

晋国汴州稳定，又新近夺取郑州，击退犬戎，震慑周边诸侯，新政也推行得如火如荼，国力眼见着蒸蒸日上。主公身边人才济济，人人忠心耿耿，便是身陷敌营的张馥，也被巧妙地解救了回来。

按理来说，主公此刻应当是最为意气风发之时，无论如何也不应流露出这般孤独之意。但他却不知为何，总能在隐约难明之处，琢磨到主公一些不对劲的地方。

程千叶翻阅着文献：“虽然负责刑律的官员们了解了新的政令、法规，但是我发现国内的百姓大多目不识丁，想要普及这些还是很有难度。子溪，你觉得有什么可行的办法吗？”

周子溪答道：“依照新政，我国新入籍的庶民必须明确户籍、规范住所。以十户为一什比邻而居；百户合为一里巷，设里长一名；十里为一亭，又设亭长；十亭为乡，多乡成县，再而有州郡。”

“主公只需命郡守管辖诸县，县丞自会负责教化乡长，再由乡长普及给辖区内的亭长、里长。由亭、里长时时在里巷内为里民宣讲，里民们便会慢慢熟知新的政令法规。

“而主公所要做的，是选择适合的州牧、郡守，并定期对他们的政绩进行考核。”

程千叶点点头：“这样确实是一个有效的管理方式，就是太慢了些。主要还是百姓们的文化程度太低，之前我们推行了一个简单明了的军功授爵制，在绛州各地设置专职人员，反复宣讲，我发现还是有很多平民听不懂。”

“现在，要推广的是条文复杂的法律制度，未来还有兵役制度、税务制度，这困难就更大了，单是要选出众多具有文化知识的里正、亭长就十分不易。”

程千叶摸了摸下巴，自言自语道：“主要还是民间的学堂太少了，文化普及得不够，官员也不好选。”

她继续翻阅文稿，笑着道：“此事回头再细说，你先把手头这些事忙完。”

周子溪看着案桌前的主公，那单薄的身影时时会透出一股格格不入的气息。

主公表面上看起来温和守礼，但思维其实十分的新颖跳脱，提出的政策见解，往往令人耳目一新，闻所未闻。

他对臣子、士兵乃至平民、奴隶都有一种发自内心的关怀和尊重。

这种平等观念似乎超出了任何一个君主所能具备的度量，甚至他自己也意识到有些不够妥当，因而刻意做了一些掩饰。

是因为不能被我们这些臣子理解，所以主公才会有那份孤独之意吗？

周子溪在心中想着，小心翼翼地问出盘桓在心中的疑惑："主公，您可是有何烦恼之事？"

"我……"程千叶从书案中抬起头来，她不太想欺骗这个敏锐的臣子，但她也不能直说。

周子溪将他的轮椅转到程千叶面前："主公这几日不在郑州，可是亲自去了……镐京？您和公主一同潜入了镐京？"

不得不说，周子溪猜对了一半。只是他没想到程千叶不是隐瞒身份去了镐京，而是直接去参与了谈判。

张馥说的不假，想要瞒过俞敦素、贺兰贞等人容易，但不易瞒过周子溪这样细致又敏锐的人。

"对，我是亲自去了。"程千叶沮丧地说，"你是不是也觉得我做得不对。"

周子溪在轮椅上郑重其事地行了一个礼："我大晋朝堂之上，皆为晋臣，但微臣永远只是主公您一人的臣子。只要主公想做的事，微臣便绝不会反对。臣是希望主公若有烦忧之事时，能让臣为您分担一二。"

"臣虽双足不便，但未必就不能出使他国。主公既不放心让妹妹独自前去，让微臣代劳便是。"

程千叶低着头想了想，心中渐渐高兴起来，因为她感受到了周子溪这份小心翼翼的关怀。

不论是墨桥生、张馥还是周子溪，他们虽然都多少反对自己冲动的行为，但他们确是真心在用他们的方式帮助和宽慰着她。

片刻之前，程千叶还在因为自己不得不舍弃女子的身份，再不能和正常女子一般而觉得有些沮丧和孤单。

现在想想，她虽然确实会失去一些东西，但同样也得到了另外一种弥足珍贵的情感。

这些来自臣子和朋友真挚的关怀，很大程度地温暖了她。

如今的她，再也不是孤身一人。她有了无数让她牵绊关怀，同时也牵绊关心着她的人。

“谢谢你，子溪。”程千叶笑着道了谢。

送走周子溪，程千叶站在门外，抬头望着屋顶，小声地喊：“桥生，桥生。”

她知道墨桥生时常坐在她看不见的屋顶之上，话音刚落，果然一道黑色的身影迅速出现在她面前。

程千叶拽住墨桥生的手，把他拉了过来。

她伸手环住墨桥生的腰，将自己的脸靠在那结实的胸膛之上，听着那怦怦的心跳之声。

程千叶闭上眼，在心中默默地想：桥生，我应该拿你怎么办？或许一开始我就错了，也许我在一开始就不应该招惹你。

她虽然很想同墨桥生在一起，但却不能给两人一个正常的关系。而桥生也只能忍受着他人非议，永远无法拥有一个真正的家庭。

“主公。”墨桥生担忧的声音在她头顶响起，“您……今日不开心吗？”

程千叶抬起脸：“桥生，我已经选择要做晋国的主君，就只能放弃公主的身份。也许我这一生，都不能和你做一对真正的眷侣。”

她认真地看着墨桥生，缓缓开口：“将来，你如果想要一个真正的妻子、一个正常的家庭，只要你开口，我一定放你离开，绝不阻止你。我发誓，我……甚至会祝福你。”

墨桥生刚想要开口说话，程千叶却用手抵住了他的双唇：“你现在当然不会有这种想法，所以不要急着反对。我也只是提前告诉你我的心意，希望如果有那么一天，你能对我坦诚相告。”

程千叶听见一道沙哑的声音响起：“我决不！”

墨桥生捧起了她的脸，狠狠地吻了下来。

他反复地亲吻，全力地掠夺，不断加深这个吻，仿佛在不停地说着那句——决不，我决不。

“主公，我只想要你，我这一生只想要你一人。”

他断断续续的誓言随着泪水落在程千叶的脸上、心中，程千叶伸出双臂，绕住墨桥生的脖子，用最大的热情，在月空之下，回应着自己心爱的男人。

三月后，犬戎皇帝病逝，立十三岁的太子元顺为帝。

太皇太后垂帘听政，用铁腕手段雷厉风行地铲除异己，将整个犬戎的军政大权一把掌握在自己手中。

犬戎派来使臣出使郑州，程千叶在大殿之上接见了使者，而这个使者正是她熟悉的敌人——没藏裴真。

她在镐京之时为了能及时保住张馥的性命，曾经以千叶公主的身份多次拜访了这位太后的侄儿。

当然，对没藏裴真来说，这算是第一次见到晋国的君王。

待献上国书后，他悄悄打量了一下王座上的晋越侯，心中顿时吃了一惊。不禁感慨，晋越侯和那位千叶公主长得真是像啊，不愧是孪生兄妹。

感慨之余，没藏裴真并未忘记正事，道："尊敬的殿下，犬戎和晋国是往来邦交之国。如今我国新帝登基大典举行在即，为表我国睦邻友好的诚意，太皇太后特派我来，邀请贵国使臣出席典礼。"

程千叶闻言，依照国礼同没藏裴真应酬往来，并设宴款待。

宴席上，没藏裴真的目光在列席之人中四处搜寻，末了，他开口问道："数月前，贵国的千叶公主出使我犬戎，曾与在下有数面之缘。鄙人同公主相谈甚欢，很是投契，不知今日侯爷可否请公主上殿一见？"

程千叶虽面上笑盈盈地同他周旋，实则心中咬牙暗恨。

今日得知没藏裴真要来，她特意没让张馥列席。当初，张馥在镐京被此人折磨得奄奄一息，程千叶可不想将这个仇轻易地揭过去。再加上犬戎人入侵中原，踏破河山，一度围困汴州，还几乎让她折了俞敦素和程凤等全城军民，她是迟早要和这些凶残的犬戎人算总账的。

程千叶虽心中愤恨，但却仍维持着一国之君的气度，不见一丝不喜之色："原来将军见过舍妹，可惜千叶她如今已回了汴州，不在此处，倒是可惜了。"

没藏裴真笑了起来："公主的风采，不仅鄙人印象深刻，便是贵国遣使太皇太后她老人家也赞叹不已。此次派我出使贵国，一则是为邀请贵国观礼，二则是为我犬戎新帝求娶贵国千叶公主为妻，两国世代邦交往来，永不相犯。”

没藏裴真话音刚落，就听见“啪”的一声响，大殿本来还算活络的气氛瞬间为之一静。他抬起头，看见坐在对面的墨桥生重重地放下酒杯，狠狠地瞪着他。

“怎么了，墨将军？难道我犬戎皇帝，还配不上公主吗？”没藏裴真冷冷道。

墨桥生慢慢站起身来，程千叶见状，开口阻止：“太皇太后的好意，我心领了。可惜舍妹已有婚约，倒是辜负了她老人家的一份心意。还望将军回国之后，代为转达我的歉意。”

“公主何时有了婚约？”没藏裴真皱起眉头，“这莫不是侯爷的推诿之词？我来晋国之前，也曾打听一二，未曾听闻公主有过婚约，只不知公主许配的是哪国的豪杰？”

程千叶笑了，她环顾四周，将目光落在了墨桥生身上：“我就这一个妹妹，母亲不忍心她远嫁，是以在自己国内择一才俊配为驸马。此人远在天边近在眼前，正在这大殿之上。”

墨桥生初听犬戎那年仅十三岁的小皇帝竟然胆敢求娶程千叶时，心中义愤难平。后听见主公说公主早有了婚约，心中又是一阵失落。

但此刻，他看见程千叶的目光落在自己身上，突然就明白了程千叶接下来要说的话，他的心也开始怦怦地跳了起来。

果然，他看见程千叶一展袖，笑着宣布：“公主的未婚夫婿，正是这位墨桥生将军。”

休养了一段时日后，张馥的伤势已经好得差不多了。

但程千叶考虑到他身体原因，但凡有事都会尽量亲自到他的住所请教。

此时，张馥坐在桌边，接过萧绣端上来的茶，微皱了一下眉：“主公来了，怎么还沏这个，去换密云龙来。”

萧绣在张馥的腿上加盖了一张皮裘毯子，四处按得密实了，才回复道："主公手中的自然是密云龙，但大夫交代了，先生且喝不得那茶，只能喝这个。"

张馥无奈地摇摇头，只好举起手中的养生八宝茶，同程千叶喝了一盏。

程千叶关切地问道："身体恢复得怎么样了？这才初秋，先生就开始畏寒了吗？"

张馥笑了："已经不妨事了，可能刚回来时的惨样把小绣给吓到了，搞得他过度紧张。就连周大人来找我商议新政，他都要盯着，不让人家待得太久，十分下我的颜面。"

"子溪一做起事就没日没夜的，我尚且要时常劝他，张卿你切不可学他。"程千叶转头看向萧绣，"小绣干得很好，就要继续这样管着你家先生，一切以他的身体为优先。"

张馥浅笑，摇头叹气："主公，你莫要再纵着他。"

一旁的萧绣却丝毫没有骄纵的模样，他叉手行了个礼，稳重而规矩地退了下去。

程千叶看着那退到门外、持剑侍立的身影，不禁感慨，当初那个曾经秀丽柔媚、只会围着她转的少年，不知何时迎风而长，成为这样一个坚韧而勇敢的男人了。她肯定道："小绣经此一事，真是成长了不少，和当年简直判若两人，这都是张先生你教导有方啊。"

张馥同样看向门外的那抹身影："他能有今日，应该谢的是主公留给他的机会。当初，如果是我在肖瑾的位置上，我可能不会留他一命。"

程千叶知道，他说的是当时萧绣发现了程千叶的身份，本该处死，但程千叶却留了他一命之事。

而她回想起往事，也十分感慨，幸好那时候的一念之仁，并没有白费。

张馥的目光转向程千叶，低首行礼："主公慧眼独具、待人以诚，总能不拘一格、重用人才，实在是令人叹服。臣近日有幸结识子溪大人，周公当真是一位旷世奇才。听闻他竟是主公在奴隶市场发现寻回的，馥实觉不可思议。从俞将军到墨桥生再到子溪，有时候，臣还真是不得不佩服主公的眼力和气运。”

程千叶有些不好意思，在这方面，她只是比较敏锐罢了，当不得张馥夸奖。

忽然，张馥话题一转：“微臣听说，主公当众宣布选墨桥生为驸马？”

“对，我就是为了这事来的。”程千叶说道，“没藏裴真在大殿之上直接提出联姻的请求，我不想让他们把注意力过度集中在程千叶这个身份上，遂当场断了他们的念头，所以未来得及同你商量。”

张馥默默看着她，程千叶则大方地道：“当然，我确实也喜欢墨桥生。”

张馥眉头紧皱：“可公主这个身份……”

“我知道的，你不用说了。”程千叶抬手打断了他的话，“这个身份确实不适合留着，等我们回到汴州，过一段时间，就让她‘病逝’吧。”

随后，程千叶露出一丝苦涩的笑：“既然我们注定不能公开，那就占个名分，也算聊作安慰。”

张馥陷入了沉默，主公在他面前毫不掩饰地露出低落情绪，开诚布公地同他讨论自己的私事，是对他这个臣子的信任和亲近。但他心中还是有些踌躇，他知道主公想保留公主的身份，其实如果谨慎谋划，也不是不能做到。

归根结底，他心中是对墨桥生不放心。

墨桥生虽出身微贱，但不得不承认，他是一个非常有天赋的领军人才。再加上主公的信任，假以时日，他必能成为军中柱石。

说到底，主公不论宠幸多少男子，对他张馥来说都不是问题，但若是让她独宠这样一个手握兵权的大将，却实非国家之幸。

秋收时分。

程千叶留下贺兰贞镇守郑州城，自己则带着一应文臣武将及部分兵马从郑州返回汴州。

大军开拔之前，贺兰贞拉上几个相熟的兄弟喝了一顿酒。

几杯黄汤下肚，他揽住墨桥生的脖子道："可以啊，兄弟。主公真是看重你，竟然招你为驸马。"

墨桥生的面色微微泛红，贺兰贞安慰道："你不必担心，千叶公主虽然地位尊崇，但我也曾有幸见过姝颜。那真是一位温和知礼、美丽端方的公主。"

随后，贺兰贞又在他肩上打了一拳："你小子艳福不浅啊。"

座上的另一位将军也起哄道："墨将军亲去镐京接回公主，想必就是在那一路上得了公主的青睐，主公这才赐的婚。早知有如此好事，当初我们就是抢破头，也要同墨将军争着去啦，哈哈哈。"

还没等墨桥生开口，一旁的贺兰贞先不干了："你先撒泡尿照照你自己的样子吧，就你那张脸，别说把公主从镐京接到汴州，就是把公主从天南接到地北，人家也看不上你。

"桥生，我虽然留守郑州，但你和公主大婚之日，却不能忘记兄弟我。到时，我必上奏主公，请他同意我回去喝你们的喜酒。"

此时，一旁安静喝酒的俞敦素开口劝道："贺兰兄，犬戎虽然败在我们手中两次，但却并不是好对付的。郑州是我们抵御犬戎的屏障，你独守此地，切记慎之又慎。"

贺兰贞此时正喝在兴头上，只胡乱点头称是。

酒酣耳热，气氛正浓，俞敦素也不想说太多扫了大家的兴。但不久以后，当他回想起今日这一刻时，只深恨自己没有再多提点众人一些……

回到汴州后，程千叶做了一个重要的决定。

那就是将晋国的首都，从绛州迁往汴州，正式把汴州改名为汴京。

此举无疑是在绛州那些老牌世家贵族中炸开了一颗惊雷，迁都一事一经宣布，便遭到朝臣们剧烈地反对。

但当毫无世家背景的俞敦素将军率兵，浩浩荡荡地开进绛州之后，太后以及那些支持主公的臣子们就已开始不慌不忙地收拾行装，准备迁移事项，似乎根本没有打算征求所有人同意的意思。

此时，奉常赵籍考匆匆忙忙地赶到太保魏厮布的府中。而属于他们这一派的几位朝中要员，也早就会聚于此了。

“这简直是乱来！”赵籍考疾步上前，恼怒道，“说迁都就迁都，主公现在是根本不把我们放在眼中了。”

可当他说完，室内却没有他想象中的一片附和之声，有人唉声叹气，有人沉默地看着他。赵籍考鼓着气在位子上坐下：“公等这是怎么了？难道你们不觉气愤吗？”

“赵兄。”主座上的魏厮布叹了口气，“主公如今已非昔日可比，他要迁都，我等确实无可奈何。”

“这，这怎么就无可奈何了呢？”赵籍考抖着袖子，他环顾了一下四周，这才发现少了不少人，“太尉吴大人呢？还有张大人和肖大人呢？”

“太尉大人一早就站出来声明支持主公的决定，现在只怕领着他的军马，跟在那位俞将军身后效劳呢。”一位在座的臣公嘲讽道。

“这个墙头草。”赵籍考低骂了一声，但随即不由慢慢地低下了自己的头。

主公如今手握重兵，在朝中更有实力强大的贺兰家族、杨太后的娘家杨氏一族、肖瑾所在的肖家以及这些家族的姻亲世家的鼎力支持。

就是他们这些人中，也有不少人见势不妙，早早倒向了主公。如今，连手握兵权的吴太尉也都声明了自己的立场。

他们确实已经没了和主公抗衡的能力了，他低声浅叹，他们到底是怎么走到如今的地步的呢？

居中坐在主位上的太保魏厮布转过身，伸出手指在他身后的地图上比画道：“主公如今在汴州站稳了脚跟，又一路打通了汴州到中牟的通道，新近又大破犬戎、夺下郑州。”他的手在地图上画了一大圈，“你们看看这些土地，已有我晋国半土之数。

“他推行的那些新政策极得民心，如今在百姓之中的呼声也很高。国家财政收入节节攀升，便是国外那些诸侯，也没人敢像当初那般轻视于他。”

魏厮布最后叹了口气：“我劝诸位还是放下往日的心思，到了新都，在主公面前好好表现，争取保住自己的官职吧。”

汴京。

内务大总管吕瑶近日忙得几乎脚不沾地。

汴州改为国都，绛州一干臣公贵戚都要陆续迁来，偏偏原本的汴州司空崔佑鱼又被主公升任为晋国大司空，责令其去疏通汴京附近的运河鸿沟，打通郑州通往汴京的航运。因此，这一应修筑府衙宫舍、安置人员之事全都压在了吕瑶一个人身上。

吕瑶擦了擦头上的汗，此刻他正坐在马车上，赶往天香夫人的住所，打算打探一下主公这位正妃的心意，看要如何安置主公的后宫人员。

紧邻天香夫人居所的一处宅院，是主公的嫡亲妹妹千叶公主的府邸。

天香夫人是一位奇女子，作为主公的正妃，她把主公赐的府邸改成了供庶民女子往来学习的“女学馆”。

而主公的这位孪生妹妹千叶公主更为特别，她以公主之身出使犬戎，竟能成功同犬戎那位赫赫有名的太皇太后会谈，签订盟约。

但立了如此大功的公主在回到汴京后却十分低调，平日里深居简出，几乎从不出门应酬，府中的随侍人员也十分简单，都是她自己挑选安置的，从不接受吕瑶为她府邸增加人手的好意。

路过那扇紧闭的大门时，吕瑶一边张望，一边在心中想：说起来，这来到汴京后，就好像再也没见过公主一面了。以前在主公身边伺候的时候，倒还能偶尔见到这位公主。

就在吕瑶思索之时，公主府那扇紧闭的大门突然“吱呀”一声地打开了。

只见提着裙摆的公主从门槛中跨了出来，随后她回身扯出了一个黑色的身影，笑盈盈地说道：“走，难得今日过节，我们逛逛去。”

程千叶觉得，自己除了感知敏锐，其实并不算是一个多么优秀的人。

她既不能文，也不能武，不像张馥那么聪敏，也没有周子溪那般知识渊博。

有时候仔细想想，她唯一的优点大约就是心比较宽，接受度比常人高一点罢了。

一开始女扮男装、假扮主君时她还很不习惯，只想着蒙混一段时间就想办法离开，可是待着待着也就习惯了，如今还有不少知交好友。

起初她很不想坐这个君主的位置，可是坐着坐着，也逐渐感觉还不错，甚至找到了人生的新目标，国家也在臣子的帮助下被打理得越来越好。

前段时间，在想到自己不能恢复女儿身时她还沮丧了几日，但现在想想也没什么的。与其悲春伤秋，还不如趁着“千叶公主”还能活着的时候，多抽点时间和桥生相处相处。就算将来桥生耐不住这种相处方式，有了其他想法，自己反正也能感知出来，到时候洒脱一点，放手让他离开就是了。

程千叶转过头，看着这个和她并肩而行的男子。

墨桥生在外面的大多时候，面上都看不出什么明显的表情。但他自己不知道，他心中那如春花一般灿烂的情绪，却无时无刻不在取悦着程千叶的心。

程千叶伸出手指，悄悄勾住墨桥生宽大的手掌。

此时，那有些粗糙的手心正紧张地微微出汗，过了好一会儿，他才小心翼翼地收拢手指，回应了程千叶。

今日是乞巧节，汴州民间有河边散吉庆花的习俗。

家家户户剪轻彩，以阳起石染之，千万彩絮飘散于穿城而过的汴水河上，汴水河的主干则穿汴州城而过。

此刻，河畔街道的庙会人头攒动，热闹非凡，河边停留着无数散吉庆花的男女，漫天的飞花或随风摇曳，或沾于水面，随着碧波漂荡向远方。

“去年我们在卫国，借着他们放河灯的风俗才和天香一起逃了出来。”程千叶和墨桥生并立在河岸边柳树的阴影下，看着热闹的人群，想起一年多前那场惊心动魄的逃亡。

墨桥生忽然攥紧了程千叶的手，望着眼前波光粼粼的河面，他同样想起了卫国的那场逃亡。

一年前，他还是一个被捆在马厩里的奴隶，过着朝不保夕的日子。而在那个杀声震天的夜晚，他落入黑暗而冰凉的河水中，濒死的时刻，是主公奋不顾身救了他，还给了他全新的生活。

而如今，他站在这里，握着主公的手，一年前的那些时光已经宛如隔世。

“桥生，你又想到哪里去了？”程千叶笑着说话的声音唤回了陷入回忆的墨桥生，只见一只莹白的手掌，举在他眼前轻轻勾了勾。

墨桥生顺着她的手微微低下了头，程千叶在他的头上轻轻摸了摸：“以前我们常常这样呢，现在你是不是又长高了，我都快够不到了。”

墨桥生抿嘴。在那些身心俱伤的夜晚，这个动作曾带给他最大的安慰。而如今的她，依旧在温暖着自己的心。

“桥生，别想那些不开心的事。曾经的一切都已经过去，只要你愿意，往后的日子我们都可以在一起，我一定会让你幸福。”

绿荫树下，身着绛衣的程千叶抬起头，蜻蜓点水般地轻轻吻了一下自己心爱的人。她笑着转身向河边走去，可树下的那个男人突然伸出手拉住了她。

“怎么了，桥生？”程千叶回过头，她带着鼓励看着自己的心上人。

“我……”墨桥生有一点紧张，他咽了一下口水，最终还是抬起了眼，灼灼的目光正视着眼前的人，“无论主公是什么身份、什么模样，桥生都想和主公在一起。不论能不能公开、有没有夫妻名义，只要能陪伴主公就很幸福，我这一生只愿有主公一人。”

程千叶的眼睛都亮了，因为墨桥生读懂了她的心。

她并没有说出口，但他却看清了她心中的那不为人知的彷徨，给出了她最想要的答案。

程千叶用力，把墨桥生拽了过来，狠狠地吻上了他的双唇。

这个男人怎么就这么可爱，真想用力地欺负他，让他欢愉又让他哭泣……

张馥坐在马车上，从城门驶入。

他掀起窗帘，看着街道上熙熙攘攘的人群，道：“今日街上怎么这么热闹？”

萧绣一并向窗外看去：“今日是乞巧节，汴京有撒吉庆花的习俗，汴水河畔还有庙会，许多未婚男女和年轻夫妇都会借着这个机会到河畔撒一撒吉庆花，和自己的心上人逛一逛庙会。”

忽然，萧绣指着街边的一个不起眼的小面摊，轻呼道：“先生你看，那，那是不是……”

张馥顺着萧绣手指的方向看去，只见沿街的角落里有个小小的棚子，棚下摆着三张木桌和几条板凳，棚中一个包着蓝色头巾的妇人，正在冒着热气的锅灶边忙碌着。

面摊的生意尚可，三张桌子都坐了人，其中有一对年轻男女坐在一张桌上，正头挨头，吃着碗中的面。

虽然他们都换了便装，但张馥还是一眼就认出来那是程千叶和墨桥生。

“主……公主穿着裙子呢，好久没见到她这副模样了。”萧绣挤在窗边，讷讷地说。

张馥沉默地看着眼前的这一幕，主公他，不，是她坐在简陋的面摊上，轻松自如地说笑着，好像那一碗粗面是什么珍馐佳肴一般。

主公平日在朝堂之上，面对他们这些臣子总带着一份同年纪不符的沉稳气度，这让张馥几乎快要忘了，主公其实只是一个十分年轻的女子，而她也有着和普通年轻女子一样，天真跳脱的一面。

“真的不能留着吗？”萧绣看着窗外，轻轻地说出那只有张馥才听得懂的话，“我觉得平日里，她也许都在压抑着自己。只有现在这副模样，才是她最快乐的时候吧……”

张馥冷冷地道：“一国之主，握有天下。何事不可得？何人不可得？将来她会明白的。”

萧绣动了动嘴唇，终是把口中未完的话咽了下去。

张馥看着萧绣欲言又止的模样，郑重道："我知道你在想些什么，但你有没有想过，留下这么一个把柄，那就是留下一个巨大的隐患，甚至这个隐患会动摇我们整个晋国的根基。"

萧绣知道张馥的话不假，但仍心存一丝挣扎。他垂下头，低声说："先生的话自是正理，小绣只是觉得，主公她也不是不懂这些道理，但她却依旧留下了我的命，依旧亲入险地救出了先生。也许，就是因为有一位这样的主公，才让我不忍心。"

张馥放下了窗帘，沉默片刻："不忍心，又能怎样……"

他感到自己的心中一阵烦乱。张馥有时觉得自己变了，曾经在老晋威侯座下效力时，他掌握着整个晋国的情报系统，从不会因为个人情感影响他的决断。因为冷静自持才是一个谋士、一个军师应有的态度。

而如今，他只想为主公做得更好，但他为什么会被这些可笑而不理智的情感扰乱思绪……

此时，面摊内。

程千叶并不知道张馥正同他们擦身而过，她爽快地吸溜着碗中的面条，吃出了一身汗。

"手艺不错啊，老板娘。"眼见一碗面汤见底，她满足地叹了口气，夸赞道，又侧身问身边的人，"好吃吗，桥生？"

墨桥生鼓着腮点点头，他吃饭很快，饭量也大，现在吃的已经是第三碗了。

包着蓝色头巾的摊主背上背着一个小娃娃，脚边蹲着一个六七岁的小女孩，正熟练地在一个大木盆里哗啦啦帮忙洗着碗筷。摊主一面麻利地忙碌着，一面笑盈盈地回过头来，对程千叶道："客人若是喜欢，以后就常来关照。"

"我看你的模样，好像有些眼熟？"程千叶有些疑惑，开口问道，"你是不是有在天香女学馆学习过？"

程千叶想了起来，她的确曾经在姚天香的女学馆门口见过这位摊主。

那时候这位娘子正被一个家中长辈压着用鞋底抽了一顿，不让她进学馆学习。但最后她还是坚定地走进了学馆大门，而那时她坚定的模样也给程千叶留下了印象。

那摊主闻言，在围裙上擦了擦手，笑着转过身来："奴家正是在女学馆同师父学得这手艺的，后又得了天香夫人的帮助，这才能在此摆这个小摊，自力更生，养活一家老小。小娘子莫非是认识夫人？"

程千叶咳了一声，有些尴尬地道："是有些熟悉，原来天香的学馆还教做面的手艺。"

那摊主听到程千叶的话后，麻利地端过一碟子酱菜，放在了他们桌上。

"既是夫人的朋友，那这顿饭食就算是奴家请的，一点心意，还望二位莫要推拒。"她站在桌边，哄了哄背着的孩子，"女学馆教的就是适合女子的各行业活计，让我们这些女子学成后能有一技之长，若不是天香夫人恩德，我哪里能……"

她红了一下眼圈，却没有继续诉苦，转而笑道："托了夫人的福，才能让我们这种无根浮萍般的女人有了在这个世间站住脚的机会。我心中不知如何感谢天香夫人，还请小娘子若见到夫人，替我转达心中谢意。"

程千叶和墨桥生浅笑笑纳，吃饱喝足后便起身告辞了。

"今天吃得太饱了，她做的面真好吃，人我也喜欢。"程千叶摸摸肚子，"桥生，你在桌上悄悄留了什么？"

墨桥生没说话，轻轻笑了笑。

"我看到了，你是不是把整个钱袋都留下了？"程千叶问道。

"我，"墨桥生面色微红，"我把这个月的俸禄都留下了。"

看着面前这个男人，程千叶心中越发喜爱，她打趣道："行了行了，我知道你的意思，这个月就天天到宫里来陪我一起吃饭好了，哈哈……"

墨桥生把程千叶送回公主府，在大门外同她告辞。

府内自有仆妇出来，恭谨地把程千叶接进去。

这个宅院小巧雅致，府内仆从不多，但个个沉默内敛，做事低调安静。单看他们的面孔，几乎没有什么特别的地方，但相处久了，又会觉得每个人都和普通人有点不太一样。

对程千叶来说，他们有点像当初在周子溪身边的那个侍女阿阳带给她的感觉。因为不论他们表现出什么模样，内心几乎都是刻板又忠诚的，没有什么自己的观念。

府上的人都是张馥安排的。

在这个战乱四起、群雄逐鹿的时代，每个国家都或多或少的有一些属于他们的情报系统。

老晋威侯在世之时，晋国的情报机构就是由张馥负责。他手中早有一批训练已久的谍密人员，而程千叶女扮男装继位后，也支持他继续开展这份工作。

也正是因此，张馥当初虽身在绛州，却依旧能源源不断地给汴州提供来自各国的消息。后来，他也是倚仗着对各种信息的提前掌握，才顺利打入了犬戎内部。

虽然老晋威侯当初不够重视情报工作，也没有在这方面投入特别大的精力，但程千叶通过敏锐的感知和验证，至少能确认待在这个府邸的仆从们，对国家和君王确实都是忠心耿耿的。

张馥并不像程千叶这样可以敏锐地感知他人的本性和情绪，他是实打实地选对了人，掌握了手下的心。程千叶知道这有多不容易，所以在这方面她也特别佩服张馥。

跟随仆从的指引，程千叶在暗室内换好男装，正打算通过隐秘通道回到姚天香的住宅，再光明正大地同姚天香一起回宫时，一个叫“椿”的侍女在门外跪地，低声道：“主公，张大人来了。”

程千叶遂打开门，张馥低调地行了一个礼，跨入内室。

而他的身后还跟着一位女子，此人名唤“阿甲”，是程千叶的“替身”。每当程千叶不在公主府的时候，便由阿甲穿上公主的服饰，深居简出，假扮程千叶。

阿甲不论年纪还是身形都和程千叶十分接近，此刻，她正穿着千叶公主刚刚出门穿过的服饰，坐在程千叶本人的斜对面。

程千叶细细观察着阿甲，她发现阿甲即便是坐在那里，不论神态还是一些细微的小动作，都几乎和她本人一模一样。

有时候阿甲会仰起面孔冲着程千叶笑一笑，有时候会若有所思地伸手摸摸下巴。而当阿甲一开口，便发出了程千叶那特有的声音："兄长这就要回去了吗？"

尽管阿甲的五官同她完全不同，但若是远远看去或戴上面纱，程千叶可能都恍惚感觉看到了另一个自己。

"这是怎么办到的？"虽然已经见过阿甲很多次，但程千叶依旧感到很是新奇。

"阿甲她很善于伪装他人的声音举止。"张馥回答，"但为了谨慎起见，我一直让她称病谢客，除了贴身服侍的阿椿和阿夏，就算是这个府中的人，也没人见到过她的真实面貌，更没人知道她不是真正的公主。"

程千叶点了点头："张公安排得真是缜密啊。"

"但不论再怎么安排都会有泄露的可能。主公这几日以公主的面貌在大众面前已露过数次脸，"张馥看着程千叶，"臣觉得此事可以收尾了。"

程千叶一下沮丧了起来，她才刚和桥生一起手牵着手逛庙会、吃小吃。这样小小的甜蜜对她来说真的很美好，但这样的机会以后再也没有了。

她踌躇片刻，最终还是默默叹息一声，点点头。

张馥松了口气，他对着阿甲道："今夜，你便开始对外宣称染上风寒，就此卧病不起，过个三五日，待我通知后，就准备'病逝'。"

阿甲露出程千叶的招牌笑容，温和地开口："知道了，张先生。"

程千叶站起身来准备离开，临走前她想起一件事，对张馥道："'病逝'可以，但只能用已有的尸体顶替。阿甲姑娘和知情的两位侍女在此事后就调到我身边伺候。"

眼前的阿甲在程千叶看来就像一块翠绿的翡翠，让她十分喜欢。她生怕张馥为了保密，直接真的让阿甲病“逝”了，于是特意嘱咐了一句，随后便大步从密道离去。

看着程千叶的背影，阿甲笑盈盈的，温声细语道：“兄长真是一位温柔又心软的主公呢。”

张馥看向阿甲，捏着眉心：“行了，这里就我们两个人，你不要用她的语气和我说话。”

他话音刚落，阿甲那语笑嫣然的面孔便唰地一下消失了，随即摘面具似的换上了一张毫无表情的脸，冰冷的声调从她口中发出：“大人您似乎十分烦恼？”

张馥伸手遥点了点她：“主公老说我时常像戴着一副面具一样，我真该让她看看你现在这副样子。”

阿甲的眼珠转了一下，不以为意。

“此事事关重大，一定要慎之又慎，知道的人越少越好。”张馥交代，“便是自己人，也不要让他们知道是你，不得已的时候……”

阿甲木然道：“除了阿椿和阿夏，没有人能进我房内，也没有人见过我的脸。”

张馥从她平淡无波的语气中，听出了一股对下属的维护之意：“你这是在不忍心吗？你要知道，除了你，阿椿和阿夏两人……”

他本来想说，这两人都不能留，但主公临走时特意交代的那句话，让他隐约觉得这件事不能做，尽管他对做这种事早已习惯。

“大人这是在担心惹主公不高兴吗？”阿甲卸下伪装的时候，说话既冰冷又刻板，“老侯爷在的时候，大人都不曾这般言听计从。”

张馥似乎习惯了阿甲的这种态度，他回想起往事，道：“主公她曾指责我过于轻视生命，老侯爷也曾说过类似的话，他对我说，越是握有利刃就越要慎重，一旦习惯了杀戮，就有可能停不下来了。”

张馥顿了一下，抬头看着阿甲：“就连你，也是这么想的？”

阿甲虽是女子，但她得到这个名字是因为在死侍中排甲字第一位，这才得老晋越侯亲自赐名。她淡淡开口：“就算是我，也希望自己的兄弟们能少死一些。即便是做这种阴暗的工作，我们也不以染红自己的双手为荣。”

阿甲的语调依旧平淡无波，但张馥依稀在其中听出了一股不同的味道。

他回忆起自己的上一任主君晋威侯，老侯爷在世时便是一位仁德的君主，也正是因为如此，他培养出的死侍才不以染血为荣，而他也才会养育出主公这么一位优秀的继承人吧。

程千叶从连接两个宅子的密道中走出，就见姚天香正在密道口等着她。

见她出来，姚天香冲着她笑了笑，伸手来接她。

“怎么了？”程千叶拉着她的手，奇怪地看着她，“你是不是有什么不开心的事？”

“哪有，我能有什么不开心的？”姚天香撇开了目光。

程千叶按住她的肩膀，把她掰过来：“天香，你有什么事别瞒着我。”

姚天香的眼圈红了一瞬，抿住了嘴，随即她又笑了起来，推了程千叶一把：“真是，什么都瞒不住你。是我兄长，他又派人来了。”

“没事，谁又没几个糟心的亲戚呢？”程千叶搭着她的肩膀，边走边说，“他这次又派了谁来？惹得你都伤心了，让我来会一会这个人。”

“兄长派来的是我的一个侄儿，单名一个顺字。他还不到十岁，是兄长的第三个儿子，”姚天香的情绪有些低落，“我只是觉得，他让自己的骨肉到这里做质子都可以毫不在乎，莫道是我这个妹妹了。”

除此之外，姚天香没有告诉程千叶，姚鸿派来的随行人员中还有一位宗族长辈。刚一来就先找到了姚天香，言辞激烈地给她扣上了各种大帽子，甚至还搬出姚天香的母亲姬太夫人，压着姚天香要让她为卫国谋取利益。

程千叶坐了下来，整了整衣袖：“既然是你侄儿来了，就请上来让我见一见吧。”

随着晋国日益强大，国土不断扩张，周边的诸侯国也都紧张了起来，近日有不少国君派遣使臣到汴京，意欲同晋国交好，其中也有不少提出了联姻的请求。

当然，程千叶既不想再娶老婆也不能把自己嫁出去。而她的其他姐妹不是太小就是已经嫁人，所以联姻成了一件不现实的事。

于是很多国家改派质子留在晋国，一来可以探听消息，二来也表达了自己想同晋国友好相交的诚意。

不久后，一位小小年纪的少年怯弱小心地跟在侍从身后进来，有些慌张地向着程千叶行礼。

程千叶在心中默默摇头，姚鸿曾经囚禁并追杀过自己，他肯定能想到，自己不会对他们国家派来的质子有什么好态度。

然而他为了他自己的野心，竟可以一边逼迫自己已经出嫁的妹妹，一边毫不犹豫地把自己的儿子置身险地。

姚鸿的确是一个心狠手辣的人，但生在这乱世，作为君主，也许就需要这种狠劲儿。

程千叶闭了一下眼，无论如何，她都做不到这种程度。

“以后在汴京好好生活，”程千叶对那个孩子说，“只要你不做伤害晋国、伤害你姑姑的事，这里就没有人会为难你。”

姚顺虽然年幼，但在卫国的时候，他也听说过这位晋越侯。他知道自己的父亲曾经圈禁并且追杀过这位侯爷，所以在进门的时候，他感到很害怕，怕自己会遭到屈辱的对待。

他是父亲的孩子中最不得宠的一个，他知道作为质子来到这里，就意味着无论遭遇到什么，都不会有人为他出头。幸好这位晋越侯看在姑姑的面子上，对他还算温和。

姚顺松了一口气，千恩万谢后告退了。

“真是不容易啊！”程千叶看着那个小小的身影诚惶诚恐地退了出去，“这么小的孩子，就要代表国家作为人质在陌生的地方生活。”

“千叶，让我去郑州吧。”姚天香突然说。

程千叶转过脸看着她，姚天香的目光望向窗外：“我想去郑州办一个新的女学馆，我不想再待在离卫国这么近的地方了。不待在你身边，也好让他们死了这条心。”

程千叶捏了一下姚天香冰凉的手，她能理解天香的心情。汴京紧邻宋卫两国，程千叶和姚天香知道，不论他们做了多少表面工作，但晋国和这两个国家的冲突，最终几乎是不可避免的。

而同卫国开战的提案，甚至早已经摆在了程千叶的案头。

程千叶看着姚天香，柔声道："也好，那你就去郑州。那里百废待兴，你可以好好做你自己想做的事。"

第十六章

反击

今年是一个丰收之年，沉甸甸的粮食堆满了汴京每一个农户的谷仓。

晋国大司空崔佑鱼，开凿疏通了荒废已久的古运河鸿沟。鸿沟从郑州以北的荥阳起，经郑州连接黄河，又同济水经过汴京，再入睢水，肥沃的河水灌溉了沿途的土壤，冲刷稀释了不利耕种的盐碱地，使得无数“恶田”变为了土壤肥沃的“良地”。

尽管因为时间短暂，效果还不是特别明显，但汴京周边的农户已经喜滋滋地体会到了丰收的喜悦。

商船也可以从汴京直接开到上游的郑州，再从荥阳改道黄河或经沁水直接进入晋国本土腹地，或南下经睢水抵达富裕的宋国，从那里运送来华美的丝绸和便宜的粮食。

汴京的码头也日渐热闹，停泊的船只和往来搬运货物的脚夫们形成了一派繁忙的景象。街道上的商铺也一家家地多了起来，摆出了品种丰富的南北鲜货。

码头不远之处便是一个军营，数名妇人和老者正抹着眼泪站在军营门口，和自己即将出征的家人告别。

一位年过五旬的妇人死死拽着儿子的手，哭得一把鼻涕一把眼泪，最后还是咬着牙，交代了一句：“不得，莫归。”

言下之意是没有得到爵位，就不要从战场上回来。

尽管她心中十分舍不得自己的儿子，但他们一家人是从外地逃难来的，历经艰辛才迁徙到汴京，而自己的丈夫却在逃亡的路途中早早没了。

家中上有病弱的高堂，下面还有四五个嗷嗷待哺的孩子。虽然入了晋国的籍，但只靠着分下来的那三十亩授田，是远远不够糊口的。

如今她只能指望这个唯一成年的儿子，只有他在战场上得了爵位，赏了田地，一家人的日子才有望过得下去。

她的儿子安慰道：“娘亲，您莫要忧心。孩儿此去，必能挣一个上造的爵位回来，您和阿姊多辛苦些时日，拉扯着弟妹们，在家等着孩儿回来。”

母亲听完这话，便把怀中的冬衣塞进他的手中，哽咽着放开了手。

紧邻着这个军营的是一个更役营，相比于军营中的离别，这里的氛围要轻松活跃很多。

更役营中多是一些少年人，他们的父母也正往他们手中塞着食物和冬衣，絮絮叨叨地交代着琐事。

虽然大军出征在即，但这些年轻的少年郎所服的是为期一个月的更役，不用随军出征，因此家人虽也满面关切，倒不像隔壁那般充满悲戚之情。

根据晋国最新法令，只要落户在晋国的家庭，但凡家中有年纪在十五到五十五岁之间的男子，每年都必须出一名十五岁以上的男丁，参加为期一月的兵役，谓之“更役”。

服更役的男子不必离家太远，只需在户籍所在的郡县服役。届时会有专人组织，半月操演军武，半月参与修筑城防和郡县内的基础建设。

此刻，两位同乡的少年郎正抱着父母给的衣服，向着更役营的营房内走去。

“兄长你看，那边可真是热闹，哭哭啼啼个没完。”更为年轻的男子对着他同乡的兄弟说道。

年长的男子回道：“大军要出征了，战场上刀剑无眼，又有几人能全须全尾地回来？当真算得上生离死别，自然是要哭的。”

“男子汉大丈夫自当建功立业，若是在战场上砍得几个人头回来，拜得爵位，一家都跟着荣光，岂不壮哉！小弟倒是希望不要服这每日只是摆摆样子的更役，只想着有朝一日能够被征召入伍，真刀真枪地上战场拼杀一番。”

“你莫要小瞧了更役，这每年半个月的操演，可是将来在战场保命的关键。”年长一些的男子望着隔壁的军营，劝慰自己年轻气盛的同乡，

“最怕的就是像你这样的愣头儿青，冒冒失失地到了战场，那震天的擂鼓一轰，四处杀声一起，若是没训练的新兵只怕当时就惊得摆不动手脚，顷刻间便丢了小命。没听到里长日日在村中宣讲吗？这更役就是让我们晋国的年轻男子，年年都有机会熟悉一下士伍的训练。这样等到真正要我们上战场的时候，才能少死点人。”

他的年纪大一些，见过无数上了战场却再未归家的悲剧，所以对战争的态度也并不是那么乐观。

听到这话，年少的男子微微愣了一下，他那颗初生牛犊不知畏惧的心，也似乎触摸到了一点那离自己其实并不遥远的战场硝烟。

秋收结束后，晋国左庶长墨桥生率三万大军，一举攻入邻近的宋国，接连拿下兰考、外黄、民权等九座城池，一路势如破竹，大军直逼宋国国都睢阳。

宋国国君宋襄公惊慌失措，携着后宫嫔妃、满朝文武把国都从睢阳迁移到了远离晋国的彭城，同时又急发国书向邻近的卫国、鲁国求援。

鲁国国君不予理会，但卫恒公姚鸿倒不含糊，当即派出上将袁武，率水师数万，沿济水而上，意图通过攻击晋国解宋国之危。

姚鸿这么做并非对宋国有多少情谊，而是就当下形势来看，他不能再容忍晋国继续壮大了。

宋国夹在晋国和卫国之间，如果宋国被晋越侯程千羽打趴下，那他们卫国便将成为晋国强大道路上的下一个障碍物，迟早只有被扫除的份。

不久后，卫国水师便一路开到汴京以北的黄池，并在那里遭遇到埋伏已久的晋国右庶长俞敦素的拦截。卫军不敌，只得铩羽而归。

宋襄公无可奈何，只得委曲求全、割地赔款，同意将泗水同济水交汇的三角洲地区割让给晋国。

而宋国太子姬昂，则忍着屈辱来到边境，面对他的却是一位坐在轮椅上的男子。

那位在他眼中早应该已是废人的周子溪，如今却端坐在战胜国使臣的位置上，冷漠地看着他。

他被这昔日同窗逼迫着一步步退让，不仅把定陶、曹县、外黄、兰考等城池拱手让给晋国，还不得不答应了一系列不平等的商贸往来条约。

姬昂咬着牙，在屈辱的条约上写下了自己的名字。

他压抑着怒火，死死地盯着对面的人，几乎控制不住脸部肌肉的抖动，咬牙切齿地从喉中低低挤出几个字："我真后悔，当初我就应该……"

周子溪不为所动，坦然在条约上留下自己俊逸的字迹，签完字后微一抬手，贴身随从便手握轮椅推着他离开。

只经过姬昂身侧时，冷漠地落下一句话："将来，你只怕还会更加后悔。"

程千叶收到捷报时，正坐在许姬的宫室内，看着一个白白嫩嫩的小包子，摇摇晃晃地在她面前学走路。

接到前线加急递上来的军报后，她展开一看，忍不住击掌，喝了一声"好"。

那小包子被吓了一跳，小脚一歪，就摔在地上滚了一圈。

数位宫婢连忙赶来伸手欲扶，程千叶点着手中的军报，道："不许扶。鹏儿，来，自己站起来。"

程千叶都这么说了，许姬那已经伸到半空中的一双柔荑便收了回去，顺便阻止了身边的侍女。

许姬的儿子，也就是程千叶明面上唯一的儿子，单名一个鹏字，乃是取鹏程万里之意。

这个一岁多的小男孩，继承了父母容貌的优点，不再是刚出生时那皱巴巴的模样。

此刻，他穿着一身红底黑沿的短袄，白白嫩嫩的脸蛋上小嘴正噘着，想哭又有点怕这个刚见没几日的"父亲"。他用那双湿漉漉的眼睛四处张望了一圈，只见母亲笑盈盈的，鼓励地看着他，并没有像往日一样把他抱起来。

周围的宫婢们也都低着头，没有像平时一般急匆匆地赶来哄他。

而那个坐在前方的“父亲”，正用手转着一颗亮闪闪的橙黄色石头，引诱着自己到他那里去，随即一道声音响起：“来，鹏儿自己爬起来，只要你走到我这里，这颗石头就送给你玩。”

既然没人来哄，小程鹏觉得似乎也没有哭的必要了。

他爬起来，颠颠地走向那个据说是自己父亲的男子，伸出肉乎乎的小手，去够他手中那颗漂亮的石头。

“不错，这不是很棒吗？”程千叶搓搓小包子的头，将那枚橙黄色的玉放进他的手心，“男孩子就要这样教，以后他摔倒了，都让他自己爬起来。”

许姬螓首微低，躬身行礼：“夫君所言极是，妾都听您的。”

她肌若凝脂、容貌秀美、举止斯文，说起话来轻声细语，是一个温柔如水的女人。和她相处起来，让程千叶感到很放松。

将都城从绛州迁到汴京的时候，程千叶就写信给她的母亲杨太夫人，让她遣散后宫妃嫔，只接许姬母子过来。

晋越侯的身边有姚天香和许姬二人，也勉强能说得过去，她也不想再耽搁那些年轻女子的一生。

墨桥生在前线大获全胜，得到了新的土地。周子溪将利益最大化，同富裕的宋国签订了一系列有利于晋国的商贸往来条约。而崔佑鱼则开通了运河，修筑了新的城墙，汴京看起来一日比一日繁华。

一日，日光柔和明媚。朝梧殿内，程千叶正就着桌上图纸，听着崔佑鱼汇报下一步运河开凿的计划。

“主公你看，这里有一条鸿沟的旧河道，虽然已经堵塞，但只要疏通改建，便可以将汴水从汴京折向东南流去，经陈城注入颍水。而颍水通淮水，这样我们就连通黄河和淮水两大水系了！”崔佑鱼兴奋地说着。

“同时，另有丹水可成为鸿沟的分支，从汴京流入宋国国都彭城，再注入泗水。更有涔水也可以从鸿沟以南分出东南支流，经蕲县注入淮水。”他激动地抬头看向程千叶，希望她能和自己一样明白这件事代表的含义。

程千叶高兴起来："这样一来，黄河和济、汝、淮、泗几大水系都将会在我们汴京附近连通起来了。"

她不禁在脑海中构出一幅美好的图绘，待将来，汴京码头鳞次栉比停满来自各地的大货船，天下商贾会聚此地，往来贸易。而汴京作为一个连接南北的交通枢纽，将会成为一个无比繁华的商贸中心。

正当程千叶沉浸在对未来的美好期待中时，突然，俞敦素携着墨桥生入内，在程千叶面前双双跪地行礼。

程千叶笑盈盈地抬头看向他们，心中却猛地咯噔一下。

出了什么事？为何小墨和俞将军的身上满载着如此浓烈的悲愤。

程千叶心中涌起一股强烈的不好预感，只见墨桥生眼眶发红，声音发涩："主公，贺兰将军他……"他咬住牙，撇过头去，说不下去。

俞敦素看了他一眼，双手抱拳，沉声把话接了下去："贺兰将军遭遇了敌袭，不幸……战亡。"

程千叶的手中正握着一支吸满墨汁的笔，随着这句话，那支笔"啪嗒"一声滚落在了桌面的图纸上。她眨了眨眼睛，目光落在那支笔上，呆呆地看着笔杆在纸面滚动，把那精心描绘的盛世图景，染上了一道墨黑。

"你，你说什么？"程千叶似乎有点反应不过来。

俞敦素低下头，哽咽道："刚刚接到郑州发来的急报，贺兰将军出城巡视之时，意外遭遇犬戎军队的伏击。将军虽全力反击，但因寡不敌众，最终还是……以身殉职了。"

他几乎有些说不下去，他和贺兰贞共事已久，几乎算是军中交情最深的同袍了，然而他不能不说："将军所率小队全军覆没，只余数人拼死抢回了将军的尸身。现在郑州遭犬戎大军围城，内无主帅，还请主公早下决断，及时救援。"

程千叶扶着桌案站起身来，天明明很亮，但她却感到眼前一片昏暗，耳中嗡嗡直响。

贺兰贞，贺兰贞……

她简直不敢去想，那个爽朗爱笑，不久前还在一起喝酒的人，怎么突然就没了。

贺兰将军乃是贵族出身，他那张年轻的面孔上总带着一点世家子弟特有的傲气，但内里实则是一个耿直而单纯的人。

当初，在程千叶小小的手段之下，他轻易地捧上了自己的忠诚，从那以后便一直忠心耿耿地站在程千叶的身后。

他曾率水师逼退卫国追兵，救回陷入敌营的程千叶。也曾独领八千子弟兵，夜袭犬戎大营，一把火烧毁敌军粮草。在朝局最艰难的时候，他拉上了他身后的整个家族，成为程千叶新政坚定的支持者。

这样一个人，又怎么会在一场小小的战役中，无声无息地就没了呢。

“主公，主公。”

程千叶听见身边有人在唤她，她晃了晃身形，撑了一下桌面，稳住自己。

随后，她一字一句地说道：“速宣张馥、周子溪及公乘以上所有武职人员，于朝梧殿议事。”

朝梧殿上。

秋日午后暖洋洋的阳光从敞开的殿门洒进大殿之内，一个又一个朝臣急匆匆而来，空阔的殿内响起低低的议论之声。

然而再和煦的阳光也化不了弥漫在朝梧殿内的寒霜，朝臣们不敢高声说话，都小心翼翼地看着端坐在正位之上的主公的面色。

素来和善的主公此时面如寒霜，双唇紧紧抿成一线，阴沉面孔下压抑着的是狂风骤雨。

“主公，”张馥率先打破了沉默，“当务之急，是确定出征的人选。如今郑州主帅阵亡，敌军围城，情况危急。当紧急发兵，沿水路直上，驰援郑州。臣……”

程千叶打断了他的话：“张馥，你留守汴京。我亲自率军，驰援郑州。”

此话一出，可谓一石激起千层浪，武将们面面相觑，议论纷纷，不少人排众而出，提出反对。

程千叶举了一下手，止住了他们的声音，她的视线扫过殿内众人，随即停在一道身影上，她开口道:“周子溪，你可愿随我出征？”

周子溪抱拳为礼:“臣当追随主公左右。”

“墨桥生、俞敦素、程凤。”程千叶一个个点过名去，“以上人员整备三军，随我亲征犬戎，报我大晋血仇，守我大晋城池。”

众将帅高声应诺。

这时，门外响起了脚步声，三位身披甲胄的将军，头扎麻绳，大踏步跨入殿中，齐齐在程千叶面前跪地请命。

当先一人，年过五旬，头发花白，乃是贺兰贞的叔父、晋国郎中令贺兰晏之。

贺兰晏之颤声开口:“请主公恩准，让老臣携族中子弟出征。老臣誓以那戎贼之血，祭我贺兰家大好男儿的在天之灵！”

程千叶站起身来，她的眼眶泛红，高声道:“准！”

军情紧急，他们要迅速集结一支先遣部队，尽快出征。朝臣们从朝梧殿中散出，匆匆而去，各司其职。

程千叶独自跨出殿门，站在殿外的回廊之上，这里地势很高，可以越过城池远眺青山。

“主公。”身后有人轻声唤她。

程千叶侧过头，看到了一个熟悉的身影，她垂下眼睫:“桥生。你明明很伤心，却为什么没有哭？”

她知道，贺兰贞是墨桥生为数不多的朋友之一，虽然墨桥生面上不显，但她能感觉得到他的悲痛。

墨桥生沉默地看着程千叶，心中慢慢说道:那是因为主公你已经哭了，所以，我不能再哭。

程千叶蹲下身来，捂住自己的嘴，眼泪顺着她的睫毛一滴滴地渗出，滴落在地面的青石板上。

当着臣子的面，当着三军将帅的面，她无论心中有多伤心，都不能哭泣。但只有在这个男人面前，她才能够肆无忌惮地表现出自己的脆弱。

墨桥生蹲在她的面前，伸出双手，轻轻握住她的肩膀，低沉的声音响起："贺兰将军对我有提拔之恩，有朋友之义，更有兄弟之情。我墨桥生不会为他流我的泪，只会为他流我的血。"

他一字一句道："让贺兰将军身殒、让主公你流泪之人，我必要让他们万倍偿之！"

准备稳定后方的张馥本已走远，但因想起一事，又折转回来。

可刚踏上朝梧殿的台阶，他就远远看见回廊的另一头，主公正捂住脸蹲在地上。而她面前还蹲着一个黑色的身影，此刻正轻轻拍着她的背，似乎在宽慰着她。

张馥犹豫片刻，终是收回脚步，退了出去。

公主府。

密室之内，张馥卸下平日里喜怒不动的面孔，烦躁地捏着自己的眉心。

阿甲端坐在他面前，问道："先生这是在为贺兰将军伤心？"

张馥沉默，只依旧一脸烦忧。见张馥不说话，阿甲再度开口："主公亲去郑州，大人怎么不拦着？"

张馥开口道："主公她并非一时冲动，郑州突然之间失了主帅，必定军心动摇，人心惶惶，顷刻之间就可能城破。主公亲自前去能最快地鼓舞士气，迅速稳住局面。更何况她还带了俞敦素、墨桥生、程凤和周子溪等人，应该不妨事。"

"大人您口中说不妨事，却为何又一副忧心忡忡的模样？应该是因为大人没有亲自跟去，所以才放心不下主公吧。"阿甲道。

"我……"张馥被噎了一下，不再说话，算是默认了。

近来，他也发觉自己确实不如从前那般稳得住。而阿甲虽面部呆板，毫无表情，说出的话也冷冰冰的，但却总能直指张馥的内心。

阿甲其实很赞同由张馥留守汴京的决策："如今汴京的形势十分复杂，周边国家蠢蠢欲动，都盯着我们，主公把大人留下来是对的。"

张馥眉头紧皱："这次，贺兰将军意外身故，我总觉得透着一丝古怪。为何犬戎大军出现在郑州附近，如此准确地伏击了贺兰贞，而我们却一点消息都没接到。”

正当张馥思索古怪之处时，阿甲突然插了一句：“我什么时候病逝？”

她也感到事情不对劲，想离开这里亲自到前线打探消息。

可张馥话到嘴边，却没有说出口，他突然想起那个蹲在回廊边悄悄哭泣的背影。犹豫良久后，最终还是摆了摆手：“就……先病着吧，贺兰贞的死对主公打击有点大，这个身份先给她留着好了。”

阿甲沉默了，她能感受到大人的心变软了。

以前的大人，虽总是面上带笑，但实际上心却是冷的，对谁也不在乎。而这位新主公竟然能改变他，还真是位有趣的人。

“这样吧，阿甲。”张馥最后下了决定，“你是女子，会方便一点。你跟着主公去郑州，贴身护卫她。让阿椿戴上面纱，替代公主躺在床上继续装病。”

阿甲点点头，领命而去，而张馥在出了公主府的大门后便上了马车。

车厢内，萧绣递给他一杯温热的茶水，有些欲言又止。

张馥慢慢喝着水，道：“你不必担心，公主的身份我已想好，既然她想留着，就暂时留着吧。”

萧绣闻言高兴起来：“主公知道了一定会开心的，先生您真是个温柔的人。”

张馥顺着车窗，看着街边熙熙攘攘的人群，脑海中回荡着萧绣刚才的话。

我是个温柔的人吗？看来我真的是变了。

另一边，程千叶已经带着先遣部队登上战船，沿着新开辟的运河昼夜兼行，抵达郑州。

郑州城外，犬戎大军把郑州城池围得水泄不通。

姚天香身着铠甲，以主君正妃的身份亲自站在城头上，勉强稳住了郑州城内几乎溃散的军心。

“公主，这里太危险，您还是避一避，让我替您守在这里。”司马徒站在她身后劝道。

“不，我就站在这里。”姚天香目光望着远方，坚定地开口，“我不懂战争，但只要我站在这里，大家就会知道，大将军虽然没了，但这座城我们还没有放弃。只要我们守住这两天，千羽的援军马上就能到。”

姚天香话音刚落，只见城池北面黄沙渐起，浩浩荡荡的大军从烟尘中涌现。

旌旗猎猎、战马嘶鸣，大军渐渐近了。城墙上的士兵手搭凉棚，分辨出旗帜上的字号后，城墙之上顿时响起一片欢呼之声——

“晋字帅旗！是晋字帅旗！”

“援军！是我们的援军到了！”

“那是主公的帅旗，主公亲自率军！”

姚天香握紧司马徒的手，激动不已：“千羽！千羽这么快就到了！”

晋国大军含恨携威而来，围城的犬戎军队避其锋芒，退回二十里外的营地，郑州北城门大开，迎主公的军马入城。

大军入城后，程千叶率领众人来到灵堂前，只见漫天灵幡迎风乱舞，一行白灯凄凄相迎，灵堂当中摆放着一个斗大的“祭”字，下方停着一口黑漆灵棺，而棺中的那人，已与他们天人永隔。

程千叶紧紧咬着牙，红着眼看着静静停在那里的棺木，行了祭拜之礼。

贺兰贞一位名为李忠的副官，则跪坐在灵前回礼。

他脸上有数道伤痕，胳膊也受了伤，正用绷带吊在脖子上。他是在犬戎的伏击中，为数不多的幸存者之一。

“贺兰将军……是怎么死的？”程千叶站在他的面前，语气淡淡地开口。

李忠抹了抹眼泪，再度重复了一遍情况：“那日我们接到线报，说是发现了小股犬戎人的痕迹……”

程千叶打断了他：“谁接到的线报？”

李忠有点结巴：“我……是卑职的一个下属。”

“那个下属，叫什么名字？”程千叶吩咐身侧的阿甲，“去把人找来，把那一役没死的所有人都一起带来。”

李忠低着头跪在那里，他心中突突直跳。

他转了转眼珠，心想，主公不可能知道，郑州城内都没人发现，主公刚到怎么可能就识破了。

“你接着说。”程千叶在程凤搬来的一把椅子上慢慢地坐下，依旧不紧不慢地问道。

李忠闻言，想着自己应该没露出什么破绽，因为知情的人全都在那一役中死了。他又仔细回想了一下那日的事，思绪也回到了那个夜晚——

他是贺兰家的家臣，年轻时一直跟在贺兰家的老族长贺兰晏之身边，后来又追随贺兰家族的年轻新锐贺兰贞，成为贺兰贞信赖的副官之一。

贺兰贞命他驻扎在距郑州西面二十里外的一个小县，这是郑州防御犬戎的一个重要前哨驻点。

数日前，他领着几名亲信赶回郑州城，告知贺兰贞他们在驻点附近发现了疑似犬戎探子活动的迹象。

听到他的话后，贺兰贞丝毫没有怀疑，亲自点数百亲兵随他前往驻点查探敌情。

走在路上时，贺兰贞同往日一般随兴地同他交谈。但李忠有些心不在焉，他的心怦怦直跳，对即将发生的那件事忐忑不安。

“李叔。”贺兰贞见李忠心不在焉，突然唤了他一声。

“怎，怎么了，少将军？”李忠吓了一跳，结巴道。

“我觉得前面的路似乎有些不妥。”贺兰贞勒住缰绳，停下马，皱着眉头，看着前方有些阴森的密林道。

“能，能有什么不妥？这可是咱们自己的地盘。”李忠压着狂跳不止的心脏，勉强笑道，“过了这个林子不远，就是末将的驻地，末将早已派人在林子那头等着迎接将军的大驾了。”

贺兰贞闻言，同往日一般笑了：“也是，有李叔安排，我还有什么好担心的。”

记忆回笼，看着灵堂之上漫天飞舞的白幡，跪在地上述说着一切的李忠内心莫名升起了一股愧疚之意。

他口中滔滔不绝地说着那精心编织、天衣无缝的谎言，把他怎么奋勇抗敌，不顾自己身负重伤，拼死从敌人手中抢回贺兰贞尸身，侥幸突出重围的过程说得绘声绘色，令闻者无不叹息。

便是那几位换了麻衣来到灵堂的贺兰家族之人，也都噙着眼泪感激地望着他。

族长贺兰晏之甚至还亲自施礼向他道谢，要不是因为主公还坐在这里，贺兰晏之几乎都要过来扶他起身，说感激的话了。

然而主公却依旧沉默着，端坐在他面前，用一双雪亮的眼睛注视着他，不说话。而主公异样的表现，也使灵堂内的空气都似乎凝结了一般，带着一股令人窒息的压抑。

李忠跪在地上，在程千叶凝视的目光中，有些喘不过气来。此时正值深秋，但他的背上却隐隐出了一层薄汗。

当时，他们一头撞进了犬戎人精心布置的陷阱，绊马索、陷坑和四面齐发的火箭都没有让贺兰家族那位年轻的将军失去章法，他冷静地指挥那些训练有素的亲卫兵迅速结成圆阵，把长矛对着敌人，后背留给自己人，齐心协力，抵挡着敌人的攻击。

李忠见陷阱无用，只好悄悄抽出匕首，从背后靠近贺兰贞。

不出所料，他得手了。

那一瞬间，贺兰贞猛地转过头来，不可置信地看向他，也看向他从身后捅来的那柄匕首。

贺兰贞临死之际的表情仿佛定格了一般在李忠的眼前晃动，李忠心慌了一下，几乎有些稳不住。

李忠在心中反复地对自己说：镇定，千万要镇定！主公他什么也不知道，绝不能在主公面前露了马脚。

这不能怪他，不能怪他。

他为贺兰家做牛做马了这么多年，先跟随老郎中令大人，又跟着年轻的贺兰贞将军，几度出生入死，但至今依旧也只是一个小小的副将而已。

那个贺兰贞看上去对他礼遇有加，但其实并不真正把他放在眼中。贺兰贞甚至愿意提携一个地位卑贱的奴隶，也不记得自己这个侍奉了贺兰家族多年的老人。

他已经老了，在战场上拼不了几年了，得为自己的后代们考虑考虑了。

所以当犬戎那位大人，一次次悄悄接触他，送来一箱又一箱的财宝，还承诺给他和他的儿子们高官厚禄时，那晃花眼的金山银山和诱人的前景，终于动摇了他的心。

人不为己，天诛地灭，不是吗？

李忠阴恻恻地悄悄抬头，瞟了一眼主公身后的那位天香夫人。

他的计划本来都已经要成功了，他带着贺兰贞的尸体公然回城，当着全城军民的面摆设灵堂，大放悲声，散布谣言，军心本来几乎都已经涣散。

可惜，就只差那么一点点。

如果不是这个女人恰巧来到城中，自作主张地以主公正妃的身份登上城头坚守城门，稳定军心，他早就可以趁乱悄悄打开城门，放犬戎的兵马入城了。

正当他在心中宣泄着自己的情绪时，一直沉默的主公终于开口说话了：“原来如此啊。”

她似乎相信了他的说辞，整个眼圈都红了，眼中还含着泪。

李忠心中松了一口气，他抹了抹额头的汗，道：“贺兰将军英灵在上，得知主公……”

“原来是你害了他的！”程千叶的泪水凝固在眼眶中，她神情淡然，但片刻后，她几乎是怒吼出这句话。

“不，不，主公您说什么？”李忠几乎不敢相信自己的耳朵，他摆着双手就要分辩，只见程千叶站起身来，一脸冷漠地俯视着他，轻唤身旁的左庶长墨桥生。

墨桥生跨步上前，扭住李忠受伤的那条胳膊，一个动作就把他按在地上。

李忠拼命挣扎，大家惊奇地发现他那夹了夹板、受了伤的胳膊竟然十分灵活，似乎根本没有表面上伤得那么严重。

墨桥生抵住他的肩膀，将他的手臂用力往后一扭，现场的人只听清晰的“咔嚓”一声，李忠便如同杀猪般喊了起来。

李忠的胳膊被生生折断，但墨桥生依旧没有停手，而是踩住他的小臂，使劲向后掰他的手指。

李忠死死拽住自己的胳膊，痛苦地在地上打起滚来。而他的手腕和手指一起脱臼，扭曲成了一个恐怖的形状。

“我冤枉！冤枉！”他拼命嘶吼着，而程千叶只是毫无表情地看着他，冷漠地说出了两个字——“继续。”

墨桥生毫不犹豫地继续下重手，但现场的人却面面相觑，他们看着面若寒霜的主公和那位手段残酷的墨将军，一时还不明白发生了什么事。

直到阿甲押了一个人回来，那人显然在短时间内遭受了残酷的刑讯拷问。他被麻绳捆束，全身是伤，倒在地面上缩成一团，瑟瑟发抖。

阿甲向程千叶双手捧上了一份口供：“那一役只有五人同李忠活着回来，其中一人已经招供，是他们串通犬戎，设计陷害贺兰将军。余下四人正在审问，还未曾招供，请主公定夺。”

此言一出，全场一片哗然，贺兰晏之一怒之下抽出佩剑，抵住李忠的脖子。

他须发颤抖，声音嘶哑：“我贺兰家不曾亏待过你，你为何害我贞儿性命？”

李忠咬住牙，面上肌肉连连抖动，他知道自己的罪行已经掩饰不住，过了片刻方狠狠地说：“你待我不薄？你不过把我当作你们贺兰家的一条狗而已，你何曾真正为我着想过！”

贺兰晏之睚眦欲裂，举着剑浑身发抖，他身后子侄辈的年轻人死死地拦住他，不让他在主公面前冲动。

阿甲看着程千叶，她希望程千叶能把这些叛徒交给她审理，这样她便可以更好地打探敌方的情报，加以利用。

同时，她心中也十分好奇。她从小被训练成一位专业的谍探人员，所以这件事情她凭借直觉，便感到有不对之处。

但主公却要比她更为果断，几乎是毫不犹豫地就找到了叛徒，不经审问便定了他的罪。

主公是怎么办到的呢？

阿甲觉得十分新奇，她在心中有些兴奋地想道：能跟在这位主公身边，真是太有意思了。

程千叶看向阿甲，她知道阿甲是张馥留给她的人，最为擅长处理这种事，于是便道：“阿甲，此事就交给你了。你和郎中令贺兰晏之大人同审此案，务必要有详细的口供，审结之后……”

阿甲等着她的下文，程千叶继续道：“主犯于闹市之中凌迟处死，其尸弃市，不得收敛。从者一律枭首，挂于城门口示众三日。”

李忠满头冷汗，瘫软于地，双唇讷讷，说不出话来。

但程千叶并不看他，她望向灵堂之上那口黑漆棺木，久久方轻叹了句：“但有什么用呢？再怎么样，你也回不来了……”

墨桥生立于城墙之上，一道白茫茫的送葬队伍扶着贺兰将军的灵柩荣归故里，客送葬车千乘，蜿蜒向北而去。

感受到有人靠近他，墨桥生侧过身来，躬身行礼：“主公，您也来了。”

程千叶同墨桥生并肩而立，道：“我来送他一程。”

城头的风很大，烈烈寒风吹乱了程千叶的衣襟，也吹凉了她的心。墨桥生见状开口：“只要打仗，就免不了死人。”

可他虽然在企图安慰程千叶，却连自己都安慰不了。

“我一直都知道，成功之路必定要由累累白骨铺成。”程千叶望着那漫天飞舞的雪白纸钱，似乎在自言自语，“可是当自己的朋友真的死在了眼前，心里还是难以接受。”

“贺兰将军是我到主公身边之后第一个真心同我相交之人，他虽出身高贵，但却毫不介意我的出身。每次有人非议为难于我，他都总想法子出手相助。”墨桥生慢慢攥紧了拳头，“他是这样的一个耿直君子，自然不容易看见身边的黑暗，方被小人所害。”

程千叶想起往事：“记得当时他还揍了你一次，我心中对他不满，便暗暗使坏，把他在大牢里关了好几天才放出来，想不到你们后来还能成为朋友。”

回忆起过去，程千叶连连感慨，但那记忆中的人，却再也找不回来了。

“让我出征犬戎吧，主公。”墨桥生的目光向西望去，坚定说道。

程千叶也随着他的目光向西边望去，天边是一片绚丽的晚霞，风声猎猎，她的声音随风远去——

“好，我们出征，讨伐犬戎。”

李忠被剐于闹市，听闻行刑者技术很到位，足足让他哀号了三日才断气。

刑场被士兵围满，叛徒最为军人所痛恨，李忠害死军中主帅，三军将士恨不得生啖其血肉。

围观人群也朝李忠丢砸秽物。

不知在这漫长的三日里，这个叛徒想起那位时常笑盈盈地喊他“李叔”的年轻将军之时，心中是否有悔。但不论这个人渣心中有什么想法，程千叶都已经不再关心。

此时，她正在书房看着周子溪拟定的讨贼檄文。

这一篇檄文，历数痛斥犬戎入侵中原、杀害天子、践踏河山、残害百姓等十大罪状。通篇言辞犀利却又通俗易懂，声光奕奕，山岳震动，昭犬戎之罪于天下，约群雄起而共讨之。

程千叶击掌赞叹：“写得好！将此檄文授我玉玺，昭告天下，我军此次誓与犬戎正面一战。”

周子溪的心中，也对犬戎有着最为深刻的仇恨。

他国破家亡、身世波折，都是拜犬戎所赐。但在此刻，他心中想的却不只是自己的仇恨，更多的是担忧主公所做的这个决策。

犬戎军队战斗力之强悍，他有过切身的体会。因为他的故土魏国，当初在犬戎的铁骑面前，如同纸糊的灯笼般不堪一击。

那惨痛的经历，在他心中留下了深深的阴影，他不想再经历一次那种痛苦。

而晋国在主公推行的一系列新政改革之下，以肉眼可见的速度蓬勃发展了起来。但毕竟时间太短，这时对犬戎全面开战，会不会有些仓促？

但既然主公已做出决定，他作为臣子，在这个时候，只能坚定且全力地支持。这几日，他也一直务求为主公筹谋得更仔细、更稳妥。

“主公，”周子溪开口道，“虽然我们发出檄文讨贼，但臣担心响应者寥寥。”

“哦？子溪为何会有此忧虑？”程千叶挑了一下眉，她记得当初李文广号召天下诸侯齐伐犬戎的时候，虽然人心各异，但响应者还是有很多的。

周子溪闻言，推动轮椅，让自己靠近桌案，又将一张地图摊在桌面后，道：“先时，犬戎攻占王都，覆灭魏、韩等国，中原地区可谓纷乱一片。而诸侯们则各怀心思，都想着在这趟浑水中抢占地盘，树立声威。”

周子溪一边说着，一边用手指点着地图上晋国的所在之处：“如今，我大晋所在的绛州、郑州、汴京成弯月之势紧邻犬戎，犬戎若是败退，得利最大的必定是我国。那些短视之辈必不愿为他人作嫁衣，所以，被我们大晋隔绝在东北面的国家应当不会有所动作。”

“确实。”程千叶摸摸下巴，“这么说来，鲁地威北侯、晋阳北宫侯大概也是不会来了，而且还要留一手准备，防止他们在背后捣乱才是。”

程千叶转头望向周子溪，她知道周子溪在提出问题时，都会事先准备好几个解决方法供她参考，于是便问道：“子溪，你有什么对策吗？”

果然不出程千叶所料，只见周子溪修长的手指在地图上三块地方点了点，轻轻开口：“北部的北宫侯吕宋和威北侯华宇直这些人，我们可以先不必理会。但南部的这些诸侯，我们务必要与之结盟，切不可使我军孤军作战。

“汉中太守韩全林、凉州刺史李文广以及楚地的楚安侯盘踞在犬戎以南，主公可派使臣前去结盟，我们自东向西，他们由南向北，几方同时出兵，共伐犬戎。”

“韩全林我看就算了，这个人难以谋事，余下的两人……”程千叶沉吟片刻，点了点头，同意了周子溪的想法。

但转瞬，程千叶又陷入了思考中，可这个使臣要派谁去呢？

这时，周子溪抬头看向了她，程千叶突然明白了他的意思，目光忍不住在周子溪坐于轮椅上的腿上扫了一圈：“你，你要出使这两个国家？”

周子溪行了一礼：“主公，我在魏为臣之时，同楚安侯为旧识，与凉州李文广也有一面之缘。此二人素有野心，臣有把握说服他们。”

“子溪，我不是觉得你不合适。”程千叶开口解释，“我是觉得这样太辛苦你。”

周子溪目光坚定：“臣不辛苦，臣只望能多为主公尽一份力。”

程千叶思索片刻，她有些放心不下，但又不想因自己这份顾虑伤到周子溪的自尊，最终还是点头同意了。她真挚地道谢：“子溪，那就辛苦你跑这一趟了。出使时你多带些随侍人员，务必以自己的安危为重。出发之前，所有随行之人都要让我过目一遍。”

贴身侍从推着周子溪的轮椅慢慢走在青石板铺就的道路上，而周子溪则将双手放在膝盖上，轻轻摩挲了一下双腿。

在此事上，他虽然觉得自己是眼下最为合适的人选，也很想为主公尽这份力，但其实他并没有把握会得到主公的同意。

因为，如果不是此事十分紧急，目前也没有更合适的人，他觉得自己以这样一个残败之躯出使他国，会让主公十分不体面。

但令他没想到的是，主公几乎想都没想就同意了，唯一关心的也只是随他出行的人员是否妥当。

木质的车轮在青石板地上发出骨碌碌的声响，而这种规律的响声，日日伴随着周子溪，代替他的双腿，把他带到各个地方。

这是主公为他设计的轮椅，主公不仅让他获得了重新“行走”的能力，甚至给予了他“行走”的尊严。

对于周子溪来说，这里就是他新的家、新的国。所以那失去家国的痛，他绝不能再体会一次。

月上柳梢头，程千叶捏了捏酸痛的肩膀，屏退侍从，准备就寝。

门被轻轻地敲了一下，一个熟悉的声音在门外低低响起。

“桥生？进来吧。”程千叶觉得有些意外，桥生虽然一直都居住在她隔壁，但却很少主动在夜间找过她。

门被推开，墨桥生黑色的身影顺着月光进入屋内，来到了程千叶的面前。

程千叶伸出手，牵住墨桥生的手掌，让他在自己身边坐下。她笑道：“你怎么会过来？”

“我……来看一下主公。”墨桥生有些局促。

程千叶摩挲着墨桥生的手掌，那双手十分粗糙，有着许多厚厚的老茧，摸起来有点刺刺的感觉。她知道他是在担心自己，自从自己那天因贺兰贞的死哭了一次后，他就一直忧心忡忡的。

“我已经发出讨伐犬戎的檄文，很快你就又要出征了。”程千叶有些不舍，“这一次，俞将军要守在郑州，由你独自领军，你一定要多加保重。”

“主公放心，我一定踏平犬戎，拿下镐京，用犬戎人的血祭奠贺兰将军的英灵。”

墨桥生想起贺兰贞，眼中现出桀厉之色。但他很快又开始后悔，因为他看到主公在听到已逝之人的名字时，微微低下脖颈，长长的眼睫毛垂着，偶尔轻轻抖动一下，那原本明亮的眼眸也瞬间黯淡了下来。

墨桥生心中暗恼，他真是太不会说话了，本想安慰一下主公，却不想反而勾起了主公的悲伤。

得赶快做点什么！墨桥生在心里想。

鬼使神差之间，他探过身，在月色的照映下，将一个吻落在了那莹白如玉的额头之上。

程千叶抚了一下额头，有些惊诧地抬起头。

墨桥生瞬间涨红了面孔，他不知道自己为何做出这样的动作，他结结巴巴地解释道：“我，我小的时候，母亲每天夜里回来都会在我们额头上亲一下。不论那时候我肚子多饿，或者心里有多难过，只要母亲这样亲一下，我就感到好多了。”

程千叶心里很暖，她已经不再软弱，也足够坚强，自信得可以经得起风霜的考验。但这不代表她不喜欢被别人温柔以待，如果能有一个能宽慰她、温暖她的人，她也会觉得很幸福。

“嗯，谢谢你，我也好多了。”程千叶说，她伸手摸了摸墨桥生的面孔，在他的额头上轻轻落下一个吻。

“主公，韩全林逼迫我的那一次。”墨桥生侧过脸，他伸手比了一下，“您也是这样在我的额头上轻轻落下一个吻，那时我就对您……”

程千叶笑了：“你那时候就想对我怎么样？”

室内弥漫着一股暧昧的气息，墨桥生决定把话说出口，他站起身来，伸手解开衣扣，坚定道：“我就想把自己献给您。”

程千叶咬住了下唇：“真的？随便我怎么样都可以吗？”

荒唐的一夜过去，因为墨桥生的话，所以程千叶放纵了一次。

她体会到在这种事中处于主导地位的乐趣，而让自己喜欢的人欢愉、痛苦甚至哭泣，也是一件让她感到满足而快乐的事。

明月的清辉打在墨桥生薄红未消的脸上，程千叶忍不住用细细的亲吻将他唤醒。

墨桥生睁开眼，不好意思地冲着程千叶笑了笑。

夜色中，程千叶温柔的声音响起：“你除了母亲和兄长，还有其他家人吗？你很少提到他们。”

这句话突然就让墨桥生的思绪回到了童年，他缓缓道：“我有一个兄长，还有好几个妹妹和弟弟。兄长叫墨阿狗，妹妹叫墨二三……”

墨桥生同程千叶说起了自己的往事，他从没和他人这样聊起自己的过往，他甚至都很少和别人聊天。

这种感受很新奇，他开了口，不由就有了倾诉的欲望。

但同时他又有些紧张，将这样琐碎的小事说给主公听，会不会让主公感到厌倦？主公是不是在勉为其难地听着自己无聊的话语？

他时不时地悄悄打量一下程千叶的表情，只要她露出些微困倦之态，他就及时闭上自己的嘴。

直到程千叶和他并排躺在一起，那双浸透了星辉的双眸正兴致勃勃地注视着他，鼓励着他继续往下说的时候，墨桥生才真正放下心来，一点一点往下说。

曾经，墨桥生在程千叶面前总是卑微怯懦，永远低着头，不敢开口说话，也不敢表达出自己内心的需求。

而如今，他也在一日日地成长，在一日日地改变。

真好，程千叶心想。她顺着墨桥生的话问道：“那你的家人现在都在哪里？也许我们可以派人找到他们。”

“我在很小的时候，就被几经转卖，我甚至不记得和母亲一起生活的那个营地在哪里。但也许，我可以努力试一试……”

不知不觉中，他们就聊到了深夜。

而两人细细碎碎的对话，也在寂静的夜晚中不时散出。

深秋寒夜，白露成霜。

萧绣走在木质的回廊上，他搓了搓双手，放在嘴边呼出了一口气，口中瞬间冒出了一片白色的水雾。

“到了夜里还真是冷啊。”他喃喃道。

寒夜里，整座府邸都静悄悄的，大部分人早已进入了梦乡，只有先生所在的书房，依旧灯火通明。

萧绣跨进门去，先给张馥捧上了一盏温热的八宝茶，又拨了拨火盆，往里面再加些了银霜炭。

张馥埋首在案牍之中，头也不抬地说："你先休息去吧，我这里不需要人伺候了。"

萧绣在案桌的另一面摆了张椅子，同张馥相对而坐，坚定道："我陪着先生。"

他研了研墨，又捡起一支笔，帮张馥誊抄各种正在拟定的文稿。

"小绣，你看看这个。"张馥也不多话，隔着桌子递出一页函件。

萧绣接过函件，内容让他有些吃惊："这是周大人拟的《讨戎贼檄》？主公已下定决心同犬戎全面开战了？"

张馥手下不停，笔走龙蛇的同时，口中说道："不错，墨桥生此刻只怕已率大军从郑州出发了，我们马上就要迎来一场大战。只可惜，时间太仓促了一些，我本来希望还能再有多一两年时间给我们做准备的。"

"既然敌人已经欺到门上，不肯留给我们时间，那我们也只能应战。"张馥笔锋不停，"进攻就是最好的防守，主公的决策是对的，我支持她。"

萧绣看着手中的信函，露出一丝担忧的神色："周大人要亲自出使？可是他的腿……"

张馥道："子溪的腿虽然废了，但他的心比大部分人都坚强，你不必为他担心。"

"只是……既然连子溪都如此努力，我也更不能偷懒。接下来一段时间，我恐怕会很忙。"他看了一眼对面的萧绣，"我们都会很忙。"

"是。"萧绣低下头，仔细地抄着手中的文献。

他在脑中默默思考着，对晋国来说，今年是丰年。汴京、琪县、中牟一带的人口剧增，国库的收入也很丰盈。而且我们还刚刚在宋国打了一场胜仗，得到了新的土地和大量赔款。

萧绣也不知不觉地模拟起张馥的思维模式，他想着，这个时候先生会需要思虑哪些事情呢？

前方要打仗，他们首先要做的是给前线的将士提供充足的粮饷，加紧培训新兵，以便在战事需要的时候，能够源源不断地提供援兵。

另外汴京刚成为新都不久，一切百废待兴，朝中派系盘根错节，正是纷乱之时，这也不得不加以重视。

这么一想，先生要做的事情还真是多啊。他也要更努力一些，为先生分忧，萧绣在心中暗暗想道。

手中不停的张馥好像也猜到萧绣的想法，开口问道："除了军备和粮草，你知道我们眼下最重要的是什么吗？"

"还有比这两件事更为重要的吗？"萧绣想了想，反应过来，"先生说的是……卫国？"

"能想到卫国，这很好。"张馥抬头看了他一眼，赞许地点了点头。

"卫国的卫恒公姚鸿对汴京觊觎已久，他们水师强大，从大野泽顺济水到汴京附近的黄池，只需要短短数日时间。所以我们一定要防备着他们，以防他们趁乱浑水摸鱼。另外宋国刚刚在我们手中吃了败仗，即使他们国君性格懦弱，但也必定心有不甘，我们绝不能大意。"

"先生既提到这里，我也想起一事。"萧绣抬起头来，"卫国遣送来我国的那位质子，今日遇刺，幸亏护卫得力，倒是没有受伤。"

"刺客？"张馥皱起了眉头，"一个十岁的孩子也值得派刺客？给他加派些护卫，不要让他在我们晋国境内出事。"

郑州城。

姚天香打了个哈欠，趴在桌边看着忙于政务的程千叶，嘟囔道："桥生出征了，我以为你会有空陪一陪我，没想到你还是这么忙。"

程千叶笑了起来："别抱怨了，抓紧帮我做点事。等过了申时，我们便微服私访，去逛一逛郑州，好好看看这座城的民生风貌。"

姚天香高兴起来，卷起袖子露出皓腕，从笔架上拿下一支笔，沾了沾墨汁："行，你要我做些什么？"

"对了，你先看看这个。"程千叶揉了揉肩膀，从一堆信中翻出一封，递给了姚天香，"你那个来做质子的侄儿竟然遭到了刺杀，你看看是怎么回事？"

姚天香接过信函，皱着眉头看了片刻，冷哼了一声："这些小人，正经事做不好，搞这些龌龊的勾当倒是拿手得很。”

程千叶不由想起那个怯弱的小男孩，每日生活在这样的环境中，难怪被养成了一副胆小怕事的模样。

“他才十岁，而且都被送到我们晋国做质子了，竟然还有人不肯放过他？”程千叶有些不解。

姚天香奇怪地看了程千叶一眼：“这有什么好不能理解的？你哥哥当初不也是被你那同父异母的弟弟……”她咳了一声，没继续说，把话头转到了另一面，“我那几个侄儿连着他们各自的母亲可以说明争暗斗得厉害。姚顺排行老三，本来倒还不起眼。到了晋国做质子后，你不但没有为难他，还给他延请教师，让他同晋国的王室子弟一同进学。这不，便引起那几个眼界狭窄之人的嫉妒了。”

程千叶摇了摇头，不禁开始庆幸自己的后宫人员相对简单，目前也只有一个连路都还走不好的继承人，倒还不用烦恼这种事。

申时过后，郑州城内的大街小巷逐渐热闹了起来。

秋季的天黑得比较早，再过一个多时辰，天色便会完全暗下来。

因而，这个时刻也是城内人潮最为密集的时刻，各行业的人们出现在回家的道路上，军营里的士兵也结束了训练，从校场散出来。

街边开始摆出各种冒着热气的吃食小摊，摊主们热情地招呼着路过的客人，各处做工的人们收工后，有些便会在这些摊位上坐下对付一口，当作晚饭。

行脚商人和卖艺的老者挨着道路，他们吆喝的吆喝，扎场子的扎场子，街市上满溢着生活的气息。

郑州曾被犬戎大将嵬名山占据了很长一段时间，但城内民生富足，倒并没有显出那种被异族统治过的惶恐萧瑟，反而在对比之下，程千叶去过的犬戎都城镐京反倒不如此地安逸富裕。

对大多数老百姓来说，他们并不介意统治者是谁，只要那高高在上的君王不残酷剥削，不肆意征战，为他们提供一个安稳的环境，他们就能过得很好。

难得偷闲，程千叶拉着姚天香的手，穿着便服，一路吃吃逛逛，既放松又惬意。而身后的程凤和阿甲则带着几名侍从，相随护卫。

不远处，一个茶楼传出悠悠丝竹之声，吸引了程千叶的注意。她拽着姚天香，兴奋道："很久没有听戏了，天香，我们去坐一会儿。"

于是，众人便进了茶楼，坐在二楼的雅间之内。

但说是雅间，其实也不过是用两道半人高的矮屏风随意隔断一下，只不过是胜在有窗通风，不用在一楼和众人熙熙攘攘地挤在一处罢了。而茶馆中的表演，自然也比不上卫国宫室中由贵族专门培养的倡优们的技艺，他们只是听个热闹。

姚天香突然回想起自己还是卫国公主的那段日子，那时候，她像是一只被关在笼中的金丝雀，终日无所事事，听戏取乐、郊游饮宴便是她全部的生活。

她枯燥地重复着相同的日子，等着自己父亲或兄长来决定她的人生，把她像筹码一样，嫁给一个能为他们换来最大利益的夫君。然后继续开始过另外一种枯燥重复的日子，或是醉心于钩心斗角，只为争夺一个男人的宠爱。

她是从什么时候，生活开始变得这般繁忙的？就连听曲儿的时间都变得很少。

姚天香挨着程千叶，饮着茶水，悠悠地打着拍子。

可她很满足于现在的生活，她是晋越侯的正妃，千叶也对她很好。她明明可以过着悠闲的日子，但她却偏偏要让自己忙碌起来，而这样充实的生活，也让她每天都感到很有意思。

程千叶坐在窗边，看着窗外来来往往的各色行人，忽然，她的目光被一个卖干货的中年男子吸引。

那男子蹲在街道的对面，正巧对着这个窗口。他身材瘦小，佝偻着背，头上戴着个斗笠，面貌一点都不起眼。

只见他抬了抬斗笠，有意无意地向窗口看了一眼。但就那一眼，却让程千叶猛地攥紧了手。

"怎么了？"姚天香随口问了句，目光还留在楼下的戏台上。

程千叶轻轻捏了捏她的手："天香，你别回头，听我说话。"

姚天香顿了一下，表面上她依旧专注地看着戏，仿佛没有听见一般，但手掌微微用了点力，回应了程千叶。

程千叶举起茶杯，借着喝茶的掩饰，低声道："我们……可能遇到了刺客。"

姚天香不动声色，她目光看着楼下的戏台，纤白的手指却伸进了茶杯，沾了一下茶水，在桌面上写下了三个字——有刺客。

茶楼外，卖干货的汉子压了压头顶的斗笠，他心中惊疑不定。

他们花了很长时间打探消息，晋越侯程千羽确实是一个从未修习过武技，从小养尊处优的王室子弟。

但刚才，他不过看了那坐在窗边的晋越侯一眼，为什么竟然会有一种被识破了的感觉？

他抬起眼，从斗笠的缝隙间往上看。微服出行的晋越侯正半倚在窗边，举着茶杯悠哉悠哉地品着茶，并没有招呼侍卫，甚至都没有和身边的那位夫人说话。

应该是错觉吧，他不可能一眼就看穿了我。那个男子暗暗想着，放下心来。

刺客及他的同伙已在郑州潜伏了十来日，他们日日蹲守在晋越侯临时居住的行宫之外，乔装打扮混迹人群中，查探情况。

虽然是战时，行宫的防卫倒也没有特别森严。但不知为什么，他们却一直找不到破绽。本来他们还接触了数个晋越侯身边伺候的仆役，可竟连一个能够收买的都没有，这也导致他们完全打探不出晋越侯的行踪。

由此可见，这位晋越侯确实是一位厉害的人物，至少在驭下这一块他做得十分到位。

好在他们的耐心等待之下，这些人终于见到晋越侯从行宫中出来，随行的侍卫也不多。

他深知这是一个机会，但……要动手吗？

刺客蹲在地上，透过斗笠的缝隙盯着街对面的那个窗户。他脊背佝偻，满面皱纹，两鬓斑白，怎么看都是一个平平无奇的劳苦百姓。任谁也无法单从外貌看出，这是一个手上沾着无数人命的暗杀者。

而作为资深的刺客，他深知刺杀的诀窍，关键就在于必须一击即中。

若是打草惊蛇，对方便会提起十二分的警觉来防备，任务也会变得加倍困难。

在他过去几十年的人生中，他为他的主公执行过无数次这种任务。而之所以能够屡屡得手，成为主公信赖的死侍头领，他唯一的诀窍就是“忍”。

曾经，他潜伏在一个目标身边足足五年，直到有了十足的把握，才果断出手，最后功成身退。

他想了想，还是觉得太仓促了些，于是便敛起神色，向潜伏在附近的另一位同伴比了个撤退的手势，随后弯腰，开始慢慢地收拾起眼前的担子。

熙熙攘攘的人群中，没有人会留意他这样一个不起眼的货郎，或许离开前他还可以进入这家茶馆，喝一杯茶，顺便观察一下这位晋越侯的喜好和身边之人。

可就在他弯下腰的一瞬间，多年行走在生死边缘的直觉，让他的身体反射性地一躲，躲开了一支夺命利箭。

那支利箭擦着他的脸而过，削断了他的鬓发，在他脸上留下一道伤口。而后，数支利箭接踵而来，钉在他刚刚站立的土地之内，扬起一阵尘土。

他一个翻身躲过接连而来的箭雨，猛地抬起头来。视线同茶楼窗口立着的一个红色身影相对。那人面带寒霜，毫不犹豫地伸展猿臂弯弓搭箭，连珠利箭再度破空迎面而来。

刺客身材瘦小，却异常敏捷，他灵活躲避着，同时亮出了藏身的短刃，架住从身后向他攻来的一双短刃。

攻击他的是一个年轻的女子，年纪虽轻，但出手却十分狠辣。

这个女子的面上没有半点表情，使出的却全是拼命的招式，招招攻向要害，既快又狠，竟没有一招半式为自己防守。

他敏锐的直觉告诉自己，这是一个和他一样从小在地狱中训练出来的死侍，甚至这个女子要比当年的自己更狠辣，更悍不畏死。

但毕竟还太年轻，本来应该不是自己的对手，如果不是那个厉害的弓箭手接连不断地射出冷箭，他本可以迅速摆脱此人。但那弓箭手射出的每一箭几乎毫无间隔，却能箭箭都射在他的必退之路上。

避无可避之时，他身上已连中两箭，动作也开始迟缓起来。

他心想，难道他的终点，会是落在这样一个年纪轻轻的女人手中吗？

想到这儿，刺客像是一匹受伤的老狼一般，在垂死前爆发出最为激烈的反扑。街上的行人突见这般变故，顿时慌乱，推搡奔逃者有之，惊惧尖叫者亦有之，场面顿时混乱了起来。

这时，一匹骏马趁着人群混乱从街角奔出，一个少年从马上跳下，那个少年死死架住了阿甲的刀刃，接应负伤的刺客。

程凤站在窗口，一箭射穿那少年的腿，把他放倒在地。

而那受伤的刺客借着这个空隙，翻身上马，挥刀挡开楼上射下来的箭，扬长而去。

逃脱前的最后一刻，他回头向茶楼的窗户看了一眼，那红衣侍卫身边正站着一位容貌清隽的男子，那人也正用一双看透一切的双眸，冷漠地看着他。

阿甲拔腿欲追，此时程凤的声音从楼上传来："阿甲，别追。以主公安危为重。"

他和其余的侍卫都没有离开程千叶身边半步，以防敌人偷袭。而阿甲的目光则落在那奔逃的马匹上，面无表情，脚跟却微微动了动。

"不许去，"程千叶的声音从窗台处传来，"你也受伤了，赶快给我回来。"

阿甲无奈地止住了脚步，控制住那个倒地挣扎的少年。

她心中很是不解，为什么主公会知道她在想什么？师父当年明明说她对表情的控制是所有人中最好的。

她摸了摸自己的脸，心想，难道最近退步了吗？

很快，城中巡逻的卫队赶到，护卫着程千叶一行人回宫。

阿甲将那个抓获的少年丢在程千叶面前，只见那人面部漆黑，口中溢出鲜血，已经毫无反应。阿甲见状解释了一句："被抓到的那一瞬间，他就服毒了。"

程凤蹲下身查看了一下，也摇了摇头。

程千叶看着那具年少的尸体，很是感慨："还这么小，就被派出来做刺客了？"

阿甲回答道："所有死侍、刺客都是从小培养，已经能出来办事的，就不算小了。"

她手背上被划了一道口子，红色的血珠正顺着手指往下滴。这点伤对她来说不算什么，她若无其事抬起手臂舔了舔伤口。

一旁的姚天香把她拉了过来，从程千叶的抽屉里翻出一瓶伤药，给她的伤口上了点药，又抽出自己的手绢，包在阿甲的手上："真是一点都看不出来，你这姑娘平日里不声不响的，没想到身手这么利索。"

转瞬，姚天香又叹了口气，有些后怕地说："都是我不好，如果不是我闹着出去，就不会遇到这事。幸好有程凤和阿甲在，不然还不知道会怎么样。"

程凤拱手称颂："多亏主公敏锐，及时发现刺客，避免了险情。"

在程凤心中，主公睿智英明，一眼看破了刺客实属正常。但阿甲却不这么想，今日那人是个经过长期训练、经验十分老到的刺客。

他潜伏在人群之中，即便换作从小接受训练的自己，也未必能识破他的伪装，主公到底是怎么发现的呢？

她很想向主公讨教这其中的关窍，但她从小接受的训练告诉她，在主公的身边，她应该保持低调，尽量让自己显得没有存在感，才是一个合格的死侍该有的行为。

不能问东问西，她对自己说。

程千叶看着眼前这个面上毫无表情，心中却澎湃着旺盛好奇心的年轻女孩，觉得很是有趣。

可是她也没法解释自己感知敏锐一事，所以只能岔开话题："阿凤，

你能不能查出是谁派出的刺客？”

程凤道：“为搜寻刺客，臣已下令封锁全城，希望能有所斩获。”

这时，阿甲却说：“我觉得他们有可能是宋国的人。”

“宋国？”程千叶很是诧异，那个软弱胆怯、败在桥生手中，只能割地赔款乞求退兵的宋国？

“我也只是猜测，”阿甲说道，“宋国军队战力较低，但他们却特别注重培养死侍和间谍。听闻他们的太子姬昂身边就养了数百死侍，多是一些年纪尚幼的少年少女。他们的头目名叫‘桀’，传闻中的形态年貌就同今日遇到的那个刺客十分接近。”

“那个桀，我出使宋国的时候也曾听闻其名。”程凤想了起来，他抬头看向程千叶，“周子溪大人的双腿，就是被此人废的。”

此刻的周子溪，正坐在楚国国君楚安侯的大殿之上。

周子溪的旧国魏国和楚国相邻，楚安侯还未继承爵位之时，曾在魏国游学，和当时年少成名的周子溪乃是至交好友。

此刻他看着面前坐在轮椅上、双腿已废的故人，不胜唏嘘：“当年犬戎肆虐，魏国国破，我国也是自顾不暇，想不到子溪你竟遭此大难。”

楚安侯站起身，来到周子溪身边，扶住他的肩膀：“万幸，你我兄弟竟还有再见的一日。你既然到了我楚国，那就别再走了，我必好好待你。”

周子溪行礼道：“谢侯爷抬爱，但在下如今是晋臣，来到楚国乃是奉我主公晋越侯之命，约请君上共讨犬戎。”

殿上陪坐的一位名叫杨俞的大臣嗤笑一声：“既然求我国出兵相助，就该派一个正经的使臣来。难道你们晋国连个健全人都没了，非得派一个残废出使我楚国？”

“子溪乃是孤的好友，杨公不得如此。”楚安侯象征性地斥责了两句，转身回到座位上，“出兵之事可慢慢商讨，子溪远道而来，且先好好休息几日，让我设宴为你接风洗尘，一叙旧情。”

周子溪随行的侍从们见到楚安侯如此怠慢，无不心中愤愤。但周子溪倒是若无其事，仿佛听不出杨俞和楚安侯的轻慢之意一般。

他拱手行礼道："我大晋人才济济，先拒犬戎于汴京，两年之内得琪县、败宋国、夺郑州，何其壮哉。如今我晋国左庶长墨桥生已率十万大军直逼犬戎镐京，又何须楚军相助？若不是我念着同侯爷多年故旧之情，特意在我主公面前请命，主公他根本就没有遣使楚地之心。"

楚安侯诧异道："子溪此言何意？"

周子溪不紧不慢地开口："犬戎乃蛮夷也，发迹于荒蛮之地，逞匹夫之勇尔，可君等却被其吓破了肚肠。

"楚地离镐京并不远，却不知道犬戎内乱已久，国力早不复从前。犬戎的太皇太后没藏珍珠亲手杀了自己的儿子，扶十三岁的孙子称帝。他们朝中早已内乱，军方势力各自为政，分崩离析，正如一盘散沙，不复当年之勇。"

大殿之上的楚国朝臣闻言低声议论了起来，犬戎皇帝和太后母子失和、太后废子立孙之事他们早有耳闻，只是不敢确定犬戎的情况是否真的如传闻中一般大不如前。

周子溪见状，向右上一礼："在下的主公晋越侯为什么能以一己之力独守汴京，复又败犬戎于郑州，无非是因犬戎早已今不如昔了。便是犬戎那位声威赫赫的大将军嵬名山，也被我军打得落花流水，狼狈逃回草原去了。"

大殿之上，窃窃私语之声渐盛，楚国地处南面，犬戎入侵的主战场离他们有一定距离。但他们对犬戎的畏惧，很大程度上是来自于那位犬戎名将嵬名山。

当初，王都镐京沦陷之后，犬戎大将军嵬名山率军南下，先是灭了楚国邻近的魏国，又一路烧杀入楚地，铁骑所过之处白骨累累，人烟灭绝，即便是现在想起来，依旧会令许多楚人两股战战。

得知大名鼎鼎的嵬名山竟然被名不见经传的晋国军队打败，还被一路驱逐回老家，躲回草原，楚臣们看周子溪的目光也逐渐不同起来，便是连刚刚公然嘲讽周子溪的杨俞也收敛起自傲的神色。

一方面是因为他们相信了犬戎衰弱的事实，另一方面他们也开始对新兴崛起的晋国国力有了新的揣测。

周子溪神态自若地靠着椅背，慢悠悠加了一句：“在下来楚地之前，路过汉中，也去拜会了一下李文广大人。”

楚安侯忍不住问道：“哦，李刺史有何说法？”

周子溪道：“他听闻我主公欲伐犬戎，当即就坐不住了。此刻只怕已点齐兵马，在出征的路上了。”

楚安侯的眼珠转了转，搓着手犹疑不定。周子溪见状，慎重地说：“怀远，李文广可是个野心不小之人。愚私以为，如今李文广毗邻楚地，若是让他借此机会，壮大了实力，可是于楚国大不妙。”

楚安侯的字为“怀远”，当年周子溪与他同窗之时，二人之间便时常用别字相互称呼。

楚安侯顿时吸了口凉气，站起身来。他快步走到周子溪面前，握紧了周子溪的手：“多得子溪提醒，我即刻点兵出征。还请子溪回复晋越侯，我楚国必同晋国齐心协力，共抵犬戎，驱逐鞑虏。”

镐京，王宫之内，没藏太后坐在空阔的大殿上。

她眼前的案桌上堆积着各地发来的告急文书，近日南阳被李文广攻占，平舆和上蔡被楚安侯夺回……

但这些都还不是最紧急的，此刻对他们威胁最大的是晋国的墨桥生，他率十万兵马接连拿下许昌、禹州，如今正向着镐京附近的登封逼近。

一夜之间，声威赫赫的犬戎仿佛就衰败了下去。

而那些先前听到他们名字就闻风丧胆的诸侯，如今倒是一个个都冒了出来。这个也想争一块地，那个也要踩上一脚，使她焦头烂额，应接不暇。

大殿内昏暗的烛光照着她花白的鬓发，深深的皱纹使得她的面孔沟壑纵横，仿佛一下衰老了十岁。

她的身边坐着她年仅十三岁的孙儿，也是不久前才继位的新帝——元顺帝。

“阿奶，你怎么了？”元顺帝抬起头关切地问着，一双眼睛透着清澈天真的神色。

没藏珍珠把元顺帝轻轻搂进怀中，摇了摇头，叹道：

“阿奶做错了事，如今悔之晚矣。”

第十七章

筹谋

初冬的第一场雪终于飘落了下来，但郑州城的行宫内却不见丝毫冷意。

这些时日，前线捷报频传，宫中上下人人振奋，一派喜气洋洋之态。

程千叶头束金冠，广袖博袍，在宫人的簇拥下，步履匆匆。沿途的侍卫宫女逐一跪地行礼。

程千叶一边走，一边听着阿甲的汇报。

“最后还是被那些刺客跑了吗？”她看了阿甲一眼，抬脚跨入门槛，突然想起一事，“对了，子溪要回来了。近日天气寒冷，他腿脚不便，你明日带一些人出城外去迎一迎他。”

阿甲领命而去。周子溪此次一连走访了数个国家，在他的游说之下，地处犬戎南面的李文广、楚安侯等诸侯纷纷发兵讨贼，牵制了犬戎大量兵力。他的行动自然也为前线的战役创造了一个极其有利的局面，可谓居功至伟，程千叶十分感念他的辛劳。

屏退了众人，寝殿之内顿时安静下来。程千叶散开发冠，宽下外袍，准备就寝。

郑州的天气还真是冷啊，桥生出发的时候还是秋季，现在已过两月有余，都入冬了，程千叶在心里想。

她捏了捏忙碌了一天的脖颈，来到了床榻前。床前烛灯如豆，灯火摇曳出温暖的光影，洒在被褥上。突然就想起出征之前，发生在这里的那些事，而当时越是荒唐，如今却越是想念。

程千叶看着空无一人的床榻，转了转无名指上那枚墨蓝色的戒指，又轻轻在冰凉的戒指上吻了吻。

在离镐京只有百余里地的登封，刚刚夺下城池的晋国军营内一片欢欣鼓舞之态。

虽然损失了不少兄弟，但终究还是取得了胜利。

墨桥生下令犒赏三军，军中虽不能喝酒，但分发了大量牛羊肉，让将士们得以敞开肚皮吃个饱。

这些又一次在战场上存活下来的士兵们围着篝火，吃着烤肉，兴致高昂地交谈着。

他们接连打了胜仗，人人身上都累积着军功，此次回去，他们以及他们的家人也都会过上富足而体面的生活。

杨盛的兄弟们也兴高采烈地围着他，杨陆厚坐在杨盛身边，掰着手指盘算着：“盛哥，这一次回去，我也能有个三级爵位了。”

他的脸红了红：“里巷的王媒婆上回给我说了个媒，说是个模样周正、能烧一手好汤水的小娘子。等这次回去了，我想请干娘去帮忙相看相看。”

周围的人闻言哈哈大笑：“六猴儿也要娶媳妇了，看上里巷哪家的小娘子了？到时候可别忘了请哥哥们喝喜酒。”

杨陆厚面红耳赤：“别聒噪，少不了你们的酒便是。”

杨盛笑着揽了揽他的肩，目光越过篝火，望向那个独坐在篝火边的身影。

杨陆厚顺着他的目光看过去，只见墨桥生沉默地坐在那里，手中摩挲着他那挂在脖颈上从不离身的吊坠，不知在想什么。

“盛哥，将军此次立了大功，想必能从左庶长直接升为左更将军了吧？主公必会重赏他，指不定直接就让公主同他完婚了。也不知道我们有没有资格喝一杯将军的喜酒啊。”杨陆厚说。

郑州。

一场大雪刚刚停止，待雪化之时，城门附近的道路十分难走，但这个以繁华著称的商都，街道上仍是人来车往，热闹得紧。

挑着柴的樵夫、背着货架的货郎、坐着牛车的农妇、穿着甲胄持着长戈的士兵……来来往往，踏在覆盖着薄雪的泥泞道路上，恢宏大气的城门处也一直有人群进进出出，城门内的道路两侧也聚集了不少商贩。他们或是搭个茶水摊，或是卖个吃食点心，供那些匆匆出城或是远路归来的人们歇个脚，垫垫肚子。

时不时还会有一两辆富裕人家乘坐的马车行驶而过，木质的车轮溅起泥浆，让两侧的行人纷纷躲避。

此时，一个卖火烧的少年郎混迹在路边的商贩之中，他借着身前担子的遮挡，仔细观察着每一辆从城外归来的马车。

他的名字叫“暗”，是一个刺客。

暗不记得自己的具体年纪，或许十七，也或许十八，他只知道同伴中能活到他这个年纪的已经不多了。

和他一同训练的死侍，只有一个女孩和他一起在残酷的考验中活了下来，他们的师父桀给他们赐了姓名，女孩叫阳，他叫暗。但如今，那个叫阿阳的女孩也已经不在了。

阿暗在路边蹲守了大半日，肚子有些饿。

眼前担子中的火烧香气飘了出来，钻进他的鼻孔，但他却始终没有伸出自己的手。

因为马上就要展开的行动不允许他的肚子中有刚刚吃下的食物，那很有可能会使他在剧烈的行动中呕吐。而行动中哪怕只是一点点的失误，也会要了他的性命。

阿暗接到消息，目标马上就要到来，而这次的目标人物是一个双腿残废、坐在马车里的男人。

那人是晋国的高官，刚刚出使归来，名字叫周子溪。

阿暗很早就听过这个名字，曾经有一次，他唯一的朋友阿阳坐在他身边问道：“暗，你有没有喜欢过什么人？”

阿暗不明白什么是喜欢，他的人生只有两件事：完成任务继续活着，或者任务失败而死。

但那个从小同他一道在泥沼中长大的伙伴，眼中却流露出一种他不能理解的神情，微微红着面孔道：“我喜欢上了我的目标，他的名字叫周子溪。”

“你不能这样，你这样会活不长的。”阿暗说道。

“是的，因为喜欢上了他，我想我可能就快要死了。”阿阳轻轻地回答。

果然，阿阳很快就死了，他唯一可以说话的朋友也没了。

道路上传来的马车声将阿暗的思绪拉回，因为人流的密集，那辆马车减缓了速度，马车前后簇拥着不少侍卫。

经过长途跋涉之后，在终于抵达自己国家的城门口时，侍卫们的神情都明显地放松了。他们轻松地交谈着，商量着晚上到何处喝一杯烈酒解乏。

这时，车窗的帘子被掀起，一张清隽儒雅的面孔露出，这就是阿暗的目标。

他挑起自己的担子，迎着马车走去。阿暗对这个人无爱无恨，但他却要取这个人的命。用别人的命换自己存活这种事，他已经做过无数次。

在喧闹的街道上，少年和马车交错而过。拉车的马突然像被什么东西惊到了一样，长嘶一声奔了起来，一下撞翻了那个挑着火烧担子的少年。

金黄色的火烧撒了一地，卖火烧的少年滚到了泥地里，马车很快被侍卫们控制住，周围的人群围了上来。

阿暗滚在地上，假作伤重痛呼。这时一架轮椅停到了他的面前，轮椅上坐着一位温文尔雅的男子。那人伸出手，关切地开口询问：“小兄弟你怎么样？伤得重不重？”

阿暗心中暗自庆幸，他本来只想逼停马车，伺机动手。但没想到目标竟然下了车，还要靠近自己，真是天助他也。

他悄悄打量了一下四周，围观人群中有好几个同伴正向他悄悄打着眼色，准备随时接应。

时机非常好！

阿暗抽出匕首，一下刺向近在咫尺的那个男人！

周子溪的侍卫反应过来，猛地推了一把轮椅，轮椅在雪地上打了个滑，带着周子溪一道倒在地上，险险避开了致命的一刀。

围观人群顿时骚乱了起来，一时间推搡的人群阻隔了周子溪和他的护卫。阿暗挥刀，冲着那倒在雪地上、行动不便的男子刺去。

但正当他要得手之际，那个男子突然抬起头，一双清透的眼眸向他看来。

不知为什么，阿暗的脑海中突然响起了阿阳的那句话——“因为喜欢上他，我想我就快要死了。”

想到阿阳是为了他死的，阿暗顿住了一瞬。

但就是这么一瞬，一只手一把抓住了他的刀刃，让他再也刺不下去。

这是一个和他年纪相近的少女，这个女子手持一柄短刃，电光石火之间就同他交换了十来招。

高手之间，只需几招就能知道对方的实力。

阿暗知道自己这次任务失败了，他无法在这个女子手中取到目标的性命。他只能拼命冲出重围，逃遁而去。

那个少女正是阿甲，只见她扶起轮椅，搀扶起倒在雪地中的周子溪，把人安置在轮椅上：“周大人，您没事吧？”

“多谢你，我不妨事。”周子溪喘了口气，平复一下情绪，“阿甲姑娘，你怎么来了？”

“数日前主公也遭遇了刺客，主公不放心您，特命我来接您。”阿甲说道，她抬头看向前方的位置，“主公也亲自来了。”

不远处，程千叶正坐在马上。她紧紧拽住手中的缰绳，看着眼前混乱的场景，怒火中烧。

如果她没有想到或是来晚了一步，那刚刚回到郑州的周子溪就会死在自己的眼前。

刺客们混迹在人群中正四散逃去，无数晋国士兵们手持兵器赶来，搜索追捕。程千叶见状，立即下了命令：“即刻关闭城门，全城上下只许进不许出，务必抓住刺客。”

行刺周子溪的刺客中，有一个十分特别的少年，她能感觉到他身上有一股纯粹的阴暗之气，不掺任何杂质。

程千叶从未见过这样的人，她要找出这个刺客，找出他身后的人，让他们为自己的愚蠢行为付出应有的代价。

回到行宫后，程千叶沉着脸在位子上坐下。

她拉过阿甲的手，翻开了她的手掌，只见那手掌上横着一道狰狞的伤口，鲜血淋漓。

危急时刻，阿甲徒手抓住了敌人的刀刃，救下了周子溪的性命。

程千叶在伤口上撒了药，亲手包扎："一会儿传军医，给你好好看看。"

阿甲眉眼弯弯，露出一个标准的笑容："一点小伤，主公不必挂心。"

"明明很疼，为什么还要笑呢？"程千叶抬头看着面前这个只有十六七岁的少女，她还这么小，却已经习惯了伤痛，如果不是这满手的血，光从表面上外人绝看不出她受了这么重的伤。

"阿甲，人在高兴的时候会笑，伤心的时候就会哭。"程千叶一圈圈地绕着绷带，"你不必这么刻意地违背自己的内心，痛苦的时候你可以让自己痛苦，愤怒的时候你也可以让自己愤怒。"

阿甲愣了一下，眨了眨眼："可是师父告诉我，无论什么时候，都不应该表露出真正的表情，这样敌人才猜不到你真正的行动。而一个合格的死侍也不需要有自己的心，不需要有自己的表情。"

程千叶闻言沉默了，这个世界上还有太多的黑暗，在她不曾看到的角落里滋长。

另一边，程凤正向周子溪询问当时的情况："周大人，您觉得这些刺客，会是谁派来的？几日前，主公也遇到了一个刺客。那人四旬左右，身材瘦小，武艺高超，我和阿甲两人出手都没有留下他。"

周子溪思索了一下，开口道："宋国太子姬昂身边有一心腹之人，名叫桀，和你们描述的那个刺客年貌上十分相近。上次我们让宋国割地赔款，姬昂便对我恨之入骨，以他的气量确实有可能谋划此卑劣之事。"

他回想起那个为他而死的少女阿阳，心中伤感："今日行刺的这个少年，也让我想起了我的一位故人。虽然容貌不同，但他们身上有许多相似的特质，那人便是宋国的一名死侍。"

冬季对于穷人来说，是一年中最为难熬的时节。

即便像郑州这种相对繁华的城市，也免不了有不少缺衣少食、居无定所的难民。

在贫民窟集中的西城区，到处是无法抵御风雪的破败窝棚。而一个十七八岁的少年，匆匆地从雪地里走过。

他身上穿着一身破旧的棉衣，乌黑一片，头发虬结，看不清面貌，手上抓着一块炊饼，边走边啃着。

经过墙根处，一个饿得皮包骨头的小乞丐看着他手中的那半块炊饼，羡慕得直吞口水。

最终他还是经受不住饥饿的诱惑，举着手中的破碗，拦住了那个比他大了很多的少年："哥，赏一口吃的吧，我实在饿得不行了。"

那个少年闻言，转身一脚把那铁盆踹开。看见那破盆子在地上滚了一滚，又发出"骨碌碌"的声响，他好像做了什么好玩的事一样，哈哈大笑了起来。

小乞丐失望地捡起自己的盆子，他实在太饿了，饿得心里都慌了。那半块炊饼如果能让他吃上一口，他宁愿挨一顿揍。尽管他心中知道，哪怕是挨了顿揍，那块饼也不会落到他手里。

正当他不抱希望之时，只听"啪"的一声，半块炊饼落在了他的盆中。他不敢相信地揉了揉自己的眼睛，飞快地拿起那块饼向口中塞去。

"谢谢，谢谢。"他流着鼻涕呜咽着感谢，但抬起头，却看见那个少年已经走远，背对着他不以为意地挥了挥手。

一辆马车从街角缓缓行驶过来，车帘掀起一角，传出一道冷冷的声音："就是那个人，抓住他。"

小乞丐惊恐地看见车内走出一个红衣侍卫，那人张弓就是一箭，利箭"噗"的一声射中了刚刚分给他炊饼的那个少年。

那少年后背中了一箭，趔趄了一下，却动作敏捷地迅速翻身而起，向前奔去。

红衣侍卫接连又是两箭，射穿了少年的双腿，把他放倒在地。街道处也突然拥出无数士兵，将那个挣扎着想要逃脱的少年按在地上，捆束起来。

阿甲从程千叶的马车上跳下，冷声道：“堵住他的嘴，不要让他自尽，押回去仔细拷问。”

回到行宫后，程千叶看着面前被五花大绑的刺客，神色严肃。

刺客身上中了三箭，血流了一地，口中勒着一道防止他自尽的布条，他一动不动地蜷缩着身体，漠然地睁着眼，脸上没有什么特别的表情。

程千叶皱起了眉头，这是个很年轻的刺客，几乎还只能算得上是少年。此人这样小的年纪，就已然是一个经验丰富的刺客，双手也不知道已沾染过多少人命，他甚至连自己的性命都不在乎，随时准备接受死亡。

姚天香听说抓到了刺客，赶过来凑热闹。她摇了摇头，道：“这已经不算小了，我嫁到鲁国的时候，还曾见过更小的呢。”

她伸手在身边比了一下：“你都不敢相信，才这么点大的孩子，就可以毫不留情地出手夺人性命。”

周子溪突然开口：“你……认识阿阳吗？”

刺客一片木然的表情突然出现了变化，他显然很吃惊，抬头看了周子溪一眼，随即又低头沉默。

在场的人都看明白了，他认得那个阿阳。

“带下去吧，交给你处置。”程千叶对阿甲说道，随后她犹豫了一下，又加了一句，“下手不要太过，留着性命。”

阿甲拽起刺客就往外走。她一面带着人往外走，一面在心中嘀咕：主公的心也未免太软了点，连一个刺客都还想着手下留情。上次主公下令将那个害死贺兰将军的叛徒李忠当众活剐了三天时，倒是十分果断。

阿甲低头看了一眼自己左手上的绑带，那还是主公亲手帮她包扎的。她举起那包扎着白色绷带的手掌，对着阳光看了看。

主公还真是个有意思的人，算了，反正还有我和张大人在她身边盯着，心软就心软吧。

众人退出之后，姚天香趴在程千叶的桌上，看着她批阅军报：“为什么还要留他一命，千羽你心软了？”

“我……”程千叶注意力不在这上面，她持着一柄小刀，正拆着信封上的火漆。

姚天香继续说：“这些死侍从小就接受残酷的训练，反复被教导必须忠诚，基本上都没有自己的思想，只能忠于主公一人，连自己的性命都不在乎，你可别对他们抱以同情。”

程千叶手中不停：“只要是人，都会有自己的想法。”

姚天香举起了身边的例子：“你看你身边的阿甲就知道了。只要需要，她受伤的时候能笑，杀人的时候也能笑，但平时却一点表情都没有。他们已被训练成一柄杀人的兵器，根本没有自己的感情，你留着那刺客的命也没用。”

没有自己的感情吗？

程千叶抽出了信件，拈在手中，陷入了思考。

她判断一个人的好坏，时常习惯依赖这个人带给她的感觉。

但这一次，她对那个刺客动了一点恻隐之心，却是因为他被抓捕前的那一点举动。

他一面欺负那个小乞丐，一面又把自己的食物分出一半，而且还是在自己也十分饥饿的情况下。她想，也许在纯黑的世界里没有善恶之分，一切的行动只凭本心的喜好。

程千叶想了想，道：“那个人有点意思，姑且留他几天性命吧。”

处理完刺客的问题，程千叶展开信纸，那是墨桥生从前线写给她的私信。而厚厚的数页信纸上，絮絮叨叨地诉说了前线的各种情况。

而信的最后，他写了一句话——

数月不见主公，臣思之甚深。

整封信的字迹都工工整整，只这一行字写得十分潦草。

程千叶几乎可以想象，墨桥生是如何涨红了脸，笔锋不稳地在长篇大论之后鼓起勇气，添上了这么一句话。

程千叶喜滋滋地笑了。

“桥生给你写了什么让你笑成那样？”姚天香好奇地问。

程千叶背过信纸不给她看，姚天香翻了个白眼：“哼，你当我稀罕吗？就那个墨桥生，平日里八竿子打不出一个屁来，难道写信就能写出花来了吗？”

“他是只写了一句话，但我看着就觉得心里高兴。”程千叶笑盈盈地说。

姚天香兴奋起来：“你给他回信可不能这样写，务必要娓娓道来，巧述相思，写得声情并茂，让他一阅之下，对你思之若狂。”

程千叶翻出纸笔：“行行行，给点意见，我要写些啥？”

姚天香附在她耳边道：“你就写些什么软玉灯边拥、轻把人儿推、欲拒还相迎啊……”

登封。

副官阿元进入墨桥生的中军大帐，恭敬道：“将军，郑州来的八百里急件。”

墨桥生接过信函，信封正面端正地写着“左庶长亲启”几个字，背面火漆上的章是主公的私人小印。

他急忙拆开信封，抽出信纸刚看了一眼，却又“啪”的一声合上了，强装镇定地咳嗽了两声道：“没什么事，阿元你先退下吧。”

阿元从帐内退出，心中疑惑，是郑州发生了什么大事吗？看将军脸都急红了。

墨桥生左右四顾，确定帐中空无一人后，方才小心翼翼地展开信纸，只见排头第一句便写的是改自《西厢记诸宫调》的艳词——

> 觑鲛绡腥铁甲寒，将军泪如珠，君泣我相迎，朝梧殿内魂飞上，千金难买此一场……

墨桥生脸红心跳，忍着羞愧细细地来回读了两遍。

“主公……真是。”他合上信纸，抵在胸前，感到整个身体从内到外地燥热了起来。

不久后，在墨桥生、李文广、楚安侯三路大军的夹击之下，犬戎节节败退，犬戎太皇太后没藏珍珠无奈之下，只得带着元顺帝舍弃了镐京，渡过黄河一路向北远遁而去。

据说渡河之时，船只不够，宫人士卒争拥上船，互相推挤，落水溺亡者不知几何。一时间尸体阻断河流，血水染红大江，其状之凄凄，令闻者心惊。

李文广借势一路高歌猛进，收回了他的老巢凉州失地，此后再不用四处借地漂泊，雄踞在西北一带。

楚国的楚安侯吞并了曾经的邻国魏国的部分土地，之后渐渐成为南方霸主。

而墨桥生的大军一路向西征讨，穿过函谷关，又过石门，占据了丰都一带。

郑州城内。

程千叶站在一份巨大的舆图前，昂首看着那道红色的行军线，那是墨桥生一路走过的路线，没想到桥生已经离她这么远了。

“主公为何不命墨将军占领镐京，反而一路西进？”周子溪有些不解。

“镐京是天子之都。”程千叶抬着头，视线落在了那曾经的国都上。“虽然天子已亡，但这座城池对天下人来说意义不同。我们晋国固然借此一役强大了不少，但如今天下群雄并起，我们没必要急着让自己成为众矢之的。”

周子溪顺着程千叶的目光看去：“原来除了丰都，主公真正想要的是……”

两人的目光汇聚到一处，齐声道：“汉中。”

“对，我想要韩全林的汉中。”程千叶坚定地说道。

二人商讨完毕，周子溪从大殿之内退出，他的心中隐隐有一种振奋之感。

主公心中自有雄才大略，对国家的规划和期许，比任何人都来得深远。而他们君臣之间，竟有着如此一致的目标和理想。

他跟随主公走到如今，眼看着国家在大家的齐心协力之下，逐渐变成了他们想要的模样，甚至比他们想象的还要好。

如今，晋国已经成为雄霸一方的强国，有了逐鹿中原的实力，有了实现他们梦想的能力。

也许，他周子溪此刻正站在一个时间的节点之上，看着一个繁华盛世拉开序幕。而他是何其有幸，得遇此明君，周子溪坐在轮椅之上想着。

因为，对他们这些臣子来说，不同的主公带来的是完全不同的命运。

周子溪出了宫殿，来到牢房。

昏暗的牢室内，那个年轻的刺客被吊着，阿甲则站在那个和她年纪相近的刺客面前，点着手中的刑具，叹了口气："还是不愿意说吗？跟了那样一个不顾你们死活的主君，这般固执又有什么用呢？"

阿暗感到身上的痛苦已经到了身体能够承受的极限，但下一波的折磨往往又会让他知道自己错了。他甚至控制不住自己，发出了一些意义不明的短促声响。

但他没有开口求饶，他只能忍，不论是否忍得住都得忍。因为刻在骨子里的教训告诉他，这个时候求饶是没有任何作用的，只会浪费体力。

眼前这个正折磨着他的女人面无波澜、冷酷无情，虽然比他大不了几岁，但却和师父一样，有着丰富的刑讯经验，能用最小的伤制造人体所能承受的最大痛苦，反复对他施以酷刑。

这是最糟糕的情况了，阿暗在心里想。

对一个死侍来说，落入敌手之后如果不能及时自我了断，便希望能够死得早一些。

最可怕的就是像这样落到一个手法专业的敌人手中，饱受折磨，求死不得，只能在无穷无尽的痛苦中反复煎熬忍耐，乞求死亡早点降临。

为了让他们在被活捉后，不被敌人逼出口供，从小师父就在他们做错事的时候，亲手对他们加以各种惩罚，让他们的身体能够忍受痛苦、习惯痛苦。

甚至，除了身体上的折磨，还有精神上的摧残。

有一次，他失手后，他的师父什么都没做，只递给了他一小杯酒，但那杯酒却让他见到了真正的地狱。

自此之后，他再也没有犯过一次错，没有失过一次手。

想到这儿，阿暗的嘴角咧出一丝苦笑。也许他该庆幸，面前的少女还只是折磨他的身体，没有让他到真正的地狱走一遭。

“不错啊，居然还能笑得出来，难道是我太仁慈了，比不上你们宋国的那位桀大人？”少女沾着血的手伸到阿暗面前，捏着他的下巴，强迫他抬起头来，然后毫无表情地冷漠开口，“看来……我要更认真一点了。”

阿暗渐渐闭上了眼，正当他准备承受下一波残酷的折磨时，突然，他听到了一种奇怪的、吃刺刺的声响。

片刻之后，他反应过来，那是轮椅在牢狱内坑洼不平的石板地上滚过的声音。

“阿甲姑娘，手下留情。主公说已经可以不必审了。在下有些许私事要问他，还望姑娘行个方便。”

“……”

阿暗依稀听到一个温和的男音在说话，其间夹杂了那个女子几句冷冰冰的话语。随后便有人把他从悬吊的状态放下来，帮他包扎了伤口，拖回了牢房中。

这时，那吃刺刺的声音停在了他的面前。阿暗勉强睁开眼睛，映入眼帘的是一个木制的轮椅，轮椅上坐着一个男人。

那个男人手持陶碗，里面盛着些意义不明的汤水。他弯下腰，质地柔软的广袖垂到污浊的地板上，将那个碗摆在他面前。

这是什么意思？还是要给我吃那些乱七八糟的药剂吗？

阿暗觉得自己那颗几乎不存在的心，突然难过了一下，果然还是免不了这种折磨。

他没有反抗，甚至主动抬起头勉强凑到碗边，一口气喝光了苦涩的药汤。

他知道反抗是没有意义的，越顺从、木然，别人折磨的兴趣或许还会少一些。

“这是药，对你的伤有好处。”男人温和的声音响起。

阿暗闭着眼躺在地上，他没有力气去分辨这个人的目的。但他的身体也似乎真的没有发生什么特别的反应，那带着热量的液体进入他空泛的肠胃后，反而让他舒服了一点。

“你能和我说说阿阳吗？”那道声音再次响起。

阿暗无力地睁开眼，看了一眼那个坐在轮椅上的人。

这个人叫作周子溪，阳就是为了此人死的，原来他还记得她。

“关于她的事，你随便讲什么都好，我想知道她的过去。”周子溪看着躺在地上的囚徒，“只要你说，我就拜请主公停止对你的刑讯。”

一轮满月升上夜空，昏暗的牢房内，月光透过窗栏洒在了那浑身是伤的囚徒身上。

或许是痛苦了太久想要喘口气，又或许是因为别的原因，片刻之后，牢房中响起了沙哑低沉的声音：“小时候，我和阿阳在同一个组。我们那组最初有二十个孩子，最后活着长大的只有阿阳和我……”

“子溪向我求情，我答应他了。”程千叶埋头于案牍之中，头也不抬，“只要知道是宋国的刺客就够了，我迟早找他们算账。”

阿甲侍立在程千叶的案桌前，没有说话。

程千叶感受到阿甲的情绪，看她一眼，问道：“怎么了？”

“可是那些刺客可能还潜伏在城中。”阿甲开口道。

“都过了这么多时日，你即便撬开他的嘴，问出来的信息估计也没什么用了。”程千叶不以为意地回复。

听到这话，阿甲不禁腹诽：主公心软就算了，连周大人也这样。一个想取他性命的刺客，他竟然还为之求情，真是妇人之仁。

“既然城中有刺客，阿甲你这段时间就待在周大人身边。”程千叶停下笔来，抬头看着阿甲，“周大人为了新政的顺利实施，时常走访乡里，考察民情，很是勤勉。他腿脚不便，如果没有一个信任的人在身边，我不太放心。”

阿甲未多言语，抱拳领命。但程千叶却放下笔来，把她上下打量了一遍：“你不愿意？”

阿甲下意识地摸了摸自己的脸，吃惊地想：怎么又被主公看出来了？难道真的退步了吗？没了师父的督促，现在她连最基本的情绪都掩饰不好了？

她心中十分懊恼，恨不能立马翻出一面铜镜来看一看自己现在的表情，到底是哪里出了纰漏。

程千叶看着眼前的阿甲不禁觉得有些好笑，她虽看着呆滞，但内心的情绪却活跃得很。

“你不喜欢周大人吗？”程千叶笑着道，“阿甲，你不必掩饰自己，有什么想法你可以直说。”

“我……我没有。”阿甲难得有些结巴，“我是一名死侍，主公的命令就是我的想法。”

程千叶搁下笔，向她招了招手，让阿甲靠近自己一点：“我的命令，就是请你不用压抑自己，说出心中所想。”

阿甲的眼珠来回转动，突然不知道该给自己维持什么样的表情。

“周大人他……太端方了，我，我有些不太习惯。”最后她还是决定开口，“他太正经了，什么都讲究礼教，处处遵循圣人之言，简直就是一个道德标杆。我在他面前浑身都不自在，就连我对囚犯用个刑，他都觉得我过于严酷，我和他实在是处不来。”

说完，阿甲吁出一口气，原来把心里的话都说出来是这么爽快。一时间，她觉得整个天色都似乎晴朗了起来。

程千叶笑着摇了摇头：“行吧，你就在子溪身边待几天，等过几日我们回汴京了，我再物色一个合适的人，把你换回来。”

昏暗的地牢内，阿暗躺在一堆干草上。

这个牢房内空荡荡的，没什么人。自从被捕后，他也不知道自己在这里被关了多久。

从狱卒的交谈中，他依稀知道犬戎败退回了北面的草原，诸侯国的君王们正瓜分着犬戎留下来的地盘。晋国的军队夺下了不少城池，如今又占据了西面的丰都。

天下局势正不停地变化着，有的国家迅速强大起来，但有些国家，像是他们宋国，还依旧弱小。

可这些与他这个无名小卒已经没有任何关系了，他唯一关心的就是自己会死在哪一天。

周子溪没有骗他，自从那次后，就再也没人对他用刑。

空荡荡的牢房中，除了每日按时送来饭食的狱卒，他基本见不到什么人。

但每隔一段时间，夜里，吃刺刺的轮椅声便又会响起，那个儒雅贵气的晋国高官来到他的面前，同他聊一聊两人共同认识的那个人。

阿暗不知不觉地就说了很多往事，他甚至没有想到，自己乏味的人生竟也有那么多回忆。

"有一次我没有完成任务，师父把我捆在屋内，罚我五日不许吃饭。到了第三日晚上，我饿得头晕眼花，阿阳偷偷从窗缝内丢进来一个饼，却丢歪了，我完全够不着。如果被师父发现了，我们俩就完了，当时我们都吓得不行。

"阿阳第一次执行任务就差点失败了，幸好我恰巧路过，一刀替她割断了目标的脖子，她被吓得直哭，那时候我觉得她真是太弱了，估计活不了多久。

"谁知她却活了很久，后面大家都逐渐死光了，她却还一直活着。可惜，最终还是只剩下我一个。不，我估计也没有多少时间了。"

阿暗有时候会絮絮叨叨地说很多，有些是阿阳的事，有些是他自己的。

但那个被废了双腿的男人却从未打断过他，只是坐在轮椅上，抬起头看着窗外的夜空，静静聆听。

有时候阿暗不想说话，草草敷衍几句，那个人也没有多做责怪。只默默停留一会儿，吃刺刺的轮椅声便再次响起，渐渐远去……

阿暗躺在稻草堆上，看着潮湿的天花板，那个男人已经好几日没有来了。

他身上的伤口被处理过后好了不少，每日也有人准时送来食物，没有让他饿过肚子。

有时候，阿暗突然觉得他似乎还从未有过这样安静的日子。如果不是身处敌人的大牢中，他甚至觉得一直这样下去也不错。

直到送饭的狱卒和往常一样把食物从铁门的缝隙中塞进来时，阿暗听见几声细微的敲击声。

他的肌肤瞬间绷紧，因为那是他和同伴之间固定的暗号。而那个送饭的狱卒的容貌依稀和平日有些不同，他伸出枯瘦的手指在那盆饭食上点了点，阿暗便知晓了他的意思，看来这份食物可以让他立刻自我了断。

为了防止他自绝，阿暗的双手被反剪在身后，身体被铁链锁住，只能做出小幅度范围的动作。但那份特殊的食物就摆在他身前，只要他想吃，弯下腰就能够吃到。

阿暗默默地看着眼前的陶碗，那是一碗羹汤，乍看之下和平日里的伙食一样，几片菜叶飘在汤上，静静地停在那里。

刚被捕时，他一度渴望能得到一份能让他解脱的毒药。如果这份特殊的食物在那时被送到他面前，他会毫不犹豫地吃下去。

但他现在却犹豫了，他想低下头去，脖子却不知为什么一直僵硬地梗着。

他已经活得够久了，也应该结束了，这就是死侍的终点，难道他还有什么放不下的吗？连阳都已经走了那么久，阿暗在心中对自己说。

可随着时间一点点流逝，他也不知道自己还在等待什么，他依稀觉得牢房那深深的廊道里，会响起吃刺刺的轮椅声。

明明只是一个和自己毫无关系的人，但不知为什么，阿暗总想再见他一次。

想再见一下那个总会在夜里来到他身边，坐在轮椅上遥望窗外明月，默默听他述说的儒雅男子。

也许，自己一生中说过的所有话加起来，都没有这几日和那个人说得多，所以就想再和他说一次话。

阿暗苦涩地笑了一下，他在胡想些什么，原来他竟比阿阳还要蠢。

此时，熟悉又有规律的声音在牢房中清晰地响了起来，那是木质轮椅滚过牢房石板地面时发出的响声。

阿暗抬起头，一个坐在轮椅上的身影慢慢出现在他的视线里，那人的目光越过牢房的栏杆正向他看来。但这次他不是孤身一人，他身侧跟着两个人，一个是那个对自己施刑的少女阿甲，另一人则是晋国的主君程千羽。

三人打开狱门，进入牢房，审视着那一动不动地待在阴暗处的阿暗。

“不论周大人您怎么说，这样一个敌国的刺客，都不能轻易放走。”阿甲向程千叶进言，“主公，卑职认为，周大人所言绝不可行。”

周子溪显得很为难，但他依旧开口请求：“此人和我有些牵连，还请主公开恩饶恕。

“他在我大晋的牢狱中待了这么久，他主人不会再信任他，即便放了他，他也不能回到原处。我赠他盘缠，令他从此远遁便是。”

阿甲开口：“他是一个刺客，依照惯例，即便要饶他的性命，也要挑断手筋，废了武功。”

“阿甲。”周子溪露出不赞同的神色。

阿甲在心中翻了个白眼，觉得周子溪简直妇人之仁到了不可救药的地步。

放……我走？

一旁的阿暗似乎只听见了这几个字，他的目光忍不住落在眼前的那碗早已冷却的羹汤之上。

程千叶在他的面前蹲下，看了他半晌，又看了看那碗冷却的羹汤，突然伸出手，端走了那个碗，然后冲一旁的阿甲道：“你看看这个有没有什么问题？”

阿甲有些疑惑，但仍抽出一根银针探入碗中，顿时，雪白的银针自下而上地覆上一层乌黑。

阿甲沉下脸，她负责的牢狱中竟然混进了敌人的奸细，这让她既羞愧又恼怒。她跨出牢房，大喝一声："来人！"

狱卒们匆匆而来，回复阿甲的询问。

一旁，牢房内的程千叶看着眼前那个有些呆滞茫然的少年。他们这些死侍，从幼年起就被抹杀了自己的本性，成为主人杀人的凶刃，每天都走在生死边缘。落入敌人的手中后，主人还不忘要取他们的性命。

"主公，"周子溪低头行礼，"他只是一个无关紧要之人，就放了他吧。"

片刻之后，阿甲进入牢房，在程千叶身侧跪地请罪："主公，是卑职失职，竟让敌人混入狱中下毒。"

程千叶伸手，在她头上摸了摸。阿甲本该是个活泼的性子，也不知经历了怎样泯灭人性的训练，才变成如今这副无时无刻都戴着面具的模样。

她叹了口气："就依周大人所请，放人吧。"

阿甲不再说话，站起身来，解开阿暗身上的铁链，把他提了出来。

刚才阿甲的注意力不是很集中，她只觉得头顶上残留着一种奇怪的感觉。主公刚才在那里摸了一下后，那股温热的触感就好像一直留在了她的头顶上。

她把阿暗提出牢房，又按在一张刑桌上，固定住他的一只胳膊后，便开始磨一柄又薄又弯的小刀。

但在磨刀的时候，阿甲脑中始终思索着：她如此疏忽，主人不仅没有责怪她，还在她的头上摸了一下，这是什么意思？

她想了想，又很确定地觉得，这并不是生气的意思。

有时候，阿甲觉得她的运气真的很好，两任主公都是温柔的人。但要是生在宋国，那可能就完全不同了。

想到这儿，阿甲看了一眼那个被固定在刑桌上的少年。

这个人的年纪和她差不多，身手也很好，可到头来，却只能落得这种命运。

思绪纷飞间，阿甲举起了手中的刀刃，对准那消瘦的手腕，但等了半天，她似乎有些奇怪主公竟然没阻止她，忍不住回头看了程千叶一眼。

只见程千叶正冲着她笑，一道温柔的声音在昏暗的牢房内响起——

“算了吧，阿甲，你不是也有些不忍心吗？”

阿暗站在阳光下，鼎沸的人声和刺眼的阳光让他感到一阵恍惚。

他有些不知所措地看着眼前坐在轮椅上的那个人，周子溪递给他一个包裹：“走吧，别回你们宋国，走得远远的，连阿阳的份一起活下去。”

阿暗张了张口，却没有说出话来。但片刻后，他伸出手接过了那个包裹，伏在地上磕了一个头。

“一路小心，好好活着。”周子溪说道。

几日后，姚天香在郑州设立的女学馆正式开馆，程千叶带着周子溪、程凤和一干侍卫同去祝贺。

郑州历来是一个商业繁华的都市，天南地北的商贩会聚于此，民风也相对开放。再加上女学乃是主公正妃亲自设立，等同于是打上了官家正式认可的招牌，因此，第一天来报名的学员很多。

姚天香有了汴州的经验在前，早已做足了准备，倒也显得轻车熟路。

“天香，我们这就要回汴京了，你真的打算留在郑州这里？”程千叶握着姚天香的手，她有些舍不得这个贴心密友。

“嗯。”姚天香看着眼前热闹的场面，捏了捏程千叶的手，笑着交代，“我不在你身边，你一切小心。阿甲是位可靠的姑娘，有知道内情的她在我也放心多了。”

程千叶心中有些内疚，墨桥生如今占据丰都，厉兵秣马，剑指韩全林所在的汉中；而她回到汴京，却打算向宋卫两国开刀。

天香毕竟是卫国的公主，此时想必也是两难，只好避而不见，选择留在远离战场的郑州。

从女学馆出来后，程千叶同周子溪同坐一车。她挑开窗帘，看着车外热闹非凡的场面道：“天香的女学馆办得不错，子溪，我们是不是也应该办一些学校？”

“主公指的是太学吗？”周子溪回复道，“如今既然迁都到了汴京，太学确实也该好好办起来，以供京中贵族子弟们求学。”

“不，我说的不是太学这种仅供少数人就读的学馆。”程千叶比画了一下，“我是觉得我们应该鼓励民间多举办一些私立的学院。

“子溪你看，我们的国土越来越大，也需要越来越多的官吏来管理。可是我们怎么找出这些人才呢？我不喜欢现在这种‘举孝廉’的方式，举来举去都是贵族子弟，寒门中人完全难以出头。

“我是希望有一种制度，能鼓励地方私人办学，然后我们定期举办一场考试，考核这些学子。”

程千叶看着周子溪，收了一下手掌：“你能明白我的意思吗？这样我们就能挖掘出全国的各种人才，权力也不会只聚集在少数的几个世家贵族之中，就连国民的文化素质都有可能得到一个整体的提高。”

周子溪的眼睛亮了，他跟上了程千叶的思路：“主公这个想法真乃造福万民之策，若是能如此，我国将有用之不尽的人才。容臣仔细斟酌一二，再回禀主公。”

程千叶的想法得到了周子溪的认可，心里很高兴，拍了拍他的肩膀正要继续往下说，突然她听见了程凤的呵斥之声，前方似乎有些骚乱，车队也停了下来。

不多时，程凤隔着车窗禀告：“主公稍安，并无大事，似乎是阿甲在追捕刺客。”

程千叶掀起窗帘，只见阿甲提着一个浑身是血的人走了过来，她把人往地上一放：“行凶的是那个桀，我去追他。”

程千叶跳下马车，地上躺着的正是她几日前放走的那个宋国死侍——阿暗。

此时，阿暗面色苍白，脖子侧边被划开了一道口子，鲜血染红了半边身体。他还有一丝意识，微微睁着眼，正看着程千叶以及从她身后下来的周子溪。

“怎么回事？”程千叶紧皱着眉头。

“大概是他的主人不肯放过他。”程凤蹲在那个少年身边，为他包扎伤口，“伤得不深，带回去可能还有救。”

阿暗睁开了眼，发现自己还活着。

他微微一动，感到一阵眩晕，这时一个温和的声音在身侧响起：“你流了太多血，还不能乱动。”

阿暗转过头，视线渐渐清晰了起来。这是一间明亮的厢房，阳光透过窗栏打进屋内，照在床前的轮椅之上，而轮椅上坐着一个人。

那个人缓缓开口：“对不起。我们放了你，是想看看能不能通过你，抓到你师父桀。

“我本想着如果他们不同你联系的话，便真的放了你，但没想到他竟然毫不犹豫地只想取你的命，对不起。”

那个人一句句地说着道歉的话，这让阿暗的心里升起了一股奇怪的感觉，利用他难道不是一件正常的事吗？他本来就是一颗可以利用的棋子。

师父也时常说，没有利用价值的时候，也就是死侍的终点。而长到这么大，他似乎也是第一次得到别人的道歉。

“你好好养伤，等你伤好了我派人送你走。这一次，我真的放你走。”那个人温声说道，“你有没有什么想去的地方？如果没有，我可以送你去楚国或者凉州，那里远离宋国，你可以安心地生活。”

尽管这曾经是一个想要杀害自己的刺客，但周子溪依旧觉得心中难受，他配合着阿甲利用了这个已经开始信赖他的少年。

他说完，推转着轮椅准备离开时，却发现自己的衣袖被几根苍白的手指勾住了。

周子溪停下来，看着躺在床上的阿暗。

阿暗张了张嘴，这次他终于把心中的话说出口：“我……我不想去楚国，我能不能……留在您身边？”

“你说什么？你，你想把他留在身边？”程千叶诧异道。

当她看到周子溪带着面色苍白的阿暗进来的时候，便吃了一惊，但她没想到周子溪竟会有这样的请求。

周子溪闻言，恭恭敬敬地行了个礼："望主公恩准。"

程千叶差点接不上话，在她的印象中，周子溪是一个十分自律自持的人。

他出身书香世家，自小讲究礼仪，言行举止都透着一股君子端方的感觉，从未主动和程千叶提过任何不妥当的要求。

前几日周子溪来请求她放了这个叫阿暗的少年时，程千叶倒觉得没什么。而阿甲知道后，派人悄悄跟踪阿暗，想要试试能不能找出幕后之人之时，周子溪也没有坚持反对。

到底是什么让他在这几日之间就突然改变了想法，做出这种不合常理的举动，想要把这个敌国刺客留在身边。

"那什么，你叫什么名字？"程千叶问道。

消瘦的少年伏地行礼，简短地回答道："暗。"

他脖子上缠绕着白色绷带，弯曲脊背，一言不发地低着头。程千叶看着他的模样，突然有些想起当年的墨桥生。

曾经桥生在她面前也是这般沉默、隐忍，心中十分紧张，不敢多说一个字。

"小暗，"程千叶尽量放缓声音，"你先到外面等一会儿。"

阿暗行了礼，站起身来，一言不发地退了出去。

"子溪，你是怎么想的？"程千叶好奇地问，"只是因为同情他？还是因为想起了阿阳姑娘？"

周子溪低沉的声音响起："不，是因为他主动向我伸出了求助的手。"

程千叶不太明白，周子溪沉默了片刻，开口道："主公，臣也曾坠入深渊之中。在那些暗无天日的泥沼里待久了，人会变得麻木而失去自我，甚至不敢再追逐光明。"

周子溪的视线落在了自己的双腿之上，想起了那段令他追悔莫及的往事，他抬起头："当时，主公您明明就在我的眼前，我却没有勇气去和自己的命运抗争。

"阿阳她也和我一样，屈服在了自己的命运之下。直到最后为了我，她才决定奋起反抗，可惜一切都太迟了。

“这个少年，他和阿阳一起长大，有着和阿阳一样的人生。他鼓起了勇气，向我伸出了手，臣不忍心拒绝他，也不忍心拒绝那个曾经懦弱的自己……”

阿暗站在庭院内，春日里和煦的阳光打在了他的身上，他微微抬了一下自己的手臂，看了看那照在肌肤上明亮的光。

作为一个时常潜伏在暗处的刺客，他其实不太习惯这样站在阳光下。但这一刻，他想让这样的阳光照在自己身上，给他冰冷的身体带来一点温热，支撑住他忐忑不安的心。

忽然，熟悉的轮椅声在身后响起，晋越侯推着那位周先生向他走了过来。

阿暗转过身，伏地行礼，沉默地等待着那位高高在上的君王宣布自己的命运。

他看着眼前青砖铺就的地面，那砖缝之间的泥缝里，恰巧顽强挣扎出两片嫩芽。

“你，想待在子溪的身边？”他的头顶上响起了晋越侯的声音。

阿暗的视线紧紧地盯着那绿色的叶片，他听见了自己的回答：“是，请求您。”

我想待在周先生的身边，我想活在你们这个有阳光的世界里，所以……请求您。

他忍不住抬头看了周子溪一眼，而在他看向周子溪的时候，程千叶也敏锐地察觉到了阿暗的变化，看来周子溪是真的得到了阿暗的忠诚。

“那行吧，以后你就跟着子溪吧。”

听到了梦寐以求的答复，阿暗抬起头，露出难以置信的表情。

而程千叶弯下腰，看着伏在眼前的这个少年，开始想念起属于自己的那块蓝宝石。

她决定给墨桥生写一封信。

丰都军营。

演武场上，墨桥生背手而立，查看着士兵们的操练情况。

当初他带着十万人马从郑州出发，经过数月时间攻城略地，沿途又不断收编队伍和降兵，如今队伍的人数越来越多，已达二十万之众。

杨盛站在他的身侧：“将军，我们在这丰都待了三个月，早已站稳脚跟。如今兵强马壮、粮草充裕，我们到底何时讨伐韩全林那个老贼，将士们可都等着呢。”

墨桥生道：“不急，我已上书向主公请示，等主公的旨意到了再说。”

杨盛斟酌了一下，靠近了些：“墨将军，属下说句掏心窝子的话。咱们这一路打下来，占了这许多城池，得了这么些人马。如今我们背靠着丰都的补给，便是汴京不再发来援助，咱们拿下汉中也是没什么问题的。”

他压低了声音：“但若是我们再这么打下去，即便将军没有二心，主公只怕也不会再放心将军，将军可务必要为自己多做打算才是。”

墨桥生看了他一眼：“你不必多心，我自誓死效忠主公，主公她对我也只有信赖，绝无猜忌之心。”

杨盛本还想说些什么，只见副官阿元急匆匆地跑来，对墨桥生行了一礼，道：“将军，郑州来的急件。”

墨桥生看了一眼封签，是主公的字迹，于是他并没有现场拆阅，而是持着信件，转身就向营地走去。

留在原地的杨盛看着墨桥生兴冲冲离去的背影，不由得感到忧心。

墨将军对主公可谓是忠心耿耿，沙场之上，出生入死在所不辞，从没有一点为自己考虑的私心。

但对杨盛来说，主公只是一位高高在上的君王，只有墨将军才是他杨盛尊敬、信赖、誓死追随之人。

这军中大半的将士又何尝不是如此之想，他们中有一半的人，不仅连主公的面都没有见过，甚至连晋国的都城在哪里都不太知道。

而那位高居庙堂之上的主公，可能会像将军想的这般毫不猜忌，全心全意地信赖这位战功赫赫、手握大军之人吗？

杨盛不禁叹了口气，但却也无可奈何。

墨桥生回到帐中后，屏退了众人。

他小心翼翼地拆开了手中的信封，抽出信函，那正式加盖了印玺的信封内掉出了一小页薄薄的信纸。

墨桥生拈起信纸，主公那熟悉的字迹赫然纸上——

韩全林那个老匹夫我一想就生气，我一直记得他曾欺负过我最爱之人的事。

桥生你给我好好地打，最好打得他屁滚尿流、哭爹喊娘，给我出口气！

我每天都很想你，每个晚上都想你想得睡不着。真想吻你，吻你的眉毛，吻你的眼睛……

等你这次回来，我一定要狠狠地欺负你一次，让你知道我这些日子的相思之苦。

墨桥生把这一页写得完全不像话的信纸来回读了几遍后，才小心地折了起来。

他从床下取出了一个锁着铜锁的木匣，打开后，里面放着厚厚一沓各式各样的信纸，全是程千叶的笔迹。

墨桥生把手中的信纸放了进去，轻轻摩挲了一下。

主公时常给他写这种私信，有些写得文采斐然；有些却像这封一样通俗直白；有时候还香艳异常，令他只是读一读都满面通红，燥热难当。但也有些主公却只是记录了一些日常琐事，使他觉得仿佛回到了主公身边，那细细碎碎的文字也如雨露春晖，滋润了他那颗思念的心。

墨桥生研了墨，几经斟酌，红着面孔提笔回信。

程千叶率着水军，协同俞敦素、周子溪等人，乘坐着高大的楼船，行驶在从郑州返回汴京的运河上。

船行千里，碧波荡漾，程千叶在甲板上散步，一面吹着河风，一面拆着从宋国发来的国书。

阿甲侍立在她身侧，眼睛却不放心地直盯着楼台上推着周子溪轮椅行走的阿暗。

“怎么了？”程千叶一边看信一边道，“你有什么想说的就直说。”

阿甲憋了好几日，终于忍不住开口：“主公，您这也太过了，竟然同意了周大人荒谬的请求，把一个曾经企图暗杀他的刺客留在他身边？”

程千叶缓缓道：“没事的，子溪没有看错人，你就相信他一次。”

“可是主公，即便那个宋国的死侍改变了主意，投效了周大人，但他的师父桀还在。我最了解他们这种人，他们从小被师父控制，很难改变根深蒂固的思维。若是他师父同他暗地里接触，难保他不会再度屈服。”

“那个桀你不用再担心了。”程千叶看完信件，把它递给了阿甲，“我写了封措辞严厉的国书发给了宋襄公，他回复了这个，随信好像还有一个盒子。”

她招了招手，让侍从捧上了一方木匣。

程千叶捏着鼻子，避开眼：“你看一看，是不是那个桀？”

阿甲掀开匣子，一股刺鼻的血腥味冲天而来，匣子内静置着一个狰狞的人头，正是上次在茶馆外企图刺杀程千叶的桀。

此人凶狠，强悍，武艺高强、神出鬼没，能在程凤和阿甲两人联手夹击的情况下逃脱，能够潜入防备森严的牢狱中意图杀人灭口，也能在阿甲的紧密追踪下逃脱，说明他并不简单。

但他也终是一颗棋子而已。他曾经对阿暗说过：没有价值的死侍，也就失去了活下去的必要。

如今这话，也正应在了他自己身上。

“对他的主人来说，既然被我发现了，那用他的人头来熄灭我的怒火，是一件很值得的事情。”程千叶瞥了那血淋淋的人头一眼，摇了摇头，吩咐侍从，“端上去给周大人看一眼，此人当初设计废了周大人的双腿，如今便用他的命来还。”

阿甲闭上嘴不说话，程千叶在一张椅子上坐了下来，展了展衣摆：“想问什么，就一口气问了吧，憋着多难受。”

阿甲的脸莫名地红了一下，小声嘀咕：“我就是觉得，把郑州交托给那个降将，有点……”

离开郑州之前，经过一番挑选，程千叶把守护郑州的任务交托给了曾经的琪县守将甘延寿。

甘延寿接到这个任命时，几乎不敢相信，临行之前，他跪在了程千叶面前，道：“臣乃一名降将，主公何以将郑州此等要地交托臣肩？”

程千叶扶起了他：“你已是我大晋的臣子，这一年多来，也为我大晋立下不少军功，我都看在眼里，如何就不能把郑州交托给你？

“墨左庶长也举荐了你。他说你为人稳重，善于守城，当初他若不是利用了地利和你孤立无援的处境，即便有倍于你的兵力，也没有那么容易水淹琪县。郑州交给你，我很放心。”

甘延寿几乎哽咽难言：“多谢主公恩信，多谢墨将军提携。臣必守好郑州，绝不负主公所托。”

程千叶想到这里，笑了起来，拍了拍阿甲的肩膀：“放心吧，你主公不会看错人。”

郑州城内的一处池塘边，正里三层外三层地围着附近的居民。

他们不敢靠近，只是远远地站着，伸长脑袋看热闹。

池塘里刚打捞出一具无头男尸，发现尸体的渔夫正愁眉苦脸地和待在边上的几个衙役解释着情况。

而那具男尸在池塘里不知泡了多少日，全身浮肿，恶臭难当，刚打捞上来的时候，把那渔夫吓得直接尿了裤子。

郑州郡丞下属的丞吏邓晏，此时却毫不避讳地蹲在那具尸体边上，甚至带着一点兴致勃勃的神情，仔细查看这具别人避之不及的腐尸。

尸体的头颅被人切下，断口齐整。但人的头颅可没那么好切，凶手极有可能武艺高超，臂力惊人。

邓晏一边翻查着尸体，一边思索着。

“邓丞吏，你可让我好找。”和邓晏同为郡丞属官的何侑匆匆忙忙地赶来。

当何侑猛然看见一具高度腐烂的腐尸时，可把他给吓了一大跳，他举着袖子挡住眼睛道：“别忙了别忙了，郡守大人紧急召全郡长和吏署官到郡署议事。”

邓晏继续观察着尸体，不紧不慢地回复：“且稍等片刻。”

何侑一把拽着他的袖子就走：“郡守大人召唤，如何等得！这些案子且先放一放吧，你还嫌在郡守和郡丞两位大人眼中的印象不够糟吗？”

邓晏无奈地被一路拽上马车，他一边掀起帘子向池塘的方向张望，一边道：“到底所为何事，这般紧急？主公已经回汴京去了，我郑州还能有什么急事，需要全员会集探讨之？”

“主公刚从汴京颁发了政令，要求各郡设郡学，并要所辖地方鼓励创办私塾。汴京会定期举行大考，考查各郡县选拔上来的人才，择优录为官吏。”何侑兴奋地说道，“到时候每个郡推荐上去学子的录用之数，将会成为郡守大人岁末上计考核的指标之一，你说郡守大人急是不急？”

郑州成为晋国的新郡不久，郡守和郡丞都急于在一年一度的“上计”中取得一个好成绩，好给主公留个好印象，因而对此等影响到他们年度考核的事情十分重视。

何侑是主簿，目前衙内文官欠缺，这件事很有可能落到他身上，正是他表现立功的一个机会。

邓晏兴致缺缺：“我只是负责刑狱诉讼的小吏，此事与我何干？我那还有案子呢。”

“怎么和你无关，主公的新政上点明，岁终上计，百官备正其治，当则可，不当则废。这里面的‘治’就包含了刑狱案件的侦破、盗匪的抓捕、税务的收缴、更卒的训练，还有就是这新加的郡学教化之果。”

何侑高兴地拍了拍自己这位不善于同上司交际的好友的肩膀：“晏

君，你这般善于破案，大人们往后想必需要倚仗你的才华，再不会同先时那般排斥你了。”

邓晏对政务不感兴趣，他只希望新的政策能让他以后在办案的时候少一些干扰，让他得以施展自己真正的能力。

何侑对郑州如今的新主公十分敬服：“晏君，主公在郑州待了这些时日，你可有见过主公一面？可惜我职位低微，无缘见到主公风姿，实乃一大憾事。”

“我也不曾见过主公，倒是见过那位编写《晋律》的周大人。”邓晏说道，“那位大人虽然不良于行，但却时常驾临郡县衙署，同我们这些小吏讨论新编法令在实案中的应用，实在是一位令人尊敬的大人。主公能得这般贤臣辅佐，想必是一位难得的明君。”

汴京以南，定陶。

一间普通的二进院内，一着帽结缨的年轻文士正持着书卷，领着数名小儿读书。

定陶本是宋国的土地，去岁晋国大将军墨桥生领兵入侵，迫使宋襄公迁都到了彭城。

而宋襄公将北部夹在晋国及卫国中间的几个郡县，也一股脑地割让给了晋国，定陶也在其中。

定陶本是富庶之地，文人士子会聚，便是普通百姓中稍微富裕之家，也时常送家中小儿到学馆识上几个字，因而城中，像这样的私塾倒是不少。

“博文君，博文君。”另一个年轻文士在门外呼唤，正是这里的夫子董博文的好友李阙。

董博文和学生交代了几句后，便走出学堂，引好友坐于偏室。

他煮茶待客，问道：“何事令阙君如此开怀？”

“博文你听说了吗？”李阙一脸兴奋，“晋越侯颁布新政，设郡学，兴私塾，开科取士！你我这等平民学子也有机会入朝为官了！”

董博文吃了一惊：“此话当真？”

李阙点头："自然是真的，如今郡署大门正贴着告示呢。郡中将设郡学，郡中学子可参与考核，择优入选。考入郡学者不但能免其赋税，每月还可领几石粟米补贴家用。只是不易考入，全郡只招三十人，但像博文君这般高才，择入必是无忧的。"

董博文沉思片刻："这还真让人意外。先时，我看我们这位新主君推行军功授爵制，还以为其是一位好勇斗狠、一心开疆扩土之人，却想不到竟有这等远见。"

"这可是进民德、开民智之举啊。"李阙激动得面色泛红，在好友面前压低了声音，"说实话，我觉得这位新主公比宋襄公可是强多了，我们定陶被割让给晋国，对定陶百姓来说倒也不是什么坏事。"

董博文眯起了双眼："主公此举使寒门子弟入朝为官，不仅是为开民智，更是打破了世家贵族对朝堂的垄断。阙君你说得对，我们能成为这样一位主君的子民，确实是一件幸运的事。"

类似这样的对话，在晋国国土的各处接连响起。

但颁布该政令的程千叶，却还不知道她的做法在全国各地掀起了多大的波澜。

此时，她已经回到了汴京，正坐在朝梧殿内，向着她那已经两岁的"儿子"程鹏招手："鹏儿，到我这里来。"

两岁多的小包子攥紧母亲许姬的衣袖，怯生生地看着自己的"父亲"。

他自出生以来，和父亲待在一起的时间少之又少，年纪小小的他看着眼前年轻俊朗的男子，既孺慕又紧张，迟疑着不敢上前。

直到母亲在他后背轻轻推了一下，他才鼓起勇气，走上前去，伸出白白胖胖的小手，端正地行了个礼，涨红着小脸，叫了一句："父君。"

程千叶把他抱起来，放在自己的膝盖上，提笔在白纸上写下一个"千"字和一个"羽"字。

"鹏儿识字了吗？我教你认字。"程千叶指着桌上的字念道，"这个字读千，这个字读羽，连起来便是父亲的名字哦。来，你跟着我读一遍，千——羽。”

奶声奶气的跟读声在朝梧殿内响起，许姬侧过脸，悄悄用衣袖抹去眼角的泪水。

事到如今，这个世界上能够想念她那位真正的夫君之人，除了她，也只有眼前的公主还有太夫人了。

阿甲进来的时候，正看见程千叶在教程鹏认他的名字。

“鹏字，乃是取自鹏程万里之意。将来我们大晋的国土越来越大，鹏儿便如大鹏展翅一般，守护我们的国家。”

程鹏坐在父亲的腿上，双眸亮晶晶的，听着父亲诉说着。

看到阿甲进来，程千叶把程鹏从膝盖上抱下来，让许姬领着他回去了。然后接过阿甲递上来的奏折，一份份批阅。

“主……主公。”阿甲有些吞吞吐吐。

“说吧。”程千叶头也不抬，说道。

阿甲磨磨蹭蹭地道：“周大人给那个‘暗’起了个名字，随周大人姓周，叫周明。”

程千叶抬起眉毛，看向阿甲：“所以呢？”

阿甲的面色有些红了，半天不说话，只是看着程千叶桌上刚刚教程鹏认名字的那张纸。

程千叶哈哈一笑，翻出一页白纸，提笔道：“行，我也给你起个名字。你想姓什么？跟我姓程还是你有什么想要的名字？”

“卑职……那时候虽然还小，却依稀记得自己姓夏。”阿甲有些不好意思地说道。

程千叶想了想，在纸上落下两个端正的字：“‘芳菲歇去何须恨，夏木阴阴正可人’。现在正好是夏日，你又姓夏，就叫夏菲吧。”

她从抽屉中翻出一块明艳喜人的翡翠，放在了那写着夏菲名字的纸上，一起交给了身边的少女，道：“菲同翡，夏菲，在我眼中你就像翡翠一般的漂亮呢。”

张馥向朝梧殿走来的时候，正巧碰见呆立在殿外回廊上的夏菲。

那位素来冷漠的死侍，此时双手正捧着一页薄薄的白纸，纸上托着一块碧绿的翡翠。她低头凝望着那块在夏日阳光下熠熠生辉的宝石，露出了一副张馥从未见过的表情。

张馥不禁开口问道："阿甲，怎么了？"

夏菲回过神来，抬头看向张馥，在阳光中露出了属于自己的笑容："张大人，以后我不叫阿甲了，主公给我赐了名字，我叫夏菲。"

张馥进入朝梧殿内，程千叶正在看墨桥生发来的前线战报。

墨桥生率领二十万大军，已经越过秦岭，向着韩全林所在的汉中进发。

韩全林气急败坏，如临大敌，亲自领军相抗。

"张大人你看一下，又是捷报，桥生就从来没让我失望过。"程千叶兴奋地把军报递过去。

张馥却不像程千叶那般高兴，他沉默片刻，开口道："主公，墨将军战功赫赫，是不是应该封赏些什么？"

"当然，"程千叶道，"按照军功，他该升十六级大上造爵位了。"

"若是他真的拿下汉中全境呢？"

"那就一路让他升上列侯，当关内侯啊。"

张馥行了个礼："按墨将军这样立功的速度下去，总有封无可封的一日。"

程千叶向后坐直了身体，她看着张馥，意识到他话中有话："张大人心中有何疑虑，请直说吧。"

张馥无奈地叹了口气，行了礼，把话说开："主公，晋国近年来领土扩张，人口大增，兵力比起两年前翻了十倍。如今全境士伍人数合计四十万有余，但是单单丰都墨将军所率军马就达二十万之众。"

他严肃地看着程千叶："而且，随着战争的延续，他的兵马还会不停增多。他占据丰都周围诸城，甚至不需要我们提供粮草，就可独立向韩全林开战。

"主公，我知道您信赖墨将军。但作为一国之君，您不能将国家的命运仅仅依托在'信赖'二字上。"

“你的意思我明白了。”程千叶看着张馥，“我会认真考虑你说的话，但我心中有我的决断，也请你相信我的判断。”

张馥不再言语，低头告退。

程千叶叹了口气，摸出墨桥生夹带在战报中寄给她的一封私信，她慢慢拆开，一点点地读了起来。那端正的字迹记录了前线生活的点点滴滴，字里行间流露着写信之人含蓄的相思之意。

在信的末尾，墨桥生写了极为细小的一行字，算是回复了程千叶上一封私信中的那些话——

只要主公喜欢，便是弄疼我也无妨。

程千叶一下咬住了嘴唇，心想，这家伙竟也学会勾引人了。

管他什么封无可封，待封无可封之时，就把公主嫁给他好了。

转眼又到了秋季。

秋季是一年中收获的季节，没有天子约束的诸侯们似乎也觉得该到收获的时候了，于是纷纷“脱下”冠在自己头上多年的爵位，开始自立为王。

先是齐地的华宇直自封胶东王，而与他相邻的吕宋不甘落后，随即自立为常山王，此后楚安侯自封为楚安王，卫国、宋国、鲁国的国君也开始称王。

便是在汉阳被晋国大将军墨桥生接连击败，已被围困在国都南郑数月的韩全林，也给自己封了一个汉王，以图在彻底落败之前过一把瘾。

可在这样的形势下，只有这两年风头正劲的晋国，倒是不紧不慢，还不曾有动静。

第十八章

相望

晋国都城，汴京。

治粟内史肖瑾出城后走了五里地，才在一处农田的地头上找到了他的主公。

此时，晋越侯程千叶正和大司空崔佑鱼并排蹲在田埂上，齐齐看着在新修的水利工程灌溉下肥沃起来的土壤。而二人身后齐刷刷地站着程凤、夏菲及一众侍卫。

他们无奈地看着自己那金尊玉贵的主公，正毫无形象地陪着那个崔疯子摸泥巴，弄得满手泥。

而平日里在朝堂上寡言少语的崔佑鱼，此刻正蹲在主公身边“夸夸其谈”：“如今我们已经成功引济水，用以灌溉汴州一带，利用河水的灌溉冲洗，使得汴京附近含过多盐碱的土地变成肥沃的良田。据臣了解，今年百姓的亩产比往年又增加了不少。”

程千叶用带着泥的手摸了摸下巴：“但是我听说胶东地区都在种冬小麦，今兹美禾，来兹美麦，一年能两熟。但我们这儿的很多土地却还需要轮流休耕，这样下去，我们两百亩田还比不上他们一百亩的收成，吃亏了啊。”

崔佑鱼在水利建筑上十分专业，于农事上却属于一窍不通的类型，一时被问得愣住了。

而肖瑾也抽空上前行礼：“主公叫臣等好找，明日是主公的建制大典，主公何以还在此地？”

程千叶站了起来，就着碧云和小秋端上前的水盆，洗了洗手：“不就是换个称呼吗？明日去走个形式就好。又不是称王，就真的成为天下之主了。”

她嘴上虽这么说，还是扯了扯衣襟，随着肖瑾往回走：“肖大人，我刚刚问的问题你知道吗？为什么我国的土地不能一年两熟呢？”

肖瑾不好意思地道：“臣惭愧，臣虽为治粟内史，为主公总管全国谷租税、盐铁钱，但于农事上却不精通。”

程千叶摆摆手：“这怎么能怪你，你出身世家，后随我从军，怎么可能通农事？治粟内史之职总管全国财政，十分要紧。你性格严谨又是我十分信任之人，已是担任这个职位最为合适的人。”

肖瑾心中很是感动，他开口道：“因土壤不同，在我晋国北部的绛州一带只宜种麦、豆二物而已，到了汴京这里，已是好了很多。我听闻也只有宋卫两国及胶东王华宇直的国土内，因土壤肥沃、农业发达，这才普及了一年两熟之技。”

程千叶喃喃自语：“方才我也问了数名老农夫，汴京这里的土壤确实肥沃了不少，估计还是我们没有组织人手来系统地推广农业技术。若等农民们自发学会，那得要多少年？”

肖瑾有些吃惊，在这个各国都急着扩张领土、厉兵秣马的时候，没想到主公却把很大一部分注意力放在农业生产之上。

他出生于军事世家，难免对底层百姓的生活下意识地有些忽略。

但这位本应该养在深宫之中、十指不沾阳春水的千叶公主，却在一开始坐上主公的位置之时，就十分注重改善底层人民的民生。

她修建水利，是为了增加农民的收入；提出更役制度，使新兵在正式参战之前得到一定的训练，为的是减少新兵在战场上的死亡。她甚至为了鼓舞士气，给那些奴隶争取了恢复自由之身的机会，排除众异设立了军功授爵制。

同时，晋国在这段时日内也有了严谨的法律和系统的官员考核制度，让生活在晋国的百姓一日比一日安心。

现在主公又在全国推广郡学，开大考选拔人才，这会儿她又开始想着普及农业知识……

肖瑾是一步步看着她从诚惶诚恐、消极回避的初期，迅速成长为如今这位成熟稳重、深谋远虑的明君。

晋国再也找不出更为睿智的君主，也许千叶公主真的是一个天生的王者。

即使她身为女子，他也愿为之誓死追随，肖瑾在心中想。

也许，他有这个荣幸，能够亲眼见证大晋兴新而起，称霸天下。

伴随着丰收的喜悦，晋国百姓听到了自己的主君封王的消息。

这一年，晋国国君程千羽成为晋国的第一位君王，年号天启。

天启元年，晋国首都汴京举行了全国第一次大考，因为是首次，所以参与考核的人数不多，只有不到两百人。

考官们将成绩分成上中下三等，再将名单和试卷呈递至程千叶案前。

此时，程千叶在许姬和程鹏所居的建章殿内，歪在一张躺椅上，一面悠闲地喝着许姬给她准备的茶水，一面随手翻阅着甲等考生们的试卷。

突然，一个名叫董博文的学子的考卷，进入了她的眼中。

他在试卷中假借十个问题，提出了包括合理使用土地、鼓励农民耕种等问题的解决方法，正正切中程千叶的心意。

特别是他还是原宋国定陶之人，他在整篇试卷中十分详细地介绍了宋国农业发展先进的具体原因，甚至提出了命令基层官员巡行郡县、通授技艺、命农勉作的建议。

“这是个人才，改天我一定要见见。”程千叶一拍大腿，端起手边小几上的密云龙喝了一口。

许姬很会照顾人，她这里时时焚着一种气味清淡的甘松香，随手端起的茶水也必定温度适宜，口感恰到好处。屋内从来都暖烘烘的，既不会太冷也不会太热。

程千叶坐的位置被垫得松松软软，手边放着她喜欢的小吃，没有一处不合她的心意。所以，她时常会来这里坐坐，体会一把做君王被妃子精心照顾的感觉。

更难得的是，这里十分安静，除非她召唤，许姬一般不在没有必要的时候来打扰她。

但今天却有些奇怪，身边好像总是有人，程千叶抬头一看，一位容色姝艳、体态娇柔的宫女正跪坐在她身侧，含情脉脉地看着她。

见程千叶望了过来，她羞涩地一笑，伸出凝脂一般的柔荑，轻轻地为她按摩小腿。

她按摩技术十分到位，但她的眼神却让程千叶有些接受不了，于是程千叶以指扣了扣桌面："夏菲。"

夏菲从门外跨了进来，程千叶看了眼那位宫女，冷冷道："这怎么回事？"

那位美人的脸唰地一下白了，夏菲将人领了出去。

许姬随后进门请罪："是臣妾没有约束好下人，搅扰了夫君，是臣妾之罪。"

"我知道你一向温柔又大度。"程千叶拉她在自己身边坐下，"但你看看咱们现在这种情况，你不能再大度下去了。你给我强悍一点，帮我把这些不该有的桃花都挡在外面，不要让她们再来烦我。"

许姬低下了脖颈，温声细语："此宫女乃是太后身边亲信之人，太后的意思是要在您身边再提一两位地位低下的嫔妃，即便只占着名分没什么实质，也显得好看一点。"

程千叶轻轻"哼"了一声，她明白她那位母亲的意思，但她不想让一些年轻女子白白地葬送一生。

"行了，母亲那儿我会去说。你是我的人，你只管听我的就是。"程千叶看着许姬的眼睛，"你不用理会那些非议，自有我站在你的身后。"

许姬站起身来，蹲身行礼："是，臣妾都依夫君所言。"

程千叶笑着摇了摇头，突然有点理解了帝王的想法。像这种千娇百媚、温柔体贴的女子围绕在你身边，揣摩着你的心思，对你言听计从，还真的让人很舒服。

汉中国都，南郑。

韩全林紧张地看着从敌营中回来的使臣："怎，怎么样？他都收了吗？"

“恭喜主公，收了，都收了，主公送过去的礼他全都收了。”使臣抹了一把额头上的汗，主公让他出使敌营，面见那位令人闻风丧胆的墨桥生将军，他很是心惊胆战。

“墨桥生收了主公的厚礼很是高兴，他许诺说只要主公开城投降，他必定不伤南郑城内军民的性命。”

“那就好，那就好。”韩全林煎熬了数日的心，终于稍稍落下。

“主公不必过于忧虑，微臣打听过了，这个墨桥生并不像传说中那样心狠手辣。他攻城略地之时，基本从不杀降。”使臣安慰韩全林道，“守琪县的那位甘延寿，本来也是我国的臣子。投降墨桥生之后，墨桥生不但没有迁怒于他，还举荐他担任了郑州太守呢。”

韩全林松了口气，瘫软地坐在了王座上。

墨桥生！

他咬牙切齿地想着，这个卑贱的奴隶，当初只是跪在我面前任我折辱的一条狗，如今竟把我逼到了如此境地。

韩全林干瘦的脸孔上沟壑丛生，他攥紧拳头，开口骂道：“不过没关系，他只是切断了我的兵马，把我围困在了南郑。只要忍过眼前的难关，我还有东山再起的机会。”

“墨桥生你这个贱奴先不要得意，若有一天你落在了我的手中，我一定会让你后悔做了人。”

使臣看着王座上面目狰狞的主公，心中深深地叹了口气。

都到投降的关头了，主公还在想这些不切实际的东西。当初要不是主公色令智昏，竟然企图侮辱这样一位声威赫赫的大将军，汉阳百年的祖宗基业，何至于废于一旦。

韩全林正式开城投降的那一日，天空淅淅沥沥地下起了雨。

南郑城门大开，墨桥生率着军马在雨中踏入了这座汉中的都城。

一群身着白衣的王室人员，在韩全林的带领下，伏在城门口跪迎。墨桥生的马蹄停在了韩全林的面前，他看着眼前这个伏跪在泥地里的汉中之王。

数年前，也是这样一个下雨的季节，二人位置倒换，跪在这个男人面前的是他。

到了今天，看着这个身材干瘦的男人伏地乞降，墨桥生依旧能够清晰地想起，这个人当初是用一种怎样恶心的表情站在自己身前，把他逼得毫无退路，用那刺耳冷漠的声调对他说：“我总有一天会把你买回去，让你做我身边的一条狗。”

当日屈辱的话言犹在耳，墨桥生攥紧了手中的缰绳，指关节因太过用力而开始泛白。

冰凉的雨水打在了他的脸上，顺着他的面颊滑了下去。他心中突然强烈地思念起主公，想回到主公身边，回到那个让他可以肆意哭笑的人身边。

黑色的马蹄在韩全林眼前停了很久，雨水打在了韩全林身上，让他既冷又怕。

韩全林忍不住悄悄抬起头，他的眼前是一匹通体乌黑的骏马，马鼻子里正喷出一道道白色的雾气。而马背上则坐着一个高大的身影，那人着甲戴盔，纯铁头盔的盔檐在那张冷峻的面孔上打下一道黑色的阴影。

他看不清那人的神情，只感觉有两道冰凉的视线从那阴影中射出，居高临下地望着他。

韩全林背上突然升起一股寒意，他急忙把头伏进泥地里，这一刻，他真真切切地感到了死亡的威胁。

他在恐惧中想：他毕竟是一国的君王，没有晋王的命令，墨桥生他不敢动手。何况他当初也没有真的对墨桥生做出什么事，墨桥生收了那么多礼，应该不会再介怀了才对。

他两股战战，过了不知道多久，直到雨水把他的衣物湿透，他的头顶上才飘来冷冰冰的一句话：“汉王不必如此，请起吧。”

韩全林在心中大大地松了一口气，紧张的心也稍微缓解了些。

而到了晚上，韩全林发现自己只是被看管软禁了起来，并没有人对他特别无礼，饮食起居都无异常之时，他的心思也逐渐活络了起来。

此时，墨桥生正在南郑城内的驻地和杨盛等部将们商讨着如何收编降兵，稳定汉中局势，可刚讨论到一半，只见副官阿元进帐：“禀将军，汉国的玉珠公主求见。”

“不见。”墨桥生头也不抬地说。

“公主说，听闻咱们主公喜爱收集宝石，她有一件汉中至宝，欲呈献给将军。”阿元说道。

墨桥生抬起头来，他想起主公总随身带着一个装宝石的袋子，动不动就“哗啦”一声把形形色色的宝石倒在桌面上，用手指拨着玩。

他的面色柔和了一点：“行吧，让她进来。”

汉国的这位玉珠公主，乃是汉中知名的美人。

只见她玉面朱唇、杨柳腰身，纤纤玉手捧着一个精巧的匣子，一副楚楚动人之态，从门外款款而来，像是一颗璀璨的明珠，突然就照进了这充满汗臭味的中军大帐。

帐中一时安静了下来，人人的目光都忍不住被这位公主吸引，连素来严肃的墨桥生将军都露出了吃惊的表情，站起了身来。

军旅之中生活枯燥，过的又是刀口舐血的日子，每每休假之时，这些血气方刚的军中汉子都喜欢说些荤段子取乐，或是相约去那些烟花之地放纵一下。

但他们这位墨将军虽然喝酒的时候能和他们拼个天昏地暗，但在女色方面却十分自律，从不和他们搅和在一起。

这还是他们第一次看见墨将军见到女子时露出不一样的神色来，于是那些将军们互相打了一个眼色，嘻嘻哈哈地退出帐去。

墨桥生看着眼前走来的女子，这位公主着一身绛红色的锦沿曲裾，面上化着时下流行的飞霞妆，一头青丝垂在身后，尾部结一对小巧的双环，正和当初主公恢复公主身份时的装扮一模一样。

主公当时就是这样一副装扮，双眸明亮，神色飞扬，伸手把他按倒在汴京城外的小树林里。

玉珠在墨桥生面前婷婷袅袅地跪了下来，她羞涩地垂下头，露出一段柔美的脖颈。她知道自己长得很美，有一股天生的娇柔之态，轻易就能引发男子怜香惜玉之情，从而捕获男人的心。

而如今她是父亲最后的武器，父王命她来征服这个他在战场上征服不了的男人。

刚进门的时候，她如愿看见这个传说中不近女色的大将军对她露出了诧异的神色。可当她在案桌前千娇百媚地跪下时，突然觉得桌案后投射来的却是冰冷且不耐的目光。

我有没有做错什么？玉珠心中突然有点慌，她急忙把自己的姿态摆得更柔弱可怜一些，同时打开了手中的匣子。

这时，一只男人的大手伸了过来，拿起了匣中之物。

“这是什么？”墨桥生转动手中宝石，那宝石有拳头般大小，流转着七色的异彩，熠熠生辉，十分罕见。

但他心里却埋怨这石头也未免太大了点，握在主公秀气的手里有些不太合适。

突然，甜腻动听的声音回答了他：“回禀将军，此物乃是我汉中镇国之宝，父王特命奴家带着此物献给将军。”

“行，我知道了，你退下吧。”墨桥生将那价值连城的宝石收入袖中。

这时，甜美的声线带着一丝诱惑和娇羞低低地在帐中响起：“父王是将奴家同此宝……一起献给将军。”

阿元守在将军的帐篷外，他以为这一次自己需要等上一段时间。谁知不到片刻，帐帘“哗啦”一声被人掀开，墨将军怒气冲冲地出来，提着那位公主的衣领，毫不怜香惜玉地把那位美人一下丢在了帐外的土地上，他冷言冷语地道：“还请公主自重。”

那位公主挣起身来，哭得叫一个梨花带雨：“奴家敬仰将军威仪，甘愿委身于将军，将军又何必拒奴家于千里之外？”

她哭哭啼啼地继续说着：“听闻将军乃是晋国千叶公主的准驸马，将军可是担心千叶公主不喜奴家？奴家已是一个亡国之人，飘零无依，不敢同公主相争，只愿为奴为婢伺候将军和公主。公主她是个大度之人，想必能容得下我这可怜的女子。”

帐外值岗的士伍们看着这样一位美人哭得楚楚可怜，又是自己送上门来的，心中都想着将军怎么也该心软一二了。

可谁知墨将军非但不识风月，还丝毫不留情面，冷冷哼了一声：“就凭你也配！”

他顺便还迁怒了一下守在帐外的副官阿元：“阿元！以后不许让这种乱七八糟的人进到我帐中！”

阿元不敢反驳，只好唯唯诺诺地低头领罪。

墨桥生不再搭理那嘤嘤哭泣的玉珠公主，甩了帐帘转身就回去了。

帐外值守的卫兵看着公主哭泣走远，不禁咋舌，低声问他们的阿元副官：“将军连这样的美人都瞧不上眼，想必是千叶公主要更漂亮吧？”

阿元闻言，故意放大音量，向着帐内的方向回道：“那是！咱们千叶公主那叫一个国色天香之貌，这等汉国女子如何比得，她和公主简直是云泥之别！”

听到帐篷内墨桥生传来一声满意的咳嗽声，阿元这才长舒一口气，贴身跟随将军这么久，他也逐渐摸到了点将军的脾气。

主公和千叶公主就是将军的逆鳞，那是一点儿都触不得的。

可相反，只要说主公或是千叶公主的好话，那将军即便是怒气冲冲，心情也必定很快就会好转。

汴京，朝梧殿内。

张馥急匆匆地跨进殿来，程千叶抬头看了他一眼，道：“怎么了？”

“启禀主公，墨将军数日前拿下汉国国都，招降了汉王韩全林。”

“嗯？这事不是已经知道了吗？捷报前两日就到了。”程千叶有些奇怪。

“今日，臣收到急报，墨桥生表面招降，进入南郑城控制了局势之后，便暗地里一杯毒酒弄死了汉王韩全林。”

张馥在心中默默道，据我收到的密报，韩全林死得还十分痛苦。

“哦？太好了，这就弄死了。”程千叶挑了一下眉，“你不用介意，墨将军是接我的旨意，处死韩全林的。”

张馥知道她在维护墨桥生：“主公，杀降不吉啊。”

“那要看对什么人。张大人，韩全林此人首鼠两端，毫无信誉，留之无益。”

张馥被噎了一下，他当年是亲眼见过韩全林那个老匹夫是怎么折辱还是奴隶的墨桥生的，他还能不明白主公这种公报私仇的心态吗？

“行了，张大人，我知道你的意思。”程千叶停下笔来，“但桥生如今能取得如此功绩，固然有我的一份偏爱在，但归根结底难道不是他自己的能力和努力造就的吗？我作为一国之君，就不能对自己的将军们有一颗宽容信赖的心了吗？”

张馥叹了口气：“墨将军确实为不世之将才，只是臣担心……”

程千叶起身来到张馥面前，拍了拍张馥的肩膀：“如今汉王虽已伏诛，但汉中全境还不曾平伏，各处流窜着为数可观的汉军余孽。总要等到汉中的局势安稳了，我才能把桥生召回汴京。”

“另外，”程千叶站到了地图之前，“我打算让俞将军领军征讨宋国。”

“伐宋？”张馥眼睛亮了。

“对，伐宋！这一次我要将宋国全境拿下。”程千叶转头看向张馥，“我们大晋人才济济，永远不会只有桥生一位能征善战的将军。”

主公虽然重情义，但也并非听不进他的劝告，甚至正在尽量用一种更为妥善的方式解决着隐患。

张馥低下了头，真心实意地行了一礼。

此次大考中被评为上等的三十名学子进入汴京的王宫，等待着晋王程千羽的亲自召见。

李阙的心中有些惴惴不安，他和董博文都是定陶人，定陶原是宋国的土地。而最近汴京盛传，因去年宋国太子姬昂派刺客行刺主公，主公心中怒火难平，决意发兵伐宋。

“博文。”李阙低声道，“你说主公会不会因为咱们曾经是宋国人，对咱们有了成见，不放心取用宋人？”

董博文不动声色地摇了摇头，示意他不要在此地多言。主公是一位怎么样的人，稍后见面即知。

他在大考的试卷中，论述了晋国眼下首要之事应为大力推广农业的策论。若主公真是一位有识之士，当不会因地域之见，放弃他这方良策。

一行人登上台榭的石梯，走过长长的回廊，先是看见一红衣宿卫长。那人眉目俊逸，顾盼有威，拦下了他们一行人，命令宫中侍从给他们逐一搜身，方才放行。

再往前走，到了朝梧殿殿门，门首处一位年纪轻轻的女官背手而立，那位女官着一身劲装，腰别双刃，冷冷地看了他们一眼，进殿禀告。

入殿之后，众人伏地行礼。

案桌右手边停着一架轮椅，上坐着一儒雅俊逸的文官。左手边站立一人，正面带微笑，眉目弯弯地看着他们。

案桌之后隐约坐着一个金冠华服的身影，那便是他们的主公——晋国之君程千羽。

碧云领着几名宫女走上朝梧殿的台阶，在程凤面前停了下来。

“主公还在召见那些大考的考生。”程凤简单地说了一句。

碧云默默行了个礼，领着她的人退在一侧等候。而小秋则从碧云身后露出脸来，凑到了程凤身边：“程凤哥哥，好些日子没见到你啦。”

十三四岁的少女身材抽了条，已经不是旧时胖墩墩的模样。但因十分贪嘴，她的小脸蛋依旧有些圆鼓鼓、白嫩嫩的，加上一双水灵灵的杏眼，很是招人喜欢。

程凤瞥了她一眼，没有说话。

“我和姐姐这几日去了郑州呢。”小秋眼睛亮晶晶的，她一点不在乎程凤冷淡的态度，“主公派我们去给在郑州的天香夫人送东西。我们坐的是楼船，从新开的运河走，坐船真是快呀，两日时间就到了郑州，程凤哥哥你坐过楼船吗？”

程凤不咸不淡地“嗯”了一声。

“天香夫人也给主公回赠了好些东西，我们这就要呈递给主公。”

“……”

“夫人还给我赐了好些郑州小吃，都很美味呢，我收在屋里，晚些匀你一点。”

“嗯。”

小秋叽叽喳喳地说着，程凤瞧着冷漠，但终究还是慢慢地听着，有一搭没一搭地回应两声，始终没有露出不耐烦的表情。

站在后面的一名宫女轻轻碰了一下自己的同伴，小声说道：“小秋胆子真大啊，敢和程左宿长说话。”

那位同伴左右看了看，发现无人注意她们，也就压低声音回复：“是呀，程大人虽说容貌俊美，但性格却是分外严厉。上次一个姐姐想和他搭话，都被他训斥哭了，我可怕他了。

“听说他和碧云姐还有小秋是同时期来到主公身边的，三人识于微末之时，自然和待你我不同。”

“那换了我，我也不敢，程大人那冷冰冰的气势，我远远看一眼都腿软。”

正说着，朝梧殿殿门外退出了一群人，他们都是此次大考中被评为上等的考生，刚刚得到了主公的亲自召见。

这群人中，有人年纪轻轻，有人却已过花甲之年。有些衣着华贵，举止文雅，应是出身富庶之家；有些却穿着不太合身的外袍，皮肤黝黑，手节粗大，显然是过着辛苦操劳的日子。

他们从朝梧殿内退出来，有不少人犹自面色潮红，双拳紧攥，还处在被主公召见的兴奋中。

而碧云则领着身后的宫婢向前走去，同这一群兴奋的男子错身而过。

这些人原本身份各异，但不论出身何处，此后他们的人生轨迹将就此改变。

他们中，大部分人会进入晋国的朝堂中枢，成为支撑国家的栋梁，另外一部分也会被分派到地方，成为牧守一方的官员。

“姐姐，这些人真是幸运呢，能遇到主公这样的君王。”小秋在碧云身后说道。

碧云回头看了看被养得珠圆玉润的妹妹，伸出手捏了捏她的小脸。

碧云在心中想道，她们姐妹也何其有幸，能得遇主公。而主公又改变了天下多少人的生活，又带给多少人幸运。

李阙一回到住所，一下攥紧了董博文的双肩，他拼命地摇晃自己的朋友，道："博文，我太激动了。主公竟然是一个那般和蔼可亲、容貌俊美的人。"

董博文把他的手掰下来，看着自己激动的好友忍不住笑了。

"他问我话的时候，我紧张得都快结巴了。"李阙回忆着刚刚的君前奏对，懊恼地搓着脑袋，"我那时候的样子一定很可笑，怎么办，第一次就给主公留下不好的印象了。"

董博文在位子上坐下，端出茶具取水煮茶，感叹了一声，又给李阙让了一杯茶："主公身边，当真是人才济济啊。"

"是啊，"李阙兴奋地道，"主公身边竟有女子为官，还有那位周子溪大人，他的腿……"

董博文细品着手中的香茗："由此可见，主公当真是一位爱才之人。"

他细细分析起晋国的朝中重臣："如今在主公身边，周大人负责政策法规的制定，张馥张大人擅于权谋和外交，另外听说有一位肖瑾大人负责管理钱粮和税务，还有个精于水利工建的崔佑鱼崔司空。"

董博文慢慢放下手中茶盏："也不知主公会不会让我们追随哪一位大人？"

李阙急忙道："我喜欢那位张大人，他看起来特别亲切，总是笑盈盈的。"

董博文摇了摇头，心中想道，那位张大人可没有表面上那般好相处。

"我却十分敬仰周子溪大人，"董博文开口，"周大人虽身有残疾，却是一位不世之才，由他拟定的《晋律》和推行的考核百官的上计制度，我细细阅过，深感佩服。"

朝梧殿内，程千叶持着笔，在每一个名字后面细细备注。

"主公觉得此次大考是否有择出堪用之才？"张馥问道。

“嗯，有不少有趣之人，”程千叶轻点着绢册上的名字，“这个李阙，他精通算学，性格也忠厚，就分配给肖瑾好了。这个董博文嘛……”

张馥和周子溪同时开口：“董博文可否交由臣属？”

程千叶笑了起来：“都很会看人嘛！这个董博文确实有点意思，我要自己留着他，就不给你们了。”

周子溪和张馥看见程千叶打开一直摆在桌上的檀木匣子，从中翻出了一颗天青石，意义不明地在桌面上滚了一滚。

金秋时节，晋王下令整改晋国中枢官制，大封百官。

朝堂之中，原本手握重权的太师、太保、太傅三公逐渐成为一种象征荣誉的虚衔。

程千叶封张馥为丞相，金印紫绶，掌丞君王，都率百官，助理万机。周子溪为御史大夫，银印青绶，监察百官，是为副相。

郎中令贺兰晏之升任太尉，掌武事。程凤封卫尉，掌宫门卫屯兵。肖瑾留任治粟内史，兼任太子太傅。俞敦素、墨桥生、甘延寿等领军将军依军功授爵，并追封贺兰贞为勇毅侯，令其弟承爵。

而原九卿及中枢官员依旧留任或稍作调整，同时又颁布了一套有明确标准和防止舞弊的官吏年终考核制度。

每年岁终，令百官备正其治，听其政事，来确定应得的奖惩。三岁为一大计，考核优秀的官员可以得到升迁，不称职的官员，视情况留任、降职或是罢黜。

一时间，晋国朝堂气象为之一新。年轻新上任的官员们朝气蓬勃，以旺盛的精力为朝堂注入一股新鲜的血液。老练稳重的朝臣们不甘在新秀们面前低下头，也都一改懒政的风气，兢兢业业起来。

尽管也有不少守旧派发出反对的声音，但如今的主公程千叶手握军权，麾下人才济济，风头正劲，已经无人能掠其锋芒。他们也只能眼睁睁地看着这位主公一步步按照自己的意志推动着整个国家的变革。

隔年春季，晋王以宋国刺客行刺为由，命大上造俞敦素领十万兵马出兵伐宋。

春季里，万物复苏，处处彰显着新的生机。周子溪坐着轮椅，行进在汴京街道的夯土路上。

虽然身为督查百官的御史大夫，公务十分繁忙，但周子溪依旧喜欢抽出时间，走访于市井里巷之间，透过民生百态，实际了解一下新政推行过程中出现的利弊之处，以便及时整改。

几个孩童在路边玩耍，一个男童嬉闹之时不慎倒向了周子溪轮椅的附近。周子溪的身后突然伸出一只苍白的手臂，一下狠狠地拽住了那男孩的胳膊，不容他靠近半步。

男孩的手臂吃痛，“哇”的一声痛哭了起来。

“周明。”周子溪唤了一声。

周明盯着男孩打量了半晌，终于松了手，把那个男孩甩到了远离周子溪的地上。

男孩看着胳膊上五个瘀青的手指印，哇哇大哭着跑回家去，周子溪见状无奈地说道：“周明，你也太过谨慎了。你这个样子，叫我还怎么在里巷中走动？”

周明重新推起周子溪的轮椅，轮椅在夯土地上响起滚动声。

“如今我国同宋国正在战时，大人如何能对他人毫不设防？”周明的声音从椅背后传来，“主公已将大人的安危交托给我，即便是惹大人不高兴了，我也不能轻忽大人身边的警戒。”

“是啊，我们正在同宋国交战，听说战事十分顺利。”周子溪轻轻搓着自己的手指，“但我总觉得遗漏了哪里。是不是一切过于顺遂了一些？”

朝梧殿内，程千叶喜笑颜开地拈着军报对张馥说：“张相你看，又是捷报！”

张馥笑着道：“贺喜主公，近日捷报频传，俞将军的大军已逼近宋国的国都彭城。看来我军攻占宋国指日可待。”

程千叶坐了下来，笑盈盈地看着手中的另外一份军报：“桥生在汉中也十分顺遂，再过数月便可回京。上天还真是眷顾我大晋。”

汴京的太保府中，有一间昏暗的密室。

太保魏厮布正坐在那间昏暗的密室内，死死地盯着眼前那盏微弱的油灯，昏黄的火苗摇曳出晃动的光影，打在了他神色颓败的脸上。

“大人，别再犹豫了。”角落里一个阴沉的声音说道。

魏厮布攥紧双拳，是啊，他曾经是国之太保，位列三公，手握国家重权，哪一日他的府邸中不是门庭若市？

自从迁都到汴京之后，他渐渐被架空了权职，宅院内一日日冷清了起来。

朝堂之上新秀当道，再也没人看他的眼色行事，徒留着一个毫无意义的虚衔给他遮羞。

他是怎么落到如今这个田地的呢？

“别犹豫了大人，我们不能容着主公这样一步步逼我们后退了，再这样下去，晋国就再也没有我们的容身之地了。”

黑暗的角落里，一个又一个阴沉的声音接连响起。

“《礼记·月令》有言：‘孟夏之月升麦，孟秋之月登谷。’在宋国，水土肥沃的区域都是东种小麦，到了来年夏正时小麦丰收，接着又种粟苗。这样耕种百亩之田，善农事者种出的粮食可以养活九人，普通的也可以达到五人之数。”

董博文站在程千叶的面前，就着他新递上的奏折，娓娓道来。

他悄悄看了一眼端坐在王座之上的主公，主公一手支颐，认真而仔细地聆听着，另一只手搁在桌上，白皙的手指无意识地滚动着桌面上一颗天青色的宝石。

“你继续说。”主公抬了一下手，那双明晰清澈的双眸正注视在他的身上，让向来认为自己十分沉得住气的董博文心中也难免泛起一丝紧张。

主公的容貌俊美，对男子来说过于艳丽了一些。但他身上带着一股强大的气场，那是一种自信，是一种能稳住一切、看透一切的自信。

这种高高在上的气势，再配上他年轻俊逸的容貌，使得他具备了一种独特的王者魅力。

董博文收敛了一下心神，主公对他呈递上去的那篇《农本论》十分感兴趣，单独召见了他，这是他崭露头角的好机会，他一定要好好把握。

他抑制住自己的紧张，继续往下说："卑职自来汴京以后，细细考察过周边的农务，发现我国即便是擅农事者，也得租种两百亩田，方才勉强养得活一家老小，远远比不上宋国下农的标准。"

程千叶道："依卿之见，乃是什么缘故所致？又有何良策？"

董博文跪了下来，从袖中取出两册书籍："依卑职之见，此乃我国不曾致力推广农学之故。宋国重农，是以农业发达，民生富裕。其专门设有《田律》《仓律》二律，责令地方官员，尽地力之教。臣私以为，我大晋也可择而取之。"

夏菲接过书册转递程千叶面前，程千叶一页页地翻开，细细阅览。

董博文观察了一下程千叶的表情，不见有丝毫不悦之色，方才在心中松了一口气。

这两册书他放在袖中好几日，一直不敢随奏折一起呈递上去。他担心在这晋宋两国交战之时，呈递了宋国的法律让主公参考借鉴，会引起主公的不悦。

但现在看起来，主公胸怀似海，倒无不悦之意。

程千叶翻阅着宋国的这两本关于农业的律法，发现里面十分详尽地提出了管理农林业的政策。

甚至还提到了每亩田地播种种子的数量，不同节气对应需要进行的农事，详细介绍了各种先进的栽培技术，形成了一整套系统的农家之学。

她在心中感慨，难怪宋国民生如此富庶，确实是在农业管理方面有其独到之处。

程千叶又道："所以董卿所奏之《农本论》是希望我们晋国推行以农业为本的国策？"

董博文再度犹豫了一下，事实上在他的思想中，晋国此时的首要之事，是应该先发展农业休养生息，再行扩张，并不适宜这般频繁作战。

但现在战场之上形势一片大好，他又原是宋国人，新近才来到主公身边，无论如何，他也不敢将此话说出口。

他只能道："臣以为如今天下纷乱，流民四起，如果百姓能够专注农事，稳定增加人口，不但能让国家财富迅速增加，更是能在对外作战时有效征集兵力，对内也有利于国家的安定。"

程千叶点点头："是谓民乐农则乐战，朴则安居而恶出。"

不同类型的人才，看问题的角度也不同，都能带来有利于国家的政见。她看得出来这个董博文还有不少未尽之言，但此人刚刚入朝为官，君臣之间还没有足够的默契和信赖，程千叶觉得也不必急于一时。

董博文退出大殿后，程千叶想起一事，对身边的夏菲道："最近你抽些时间，帮我留意一下魏厮布、赵籍考那些人。"

夏菲领命："主公可是觉得太保和奉常有何不对之处？"

程千叶心里很清楚，虽然她保持晋国旧土上制度不变，只在汴京以及新夺取的土地上推行新政，但随着新政的实施，难免还是会触犯到那些世家贵族的利益。

而且，随着程千叶实力一日日地壮大，这些原来站在晋国权力顶峰的世家们，也逐渐开始意识到自己家族正在无可挽回地没落了。

虽然主公现在还留着他们的地位和封地不变，但总有一天，他们手中的那些土地和权力也会慢慢地被主公收回。

而对于程千叶来说，每天在朝堂之上，看着这些守旧派的大臣在心中对她怨气横生也是正常现象。

但她也只能慢慢架空他们的权力，不能一下子就无缘无故地把这么多朝中老臣连根拔除。

所以，程千叶并不太把此事放在心上："总之，我觉得他们对我的怨气越来越重了，你好好地派人盯着他们就是。如果有发现什么异常，我们也正好借机把这些顽固的老头真正铲除。"

但有些时候，一些坏事的发生正是因为数个细小的不在意凑巧碰到了一起。

这一年来，一路顺风顺水的程千叶突然就遇到了她担任主公之后的一个最大的危机。

首先，围攻宋国都城的俞敦素遭遇了卫、鲁两国援兵的夹击，战况一时陷入惨烈而胶着的状态。

其次，凉州王李文广、常山王吕宋、胶东王华宇直三人联合出兵，大军自北而下，连夺晋国数城，史称五国伐晋。

朝梧殿内弥漫着一股压抑而紧张的气氛，殿内站着的是程千叶最为信任的臣子们。

张馥想起今日朝堂之上，朝臣们一片惶然，其中还或明或暗地夹杂着对主公非议之声的场面。他那素来浅笑轻言的神态不见了，面色十分凝重。

难道他错了吗？一向自负的张馥都开始忍不住在心里谴责自己，他不禁怀疑是不是因为太过顺遂，导致他给主公提出了过于莽撞的战略。

“诸位不必多想，这件事不是我们任何人的错。”居于王座之上的程千叶开口，“只要我们不断发展壮大，必定会迎来这样面临众多敌人围攻的一日。”

“既然敌人已经来到，迎战便是我们唯一的道路。还请诸位为我筹谋，随我出征，共渡难关。”

肖瑾紧皱眉头，心中十分忧虑，他率先开口：“主公，请急召墨将军速速领兵回援，以解燃眉之急。”

眼下五国伐晋，危机重重，墨桥生却远在汉中，拥兵自重，完全有机会摆脱晋国自立为王。

只要他稍有异心，不来救援，哪怕刻意拖延，局势都将十分严峻。

为了不使众人忧虑，肖瑾没有将此话说出口，但他觉得能想到此层利害的人应当不在少数。

张馥接着开口：“主公，臣以为当下之计应派出使臣，务求同我国以南的楚、越等国缔结联盟，以防他们乘人之危，对我国形成南北夹击之势。这样，我们也好全力对付来自北面的敌人。”

周子溪紧跟着加了一句：“若是主公不弃，臣愿领命出使。”

程千叶看了他一眼，点了点头：“子溪，那就辛苦你了。定要不惜一切代价，务必稳住南面这些国家。”

如果不是先前张馥接连不断的外交政策，使晋国同地处南面的袁易之、楚安王缔结了友邦之约，此刻他们面临的局势将会更加严峻。

程千叶知道周边诸侯列国绝不会眼睁睁地看着她不断壮大实力，她只是没有想到向来和晋国关系不错的李文广竟然会毫无征兆地率先发难，集结五国之势攻打晋国。

她看了一眼地图，手指点在绛州的位置：“我亲自带兵，前往旧都绛州迎敌，不能让敌军再深入我大晋腹地。”

在场众人皆要请缨伴驾出征，程千叶的目光扫了一下众人，最后停在了张馥身上，道：“张相，汴京这里？”

张馥振袖行礼：“此役十分凶险，臣请随侍主公左右。肖大人性稳重，擅兵事，臣举荐肖大人留守汴京，总领国事。”

出征前一日。

朝梧殿的大门突然被人推开，一个三岁多的小团子跌跌撞撞地跑了进来，一下扑进了程千叶的怀里，“哇”的一声就哭了出来：“君父你是不是要出征了？君父你不要走！呜呜……”

程千叶蹲下身，搂住他小小的肩膀，摇了摇：“不许哭。”

“呜呜……”小团子向来很听程千叶的话，“鹏儿不哭了，鹏儿只是舍不得君父。”

“知道为什么不让你哭吗？”

“我，我知道，因为我是男孩子，男孩子是不能哭的。”小团子抽抽噎噎的，但很快止住了眼泪。

“并不是男孩女孩的关系。”程千叶伸手在那白白嫩嫩的小脸上抹了一把，“鹏儿，你是我晋国的太子，你身上担的是太子的责任。君父不在你身边的时候，你要像一个真正的太子一样站在你母亲身边，守护好你的母亲，守护好这座都城。所以你这个时候不能哭，知道了吗？”

三岁的小团子还不太懂，但他知道父亲的话语中带着对他的肯定和期待。所以他抹了一把眼泪，装出大人的样子，认真地点了点头。

程千叶笑了，把他抱了起来，捏了捏他的小鼻子：“你就忍耐这一段时间，等我回来了，有我站在你身前，你就还能再哭几年鼻子。”

汉中，南郑城内。

墨桥生“啪”的一声放下手中刚收到的急件，站起身来，厉声道：“传令整备三军，回援绛州。”

此话一出，各将士纷纷出言阻止——

“将军！将军不可！”

“将军，这也太急了一点！如今汉中形势未稳，此刻仓促撤走大军，只怕汉中再起异动，使我等多时努力功亏一篑。”

“还望将军三思，至少也再等个少许时日，妥善安排好汉中的情况，彼时出发回援绛州，想必主公也不会怪罪。”

墨桥生帐下将帅接二连三地提出反对，他抬起一臂，止住了部下们的纷纷议论：“我意已决，不必多言。土地还可再得，但主公才是我大晋不可或缺之人。阿元，你留守汉中，杨盛及诸位随我领军出发！”

春日的细雨打在杨盛的身上，他策马紧紧跟随着墨桥生疾驰在泥泞的道路间。

眼前的黑色背影在雨中打马疾行，似乎想在一日内就领着他们赶到千里之外的绛州。

“将军，休息一下吧，还有很远的路，将士们撑不住这样的速度。”杨盛赶上前去，劝阻道。

墨桥生一言不发地策马急驰，直奔了一二里地，突然勒住缰绳，战马长嘶一声，人立而起。

他停住了马，闭上眼，迎着雨水昂起了头，任由冰凉的雨水打在他的面孔上，似乎在极力克制自己的情绪。片刻之后，他方才睁开眼，下令："就地扎营。"

士兵们扎下营地，搭建窝棚，埋锅造饭。

杨盛看了一眼独自坐在一块岩石上的大将军，他一言不发地坐在那里，正默默想着心事，面上看不出什么表情，但修长的手指却反复搓摩着那枚挂在脖颈上的吊坠。

杨陆厚递了水壶和一份干粮过来，道："盛哥，将军好像很急躁，我从未见过将军这副模样。"

杨盛闻言看了一眼岩石上的黑色身影，将军何止是急躁，简直是乱了章法。

他追随墨桥生多时，将军虽然在作战时十分勇猛，但在战略战术上却素来沉稳得很，从不激进，他还是第一次见到将军这样浮躁。

杨盛走到墨桥生身边，把手中的水和食物递了过去。墨桥生看了他一眼，接过干粮，却是握在手中没有食用。

"将军，绛州距此地尚有千余里路，就算是急行军，少说也得半月时间。虽说敌军来势汹汹，但主公他身边人才济济，踞城而守，当不至于有失。将军还请少安毋躁。"杨盛劝解道。

墨桥生默默看着手中的食物，轻轻点了一下头。

"属下觉得……"杨盛想了想，欲言又止。

"你说吧。"墨桥生道。

"如今汉中局势不稳，到处流窜着汉王的余孽部队，相邻的楚国对我们也不是很友好。将军亲率五千轻骑，赶得如此之急，辎重和步卒都跟不上，被远远落下，实非明智之举。"

墨桥生紧蹙双眉，静默了许久，淡淡开口："杨盛，你还记得你从军前的日子吗？"

杨盛攥紧了拳头，他不想记得那些在淤泥中挣扎求生的时日，但那些暗无天日的岁月依旧时常出现在他的噩梦中。

"我和你一样，曾经是个奴隶。"墨桥生的声音响起，"在我差一点被前主人华宇直杖责而死的时候，是主公她救了我的性命。"

主公慧眼独具，用一匹马换来墨将军这位旷世奇才的事在军中广为

流传，杨盛也曾听闻，于是道：“属下有所耳闻。主公当真慧眼识珠。”

“她不仅救了我的命，还给了我新的人生，让我不用再卑微求生，能够挺直脊背，成为一个真正的人。”墨桥生一脸坚定，仿佛在和杨盛说话，又仿佛在自言自语，“她不仅拯救了我一个人，更胸怀天下，改变了无数奴隶的命运。”

墨桥生看向杨盛：“主公的安危关系着万千人的存亡，我绝不能让主公有任何闪失。”

杨盛单膝跪地，行了个军礼：“末将明白了，末将愿誓死追随将军驰援绛州。”

绛州是晋国的旧都，在历代晋国国君的经营下，城坚池深，军备充足，是如今晋国防御外敌的一大要塞。

晋王程千叶亲领重兵，携程凤、张馥等将帅驻守在此地，另请太尉贺兰晏之驻守左近的陉城以为侧应。

程千叶站在城头，眼前围住城池的各色旌旗迎风招展。而在她不远处，常山王座下上将公孙辇，身着银甲金盔，使一柄蒺藜枪，威风凛凛地在军前叫阵，在战地上十分抢眼。

更远一些，凉州王李文广陈兵列阵，阵地前有一抹熟悉的身影，那是李文广座下上将凤肃延。

这些人曾经和程千叶并肩作战，抵御外辱，是程千叶十分欣赏的大将军。但如今，他们变成了敌人，程千叶便不得不亲手将这些明亮的宝石碾碎。

程凤领军同公孙辇试探性地接触了一下，没有分出胜负，便在鸣金声中打马回城。进入城门内侧后，他的亲兵迎上前去，接过他手中的长枪和背上的强弓。

夏菲心中有些痒痒，在程千叶前请缨：“主公，让我去领教一下那个凤肃延的厉害。”

程千叶伸手拉了她一把：“你是我的亲卫，还轮不到你出战。我们目前只要试探一下敌军的实力，固守住城池即可。”

张馥这时登上了城墙，对程千叶躬身一礼：“主公。”

程千叶看着他的面色，知道情况不太妙，低声道：“又发生了什么事？”

张馥屏退了闲杂之人，靠近程千叶，低声说道：“汴京出事了，乱党魏厮布纠结一批守旧派大臣于汴京散布主公兵败绛州的谣言，并趁乱起兵谋逆，现已拘禁了肖瑾肖大人，并扣押了太子、许姬、太后一干人等。”

“什么！”程千叶大吃一惊，前方有强敌，后面又起乱局，一时之间，国家竟然陷入如此内忧外患的困境。

她脚下一个踉跄，夏菲急忙从旁扶住。程千叶只觉脑中一片混乱，她举目四望，张馥和夏菲一脸忧心地看着她。

城墙上就近的士兵，不明所以地转过头，而程凤等刚刚出战的将军们正顺着内墙的马坡向她走来。

程千叶知道，她作为主公，在这个时候首先要稳得住，绝对不能慌。于是便吸了口气，平复情绪，朗声开口：“除却守城人员，集合所有左庶长以上军职人员，帐中议事。”

中军大帐之内，军中大部分将官和谋士会聚于此。

在听到汴京内乱的消息后，帐内哄然起了一片议论之声。

汴京是晋国的首都，也是他们最后的退路，如果绛州守不住，他们本来还可以一路退回城池坚固、粮草储备充足的汴京。但现在他们后方的汴京被乱党占据，那些乱臣贼子甚至扣押了太子和太后，图谋不轨。

如今他们前有猛虎，后有饿狼，被困围城，无路可退，一时之间，人心惶惶。

“大家不必过于惊慌。”主公镇定的声音清晰地响起，大帐内瞬间安静下来，“既然事情已经发生，慌乱也是无用。如今我们只有一条道路，那就是面对这一切。我们手中有士兵、粮草，有坚固的城池可守，还有即将到来的援军，我们还未曾到要慌乱的时候。”

程千叶端坐帐前，神态自若，语声缓缓，不见丝毫惶恐之态。

众臣受到影响，逐渐安定下来。既然主公一点都没乱，看来他必有良策。

曾经在面对犬戎大军围城时，主公不也用奴隶破敌了吗？

“只要墨将军的大军到了，同我们里应外合，夹击敌军，必可解绛州之围。”一位年轻的将军开口。

如今位列大庶长的墨桥生将军用兵如神，屡立奇功，已是大晋年轻一代将军心中的楷模。

“是的，还有墨将军呢！我们已经在此地据守半个月了，相信墨将军很快就能到达。等退了敌军，我们再杀回汴京，把那些逆贼五马分尸！”

“谋逆之罪，罪不可赦，必将他们五马分尸！”

人心暂时安定了下来，张馥和夏菲对视一眼。

按道理，墨桥生的军马应当已接近绛州，但至今没有接到任何消息。

会不会出了什么变故？张馥在心中不安地想道。

主公对墨桥生信任有加，难道他也会在这个时候落井下石吗？

另一边，墨桥生正在泥泞的山道上连夜赶路，春汛导致的山洪冲垮了沿途道路，耽搁了他们不少时间。

他听到了主公在绛州战败，汴京被乱贼控制的消息。但不论真假与否，这些消息都让他心烦意乱，焦虑难安，恨不能插翅，立即飞到主公身边。

突然，密林中响起一片呐喊之声，一支利箭破空而来，正中墨桥生胸口，把他射下马去。

中埋伏了！

墨桥生心道一声不好，他听见杨盛等人在呼喊他的名字——

“将军！”

“保护将军！”

…………

他感觉到有人背起了他，在陷入昏迷之前，墨桥生勉强说道：“杨盛，替……替我赶去绛州。”

敌军是一支汉国军队，流窜在此，人数是他们这支先遣部队的两倍。

敌军埋伏在道路两侧，打了他们一个措手不及。好在墨桥生所率的骑兵是经过千锤百炼的精锐部队，尽管突然遇袭，主将受伤，但他们依旧反应迅速，结阵护住了墨桥生，顶着敌人的袭击，一路退到一个小山岗之上，据险而守。

杨盛看着被安置在地上昏迷不醒的墨桥生，皱紧了眉头，他问随行的军医：“将军的伤情怎么样？”

军医刚刚为墨桥生拔出胸口的利箭，包扎好伤口，他抹了抹额头的汗，摇了摇头：“不幸中的万幸，总算没有伤到心脉，但也不可再轻易移动，否则恐有性命之忧。”

杨盛抽出了随身佩剑，磨着牙，看着山下包围着他们的乱哄哄的敌军。

“散兵游勇，竟敢捋我军虎须，我叫你们有来无回！”他喝了一声，“杨陆厚，带人照顾好墨将军，其余兄弟随我冲下山去！”

墨桥生醒来的时候天色已微微泛白，帐篷内还摇曳着烛火的灯辉，值守在他身边的亲兵打了个盹，微微的呼吸声同清晨的虫鸣交杂在一起。

墨桥生挣扎了一下，撑起身来，感到胸口传来一阵钻心的疼，而这点动静也让亲兵立刻反应了过来。

“将军醒了。”亲兵迅速爬起身来，围到了墨桥生身边。

“我昏迷了多久？”墨桥生问道。

“将军，您足足昏迷了两日。”一旁的杨盛答道。

墨桥生接过杨盛递上来的汤药，慢慢地喝了下去。

他伸出手按了一下杨盛的肩膀，就要站起身来，杨盛见状，急忙道：“将军，您伤得太重，大夫交代不能起身。”

墨桥生站直了身躯，一手按住伤口，平复了一下气息：“传令整军，即刻启程。”

“将军！”

“将军不可！”

…………

帐内的将士都跪了下来，杨盛跪在地上，用力行了个军礼：“将军，请您留在此地养伤，等待后续部队的到来。末将请命，领前锋营先行赶赴绛州。”

可他们的将军没有说话，拖着脚步，坚定地一步步向着帐篷外走去。

绛州城外，敌人正发起了又一次的攻城。

城墙之上，狼烟四起，杀声震天。将士们从城垛里伸出长长的钩枪，狠狠地刺穿企图攀爬上城墙的敌人的身体。滚石檑木和带着尖刺的狼牙棒如落雨一般的从城头掉落。攻势十分猛烈，战事也进入了白热化阶段。

城墙内侧的马坡上，萧绣顶着一个盾牌，猫着腰，沿着墙根一路小跑。

不时有细碎的砂石尘土落下，噼里啪啦地打在萧绣头顶的盾牌之上，偶尔还会有几支流箭飞来，“噗”的一声在盾牌上弹一下，掉落在他的脚边。

萧绣迅速跑上了城头，来到身披铠甲的张馥身边。他抖了抖满身的土，从怀中掏出了一包用油纸包裹的白馍：“张相，吃点东西。”

张馥接过食物，蹲在箭楼的一角，就着萧绣递上来的水壶，简单解决了自己的午食。

他喝了口水，咽下口中的食物，视线落在不远处的城墙之上。只见程千叶身披战甲、长身玉立，目光遥望着南方。

萧绣顺着张馥的目光看了过去，压低了声音：“先生，这都二十来日了，墨将军的援军怎么还没到。如今城内谣言四起，人心又开始乱了，我真的也有些担心。”

张馥沉默了片刻：“春汛时节雨水连绵，行路艰难，也许将军途中延误了。此时此刻，我们只需尽好臣子的本分，协助主公稳定人心便是。”

“也是，主公的眼光总是特别准，从未看错过人。”萧绣说道，“相信她是不会看错墨将军的。”

在侍卫的护持下，程千叶亲自站立在城头督战。

经过无数战事的洗礼，她的内心已经不再脆弱不堪，血淋淋的战场也不能再让她惶恐颤抖。此刻的她正毫不畏惧地直面眼前的战场，而每一条生命的葬送，只会让她的内心进一步地坚定。

如果有需要，她会毫不犹豫地朝着尸山血海走去，走到这个世界变得安定和平为止。

桥生……

程千叶看着南方，她的大将军还没有来，一定是在前来的道路上被绊住了脚步。

即便你没有来，我也绝对能守得住这里。桥生，你一定不要过于心急。程千叶在心中默默地说。

“那是什么？”夏菲突然伸出手，指向城池的南面。

只见南面的地平线上，渐渐扬起黄烟，漫天尘烟之中，一支骑兵急驰而来，而那猎猎招展的旌旗上，书写着一个个振奋人心的“墨”字。

“墨桥生！”凉州王李文广站了起来。

“墨桥生的军队竟然这么快就来了？”同在将台上的常山王吕宋眯起了眼睛。

“这个奴隶出身的蠢货，就是恁地没见识！”胶东王华宇直用肥胖的手掌拍了一下腿，“这个蠢货手握重兵，亲手打下的地盘比晋国国土还大，竟然不知道把握机会，自立为王。还千里迢迢地赶来救援他的主公，蠢材！真是个蠢材！”

吕宋开口：“他们能来得这么快，必定是抛下辎重和步卒，只领轻骑前来。这等疲惫之师，不若我等借机截住他，不让他同城内守军相会？”

李文广沉默片刻，摇了摇头：“这个墨桥生不是等闲之辈。如今他率军来援，城内守军士气大振，同他内外呼应，我等未必截得住。今日还是暂且鸣金收兵，再做打算。”

随着墨桥生的到来，积压在绛州城军民心上多日的阴霾一时间烟消云散。

敌人鸣金收兵，城头上下来休息的将士们尽管满面烟尘、一身疲惫，但却带着喜悦的神情。

战无不胜的墨桥生将军是他们大晋的战神，而他的到来就像是一根定海神针，定住了所有人惶恐了大半个月的心。

中军大帐之内，风尘仆仆的大庶长墨桥生披铠持剑，带着他的亲随部将跨入帐内。这些远道而来的将军们纷纷跪地行礼，君前请安。

“大庶长一路奔波，辛苦了。”程千叶露出了发自内心的欣喜笑容。

“是啊，大庶长真是辛苦了，我们盼星星盼月亮，可算把您给盼来了。”一位晋国的老将开口附和。

他这话听着是好话，实则语气中却带了一点刺，隐隐有些责怪墨桥生来迟的意思。

闻言，跪于墨桥生身后的杨盛抬起头，蠕动了一下嘴唇。墨桥生回头看了他一眼，制止住了他的话。

杨盛看着坐于上首的程千叶，很想替自己的将军说点什么，但想着这是主公帐前，最终还是咬住了牙，低下头去。

程千叶上下打量了墨桥生片刻，突然皱起眉头：“你怎么了？”

“臣……”墨桥生还来不及说话，程千叶已经深深皱起眉头，噌地一下站起身来。

她向着杨盛说道：“你来说，你们将军怎么了？”

杨盛抬起头，抱拳行礼：“启禀主公，墨将军在路上遭遇了敌袭，如今身负重伤。但他却执意不肯休息，星夜兼程，赶至此地。”

程千叶沉下了面孔，这位一路披荆斩棘、无所畏惧的大将军突然心里就慌了一下，他知道主公最不喜他不顾惜自己的身体。

“把大将军的铠甲卸下来。”程千叶开口道。

杨盛一下站了起来，他早就想这样做了，依将军的伤势根本不能再在身上披挂如此沉重的铠甲。

随着铠甲一块块解落在地，大帐之内响起了一阵吸气轻呼之声。

墨桥生身着黑袍站立君前，黑色的战袍湿透了半边。此刻帐内所有人的心都是沉重的，他们知道那浸湿将军衣袍的，不是汗水，而是将军的鲜血。而那表面锃亮威严的铠甲内里，早已被红色的鲜血浸染，淋漓的鲜血从铁甲上滴落到夯土地面。

“传军医到我帐中。”程千叶抿唇，她侧身吩咐完身边的夏菲，随后便走上前去，牵起了墨桥生的手，轻轻问道，“你带来的军队交给这位杨将军可以吗？”

主公没有当场发火，令墨桥生心中更加惶恐，他胡乱地点了一下头，程千叶便回首看了一眼张馥：“张相，军中之事就先交于你，你同这位杨盛将军协商安置一下。”

交代完这句话，她便在众目睽睽之下拉起墨桥生慢慢走出大帐，进了她平日休息的帐篷。

到了帐篷内，程千叶淡淡开口：“躺下吧。”

“主公……”

墨桥生还想要解释，但程千叶却打断了他：“躺下，不要让我再说一次。”

墨桥生只能依言躺卧在程千叶的床榻上，让匆匆赶到的军医为他处理伤口。

疗伤时，墨桥生忍不住不时看向坐在床头的程千叶，心中既欣喜又慌张。

主公似乎刚从城墙上下来，一脸的烟灰，整个人也消瘦了不少。但他只要看着这张面孔安安静静地在自己眼前，欢喜和幸福就会一点一点地填满他的心。

但见主公一直沉默着，既没有发火，也没有露出和以往一样温和的笑容来时，他心中便又惶恐了起来。

此刻，他宁可带着伤拿起武器，去城外面对那数十万敌军，也不敢在这里迎接主公将要到来的怒火。

军医包扎完伤口，起身行礼：“主公，将军的伤情委实严重，须得好好静养，切不可再肆意走动。”

程千叶点了点头，示意他退下。

一时帐内无人，只余躺在床榻上的墨桥生和静坐榻前的程千叶。

见程千叶站起身来，墨桥生下意识地往床内退了一点，但程千叶却一把拽住了他的头发，固定住他的脑袋，不让他再后退半分。

她俯下身，贴近眼前这张朝思暮想的面孔。直到这张面孔神色闪烁，露出了惊惶不安的样子，她才恨恨地松开手。

“看在你受伤的分上，先给你记着。”程千叶咬牙切齿地道，“等你好了，你看我……怎么罚你。”

杨盛同张馥协商交接完军务，便来到主公的帐前请见。

他的职位还够不上主动求见主公，但他心中实在放心不下伤重的大庶长。幸好主公并没有因为他军职低微而拒绝，很快宣他入内。

他在君前跪地行礼，简单说明了他们一路遭遇了山洪、敌袭等情况。

这是他第一次面见主君，此时主君坐在床沿，神色亲和，殷殷垂询，让他渐渐消除了心中的紧张感。

杨盛微微抬头，向床榻上看了一眼。

将军的伤情显然被妥善处理过，此刻盖着锦被，披散着长发，卧在床上沉沉睡着。

将军睡得很沉，连他同主公轻声说话，都没能被吵醒。

这一路赶来，将军几乎没有睡过一个好觉，直到这时，杨盛才在墨桥生的面孔上看见了放松的神色，他终于打从心底松了一口气。

程千叶看着跪在眼前的这位同样是奴隶出身的将军，此人一脸的伤疤，看起来有些骇人。

程千叶记得他的名字，很早的时候，程千叶就留意过他。

因为在那疤痕狰狞的面目之下，他就像一柄出鞘的神兵，锋利、耀眼。

早在墨桥生出征之前，为了避免再次出现贺兰贞那样的悲剧，程千叶花了很多时间，几乎把他身边所有的人都仔细审查了一遍，并将那些居心叵测之徒一一排除。

当时她很欣慰墨桥生身边有着不少对他忠心耿耿的部将，而在这些人中，最有能力又最为忠心的便是眼前这位杨盛。

程千叶忍不住有些责备地开口：“杨将军，大庶长伤得这么重，你作为他的心腹爱将，怎么就不知道阻止他一下？你应该知道我这里城坚池深，粮草充足，就算你们来晚些又有什么关系？”

杨盛抬起头，主公这句责备的话，虽然不讲什么道理，但听在心里却让他觉得特别舒服。

原来主公和将军是这般彼此信赖，相互关怀，杨盛想到这儿，回道：“末将错了，是末将失职。”

程千叶缓缓道：“将来若是还遇到此等情况，一切以将军的安危为重，知道了吗？”

杨盛：“是，卑职谨记。”

或许是因为突然放松了下来，当天夜里，睡在主公帐内的墨桥生就发起了高热，他只觉周身忽冷忽热，整个人陷入了反复的噩梦中。

浑浑噩噩之时，墨桥生发现自己置身于冰凉的溪水中。

他正背负着主公，拼命地向前跑去，敌人的利箭一箭又一箭地射入他的体内，整条溪流都变成一片血红。

必须一直跑，不能停，要带着主公走。

突然之间，冰冷的血河不见了，背上的主公也不见了，墨桥生发觉自己被按在炽热的砂石地上，眼前摆着无数个燃烧着的炭盆。

有人拿起盆中通红的烙铁，狠狠地烙在了他的身上。

他感到一阵钻心的剧痛，为什么我又成了奴隶？

他慌乱地呼喊：“主公，主公！”

无数的声音在阴暗处响起，熟悉的痛苦裹挟着他——

“哪来的主公？”

“你做梦吧？”

“你主公早死了。”

“你只是个奴隶。”

…………

“桥生，桥生。”突然，一个熟悉的声音在唤他的名字，墨桥生喘息着猛然睁开了眼睛。

他发觉自己睡在一个漆黑的帐篷内，黑暗中，有人举着一个小小的烛台靠近了他，那橘黄色的光辉映照了一张面庞，正是那个他在噩梦中拼命呼唤的人。

“桥生，你烧得很厉害，做噩梦了吗？”熟悉的人儿坐在床边，伸出手轻轻摸了摸他的额头，又拧了一条热毛巾，给他擦去头脸脖颈上的汗水。

温热的触感一点点地拂过他的额头、脸颊和脖颈，他的呼吸也慢慢平稳了下来，主公责备的话语也不断传来——

“你看你，把自己伤成这个样子。”

“杨盛都告诉我了，你胸口中了一箭，还疯了一样不管不顾地骑马赶路。”

…………

她一面责备着，一面换了一条冰帕子，覆盖在他滚烫的额头上。

寂静的帐篷内，响起了墨桥生嘶哑低沉的声音：“我在来的路上，听说绛州失守，主公你……生死不明。

“我那时真的快疯了，根本想不了那么多。

“幸好主公你没事。”

他闭上眼，睫毛轻轻动了一下，两滴清亮的泪珠从他的眼角溢出，滑落进枕头里。

“别哭啊，我哪有那么容易出事。”黑暗中主公那让他心安的声音传来，墨桥生感到被褥被掀开了一角。主公温热的身躯钻了进来，挨着他躺着，一只柔软的手伸过来握住了他的手：“你看我这不是好好的吗？我正陪着你呢。”

“哎呀，都叫你别哭了。”

突然，一声叹息响起，主公湿润的唇吻在了他的眼角，一点点吻去他的泪水，最后落在他干涸的双唇上，占据了他所有的思维能力。

第十九章：一统

第十九章

一统

绛州的战事依旧如火如荼，但因大庶长墨桥生已带着先遣部队入城，于是军心也随之安定了下来。

对士兵们来说，那位攻占淇县，打下郑州，又一路西进夺取丰都地区，其后还独自领军灭了整个汉中的大庶长墨桥生，是他们心中战无不胜的战神。

如今，主公和墨将军都在绛州，那还有什么可担心的呢？

但此刻，躺在主公帐内数日的大将军却十分烦躁。

战事那么吃紧，主公却严令他卧床休息，甚至禁止他起身走动。

每天夜里，主公都坐在桌案前，一边陪着他，一边批阅军报，日日挑灯夜战。

墨桥生看着主公那消瘦的身影和那黑青了的眼圈，几乎是一刻也不想再躺下去了。这时，他突然开始后悔自己当初的冲动，要是他现在没有受伤，主公也许就不必如此辛劳。

天色微微亮起，程千叶蹑手蹑脚地掀开了被子，溜下床来，一只大手拽住了她的衣服。

程千叶转过头，看见墨桥生正从床上撑起身来，用虚弱的声音唤她：“主，主公……”

“不行，你躺好。”程千叶直接打断了他的话。

“主公，臣已经不妨事了。如今我们从汉中赶来的大军，已抵达并驻扎在绛州南面。今日之战事关重大，臣若还是一直不在军中露面……”墨桥生的手没有松开，他犹豫了一下，觉得这样说有损主公的威信，但他还是决定把话说出口，“臣自从进了绛州，就再没于军中露过面，恐军心不稳。”

程千叶知道他说的是事实，刚刚从汉中抵达的大军有二十万之众，这其中有一半以上的人都是墨桥生在一路攻占丰都、南郑等地之时一手收编的部队。

他们中很多人，连程千叶这个主公的面儿都没见过，甚至连晋国的国土都是第一次踏入。

如今墨桥生入绛州后，就不再露面，确实不利于稳定军心，时日久了，也许还会被有心之人加以利用。

墨桥生看见程千叶神情松动，急忙说道：“臣就到城头上站一站，监督一下战事，绝不会肆意妄为，必是无碍的。”

程千叶考虑了一下，点头道：“行，那你换上战袍，不准着甲，到门外来。”

墨桥生高兴地换上战袍，匆匆用过早食，刚跨出门外，一下就愣住了。只见程千叶身后跟着两个小兵，正抬着一个小小的肩舆。

主公面前他怎么能坐着肩舆，墨桥生的脸“唰”的一下红了，结巴道：“我……我怎么能坐这个？”

程千叶摆了一下手：“想上城墙就坐上来，不想坐就回去躺着。”

于是，在晨曦初现、白雾消散的清晨里，城头上准备工事的士兵们吃惊地看见了一道奇特的景象——他们的主公走在前面，身后却跟着坐在肩舆上的大庶长。

二人一路沿着城墙内侧的马坡，登上城头，步入了城墙上防御最为坚固的敌楼内。

也许是朝阳霞晖映照的缘故，大庶长墨桥生的整张面孔都似乎透着一股潮红色。

张馥等人正在敌楼内商讨着今日的战务，待看见程千叶身后的墨桥生时，大家略微吃了一惊，但随即亲切地同他打了个招呼。

张馥还点头问询了一句：“大庶长的伤势无碍了吗？已经可以出来走动了？”

墨桥生在汴京时，张馥留在绛州。而张馥回到郑州以后，墨桥生却出征镐京。所以他们两人虽说都是程千叶身边的亲近之人，但接触一直不多。

墨桥生最初就隐约察觉张馥对他有着一丝防备之心，但这一次，张馥似乎终于放下了心中对他的成见，甚至还吩咐萧绣给墨桥生端来了一把座椅。

他只好在椅子上坐了下来，叉手行礼道谢：“多谢张相。”

也许这次受伤也不是那么糟糕，墨桥生在心中想，他很高兴自己能被主公身边的人接受。

程凤来到他身边，轻轻在他肩上搭了一下，关切问道：“没事吧？”

墨桥生则用眼神示意他不必担心。

程凤眺望着远处敌军的营地，开口说话：“接触了这些日子，敌军中就属吕宋座下的公孙辇和李文广部下的凤肃延最为棘手。余者，倒皆为碌碌之辈。”

墨桥生分析道：“当初在汴州城外，我也曾同二人并肩作战，倒有些了解。凤肃延此人用兵稳健，公孙辇却是刚直勇猛，一身傲气。”

他和程凤交换了一个眼神，程凤并指如刀，向下一挥：“那就先从他下手。”

当朝阳跃出群山脊梁，苍凉的城墙披上红霞之时，敌军再度黑压压地开到城下。

吕宋部下的大将军公孙辇跃马横枪，于军前叫阵，墨桥生招来杨盛，道：“你去会会他，记着许败不许胜，只需尽量挑衅，引其带兵追击，程凤将军自会为你压阵。”

杨盛咧开嘴笑了一下：“将军，这有点难啊，卑职在战场上还从未主动退过一次。”

墨桥生看着杨盛，道：“胜了人头算你一半。”

杨盛领命而去，程凤同墨桥生交握了一下手，挎上强弓，也跟了下去。

擂鼓声声，烽烟四起。程千叶背手站在敌楼之内，看着城墙之下敌我双方的军马各自摆开阵势。

两军交接，箭矢漫天如雨，步卒顶起盾牌步步推进，骑兵来回纵横，扬起黄沙滚滚。

漫天烟尘之中，程千叶看到杨盛冲着敌方阵前的公孙辇直奔而去。

二人身上各自燃起冲天战意，如两柄利刃冲撞到了一起。双方你来我往交战了片刻，却见杨盛似不敌折返，公孙辇紧紧相随。而程凤则守在途中，伸展猿臂，拈箭张弓，只听得连珠箭响，黄沙之中那道紧追的身影，闪了一闪，就这样消失。

程千叶闭了一下眼，这一回合，他们胜了。

驻守在城池南面、刚刚从汉中抵达的晋国大军排成雁翅阵，展开双翼，向着敌军两翼包抄过来。

敌军折损了一名大将，又被汉中援军包抄，一时气势大降，退出了三十里地之外。

被联军围困了整整一月，憋闷已久的晋国士兵，终于初次尝到胜利的滋味。他们扬眉吐气地打开城门，迎接汉中援军入城。绛州城内也一扫月余来的阴霾，到处是一片喜气洋洋之态，直到金乌西垂，士兵们兴奋的热情都还未退却。

夏菲一路走过，看到的都是在兴奋地议论着白日那场胜利的将士们。

她来到主公的帐前，正要入内，听觉敏锐的她突然听见帐内有细微的脚步声。

既然主公还不曾回来，那么……能在里面的只有墨桥生将军了。于是夏菲制止了门外卫兵的通告，暗卫出身的她，悄无声息地顺着帐篷的阴影潜入帐内。

她知道主公和张大人都十分信任这位将军，但对她来说，这位将军只是一位初识的陌生人。

作为主公的贴身侍卫，她觉得自己有必要摸一下这位将军的底细。

既然主公不在，那她便看看这位墨将军会在主公的大帐内做些什么。

夏菲潜入帐内，她的动作很轻，像一只灵巧的猫，就连呼吸都带着一种绵长而细微的节奏，她行走在帐篷内的阴影中，几乎没有发出一丝声响。

主公的帐篷分为内外两个部分，外帐内如今空无一人，夏菲沉住气，慢慢向内帐摸去。

作为曾经的暗卫，潜行和刺探是她们从小修习的技能。

夏菲来到帐帘处，聆听了片刻，没有听见任何声音。她伏下身，将手指伸进帐帘的底部，微微将它抬起一点，正要抬眼偷瞧，突然一只铁掌从帘子背后伸出，猛地抓向她的手腕。

夏菲吃了一惊，她灵巧地避开了抓向她的手掌，同时飞出一腿，意图逼退帘后之人。但她的脚底却被一只坚硬的拳头击中，一阵钻心的剧痛从脚心传了上来。

她不是这个人的对手，夏菲意识到这点，就地迅速一滚，想要抽身撤退。

可说时迟那时快，一柄锋利的铁剑破开帐帘，直逼她面门。身手敏捷的夏菲抽出一双短刃，架住了那道迎面劈下的寒光。

短兵相接，刺耳的声音传来，夏菲只觉虎口被震得一阵发麻，一股巨大的力道压着她交错的短刃，正把她的双手一点点地压下去。

“是你？”面前的男人带着杀意，语气森冷，“你这是在干什么！”

“我是主公的贴身近卫，主公帐内的安全本就是由我负责。”夏菲同他针锋相对，“倒是大庶长你既然伤势已经痊愈，为何一下城墙就直入主公内帐？”

突然，那位刚刚还杀气腾腾的大将军，面上“唰”的一下腾起一道可疑的红晕。他松开手上的力道，有些回避夏菲的眼神。

这人心里果然有鬼！善于刑讯的夏菲在心中想道。

这个时候，主公的声音在帐篷门处响起：“可以啊，看来墨将军恢复得不错。”

程千叶掀起帐帘，靠在门边，不紧不慢地说道：“早上还说过绝不肆意妄为，转眼就和我的侍卫动上手了？”

两人齐齐吃了一惊，那位声威赫赫的大将军在这样一句轻描淡写的话下，瞬间就慌了手脚。

他把手中的剑背到身后，眨着眼连退了几步，讷讷地张了一下嘴，却说不出话来。

程千叶狠狠瞪了一眼墨桥生，冲着夏菲抬了一下下巴："夏菲你先出去，替我守在外面，不要让别人进来。"

夏菲有些茫然地走出帐篷，守在了帐门外。

她揉了揉发麻的手腕，动了动疼痛的脚踝，不禁感慨墨将军的身手还真是了得，力道奇大。这还是在他负伤的情况下，要是全盛时期，自己恐怕在他手下走不了几招。

但他……似乎特别怕主公。

夏菲思索片刻，突然后知后觉，主公和墨将军的关系似乎和她想的不太一样。

听觉异常敏锐的她，即便站在帐篷之外也依旧能够听见帐篷深处正传出一些轻微的声响。

原来主公她和将军是这种关系？

夏菲的脸红了，她下意识地竖起了耳朵，依稀听见一个带着哭腔的声音在低低讨饶："不……不要这样。"

夏菲心中瞬间怒火高涨，她一下握紧了手中的剑柄，这个墨桥生好大的胆子，竟敢让主公哭泣！

可随后，帐篷内又传出另外一个低哑的声音。

这才是主公的声音，难道刚才哭泣的那位是墨将军吗？

主公竟然能把墨将军都给欺负哭了，也太……反应过来的夏菲连耳朵尖都红透了，她退了两步，双手捂住发烫的脸孔。

这时，张馥来到帐前时，夏菲伸手拦住了他。

张馥见状开口："我有军务需面见主公，替我禀报一下。"

夏菲呆滞地说："不，不方便。"

"什么东西不方便？"张馥笑着问。

他发现，自从他把夏菲拨到主公身边之后，夏菲那常年毫无表情的面孔上，时不时露出一些有趣的神态来。比如这个时候，她那张面具一般的脸似乎裂开，处于一种不知道该摆出什么表情的状态。

“行了，行了，”张馥笑嘻嘻地拍了拍她的肩膀，“是不是墨将军在里面，那我待会儿再来，你给主公守好了。”

天色渐晚，营地上升起袅袅炊烟。

主公神清气爽地掀开帐帘出来，她眼带春色，双唇殷红，略微有些不好意思地吩咐夏菲给她传晚食。

“欸，”程千叶唤住准备离开的夏菲，悄悄在她耳边交代，“问一下有没有益气补血的汤水给端我一点。”

夏菲听完，逃一般地跑远了。

夜色暗了下来，帐篷内点起了一盏盏烛灯，橘色的光圈一个个荡漾开来，照亮了一桌丰盛的饭菜。

程千叶坐在桌边，不停地给墨桥生碗里夹菜：“说起来，我们也很久没这样一起吃饭了。”

墨桥生只穿着一身白色的里衣，披散长发，眼角春色未消，埋头扒饭。

过了片刻，他低着头嘀咕了一声：“一年又五个月零二十天。”

程千叶的心顿时软了一块，她盛了一碗汤递到墨桥生手边，道：“喝吧。”

暖暖的灯光下，她看着墨桥生鼻尖泛红地默默坐在她身边喝汤，程千叶有一种发自内心的满足感。

这一刻，她真心希望那些鲜血淋漓的战事能够尽快结束，让她能够和自己喜欢的人，过上安逸温暖的日子。

对她来说，看着自己喜欢的人在哭泣中得到欢愉，能够给她带来一种强烈的精神上的满足，这种满足有时候更胜过身体上的愉悦。但他们两人却不能真正地结合，终究还是有那么一点遗憾。

张馥在晚食过后前来求见，程千叶让墨桥生在内帐休息，自己到外帐接见了张馥。

“主公，有两个好消息。”张馥的眼中带着真正的欢喜之意。

“什么消息？让张相如此高兴？”程千叶问道。

“俞将军在宋国击退了卫鲁两国的援军，如今已兵压宋国国都彭城。”张馥语带激动地回道。

“真的！”程千叶站起身来，来回转了两圈，“这可真是太好了，他若是拿下宋国，等于解了我一半后顾之忧。”

“还有什么好消息？”她急着问道。

“主公你看看这封国书。”张馥从袖中掏出一封信函。

程千叶接过信，展开一看，略微有些吃惊：“这可真是稀奇，犬戎的嵬名山居然会给我写信？”

“他们想和我们恢复邦交往来？还真是应了那句话，国家之间没有永远的朋友，也没有永远的敌人，只有永恒的利益。”程千叶浏览了一遍，合起函件问道，“他们这是为什么？”

张馥道：“据臣得到的消息，没藏太后一行退出镐京之后，遭到了李文广的一路追击，直逃回草原去了，李文广也因此得回了凉州。”

程千叶点点头：“所以他们如今想趁着李文广倾巢而出的时候，占凉州的便宜？”

张馥点头：“没藏珍珠这个女人，真是个厉害的人物。她找到了嵬名山所在之地，亲自屈尊携元顺帝前往，君臣之间详谈了三日，终于冰释前嫌，请得嵬名山重新出山。如今，他们大概是想借着这次机会，同李文广争夺凉州北部。因此想同我们交好，以暂时稳住我们。”

程千叶伸指敲了敲桌面：“这样一来，李文广很快就会撤兵回去，我们可以好好利用一下这个机会。只是我心中实在深恨这些反复无常的犬戎人，张相，此事你怎么看？”

张馥回道：“如今我们和犬戎之间隔着李文广、吕宋这些人，确实没有精力再管他们，也只能先虚与委蛇。”

数日之后，李文广突然撤走他的部队。

晋国大军化守为攻主动出击，打了吕宋和华宇直一个措手不及。

吕宋领军溃败而去，晋军对其不闻不问，只是集中兵力，紧紧咬住了华宇直的部队。

华宇直领着兵马，在春雨泥泞的道路上仓皇逃窜，一路骂骂咧咧道：“混账！那些卑贱的奴隶都是一群混账！”

李文广那个浑蛋竟然临阵撤退，害得他们吃了这么大一个亏。

更可恶的是晋国那个墨桥生和程凤，他们曾经不过是他的奴隶而已，现在竟然耀武扬威地对他围追堵截。

华宇直被冰凉的雨水浇得浑身湿透，既冷又饿，但他却不敢停下来烤火或是吃点东西。

因为那个脸上有着一道狰狞伤疤的晋国将军杨盛，简直就像一个地狱里爬出来的真正恶鬼一样，昼夜不停地紧跟在他身后追了三天三夜，让他简直喘不了一口气。

华宇直像个没头苍蝇一样领着军队四处乱窜，只求保命，部队在沿途中败的败、散的散，早已经失了大半。

“晋军是不是没继续追上来了？”华宇直抖着浑身肥胖的赘肉，气喘吁吁地说，“下令全军休整，吃点干粮，老夫快饿死了。”

他在亲兵的搀扶下，正准备下马，突然前方道路响起一阵密集的马蹄奔踏之声，弯道处转出一队人马。

那一个个鲜衣亮甲的骑兵中间簇拥着一位威风凛凛的红袍将军，那位将军身着银铠，手持强弓，身后招展着一面军旗，上书一个大大的“凤”字。

华宇直气得咬牙切齿、浑身颤抖，伸出肥胖的手指指着那人道：“你，你这个奴隶，先前不过是我身边的一条狗，你竟也敢来欺我！”

程凤二话不说，开弓放箭，箭矢破空而来，这一箭正中华宇直胸口，华宇直大叫一声摔下马背。

他的士兵们抢上前来，护着他改道向北突围而去。

一行残兵败将逃至一个山坳，华宇直在亲随的搀扶下，躲进了一处破庙。

他躺在地上，不住地哼哼，口中骂骂咧咧个不停。

他随身服侍之人寻得半碗雨水，端至他的面前。华宇直喝了一口，一下吐了出来，连水带碗砸到了那个侍从的头上，劈头就骂：“你这个贱奴，这样的咸水也敢端给我！你是不是觉得我如今败了就治不了你了？等回到胶州，我要你们好看。”

那个侍从咬住牙，转过头和身侧几人交换了一下眼神，众人眼中皆露出愤恨之色，向着他点点头。

侍从伸手握住了腰间的刀柄，抬起头，站起身来。

华宇直见状，惊恐地喊道：“你们想干什么！我是你们的主公！你们想要造反吗？”

不久后，破旧的小庙内传出了一声惨叫。

一只停在庙檐上的乌鸦展开黑色翅膀，破开山间的浓雾，展翅向天空飞去。

当后世的史官们在提到这段时期的历史时，常会感叹大晋天启二年发生的这场五国伐晋，是当时诸侯列国最后一次阻止晋国横扫六合的机会。因为此役之后，晋国一统中原的脚步就再也没有停止过。

可惜的是，当时诸侯列国人心不齐，各怀异心，虽然一度险些把晋太祖逼至绝境，但最终还是被晋国分而化之。

而晋国的那位开国帝王程千羽，实乃一位不世英豪。他在那危机四起之时，先是派遣御史大夫周子溪出使晋国南面的列国，分别投其所好地给那些君王献上大量金银财宝，说服了当时实力强大的楚安王和云南王同晋国结盟。

没了南面国家的干扰，晋国军神墨桥生弃辎重、率轻骑，一路几乎毫无阻拦地从汉中飞驰千余里地，赶至绛州支援。

晋太祖一面稳住南面列国，一面又私下同北部草原的犬戎人结盟。

在联军围攻绛州之时，犬戎大将军嵬名山率军一口气夺取了凉州十来个城池，逼得李文广腹背受敌，不得不撤军回援。

晋军则借此良机，一举击退了吕宋和华宇直。

而晋国名将程凤、杨盛率军追击胶东王部，剿灭、招降胶东兵马达十余万之众。胶东王华宇直兵败溃逃之时，也被随身亲卫割下首级，献首于晋军，至此胶东国彻底覆灭。大将军杨盛也乘胜追击，一路乘势，占据了胶州大片土地。

与此同时，晋国另外一位大将军俞敦素，在宋国国都彭城附近击退了卫鲁两国的援军，攻占了宋国都城，正式收复宋国。

所以，后世的史官们一致认为，正是因率先夺取了农业发达、经济富庶的宋国国土，再加上晋太祖又开始重用宋人董博文为大司农，在晋国国境之内全面学习推广宋国的农业制度，才为此后晋国开疆扩土等一系列军事行动奠定了坚实的财物基础。

故每当描述到这段时期的历史时，后世不论哪一个朝代的史官都会忍不住要赞叹一遍晋太祖的雄韬武略，以及他那独到精准的识人用人之术。

在那个风起云涌、群雄逐鹿的时代，晋太祖身边云集了众多名留青史的能人异士，无数璀璨的将星也在他一手提拔之下朗朗升起。

在代代史官的笔墨相传之下，晋太祖程千羽逐渐被神化成一位身高八尺、雄姿英发、天赋异禀的开国大帝。

但事实上，如果他们能看见此刻正同墨桥生挤在一起吃饭的程千叶，他们心中这两位所谓的千古一帝和大晋战神的形象一定会瞬间幻灭。

而此刻站在大帐内的夏菲，就有这种幻想破灭的感觉。

大帐内，主公正一边吃着饭，一边不停地往墨将军碗里夹菜。而那位在战场上素来以用兵神速著称的墨将军，却斟酌了不知多久，方才小心翼翼地夹起一筷子菜，回敬到主公碗中。

那位三招内就能压制自己的大庶长，只做了这么一个小小的动作，就瞬间涨红了面孔。

夏菲觉得自己似乎做错了一件事，她真的不应该在这个时候还尽忠职守地留在主公身边护卫。

待好不容易找到借口，退出帐外，站在帐篷外的开阔处呼吸了口新鲜空气时，夏菲才觉得整个人终于轻松了一点。

“你怎么站在这里？”张馥恰好走了过来，问道，“主公呢？主公在做什么？我找主公有些事。”

“主公还在用早食。”夏菲回答，随后她又急忙加了一句，“和大庶长在一起。”

“哦，那我在此等一会儿吧。”张馥道。

“张相，我觉得……”夏菲突然间开口。

张馥露出个询问的表情，夏菲斟酌了一下，压低声音道：“千叶公主，就不能活着吗？”

张馥皱起了眉头：“连你也有这种想法？”

夏菲虽然年轻，但素来冷静自持，协助自己办某些事情的时候，也从不做无谓的心慈手软之举。所以，她一度是张馥手下最得力的干将之一。但张馥没有想到，有朝一日夏菲也会和萧绣一样，说出让他为难的话来。

夏菲看着不远处的帐篷：“卑职跟随主公这么长时间，总觉得只有墨将军待在她身边的这几日，才是主公真正快乐的时候。”

张馥随着她的视线看向那个帐篷。其实，他又何尝不明白主公的想法？但作为一个臣子，从国家的利益考虑，他觉得个人的些许牺牲是必要的。

张馥开口道：“你要知道……”

“张相的意思卑职当然知道，卑职也明白这个想法是极端愚蠢的。”夏菲垂下视线，“但我总觉得，如果同主公不只是君臣，而是更亲近一点的关系，我很希望能够让主公得到自己真正想要的快乐。”

张馥沉默了，他没想到自己也有一天会为这种蠢事而摇摆不定。

夏菲抬头看向张馥：“若是张相同意，卑职为此必竭尽所能。”

晋国国都，汴京。

谋逆作乱的太保魏厮布阴沉着脸，走下潮湿昏暗的台阶。

在这座看守严密的牢房之内，关押着数名重要的人犯，有晋王的亲生母亲杨太后、太子鹏和王的爱妾许姬等。

除了那位独自住在公主府的长公主程千叶闻风逃脱了之外，基本汴京城内所有的王室成员以及反对他们的朝中要臣，都被关押在此地。

魏厮布慢慢向下走，看着那一间间牢房中扣押着的熟悉面孔。

他一度洋洋自得地走在这个大狱内，看着那些曾经高高在上的贵人成为他的阶下囚。但如今，他心中充满了恐惧，因为有可能明日这牢房中的囚徒就会换成他自己。

他不明白，自己怎么就从地位崇高的三公之一，走到了如今这般如履薄冰的地步。

五国伐晋初时，大将军俞敦素带领着国内大部分的军队被卫鲁两国围困在宋国，主公只能莽撞地亲自率兵前往绛州，对抗那实力强大的三国联军。而唯一有能力支援的墨桥生远在千里外的汉中，又随时会受到汉军拦截。

在这样的形势下，他收到凉州王李文广的密信，觉得这确实是一个天赐良机。

在他的计划中，依靠自己多年在朝堂中的经营，应该能轻易地罢黜那位肆意妄为的主公，扶植新君上位。然后再废除那些乱七八糟的政策，让自己重新回到朝堂的顶点，恢复他魏家的声威。

想不到如今的形势却急转而下，不但俞敦素取得了大胜，覆灭了宋国，主公在绛州更是大破三国联军，据说如今已派出大军一路直追胶东王华宇直而去，准备一举拿下胶东。

等这两路大军回到汴京，自己又有什么能力同这样的雄狮相抗呢？

主公的劝降书也早已摆在了他的桌面，书信里恩威并用地劝说他缴械投降。

魏厮步的脚步停在了一间牢房之前，牢房内囚禁着晋王最为信赖的臣子之一，太子太傅兼治粟内史肖瑾。

魏厮布心中有些嫉妒，嫉妒这位一开始就站对了立场，如今一手掌握了国家钱袋子的人，而他日后也将带领着整个肖氏家族蒸蒸日上，过不了多久，肖家就会取代他们魏家，成为晋国的第一士族。

“怎么样？肖大人，还是不愿意归附新君吗？”魏厮布阴恻恻地开口。

肖瑾冷哼了一声：“乱臣贼子，我岂会同尔等同流合污。”

魏厮布蹲下身，用一种诱惑的声音说道：“肖大人为何如此顽固？

主公任意妄为，被数十万大军围困，必定是回不来的。我们只有拥立主公的弟弟公子杰，才能真正保住我大晋的千秋大业啊。肖大人你只要点个头，我必上奏新王，封你为三公之一，今后你我并肩立于朝堂，共扶新君，开创大晋盛世，名垂千古，岂不快哉？”

肖瑾冷冷地看着他：“魏太保，你骗不了我。你如今会来同我说这话，想必是前线战况出现了好转，甚至取得了胜利，正要班师回朝，你才会想着拖我下水。主公雄才大略，她才是为我大晋开创千秋大业的一代明君，公子杰无非一七岁小儿，如何能同主公相提并论？我劝你悬崖勒马，及时回头，待得主公回来，见你诚意悔过或还可留你一命。”

魏厮布变了脸色，脸部的肌肉抑制不住地抖动了起来，他恶狠狠地道：“你且不要得意，我即便败了，有你们这些人给我垫背也不算冤了。”

魏厮布气急败坏地离开以后，肖瑾的面色凝重了起来。

尽管他得不到外面的消息，但从这些逆贼一日比一日凝重的面色以及越来越焦躁的情绪来猜测，主公他们应该是渡过了难关，在绛州取得了胜利。

肖瑾从潮湿的地面上拾起一根麦秆，放在手指间来回捻搓着。

这所大狱既昏暗又潮湿，空气中弥漫着一股发霉的气味，角落里穿梭着各种虫蚁，隐隐还能听见一些细微的咳嗽或是哭泣声。

肖瑾十分担心年幼的太子能不能适应这样恶劣的环境，他更害怕那些逆贼狗急跳墙，对太子殿下做出什么不利之举。

自小肖瑾便被家族中的长辈挑选出来，成为公子羽的伴读。

中牟之乱的悲剧发生以后，他时时自责，责备自己思虑不周，才使得和他从小一起长大的兄弟丢了性命。

如今太子程鹏是公子羽唯一的血脉，主公把他立为太子太傅，也是把太子交托给他的意思。

肖瑾闭上了眼，用力折断那根麦秆。但他却再一次犯了错，让歹人钻了空子，使得年幼的太子陷入险境，沦为阶下囚。

这时，送牢饭的推车经过，一个穿着粗布短衣、裹着巾子的民妇举着长柄木勺在肖瑾的牢门处敲了一下。

她将一勺菜羹缓缓倒入肖瑾面前的铜盆中时，用只有肖瑾能听见的声音悄悄说了句：“肖大人，是我。”

肖瑾吃了一惊，抬起头来，才发现这看起来毫不起眼的民妇依稀有些眼熟。他仔细辨认了一下，才发现这民妇竟然是主公的贴身侍卫夏菲所扮。

“夏侍郎，怎么会是你？”肖瑾四面张望了一下，兴奋地压低声音道，“你怎么来了？主公呢，主公的情况怎么样？”

“主公取得绛州大捷，现率大军已开至离汴京二十里外的黄池。”夏菲拉了拉头上的裹巾，快速地回复，“时间紧迫，还请大人告诉我如今汴京城内逆贼的情形。”

肖瑾点点头：“此次谋逆的贼首主要有三人，分别是……”

汴京北面，黄池。

城内，程千叶见到了一身狼狈、风尘仆仆的董博文。

程千叶大喜过望，亲手将他扶了起来：“博文，你怎么逃出来的？汴京现在情况如何？”

“臣因官位低微，未曾引起贼人注意，又设法贿赂了逆贼赵籍考内院的一位亲眷，方才侥幸逃脱了牢狱之灾。”董博文开口道，“这几日，传闻主公大军回城，汴京内一片混乱，臣趁势得以逃脱。如今汴京城内贼首主有三人，分别是太保魏厮布、奉常赵籍考和前治粟内史韩虔据，附逆者万余人尔。”

董博文心中暗暗松了口气，他千辛万苦地从汴京逃了出来，既急着想见到主公，禀明汴京内的形势，但又担忧在这种情势下主公会将他疑作逆贼的谍密。此刻见到主公这般真挚而热情地召见他，董博文方才放下心来。

“逆贼不足为惧，现在最大的问题是他们将太子、太后和文武百官扣在手中。”程千叶心中忧虑，以指叩着桌面，“必须想个办法解决。”

墨桥生立在她身侧，他看向董博文：“这些逆贼不可能是铁板一块，还请董大人仔细想一想他们中有无可以突破之人？”

夜色已深，汴京城内，赵籍考拖着疲惫的步伐回到了自己的府邸。

主公在绛州大胜三国联军，亲率大军逼近汴京的消息传得是满城风雨，如今汴京内可谓是人心惶惶。

他们这些人之中，除了魏太保还在坚持要鱼死网破外，基本没有一个人的心中是不后悔的。

赵籍考深深地叹了口气，他是官至九卿之一的奉常，掌管着王室的宗庙礼仪等要务，地位尊崇。即便到了汴京以后，主公大肆调整朝堂势力，却也不曾动他的位置。

他不知道自己怎么就像是被猪油蒙了心一样，只因对那些新政不满意，就对主公生出了悖逆之心，以至于走到如今这般无法回头的地步。

赵籍考推开了卧室的门，黑暗的室内寒光一闪，一柄冰凉的匕首架在了他的脖颈之上。

“什，什么人？”赵籍考心中一慌，开口就想要呼唤侍卫。

“我劝赵奉常还是少安毋躁吧，您难道就不想看看主公给您的亲笔信吗？”一道冷冰冰的声音响起。

“主公给我的亲笔信？”赵籍考心念一动。

立于暗处的少女缓缓掏出一封信件，置于桌上：“主公御笔在此，只要赵奉常能够弃暗投明，戴罪立功，匡助太子，主公非但会对赵氏一族既往不咎，还可以将逆首魏厮布伏诛之后空出来的太保之位，封赐给赵大人您。”

赵籍考眼珠转了转，心思一瞬间又活络了起来。他犹豫片刻，终于向桌上的信函伸出了手。

城头之上，一名姓袁的常侍垂头丧气地巡查了一遍城防。

他本只是禁军中的一小小常侍，因听信了自己领头上司的话，认为主公崩于绛州，盲目地跟着上司拥立了主公的弟弟公子杰为王。

如今，他方知道主公不仅安然无恙，还取得了大胜，而自己稀里糊涂地就沦为了逆党，不禁悔道：“像我们这样的小人物，除了听命于那些大人们的话，又能怎么样呢？想不到这就成了叛党了。”

他摇着头，推开了守备长官休息的房门，只见房内正中端坐着一人，那人修眉俊眼，顾盼神威，正抬头向他看来。

“程卫尉！”袁常侍大吃一惊，他膝盖一软，下意识地就想要跪地行礼。

程凤官职卫尉，负责宫城门户守备，是他们这些常侍真正的顶头上司。

屋内另有他的几名同僚，齐齐转头看他，其中一名同他交好的同僚急忙开口道：“袁常侍，咱们先前都是被贼人蒙蔽，如今程卫尉亲自来了，你还不跪下表明对主公的忠心？”

袁常侍心中一紧，急忙跪下去。

天色微微亮的时候，太子程鹏做了个梦，梦见自己的父王领着大军赶跑了坏人，正把自己高高举起，笑盈盈地说着：“鹏儿，有没有想父王？”

他兴奋地正要回话，睁开眼一看，却发现父王不见了，自己依旧被关在阴森恐怖的石头屋里。

年纪尚小的太子，“哇”的一声哭了出来。

许姬起身，把太子搂进了自己的怀中，用手顺着他的背，安慰道：“鹏儿不怕，鹏儿不哭，母妃在这里呢。”

她坐在茅草堆中，像平日在锦绣华美的宫殿中一般，缓缓摇着怀中的孩子，口中轻哼着一首柔和的小曲，让从睡梦中惊醒的儿童安定了下来。

“母妃，父王什么时候能来接我们？鹏儿在这里好怕。”程鹏缩在母妃温暖的怀中，吸着通红的小鼻子问道。

许姬轻轻摸着他的脑袋：“鹏儿不怕，父王他一定会来救我们的，你父王是这个天底下最厉害的人。”

她捧起了那湿漉漉的小脸蛋，温柔地擦去上面的泪水：“鹏儿，你还记得父王走的时候，你答应他的话吗？”

程鹏的小脸不好意思地红了：“鹏儿记得，鹏儿答应过父王要保护好母亲，不能哭鼻子。母妃，鹏儿再也不哭了，不在那些坏人面前哭。”

许姬笑了，亲了亲他那小小的脑袋。就在这时，大狱内响起了杂乱的脚步声，狱卒们迈步进来，粗鲁地把每一间牢房内的犯人都拖了出来，集合在一处，命令他们男女分开列队。

“母妃，母妃！”程鹏被人从许姬的身边拖走，他伸出小小的双手，大声呼唤着自己的母亲。

许姬怒斥道：“住手，尔等怎可对太子这般无理！”

一名狱卒一把将许姬推了个趔趄：“什么太子？如今早另立新王，你们马上就要去见阎王了，还在老子面前摆什么主子的架子。”

许姬摔在地上，轻呼一声。程鹏眼见母亲摔倒在地，心中大怒，抱住那个狱卒的胳膊狠狠地咬了一口。

狱卒吃痛，一把将程鹏摔开，举起手中腰刀向下砍去。

程鹏倒在地上，蜷着小小的身躯，害怕地抱紧自己的脑袋。但想象中的疼痛却没有到来，程鹏睁开眼，只见一个高大的身躯把他护在了怀里。

“太，太傅。”那位平日里对他十分严格的太傅，此刻不仅用自己的身躯护住了他，还冲他安慰地笑了笑。

程鹏的眼圈红了，他想起早上答应过母亲的话，强忍住自己的眼泪。

肖瑾站起身来，把太子护在身后，直面那个狱卒：“这位是太子殿下，还请阁下尊重一点。”

狱卒在肖瑾逼人的目光下畏缩了半步，他发现周围所有的囚犯都恶狠狠地瞪着他，就连他的同僚都拉了拉他的衣袖，劝道：“算了，毕竟是太子。”

狱卒后退了两步，哼了一声，终究没有再做出无理的行为，只是驱赶这些人犯向外走去。

肖瑾手上戴着镣铐，他半倾着身牵着程鹏的小手一起向前走。

“太傅，你流血了。”程鹏看着一道鲜红的血液，顺着那紧握他的大手流了下来。

“殿下，臣不妨事。”太傅温和的声音在他头上响起。

那双流着血的手捏了捏他的手心，程鹏一路低着头，看着红色的血液一滴滴地洒在二人走过的路途上，而他那年幼的心，也第一次生出了关于守护的概念。

“你是太子，就应该担起太子的责任，守护着你的母亲、你的臣子、你的百姓。”

程鹏的耳边响起了父亲临走时所说的话，如今的他也依稀明白了一点其中的含义。

程千叶的大军终于浩浩荡荡地抵达汴京。

汴京城内的守军不战而降，打开城门恭迎这座城池真正的主君入城。

魏厮布等人领着自己的亲军占据了王宫，守着宫城负隅顽抗。

魏厮布站在宫城上看着脚下不远处黑压压的大军，咬牙切齿地道：“去把那些人押上来绑在宫城上，我倒要看看程千羽那厮敢不敢不顾他儿子的性命，踏着自己儿子和老娘的尸体入宫！”

亲兵领命而去，赵籍考立于魏厮布身后，忍不住低声开口劝道：“太保，以如今的形势，我等必是抵挡不住的，不若留点余地，想想怎么利用太子和主公谈些条件吧。”

魏厮布怒斥一声：“放屁，我等已另立新君，若是投降，那就是谋逆之罪，赵公难道在这个时候还想着能有什么退路吗？”

韩虔据见二人竟在这当口起了争执，急忙劝阻：“太保且不要生气，容弟也说一句。主公即便重视太子，但也不可能为了一个儿子就放弃君王之位，赵公说的也不无道理，我等还是不要做得太过，尽量和主公好好谈判周旋为妙。”

魏厮布知道自己的这两位同盟已萌生退意，心中怒极，暗骂二人愚蠢。他不再搭理二人，命自己的亲信将一干人质押上墙头。

一时间宫城的城楼上，披甲持戈的武士们推上来了一排戴着镣铐的人质。

这群人中有朝中重臣，也有王孙贵戚，此刻正一个个狼狈地被人推挪着站上城头，人人形容憔悴，刀斧加身，毫无尊严可言。

城墙下的晋军旌旗分开，一队精锐武卒拥着头束金冠、身着战甲的君王缓缓来到城下。

程千叶昂起了头，向着城墙之上的人质一一看去，程千叶的母亲杨太后率先喊了一句：“皇儿，你不必以老身之残躯为念。速速拿下这些逆贼，将他们千刀万剐！”

此时的杨太后鬓发散乱，衣着污脏，看着就是一位年过半百的平凡老媪，丝毫没有半点平日里雍容华贵之态。

她看了一眼身边的孙子，两行泪水顺着苍老的脸庞流了下来，她转过头向城墙下的程千叶大声喊：“社稷重于一切，国难之前，儿女亲情皆可抛。皇儿你身为一国之君，切不可向这些逆贼妥协。”

“让她闭嘴！”魏厮布怒斥道。

太后身后的甲士抽出腰刀架上了她的脖子，呵斥道：“不许说话！”

杨太后梗着脖子，别开脸去。

程千叶对这位母亲的印象一直不太好，她们相处的时间不多，观念也差别甚大。但直到这一刻，她站在城下，城墙之上那位白发苍苍的母亲被刀斧架在脖子上，心中真正关心的却还是自己这个女儿的安危时，程千叶的眼眶有些酸涩。

魏厮布提起年幼的太子，把他举在城垛上，威胁道：“程千羽，俗话说‘虎毒不食子’，你难道真的不顾太子的性命了吗？”

“父，父王！”年幼的太子看着脚下高耸的城墙，心里害怕，颤声呼唤就在不远处的父亲。

“鹏儿，你不要怕。”程千叶咬住了牙。

“我，我没有怕。”小小的男孩忍住眼中打转的泪水，用力地喊道，“鹏儿有听父王的话，一下都没有哭！”

“魏太保！”程千叶沉住了气，把目光转到魏厮布身上，“你先少安毋躁，你我之间还没到你死我活的地步，还是可以谈一谈的。”

程千叶缓缓地开口，她甚至笑了笑，安抚那个情绪在崩溃边缘的逆贼。

“成王败寇，事到如今我们还有什么好谈的！”魏厮布涨红了脖子，抖动着嘴唇，“除非你让出王位，否则我今日即便败了，也必要这些人同我陪葬。”

程千叶笑了起来：“魏太保你这说的是气话，无论你扣押了谁，这都是做不到的事。但只要你不伤害太子等人，我或可饶你和你身后之人的性命，并且许诺，绝不牵连你们的家人。”

她摊了一下手，像平日里在大殿之上同这些老臣庭议时一般轻松，好像说的不是什么谋逆大罪，而是君臣之间争议的一些小事。

“我以晋国主君的名义起誓，绝不相欺。”她说完这话，视线在魏厮布身后众多将帅身上扫了一遍，声音渐渐冷了下来。

“魏氏一族乃是我大晋百年望族，太保你的身上干系着你们族中多少年轻子侄的性命，你难道就真的忍心让你全族的血都陪着你流干吗？你身后的这些将士，哪一个家中没有妻室子女？难道你们都忍心看着自己的亲人因为你们犯下的错，陪着你们葬送性命？”

魏厮布身后的将士们相互看了一眼，神色都黯淡了下来。

“不要相信他的话，他这是哄着我们投降，回头我们一个都跑不了！”魏厮布吼道，“程千羽，你不想这些人死的话就先退兵，退出城外五十里地。否则的话……”

魏厮布来回看了一圈，抓过许姬的衣领，抽出一柄腰刀，架上了许姬雪白的脖子，咬牙切齿地说：“我这就先取一条命，让你看看我敢不敢下手！”

许姬早已哭得满面泪痕，她看着马背上的程千叶，很想开口，求她救救自己，救救自己唯一的儿子。但她最后还是咬住了红唇，没有说话，只是别过脸去，紧紧闭上了眼，任由两行清泪无声流淌在那白皙的脖颈上。

“母妃！母妃！”太子嘶声喊道，扭动着身躯想要扑过去，却被身后的士兵紧紧制住。

肖瑾挣扎着站起身，开口道：“魏厮布，许姬不过是主公的后宫嫔妃，起不了什么作用。你不若先拿我开刀，也许效果还好一些。”

“对，那我便先从肖太傅下手，方让主公知晓我的决心。”魏厮布闻声，一下将刀改架在肖瑾的脖颈上。肖瑾的手臂虽在牢狱中被狱卒所伤，鲜血染红了半身衣袍，但他仍毫不畏惧地站直身体，冷冷地注视着魏厮布，引颈就死。

魏厮布大笑着挥起钢刀：“可惜肖太傅少年英才，却走得比老夫还要早！”

他手中的刀没能落下，一柄带着血的利剑从他身后刺入，透胸而出。

魏厮布不可置信地低头看了看胸前透出的剑锋，缓缓转过头去。他身后的奉常赵籍考手握剑柄，恶狠狠地看着他说道：“你这个乱臣贼子，我今日奉主公之命将你诛杀！”

魏厮布掉落城墙，弥留之际，他依旧听见自己昔日最亲近的朋友，正大义凛然地举臂高呼：“贼首已伏诛，余人速速放下武器，随我救护太子，恭迎主公！”

他用尽最后一丝力气闭上眼，算是全了自己最后的尊严。

汴京之乱被晋国主君以雷霆般的手腕迅速平复，尽管程千叶不愿，但在这个春日里，被斩首者的鲜血依旧不可避免。

虽然除了主犯之外，罪名稍轻的从犯得到了宽大处理，但经过此次事件，不少老牌世家就此逐渐没落，退出了历史舞台。

朗朗升起的新兴士族和那些通过一次次大考选拔出来的学子们逐渐成了朝廷的中坚力量。

从此以后，程千叶牢牢掌握住晋国的军政大权，得以更为随心地施展自己的新政。

她首先在全国范围内正式废除了奴隶制度，严令禁止奴隶交易买卖。但凡从他国逃至晋国的奴隶，只要去官衙登记落户，就可以成为晋国的正式公民，还可以分配到一小块供以糊口的土地。

同时她任命董博文为大司农，开始更加重视农业发展，并参照宋国的《田律》改进农业技术，在全国范围内普遍推广。

而这一系列政策所带来的好处，刚刚回到汴京的晋军士兵眼下还没有体会到。

这些在外征战已久、立了赫赫战功的老兵们，正喜气洋洋地算着自己的军功，在军部书记官的面前排着长队，领取着属于自己的爵位、田地、赏金和宅基地。

“一百亩地，一百亩地，哈哈哈，回去我就请里巷的王婆子给老子说个媳妇儿。”

“一百亩地就高兴成这样，咱们杨陆厚大人，已经拜了五大夫爵。那上门提亲的媒婆都快把他家门槛踏破了，他干娘直呼人太多，要挑花眼了。”

墨桥生出了军营，正准备着向宫内走去，他突然看见杨盛手下那出了名的“六猴儿”正喜气洋洋地四处派发红帖子。

看见他出来，杨陆厚在兄弟们的推拉下，扭捏着走了过来，将手里的红帖子恭敬地递给墨桥生，道：“下月初八，是小人娶……娶媳妇的日子，不知道大庶长有没时间，赏……赏个光。”

墨桥生接过了他手中的喜帖，笑着点了下头。

待墨桥生走远，杨陆厚长吁一口气，摸着胸口道：“大庶长居然笑了，吓死我了，还是他平日里凶巴巴的样子让我习惯点。”

“父王，父王。”程鹏稚嫩的声音在殿外响起。

殿内的程千叶和墨桥生急忙拉开距离，程鹏的身影很快出现在大殿门口，他迈着小短腿一路跑进来，扑进了程千叶的怀里。

“君父，鹏儿今日学会了五个大字，背了一段周先生的文章，先生还夸我了。”程鹏的小脸红扑扑的，激动地说道。

“鹏儿真是能干。”程千叶毫不吝啬地表扬他。

“鹏儿想要举高高。”小脸红扑扑的男孩腻在自己父亲的腿上。

“你都这么大了，我可要举不动你啦。”程千叶嘴上说着，但还是把男孩抱起来转了一圈，大殿里也响起一阵咯咯的欢笑声。

“父王和大庶长在做什么呢？我是不是搅扰到父王了？”程鹏懂事地说。

程千叶尴尬地咳了一声：“正和大庶长商量国家大事，已经结束了，鹏儿来了也无妨。”

“墨将军的脸怎么那么红，莫非是和周先生一般过于辛劳了？将军还要保重身体才是，莫让我父王担心。”

墨桥生闻言，脸更红了，他低头行了一礼，匆忙告退。

程千叶把程鹏抱到自己膝盖上，问询道：“肖太傅的伤势还未痊愈？最近都是周先生在给皇儿讲学吗？”

程鹏点头道：“嗯，儿臣刚去探望太傅，他的伤已经好些了。他让儿臣转告父王，这两日他就回来了。近日周先生给鹏儿讲了很多历史故事，孩儿也很喜欢他。不过今天先生身边的周明哥哥好像不太开心，他说周先生昨日又熬夜到三更天，恐他身体上吃不消。”

年幼的太子坐在程千叶的膝盖上，脆脆的童声在朝梧殿内回响。

程千叶默默聆听着，如果是在数年之前，她刚刚顶替兄长的时候，她不会想得这么远。只希望随便来一个人，接手这烫手山芋一样的位置，让自己可以快乐脱身。

可如今，已经有这么多人，因她会聚到一起。周子溪、肖瑾、张馥……他们每一个人都还在拼尽全力地为了他们一同制定的理想努力着。

在这个国家广袤的土地上，有着无数的百姓、士兵、小吏和朝臣，他们都守在自己的位置上兢兢业业，竭尽自己所能，为了实现心中那一点对未来的期待。

这星星点点的希望如同漫天星辰，从全国各地汇聚而来，汇聚到朝梧殿这位君王的手中。

程千叶手握着这千丝万缕的银辉，牵引着晋国这艘巨舰向着希望之光航行而去。

如今这艘巨舰承载着无数人的性命和期望，她这个船长，只能尽一切力量，让它尽可能走得更好更远，一代一代地走下去。

夜半时分，程千叶从睡梦中醒来，窗外月色如水，倾泻进寝殿之内。

枕边空空如也，睡在她身边的人不见了。

床前的地板上，蹲坐着一个黑色的身影，那个人坐在月光里，举头凝望着窗外的夜色。苍白的月光打在他轮廓分明的侧脸上，形成了一种光与影的冲撞之美。

程千叶悄悄坐起身来，默默地看着那个背影，她的心也纠结在了一起。

她和桥生之间不只有灼热的爱情，更多了一份相互牵绊的责任。

但不论怎么小心，她心中对桥生还是有着一份愧疚。

让他这样威名赫赫的大将军，无名无分地陪伴着自己，永远忍受着他人的闲言碎语，可自己甚至连一个承诺都不能给他。

“桥生，”程千叶忍不住问他，“你……这样和我在一起，会不会觉得委屈？”

“臣刚刚做了一个梦。”墨桥生在月光中转过脸来，俊美的脸庞衬着月色，“在梦里，臣又变成了奴隶，周围所有的人都对我说这个世界上根本就没有晋国，没有主公，我如今所拥有的一切都只是大梦一场。”

“醒来以后，我恍惚了很久，不知道哪个世界才是真实的。”墨桥生低低的声音在黑夜中响起，“我不能没有主公，不论以什么样的身份，我都只想要留在主公您的身边。”

郑州城内，姚天香的眼前站着特意从汴京赶来拜访她的侄儿姚顺。

“你的意思是想回卫国继承太子之位？”姚天香抿着红艳的双唇，一双好看的柳眉微微拧起。

“是……是的，还望姑母务必相助于侄儿。”姚顺在这位打小就令他敬畏的姑母面前，心中既有些害怕，又带着一股兴奋。

他本是姚鸿身边最不受宠的第三个孩子，又没有争夺太子之位的能力，只能充为质子被遣送来敌国。

但前些时日，国内传来了大哥意外病逝，二哥受到父王贬斥的消息。再加上晋国的丞相张馥张大人对他多有鼓励，又愿意大力支持他回国争夺太子之位，于是，他那颗怯弱的心也不禁火热了起来。

“顺儿，你可要想清楚了。你若是在晋国，姑母还能护你平安。”姚天香缓缓开口，“但你要回卫国，那卫太子之位可不是那么好坐的。卫国如今不仅朝堂上动荡不安，周边更是强敌环绕。你在汴京生活了这些日子，如今晋国的强大，你应该最深有体会才是。”

姚顺兴奋之情不减：“正是因为晋国如此强大，有了晋国的支持，侄儿才更有把握呀。张相答应了侄儿，一定鼎力支持侄儿坐上太子之位。”

姚天香闭了一下眼，挥挥手道：“既是如此，那你便回去吧。”

司马徒进屋的时候，正和姚顺错身而过。他不解地看着那兴致勃勃离开的背影，疑惑地问道：“三皇子怎么会来郑州？”

姚天香不耐地摆摆手：“别搭理他，几个兄弟都是蠢货，邻国已经强大到如此地步了，一群人还只顾着蝇营狗苟地争抢着自己的那点利益。”

司马徒劝慰道：“如今事态，非我们能够左右之。何况卫王也不曾顾及过同公主的兄妹之情，公主又何必为他们操心。”

姚天香苦笑了一下：“也是，我又何苦自寻烦恼。”

“公主，你来看看这个。”司马徒想逗姚天香开心，从怀中取出一封信件来，“墨将军给我写了一封信。”

姚天香果然被转移了注意力：“桥生给你写什么信？他又不知道怎么讨千羽开心了？”

司马徒笑着展开信纸：“大庶长近日似乎分外焦虑，总担心主公会弃他于不顾。”

姚天香兴奋起来：“他干吗担心这个？莫非千羽移情别恋，有了新欢？”

“他说主公最近总望着他沉思，有一次还说自己愧对于他，不知道是不是厌倦了他们之间的关系。”

姚天香哈哈大笑：“你给他回信，就这样说……”

墨桥生收到了司马徒的回信，他拴紧了门窗，紧张地拆开那封对他来说至关重要的信函——

其一，浓情蜜意之际，不可过于呆板，口述衷情，循循诱之。

口述衷情，口述衷情……墨桥生只觉此事比最晦涩的兵书阵法还更难熟识。他红着面孔，硬着头皮，一句句地背诵起司马徒抄录给他的那一条条所谓浓情蜜意之际必须使用的甜言蜜语。

其二，复现彼此之间金风玉露初逢之夜，追忆刻骨相思，更增今日情谊。

墨桥生心中急转，初次和主公……他捂住了额头，想起了和主公在卫国时那荒唐的第一次。

春色恼人，月移花影，忙碌了一日的程千叶捏着有些酸痛的肩膀乘着夜色走在回廊上。

这里的地势很高，可以俯瞰全城万家灯火。

凉风送来一阵悠悠的笛腔，清音浸溟空，花间闻折柳，程千叶知道，这是周御史的笛音。

但周子溪的笛声不再同往日那般透着股苍凉悲愤，玉笛声声疏朗开阔，闻之，令人胸怀畅快。

程千叶怀着愉悦的心情进入了自己的寝殿，殿内的情形让程千叶有些诧异，平日里照得整殿灯火通明的那些银烛都被熄灭了，唯独在条案上燃着一双红烛，摇曳的烛光给屋内披上了一层暧昧的暖意。

床榻之上，低垂的帐幔微微有些晃动，显然是里面有人。

程千叶放轻了脚步，向着床沿走去，床尾的衣架上挂着一套熟悉的男子的衣物，再往前的地面有一双男子的皂靴，靴子倒了一只，显然是脱靴之人有些慌乱。

程千叶一下掀开帐帘，床榻内披散着长发的墨桥生口中叼着一条红绳，正想方设法地想将自己的双手捆上。

他太过焦急，以至于额头微微出汗，甚至连程千叶进来的声音都没有听见。

直到程千叶“哗啦”一下掀开帐幔，露出那张笑脸时，墨桥生才被吓了一跳，只见他口中一松，那条红绳便掉落了下去。

程千叶的视线在墨桥生身上滞留了片刻，随后挑了一下眉：“桥生，你这是在干什么？”

墨桥生全身像是要烧起来一样，脸也红透了，他讷讷张口，却说不出话来。司马徒教给他的那些情意绵绵之话，他明明已经反复背得烂熟，但此刻脑海中却是一片空白，一个字也想不出。

程千叶笑了，她撩起墨桥生搭在枕上的一缕青丝，举在唇边吻了一吻。

墨桥生突然感到周身肌肤燥热了起来，终于无师自通地说了一句：“只……只要主公你喜欢，可以对我做任何事。”

程千叶的手顿住了。她知道桥生这是因为害怕自己结束和他之间的亲密关系，所以不惜拼尽全力，甚至把自己这般毫无防备地呈现在她面前。

程千叶看着眼前之人，他的肌肤滚烫而灼热，微微起伏，强健的身躯上面布满了无数大大小小的伤痕。

墨桥生的左臂和左腿上各有一道圆形的箭伤，那是曾经背着程千叶逃亡的时候，敌人的利箭留下的伤痕。

胸口紧靠着心脏的位置，有一处显眼的新伤，那是急着赶来绛州救援程千叶时，被敌军伏击所伤。

他为了晋国南征北战，身上的无数道伤痕都和程千叶有关。

这个男人为了她可以舍弃一切，把她当作唯一，而自己却至今都还没想过给他一个名分。

“桥生，”程千叶揭起锦被，盖住了墨桥生的身躯，“桥生，我们成婚吧。”

墨桥生愣住了，他怀疑自己是不是听错了。

程千叶再度坚定地道：“我以公主的身份嫁给你，你愿不愿意？”

墨桥生的面孔上展露出狂喜的表情，随后他又突然像是想到了什么，一下紧张起来：“多，多久？”

什么多久？程千叶转了个弯才想明白，她在心里叹了口气，桥生竟然担心她只是敷衍地给个名分。

她在墨桥生的身侧躺下来，将手伸进了锦被之中，握住了墨桥生微微发颤的手掌，说出了她的承诺：“此生此世，执子之手。”

“是真的吗？”墨桥生紧紧望着程千叶的双眼，“您没有骗我？”

春晖夜色中，程千叶的眼底似盛有星芒：“等鹏儿长大一点，国家安定下来，我把肩上的重任卸下。到时候我们同游神州，共享山色，好不好？你愿不愿意？”

墨桥生一言不发地转过身去，那个黑色的背影，不时地伸出手，用手背来回抹着眼角。

汴京城内。

近日最热闹的一件事，就属长公主程千叶同关内侯墨桥生即将举行的婚礼了。

国君对他这位嫡亲妹妹的婚事十分重视，不仅为这位常年卧病在床的千叶公主修了一座轩昂气派的公主府，还将驸马的爵位升了一级，拜为关内侯。

此事一时轰动朝野，人人称颂。

当然，背地里也有些不和谐的声音，说主公对墨将军是明升暗贬。封了侯爵，招为驸马，不过是忌惮墨将军声威过盛，要夺了将军的军权，将他困于汴京而已。

也许是主公做得太直接了点，就连张相都对此事十分反对，君臣二人甚至关着门在朝梧殿大吵了一架。

那日值守的侍卫宫女，眼见着平日谦逊温和的张相气势汹汹地甩袖出门，而主公亲自从朝梧殿内追了出来，放下身段劝解，才将张相给哄劝了回去。

但不管怎么说，长公主婚礼的筹备工作一直在有条不紊地进行着，而那位久病避客的千叶公主也似乎因为喜事提起了精神，入宫拜谢了太后。

在朝梧殿的台榭之下，程凤领着侍卫护卫着宫闱。

“凤哥哥，凤哥哥。”小秋路过的时候凑到程凤身边说了一句，“你有见到那位千叶公主吗？我今日在太后的宫外正巧看见了，和主公好像啊。”

程凤没有说话，只是皱紧了眉头。

他不仅见过公主，还护送公主往返了一趟镐京。但他心中总朦朦胧胧地觉得有些不对劲之处，像是始终有一团迷雾挡在他眼前，让他摸不着，看不透。

桥生对主公用情至深，没有人能比他更明白，他不太明白前几日还留宿在主公寝殿的桥生，怎么能做到转身就兴致勃勃地同公主大婚。

“凤,”新封的关内侯墨桥生站在台阶上，靠着栏杆，向程凤呼唤了一声，“主公召你入殿。”

程凤走上台阶同墨桥生并肩前行，随口问了句:“主公召我何事？”

墨桥生的眼神闪避，没有回答他这个问题。

朝梧殿内，主公正和夏菲商量着什么，看见程凤入殿行礼，程千叶抬了抬手:“凤，大婚那日，夏菲要陪我同去，朝梧殿这里就交给你了。”

程凤有些疑惑不解地抬起头，程千叶看了一眼墨桥生，摊了一下手:“你还没告诉他？”

程凤看向了墨桥生，墨桥生尴尬地咳了一声，张了张嘴:“我……”

夏菲白了程凤一眼：“太傻了，做了主公那么久的贴身护卫，竟然还不知道。”

程凤眨了眨眼，一个呼之欲出的答案提到了他嗓子眼。

“主公和公主就是同一个人啊。”夏菲附在他耳边，替他揭开了谜底。

大婚当日，千叶公主在宫内拜别了母亲和兄长。

杨太后十分舍不得女儿出嫁，含着热泪主持完仪式，抹着眼泪被搀扶回宫去了。连晋王程千羽对自己这个唯一的嫡亲妹妹嫁人也颇为伤感，回了朝梧殿就闭门不出。

程卫尉尽忠职守地待在殿外，谢绝了所有要求觐见之人。

夜色渐浓，热闹了一日的公主府宾客散去。

洞房之内，春宵帐暖，红烛成双，程千叶卸下繁重的服饰，洗干净脸，欢呼了一声，一下就扑倒了坐在床沿的驸马。

厢房内隐约传出细细碎碎的声音——

“你哭什么？这个时候该哭的不是我吗？

“不不不，你不用忍着，我喜欢看你哭出声的样子。”

…………

房门外守着的是平日里为公主打掩护的两位女暗卫——阿椿和阿夏。

她们俩相互交换了一下眼神：“是哭声？公主哭了？”

年长些的阿椿小心翼翼地向着她们的长官夏菲请示：“驸马是军旅之人，武艺高强，身体强健，会不会太不知道轻重了点？耽误了……那位明天上朝怎么办？”

谁知她们那位素来冷漠的上司面上突然出现了一道可疑的红云，恼怒地呵斥了她一句：“闭嘴。”

明月渐渐升上高空，屋内的主人传唤用水。

阿夏提着热水入内，片刻不到她有些慌乱地退了出来，训练有素的她出门时竟然在门槛上绊了一下，险些摔下台阶。

阿椿及时地托了她一把：“怎么了？慌里慌张的。”

阿夏蹲在地上，满面飞霞：“公主她……”

“公主她怎么了？”

“哭的是将军。”阿夏一下用双手捂住了发烫的脸，“啊，啊，你别问了。”

怎么会哭的是将军呢？

阿椿的心中疑惑不解。

——正文完——

番外

未解之谜

未解之谜

天启一十二年，晋国开国皇帝程千羽晏驾归天。

太子程鹏继位，改国号为晋元，一时举国缟素，天地同悲。

程千叶以长公主的身份，披麻戴孝地坐在马车之内，跟着白茫茫的送葬队伍，参加了自己的出殡仪式。

自己给自己送葬，还真是特别，程千叶摸了摸下巴，心中不由感慨。

有时候真的要到人死的那一刻，才能看出这个人平日里做人怎么样，如今看来，至少她在臣民的心目中，还算得上是一个值得怀念的帝王。

无数汴京城的百姓，自发地前来凭吊，一时间哭声直入云霄，漫天冥纸纷纷扬扬，百姓们搭建的雪白祭棚一路开出城外十余里地。

程千叶掀起车帘，看见沿途无数百姓捶胸顿足，放声悲哭，不舍她这位一国之君的离去，她心中很是感动，看着漫天飞舞的灵幡，她回顾了自己这十来年的作为。

自十二年前的五国伐晋之后，晋国征服天下的脚步就再也没有人能够阻止。

关内侯墨桥生同公主大婚之后，没有像大家想象中那般闲居汴京，而是继续南征北战的军旅生涯。

他同杨盛兵分两路，打败了北面的吕宋和李文广，将犬戎大将嵬名山一路赶向了大漠深处。

如今十余年过去，漠北风云变幻，随着草原东北面的契丹族逐渐崛起，犬戎一族的声势已日渐微不可闻。

墨桥生北伐的同时，大将军俞敦素率军南下，一路灭了南面的鲁韩等小国，迫使楚国的楚安王举国投降，云南国的袁易之也身首异处。

直到三年前，中原地区最后一个国家卫国的新君姚顺也俯首称臣，晋国终于实现了横扫六合、一统中原的愿望，成为真正的天下霸主。

因为不耐繁杂的政务，在太子成年之后，程千叶安排好了一切，假死遁世。她恢复了长公主的身份，打算携着从前线退回的驸马，过上几年逍遥自在的日子。

但此事需要万分隐秘，因而程千叶即便是对那些多年至交，也不能一一尽告。

崔佑鱼、俞敦素、董博文等人突闻噩耗，悲痛难抑，灵堂之上一时哭倒了数名朝中重臣。

直到今日出殡之时，御史大夫周子溪还因悲戚过度，病重在床，无法前来送行。

“对不起。”程千叶低声道歉，“做皇帝是个辛苦活，我这些年也太累了。如今一切都走上了正轨，就让我好好享受享受，过一过醉生梦死的日子吧。你们继续加油努力，我这位在天之灵会默默为你们鼓劲的。”

但此时的她，却不知浩浩荡荡的出殡队伍之中，新任的廷尉邓晏正遥遥望着队伍前列的梓宫，紧紧皱起了眉头。

“你说什么？你可知道说出这样的话，要当什么样的干系！”卧病在床的周子溪一下撑起身子，颤抖着手臂指着眼前之人。

邓晏原本只是郑州负责刑狱的一名小吏，是周子溪看重了他于刑律判案上的才能，将他一路提拔至如今九卿之一的廷尉之职。

邓晏神色凝重地行了一礼：“若不是有几分把握，卑职岂敢在恩相面前说出这般悖逆之言。”

“主公，主公他……”周子溪面色惨白，几乎说不出话来，他简直不敢相信邓晏所言，“难道主公真的不是病故，而是被歹人所害！”

“据卑职多年掌管刑狱的经验来看，许姬、张相、墨将军、程凤还有……”邓晏抱拳向南面一礼，“这几人的哭声假而不哀，从先皇宾天那一日起，他们没有一个真正为先皇的宾天哀泣过。”

“不可能，不可能……”周子溪的眼神乱了，“他们都是主公最为信任之人，我不信他们会一起背叛主公。”

坐在一旁的俞敦素开口："周大人，别说你不信，就是我也绝不相信墨将军和程将军会做出此事。但是你我心里其实都清楚，主公之病确实十分蹊跷，邓大人点出的这几个人中必定有人出了问题。"

周子溪同俞敦素交换了一下眼神，主公这一病来得很急，突然之间就撒手人寰，连他们这样的肱骨重臣都没能亲眼见到主公入殓，现在想想实在是不合情理。

更让人百思不得其解的是，主公身侧多年忠心耿耿的心腹之人，为什么会一夕之间集体叛变了？

"必须查明真相。我就是拼了这条命，也不可能看着主公枉死。"周子溪咬牙切齿地说。

邓晏松了口气，他心中隐隐有些振奋，得到了左相周御史和安国公俞敦素的支持，他有信心能破获这有可能是晋国开国以来最大的惊天一案。

但让邓晏万万想不到的是，这一刻还义愤填膺的周大人及俞将军在被长公主殿下召入公主府一趟之后，就立刻彻底改变了立场。

周大人用一副云游天外的神情对他说："别查了，主公他真的宾天了，绝无虚言。"

俞将军拍了一下他的肩膀，一面摇着头，一面步履蹒跚地走远了。

"有问题，这个公主府一定有问题，我一定要查个清楚。"邓晏看着那个蔷薇花冒出墙头的公主府，在心中暗暗发誓。

此刻的他还不知道，他遇到的是整个晋国历史上最大的一宗无解悬案。